U0535941

酷威文化
KUWEI
图书 影视

横渡渡

下册

杨溯 著

第二卷 江湖夜雨十年灯

第三十三章 咫尺千里

国丧。

京里各处的寺庙丧钟响了，从早敲到晚，三万多下，嗡嗡嗡，耳鸣似的。满街的白幡，出殡时候沿途设祭留下的纸钱还在空中翻卷，像飞舞的白蝴蝶，扑到人脸上、肩上，到处都是。国丧期间禁喝酒禁吃肉，路边的摊贩都没了，杀猪的也回家躺着，五城兵马司的人天天巡逻。

胭脂胡同萧条得像坟场，一家家空敞着门，露出黑洞洞的店堂，鸨母相公们倚着门相对叹气。他们大概是京城里最为皇帝老子难过的人了。

新皇是二殿下，据说是个十岁的毛孩子。老百姓对谁当皇帝不怎么感兴趣，只盼着新皇登基，天下大赦，赋税减免。

坊间议论得最厉害的是沈玦。听说夜里四处拿人那日，原来是福王携魏德逼宫，危急时刻沈玦召集京郊三大营进宫救驾，正巧赶上福王提刀追砍二殿下，被沈玦手下的千户司徒谨一箭射死。魏德伏法了，皇后疯魔了，老皇帝心力交瘁，把遗诏给了沈玦之后就当场晏驾了。

有人说沈玦忠肝义胆，也有人说他撞了大运。但无论如何，他现在已经成了司礼监掌印兼东缉事厂提督太监，一人之下，万人之上，中宫前朝，唯他马首是瞻。出殡那日，他骑在白马上，一身素色的曳撒，秀挺的身条儿，清冷的侧脸，一众黑压压的送葬人里，最显眼夺目的就是他。

当然，可能只有夏侯潋这么觉得。反正他放眼往那一长条儿的文武百官一望，一下就找到了沈玦。沈玦安然无恙，还升官了，他定了心，背着手悠悠溜回了云仙楼。

他身上的伤养得差不多了,横波的事儿必须得提上日程了。他去铁匠铺买了口刀,攒的钱不够,只能买把最便宜的雁翎刀。白亮的刀刃,刀身从刀镡开始慢慢变宽又收窄,在刀尖收成一点凝光,平平薄薄,整个一锃亮的白条子。

他在沈府门口猫了三天。朱漆大门整天闭着,门前屋檐底下挂了两盏白灯笼,晚上幽幽发着光,鬼火似的。沈玦从没回来过,料想也是,他坐着太监里的头一把交椅,宫里什么事儿他不要管?皇帝刚驾崩,新皇又刚登基,肯定桩桩件件他都得看着的,哪有闲工夫来宫外歇着。

他安了心,挑定一天夜里,从外墙翻了进去。他三次潜进沈府,三次都从这儿进的,不为别的,就为了认路。第一回往左走,第二回往前,他都没摸着沈玦的书房和卧室,这回该往右走。

四下里乌漆墨黑一片,连个灯笼都不曾有,影影绰绰地能瞧见太湖石垒成的假山,中间圈出一个小湖,里头传来鸭子扑腾翅膀的声音。黑黝黝的一条小径过去,是黑瓦白墙,隔一截子路挖出一个扇形的墙洞,露出另一头花和叶的影子。夜色里头,白墙是暗灰色,花叶是深黑色,全是罩在影子里的世界。

他一路摸过去,沈玦府里清冷得要命,沿途走过来的屋子都暗着,静悄悄的,没人住,拐过一个月洞门,弯到回廊里,才渐渐有了人声。前面几间屋子亮着灯火,想是下人住的。有咳嗽声、吐痰声,还有女人和小孩儿唧唧哝哝说话,孩子声音脆,女人声音柔,渺茫地传过来,听不清楚。

他在黑暗里蹲了一会儿,远远绕着走,过了穿堂,看见几扇紧闭的门。下人的住处已经过了,这儿该是主人的居所了。他贴着门听了会儿,确定里面没人,开了锁,猫着腰悄没声儿地摸进去。

适应了屋里的黑暗,他略微看清了里头的情形。这里大约是沈玦的书斋,中间放着一张花梨木乌漆平头案,上面搁着白瓷一枝瓶,后边是檀木书架,卷轴、书册摆得一丝不苟,两边是托泥四腿方几,一个放泥金小香炉,一个放着一盆花儿。沈玦是江南人,在京里摸爬滚打,愣是没沾上一点儿油气,骨子里还是精致细巧的雅,淡得像一幅山水文人画,大片留白,唯角落点缀几笔疏落的墨色,清清冷冷,透着一股仙气。

他高高低低地一点点摸寻,横波的影儿都没见着。看来这屋子里没有,他从另一道门出去,经过窄窄的甬道,进了另一间屋子。这儿约莫是搁置杂物的,空地里放了许多百宝架,上头搁着许多物事。夏侯潋走过去一一地看,有弩机、匕首、袖箭……沈玦还有收藏兵器的习惯?夏侯潋觉得稀奇,一转身,见面前五步远的地方杵了一个人影儿,夏侯潋僵住了。

第二卷 江湖夜雨十年灯

这人什么时候进来的？他竟然一点察觉都没有。夏侯潋掌心冒汗，手按在腰间的刀柄上。不对，这人应该是早就在这间屋子里头。夏侯潋暗怪自己大意，慢慢往后退。那人没有动弹，夏侯潋转身就跑，跑到门口，身后一点儿动静都没有，那人没有追上来。

夏侯潋觉得奇怪，原地站了一会儿，又往回走。那漆黑的人影儿依然站在墙边，半点都没有挪动，连姿势也不曾变。夏侯潋大着胆子过去，凭着暗淡的光，那人一点一点地显露出来，广袖衣裙，白瓷面具，油亮的辫子。

是照夜。

夏侯潋反身查看百宝架上的物事，光线暗，方才没认出来，此时才发现这些兵器竟全是他的手笔。还有一个架子放了他的机关笔记、刀谱，还有他珍藏多年的春宫图册。靠墙叠了许多箱笼，一水儿的云头铜栓。夏侯潋挨个打开，里头全是他的衣物。同一款式的黑色麻衣，整齐地码在里头，叠得豆腐块儿似的。除此之外，他的褂子、贴里，甚至还有裤头、汗巾子，样样都能找到。

这真是见了鬼了……

如此看来，他的暗窟基本暴露了。这些玩意儿原本都是搁在暗窟的，架子上的几张弩机和照夜原本在柳州暗窟，衣物有的是杭州的，有的是金陵的。东厂追踪的本领真不是吹的，不知道唐十七那货怎么样了，该不会被东厂逮着了吧？

夏侯潋想了一会儿，开始动手找横波。

沈府大门。

一辆白马素车缓缓勒停，沈问行把矮凳搁在车旁，沈玦从帘子里出来，踩着矮凳下车。夜里风凉，他披着黑底流云披风，越发衬得面容苍白。

沈问行打着绛色纱灯走在前面，晕红的光照亮一截子路，像在地上铺了一层薄薄的胭脂。沈玦踩着满地胭脂慢慢走，府里人少，静谧无声。他的府邸不像北地人家的宅院，高墙厚瓦，古朴沉重，他还留着南方人的习惯、南方人的趣味。府邸初建的时候，他特意关照匠人按照南方的园林打造，小桥流水，亭台水榭，务必要像江南山水一般秀丽精致。

但他终究不常回来，宫里事多，常忙得脚不沾地，这处宅院一年到头也不见得回来几次。月色溶溶，庭院空空，像一个大水缸子，月光是缸子里的凉水，浸得人也冷了。大半园子封着，草木森森，终是少了点儿活人气。

新皇登基，宫里的事儿处理得差不多了，剩余些许零碎的小事儿，交由底下人处置便可。他偷闲回来，打算明日一大早起来拜祭先人。魏德伏诛，他要告诉兰姑姑一声，好让她安息。路过书斋，正要往卧房走，他忽然顿了脚步。廊影下，书斋的门没有上锁。

沈问行攒了眉头，道："这底下人忒不当心了，干爹不常回来，他们做事儿就不尽心了！"

沈玦抬起手，示意他闭嘴。沈问行噤了声，缩着脖子站着。沈玦走过去，缓缓打开门，身影没入了屋里的黑暗。沈问行知道有不对头的地方，赶紧去叫人。

夏侯潋蹲在地上，左手擎着火折子，右手在箱笼里翻找。箱笼太多，找起来费劲儿。他头一回知道自己的衣衫这么多，还全是一色儿的黑麻衣，压在箱笼里漆黑一片。横波还是没找着，他烦躁地抓头发。沈玦不把横波放在这儿，还能放哪儿？

忽然，头顶似乎飘来一朵乌云，一个黑沉沉的影子罩下来，四下里顿时暗了。夏侯潋打了个寒噤，缓缓转过头，正瞧见沈玦垂着眼，居高临下地看着他。火折子的光照亮了沈玦脸庞的下半部分，金色的，像个泥金的神像，还有一半掩在黑暗里，眼眶、鼻翼、嘴唇都蒙着一层暗影。他没有表情，直勾勾地盯着夏侯潋，有一种恐怖感。

夏侯潋迅速吹灭火折，屋里立时漆黑一片。夏侯潋站起身逃跑，身后传来刀斩破空的尖锐呼啸。夏侯潋抽刀，反身格挡，"咔嚓"一声，他新买的雁翎刀断成了两截，"啪嗒"掉在地上。

黑刀如影随形，瞬息而至。没有光，伸手不见五指，夏侯潋只能凭听觉和直觉躲避沈玦的刀。黑暗给了夏侯潋优势，他是刺客，黑暗是他的本家。常年行走于刀山血海之中训练了他对危险敏锐的嗅觉，周身的空气都是他最灵敏的触角，不管哪一方被刀刃划破，他都能立刻做出反应。

沈玦察觉到了，所以他没有恋战，而是撤身脱战。两个人在黑暗中蛰伏，夏侯潋侧身一滚，藏进排排百宝架中。沈玦那边忽然亮了，一方烛火幽幽燃起，照亮了大半个屋子。他擎着荧荧灯火，眼神冷漠而孤独。

夏侯潋忽然发现自己错了，黑暗里他没有辨清方向，滚错了位置，现在沈玦守着门口，他要逃，必须打败沈玦。

"你是谁？"沈玦问。

夏侯潋没说话。他蒙了脸，沈玦认不出他。

"魏德余党？"沈玦放下烛火，款款走过来，曳撒的裙摆在行走间摆动，金线光芒暗淌。

夏侯潋拿起百宝架上的一把刀，是他收藏的一把倭刀，名唤鬼哭，据说锋利无比，甚至可以斩断金石，在杀人的时候会凄厉地哭号，那是刀斩过的亡魂在号叫。

夏侯潋用过几回，哭号是骗人的，锋利是真的。

"家贼？"沈玦问，重新拔出刀，纯黑的刀刃缓缓出鞘，内敛无光，却阴寒似鬼。是静铁。

他还用着静铁。夏侯潋微微一怔。为什么？明明厌恶他，为什么还要用静铁？

"都不是？"沈玦冷厉地抬起眼，"你到底是谁？"

刀势如山！沈玦双手握着刀，悍然纵劈。黑刀斩开一室荧然的烛光，带着哀霜般的凄冷迎面而至。夏侯潋迅速拔刀，刀身出鞘的那一刻，刀刃如水，光如走兽！夏侯潋弓身斜劈，挡住沈玦致命的一击，两人同时被刀刃相撞的力量震得后退。

夏侯潋旋身，变招，反手握刀跨步向前，倭刀走过的线条曲折又流利，有一种血腥的美丽。刀刃逼近得很快，但沈玦避过了。他仰面下腰，刀刃在他鼻尖之上一寸远的地方划过。两人相遇然后分开，仅仅用了一个呼吸的时间。

分开的刹那，夏侯潋的脸上一凉，沈玦的手绕过倭刀，抓走了他的面纱。但不要紧，他易了容，两手准备，不怕暴露。

"倭刀术，"沈玦丢了面纱，问，"你是倭寇？"

他说了句倭语，夏侯潋一个字也没听懂。

"不是倭寇，"沈玦沉思着看着他，冷冷笑起来，"是尚二郎。"

夏侯潋震惊。这都能猜到！

"猜对了。"沈玦看着他的表情，笃定地说道。

"督主，行行好，"夏侯潋赔笑，"把横波还给小人吧。"

"还？"沈玦笑得很阴冷，"横波是我的，何来归还之说？尚二郎，咱家给过你机会活命，既然你不想要，那便罢了！"

夏侯潋扭头就跑，沈玦追在后面。身后传来尖锐的呼啸，夏侯潋低头，乌黑的短矢从头上飞过，扎进面前的门扇。夏侯潋冲进书斋的时候，沈玦追上了他，短兵再次相接。双方不约而同地使用了快刀轮斩，狭窄的屋子里，刀刃疯狂翻转，窗外的月光照在夏侯潋的倭刀上，反射出的光满屋子摇晃。书架、桌椅不可避免地被殃及，木屑横飞。两人的刀势都如狂风骤雨，密密匝匝，刀刃相撞的乒乒乓乓像琵琶乱弹，大珠小珠落玉盘。

刀刃相击，光芒迸溅的刹那间，沈玦忽然笑了。那是血淋淋的微笑，蕴藏着刻骨的杀机，夏侯潋的心凉了一瞬。

"你的刀，我摸清了。"沈玦低声道。

霎时间，刀势惊变！

静铁化为鬼魅，黑刀的影子恍惚间重叠万千，黑暗的掩藏下，夏侯潋几乎看不清静铁在何处。没有刀光,也没有划破空气的撕裂声音,静铁藏在沈玦衣袖的一侧,跟随着沈玦突进的脚步,在两人相遇的瞬间扫向夏侯潋的手臂。

鲜血漫流向下,顺着腕骨流进指缝。沈玦很强,强得不可思议。夏侯潋不敢相信,沈玦的刀法明明是他教的,可他如今所面对的根本不是伽蓝刀,但很熟悉,似乎在哪里见过。

"别打了,沈玦,"夏侯潋说,"我不想和你打。"

"是吗?"沈玦慢条斯理地微笑,唇角扬起的弧度带着逼人的血腥味,"可咱家没打算让你活着离开。"

一定要你死我活吗?即使他遁入市井,不再是江湖乱党,也不可避免地对立吗?

"我不想杀你,沈玦。"夏侯潋轻声道,沙哑的嗓音中藏着深刻的悲哀,"我只要横波。"

夏侯潋调整呼吸,弓身收刀,左手托着凶戾的刀光收入胸侧。他整个人变了,沉敛如水,刀光压在他的掌间,藏锋若拙。

第三个呼吸完成,夏侯潋跨步向前,黑色的衣袖展开,恍若飞鹊扑入沉沉黑暗,而他掌中的利刃立时现了形,刀光从黑色衣袖中迸溅,仿佛猛兽吐出獠牙。

倭刀术——虎突。

沈玦侧身让过,倭刀擦着静铁的刃刺入黑暗,橙黄色的火花转瞬即逝。第一刺走空!夏侯潋迅速撤刀,眨眼之间,第二刺已出!沈玦显然惊讶了一瞬,静铁没能格住第二刺,倭刀的刃尖刺进了他的左胸。沈玦闷哼一声,但夏侯潋没有继续深入,而是抽刀后退,刀刃上挑,刀背击中沈玦的右手,将静铁遥遥抛了出去。

卸了兵器总没法儿打了吧!

"别打……"

夏侯潋话未说完,沈玦抽出披风下的手弩,机括爆响,三发弩箭齐发。夏侯潋错失了躲避的时机,弩箭扎入手臂,手臂吃痛,倭刀落地;下一瞬,沈玦的拳头击中脸颊,夏侯潋整个人撞在书架上,然后摔倒在地,书册和卷轴噼里啪啦砸在头上。

夏侯潋的牙被打飞了一颗,他撑起身子,吐出一口血来。血滴在脸下面的册子上,他下意识地看过去,那是一册公文,写着墨笔批敕,蝇头小楷密密麻麻,书页泛黄,看起来有些年头了。月光下,他看见自己的血滴晕染的字迹:

杭州府东厂役长肖忠擅专违令,欲杀夏侯潋,调配交趾,终身不得归。
夏侯潋其人,毫发不得伤,若有违,罚同处。

这是什么意思？夏侯潋呆了一瞬，然后反应过来，"毫发不得伤"……沈玦是要寻他，不是要杀他！他颤抖着嘴唇，拿着那册公文站起来。他记起来了，沈玦的刀法和柳州救他的那个刺客的刀法一模一样，如鬼如魅，变幻莫测，如此诡谲的刀法，他此生只见过这一次。怪不得他的衣衫、兵器都在这儿，怪不得沈玦还用着静铁。

沈玦这个脑子进水的家伙，嘴怎么这么硬！

夏侯潋张口想喊"少爷"，"少"字刚要说出口，舌尖开始发麻，全身开始瘫软。

"忘了告诉你，箭上涂了麻药。"沈玦说。

他奋力稳住身子想要张口，那个孤霜一般的男人站在月光里漠然看着他，一丝表情也没有，目光凉得像一抔雪。番子们的脚步声响起，火把照亮了庭院。沈玦的脸被火光映红了一半，冷白的侧脸稍稍暖了些，可那眼神依旧冷，可以冷到骨子里。

他头也不回地走了出去，黑色的身影越来越远。麻意终于蔓延到四肢百骸，夏侯潋跪倒在地，身子沉沉地扑在地上。他还使劲伸着手，手指僵硬地够向沈玦。

"少……"

他又快乐又悲伤。原来沈玦还惦着他，沈玦没把他当敌人，他们还是朋友，一直都是。

这个死脑筋的家伙找他找了十年，从来没有放弃。他觉得他像一只回家托梦的孤魂野鬼，夜太黑，迷了路，飘飘荡荡，不知行了多少里，终于把路找回来了。他太蠢了，沈玦的性子他又不是不知道，口是心非，别扭得像根麻花，他竟然信了沈玦的鬼话。

所有久远的记忆潮水一般涌回来——一起爬墙，一起读书，一起练刀……白痴，他骂自己，快站起来告诉他，你是夏侯潋！

可他站不起来，他要死了，死在沈玦手里，他最好的朋友手里。

视野越来越模糊，黑暗降到他头顶。

来不及了，来不及了……

沈玦一步步走远，流云披风融入夜色。夏侯潋的手指松了劲儿，终于被黑暗吞没。

东厂衙门。

沈玦坐在上首，听底下人回话。赤金乌底大匾高悬，上书"百世流芳"，他背后是螭龙盘卧浮雕，张牙舞爪，獠牙毕现。两边立着两个乌木烛台，地上两溜水磨楠木圈椅，一色儿的描金青地椅搭。沈问行侍立在侧，拿着蒲扇轻轻给沈玦扇着风，司徒谨站在一边。

沈玦神色怏怏，不大有精神。他脚不沾地忙了半个多月了，连日来夙兴夜寐，昨儿个因为尚二郎的事儿又没睡好，便是铁人也熬不住。外头太阳正大，酷烈的阳光照进堂屋，沈玦眯眼望着光里飞舞的尘埃，像许多细小的蠛虫儿，扑来扑去。

"督主？"底下的千户轻轻唤了声。

沈玦回过神来，"嗯"了声："你说。"

"魏德余党许寿昨儿个出京了，卑职按照督主的吩咐派人远远跟着，只要他和其他魏党一碰头，咱们就一举拿下。他往西边道走，卑职琢磨他要在天津卫出海，已经派了人去守着了。"

"这些事儿你们看着办吧，不必来回咱家了。魏德大旗已倒，这些小鱼小虾抱头四窜，左不过出海、出关两条路。你们沿途搜寻，不怕找不到。"沈玦手扶着额头，闭着眼睛道，"现在要紧的一宗儿不是魏德余党，是你们这帮鼠目寸光的东西给咱家惹的祸。咱家得了势，便一个一个拎不清东南西北了。且不说沈府遭贼，便说江浙湖广立起来的生祠。咱家还没死呢，就赶着给我立祠堂，难不成咱家还要谢谢你们的好心？清流那起子酸儒得了话柄，靠唾沫就能淹死人。敢情淹死的是咱家，不关你们的事儿吗？"

"不敢不敢，"千户汗如雨下，"督主息怒，底下人也是一片孝心，祈祷老祖宗您长命百岁万寿无疆。前些天蓟州总兵韦大人还送了只白鹿来呢，都是好心，没承想倒给您惹了麻烦！这帮没眼见的狗崽子，卑职这就吩咐各处搜查，把生祠拆了，万不可再犯！"

"在朝为官须谨言慎行，白鹿是天降祥瑞，合该送给陛下赏玩，送到咱家这儿是什么道理？都打发了。"沈玦蹙起眉头。

千户诺诺称"是"。

另有一个贴刑官小步跑进来，哈腰道："回禀督主，沈府阖府已搜查明白，除了一册公文，什么也没丢。那册公文已经在尚二郎身上找着了，料想是他在书斋偷拿的。"

"公文？果真是魏德余党吗？"

"还不知道，他醒过来一回，妄图越狱，打伤了好几个衙役，差点就让他得逞了。好在卑职及时赶到，对他用了刑才安静下来。"贴刑官顿了顿，问道，"此人该如何处置？是继续审问还是……"

沈玦叩着桌子沉吟。那个男人虽是夏侯溦的朋友，但屡次挑战他的底线，实在可恨；兼之偷入沈府偷盗公文，不知是何目的。现在是多事之秋，他刚刚上台，根基未稳，清流虎视眈眈，太后也不是个好相与的女人。各方都盯着他的错处，稍不留意就被大做文章。他的信条向来是宁杀一万不可错放一人，那个人留着终究是个隐患。

沈玦略略抬眼，阴郁地说道："不必留着，杀了吧。"

"是。"贴刑官告退。

沈玦拿起茶杯，用杯盖拂了拂茶沫子，忽地想起什么来，问道："上回让你们去查尚二郎的来历，可曾有结果？"

有个番子拱手道："已查过了，文书前几日递给您了，督主事忙，应是忘记瞧了。此人来历不甚分明，没有户籍没有户帖，只查出一年半前在台州参过军，半年前进的京，如今在云仙楼帮闲。对了，尚二郎不是他的真名，他在云仙楼叫夏侯老二，在台州用的名儿是尚二牛，不知道哪个才是真名。"

瓷杯"啪"的一声落在地上，茶水溅了沈玦满身。大家都下了一大跳，沈问行"哎哟"一声，忙扯着袖子帮沈玦擦膝上的茶渍。沈玦挥开他，目眦欲裂地问道："你再说一次，他叫什么？"

沈玦的脸色煞白，番子不知道哪句话冒犯到了沈玦，愣愣地开口："夏侯……"

他的话还没说完，沈玦忽地站起来，一面快步往外走，一面叫道："快！快把贴刑官叫回来！"

众人得了令，也不问为什么，忙撒腿跑了。

沈玦苍白着脸，也往外赶，脑子一下子什么都明白了："尚"谐音"上"，是"夏"的谐音"下"的反义，二郎、老二、二牛……二是夏侯澈的排行！那个白痴就是夏侯澈，所以他会易容，所以他知道静铁，所以他的眼睛那么熟悉！

可他刚刚派了人去杀他，是他亲自下的令！

沈玦的眼眶霎时间红了。他跑起来，耳畔风声呼呼作响，身后赫赫扬扬拖了一长串的人，全都跟着飞奔，口里直呼"督主"。他充耳不闻，过了靖忠堂，又过小花厅。回廊曲曲折折，朱栏红柱重重叠叠，他头一回恨东厂衙门建得这样大这样繁复。

鬓发散了，他无所谓；下台阶的时候没站稳，一骨碌滚了下去，他也不在乎；从地上爬起来，碧玺珠子噼里啪啦滚在地上，印绶也掉了，他没空回头捡，膝襕、衣袖脏了也没空管，只疯了一般往大牢奔。

他很久没有这样不体面过。沉稳的沈玦、冷静的沈玦、运筹帷幄的沈玦都消失得无影无踪，他是谢惊澜，他要去找他等了十年、找了十年的书童——夏侯澈。

沈问行和一帮番子喘着粗气苦苦跟着，看见沈玦从台阶上摔下去都吓呆了，可沈玦立马又爬起来跑了。沈问行一边喊"督主"一边捡他落在地上的物事。司徒谨攒着眉头说："你别追了，你快去找太医过来，再备辆马车，等会儿督主说不准要带夏侯公子回府。"

"夏侯公子？"沈问行惊讶地瞪大眼睛。

"快去。"司徒谨催促他。

沈问行明白过来，连"哦"了好几声，拢着碧玺珠子和印绶快步走了。

沈玦还在跑，沿途没看到那个贴刑官，他的心凉了半截。好不容易终于到了大牢，令人作呕的血腥味扑过来，他闻不到似的，抿着唇往里走。贴刑官和一干番子都杵在一个牢房的门口，见他来了，纷纷哈着腰过来问候。

拦住了，还没动手，他的心稍稍定了，踅身进了牢房。司徒谨也到了，把人赶走。有个侗役闷着脑袋，手里像揣着什么。司徒谨把人拉住，探入他的袖里，拽出一串红澄澄的星月菩提。司徒谨冷着脸，将他交给番子们，转头进牢房。

沈玦僵着腿走过去，地上伏着一个人影儿，脸朝下，乱发披散，两只手已经不能看了，原本骨节分明的手肿得像馒头，全是血，红的黑的，粘在一起。

他的心像被死死攥住似的，慌忙把地上的人抱起来，语不成调地喊他："夏侯潋！"

夏侯潋没有反应，眼睛闭着，嘴唇又干又白，裂得像板结的田地。才一个晚上加一个上午的工夫，东厂就把他折磨成这样。沈玦不敢碰他的手，只扶着肩膀，一叠声儿地喊他。

"督主莫慌，小沈公公已经去传太医了，先把人带出去吧。"

"对，对，把人带出去。"沈玦的神魂这才回了窝。

他把人带到厢房，放在雕花床上。早已候在那儿的太医定睛瞧，告诉沈玦只是皮肉伤，没有伤到骨头，慢慢将养些时日就行了，说着给夏侯潋上了药，拿绷带包扎。沈玦又问了好几遍，把该吃的补品都记下来才安心。

夏侯潋睡在藕合色床幔里，沈玦令下人端来水，拧着帕子沾着水擦他脸上的污垢。白色苎麻褂子底下有若隐若现的伤疤，沈玦把褂子解开，他满身的伤痕映入眼帘，浅的淡的，横亘在小麦色的胸腹肌肉上。这个男人的身体简直像被千刀万剐过，一身的皮肉几乎没有完好无损的。视线上移，右肩膀上有一道年岁久远的伤，缝过线，皮肤在伤痕处攒紧，微微下陷，像一条长长的沟壑。

那是沈玦亲手缝的。

名字可以改，脸可以换，可身体变不了。是他，真的是他，夏侯潋。

难怪之前遇见洪水那次他不肯脱衣裳，他是怕露出底下的伤疤，被自己认出来。沈玦的眼泪簌簌落下来，扭头看见床头搁的星月菩提。他把菩提子拿起来，一圈一圈绕上夏侯澈垂在身侧的手腕。暗红色的珠子莹润发亮，盛着他数年来的挂念和祈愿。

原来这世上是有佛的，他的愿望他们都听见了。

可是他做事太狠、太绝，佛爷要罚他，造化要作弄他，他们把人全须全尾地送回他的身边，却要他亲手毁了他。

眼泪一滴滴砸在珠子上，沈玦深深伏下去，将额头抵在夏侯澈的手臂上，闭上眼。是祈求，也是悔过。

夏侯澈醒来的时候已经是下午了。

青缎帐子遮住了光，他睁开眼睛，看见外头桌椅瓶樽影影绰绰。身子下面的褥子软得不像话，他觉得自己好像躺在云里。鼻尖缠着香味儿，是被褥散出来的，他知道富贵人家的床褥都会熏香。他的手被包扎过了，大馒头似的，麻麻地疼。

他坐起来，撩起帐子，才发现自己身上的褂子也换了，半旧的杭罗褒衣，轻飘飘的，挂在身上感受不到重量。

这屋子是谁的？雕花拔步床，八仙围子罗汉榻，水磨楠木的靠背椅和脚凳，门边上立了两尺来高的景泰蓝方樽。睡得太久，夏侯澈脑袋还有些迷糊。他站起来，赤脚走了几步。墙上挂了一件金丝绣线大红底蟒袍，他忽然明白了，是沈玦的屋子。

檀木衣架上挂了他的黑色苎麻布衣，两手馒头似的，不好使唤，他十分费劲儿地穿上衣裳，又穿上鞋，推开门走出去。在屋里待太久了，外头的光刺眼，夏侯澈眯着眼睛适应了好一阵，才看清眼前的小庭院。青砖地，台阶下面两缸菡萏，枯了，墙外有一棵梨树。

像秋梧院。

往事如鸦羽一般纷纷落于眼睫，他好像看见许多年前的两个少年，一个闷头读书，一个在花盆里找蚂蚱。他慢慢在台阶上坐下来，望着庭院发呆。

一个妇人从月洞门走进来，抬眼见了他，"呀"了一声。

他站起身，朝她打了个躬，道："这位姑姑，不知厂公现下何处，劳烦带个路。"

"你说你，身子还虚着呢，怎么就起来了？"妇人一瘸一拐地走过来，拉住他的肘子，"还姑姑？你从前都叫我'姐'，现在怎么就成'姑姑'了，咒我老得比你快是不是？我是莲香呀，小澈，你不认得我了？"

夏侯澈怔了怔，瞪大眼睛叫道："莲香姐？"

妇人笑意盈盈，圆脸庞，一双眼睛笑得弯弯的，云鬓蓬松着往上扫，脑后倒挂梳了个燕子髻，抹了桂花发油，捏弄得漆黑油亮。她穿着月白色实地纱衣裙，走路的时候往左歪，是当年在谢府的时候腿脚被打坏了。

阔别多年，莲香的变化大极了。她看着富态多了，梳了妇人发髻，看来已经嫁人了。没想到沈玦能把莲香找回来，夏侯潋觉得高兴。

"哎，你这小子，这么大人了还这么不让人省心。"莲香捧着他的手，问，"瞧肿得这样儿，也不知道养多久才能养回来。"

其实这个对夏侯潋来说算小伤，没伤筋没动骨，就是受刑的时候难受了点儿。他从前还在尸山血海里闯荡的时候，好几回都是从阎王爷那儿走了一圈再回来。夏侯潋说没事儿，莲香问他："饿不饿？我去厨房给你拿饭去。"

夏侯潋又摇头。他暂且没空吃饭，他还有一肚子问题想要问沈玦，问完了，还想道个歉。

夏侯潋道："莲香姐，少爷在哪儿？我想去找他。"

"你真不饿？"莲香不答，又问他，见他摇头，便道，"去见少爷之前，我要先带你去个地方。"

夏侯潋一头雾水，但还是跟着莲香去了。

一路上，莲香絮絮叨叨跟他说话，他才知道莲香怎么见到的沈玦，怎么入的沈府。莲香已经为人妇为人母了，瘸了腿脚不好找婆家，二十岁才嫁出去；后来上京来讨生活，在路上卖大饼的时候赶巧碰见了骑马路过的沈玦。她一开始还不敢认，对着自己的哥儿大喊了声"谢惊澜"，沈玦望过来，她知道这一定是少爷了。

沈玦接了他们一家人进府管事，男人在后厨干活儿，她是府里的大管家。前些日子沈玦明面上倒台，她和丈夫孩子去了司徒家避难，等沈玦灭了魏德才回来，也就这几天的事儿。她男人还什么都不知道，还以为是莲香交了好运，自己跟着沾光。莲香抿着唇笑，拉着夏侯潋过了腰门。

"你的事儿少爷跟我说过几嘴，知道得不全。不过我也没心思知道这么多，我呀，只要你们俩平平安安的就好。"莲香提着裙子，跨过门槛，进了仪门。她指着前面，夏侯潋抬头看，乌木牌匾上两个大字——"祠堂"，两边各一竖条楹联，望进去，庭院深深，树影摇曳。这祠堂怪得很，别人家的祠堂往往要写上姓氏，比如谢氏祠堂、李氏祠堂，可这里的牌匾上只有两个光秃秃的字。

祠堂正中间放了一个檀木架子，横波卧在上面。横波后面是供桌，灵牌只有两个，一左一右，沉寂安然，仿佛等了许多许多年。

夏侯潋愣愣地走进去，他心里有很奇怪的感觉，仿佛有一根线，牵着他，引着他，让他往里面走。

"进去看吧，小潋。"

夏侯潋看了她一眼，嘴唇翕动，没说话。他抬脚跨进门槛，慢慢往里走，越往里面，左边那个灵牌上的字越清晰。灵牌后面有一个青花瓷罐子，不怎么大，像一个酒坛子。

那是骨灰罐。

他一边走，一边眼泪就出来了。他回头看莲香，她还站在门槛边上，挥着帕子赶他："进去吧，她等你很久了。"

他掉回头，一步步走进去，踩过阶梯上蔓延的青苔，踏过婆娑的暗青色树影。光斑映在他脸上，摇晃，移动。他好像走过了许多年的时光，才进入那个寂静的祠堂。

横波静静地躺在刀架上，漆黑鲨鱼皮的刀鞘收敛了一切锋利的光华，朴拙无声。紫檀木灵牌用正楷写着她的姓名，数年前，这个名字曾在腥风血雨中辗转于无数人的口中，家喻户晓，天下皆知。

数年来积压在心底沉重如铁的恩仇和悲欢翻涌如潮，化为眼泪，夺眶而出。他跪下来，头埋入两臂之间，泪如雨下。

"不进去看看他吗？"莲香问靠在墙后的男人。

沈玦错过半个身子，隔着庭院望向跪伏在祠堂里的夏侯潋。他只能看到夏侯潋黑色的脊背，像霜风中的枯叶，凄清地颤抖。

沈玦摇头，明明盼今天盼了那么多年，可到临门一脚的时候，他却害怕。怕什么，他自己也不知道。他在刀尖上行走了那么久，从来不知畏惧为何物，这一刻，他的心却悬起来了，放不下来。

夏侯潋在祠堂里待了很久。日影西斜，橘黄色的阳光照进来，在地上铺上一层老虎斑纹。

夏侯潋走出来，问莲香沈玦在哪儿，莲香给他指了方向。手指指向的地方，天边是火烧了一般的红。回廊深深，红枫飘下来，在脚底下吱呀作响。那个人就坐在回廊深处，露出一个寂寥的白色背影。

他没穿曳撒，泼墨似的长发散在身后，一袭素色深衣，没有贵气逼人的掐金卧线，也没有凶狠狰狞的腾云龙蟒。卸了一身冰冻三尺的孤寒和高不可攀的矜贵，只剩下一个瘦削高挑的背影，坐在庭中，听满院秋声。

夏侯潋走过去，在他边上坐下来。

桃李春风一杯酒，江湖夜雨十年灯。

他们什么都没问，什么都没说，两个人肩并肩坐着，耳边是飒飒风声，枫叶簌簌落下来，边缘镶着夕阳灿烂的光，像烧着一样。天地好像只剩下这方寸小院，风过风来，天光云影在地上徘徊，没修剪好挤出盆外的盆栽枝叶和森森树木拨剌作响，似细碎的低语，潮水一般涌来。

渐渐地，风停了，一切都静了，叶子栖在他们脚边，有一只笨拙的蚂蚁爬上来，又爬下去。

夏侯潋轻声问："少爷，你以前说让我当你的司阍官，给你看家护院，还算数吗？"

算数吗？

风又起了，沈玦扭头看他，光影落进他的眼睛里，像碾碎了阳光，黑里掺了金。少年的意气和刺客的凶戾都消融成落拓，但那沉甸甸的笑意一如往昔，不增不减。

多年来，沈玦心里有成千上万的挂念沉沉睡着，像阴郁的蛹，在这一刻终于破茧成蝶，斑斓的翅膀交织在一起，灿烂如霞。

他笑起来，眼泪浸湿了眼眶。

"算数。"

一直都算。

第三十四章 丹心似锦

用完膳,沈玦带夏侯潋去了靖恭坊。马车辚辚驶过福祥寺,夏侯潋掀开帘子,外头人声鼎沸,爷们儿扇着大蒲扇晃着膀子踱过去,路边儿摆了一溜的香烛摊,吆喝一声儿比一声儿大。寺前的空地还有江湖汉裸着半身玩杂耍,三个文身满背的大汉头顶脚、脚踩头叠在一块儿,站得老高。马车拐进寺后的胡同里,所有的烟火气都隔在墙后面了,仿佛在喧嚣尘世里独辟出一块世外桃源般的清净地儿,然而只消得迈出一脚,又能再次遁入嚣嚣人海。

"前辈很会选地方,这块地方吵是吵了些,但胜在生活便利,胡同外面卖吃卖喝的都有,对街有家上白细面,往左拐有家卖粮油的。宅子三进三出,到最里头也挺安静,并不吵闹。只是裁衣服的铺子少了些,不过不要紧,衣裳鞋袜你只管到我府里要,自家做的总归好些,不必假手于外人。"沈玦一面说一面掀帘子出来。

"我娘爱热闹,"夏侯潋走过去,摸了摸门前的石狮子,道,"她没什么事儿干就爱看别人玩杂耍,看戏台子上演武戏。明明自己厉害多了,那些个招式板眼都是小菜一碟,但她就喜欢那儿的热闹劲儿。"

他仰起头来,面前是青瓦白墙,墙上爬着层层叠叠的爬山虎,右边儿一道乌漆门,门口蹲着两个石狮子。寻常人家的模样,和京城里千千万万个宅子一个样儿,小门小户,够吃够穿,关起门来,过自家的小日子。

沈玦推开门,引他进来。一进门是荷叶莲花照壁,过了屏门和内院便是堂屋。家具什物一应俱全,两溜紫檀木官帽椅和脚踏,前面一张铁梨木天然几,上面搁着山水石屏。夏侯潋见多识广,知道这都是吴地产的细木家伙。一应物事没什么雕镂,描金螺钿更是没有,素净简单。夏侯潋一看就知道是沈玦布置的,若是落他娘手里,准满屋子刀枪棍棒，堂屋定要摆个狼牙棒镇宅。

"谢谢你，少爷。"夏侯潋淡淡地笑。

沈玦在椅子上坐下来，咳了声道："谢什么，又不是我买的宅子。"

"这些家什是你归置的吧。"夏侯潋道。

"顺手而已。左右写几张单子的工夫，手下人自会买齐摆好，不费什么事儿。"沈玦做出漫不经心的样子。他没说，其实这儿的家什费了他好一通心力，样样都要他过了目才许摆进来。便说那张天然几，工艺卓然，资费甚巨，起初人家压根儿不肯卖，惧他权势才不情不愿地出让。

夏侯潋走到院子里看，围着葡萄架子走了一圈，抱着手臂问道："少爷，你和我娘什么时候有这么深的交情？我怎么不知道？"

沈玦不答，带他去厢房。这宅子沈玦比他熟多了，哪里有什么都清清楚楚。夏侯潋甚至觉得沈玦对这宅子比他自己的府邸还了解。沈玦从百宝柜里搬出一个上了锁的檀木盒子。他把锁打开，里头放了一张房契、一副药方，还有一颗药丸。

房契约莫就是这宅子的契约了，只是不知道那药丸是什么。夏侯潋拾起药丸，问："这是什么玩意儿？"

"是'望归'，"沈玦缓缓说，"七月半的解药。"

夏侯潋一惊，抬眼看着沈玦。他脸上的表情很平常，顿了顿才说道："十年前，你娘带你离开皇宫，临走前与我订了十年之约。她告诉了我京城的暗桩所在，嘱我为你研制七月半的解药。"

"告诉你暗桩是为了将他们……"

"制成药人。"

"所以你四处追捕伽蓝刺客和暗桩，也是为了让他们做你的药人？"夏侯潋蹙着眉头。

沈玦见他眉头紧锁的模样，心中不快，嗤笑道："怎么，怪我心狠手辣，残害你伽蓝同僚？"夏侯潋在那儿翻看药方没说话，沈玦顿了半晌，又怕他真的不高兴，闷气道："你的那些伽蓝同僚真的顾惜你吗？不说当年在皇宫他们扔下你不管，便说你娘，她也是死于伽蓝内鬼之手。"

夏侯潋见他生气，失笑道："我没怪你。怪你干什么？"他和沈玦肩并肩靠在墙边："我谢你还来不及呢，闷不吭声地为我做了那么多，我跟傻子似的，得了你的好，还以为你要我的命。其实真要论罪，我才是那个一等一的大罪人。七月半掌握在弑心手里，我要了他的命，就要了整个伽蓝的命。"

"你们住持，就是害了你娘的内鬼？"沈玦问。

夏侯潋点点头。

沈玦沉默了一会儿，他曾在伽蓝埋了暗线，暗桩知道的事儿他都知道。夏侯潋的生身父亲是弑心，这是伽蓝里公开的秘密，他自然也是知道的。夏侯潋孤身刺杀弑心，他也猜到弑心就是夏侯潋真正的弑母仇人。可那毕竟是他的猜测，如今得到夏侯潋的亲自确认，他心里又是另一番滋味儿，酸疼酸疼的，一直疼到骨子里。

沈玦哑声道："这些年，你都经历了什么？"

"那可长了去了，老太婆的裹脚布，又长又臭，你真要听？"夏侯潋笑笑。

"要听，"沈玦抬起幽深的眼眸，望着他，"你的经历，我都要知道。"

夏侯潋露出无奈的神气，把沈玦拉到圈椅里坐下，慢慢说起来。他的声线低沉平淡，幽幽响在闷热的秋日午后。阳光的线条在他们额上、身上推移，慢慢隐没。十年来的时光在他口中流转，那些回忆的碎片，如同吉光片羽，被片片拾起。

天黑了，月亮升起来，屋子黯淡下去，盛满了月光。沈玦默然听着，那些惊心动魄的奔逃和死亡都在夏侯潋的叙述中冲淡了色彩，仿佛隔着纱幕看殷红的鲜血便不再触目惊心。可他知道，那些血淋淋的过去是夏侯潋身上抹不去的疤痕，经年累月，辗转成伤。

"说完了。"夏侯潋起身去柜子里翻出一根蜡烛点上。

沈玦闭着眼，手指在桌上轻叩，笃笃的声音泄露了他不甚平静的思绪。

"想什么呢？"夏侯潋问。

"想你蠢。"沈玦冷笑，"弑心、段九、你那个师父，个个心怀鬼胎，把你当刀使，偏你还被使唤得乐呵呵的。"

夏侯潋默了一会儿，才道："你别这么说我师父。"

"你自己没有感觉吗？"

"有啊，但我无所谓。横竖都是要杀弑心，毁伽蓝，管那么多干什么！你说我师父利用我，"夏侯潋低头笑笑，"利用就利用呗，他又没逼我，这都是我自己挑的路。"

他就是这么个性子，那些个弯弯绕绕他没工夫管。他走他自己的路，伽蓝要完蛋，弑心就得死。其他人，爱怎么玩儿怎么玩儿，他不搭理。他毕竟是夏侯霈的儿子，夏侯家不管不顾的疯狂一脉相传，他的血管里流着狂暴的血，神鬼挡路，神鬼皆杀。

然而，沈玦忽然道："可万一你挑错道儿了呢？"

仿佛被当头浇了一盆冷水，夏侯潋愣了，道："什么意思？"

"人长了一张嘴，什么话都说得，便是说青天白日撞见鬼，也未尝不可。我说

"我杀魏德是为了勤王救驾，匡扶社稷，你信吗？"沈玦匕斜着眼看他，"嘴能诓人，行迹却不能。"

他这话说得辛酸，夏侯潋不知道怎么答。想当年，谢惊澜也曾立志为民请命来着。所幸沈玦没盼着夏侯潋答话，夏侯潋敛了思绪，凝重道："你的意思是有人骗了我？"

"不是有人，是所有人。"

夏侯潋顿住。

"所以，要看他们都干了什么名堂，而不是听他们空口白牙，说得天花乱坠！"沈玦用手指敲敲夏侯潋的脑袋，道，"我问你，谁引你进的案牍库？"

夏侯潋迟疑着说："是持厌。"

"持厌为谁卖命？"

"弑心。"夏侯潋攒眉道，"可是，是我自己去问的。"

"你不问，他也有旁的法子让你进案牍库。"沈玦慢慢道，"案牍库不是你进去的，是弑心让你进去的。你看到的，听到的，都是弑心想让你看见的，想让你听见的。你以为你走的路是你自己的路，错了，夏侯潋，你走的是弑心为你挑的路。"

"我的目的是杀他。他有病吗？他让我杀了他自己？"

沈玦嘲讽地一笑，有没有病他不知道，反正伽蓝是个王八窝儿，除了夏侯潋，没一个是好东西。夏侯需生杀不忌，但对夏侯潋是真心真意地好，勉强算半个好人。这话不能跟夏侯潋说，他低下头，沉吟着说道："细枝末节咱们就不论了，总的说来，弑心在案牍库里向你传达了三样消息：一、你娘是他杀的；二、你是伽蓝住持继承人；三、你要去朔北刺杀。"

"照你的意思，这三样也是故意骗我的？"

"不全是，"沈玦站起身来，靠在壁上摸着下巴沉思道，"你从案牍库出来之后都发生了什么？秋叶怂恿你毁灭伽蓝，你非但没有继任住持，反而没了踪影。去朔北的也不是你，而是你哥哥。这三样消息里，最终成真的只有一样，就是你娘死了。"

"他杀了我娘，我一定会找他报仇。说来说去，你推断的结论还是他引我去杀了他。"夏侯潋道。

"所以，他一定还有别的目的。"沈玦眼梢瞥向夏侯潋，慢慢道，"你杀了弑心之后，发生了什么？"

夏侯潋沉默了很久，道："我离开了伽蓝，活下来了。"

他一直很奇怪他为何能够活下来，他知道或许是弑心在决战之前给他喝的茶有猫腻。可他不愿回忆，也不愿深究。弑心在他心里必须是个十恶不赦、六亲不认的浑蛋，只有这样，他才能问心无愧地要弑心的命。

"你说所有人都骗了我，还有谁？"夏侯漱低声问。

"你师父。"沈玦道，"他是这出戏里最重要的角儿。夏侯漱，你没发现吗，你的每一步都顺着他的引诱。杀弑心、去栖霞山，哪样不是他告诉你的？"沈玦用手指蘸着茶水在桌上写下弑心、秋叶和段九的人名，将弑心和秋叶圈起来，说道："依我看，这俩人才是一伙的。"

夏侯漱凝视着桌上的名字，天热，茶水干得快，秋叶的名字已经没了，弑心还剩下一个点儿。过往的记忆仿佛一团乱麻，纷纷扰扰纠缠不清，他脑子里一会儿是弑心那张枯瘦的脸颊，一会儿是秋叶垂死的叮嘱。伽蓝山寺叶如雨下，漫山秋声，遍野苍茫。

——离开伽蓝，改头换面。

夏侯漱沙哑地开口："弑心和师父要我离开伽蓝。杀了弑心，伽蓝内乱，无暇顾我；师父指路栖霞山，我改头换面，伽蓝永远都找不到我。"他缄默片刻，桌上烛火跃动，光与影在他脸上斑驳交错。他低头笑了笑，道："少爷，你是说弑心这个老秃驴对我还存着骨肉之情吗？他费那么大劲儿，杀了我娘，唱这么一出大戏，就是为了让我离开伽蓝？"

"我不知道。"沈玦扶着额头，"不过，看这情形，你要离开伽蓝，确实要付出很大的代价。"

夏侯漱没作声。

"有一个人很关键。"沈玦把段九的名字重新写出来，最后那一笔拉得极长，像冷厉的刀锋。

桌面上，"秋叶"和"弑心"的水迹已经干了，只能看见一点点的淡痕，段九的名字屹立其外，浓墨重彩。沈玦道："寻你那几年，我慢慢往伽蓝埋伏我的人。你们伽蓝山寺门槛太高，只有无父无母的小孩儿才能进去，我只能把人埋伏在各处行驿、妓院。然而，你离开伽蓝的第三个月，他们全都失踪了。我收到的最后一个消息是'段九代掌住持，总领内务，杀伐果断，众人惧之'。"

"伽蓝进行了清洗？"

"不止，各处暗窟都消失得干干净净。那之后，伽蓝销声匿迹，仿佛平白从尘世里被抹掉了。我分派人手搜寻各地的无名尸体，令仵作检查他们身上是否有七月半，没有，一具也没有。"他揉了揉眉心，道，"弑心那场戏不只是做给你看的，还是做给段九看。这个段九，不可小觑，至少，他是个能令你们住持忌惮的人物。"

"听你这话头,伽蓝难不成还在?可七月半每年发作一次,弑心没了,他们的药从哪儿来?难不成弑心早已预先把药方给了段九?"夏侯漱道。

沈玦在罗汉榻上坐下来,抬眼瞅外头的天色,看着像是已到子时了。这两日都没睡好,他现下有些撑不住似的。沈玦将手肘搁在两边膝盖上,手掌捧着额头,闭眼道:"夏侯漱,你知道七月半是怎么做出来的吗?"

夏侯漱瞧他迷迷瞪瞪的模样,道:"不知道。你是不是困了?要不明儿再说?"

"不要,要说就一气儿说完,免得你云里雾里拎不明白。"沈玦强打起精神,道,"七月半的原料是一种叫踯躅花的玩意儿。这花儿长在苗疆,服了能让人昏昏欲睡,跟下了迷药似的,以前有行脚大夫用它来医治不寐症。此花不可久服,也不可大量服用,容易上瘾,上瘾了就得年年用,不用就瘫了。你在黑面佛里寻摸到的那盆花儿,十有八九就是踯躅花。"

"然后呢?"夏侯漱问。

"制七月半,要先把踯躅花捣碎,捣成花泥,兑水熬,再加点儿别的什么料,搓成丸子,风干晾晒,差不多就成了。一锅踯躅花,二十余朵吧,差不多能做五六粒七月半。"

"伽蓝上下千余人,每人一粒七月半,起码得几千朵踯躅花。山里我最熟悉,根本没见过这花儿的影子。可弑心那儿只有一盆,"夏侯漱喃喃道,忽地抬起眼来,"他不是在制毒,而是在解毒!"

"差不离了。"沈玦道,"这事儿蹊跷得很,七月半,竟连你们住持都没有解药。解药还得自己吭哧吭哧炼制,偷摸给你服下。只有一个解释——"

"伽蓝主人,并非伽蓝住持。"夏侯漱接话道,"那么真正的伽蓝主人在哪儿?"

昏昏烛影中,两人抬眼对视,同时说道:"朔北!"

伽蓝先代埋骨朔北,不是因为刺杀,而是因为叛乱!伽蓝从来不在住持的掌控之中,连住持也只是背后之人的提线木偶。夏侯漱觉得迷雾重重,他生在伽蓝,长在伽蓝,却从未真正了解这个地方。它像一座屹立于世外的鬼城,每个刺客都是幽幽的鬼魂,面目模糊。

弑心费尽心血,用尽心机,就是为了送他出伽蓝吗?他觉得不可思议,难以置信。

"只是猜测罢了,你也不必深想。"沈玦闭了眼睛,靠着引枕,喃喃道,"还有很多疑点拎不清楚。段九到底是何许人?安的什么心?他似乎要造反,可最后又重整伽蓝。先代八部同往朔北,你这代却所知甚少,这是为何?但是消息毕竟太少,没法儿细究。就这么着吧,总之伽蓝的事儿还没完,他们迟早会回来的。"

"少爷，我想去朔北一趟。"夏侯潋道。

沈玦忽然睁开眼，道："不许去！"

"为什么？"

沈玦站起来，走到夏侯潋面前，疾言厉色："你敢去，我就打断你的腿！伽蓝的事儿你不要再追究。江湖乱党自有朝廷料理，关你什么闲事儿！伽蓝那些鸡零狗碎的玩意儿，能打的不过二三十号人，蹬腿就能踹进泥里，就你傻不拉几，偏要自己去拼命！"

夏侯潋叹了声，道："我不光是为了伽蓝，还是为了我哥。弑心研制出了解药，说不定也给了我哥。我哥在朔北失踪，说不定还能找回来。"

"不必你费心。"沈玦没好气地道，"你一个人，一双腿能走多少地方？我让东厂帮你找，你老实在京里待着，哪儿都不许去。对了，有件事，忘了跟你说了。"沈玦抬抬下巴，"去，看看你的房契上面写了什么。"

夏侯潋依言打开房契。泛黄的纸张展开，他看见自己的名字：夏侯潋。

"这怎么可能？"夏侯潋抬头看沈玦，道，"我是流民，没有户帖，如何可以登记造册？"

"你不是流民。几年前，我收到嘉兴来的密报，说有个妇人自称是我的亲戚，托嘉兴县衙将两个男孩儿的名字登入嘉兴夏侯氏的黄册，说这两个孩子从小被拐卖，虽然记入了夏侯氏的族谱，但是没有上报县衙造户籍，如今寻回来了，特来补上。"

夏侯潋先是愣了一下，然后反应过来，道："那个妇人，是我娘。这两个孩子，一个是我，还有一个是我哥吗？"

"不错。长子夏侯持厌，次子夏侯潋，一胎双生的同胞兄弟。你娘买通了嘉兴夏侯家，将你们的名字记入族谱。如今，你二人都是有身份、有祖籍的人。你们的家族世代读书，父亲夏侯渊早逝，母亲夏侯氏独自抚养你们长大。官府的黄册里可以查到你们的姓名，嘉兴也能找到你们的本家。你可以读书做官，也可以回家务农。你不是七叶伽蓝的刺客，也不是居无定所的流民，不必东躲西藏，更不用颠沛流离。"沈玦凝视着他，眼眸幽深，"夏侯潋，你娘留给你的，不止一处宅子而已。"

夏侯潋望着手里薄薄的房契，没有重量的一张纸，一阵风就能吹跑，此刻在他手里，却仿佛千斤重似的。他扶着额头，肩膀颤抖，不知道是笑还是哭。

小时候他羡慕他娘扬名四海，天下无双，总想着要跟他娘一样，凭着一把刀，打遍天下无敌手。后来他才懂，杀人不是说着玩的话，杀人会流血，流别人的血，也流自己的血。话本戏折子里唱刀光剑影，唱快意恩仇，却不唱血流成河、罪孽成山。

他开始想,要是他是个平凡的人该有多好,每天起床,刷牙洗脸,吃三顿饭,干一天的活儿,夕阳西下的时候回家,逗逗猫遛遛狗,上床睡觉。他不求有家有室,不求儿孙满堂,更不求长命百岁福寿绵长,只希望安安稳稳,阳光照在身上,暖意洋洋。

可他知道那是奢望。他罪孽满身,血债成堆,他是个罪人,罪人本不该活。

"夏侯潋,你娘的愿望,你听到了吗?"沈玦抚上他的肩头,轻声道。

"我听到了,"夏侯潋沙哑地说道,"她要我去过我自己的日子,过我想过的日子。可我是个罪人啊,我可以吗?"他问自己,"我可以吗?"

"可以,"沈玦道,"夏侯潋,过去的事儿就让它过去吧。人不能一辈子都陷在往事里,你好不容易全须全尾从伽蓝出来,犯不着再回去和它拼命。你要是真放不下,左右有我,我帮你灭了它。我虽一时半会儿抓不住踪迹,但将来总有法子。"沈玦定定看着他,道,"总而言之,伽蓝是你的过去,你的未来,在自己手里。"

这一番话听下来,句句暖进心坎里,夏侯潋简直不知道说什么好。别看沈玦平时冷嘲热讽,气得人脑门子疼,说起熨帖话儿来,比汤婆子还暖和。夏侯潋在孤绝的路上走了太久,刺杀、奔逃、颠沛流离、辗转尘世,苦厄满途,血肉淋漓。他以为他是一缕飞蓬,注定飘散人间,却没想到,还能落到地上,扎根,发芽。

他突然有了盼头,突然庆幸老天爷还留他一条命。人生在世,不就那么一点活头?有个暖烘烘的地方落脚,有个知心人相伴。

沈玦掀开帘子出门,月亮明晃晃挂着,笼了他满身的清辉。

"天太晚了,我得走了,有什么话明儿聊吧。"

夏侯潋拦住他,拉起他的腕子。沈玦僵硬了一瞬,拧过脑袋看他。天色暗了,他的脸明明暗暗,可沈玦还是看清了,他眼眶的湿意,闪闪烁烁,像盛了满眼的星光。

"少爷,我本来没什么活头了。这几年,我觉得我像行尸走肉,走到哪儿算哪儿,死就死了,反正也没人记得我。"夏侯潋哑着嗓子,枯寂的心仿佛被注入了活血,慢慢热起来。

他抬起眼帘,凝视着跟前的沈玦,眼角眉梢浮起淡淡的笑意。这笑容仿佛失落了很久,辗转多年,终于又回到他的脸上。多年以来压在身上的墓碑一般沉重的悲哀散尽,他不再是流离失所的孤魂野鬼,而是有名有姓的普通人夏侯潋。

他道:"可是现在,我想活了。但是少爷,我不能只为自己活,我也想为你活。你太好了,我大约是上辈子积了老大的功德,这辈子才能遇上你。我身无长物,只有这一条命还值点银子。我把它送给你，你要吗？"

沈玦抿着唇沉默片刻，说道："我不要。你的命你自己揣好，不要到时候被人提溜了去，又要我跑来救你。"

沈玦嘴上的嫌弃不到位，夏侯潋听出那股暖乎劲儿来，仰着脑袋笑了笑，道："少爷，你们东厂还缺人不？给我派个差事吧。我刀术还凑合，不会给你丢脸。"

沈玦沉吟了一阵，东厂是他的地盘，夏侯潋来也好，放眼皮子底下搁着安心，总比成日在胭脂胡同那等女人堆里胡混好。他眼波转过来，道："你要来也成。只不过我素来赏罚分明，一视同仁，不会因为一点儿交情就偏袒你。到时候你犯了错，该罚罚，该治治，不要来找我求情。"

"放心吧，我肯定安分守己！"夏侯潋打包票。

沈玦点了点头，提步往垂花门走，夏侯潋又叫住他："天这么晚了，不如就在这儿歇一宿吧。"

沈玦道："你刚回来，只备了主屋的凉席被褥，厢房还未曾备上。"

"那我就打地铺。"夏侯潋道。

那人站在台阶上，依旧是沉沉的黑眼睛，月辉点在里头，像掺了漫天星宿，一边的唇角勾起来，笑容有几分邪气。

夏侯潋走过来捶了一下他的肩膀，道："小时候……"他忘记自己的手还伤着，刚碰着沈玦的肩膀，疼得倒吸一口凉气。

沈玦颇为无语，看着他的腕子，问道："好些了吗？"

"没事儿，"夏侯潋接着方才的话头说，"小时候又不是没睡过地铺。怎么的，嫌我臭？还按老规矩，我这就去洗三遍澡。"

沈玦盯着夏侯潋的十指，那原本是一双骨节分明的手，十指修长，瘦劲有力，现在成了这副模样。他叹了口气，阴郁地道："你手这样，怎么从井里打水？你歇着，我来吧。"

夏侯潋呆了一下，大约没料到沈玦能纡尊降贵帮他打洗澡水，笑将起来，道："堂堂东厂督主给我打洗澡水，这得是我这辈子洗得最金贵的一次澡了。这伤受得值！"

沈玦斜了他一眼，那眼波漾过来，虽是嗔怪，却仿若明月照秋水。夏侯潋怔了下，从前见谢秉风那老儿，长得不过尔尔，沈玦的娘亲该是多好看，才能生出这么个清新俊逸的儿子。

夏侯潋跟着沈玦往后厨走。沈玦取了水桶，放进井里，摇着轱辘把水吊上来。夏侯潋并不闲着，蹲在灶台底下烧柴火，一根根干柴放进去，时不时吹几下，脸熏黑了一大块儿。沈玦把水提过去，倒进锅里，盖上盖子，又打了个手巾把子递给夏侯潋擦脸。

夏侯潋把脸揩干净，脸上沾了水，黑发一绺绺粘在脸上，墨一样浓。外面的虫声响起来，一声儿递着一声儿，绵绵延延，响个不停。

沈玦忽然觉得这样安宁的日子挺好。

"干爹，不知新上来的折子您瞧了没？六部那些老顽固都催着您移交虎符呢。"沈问行站在椅子后面，虚虚握着拳头捶着沈玦的肩背，一溜松快的小拳密密落在曳撒上的肩蟒上，捶得人身上很是得劲儿。

他们当太监的，伺候人是基本功，这套拳沈玦也学过，只不过现下没人敢让沈玦捶背。

沈问行弯着眉眼笑道："这帮儒生，读书读蒙了吗？肉落到狗嘴了，哪有再要回来的道理！"刚说完，他神色就变了，这不变相骂沈玦是狗吗？他忙跪在地上掌自己嘴，连声道："儿子这张臭嘴，说的什么话儿！该打！该打！"

沈玦斜斜睨沈问行一眼，没作声。他向来是一副不咸不淡的神色，叫人摸不清楚心思。沈问行心里喊着苦，只好拼命掌嘴。随堂太监托着奏折上来，搁在案上，轻轻道了声儿："内阁票拟已拟好了，陛下年纪小，每回看几本就不愿看了，这批红可还要给皇上送去？"

"挑几本言辞晦涩、冗长难懂的送过去。左都御史徐开先仗着自己有点儿家学，论个芝麻大点儿的事儿都要引经据典，咱家看正合适。"沈玦从椅子上站起身来，转到鸟笼子前面，看了眼沈问行，道，"行了，别扇了，跟了咱家这么多年，还不知谨言慎行的道理，真是烂泥扶不上墙！"

见沈玦发火，底下的随堂、秉笔都缩了脑袋。沈问行苦着脸道："干爹教训得是。"

"那帮老顽固，是怕咱家成为第二个仇士良。"沈玦哼了一声，"罢了，咱家没这么个脑袋顶这顶帽子。当初三大营听咱家的号令，那是借了大行皇帝的光。虎符让他们知道咱家是天子近侍，传圣上口谕，危急时刻，自然从命。否则，咱家又没个正经名头，没名没分的，如何能号令三军？除非万岁现在下个诏书，封咱家个大将军当当，否则这虎符留在手里，就是个祸患。"

底下的秉笔太监哈腰道："那依督主的意思，这虎符咱还非得交出去不可？"

沈玦"嗯"了一声，道："咱们要紧的一宗是管好手里的批红。万岁贪玩儿，那就让他玩儿去。前日见他拆椅子下来折腾，你们去寻些名贵木料，送进宫来。民间有什么玩意儿，九连环、话本子，都可以搜罗。"沈玦眯起眼来，负手道："如此一来，才有咱们的位子。"

"督主英明！"众人都喜形于色，纷纷下去办了。

沈玦吩咐人去把司徒谨叫来，等待的当口翻了本折子瞧，蚂蚁一样大的字眼儿，看久了竟会动似的，慢慢爬出夏侯潋的轮廓来，朱笔握在手里半晌，硬是没批半个字。沈玦扔了笔，揉了揉太阳穴。

司徒谨来了，哈腰道了声"督主"。

沈玦意态怠懒地应了声，道："夏侯潋过些日子会来东厂应卯，你把他安置在辰字颗。魏德留下的那批人还没清干净，如今的东厂鱼龙混杂，还有不少递银子进来的废物。"沈玦嫌恶地皱了皱眉："辰字颗的番子都是我的亲信，可以信赖，也只有他们知道夏侯潋的身份。让徐若愚好生照看他。危险的活儿别让他干，考课也放松些，暗地里交代下去，莫让人知晓。"

"是，卑职明白。"

黑漆漆的大街那边传来几声梆子声，然后是更夫的吆喝："天干夜燥，小心火烛！"

夏侯潋和一干番子埋伏在大街两侧，他背靠着柱子，藏在一根梁柱的影子里，左右都是和他同样的番子，左手按着雁翎刀，呼吸调整到最轻。黑色的曳撒几乎和黑暗融为一体，唯有胸背上的刺绣流淌着暗金色的光辉，狰狞一闪而过。

今天是他成为东厂辰字颗干事的第三天，奉命埋伏于前门大街，捉拿逃亡的魏党余孽李显。他握了握拳头，伤疤紧绷，麻麻地痒。

他在家休养了半个月，嘴里的牙也补好了。原本他是不打算补的，反正缺在里头，除吃饭塞肉之外不怎么碍事，沈玦非按着他的脑袋让人补，用的还是象牙。罢了，债多不压身，反正欠沈玦这么多债，不差这一笔了。他还问了沈玦唐十七的下落，沈玦说没见过这号人，估摸是逃了。夏侯潋替唐十七捏了把汗，原先看到暗窟的玩意儿都在沈玦那儿的时候还以为那小子凶多吉少，幸好已经逃之夭夭。沈玦把他的刀枪棍棒、衣裳鞋袜都运到了他家里，说当初是怕被人偷了，代为保管。不知道为什么沈玦会觉得有人想要偷他火图、汗巾子和裤头。

他还用着夏侯潋的名字，天下同名之人数不胜数，他容貌已经变了，不怕有人说他是伽蓝刺客。沈玦的一些亲信应该猜着了他的身份，不过他们许多人自己也不干净。沈玦手底下的亲信大半出身江湖，有的当过响马，有的贩过私盐，还有的甚至当过海盗，现在能安身立命下来，都是沈玦帮他们洗白的。在他们眼里，夏侯潋也是这样被沈玦招揽来的能人。

街深处响起了辚辚的车马声,站在夏侯漱对面的徐若愚撮唇学了几声鸟叫,所有番子立刻警戒,右手握上刀柄,贴着柱子,目光望向远处的黑暗。

徐若愚是辰字颗的颗长,上回扮福王的就是他,据说以前是混戏班子的。他那长得喜庆的脸蛋已经敛了笑意,眼角眉梢都是冷峻的杀意。

两辆马车一前一后驶过来了,很快进了前门大街的街心。番子们鱼贯而出,手弩横在臂上,挡住马车去路。徐若愚亮出牙牌,厉声喝道:"东厂拿人,里面的人,下来查验!"

马车没有动静,仿佛死了一般。空荡荡的夜里,只能听见番子们的呼吸。番子们惊奇地发现,两辆马车的车辕上都没有车夫。车马无声地停在街心,仿佛从阴间驶过来的灵车。

"再说一次,里面的人,下来!"

话音刚落,空气中忽然响起细微又尖利的鸣响,夏侯漱眉心一跳,撞开徐若愚,迅速拔刀。水银一般的刀光一泻而出,两支黑色的短矢先后撞在拔出的刀身上,两点银色的荧光水滴一般迸溅。

徐若愚嘶吼:"放箭!上!"

弩箭射入夜色,呼啸着没入马车的帘子,然而只听得数声闷响,然后声息俱失,仿佛遁入了不知名的空虚。番子们收起手弩,拔刀出鞘,雁翎刀棕金的刀柄和吞口在黑暗中熠熠生辉。

夏侯漱跃上车辕,横刀连斩,车帘子碎成四片,飘然落下,露出后面空荡荡的车厢。车厢里没人!夏侯漱意识到不对,但已经来不及!像有什么冰冷的东西刺着他的脊背,刺客的直觉迫他抬头,迎头落下一道肃杀的弧光,而脚下同时传来令人牙酸的嗞啦声,那是刀刃刺穿脚下的木板,向他逼近!

上下夹逼!

夏侯漱就地一滚,进入车厢,衣摆被底下冒出来的刀尖割破。夏侯漱没有停下,直接撞向车背板,刀刃为先锋,顺着他前扑的力道悍然刺穿板壁。他听见刀刺进血肉的钝响,有殷红的鲜血从刀的血槽中流出来。棕金映着鲜血,金红交织。他再次撞击板壁,板壁轰然倒塌,他抵着木板扑入夜色。木板摔在地上,四分五裂,底下还压着一个黑衣男人。

这些刀客埋伏在车背板后面和车底盘下,像蜘蛛一样附着马车爬行。夏侯漱大吼:"注意上下!"

番子们围住马车,抛出铁勾爪。勾爪死死咬在车帷子上,两边的番子同时发力,车帷子整个崩塌。木屑横飞中，车顶上的男人身影落下来，两手握着的狭直长刀在尘埃中凛冽如霜。底下的男人也爬了上来，和同伴背靠背。番子们扑过去，霎时间，刀与刀在空中相互绞杀，刀光迸溅如雨。

夏侯潋走到第二辆马车前面，用刀背敲击车辕，道："下来。"

车帘子被一只手撩开，黑暗里现出一张枯瘦的男人脸颊，他的背后还有一个妇人和两个孩子，一男一女，都十岁模样。

李显望着夏侯潋，嘴唇颤抖，道："沈玦的手段你我都清楚，放我一条生路，我把我所有身家给你。"

"不行。"夏侯潋继续用刀背敲车辕，笃笃声像在催命，"下来。"

"你是个好男儿，怎的甘心当沈玦的走狗？"

夏侯潋不屑地一笑："那也比当魏德的落水狗强。"他舔舔嘴唇，又道："而且，我家督主俊，别说当狗，就是当他脚底下的泥，老子也愿意！"

"你！"李显的眼睛渐渐阴沉，"那就只有……得罪了！"

雪亮的刀光暴起，李显从车厢里跳出来，手中三尺长的刀如山崩地陷一般下劈。夏侯潋反手握刀，划过对方的刀刃。凄迷的刀光仿佛切在李显的眼睛上，让他下意识地一闭眼。夏侯潋抬脚一踹，李显倒退撞上车辕，后腰剧痛。夏侯潋翻转刀身，用刀背劈向李显的颈侧，打算把他打晕。

李显以为夏侯潋要杀他，惊恐地瞪大眼睛，左手一拉，把车厢里的女孩儿拽下来，挡在身前。夏侯潋显然没料到他的举动，在刀背劈上女孩儿脑门的那一瞬间停下。李显一咬牙，把女孩儿推向夏侯潋。夏侯潋抱住女孩儿，而李显的刀锋也随之而至。

他竟打算一刀连女儿带夏侯潋一起劈了！

刀锋劲风扑面，脸上仿佛要结一层薄薄的霜。女孩儿恰好压住了夏侯潋的右手，他无法挥刀！一切都在电光火石之间发生，夏侯潋来不及思考，下意识地抱着女孩儿迅速转身，用肩背抵住那一砍。

肩膀泛起森森的霜毛，他闭着眼等待着那一斩落下。然而，预想中的斩击没有成功，夏侯潋睁开眼睛，看见沈玦在边上举着静铁。夏侯潋顺着静铁漆黑的刀刃望过去，静铁的刀尖没入了李显的胸口，血液啪嗒啪嗒地滴在地上。

李显怔怔地看着静铁，手中的刀"哐当"一声落在地上。

夏侯潋怀里的女孩儿呜呜哭了起来，把头埋进了夏侯潋的衣襟。

沈玦阴郁地盯着女孩儿，番子已经把刀客都清理干净了，赶过来拜见沈玦。沈玦冷笑着四望，道："咱家顺道路过，来看看你们把事儿办得怎么样，结果真是令咱家开眼，抓个李显，还费这么老大工夫！"转过眼来，他见那娃娃还偎在夏侯澂怀里抽抽搭搭："夏侯澂，你还抱着这妮子做什么，丢不开手吗？"

夏侯澂把孩子抱还给那个妇人，谁知妇人把孩子一推，女孩儿歪在地上，头磕破了一块。

"要你有什么用！连人都挡不住！这下好了，你爹死了！完了，咱们都完了！"妇人拍手顿脚地骂人，女孩儿扑在地上呜呜直哭。

夏侯澂忙把女孩儿扶起来，一面掰开她的手瞧伤，一面对妇人吼道："你有病吗？居然让你女儿去挡刀！"

"她不是我女儿！她是贱人养的小贱人！小贱人！克死自己亲娘不算，还害死自己爹！"妇人疯魔了，胡天胡地骂起来。沈玦听得耳朵疼，叫番子拖下去。男孩儿跌跌撞撞跟着走，不停哭着喊娘。哭喊声渐渐远了，隔着朦胧夜色传过来，听着像鬼魂的号哭。

夏侯澂把女孩儿放在街边的台阶上，掏出帕子包住她额头上的伤，问她叫什么名字。女孩儿不肯答，仍是哭，巴掌大的小脸哭得通红。夏侯澂没办法了，扭头看街心。番子们在收拾残局，把尸体抬走，马车也拉走。徐若愚指着女孩儿问了沈玦几句话，沈玦不耐烦地答了声，徐若愚便走了。人渐渐走光了，女孩儿哭累了，默不吭声地低着头，问她什么还是不说话。

"差不多得了，麻利地送到大理寺去，她该和她的嫡母待在一起。"沈玦走过来，道。

"我听说犯官女眷要充入教坊司，这孩子这么小，也得去那地方？"夏侯澂问。

"要不然呢？你给养着吗？"沈玦冷冷道。

夏侯澂站起来，用手肘戳戳沈玦："少爷，您给帮帮忙呗。您说话准管用，谁还敢拂你的意不成？这孩子看着怪可怜的，您心疼一下呗。"

沈玦拿眼瞅了下那女孩儿，脸哭得皱皱巴巴的，看着伤眼。沈玦满脸不乐意，道："又不是我闺女，我心疼什么？"

夏侯澂厚着脸皮道："少爷，求您了！您就当心疼心疼我呗。拼死拼活救下来的，再送进教坊司去，不白救了吗？"

夏侯澂说了一大堆，沈玦软了心肠，有心要答应，又怕夏侯澂善心泛滥，街边随便看见什么阿猫阿狗他都要施以援手，便冷着脸道："仅此一个，下不为例。魏党牵连甚广，每天都有人被送进教坊司，你可别让我都救了。东厂不是寺庙，我也不是菩萨，没人给我捐香火。"

"我知道，"夏侯澂道，"我也不是菩萨，能帮点儿就帮点儿，不能就算了。"他笑了笑，又道，"不过，咱们把她安置在哪儿好？我不会带孩子，家里除了我也没别人，这可怎么办？"

沈玦招呼来一个长随，命他带走孩子。

"让莲香照看吧。明儿中秋，莲香让你过来吃饭。宫里要摆宴，我说不准不会回来，你们不必等我。"

沈玦的马车渐渐远了，夏侯潋抱着雁翎刀，慢悠悠荡回家。

慈寿宫。

太后坐在铜镜前面，用手指拂了拂头上的狄髻。朱夏打开妆奁，太后挑了一对金镶宝珠蝴蝶戏花的鬓钗。朱夏执起钗子，一面慢慢插进她的发髻，一面道："万岁爷的功课送过来了，娘娘可要瞧瞧？"

太后把手放在朱夏臂上，慢吞吞道："那就看看吧。"

走到外间，小皇帝的文章翰墨都放在桌上，已经摊开了。太后坐定，略瞧了瞧，不看便罢，越看越生气。小皇帝的字跟狗爬似的，《孟子》经义学了这么久，写出来的文章仍是狗屁不通。太后气得直拍桌子，指着人道："把皇上叫过来，哀家要问话！"

朱夏劝她宽心。派出去的人走了没多久又回来了，道："万岁在豹房玩得正高兴，说娘娘有事儿让人传话便是，不必非要他过来。"

太后气得两眼发黑，恨声道："这是反了！连母亲的话都不听了！谁陪着他在豹房？"

底下人小声回话："是小沈公公，还有江公公他们。奴婢去的时候，小沈公公正给陛下当马骑。"

"好啊！又是沈玦手底下那帮杀才！"太后握着拳，丹蔻刺进掌心，殷红的血渗出来。

朱夏一面把四下的人赶出去，一面赶过来掰太后的拳头，不住劝道："娘娘您别气，气坏身子可怎么得了！沈问行那帮杀才，勾着陛下不学好，尽日里不是去豹房就是在乾清宫锯木头！沈公公事多，外头要管东厂，里面又要理内务，不得工夫收拾他们，他们就反了天了！娘娘莫气，奴婢这就跟沈公公说去！"

太后好不容易顺了气，张开手掌一瞧，已是鲜血淋漓。朱夏心疼得淌眼泪，忙去找金疮药。朱夏蹲着帮太后上药，太后低头看着朱夏油亮的发髻，她的头发都往后梳，露出饱满的额头。姿色倒是还可，怎么就握不住沈玦的心呢？当年她费尽心思把朱夏塞给沈玦，就是为了这一着。想来男人皆薄情，尤其沈玦裆下还缺了一块儿，更是不念男女之情了。

"你和沈玦，还是老样子？"太后问道。

朱夏红了脸，低头道："前几日打发沈问行送了胭脂过来，据说是东厂的人打高丽搜罗来的，还取了个可人意的名儿，叫什么'一品春'。那日奴婢恰巧有事儿，老晚才回来，沈问行巴巴在毒日头底下等了半天，说沈公公令他定要亲手交给奴婢的。"

太后挑了眉，问道："哦？从前怎么不见他这么用心？"

朱夏慢慢儿把金疮药收起来，道："娘娘，您忘了，从前沈公公还在魏贼手底下待着，哪能这么猖狂？其实他还是上心的，私下里送奴婢钗环、手帕，遇上了说几句掏心话。有一回还问奴婢的绞肠痧，奴婢还奇怪呢，他怎么知道奴婢犯了这病？结果您猜他怎么说？他说那日之前不见奴婢在您身边陪着，觉得奇怪，特意打发人去问，才知道奴婢病了。"

太后心中一喜，戳朱夏的肩膀，道："你这小蹄子，竟还瞒着哀家。哀家还以为你俩压根儿没戏呢！"

朱夏嗔了太后一眼，扭过身去，道："这叫奴婢怎么说嘛！难道还上赶着到您跟前，说昨儿沈公公又捎来帕子了，今儿沈公公又送来钗环了！羞死人！"

太后悠悠笑起来，用帕子拭了拭眼角，做出一副愁苦的样子，道："唉，你陪了哀家这么多年，能嫁个如意郎君，哀家心里高兴！可这个沈玦，实在不是个好把控的。你瞧瞧，陛下成日里只知道贪玩儿，还耽误功课，他是想把哀家的孩子养废啊！"

朱夏变了脸色，忙道："娘娘，您误会他了。奴婢这就把他叫过来，您好好问话！他若有做得不好的，您就罚他！"

太后摇头，把朱夏的手拉过来放进掌心，道："哀家知道你一心为我，哀家也不想和沈玦闹到那般田地。如今之计，唯有夺了沈玦的位子，让他栽下来，让那起子杀才都远离万岁，万岁才能用功！你也别急，夺他的位子，也不是就要处置他亏待他。还让他在司礼监待着，当个随堂秉笔，由他挑拣！你想啊，你地位比他高，他还不得事事都听你的？"

朱夏拧紧眉头，跪了下来，道："娘娘说得是。娘娘放心，轻重缓急，朱夏还是分得清的。"

"你要做的事儿就是拢紧沈玦的心，必要的时候，刺探些情报回来，哀家心里有个底。"太后缓缓抓紧朱夏的手，道，"明儿是中秋，大行皇帝孝期未出，宫里一切从简，哀家让沈玦早些回去安歇。你先到他家里去，布置好，安排妥当。男人嘛，就爱贤良持家的女人,在外头经历风风雨雨,回到家女人给他熨帖,心里才暖和。他府里听说冷清得很,你好好下一番功夫弄得热闹些。按说嘛,偌大一个府邸,没个主母怎么成?你可听明白了?"

朱夏重重点头。

第三十五章 郎心似铁

夏侯溦坐在游廊里扎兔子灯笼，莲香的儿子荣哥儿和府里一个妈子的女儿在他边上眼巴巴地等着。两人都才四五岁，身上换了新衫子，红灿灿的脸颊，眉心还点了胭脂，像菩萨旁边的善财童子。

夏侯溦从水盆里把泡软了的苇篾拣出来，先搭骨架子，捻着两道苇篾圈起来做腰，再抽出两根从腰里面穿过去交叉编在一起，还在腰中间加个横杠；接着扎脑袋，脑袋容易编，圈两个圆儿糊在一块儿，上头抈出一截当耳朵，撂开手，一个灯笼架子就成了。

两小不点儿看得一愣一愣的。夏侯溦不经意间抬起头，瞧见前面一根廊柱子后面站着昨晚上救的那个小姑娘。莲香说她叫李妙祯，是李家的庶女，没娘的孩子，准是被主母苛待过，浑身上下半两肉都没有，也不爱说话。她原本该充入教坊司，沈玦给大理寺递了话儿，把她改成官奴，放在沈府。

她换了新衣裙，藏蓝色的褙子，天青色的马面裙，睁着乌溜溜的眼睛偷看，还是不说话，见夏侯溦发现她，"唰"的一下躲回去了。

夏侯溦笑了笑，低头糊纸。他怕小孩儿弄破，糊了三层牛皮纸，再用朱墨点上眼睛，挂在灯杆儿上，下面坠上小流苏，拎起来一瞧，两个肥肥圆圆的小兔子在手边晃来晃去。两个小孩儿欢呼起来，够着手抓兔子。夏侯溦把灯笼举高，道："去把那个姐姐牵过来。"

小孩喊了声"好"，蹦跶过去拽李妙祯的袖子。那姑娘看着都快哭出来了，磨磨蹭蹭挨过来。夏侯溦又扎了一个灯笼，点上眼睛，挂上杆儿，挨个发给他们，道："人人都有份儿！"

两个孩子欢呼着拎着灯笼跑了，李妙祯提着灯笼还站在原地。

"有话要跟我说？"夏侯潋问她。

她慢吞吞地从怀里拿出一块羊脂玉玉佩，用手帕包着，递给夏侯潋。

"给我的？"

李妙祯点点头，说："谢谢你救了我。"她声音很小，蚊子叫似的，夏侯潋费了老半天的劲儿才听清。她垂下头，又道："这是我娘留给我的。娘亲说，知恩要图报。我没钱，只有这个玉佩，送给你。"

夏侯潋失笑，揉揉她的发顶，道："你娘留给你的东西我不能要，你自己收好。等以后你有钱了再给我也不迟，我不贪心，你给我一个铜板就行。好了，去玩吧。"

李妙祯重重"嗯"了一声，提着兔子灯笼，噔噔跑远了。夏侯潋伸了个懒腰，收拾水盆和牛皮纸，去沈玦院里。

沈玦的院子寥落得很，他不大喜欢别人进他的地盘，负责洒扫的只有几个小厮和莲香。暗淡天光下，婆娑的树影在庭院里徘徊，风吹过来，沙沙一阵响。他的院子不似府里别处精致秀丽，像文人画里端庄的山水。别的地方是为了待客，给别人看的，只有这个院子，是他自己的天地。

这样想起来，沈玦真是个矛盾的人。

明明权势滔天，却自律得像个僧侣，不事口腹之欲，不恋红粉之色，偌大的庭院，除了两缸枯荷、一棵梨树，竟然再无其他景致。青瓦白墙，清冷得像一座废墟，没有丝毫的人气儿。别人只见他登堂入庙时系鸾带、穿曳撒，被文武百官簇拥其中的如山排场，却不见他索居小院的素衣白裳、心如止水。

夏侯潋在院子里坐了会儿，觉得困，进屋去打盹。

睡得正香，外面喧嚷起来，帐子忽然被掀开，明亮的光照进来。夏侯潋迷迷糊糊睁开眼，有几个小厮七手八脚把他拽起来。他顿时清醒过来，死命挣扎，从人缝里挤出去，顺便拿檀木架子上的衣裳穿起来，又惊又怒道："你们干吗？"

"大胆奴才！趁主子不在，竟偷懒偷到主子屋里。莲香呢？把她给我叫来！"门口响起一个女人尖利的声音，夏侯潋望过去，一个丰腴的女人站在门口，梳堕马髻，满头珠翠，耳下两个嵌蓝宝石坠子，在阳光底下闪闪烁烁，像两滴将落未落的露珠。

一个奴婢扶着她走进来，坐在鼓凳上。先前逆着光看不清楚，现在夏侯潋才瞧见她的容貌：人长得还行，圆圆一张大脸盆儿，看着挺有福气，就是粉搽得太多了些，平添一股老气。现在的女人上了妆亲娘都不认识，夏侯潋估摸不出她的年龄。

沈府的主子只有一个，就是沈玦。这平地里冒出一个人喊他奴才，他摸不准她什么来头,只好规规矩矩作了个揖,道:"小人眼拙,不知夫人是哪家府上的?督主的院子不让旁人进来的,夫人还是快些移步的好。"

外面又进来一大堆人,夏侯潋转身往外看,只见一堆仆役在底下搬搬抬抬,两缸枯荷都被搬走了,一担担瑞香花、牡丹花和金钱菊,还有好几盆石榴花,把院子塞得满满当当,院子里顿时姹紫嫣红一片;还有人往树上挂宫灯,红的,绿的,各种颜色混在一起,让人眼花缭乱。

夏侯潋愣了,这是怎么回事儿?

那女人冷睨了他一眼,道:"我是谁?我是这府邸的当家主母!"

夏侯潋惊了,沈玦什么时候又多了一个妈?

她端起茶盏子,仪态万千地抿了口茶,叹道:"我知道,督主素日里不常回来,待下人也是极好的。可偏有些不长眼的,蹬鼻子上脸,主子不在,自己就称霸王了!今日还是我瞧见的,往日我没瞧见呢?谁知你这奴才干了些什么,赶明儿把家底偷摸兜出去也不一定!罢了,督主心慈,就由我当这个恶人。来人啊,把这偷奸耍滑的东西带下去,也不要多,打二十板子,发卖出去,不许他再入沈府!"

夏侯潋不怎么会对付女人,他这辈子几乎没见过什么正常女人,心里几乎有阴影了,硬着头皮道:"夫人误会了。小的不是府上的下人,是东厂干事。在督主的院子歇息是督主应许过的,不信您去问督主。"

莲香急急忙忙跑过来,道:"夫人,夫人真是误会了!夏侯干事和奴婢一样,是督主的旧仆,几次三番救督主于水火,交情深厚。夏侯干事在府里行走都不必通报,不必避讳,这是阖府皆知的!"

"哦,这样吗?"朱夏打量了会儿夏侯潋,见他一身黑色苎麻衣衫,说好听点儿是不起眼,说难听点儿就是寒碜,便勾起一抹不痛不痒的笑,道,"要不怎么说咱们督主心善呢!督主这人,我是最清楚不过的,顶顶地念旧。十几年前的老皇历了,督主还巴巴地对人家好。但是,有些人得有自知之明,知道自己的身份。督主给他脸给他体面,可他也不能觍着个脸就贴上去!"

朱夏从荷包里挑出几个金银角子,交给边上伺候的奴婢,道:"大过节的你来府上,我也猜得出是怎么个意思。皇帝还有草鞋亲呢,何况咱们督主。喏,这是赏你的,拿去使唤吧。今儿府里事多,晚间督主还得回来,恐怕不得空招待你。来人,送客。"

仆婢捧着一摞金银角子到夏侯潋跟前,他淡淡看了朱夏一眼,也没接银子,道了声"告辞",转身就出去了。

林子大了,真是什么鸟都有。罢了,他一个大老爷们儿,犯不着和一个不懂事的女人计较。

莲香拧着帕子，跟在夏侯潋身后出来，气恨道："这什么人儿啊真是！摆威风摆到这儿来了，还真当少爷把她当心肝疼！气死老娘了！小潋，今儿你先回去，等回头我跟少爷说去，看少爷不弄死她！"

夏侯潋说"算了"，又问道："这人到底是谁？"

莲香欲言又止，挣扎了半天，才道："算了，我跟你说了得了！少爷原本不让我说，可我这心里憋得实在难受！"她扯过夏侯潋，走到僻静地，道："她是先帝爷赐给少爷的媳妇儿！"

夏侯潋震惊了，原来沈玦已经有媳妇儿了！

"小潋，你往日在江湖行走，官宅的事儿你不清楚！这些什么主子，什么贵人，说得好听，给你配媳妇儿，帮你成家立室，可其实就跟配阿猫阿狗似的，他们自己看着喜庆看着高兴！也不想想，咱们少爷，受了那老大罪，早已、早已……"莲香掉下泪来，拿帕子拭了拭，吸了一口气，才道，"现如今一个女人搁眼前摆着，这不是戳人心窝子吗？"

夏侯潋拧眉道："就没旁的什么法子，把这女的给打发了？反正又没碰过她。"

莲香摇头道："哪能啊！她是太后的贴身婢女，明面上是少爷的媳妇儿，暗地里不就是个眼线嘛！少爷是有些权势，可终究不是正头主子，哪能说不要就不要？这个女人到咱们府里，回回都要作妖，不弄出点儿事儿来浑身不舒坦。说白了，她还不就是为了立威！她在宫里是伺候人的，到咱们府里就是主子，生怕别人不知道似的。这回她又拿上你做文章了。小潋，真是对不住！"

夏侯潋摇头说了声"没事儿"，低头想了一阵，笑道："行，反正今儿我没买菜，家里开不了火。我还就赖在这儿不走了，看她能拿我怎么样！"夏侯潋整了整仪容，大步流星往回走。莲香蒙了，迈着碎步跟在后头。

朱夏还在院里，坐在八仙桌边上。正门开着，她居高临下，遥遥指着天井底下的仆役，告诉他们花儿怎么摆，瓷器怎么放。夏侯潋按着雁翎刀进来，大马金刀往八仙桌边一坐，将雁翎刀"啪"地往桌上一放。朱夏吓了一大跳，捂着心口站起来退出去几步，颤声道："你……你怎么又回来了？"

莲香站在夏侯潋边上，也有点呆。

夏侯潋撑着脑袋望着朱夏，眉毛一挑，眼角眉梢都露着流里流气的痞相。

"嫂子有所不知，在下夏侯潋，乃是督主的结拜兄弟，素闻嫂子芳名，敬仰久矣，今日一见，果然不同凡响！"夏侯潋咧开嘴一笑，"嫂子，要不咱俩唠会儿嗑呗！"

朱夏横眉立目道："我跟你有什么好聊的！来人，把这泼皮拖下去！"

立时有几个仆役上来要拖人，模样看着陌生，看来都是这女的带来的。夏侯漱拇指轻拨刀镡，雁翎刀划出一截，道："刀剑不长眼啊各位，好歹是督主的地盘儿，不宜见血光。"众人起了忌惮，面面相觑，朱夏气得发抖，又要说话。

夏侯漱抢先一步，道："嫂子，小弟劝您三思而后行。小弟和督主乃是过命的交情，您养尊处优，恐怕不知道过命是什么意思。"他撸起袖子，给她看臂上的伤疤："瞧，这一道，差点废了我一条胳膊，就是为督主挡的。还有这一条、这一条，这边这一条，全是！"

朱夏瞅着那些令人心惊胆战的伤疤，心里没了底。原先以为夏侯漱就是个上门打秋风的穷酸亲友，督主念旧不舍得赶，她来做这个恶人；现下看来，他倒有几分分量。朱夏堆起笑来，道："原来是夏侯兄弟，都怪嫂子没眼力，误会贤弟了。来人，快看茶！"

夏侯漱和朱夏两人大眼对小眼坐着。朱夏心烦意乱，恨不得他早些离开，一会儿沈珙回来，难不成还要和这个流氓同桌吃饭不成？她还想和沈珙二人共处，一同赏月呢！料想应是不会，毕竟是个番子，哪有和督主同桌的道理。朱夏心里还是没底，唤人拿来酒，拿来几碟小菜，招呼夏侯漱，就盼他喝醉，把人抬走了事。

谁承想，夏侯漱一连两壶酒下肚都没醉，坐得稳稳当当，一副还能大战三百回合的模样。

好不容易挨到天擦黑，沈珙终于从宫里回来。夏侯漱和朱夏面对面坐在堂屋，听到院外一溜脚步声，朱夏欣喜地站起来。昏沉天色下，沈珙风尘仆仆进门，打眼一看，满眼花红柳绿，还以为自己走错了道儿；又转过头，才看见朱夏站在门边上，而夏侯漱坐在桌边，嘻嘻地冲自己笑。

朱夏跨出门槛，迈着小步赶上去迎接。谁知身边一个黑影蹿过去，挡在她身前，一把抓住了沈珙。

"小珙，你可回来了！"夏侯漱一把拉住沈珙，引着他往里走，坐在桌边，还不忘吩咐下人，"麻利地上菜！"

"小珙？"朱夏愣了。

夏侯漱一拍脑袋，道："一时高兴，把小名儿给喊出来了！嫂子有所不知，我与督主交情深厚，向来是直呼小名的。我喊他小珙，他喊我小漱。"说完，他转头问沈珙："是吧，小珙？"

沈珙看着他，灯影下，夏侯漱眉眼弯弯，一双黑漆漆的眼里掺了灯火，像金色的荧光。夏侯漱笑得太夸张，做戏做得太明显了，沈珙抿着唇笑了笑，道："不是。"

夏侯潋没想到沈玦会拆他台，顿时愣了。

朱夏一喜，正要说话，沈玦却又道："你记错了，我向来是唤你'阿潋'的。"

夏侯潋呆了呆，有些不知所措。

朱夏强笑着道："督主果真是念旧，想不到你们交情这样深。"

"何止是深？"沈玦轻轻笑道，"阿潋的娘亲为了我受伤，后来溘然长逝。阿潋自己为了我也受了许多伤。我欠阿潋的，永远也还不完。"

朱夏怆然道："原来有这往事在里头，夏侯兄弟怎的不与妾身说？之前多有误会，还望贤弟不要放在心上。"她在沈玦边上坐下，接着道："贤弟是督主的恩人，自然就是妾身的恩人。往后贤弟有什么难处，只管说与妾身，妾身定然倾力相助。"

夏侯潋只皱眉对沈玦说："你这说的哪里话？我娘的事儿和你有什么关系？"

沈玦不答话，夏侯潋还想说什么，仆役上了菜来，一盘盘搁在桌上。

夏侯潋闭了嘴，看了眼沈玦，见他垂着眼睫，烛光下，长而弯的睫羽像蛾翅，在眼下罩下一层淡淡的影子，有种温和的美。他看不透沈玦的神色，只好作罢，转眼瞧见朱夏坐在沈玦边上，挨得还有些近，便道："嫂子宫里出来的人儿，怎的不懂规矩？"

朱夏一愣，道："什么？"

夏侯潋叹了口气，道："想是督主太过放纵嫂子。小弟与督主叙话，嫂子当侍立在侧，奉茶倒水才是。试问哪家哪户有媳妇儿上桌的道理？便是我等蓬门荜户，婆娘也该到厨房吃饭的，怎的嫂子坐得这般稳稳当当？"

朱夏僵硬地站起来，咬着牙笑："贤弟说得是，说得是。"

沈玦几不可见地微微笑笑，开始布菜。

朱夏站在一侧干看着，恨得咬牙切齿。原本她该与沈玦赏月对酌的，现在她的位子坐着夏侯潋，而她只能站在旁边挨饿。

等他们吃完饭，天已黑了。今儿的月亮圆，挂在漆黑的天幕上，像一片薄薄的剪纸。后面点了灯，晕晕亮起来。

夏侯潋望着月亮，觉得这月亮又大又圆，有点像朱夏的脸盘子。

天井底下摆了香案，正中间坐着一个泥塑的白兔，穿一身红裪子，胸前写了一个"福"字，眼睛弯着眯眯地笑，瞧着甚是喜人。朱夏跟在沈玦后面，要和他一起拜，夏侯潋横插进来，一面还甚是抱歉地说："对不住，对不住，个头长得大，嫂子站远些。"

朱夏气得嘴都要歪了，她和沈玦好好的两个人，中间插了一个夏侯潋。莲香见状，在香案下多设了一个蒲团。沈玦看在眼里，却并不阻止。于是沈玦和朱夏一左一右，夏侯潋在中间，三人一同跪在蒲团上，捻着香拜了三拜。

待起来，朱夏问沈玦许的什么愿。沈玦不答，反问道："你许了什么？"

朱夏羞赧低头，细声道："妾身没什么求的，督主又天生是在富贵尘里打滚儿的人，也应有尽有了。妾身只希望督主平平安安，事事如意。"

"富贵尘里打滚儿？"夏侯潋笑了。

朱夏听他说话就讨厌，心里憋了一口气，道："贤弟又有何说头？"

"我倒觉得督主是个在冰天雪地里牧羊十九年的人。"

这话说出来，大家都愣了。朱夏掩嘴笑道："牧羊的是苏武，督主又没有被番邦抓去，和苏武有什么干系？夏侯兄弟这典故用得忒不熟练了些。不过，我们家督主确是个傲骨不屈的人物，倒也勉强搭得上。"

沈玦偏头望着满庭月光。只有他明白，夏侯潋说的不是持节不屈，是人如凛冬，心如止水。

沈玦瞧着天色，对朱夏道："天色不早了，你可要去安歇了？我送你！"

他话里有不容摇撼的肯定，朱夏本还想多留一会儿，见他已经挑了灯笼等自己了，便只好跟着出去。夏侯潋原想跟着，沈玦却让他待在原地。

一路寂静无声，仆役远远落在后头，沈玦手里宫灯摇晃，照亮脚下方寸大点儿的地方。朱夏心里怦怦跳，等了这么久，终于等到和他独处的时候了。她故意放慢脚步，沈玦察觉到了，也迈得小了些。回廊曲折，四周叶影丛丛，朱夏微微弯起嘴角，觉得此时此刻，天地独属于他们二人。

"夏侯出身民间，性子跳脱，你多担待些。"沈玦一面走，一面道。

"妾身怎会和他一般见识？"朱夏保持着笑容，"他说话有意思，妾身倒觉得有趣儿呢。"

"是吗？"沈玦笑了笑，道，"今儿用的可是我上回送你的胭脂？"

朱夏点头，道："督主很会挑颜色，这个正适合妾身呢。"

"你底子生得好，略搽一些就很好看。我听闻波斯的螺子黛也很好，下次番人进贡，我设法为你寻一些来。"

朱夏含笑道："督主有这心意便好。那是娘娘才能用的，妾身用铜黛便好，不必如此麻烦。"

到了她的院子，沈玦停在门口，把宫灯递给婢女。朱夏心里怅惘，明明那么长一段路，怎么一下子就走完了呢？

"你要用自然要用最好的，娘娘用的又如何？怕我寻不到吗？"沈玦淡淡笑着。他的笑意向来不深，浅浅地一勾唇，笑意却比春风还要和煦。

朱夏一直是喜欢他的，喜欢他的容色，也喜欢他的温和。她从没见他发过脾气，对谁都温温柔柔，进退有礼。她知道他不喜欢别人揭他的伤疤，可因着这样的残缺，她才觉得自己配得上他。

她仰着头看他，他也略低着头看她，瓷白的脸上淡淡一点儿笑影，是别样温柔怜惜的神情。朱夏福了身，跟他告辞，转过身慢慢踱进院里，走了一截子路，又转过头，想再看看他。他还站在原地，远远望着。

他喜欢她。她确信了，心里像有什么塌了，轰然的一声。她跑过去，急匆匆，像下一刻眼前的人儿就没了似的。沈玦轻轻扶住气喘吁吁的她，问："怎么了？"

她放低声音，只有他们俩可以听见："小心新任禁军统领万伯海。"

沈玦脸上的笑影更深了。目送她进了屋，里头亮了灯，他转过身，走回正院。

沈玦回去的时候，夏侯潋坐在门槛上扎灯笼，身后是暗红褐色的门扇，头顶是坠着流苏的大红灯笼。柔软的光和影中，他是一笔浅淡的墨迹。细碎的檐铃声儿响起，飘飘摇摇的一长串，夏侯潋听见沈玦的脚步声，抬起头来。沈玦依旧是温和的笑意，将红褐色的光影还有飘扬的铃声都碾成一束光，溶化在他黑色的眼眸里。

沈玦嫌门槛上脏，要他坐到廊庑底下说话。

夏侯潋搬着盆坐到沈玦身边，把苇篾重新拣起来，在指间压来挑去。沈玦看了一会儿他扎灯笼架，问道："为什么要针对朱夏？"

"看她不顺眼呗。她是太后的人，你顾着身份，不能拿她怎么样，也不能随便挤对她，"他转过头来笑，"那就我来，反正我就一流氓，说话就这么没规矩。她吃了哑巴亏，不能拿我怎么着。"

沈玦"喊"了一声，满脸不屑道："你还担心我吃亏不成？要你帮我出什么气？"

夏侯潋低头摸摸苇篾，道："不担心你吃亏，担心你不高兴。"

沈玦愣了一下，随即淡淡道："都习惯了。"

夏侯潋望了会儿廊顶，忽然道："以前我还在道上混的时候，威风过那么几年，你听过没？无名鬼的名号，还上过《伽蓝点鬼簿》来着。"

沈玦颇有些鄙夷地看着他："怎么，闲着没事儿，跟我数英雄老皇历吗？"

"当然不是，"夏侯潋有些无奈地嘟囔，"我哪敢在你跟前显摆？我是想说，那会儿大家都觉得我厉害，横波扫遍江湖，见者封喉。可其实根本不是那样，夜路走多了会见鬼的。他们在杀场上死在你的刀下，晚上做梦的时候，他们会回来找你，在你耳边喊你的名字。而那个时候，你砍再多刀也杀不掉他们。"

他摸摸自己手上的箭疤。

"那时候我养成一个睡觉抱着横波的习惯。别人都说我警惕,睡觉都提防夜里仇家找上门。其实不是,我提防的不是从大门来的仇家,而是从梦里来的。"

明明是个才二十来岁的年轻人,还是个刺客,却总是像个老人家满嘴神神鬼鬼的。沈玦很无奈,却也明白他,道:"别怕那个。现在你换了张脸了,鬼也找不到你。"

"所以,其实面儿上的威风都是假的。"夏侯潋慢慢道,"少爷,你对我不必瞒着,你要是觉得不高兴,不要憋在心里。"

沈玦明白这家伙拐弯抹角说了一大堆,到底想说什么了,原来他是怕自己心里不高兴,瞒着不说。他不高兴吗?到现在,他早就没什么感觉了。逢场作戏,他早已经手到擒来。不仅手到擒来,而且炉火纯青,假的能被他演成真的,坏的也能被他装成好的。什么高兴不高兴的,达到目的不就好了?他蹙了眉头,道:"别一天天咸吃萝卜淡操心,自己太平了就琢磨别人了,我不用你操心。"他顿了顿,又道:"也不用你同情。"

他向来是骄傲的,就算卑微到尘泥里,也要硬挺着腰杆站起来。夏侯潋笑了笑,没应他的话,只道:"少爷,咱以后能不笑就别笑了吧。"

"怎么,觉得丑吗?"沈玦冷笑起来。

"不丑,少爷怎么会丑?"夏侯潋道,"就是瞧着还不如不笑。"

夏侯潋微微侧着头,眼角眉梢都是疏淡的笑意。

沈玦缄默了。四周静谧,偌大的夜,仿佛只有他们两个相对而坐。

他什么样儿他自己最清楚,走得越高,摔下来越惨烈,离开脚底下一亩三分地的金砖,他什么都不是。他要么是高高在上、万人敬仰的东厂督主,要么就是披头散发、人嫌狗厌的阶下囚。他小心经营,每一步都如履薄冰。

可谁管他这些?别人要么盼着从他身上捞油水,要么盼着他倒台自己出头。没人管他开心不开心,连他自己也忘了。

夏侯潋低头继续扎灯笼。灯笼架已经编好了,他开始糊纸,还是小兔灯笼,但这次的更大更圆,耳朵竖起来,像两把蒲扇。

他那专注的眉眼,虽只是在扎一个灯笼,却像在雕镂玉石似的,眼睛都不眨一下。他总是这样无聊,小孩儿问他要灯笼,他就扎了一个又一个。

沈玦不动声色地看着。

"大功告成!"夏侯潋忽然道,他把灯笼提起来,在沈玦面前晃了晃,"喏,送你的。"

沈玦瞥了眼夏侯潋手里的兔子灯笼,道:"我又不是小孩儿。"

"人人都有份嘛。小的有，大的也有。"夏侯潋把灯笼放进沈玦怀里。

手伸过来的时候，沈玦看见他指尖的伤口，是被苇篾划伤的，极细小的一横，露出淡淡的血色。

"你受伤了。"

"不碍事。"夏侯潋不以为意。

沈玦捏住夏侯潋的腕子："不好好处理处理，一会儿没命了可怎么办？"

一点伤就没命，那他怎么活到现在的？夏侯潋在心里大吼。

沈玦还犹自说道："上回有个番子，好像是子字颗的，被渔网钩子划了一道，回去发了几天烧，人就没了。"

还真有这事儿吗？夏侯潋站起来，道："我回家歇着了，明儿见！"说完就转身走了。

沈玦目送他离开，看见他在下台阶的时候差点儿跌了个跟头。

夏侯潋回到家，关上门，处理了伤口，打了几套拳，又把伽蓝刀法从头至尾耍了一遍，累得精疲力尽才回屋睡觉。

日子步入正轨，夏侯潋每天早上起来，刷牙漱口洗脸，去衙门应卯，听上峰训话，然后跟着徐若愚走街串巷，查案子，打探事情。他们辰字颗用衙门的款子雇了一帮乞丐，专门帮他们打探消息，什么大理寺卿的大儿子不举，媳妇儿生的娃儿其实是小叔的，或者城郊张员外家又生了个女儿，已经是第十二胎了还没生出儿子，诸如此类，不一而足。

夏侯潋负责把这些鸡零狗碎的破事儿抄录在案，交给司房存档，司房从里面挑他们觉得重要的递上去给沈玦看。后来徐若愚看了眼他的字迹和措辞，决定把这个工作交给另一个姓白的同僚。

当番子月钱虽然不多，才二两银子，但有时候接到案子，去那些当官的家里搜查，能捞着不少油水。有一回礼部侍郎的夫人莫名投了河，他夫人和太后家沾亲带故，娘家报案，太后把案子发到了东厂。

这案子正好在他们辰字颗管辖的地盘，徐若愚带着夏侯潋和几个人上门查案。礼部侍郎一见人就捧出一盘金锭子，规规矩矩端到徐若愚面前。徐若愚自己拿了三锭，剩下的都分发给了弟兄。许久不见金子，夏侯潋不免有些感慨，当下宴请辰字颗诸弟兄，在褚楼包了场子，又是叫清倌人又是请堂客，刚到手的金子就花没了。

前些日子太平得很，没啥大事儿发生，有时候放了衙，徐若愚会邀他去云仙楼喝酒，或者去粉头家里听曲儿。他问了几嘴东厂以前是不是有个番子被渔网钩子划伤然后死了，徐若愚点头说是，钩子沾过鱼肉不干净，那番子没注意，回家发了几天烧就没了。看来还是沈玦这小子大惊小怪，苇篾哪能跟渔网钩子一样？

他们隔天回衙门应卯，不知道怎的上头知道他们出去玩乐的事儿，骂他们国丧未过便饮酒玩乐，一人罚了三个月的月俸。原本喝酒吃肉这事儿上头从来都是睁一只眼闭一只眼，这回准是有人背地里举报。徐若愚骂了好几句。

夏侯潋没有旁的收入，只好日日去莲香那儿蹭饭。

下个月皇上要出宫进香，夏侯潋一下子忙起来了。毕竟是帝王出行，一切都必须确保万无一失。京城的守卫增多了一倍，他们被派去四处查缉流民，要么关大牢，要么勒令他们离京。他们有的时候蹲在大路上瞧，看谁长得贼眉鼠眼就上前盘问一番，查了路引户帖再搜几钱银子才给放行。

这天沈玦在家门口备车，准备去宫里。夏侯潋轮值护卫，和诸位弟兄在马车后面骑马等着。

沈玦在旁人面前并不和夏侯潋亲近。他在东厂威严甚重，法令严明，虽然常常笑以待人，但那股傲比万户侯的气度仍是让人望而却步。他不发话，底下人是不大敢吱声的。他私底下就随意很多，近来还常常跟夏侯潋勾肩搭背的。

沈玦从府里出来，沈问行一溜小步跑到马车前，把矮凳搬出来搁在地上。夏侯潋和番子们齐齐抱拳，恭恭敬敬喊了声："督主。"

沈玦刚要登车，一个八九岁的男孩儿直眉睖眼地贴着墙跑过来，手里举着一把狗尾巴草，口中叫着："好俊俏的大哥哥！送你花儿！"

一个番子拦住了他，大家都抿着嘴儿笑。

有番子道："小娃娃，你这是狗尾巴草，可不是花儿啊！"

小孩儿懵懂地瞧瞧手里，又瞧瞧沈玦，道："可刚才那个哥哥说这是花儿呀！"

那边的沈玦忽然道："掰开他的手！"

番子色变，忙把孩子握着狗尾巴草的拳头掰开，里面藏了一根毒针，太阳底下，针尖泛着妖异的蓝色。小孩儿忽然尖叫起来，不管不顾地冲向沈玦。夏侯潋上前拉了一把沈玦，将他护在身后，另一个番子冲上去，将那孩子踹倒在地。

孩子扑在地上，没有再爬起来。番子把他翻过来，只见他口眼流血，已是没命了。

"聪哥儿！"又是一声尖叫，一个妇人从胡同口跑过来，抱着地上的孩子哭号，"我的聪哥儿啊！好你个沈阉，他不过是个孩子，不小心冲撞了你，你就要他的命啊！"

胡同口渐渐围了一群人，站在那儿嘀嘀咕咕指指点点。

"沈阉！你草菅人命，还我孩子命来！大家快来看啊，快来看啊！天子脚下，沈玦目无王法，欺负我黔首百姓，没天理啊！"妇人散发大哭，"走了个魏阉，又来个沈阉！没活路啊！"

沈玦冷声道："来人，把这妇人带下去！"

番子去拖人，妇人疯了似的乱撞。最后不知谁推了她一把，妇人踉跄着后退，头磕在沈玦家门口的石狮子上，一头碰死了。

霎时间，沈玦家门口横尸两具，石狮子的须弥座上鲜血淋漓，百姓哗然。

第三十六章　歧路行迷

三通鼓后，钟声响起，仿佛自浩渺天穹传来，在天街上一圈一圈地回荡。天色还早，是微微的蓝，一轮残月挂在东方，薄而透明，是唯一的一点白。午门在钟声中洞开，百官分为两列自掖门后缓步走出，沿着天阶进入太和殿。

殿内锦衣卫沉默静立，着彩绣明艳的飞鱼服，拿鎏金镶宝的绣春刀，百官在他们的注视之中分列两班。幼帝还没有来，这是常事了。皇帝年纪太小，时常起不来床。百官们记得有一回幼帝赖床不起，他们在殿中等了半个时辰，方匆匆跑来一个内侍宣布今日辍朝；还有一回他们终于等到了幼帝，却是在司礼监掌印沈玦的背上上的殿，而且坐在宝座上时似乎也没有完全清醒。

天慢慢清明起来，熹微的晨光照入大殿，殿侧的彤花排门终于开了，内侍簇拥之中，一个哈着腰的男人擎着一个孩子的手走上宝座。孩子戴着乌纱二龙戏珠翼善冠，着黄地盘领衮龙袍，玉带太宽，虚虚悬在腰上，杏黄色的裙摆下，露出皂色的御靴。

幼帝在搀扶下登上宝座，脚挨不到脚踏，只能悬在空中。他身侧的男人为他披好衣袍，从容直起身。晨光中看不清男人的脸，只听得他缓缓开口，声线清朗犹如佩环相击。

"跪——"

百官纷纷垂首跪地，口中山呼："吾皇万岁万岁万万岁！"

呼声如潮，从太和殿涌向整个紫禁城。百官再站起来时，终于看清幼帝身侧的那个男人——乌纱帽下的脸庞无悲无喜，金织绣蟒衬得他姿容瑰秀，他是大岐最显赫的宦官，职掌中宫，权压百僚。

诸臣礼毕，沈玦高声道："有事启奏，无事退朝。"

大殿末班扬起一个声音："陛下，臣有事启奏！"

幼帝开口道："准奏。"

中书舍人自末班行至御前，声声咬字入骨："司礼监掌印沈玦当街杀人，门头沟生药铺姚氏母子横尸沈府大门，当中幼童不过八岁之龄。沈玦丧心病狂，百姓惊骇，民怨沸腾，还请陛下定夺！"

百官惊诧，议论纷纷。沈玦把持厂卫，权势滔天，鲜有人与其作对，按说死的不过是两个平头百姓，没权没势的，塞点银子封住家人的口，再到刑部大理寺上下打点一番，这事儿也就揭过去了。谁知竟有个不长眼的，把这事儿捅到大殿上来。

幼帝下意识看了一眼沈玦，见沈玦没有什么反应，仍是垂着眼睫的模样，仿佛底下人弹劾的不是他一般。幼帝握着拳头咳了一声儿，道："此事朕早已知晓，早前沈厂臣便已递了折子，同朕细细分说了一番。此事乃是姚氏母子先寻衅挑事，番子动手阻挠，推搡间二人不幸毙命，实与厂臣没什么干系。"

中书舍人不依不饶："此乃沈玦一家之言，陛下如此独断，恐有偏听偏信之嫌！"

沈玦也并非没有拥趸，阉党的人觑着沈玦的神情，互相交换一个眼色，锦衣卫指挥使昂然出列，道："陆大人此言差矣。此案一发，锦衣卫便已经查明。仵作验尸，发现二人身上皆无打斗痕迹，那姚氏妇人唯有头顶一处磕伤致命，而那男童死因更为蹊跷，乃是中雪上一支蒿之毒。难不成厂臣早就知道这二人会在沈府闹事，先给那男童服了毒药不成？"

幼帝点头同意。大理寺卿掖着牙笏出列，道："陛下，按大岐律，此案当下发刑部查办，大理寺复核。锦衣卫虽有侦缉之责，但终究与厂臣过从甚密。这几日臣时常听闻，锦衣卫偏帮偏护，百姓不服。依臣之见，不如将此案移交刑部，重新审理，也好还厂臣清白之名。"

阉党皆变了色。大理寺卿嘴上说为沈玦着想，但此案一旦脱离厂卫控制，谁知会生出什么幺蛾子来？看来中书舍人不过是个领头开炮的先锋官，厉害的还在后头。这是官场的老把戏了，官阶小的冲锋打头炮，真正主使坐镇后方，只是不知道幕后人究竟是谁。

阉党众人齐齐看向首辅。那是个老头子，执着笏板，两个眼皮耷拉着，一副眼观鼻鼻观心的模样。阉党递着眼色，似乎不是他？

幼帝拿不定主意，频频看向沈玦。沈玦偏吞了哑药一般，动动嘴皮子的兆头都没有。幼帝沉吟着，道："那……"

"陛下，"锦衣卫指挥使又道，"查问卷宗都存在锦衣卫衙门，何须再审一遍那么麻烦？不如请大理寺派人过来，核查卷宗文书。若非有必要，诏狱当着大理寺诸臣工的面儿，再提审一遍。如此岂不便宜？"说着，他斜斜看向大理寺卿，"难道大理寺疑心锦衣卫办事不力不成？"

"大人多虑，"大理寺卿微微一笑，"臣也是为沈厂臣着想。若厂臣清白无辜，又何惧刑部再审一遍呢？"

两个人你来我往，丝毫没有退让的意思。幼帝在宝座上坐了半天，早已不耐烦，屁股左动右动。底下双方已经吵起来了，大岐文官颇有血性，肩不能提手不能扛，可嘴皮子能压死人。幼帝听了耳朵疼，拍着金漆围屏大声道："够了！都给朕住口！"

大汉将军大喝一声，臣工都悻悻住了口。幼帝看向沈玦，道："厂臣，这毕竟是你的事儿，你倒是说句话，怎么处置的好？"

见大理寺卿又要开口，沈玦缓缓抬起眼来，眸中风雷毕现，竟将他逼得生生住了嘴。沈玦提着袍子，一步步从汉白玉台阶上下来，摘了乌纱帽，向幼帝叩首道："食君之禄忠君之事，臣身为司礼监掌印，替陛下分忧原本才是臣的分内之事，谁承想倒给陛下惹了麻烦，将这等事儿闹上殿来，还要陛下忧心，臣实在万死难辞其咎。此二人无端殒命确实与臣无关，但臣空口白牙，确也说不明白。既然刑部可以还臣一个清白，便望陛下将此案移交三司，臣褪下乌纱帽，闭门悔思，听凭决断。"

幼帝慌道："这如何使得？厂臣摘了职务，宫里头可怎么办？过几日朕还要去广灵寺进香，这一应事务都是厂臣经手，如何能说走就走？"

锦衣卫指挥使上前道："不如请厂臣暂领诸事，若刑部要审，随时派人传唤便是，也是一样，还免得陛下忧心。"

"有理有理，就这么办！"幼帝喜道。

散了朝，沈玦扶幼帝回寝宫。阉党在宫门聚集，手揣在袖子里一边等沈玦一边商量对策。来者不善，且还来势汹汹，大家都被打了个措手不及。他们正嗟叹着，远远地瞧见那个男人从天街上迤逦走过来，璀璨的晨曦拥着他，仿佛是上天极为眷顾的人儿。

沈玦走近了，却虚虚一抬手，众人都噤了声儿，拱手低着头退立左右。他上了马车，众人目送着他离了宫，面面相觑，不知下一步该如何是好。

进香的日子一眨眼就到了。御道上清了路，两边支起步障，百姓在楼上探出脑袋来看，底下乌泱泱的一长串。因为先帝夏日里晏驾，今年的进香十分简省，然而落在百姓眼里，仍是十分豪奢。凤辇龙车，卤簿开道，禁军护卫，厂卫随行，锦绣堆成堆，端的是天家气派。

幼帝在队伍的最前头，好不容易出宫，高兴得紧，扒着窗子看外头的景致。龙辇后面是太后的凤辇，太后端坐在里面，手里慢慢数着佛珠。她依旧是秀丽的脸庞，戴了狄髻，珠翠压在头顶，越发显得云鬓如墨，肤色如雪；唇上点了口脂，油汪汪的，精致得像一块精雕细琢的宝石。朱夏侍奉在旁。辇车旁经过沈珙，朱夏眼睛一亮，隔着窗子朝他行了一礼。

"厂臣近来可好啊？"太后瞥见沈珙，淡淡地开口。

"劳娘娘挂念，臣依旧是老样子。"

"可我听说厂臣最近惹了官司，沾上两条人命。听说他们的家人甚是蛮横，这几日常在东厂门口蹲踞，哭喊着要申冤。可有此事？"

沈珙淡笑着答道："确有其事。陛下已移交刑部查办了，相信不日便有结果。"

太后见他神色自若，微不可察地皱了皱眉，语气却还是淡淡的，仿佛漫不经心："厂臣是个有成算的，想必不会被这等无赖拖累。"

"借娘娘吉言。"沈珙眯眼望着御道上的日光，"是不是无赖，还要再看分晓。"

"哦？厂臣的话似乎别有深意？"

"娘娘多虑了，臣没有旁的意思。左右是三司的职分，臣听凭料理，料想各位大人才高德俊，定没有冤枉臣的道理。"沈珙略略矮身行了一揖，打马往前走了。

太后看着他的背影，冷哼了一声。倘若听凭料理，那他还是沈珙吗？太后定了定神，低声问朱夏道："万伯海那儿消息可传妥了？"

朱夏点头："都妥当了。"

"好。"太后慢慢勾唇，"沈珙厉害，料想姚氏母子还放不倒他。可他必定想不到，我还有后招。广灵寺，且看着吧！"

朱夏悬着心，微微咬唇："娘娘，您会要他的命吗？"

太后拢着朱夏的手，笑道："傻子，我怎么会杀他？不过是给他点儿教训，吃吃苦头。放心，横竖会留他一命的，总不能让你做寡妇。"

朱夏迟疑着点点头。

沈珙慢慢走着，司徒谨策马赶上来，低声道："督主。"

沈珙按了按太阳穴，天气转凉了，身子不大爽利。他扭过脸问道："夏侯潋没来吧？"

"没有，我已告知他错误的时间，他应当以为今日休沐，后日才是进香的日子。"

沈珙点头："这样就好。"朝堂上的腌臜事儿，他不希望夏侯潋掺和进来。夏侯潋好不容易才有的安稳日子，不能被他拖累。

"督主……"司徒谨看着沈玦苍白的脸色，沉声道，"万事小心。"

夏侯潋在家剥蒜头。

这几天东厂很不太平，锦衣卫还在查案，姚家人纠集一帮街坊邻居，扛着尸体到东厂衙门哭闹，姚家老少全睡在门口，日夜吵嚷不停。也不知道他们哪来这么大胆子，敢和东厂叫板。最难办的是此事已经上达天听，东厂不能随意处置，只好任由他们胡闹。

夏侯潋直觉事情不简单，可他职位低微，帮不了沈玦什么忙。姚家人吵得衙门没法儿办公，夏侯潋带着一帮弟兄，从大牢搬了钉床出来，铺在门口。姚家人没地躺也没地落脚，隔着墙叫骂几声，才悻悻走了。

好歹把人给弄走了，大家都松了一口气。

剥了一小筐蒜，夏侯潋站起身来去厨房，听到大门忽然被砰砰砰敲响。夏侯潋擦了擦手开门，朱顺子气喘吁吁地扶着墙站在门口。

"怎么……"

夏侯潋还没问完，朱顺子扯着他的手臂往外走："你这人儿！今日万岁去广灵寺进香，你竟然逃班！逃就逃吧，还被你们颙长发现了！得亏你们颙长心善，没报上去，打发我来找你让你归队！快快快，我们快去广灵寺，这会儿估摸还能赶上。"

"什么玩意儿？"夏侯潋蹙眉，还是回去换了曳撒，带上雁翎刀，"不是说后天才进香吗？"

"上峰说话的时候你在打瞌睡吧！是今天！"朱顺子叫道。

朱顺子没空和他叨唠，两个人快马赶去广灵寺，沿着古道一直走，到了山脚，直接踏着石阶上山。山风细细，凉意入骨，老槐树的叶子哗啦作响。广灵寺的石阶太长，他们两个在上头像两只蚂蚁，蹭蹭着往上爬。

爬着爬着，夏侯潋觉得很不对劲：皇上进香，沿途该有锦衣卫、禁军把守才是，怎么一个人也没有？

他扭过头问朱顺子，朱顺子也是一脸呆滞。

林子里传来人声，朱顺子想过去，夏侯潋拉住他，做了一个封口的手势。夏侯潋弓着腰摸过去，蓬草长得很高，能到大腿边。夏侯潋慢慢蹭过去，像一条无声无息的蛇，附在一棵槐树边上，错出一点儿身子，窥视那边的情况。

是五个禁军兵士，有一个走出一截子路，离夏侯潋只有五步远，扯开汗巾子在草地里撒尿。

另外四个坐在地上歇息，有个三角眼从铠甲里摸出一串碧玺珠子，上面缀着一对坠角,还有青金石的佛头塔,在太阳底下闪着光。珠子上沾了星星点点的血迹,三角眼拿衣袖细细擦着,一边问道:"哎,老大,你说这玩意儿能卖多少钱?"

"那我哪知道?你送去琉璃厂,准能卖个好价!"被叫老大的那个剔着牙道,"可惜只砍了他的手,没把人逮着,要不然赏金够咱们下半辈子使唤的了!"

有人嘿嘿笑道:"你们瞧见他模样没,那叫一个标致!听说宫里出来的人儿就是水灵,没想到一个太监也生这么个天仙样儿。"

撒尿的人在那边高声凑话道:"横竖缺了二两肉,就当是个女的吧!"

正说着,视线里忽然闪过一抹冰冷的铁光,像刀割在眼皮上,所有人悚然一惊。

前方十步远的地方,槐叶纷飞,他们出恭的同伴惨叫着后退,一手拉着还没有穿好的裤子,一手捂着脸侧。他踩着槐叶,吱呀作响,所有人都看见,他每踩过一片叶子,就有淋漓的鲜血从他嘴里流下来滴在那片叶子上,鲜红得刺目。

逼他后退的,是一把雁翎刀。那把刀一直伸进他的嘴里。他一步一步后退,藏在槐叶后面那个人终于现出身来。那是一个穿着黑色曳撒的男人,单手拿着刀,斑驳阳光下,眼睛黑黝黝地可怕。

所有人站起来,拔出刀,对着那个男人。

"不想死的话,告诉我督主在哪儿,否则,"男人持刀的手用力一抖,雁翎刀破碎了他们同伴的口腔,"像他一样。"

"找死!"

"是东厂的阉狗,剐了他!"

夏侯潋没有说话,收回雁翎刀,金色的刀光在缓慢的推移中没入刀鞘。他侧身握住刀柄,缓缓下蹲,身上的气势忽然变了,肃杀如凛冽的严秋,网巾下隐约露出的那双眼睛,闪烁着孤狼一般的狠意。

兵士中的老大冷笑一声:"怎么,怕了吗?"

三角眼大笑道:"不仅是阉狗,还是一只没胆儿的狗,你可比你那些同僚差劲多了!奶奶的,正好老子歇息够了,再剐一只阉狗回去邀功!"

"你伤了督主?"夏侯潋盯着他冷冷道。

"老子砍了他的手!"三角眼把碧玺珠子塞进铠甲,得意扬扬地笑。

"断了吗?"夏侯潋的眼睛黑得不像话,眼神变得越发恐怖。

那眼神太吓人,三角眼打了个寒战,觉得自己看到的不是一个人,而是从尸山血海里爬出来的恶鬼。可他们有四个人,而对手只有一个人!他壮了壮胆,狞笑道:"那个死太监的碧玺在我手里,你觉得呢?"

夏侯潋森冷地呼吸,眼里翻涌着滔天的怒火。

杀了他们。这些人，全都得死！

三角眼当先，所有人吼叫着扑上来，冷冽的刀光映在夏侯潋脸上，是极亮的一竖条。夏侯潋没有动，仿佛凝滞在原地，保持着握刀的姿势，死死盯着三角眼手中的雁翎刀。

三角眼终于到达夏侯潋的面前，双手握着长刀斩破空气悍然下劈。就在那一刻，夏侯潋动了，金色的刀光从刀鞘中迸溅而出，仿佛万点碎金散落空中。那是速度极快的一次拔刀，极速让它有了雷霆万钧的力量，呼啸着斩向三角眼的雁翎刀。刀与刀在空气中相撞，只听得极度刺耳的铿然一响，三角眼的刀应声而断。

然而三角眼甚至来不及惊讶，夏侯潋反手再次挥刀，刀刃切过他的脖颈，仿佛割断一簇韭菜。

三角眼身后的同伴下意识地停住了步伐，他们看见无头尸体倒下，还有后面那个男人黑黝黝的双眼，凶狠犹如恶煞。

夏侯潋没有放过他们，踩着三角眼的尸体踏步而来，手中的雁翎刀在阳光下闪烁如潋滟波光。同样是雁翎刀，在他们的手中和别的刀没有什么两样，在夏侯潋的手中却仿佛猛虎的獠牙。

他们和夏侯潋撞在一起，夏侯潋以刀背叩击老大的嘴。这一击夏侯潋用了十二分的力道，老大的嘴巴立时开裂，两颗牙齿混着血喷出来。背后有人挥刀，夏侯潋没有回头，而是将雁翎刀从肘后伸出，以一个诡异的弧度刺破那个人的手臂，再一挑，筋脉被挑断，那个人捂着手哀号着跪地。

最后一个人选择了逃跑，夏侯潋抽出腰间的三箭手弩，漠然发射，三支箭正中那人背心，那人立时倒地不起。不过几个呼吸的时间，三个人死了，两个人废了，鲜血蔓延着浸染了枯黄的槐叶。

朱顺子缩着脑袋从树后面走出来，畏惧地望着夏侯潋。他怎么也想不到，平日里大大咧咧、一团和气的夏侯潋，杀起人来这么狠辣。他还记得上回他碰见在集市买菜的夏侯潋，这家伙大概不怎么会砍价，在肉摊边上磨蹭了半天，最后泄气地掏钱。他以为夏侯潋和他一样是个混饭吃的二流子，蔫头耷脑地在京城瞎混，可是现在，这个二流子面无表情地杀人，眼睛都不眨一下。

夏侯潋踩上老大的胸膛，用力一压，老大无法呼吸，惨叫着挣扎。

"你在哪儿遇见的督主？"

老大忙道："林子里，往里走，五百步！"

"谁下的命令让你们杀督主？"

"是万大人，我们的统领！统领说，遇东厂杀，遇沈玦杀！"老大不停地哀号，可他哀号也没法儿大声，因为他的嘴裂了，每说一个字都钻心地疼痛，"不关我的事，放了我！求你！"

"姓万的为什么要杀督主？"夏侯潋继续问。

老大哭道："我不知道！我只是个兵，上头让我们干什么我们就干什么！"

夏侯潋用刀抵着老大的胸口："没骗我？"

老大把头摇成了拨浪鼓，鼻涕眼泪糊了一脸。

"很好。"

老大以为夏侯潋放过他了，刚松了一口气，就感觉刀尖没进胸膛。血漫出来，像在胸襟上开了一朵妖艳的花儿，他脸上的表情霎时间凝固。

朱顺子忽然指着一个方向道："夏……夏侯，那个人要逃。"

夏侯潋转过眼去，那人捂着手没命地往林子外面跑。夏侯潋从地上捡起一把刀，用力抡出去，狭直的长刀打成一个金色的旋，将那人整个钉在了树上。

"夏侯，督主是不是被设计了？"朱顺子蹲在地上苦着脸，"怎么咱们老是遇见这种事儿？早知道我就不叫你来，我自己也不该来！"

"广灵寺已经是一个杀场了，姓万的不知道派了多少禁军过来，山里不安全，你还是回去吧。"夏侯潋把三角眼怀里的碧玺珠子抽出来，放进兜里。那个老大身上还有一把两尺长的短刀，夏侯潋把它拣出来，挂在自己的螭虎革带上。

朱顺子迟疑道："要不咱们一起走吧。督主……各人有各人的命，咱们虽说在东厂干活儿，但也犯不着把命搭进去。"

"不行，"夏侯潋低头清点身上的兵器，"以前答应他的事儿我没有做到，现在一定要做到。你走吧，后会有期。"说完，他就头也不回地往林子里走了。

朱顺子看着夏侯潋的背影发了会儿呆，觉得夏侯潋像一匹孤狼。林子里布满了陷阱，禁军像猎狗一样四处逡巡，可夏侯潋就这么进去了，仿佛只要有了嗜血的獠牙，粉身碎骨也无所畏惧。

真是个傻子。

朱顺子吸了吸鼻子，掉头跑了。

夏侯潋心急如焚。

沈玦受伤了，而且很重，如果得不到妥善处理，他很可能会死。夏侯潋不敢想，只能不停奔跑，寻找一切能找到沈玦的蛛丝马迹。他爬上树，趴在树顶眺望远方。广灵寺的山场满是树，暗黄色的叶浪在风中翻涌，一波一波地荡过来。视线尽处有一道横断，那是山崖，崖下是摩崖石刻。

八百步外发现一队人马，夏侯潋抓着树枝荡过去，黑色的身影鹞子一般穿梭林间，谁看了都会惊讶于他的敏捷。这得益于夏侯潋在伽蓝时漫山疯跑的锻炼，他的腰力和臂力都远胜于常人。

兵士的影子渐渐清晰，夏侯潋悄无声息地攀上一棵老槐树，无声地倒挂在密密叠叠的枝叶间，仅仅露出一双黑色的眼睛。如果有人看见一定会吓一大跳，这是一个诡异的场景——刺客如同蝙蝠一般挂在枯黄的枝叶里，沉默地注视下面的人们，像一只等待狩猎的鬼魅。

一个兵士蹲在地上，用手摸了摸树干，口里喃喃道："沈阉往北面去了，咱们走错道儿了！"

有人应声道："之前不是往南走吗？"

"记号变了，"那兵士道，"你看，现在粗的一边向北，细的一边向南。这沈阉，真是不认路，往北是山崖，他压根儿没路走。"

一个黑影罩在他的头顶，他没有在意，只听见头顶一个声音问："什么记号？你在看什么？"

"就这个啊，不是万大人告诉咱们按照记号走的吗？"他说着，忽然咬住了舌头，迅速拔刀回头。

这个声音他没听过，不是他们队的！

他的刀被打飞，一柄刀刺入他的肩膀，把他钉在树上。他痛叫出声，同时惊恐地发现，他的同伴都已经死了，尸体直挺挺躺了一地，都面朝他的方向，嘴微微张着，全是惊恐的表情。这说明这个男人逼近他们的时候无人发觉，男人捂住他们的嘴，从背后一个个结果了他们的性命。这个男人像一只鬼，逼近的时候没有声音，杀人的时候也没有声音。

现在轮到他自己了。男人低头看着他，咬着牙一字一句地问道："这个记号，是怎么回事儿？"

他摇头道："我不知道，是万大人说的，跟着记号走，就可以找到沈玦和那帮阉……番子！"

"东厂有多少人在山里？"

"不知道……他们散开了，我们杀了几个，还有很多不知道躲在哪里。"

夏侯潋蹲下来拍拍他的脸，道："你怎么知道这个记号指的是督主的路线，不是其他番子的路线？"

他结结巴巴地说："是我猜的，这些记号里，总有几条粗一点儿。"

"你还知道什么？"

第二卷 江湖夜雨十年灯

他茫然地摇头。

"撒谎会死的。"夏侯潋冷冷地说。

他哭着道:"我不敢……我不敢骗你。"

夏侯潋把刀拔出来割断了他的喉咙,鲜血染红了夏侯潋半边脸:"可我骗了你,抱歉,不撒谎也会死。"

夏侯潋站起身来,焦躁万分。沈玦不仅受了伤,身边还有细作!他一拳打在树上,恨不得把山里所有的禁军都砍了。

身后传来脚步声,夏侯潋回过头,面前是一队十人禁军小队,环锁铠、雁翎刀,落叶纷飞中,他们的铠甲刀鞘上流淌着凄冷的光芒。

"是敌是友?"禁军疑惑地看着他。

有人看见落叶里的尸体,吼道:"是沈阉的走狗!"

夏侯潋按着刀柄,指节噼啪作响,舔了舔牙齿,缓缓拔出长刀。叶落如蝶,秋风萧瑟,孤身的刺客枯立于尸堆,禁军们吼叫着扑向他,他双手握刀抬起头,亮出刘海下狼一般凶狠的双眼。霎时间,杀气如山。

"报!东厂有个疯子,见人就砍,见人就杀!咱们……咱们已有八队人被他杀光了!还有三队剩了几个人逃出来,都受伤了!"

斥候跌跌撞撞地跑进大营。大营很简陋,地上两溜圈椅,正中搁一方宝座,旁边放了一个茶几,剩余没别的物事。太后端端正正地坐在上头,虚虚闭着眼,手上的蜜蜡佛珠拨得啪啦作响,见斥候慌忙跑进来,睁开一只眼,又闭上了。地上站了一个人,是他们的统领万伯海,旁边还跪了一个姑姑,似乎是太后的贴身侍女朱夏。

万伯海斥道:"什么人,也值得你大惊小怪!"

斥候向太后磕了个头,又转向统领哭道:"统领,您去瞧瞧吧,回来的人都成什么鬼模样了,缺胳膊的缺胳膊,断腿的断腿。咱们在旁的地方杀了几个番子,可又全折在这个疯子手里了!"

万伯海疑道:"东厂什么时候有了这么个狠角色?你去,重新编队,二十人为一队,沿着山道寻摸。我就不信,那个疯子能挡二十个人!"

朱夏抚着太后的脚,也哭着道:"娘娘,您放过厂臣一马吧。留他一条命,奴婢担保,他不敢再和您作对!您发配他去金陵,再也不许他上京!求您饶他一命!"

"傻丫头,沈玦是何等人物,给他一滴水,他就能翻江倒海!我岂能留他?"太后叹了一口气,缩了缩脚,掖好裙摆,"你就死了这条心吧!从前还说什么陪我

425

一辈子,现下有了男人,就迷得五迷三道的,真是让人心寒!"她扭过脸,向万伯海道,"二十人不知够不够?那个疯子可不是普通人,你的手下要当心!"

"不是普通人,还会是神人不成?"万伯海笑道。

"不是神人,是地狱里的恶鬼。"太后抚抚佛珠,"去,再加派人手,沈阉和那个疯子,要一并杀了!"

第三十七章 以身为刃

沈玦在林中奔跑。

十三个番子护卫在他的左右，他本来带了二十个人，有七个死在了之前的战斗中，还有两个负了伤，而山场中至少有五百个禁军在追杀他。他也受了伤，在山道上遭遇禁军的时候不小心被割伤了右手小臂，血流了满手。亏得他忍痛的能力一流才没有松开静铁，提刀架住了那个兵士几乎致命的一击。

他千算万算没有算到自己会生病。山风太大，吹得他头脑发胀。身体里的寒潮一阵一阵地涌上来，他明明冒着汗，可手脚却像浸入了冷水一般冰凉。脑袋发着晕，着凉生病降低了他的反应速度，有好几场战斗他甚至感到力不从心。

再坚持一会儿，他告诉自己，只要挨到明天，这里的事情解决了他就能回到东厂。夏侯潋会在太阳底下当值，他可以漫不经心地走过去，像往常一样跟夏侯潋说几句话。他瞒事情一向瞒得滴水不漏，夏侯潋不会知道他今日的凶险，也不会发现他手臂上的伤，或许会察觉他生病了，但那无伤大雅。他可以若无其事地邀夏侯潋过府用膳，问他今天都干了些什么。

夏侯潋一定会笑着回答，阳光洒在他脸上，他的笑容比阳光还要灿烂。沈玦记得他穿曳撒的模样，不似穿漆黑苎麻衣裳的他那样内敛，金丝妆花给他添上了几分贵气，彩绣麒麟又给他添了几分凶煞，加上那么高的个子，那么挺拔的身材，他站在那儿，总是有使女偷眼打量他。

沈玦咬着牙继续跑。满山风叶扑在脸上，他忘记了疼痛，也忘记了疲惫。

然而，慢慢地，他的身后再一次有了隐隐约约的呼喊。禁军又发现他们了，疯狗一般追在后面。队伍里一定有细作，否则禁军不能这么快就找到他的行踪。可他来不及思考，也来不及筛查，他要尽快到达山崖。

"督主！"徐若愚强忍着惊惧，喊了一声。

"别废话，跑！"沈玦道。

他们加快了速度，疾速在林叶中穿行，脚下枯叶吱嘎作响，漫天都是萧瑟的风声。后面的叫喊声越来越近，他扭头的瞬间余光瞥见敌人的雁翎刀凛冽的闪光，带着腥红的血色。有两个落在后面的番子被禁军砍倒，他们大叫着"督主快逃"，跌倒的瞬间背后鲜血四溅。

"督主，他们追上来了！"徐若愚大吼。

沈玦充耳不闻，仍然朝前面狂奔。树木渐渐稀疏，山风越来越大，他们飞速往前跑了几百步，忽然豁然开朗，眼前一片清明。他们出了林子，天光直照在头顶，然而前方竟然是一道断崖。

"糟了，我们走错方向了！这里是万佛崖！"有人惊叫。

沈玦踩上山崖低头俯瞰，下面是一座深潭，鸭蛋青的潭水，天光云影在里面徘徊。陡峭的崖壁和青青黄黄的灌木丛拥着它，山风拂过，泛起阵阵细碎的波纹。崖底隐隐能看到许多佛像，或坐或卧，那是摩崖石刻。

他回头，见禁军已经上崖了，舔着嘴唇慢慢逼近，像磨牙吮血的野兽，眼睛里都是嗜血的光。番子们排成一行，挡在沈玦的前面，手中的雁翎刀反射着阳光，在地面上徘徊不定。

领头的把总狞笑着道："沈阉，你无路可退了！"

沈玦没作声，只冷冷地看着他。

"要不你跪下来叫声'爹'给爷听听，爷兴许给你留个全尸！"

沈玦冷笑了一声，慢慢后退，脚后跟搓着地上的石子，听见石子沙沙地落下山崖。

"把总，跟他废什么话！这阉狗杀害忠良无数，鱼肉百姓，作恶多端，他叫我爹，我还不稀罕答应他呢！"有个兵士磨着牙说道。

"闭上你的狗嘴！"有一个番子嘶声大喊，"弟兄们，咱们跟他们拼了！"

番子们跟着他一齐大吼，挥刀向禁军奔去。然而他的背心忽然狠狠一痛，仿佛火苗燎着脊背，他听见刀锋刺破血肉的黏腻声音，一点莹亮的刀尖从他胸中穿出。他瞠目结舌，挣扎着转过头去。剧痛烧灼着他的胸口，可他仍然固执地回头，徐若愚沾着鲜血的脸颊映入双眼。胸口的刀猛地抽出，他几乎倒地，双眼仍大睁着，却渐渐黯淡。

与此同时，队伍里的其他番子忽然暴起，砍向同伴的后心。同伴没有防备，一个接一个倒地。细作们握着刀转过身，面对崖上的沈玦。

"对不住，督主。"徐若愚低声说道。

沈玦的人全军覆没，只剩下尸堆里站着的四个细作。

把总哈哈大笑："沈阉，没想到吧，你的人里面有我们的细作！怎么样，这下彻底没戏唱了吧！"

沈玦的目光寒凉得像一抔冰雪："徐若愚，咱家待你不薄。咱家早知东厂里有细作，只是咱家没有想到，细作竟出在咱家的亲信里。"

徐若愚道："我没法子，督主。"

"今日的杀局，太后启用了所有的细作吗？"沈玦的笑容没有温度。

"不错，禁军会把山里其他的番子围杀殆尽，今日之局是您的死局。"

"佛祖眼皮子底下，竟造下这么大的杀业，"沈玦低低一笑，"不愧是太后娘娘。不过，要杀司礼监掌印，总要有个正经名头。你们杀咱家的名头是什么？"

"勾结伽蓝乱党，意图犯上作乱！"徐若愚叹息着摇头，露出可惜的模样，"督主啊，您不该留着那个人，他将成为您的死穴。"

沈玦不动声色地慢慢后退："是吗？"脚后跟已经接触到了山崖的边缘，他用眼角的余光看了一眼底下的深潭，深深吸了一口气。

他早在下面备了一具和他穿着同样衣裳的尸体，水里淹死的尸体面目水肿，辨认不出是不是他本人。今日的杀局他早有预见，将计就计是为了清理门户。唯有他深入虎口，东厂细作才能够浮出水面。最后，他跳崖假死，便可脱身。

所有的一切都按照他的计划严丝合缝地进行——除了生病，就是这点意外让他命悬一线——他握紧静铁，准备跳崖。

徐若愚继续道："我把他诓了进来，您和伽蓝乱党死在一处，会更有说服力。太后也需要他家里的照夜作为证据。他孤身入山，山里都是禁军，料想此刻他已经没命了吧。"他笑着道："督主，您别太难过，横竖您也快上路了，黄泉路上抓紧赶一赶，能追上他的。"

沈玦后退的脚步顿住，蓦然一惊。

"你说……什么？"

夏侯潋入了山？他的心脏猛地揪紧，眼前发黑，所有的计划都在这一刻崩盘。不……不会的，夏侯潋很强，是点鬼簿上有名有姓的刺客，甚至杀了弑心，绝不会那么容易死掉。他要去找夏侯潋，他要救夏侯潋！

沈玦咬紧牙关，停止后退，拔出静铁。漆黑的刀刃滑出刀鞘，映出他森冷的眼眸。

"要反抗吗？您已经没人了啊，督主。"

徐若愚和禁军兵士慢慢逼近，刀光交织成一片，是刺骨的冰寒。

沈玦调整呼吸，二十四个敌人，禁军的刀法一般，多数没什么章法，徐若愚和剩下三个番子的刀法稍微好一些。若是全盛状态的他，要撂倒他们不是难事。可是现在他病了，头脑昏沉，日光炫目，他连睁开眼都吃力。

可他不能后退，绝不能。

沈玦完成吐息，睁开眼，杀气如虹。

徐若愚也缓缓下蹲，做出起手式，微微笑道："督主，请！"

秋风携裹着枯叶在阳光中打着旋，锋利的叶片像起舞的刀锋。空气中弥漫着寂静的杀意，每一个人都是蛰伏的猛虎。徐若愚大喝一声，正要进步挥刀，忽然，林子里传出一个沙哑的声音。

"谁说他没人的？"

声音不大，却缓慢又清晰，每个人都能听见。

兵士们顿住脚步，徐若愚惊讶地回过头：沈玦还有人驰援吗？

他们看见，丛生的野草和繁茂的叶子深处走出一个人——他满身是血，发髻已经散了，黑发披在肩头，疏疏落落的刘海挡住了眼睛；他两手都握着刀，刀尖鲜血淋漓，他每走一步，地上就印出一个血红的脚印。

或许不能称他为一个人，因为他更像修罗炼狱里浴血而出的恶鬼。他走到近前，兵士几乎能闻到他身上铺天盖地的血腥气。兵士们惊惧万分，他每前进一步，兵士就后退一步。

把总见他只有一个人，大笑不止："我还以为有多少人来救呢，原来是个泥猴子……"

把总的话还没有说完，男人抬手射出一支弩箭，冰冷的亮光没入把总大张的嘴，从他颈后穿出。把总张着嘴倒在地上，鲜血漫涌而出。

"是那个疯子……是那个疯子！"有人道。

"什么疯子？"徐若愚握紧雁翎刀。

兵士回话："这个疯子见人就杀，杀了我们好多人！"

男人继续往人群中走，所有人不由自主地后退，让开一条道。他们的雁翎刀对着他，却不敢挥刀。男人一步步朝沈玦走过去。沈玦站在崖上，不自觉地睁大眼睛，黑色的眸中映着那个男人血淋淋的身影。

"夏……夏侯潋。"

夏侯潋终于走到他跟前，拉起他受伤的右手看了一会儿，抬起沾满血污的脸庞扯出一个微笑，露出一口白牙。纵使在血渍的掩盖下，他的笑容也暖如灿阳。

"少爷，我来救你了。"

沈玦的眼眶红了，抓住夏侯潋的肩膀，沾了满手的血："你……你这个白痴！怎么把自己搞成这样？"

"不碍事，别担心。"

沈玦定了定神，低声道："跟着我跳崖，快！"

夏侯潋愣了一下，转过身道："不跳。"

"夏侯潋！"

"不用担心，少爷，"夏侯潋横刀于胸前，一抹金光在刀刃上一闪而过，仿佛一弯弧月，"欺辱你的人，背叛你的人，我夏侯潋……"他咬着牙，字字入骨，"把他们统统杀光！"

战斗一触即发，兵士率先冲锋，奔过那四个番子身边的间隙，冲上崖来。

夏侯潋大吼："静铁给我！跟在我身后！"

沈玦来不及迟疑，和夏侯潋错身而过，静铁和夏侯潋的雁翎刀同时腾空而起，他们错位的瞬间完成武器的交换。

静铁落入夏侯潋的掌中，冰冷的刀柄和刀锷刺激着他的神经。他与这柄刀久未谋面，此刻竟如故友重逢。缓缓收紧手掌的那一刻，他仿佛能感觉到刀里沉雄的心跳。

敌人吼声在耳，人潮汹涌而来，夏侯潋右手静铁，左手短刀，微微下蹲，然后猛虎一般跃起，径直切入战场。血肉撕裂的声音不绝于耳，骨骼如苇秆一般在静铁的刀刃下清脆地折断。静铁和普通的刀很不一样，它是用西域镔铁反复锻打而成，一般的生铁在它面前仿佛脆弱的竹条。不需要急速出刀，也不需要绝强的力量，静铁就能斩断对方的刀剑。夏侯潋还记得弑心把静铁交到他手上的时候说："此刀戾气深重，可斩灭万法。"

拥有静铁的夏侯潋无人可挡，乌泱泱的敌人之中很快被冲出一个口子。血肉飞溅之中，夏侯潋进步挥刀，同时斩断两个人的雁翎刀，再以双手刀绞断他们的脖颈。他旋转起来，在身边织就漫天刀光。沈玦竟然不需要怎么挥刀，所有的敌人在迎向夏侯潋的顷刻间就被剿灭。沈玦只需紧紧跟在夏侯潋的身后，灭掉他刀下的漏网之鱼。

徐若愚锁紧眉头，沈玦和夏侯潋杀的人越来越多，他们的人越来越少。徐若愚不再犹豫，挥刀冲入战局，闪过人潮，直面沈玦。沈玦眸光一冷，手中的雁翎刀带出凄冷的弧线，自下而上撩起。

伽蓝刀——燕斜。

那是很多年前，夏侯潋教给他的刀法。

这一刀会让徐若愚开膛破腹，但他竟然没有闪避，而是迎面扑过来。沈玦很快知道为什么了，雁翎刀在击中他胸腹的时候狠狠一震，竟给挡了回来。他的衣服底下穿了一层锁子甲，雁翎刀无法破甲！沈玦没有惊慌，迅速侧身回避，打算躲开徐若愚的迎头一斩。

然而，一道漆黑的流光在徐若愚的膝侧一闪而过，他扑在空中的身影一滞，然后狠狠摔下来——他方才腾空的瞬间被静铁斩断了双腿。

"喂，你的敌人是我。"夏侯潋恶狠狠地微笑，戾气横生。

夏侯潋还要补刀，被其余番子冲过来挡住了。几个兵士把徐若愚拖了出去，地上绵延出曲折的血迹。

"别让他跑了！"沈玦一边挥刀一边喊。

可是来不及了，人潮再一次淹没了他们，那几个兵士拖着徐若愚越跑越远。夏侯潋奋力把眼前的渣滓灭了，掏出手弩连发几箭，都没有射中，他们已经逃离了射程。夏侯潋回头看，又有几个人缠上了沈玦，约莫是因为伤着了手，沈玦出刀慢了很多。夏侯潋跑过去，燕子一般翻身跃过沈玦的头顶，落地的瞬间双刀扎入两个士兵的头颅。

最后剩下几个人，眼见根本对付不了夏侯潋和沈玦，也都跑了。落叶和野草浸在血里，两个人都几乎筋疲力尽，特别是夏侯潋，杀了一路，手已经发颤了。两个人相携着离开战场，找到一条不怎么陡的坡，直通往崖下。崖下野草蔓生，灌木长得很高，蹲下来就能遮住头顶。他们找了个地方歇息，头顶是摩崖石刻，往前再走几十步就是水源。

没有细作在侧，那帮禁军一时半会儿找不过来了。

脑袋里绷了许久的弦终于松了，沈玦一下子瘫软下来，手脚都虚弱无力，脑袋更是晕乎乎的。他觉得自己的病又重了点儿，但他还是强撑着，慢慢吞吞坐下来，找了个石块靠着，眼睛瞥向夏侯潋，那家伙满身的血，几乎看不出个人样儿了，躺在地上大口大口地直喘气。

"你歇着。"夏侯潋喘够了，去潭边打了水，顺便把脸和手洗干净，回来靠在沈玦边上，把水囊递给他，"只有一个水囊，将就着喝吧。"

那潭水里泡着沈玦备好的尸体，虽然是活水，还是觉得有些恶心。

沈玦犹豫了半晌，直到夏侯潋道："嫌弃我？"

沈玦摇了摇头，接过来喝了。冰凉的潭水流过腔子，冻得他打了一个激灵。夏夏侯潋接回水囊，咕噜咕噜灌下了半袋水。

"为什么不跟我跳崖？"沈玦蹙着眉道，"我原已经安排好了，假死就可以脱身。"

"你的安排就是跳崖？"夏侯潋扬眉，"山里的潭水多冷你知道吗？你跳下去，浑身湿透，又没衣服换，又要吹山风，你能好端端活下来，我'夏侯潋'三个字倒过来写。"

沈玦沉默了一会儿，别过头道："不会有事。"

夏侯潋扭过头，看了看沈玦，见他苍白的脸色跟个纸糊的人儿似的，嘴也发白，透着淡淡的一点儿红，像掉了色的海棠花。他垂着脑袋，神情恹恹，不怎么有精神似的。夏侯潋看了半晌，忽然伸手过来。沈玦吓了一跳，道："你干吗？"

"别动。"夏侯潋低声道，一只手按着沈玦的肩膀，另一只手探上他的额头。

"这下好了，崖没跳也病了。"夏侯潋站起来，解开衣带，从干净的亵衣上撕下一块儿布条，去潭边浸湿，回来敷在沈玦的额头上。

"给你能耐的，自己的身板儿不知道啊？弱得像一只小鸡。"夏侯潋埋怨道，"抓紧时间歇息，一会儿想办法下山。"

弱得像一只小鸡……

还从没人这么说过他。沈玦想要反驳，却连说话的力气都不大有了，勉勉强强说道："你才小鸡。别想了，山早被封了，下不去。"

夏侯潋看了他一眼，道："你早知道？"

"知道什么？"

"知道有人要对付你，知道今天是个杀局。"夏侯潋顿了顿，又问，"司徒跟我说后天才进香，也是你让他这么说的？"

沈玦"唔"了声儿，算是认了，闭上眼安安静静歇息。夏侯潋没再说话了，沈玦察觉到什么，抬起头觑了觑夏侯潋。

夏侯潋锁着眉头，不知道在想些什么。他有着锐利的眉目，杀人的时候戾气深重，仿佛恶鬼修罗，可他本性是软的，安静下来眉目舒展，落拓又内敛，只是皱着眉的时候，总有一种孤独冷漠的感觉，仿佛心里压了一块墓碑。

沈玦忽然有些摸不准他的脾气了。他们待在一块儿的时候他向来随和，笑笑闹闹，沈玦还从来没见过他这样严肃的模样。

他该不会是生气了吧？

沈玦想了想，道："你来只会让我分心。"

"你觉得我会拖你后腿吗，少爷？"夏侯潋问。

"我不是那个意思。"

"那你是什么意思?"

"夏侯潋,"沈玦按捺着性子道,"你娘费尽心思给你备好宅子备好身份,让你过平淡的日子。你只要安生在家待着就行,这些事情是我的事,不必你来操心。"

沈玦还想再说些什么,夏侯潋转过身来,扳着他的肩膀,凝视着他的双眼。沈玦停住了,也看着夏侯潋,看他漆黑如墨的双眸,还有里面生铁一般的坚毅。

"我知道你想的什么。你想护着我,不让我涉险,对不对?"

沈玦握了握拳头,别过眼睛,"嗯"了一声。

"可我不需要。"

沈玦瞪他:"你!"

夏侯潋道:"听我说,哪有主子涉险,下属在家睡大觉的道理!少爷,你护着我,不要我当先锋为你冲锋陷阵,我明白。可至少,让我和你一起并肩作战。"

沈玦还犟着,皱着眉头道:"我自有成算,不需要你。"

他都盘算好了,一步步该怎么走,他心里有数。来之前,他让人摸清了山场地形,地图印在他脑子里,不会走错。唯独一点没料到的是他会生病,但也不碍事,他认得草药,他可以自己照顾自己。

从深宫到前朝,向来如此,他已经习惯了,不打紧。

"真的吗?"夏侯潋不信,"徐若愚是叛徒,那家伙假扮过福王,没关系吗?"

"没。"

"真的?"

沈玦沉默了一会儿,颇不乐意道:"假的。"

夏侯潋握紧沈玦的肩头,他的掌心灼热,隔着衣料传过来,像两团火烧在肩头。

"少爷,"夏侯潋一字一句道,"从前当伽蓝的刀,我是身不由己。现在当你的刀,我是心甘情愿。所以,告诉我,你的敌人是谁。是万伯海,还是别的什么人?"他的眸子渐渐变得锐利,像凛冽的刀锋,"我去杀了他!"

沈玦垂着眼,看夏侯潋通袖襕上的彩绣麒麟,上面全是血污,被划破了好几块,露出里面同样沾满血污的中衣。夏侯潋真是个笨蛋,他想,好不容易从伽蓝逃出来,却又差点把命撂在这里。

罢了,横竖是到了这步田地了,他们现在是一条绳上的蚂蚱,同生死,共存亡,他没有必要瞒着夏侯潋。

他压了压嘴角,道:"是太后。"

夏侯潋一怔,道:"你不是刚把她儿子扶上皇位吗?那女的过河拆桥?"

"也不算是过河拆桥。"沈玦道,"我挡了她儿子的路,她自然要和我翻脸。"

"挡路?"

"没错,"沈玦目光淡淡,脸上什么表情也没有,"细算起来,我才是那个一等一的大恶人,太后所为是为民除害。那姚氏妇人说得没错,我是第二个魏德,我和魏德,并没有什么两样。"他扭头望向满山飞舞如蝶的黄叶,换上嘲讽的语气。

夏侯潋呆了呆,不知道说什么好,低低喊了声:"少爷……"

"夏侯潋,如你所见,我等阉宦内侍之流,吮吸大岐骨血筋髓而活。"沈玦漠然道,"所以,她要杀我是对的;不只她,清流诸臣工,个个都盼着我死。"

沈玦望着远方,不敢看身边的夏侯潋,因为他害怕看到夏侯潋露出震惊或者厌恶的表情。他不怕民间朝堂的流言蜚语,也不怕那帮禁军的辱骂,却独独怕夏侯潋的嫌恶,哪怕只有一点儿。他藏了太多东西,别人只见他的万丈荣光,却不见他的奴颜婢膝,这一点,连夏侯潋都不曾见过。这些卑琐像藏在锦袍底下的脓包,他一直小心掩藏,但终有一天袍子还是会被掀开来,露出底下的丑陋。

如今他要回头已是不能够了。为了爬到督主的位置,他作孽太多,树敌太多;若是有朝一日他不再是东厂提督,墙倒众人推,届时他被千人踩万人踏,五马分尸都是轻的。他也不想回头,遁入市井当个平头百姓说得容易,赋税徭役要钱又要命,一个乡绅、耆老,只要有点权势,都能把他捏死。若不然他便要像夏侯潋从前那样当个流民,四处颠沛流离,不得安歇。这世道不为刀俎便为鱼肉,他已体会过当鱼肉的滋味儿,亲眼看着兰姑姑死在刺客刀下,除了逃跑什么都不能做,那样的滋味儿他不想再尝第二次。

唯有掌握权与势,他才能握住自己的命,才能护住他想护的人。

他拉扯了一下嘴角,道:"这条路我注定要走到底,我不会回头的。你要是不想和我一起也没关系,安生在东厂混日子就行,那些腌臜事儿我不会让你插手。"

"说什么傻话?"夏侯潋笑了笑,忽然冲沈玦眨眨眼,道,"拜托,我可是刺客出身,要比坏事儿谁干得多,你再活一辈子也赶不上我。而且,实话告诉你吧,我从小就是干坏事儿的料。"

沈玦按了按眉心,道:"你不用安慰我,你是什么样儿我还不清楚吗?"

"你还真不清楚。小时候我闲着没事儿就爱拔别人家的鸡毛,有一回放炮仗还烧了半个山寺。弑心那个老秃驴头一回发了大脾气,把我吊在山门上吹了半天冷风。伽蓝里的人都说,什么样的人生什么样的种,我娘是大坏蛋,我是小坏蛋,大坏蛋领着小坏蛋,天天到处干坏事。"

夏侯潋的安慰没有让他觉得好过,他心里只有苦涩。他明白夏侯潋,杀人放火从来不是他想干的事，要不然也不会费尽心思毁了伽蓝，改头换面遁入市井。夏侯潋想过的是安稳的日子，他明白，他一直都明白。沈玦疲惫地摇头，道："此事了结后，我给你换个差使，去东厂案牍库管管文书就好。"

"我的字写得像狗爬的，你真放心我去管文书？"夏侯潋伸过手来揽住沈玦的肩膀，和沈玦一起望着空中飞舞的枯叶，"没关系的少爷，真的没关系的。我有没有跟你说过我哥，他那个人平时傻呆呆的，其实看事儿看得比谁都明白。他有一回跟我说，走了这条路就不能停，你要一直往前走，要不然恶鬼会从地底下爬出来抓住你的脚踝。你是这样，我也一样。横竖到了这个田地，我管不了那么多了。以后你是坏蛋老大，我是坏蛋小弟，你领着我，我跟着你，咱俩一起去干坏事。"

"可这是错的，夏侯潋。"沈玦道。

他仰着头，徐徐的山风吹过来，叶子簌簌落下来，漫山细碎的低语，每一句都在说，这是错，这是罪。

夏侯潋淡淡地笑："可这也是命啊少爷。你记不记得我跟你说，其实我们的选择没有很多。要是重来一次，我还是会去杀柳归藏，还是会去杀弑心。我还是会变成一个刺客，变成无名鬼，白天练刀，晚上杀人。所以即使重来千次万次，我都会在这个时候选择站在你身边。如果这是错，是罪，只要你没事儿，那就让我一错到底吧。"

一错到底，粉身碎骨，在所不惜。

他不是圣人，他只有一双手一把刀，只能保护一个人。他不怕罪恶，也不怕报应，只怕沈玦落得和他娘一样，只怕自己还像当初那样无能为力。

片片槐叶落下，阳光透过叶间的缝隙射下来，是道道金色的光柱，里面有尘埃飞舞。沈玦觉得，他和夏侯潋也是那无数尘埃中的两粒，在光潮中不能自已地涌动，随着大流向前，却终于在茫茫尘海中遇见了。

他心里有悲伤也有庆幸，从满腹苦涩中尝到一点甘甜，矛盾又惹人沉迷。他步步为营，小心经营了十年，一颗心早已在深宫中摔打得水火不侵、坚硬如铁，可这一刻，他的心突然变得万分柔软，像一团棉一片云。

"少爷，你总是这样。"夏侯潋说。

"我怎么了？"沈玦的声音有些哽咽，他不敢多说话，怕夏侯潋听出来。

"老是把我往外推。"夏侯潋用力握了握他的肩头，"咱们可是兄弟。"

"你下一步的打算是什么啊？"

"藏。"沈玦道，"今夜子时，司徒会带着红夷大炮来轰广灵寺。我们只要好好躲在山上，等下面轰完了，就能出去了。"

夏侯溦瞪大眼睛："你还能弄来红夷大炮？"

"神机营统领孙明是魏德旧党，当年他在湖广任都督的时候给魏德造过生祠，拍了不少马屁，但其实都是为了向魏德要粮饷，他们才好打倭寇。"沈玦道，"魏德倒台，他为了保命向我投诚，所以他只降了职，否则他当如李显一般，一家老小充军的充军，入教坊司的入教坊司。现在我要是也倒了，就没人能保他了。神机营黄夜丢失一门大炮，次日寻回，这事儿说大不算大，说小不算小，但无论如何，总比他没命的强。"

既然如此，那他们只要不被禁军发现就行。

夏侯溦站起来到四处查看了一下地形，暗自揣度了一番：若是敌人来了该往何处撤最稳妥；还得找个安全隐蔽的地方，山洞不能去，万一被发现了堵在里面就完了，只能找个有遮掩的地方，起码好逃命。让沈玦靠在石头上歇息，他爬上树，侦查四周。三百步开外走过一队兵士，人数增加了，足有三十余人。

这些小兵刀术不佳，可架不住人海战术车轮战。蝗虫扎成堆尚且让人无招架之力，何况人。夏侯溦有些不安，溜下树想和沈玦商量。沈玦已经睡着了，脸色又苍白了几分，在阳光下几乎透明。夏侯溦摸了摸他的额头，果然更烫了；又摸了摸他的手臂和脖子，烫得吓人。

沈玦一路奔波，又在风地里，病情加重了。沈玦当真是纸糊的人儿，风一吹就能倒。这身子，还跳崖假死，真跳了假死都能变成真死。

夏侯溦攒着眉头想了半晌，忽然有了个主意。

夏侯溦把沈玦背起来，顺着来时的坡爬上崖，从尸体上扒了两套衣裳和铠甲下来。沈玦被颠醒了，迷迷糊糊地问夏侯溦："你干吗？"

"你睡你的，不用管。"

夏侯溦走了一阵子路，找了块背风的山石，把沈玦放下来。他先换好自己的衣裳，然后着手扒沈玦的衣服。沈玦头脑发晕，迷蒙之中感觉有双手撩开自己的衣摆，当下吓了一大跳，睁开眼，抓住夏侯溦的手臂，满眼风雷暗蓄。

"做什么？"

"帮你换衣服啊！"夏侯溦莫名其妙，"搜捕的人又多了，现在一队三十多个，你病成这样，我一个人没法打。换身衣裳，再易个容，一会儿我们去他们大营里躲躲，子时之前离开就行。"

最危险的地方就是最安全的地方，这倒是个好计策。

沈玦紧了紧裤腰带，道："我自己换。"

他大约是不愿自己的伤处暴露人前吧。夏侯溦忽然明白过来，点点头，自觉转到山石背后去，等沈玦换衣服。

夏侯潋抱着臂，等了半晌，那边传来沈玦闷闷的声音："我好了。"

夏侯潋转身回去。"那我给你化装？"夏侯潋捏了一团泥巴在手心，蹲在沈玦面前。

沈玦微微点头，算是同意了。

沈玦闭着眼睛靠在石壁上，眉心微蹙。夏侯潋琢磨了一阵，并着食指和中指将泥巴轻轻涂在他脸上，将整张脸糊黑，轮廓边缘加深，又在眼睛底下画了两道，最后在面颊上点上细小的颗粒。原貌是看不出来了，泥巴比不上脂粉，干了之后粗糙无比。这倒也好，显得他皮肤跟风吹日晒很久似的，像个种田的农人。为保险起见，夏侯潋又涂了一层，叮嘱他一会儿进了军营少说话。他官话说得好，言行举止都显着贵族风流，鹤立鸡群，容易被看出端倪来。

沈玦恹恹地靠着，任夏侯潋在他脸上摆弄。他头疼得厉害，实在提不起精神了。

上完最后一层，夏侯潋在石头缝里面揪了几朵红棕色的喇叭花儿，揉碎在掌心，渗出暗红色的汁液，用指腹点了点，擦在沈玦的唇间。

给沈玦弄完，夏侯潋捧起泥巴在自己脸上胡乱糊了几把，然后把沈玦背起来，往山下走。

第三十八章 行宫夜探

沈玦醒来的时候发现自己裹在一张毯子里，铠甲脱在一边，身上还穿着军衣，出了很多汗，浑身上下黏黏腻腻地难受，还都是臭味。他恨不得把自己的皮剥掉一层，可又没法子，只好强忍着。

他撑起身子，摸了摸额头，已经不烧了，身子爽利许多，脑袋清醒了，手脚都有了力气。

他躺在两个箱笼上面，头顶是黑乎乎的屋顶和横梁。他朝身旁看去，地上摆了许多铺陈，上头睡着伤兵；正中间供奉了一尊佛像，香炉里插着香，桌子底下还躺了一个伤兵，脸埋在被褥里。

他认出来了，这里是广灵寺设在山门外的安乐堂，看来是被禁军用来安置伤兵了。他坐起来，想找夏侯潋，就见一个医官模样的人走过来，翘着两撇八字胡，眯眯笑着问："醒了？感觉怎么样？可好些了？"

沈玦点点头，问道："那个送我来的人在何处？"

"哦，你说夏老二？"医官冲门外努努嘴，"在外头和兄弟们唠嗑呢，我替你去叫他。"

不一会儿医官领着夏侯潋回来了。夏侯潋脸上抹得乌漆墨黑，看见他醒了，咧嘴一笑，露出一口白花花的牙。夏侯潋凑过来，试了试他的温度，确认不烧了，才放了心。

医官在一旁揶揄地笑："谢老三，你不知道你这兄弟对你多好，鞍前马后，又是寻毛毯，又是去寺里讨金银花来给你煎药，不知道这家伙使了什么法子，竟还讨来一碗米粥。哎，都是营中同袍，咱们怎么就没这福气！"

沈珏迷迷糊糊记得一些，烧得稀里糊涂的时候夏侯潋是给他喂过药喂过粥来着。谢老三是什么玩意儿？沈珏有些嫌弃，夏侯潋取名儿的本事太差劲，夏老二、谢老三，活像哪个犄角旮旯里的俩乞丐瘪三兄弟。

他看着夏侯潋和医官军士熟稔的模样，又觉得稀罕。夏侯潋是个人才，他才睡了多久，这家伙就已经和这帮人称兄道弟了。想想也不奇怪，禁军兵士众多，行伍分队进山，被夏侯潋和藏在山里的东厂番子杀得七零八落，伤兵混杂在一起，脸对脸互相都不认识。夏侯潋身上有股痞气，又是混迹过军营的人，混入禁军这贼窝简直是如鱼得水。

夏侯潋看向沈珏，沈珏神态自若，掀开毯子踱出了门。屋里气味难闻，实在难受，到了屋外，阳光正好，堂前种了许多银杏树，酣酣的山风拂过，黄灿灿的叶子掀覆飞舞，落了满地，像铺了遍地的金。

沈珏手搭凉棚向山门下面望过去，绵延的青石台阶尽处，古道之上扎满了禁军的营帐，山道旁每隔十步戍守一个兵士，腰间雁翎刀在飞舞的银杏叶中闪着金色的光。

夏侯潋转身跟出来，走到沈珏边上，低声道："安乐堂里没有徐若愚，我问了那些伤兵，他们说有些受伤的转移回京医治了，我估摸徐若愚也在里头。再不然徐若愚就是死了，等回东厂，我想办法寻一寻。"

"只怕太后藏得严实，不好摸寻。沈珏皱着眉头，问道："太后可已经回宫了？万伯海在何处？"

夏侯潋摇头，道："他俩在广灵寺，好像是说礼佛去了。"

沈珏嘲讽地笑起来："礼佛？"广灵寺进香已经闹成了这副局面，幼帝早已经被太后送回了宫，偌大的山场只剩下重重禁军和四处东躲西藏的东厂番子。佛祖眼皮子底下造杀业，这两人还礼个什么佛？他趱身往广灵寺走："成，我们也去礼一礼。"

已是申初时分，日影西斜，琉璃瓦上碎金流淌，斜阳穿过娑罗树的叶隙，照在檐下朱门和金龙和玺上，衬得碧绿彩画越发鲜艳刺目。观音殿前汉白玉石栏下士兵披坚执锐，来回巡逻，脚步声沉重如铁。

夏侯潋和沈珏二人假装成巡逻的士兵，和守在石栏下的军士擦肩而过，步上石阶。佛龛里燃着香火，烟气袅袅。观音殿大门紧闭，门口却没有站士兵，只有朱夏守着。她脸色不好，坐在石墩子上，怔怔地望着脚尖，不知在想些什么。

夏侯潋和沈珏对视一眼，绕到观音殿后，后面是围墙，没有士兵守着。夏侯潋贴着后门听了一阵，里边隐隐约约传出一男一女的说话声儿，隔得太远听不清。

夏侯潋让沈玦靠边，戳破窗纱朝里面看了看，眼前是千手千眼观世音，金光灿灿，须弥座下镇着许多龇牙咧嘴的小鬼，有的两眼翻白，有的哀恸大哭，全是求饶的样子；供桌上铺了红绸，一直垂到地上。

观世音背后是隔墙，隔墙后面才是明间，里边应该供奉着别的观世音，约莫是送子观音，再要不然就是持莲观音，不外乎这些了。隔墙这边没人，太后和万伯海应该是在明间说话。夏侯潋对沈玦做了个手势，意思是进去瞧瞧。沈玦觉得太冒险，摇头不同意。

两个人蹲在门口对望了会儿，屋子里面说话声没了，渐渐变成女人哼哼唧唧的声音。

夏侯潋指了指观音座下的红绸，做了个"没事"的口型，伸手将门轻轻打开一条缝儿，从缝里面钻进去，就地一滚，滚进红绸里面。沈玦跟着钻了进来，不忘记把门掩回去，跟着夏侯潋滚进桌子底下。

两个大男人缩在供桌底下着实有些挤。

"没法子，忍着点儿吧。"沈玦低声道。

到了这儿，明间的声音便清晰入耳了，女人拉长调子的叫唤、男人沉重的喘息，顺着隔墙清晰无比地传过来。夏侯潋和沈玦脸对脸互望着，后知后觉地发现他们俩正一块儿听着男女之事，不由得尴尬起来。

原来太后和万伯海还有这层关系。这也难怪，深宫里的女人久旷干涸，勾搭个把禁军统领、戍兵守卫不是稀奇事。太后是紫禁城最尊贵的女人，却也是最孤独的女人。

供桌下光线昏暗，红绸隔离了斜阳，只剩下一星半点柔软的光。

夏侯潋后悔了，他不该好奇，更不该进来。恍惚间，夏侯潋咬了咬舌尖，好不容易醒过神来。

"娘娘，臣伺候得如何，可还舒坦？"

"舒坦，"太后笑道，"等我杀了沈玦，你便可随意出入慈宁宫，不必再避人耳目。"

"谢娘娘恩典，单凭这个，臣也要揪住沈阉，让咱们往后的日子顺顺当当。"

太后惆怅地叹了一声，道："可惜到现在也没抓住他。这山说大不大，说小也不小，你说他到底能躲到什么地方去？"

"娘娘不必操心，这儿自有臣呢。这些事儿还烦劳娘娘您，臣岂不该打？"

过了好一会儿，太后道："你不要小看沈玦，他是个人精。想我刚生下皇上那会儿，什么都不懂，什么都不明白，单知道要韬光养晦，小心行事。是沈玦教我言行举止、仪态姿容，什么场合该说什么话，什么话该说什么话又不该说，事无巨细，面面俱到。说起来，若没有他，就没有今日的我。"

"那咱们给他留个全尸，就算谢他教导之恩了。"万伯海顿了顿，又笑道，"不对，咱们就是想给他个全尸也不能够。他是个太监，留不得全尸。"

沈玦的神情变得阴鸷，眸中风雨欲来。夏侯潋也气得眼前发黑，拍拍沈玦的肩头，指了指自己，又做了个割喉的手势，意思是他出去把这两个人宰了。沈玦眸里的阴郁顿时散了，勾唇笑了笑，摇了摇头。

"宫里快下钥了，我得走了。"二人的声音越来越近，他们朝这边走过来了。

沈玦抬起头，红绸外出现模糊的影子，是两条光裸的腿，太后竟然没穿衣服就走过来了。

"娘娘，别急着走！好不容易出来走一遭，您不想臣吗？"

太后和万伯海又缠绵了一遭，才依依不舍地穿上衣服走人。观音殿里顿时静了下来。斜阳已经照不进来了，供桌底下陷入了黑暗。四周寂静无声，他们只能听见彼此清浅的呼吸声。

夏侯潋推了推沈玦："少爷，人走了，可以出去了。"

沈玦钻出桌底，转进明间。

神案上供奉着巨大的持莲观音，黄金的面孔上双眸低垂，仿佛含着寂照真如的无限悲悯，又仿佛只有高不可攀的淡漠冷然。

夏侯潋跟过来，皱眉看着神案道："他俩在菩萨眼皮子底下干这种事，也不怕天打雷劈？你刚刚为何要拦着我？两个一起宰了，岂不刚好？"

沈玦摇头道："太后和万伯海不明不白死在这儿，头一个嫌犯就是我。我这位子要想坐得久，要紧的一宗儿就是和皇帝搞好关系。太后毕竟是皇上的亲娘，等皇上长大了，有了心眼儿，就算调查不出什么来，也会与我生嫌隙，不值当。"

他掉过头来，看着夏侯潋："所谓东厂提督，也就是面儿上看起来风光，归根究底，其实就是皇帝的家奴。皇上要我死，我就必须死。可皇帝闭目塞听，不问朝政，偌大的国，总得有人来管；皇帝不想管，便只能倚仗我。皇帝离不开我了，我的地位自然就稳固了。"

夏侯潋觉得憋屈，但也不好说什么。天下没有白吃的馅儿饼，做什么都有代价，大家都一样。夏侯潋叹了口气，不再纠结这些，问道："那咱们现在怎么办？咱们有了太后和万伯海的把柄，总得好好治他一治不是？"

沈玦走到神案边上，拨了拨香炉里的烟灰。烟雾袅袅升腾，他的脸在烟气里显得朦胧。他沉吟了一阵，道："万伯海不能死，咱们得留着他。他歇在寺里还是山下大营？"

"当然是寺里，"夏侯潋道，"太后是他姘头，他哪会跟着兵士睡帐篷？他歇在行宫院里头。"

"那方才一路走过来，你可曾看见寺里的布防？"

夏侯潋用线香点了点炉灰，在桌上画了一张粗略的广灵寺地图："寺里分三路，东路是和尚住的禅房，中路是佛堂，西路是后妃下榻的行宫院。万伯海在行宫院歇息，守卫大部分都在那儿。我看了一眼，算上白天在佛堂驻守的人，应该有五十来号人。但院子里头具体怎么布的防我就不知道了。"

沈玦凭着记忆，把夏侯潋的地图细化。广灵寺进香年年都有，他每回都得跟着来，四下地形早已烂熟于心。

"行宫院的关卡无非一个东门，此处应会设几个守卫，里面还有个流杯亭，再来就是行宫殿门，各几个守卫，最后再在从千年柏到殿内一路设巡逻侍卫。这样算起来，若想畅通无阻进入行宫殿，再把万伯海捎出来，解决这一路的人便足够。"

"若各处门卡守卫四个人，巡逻八个人，那差不多得有二十来号人吧。"夏侯潋抱着臂道，"用暗杀的法子，悄悄地挨个解决，能行。"

沈玦敲定计划："禁军亥时休，我们亥时行动。"

两个人按原路出了观音殿。外边天已经黑了，黯淡的星子在天边闪闪烁烁，慢慢变得明亮，逐渐连成迢迢一片。他们在安乐堂用膳，等着亥时到来，禁军入眠。影壁忽然转进一堆人来，是一队禁军押着一批东厂番子，番子们足有五十余人，满身血污，身上的黑地织金曳撒破烂不堪，个个垂头丧气。朱顺子竟也在里头，一瘸一拐，奄头奄脑。他约莫是原路返回的时候正巧碰见禁军封山了，往山上走，这下又被禁军逮了。

夏侯潋和沈玦对视了一眼，远远跟着，看着他们被押到安乐堂最后边儿的两个屋子，撂上锁，安置了两个守卫。

沈玦的眼神变得阴郁，走到银杏树底下的石墩子上坐着，皱着眉头沉思。

"要不咱俩分头行动吧，你去救他们，我去抓万伯海。"夏侯潋说。

"不行。"沈玦烦躁地拒绝。他怎么能让夏侯潋一个人去行宫殿？可番子不能不救。一个两个也就罢了，这里竟有五十余个被俘虏，他总共也就带了两百来号人过来。倘若由着他们不明不白跟着禁军被大炮炸死，传出他不顾下属的名声，底下人就该寒心了，往后只怕没人肯死心塌地地跟着他，他再培植羽翼亲信就难了。

一帮废物，沈玦暗恨。若是先去抓万伯海，再回来救人呢？也不可行，行宫院离山门太远，一来一回，足要半个多时辰的工夫，而他们仅仅只有一个时辰的时间。

沈珏头痛欲裂，按了按太阳穴。

安乐堂守卫不多，大多是伤兵，救人不难。沈珏道："你去救人，我去把万伯海捎出来。广灵寺能炸，和尚不能炸。司徒只轰中路和西路，和尚住的禅房是安全的，我们在祖师殿后面的梨树院会合，如何？"

夏侯潋不同意："我去行宫院，你去救人。"

"夏侯潋，我自认刀术不差，不下于你。"

"那也不行，"夏侯潋蹲在沈珏脚边，仰头看着他，"说到这个，我一直想问你来着，你使的是哪路刀法？我教你的不是伽蓝刀吗？怎么一点儿也不像。"

"我的刀不是你教的。"沈珏敲他的脑门。

"怎么不是？我还给你削了把木刀，我记得清清楚楚。"这小子竟然想要抵赖，夏侯潋高高挑起眉梢。

"我的刀是你娘教的。"沈珏抬起眼，目光变得辽远，秋风飒沓，多年前的回忆又重现眼前。

夏侯潋愣了一下："啊？"

"那时候你贪懒，不肯给我喂招，我只好一个人练。但每天晚上，你娘一定会来和我对招。她扮成高妃，疯疯癫癫，出招全无章法，却能把我打得抱头鼠窜。后来我想起来，她的章法只是看似乱七八糟，其实招招是伽蓝刀的变式。"沈珏道，"刀法精髓，无外乎'快'与'变'二字。唯快不破，唯变莫测，你娘兼通二者，所以她是刀术大师，天下无人能出其右。可惜我毕竟杂事繁多，没法子专心练刀，到如今出刀速度还是差了点儿，比不上你们童子功，因此只能在'变'上面多下功夫了。"

夏侯潋想了想道："那这样算起来，你是我的师弟。"

"是师哥。"沈珏纠正道。

"不过，行宫院还真只能我去。"夏侯潋站起来，伸了个懒腰，"暗杀是门手艺，光会刀术是不行的。暗杀讲究出其不意，你能做到走路没声儿吗？"夏侯潋在沈珏面前走了几步，姿势颇有些奇异，落地竟然真的悄无声息，"这是狸猫步，我小时候练了一个月才学会，你会吗？"

沈珏抿唇沉默。

"爬树上梁你也没我厉害。"夏侯潋补充道。

他的功夫沈珏是看在眼里的，走在房梁上如履平地，不从小练习根本难以做到。沈珏叹了口气道："亥正三刻，我们在梨树院会合。记住，倘若苗头不对，立马回撤，不要耽搁。"

第二卷　江湖夜雨十年灯

夏侯潋冲他一笑，月影下浓眉朗目，笑意粲然："行，亥正三刻，梨树院见。"

月隐千山，夜色浓稠。行宫院外四处竹树环合，回廊勾连，檐牙翘脚。红灯笼打下晕红的光，巡逻的禁军在回廊里行走，锁子甲上暗光流淌，甲下深红曳撒上彩绣的江崖海水隐隐约约，在灯影里浮动。

八个禁军，四人一排，排成两列，一丝不苟地按着路线往行宫院走。八人一齐转身的瞬间，头盔的后脑勺上掠过一道冰冷的光，一个黑影自黑暗里浮现，双手同时绕过最后面两个禁军的脖颈，腕下匕首割破二人的咽喉。

前面六人听见声响，疑惑地回头，却见身后两个同伴垂着头站着，有些奇怪。廊影下显得直挺挺的，像鬼魂上身，看着瘆人。

"你俩怎么了？"有个人打了个寒战，问。

话音刚落，两道寒芒分别从其中两人颈侧射出，没入前面二人的口腔，二人圆睁着双目倒地。最后二人拔刀而出，正要呼喊，一个黑影猛虎一般跨步扑出，黑暗里一道凛冽的寒光一掠而过，仿佛漆黑天幕上横亘的电光。二人惊悚地发现自己说不出话了，胸襟上落下淋漓的湿热，他们后知后觉地摸了摸喉咙，喉间正汩汩流着血。

夏侯潋托住他们二人的脑袋，将他们缓缓放在地上，然后把尸体都拖到树影深处。

夏侯潋摸到东门外十步远的位置，见门口站了两个兵士。他藏在大红抱柱后面，朝地上丢了一颗石子。有个兵士听见声响，探头探脑地走过来，一面警觉地问道："谁？"

他自夏侯潋身边经过的一刹那，夏侯潋猛然伸出手捂住他的嘴，腕下匕首弹出，割断他的喉咙。兵士霎时间软了，夏侯潋一把把他拖到阴影里，整了整衣装，走了出去。

头盔打下的阴影掩住了头脸，另一个守门的兵士看不清夏侯潋的容貌，以为他是同伴，问道："什么东西在那儿？"

夏侯潋没应声，径直走到他面前，左手捂住他的嘴，右手将匕首插入他的肚腹。

森森暗夜，刺客幽魂一般行走在阴影里，杀人。

禁军悄无声息地减少，最后一个兵士死在殿门外汉白玉石栏下，被杂草遮住了身躯。夏侯潋提着染血的雁翎刀，步上石阶，弓腰贴着朱门听了会儿里面的声响，抬头看了看月亮，月亮掠过第二根飞檐，已是亥正。他将刀插入门缝，缓缓拨开门闩。

殿中寂静无声，夏侯潋钻进屋子，轻轻掩上门。他适应了一会儿黑暗，朝里间摸去。雕花大床被黑暗掩着，床沿盖板隐隐约约露出八宝螺钿的细碎流光。杏黄色的帐子严丝合缝，夏侯潋哈着腰一路摸过去，轻轻掀开帐子。

床上空无一人！

背后陡然响起万伯海的声音："你是谁？"

夏侯潋悚然一惊，回过头，却见万伯海赤脚站在罗汉榻上，从旁边的刀架上拿起雁翎刀，抖落刀鞘，凛冽的刀光在暗影中迸溅如雪。

这家伙竟然睡在榻上！

万伯海从榻上走下来，燃起一方烛火，殿中顿时亮堂了些许，黑暗中的夏侯潋现出身形。

"没承想我的帐下也会有家贼！你是哪个营的？何时成了沈阇的走狗？"他侧耳听了听外头，蓦然一震，"你把外面的人都灭了？"

"万大人，您胜不过我，不如束手就擒。"夏侯潋长刀下压，缓缓抽刀出鞘。

"狂妄！"万伯海冷冷地微笑，"我知道你是谁了，你是无名鬼。沈阇好大的能耐，竟能驱使伽蓝最强的刺客。无名鬼，沈阇能给你的，本官也能。你不如投靠本官，钱财、女人、名声、权势，你想要什么就有什么。"

夏侯潋淡淡笑了笑，抬头看了眼窗外，月已掠过第三根飞檐，亥正一刻。

"抱歉，我只想当督主的狗，"他单膝跪地，刀刃藏于肘后，"万大人，请。"

婆娑树影下，窗纱仿佛皮影戏搭就的舞台，二人映在素色纱罗上的影子是戏台子上的皮影，仿佛两只猛兽，在晕黄的烛影中相互扑咬。

夏侯潋劈刀向下，刀刃划破空气爆发出凄厉的尖啸。万伯海迎着夏侯潋的雁翎刀回砍，却在刀刃相撞的那一刻手掌猛地一震，虎口顿时破裂，淅淅沥沥渗出血来。夏侯潋没有停歇，迅速发起下一击，同样是凌厉如电的一斩，万伯海接招的一瞬间仿佛电走全身。

两把刀都发出剧烈的蜂鸣，如同临死前的求告。万伯海看见夏侯潋的手也裂了，鲜血浸透了刀柄的缠绳。可他不停，一斩连着一斩，暴雨一般兜头砸下，万伯海步步后退，心中终于升起恐惧。

这是个疯子。他们说得没错，这是个疯子！

他的刀法或许能和这个刺客拼一拼，但一个求生的人一定胜不过一个不怕死的人！

万伯海不再恋战，转身想逃，夏侯潋先他一步到了门口，将门闩闩上。

"大人，我们的战斗还没有结束。"

刺客在黑暗里抬起脸，眼神凶戾。

第二卷 江湖夜雨十年灯

月亮掠过第四根飞檐，亥正二刻！二人再次相扑，身影仿佛化虚，夏侯潋的刀势又快了一倍。万伯海仿佛被石头压着，喘不过气来。他挡不过来，夏侯潋的刀太快，挡住了一击，下一击立时赶上，在他身上划出伤口。他没有穿盔甲，很快腰腹、双手、大腿都有了细细的伤口，整个人成了血人。

夏侯潋明明有杀他的机会，可没有杀他！

万伯海忽然明白过来，他要活捉自己！

夏侯潋的雁翎刀从斜刺里伸过来，割破了他的手腕。手腕吃痛，他的刀颓然落地。他绝望了，这就是伽蓝刺客，行走于黑夜，追魂索命，他竟毫无招架之力！

忽然间，地动山摇。屋外仿佛落下一道惊雷，通天彻地的一声巨响，世界白了一瞬。房屋簌簌落下灰来，外面燃起熊熊火焰，照亮了整间大殿。

红夷大炮提前轰营了！

两个人在地震中都没有站稳，摔倒在地。夏侯潋的雁翎刀也脱手了，他迅速矮身拾刀。万伯海冲过来，把他撞在平头案上。冲撞让桌案崩塌，夏侯潋后背撞到了桌子的锋棱，剧痛无比。夏侯潋咬牙起身，万伯海挥拳过来，正对他的头脸。夏侯潋矮身避过，同时扫他的腿。万伯海被扫在地上，却抓住夏侯潋的腿，也把他带倒在地。

炮火不断落下，地面剧烈地震动，两个人在摇摇欲坠的大殿中翻滚。夏侯潋脸上中了好几拳，嘴角裂了，尝到鲜血的甜味。又是一下巨震，万伯海被落下的灯座砸中。夏侯潋抓住间隙跪起来，用胳膊锁住万伯海的手腕，万伯海用力挣扎。两个人相互角力，没有兵刃，只剩下血淋淋的拳头。火光中，两个人的眼神都凶戾如虎。

夏侯潋忽然仰头一个头槌，钢铁护额砸在万伯海的头上，鲜血淋漓。这一击夏侯潋用了五分的力气，万伯海顿时头晕目眩，眼前天旋地转，手上松了力。夏侯潋抽出腰间的匕首，用木柄砸击万伯海的颈侧，万伯海终于昏了过去。

夏侯潋把万伯海扛起来，撤出行宫殿。周遭都是汹涌的火海，火光直冲天际，黑夜被点亮了一角，仿佛夜里红霞。夏侯潋踉踉跄跄往外走。千年柏已经倒了，密密麻麻的枝叶在火中燃烧。夏侯潋爬过焦黑的树干，艰难地辨别方向。广灵寺满目疮痍，佛堂倒了一片。

天际又是一道火光，夏侯潋带着万伯海迅速卧在树干边上。炮弹落在他们数步开外，惊天动地的声响贯穿夏侯潋的脑海，耳边响起凄厉的鸣声，持续不断。夏侯潋几乎听不见了，咬紧牙关，把万伯海拉起来扛在肩上，执拗地往梨树院走。

路上不断有奔逃的兵士，幸亏没人管他。耳鸣渐渐停了，火光连绵和炮火轰鸣中，他忽然听见有人在喊他的名字。

"夏侯！"朱顺子和几个番子气喘吁吁地跑过来，"夏侯！可算找到你了！"

"你们怎么在这儿？"夏侯溦大吼。

"你没按时出现，我们跟着督主进来找你！"

"督主呢？"

有个番子道："不知道！刚刚一个大炮落下来，我们和督主失散了！夏侯，你先走，我们去找督主！"

夏侯溦把万伯海架到他们身上，道："你们把他带去找司徒！一定要送到！我去找督主！"

炮火终于停息，熊熊火光连成煌煌的一片，一众佛殿都倒了，金身佛像在废墟里露出灰扑扑的脑袋。夏侯溦疯了一般往行宫院跑，路上经过娑罗树边上的废墟，听见有人有气无力地喊"救命"。

他担心是沈玦，停下来刨地。他认出来这里是大雄宝殿的废墟，大雄宝殿因为震荡塌了一半，前面的娑罗树竟然还好好的。树上原本挂着的许多红檀木牌也掉了不少，那是善男信女许愿用的。听说广灵寺特别灵，大雄宝殿前的娑罗树已经活了几百年，是上天降临人间的神树。许多人不远万里跋涉来许愿，只求挂一个木牌在娑罗树上。

他把人从废墟里拖出来，却不是沈玦，是个禁军兵士。他焦急万分，起身想走，目光无意间掠过地上灰土掩盖的木牌，上面字迹清隽，笔笔瘦劲有力。

"乞愿夏侯溦平安永保，早日归来。"

夏侯溦一愣，拾起那块木牌。木牌焦了半边，底下的平安结和红流苏已经脏了，沾满了灰尘。地上还有许多木牌，夏侯溦挨个翻过来。也有别人的，可更多写着他的名字。

"叩愿夏侯平安南归。"

"诚祈福佑，夏侯溦岁岁平安，长乐无忧。"

夏侯溦、夏侯溦、夏侯溦……一笔一画，每一寸墨迹都深深浸入檀木的纹理，仿佛声声辽远的呼唤，兜兜转转，穿越十年的悠悠时空，终于到达他的耳畔。

他恍然记起那日蒙蒙细雨中，沈玦说："信过一段时日，开过光，也求过签，也请过长生牌位。庙里那些杂七杂八的名目，挨个做了个遍。可是有什么用呢？上天听不见你的祈求，神佛也看不到你的磕头，求不得的，依旧求不得。"

原来如此，签是为他求的，长生牌位是为他请的，星月菩提也是为他戴的：一切，都是为了他。

他心里发涩，发苦。何必为他做到这样？寻了十年不够，还要求神拜佛，求神拜佛不够，还要冲入火场。白痴！他一边狂奔，一边大喊："少爷！沈玦！沈玦！"

灰尘在空中弥漫，断壁残垣遮住视线，火光映红了他的脸庞。废墟的边角伸出脏兮兮的手臂，他疯了一样刨挖，竭尽全力看清每张脸，不是沈玦，都不是。

"沈玦！"他大吼，极目四望，"谢惊澜！谢惊澜！你回答我！"

"夏侯潋！"沙哑的声音响起在他身后，他蓦然回首，那个人站在废墟尽头，深一脚浅一脚地朝他走过来。平日里那么讲究的一个人，衣裳稍稍弄脏点儿都要生气，现在军衣破了，发髻也散了，满头满脸都是灰，像一个迷途的乞丐。他跑过去，手脚并用地爬上碎砖碎瓦，跌跌撞撞，走到顶端，抓住沈玦的手臂。

"你脑子进水了吗？说好在梨树院会合，你跑进来找死吗？"他头一次对沈玦这样大吼大叫，眼眶发红，几乎要掉下泪来。

沈玦也大吼："说好亥正三刻，你迟迟不到！炮响了你也没影儿！我怕你死掉啊！"

沈玦抹了一把夏侯潋的脸，泪水血水和灰尘混在一起，他的脸看起来狰狞可怖。沈玦红着眼道："说好了有危险就回撤，你怎么又把自己搞成这样？"

夏侯潋没回答，低头看沈玦的手脚："怎么样，你受伤没？"

"我没事。"沈玦疲惫地握紧他的腕子，两个人都在颤抖，像两片凄风中的落叶。

夏侯潋笑了一下，却比哭还难看。他前进一步，把沈玦拥入怀里。颈侧传来湿热的触感，沈玦忽然反应过来，这家伙竟然哭了。这个生铁一般坚强的男人，这辈子只为那个名动天下的刺客流过泪，这一刻，他哭了，沉默地流泪，无声无息。

他忽然觉得时光倒转，自己不是东厂提督，夏侯潋也不是什么伽蓝刺客，他们依旧是多年前的两个孤弱无助的少年，在黑暗里彼此依靠。山风吹着火焰，火光在他们身上跃动徘徊，废墟疮痍在他们脚下展开绵延，他们像荒芜世界中的两个渺小的影子，孤影相伴，生死相依。

"没事了，阿潋，你找到我了，我也找到了你。"

他轻轻拍着夏侯潋的后背，慢慢地说出这句话，像是安慰，像是承诺。

第三十九章 月照夜明

他们刚回到东厂,屁股还没坐热,锦衣卫就上门了。

锦衣卫指挥使杨昭和亲自来拿人,说沈玦炮轰广灵寺,震惊宫闱,胆大包天,形同谋逆,皇上连夜从宫门递出条子,要锦衣卫将沈玦押入诏狱。之前的姚氏母子案也出结果了,刑部那边传来话,确是沈玦纵容下属伤人无误。数罪并处,皇上令三法司择日升堂,会审沈玦。夏侯潋和司徒谨也一同被逮了——司徒谨是帮凶,夏侯潋是从犯。杨昭和还透露,有人举报夏侯潋是伽蓝刺客无名鬼,这下沈玦头上又多了顶勾结江湖逆党、图谋不轨的帽子。

万伯海被沈问行秘密带走了。夏侯潋和司徒谨一同入了诏狱,关在一间牢房。沈玦的待遇和他们不同,杨昭和在卫所收拾了一间厢房给沈玦住。

杨昭和是官场上的老人,混到如今,早知道事情不到最后一刻绝不能妄下定论的道理。沈玦说不准还能翻盘呢,毕竟是整垮了魏德的人,不能小觑。况且他受了沈玦不少恩惠,平日里也以沈玦拥趸自居,明面上秉公执法,私下里还是得留几分颜面。

但夏侯潋和司徒谨就没有这么好的运气了。两人坐在牢房里的草席上,头顶是一扇天窗,在昏暗的牢房里漏下一束天光;身后是墙壁,极厚,手掌拍在上面啪啪响,有种拍崖壁山石的感觉。

夏侯潋有点担心沈玦,虽然他从来不打没有把握的仗,何况他们还有万伯海握在手里,但是徐若愚是个大祸患,那家伙知道沈玦不少秘辛,不知道会惹出什么祸来。希望徐若愚已经死了。

刚刚分开的时候沈玦要他宽心,说还有点事儿要处理,要他安心睡觉。夏侯潋想沈玦现在大概正坐在卫所里，桌子上点起了苏合香，手边放一碗暖乎乎的人参汤，外头成排的官员等着他的接见听他的指令，明天大家一起把太后那个婆娘干翻；或许第二天，夏侯潋就可以高高兴兴回家睡大觉，往后照旧上值抓小偷、抄别人的家。

夏侯潋慢慢躺下来，双手枕在脑后。月光透过天窗照在他身上，淡淡的风拂弄起他的发丝。

司徒谨坐在夏侯潋的边上，半张脸隐在黑暗里，阴影勾勒出他冷峻刚毅的轮廓，像岩石利落的锋棱。夏侯潋和司徒谨不怎么熟：一方面是因为他级别太低，平日里除了沈玦，见不到什么大人物；另一方面是因为司徒谨不爱说话，和持厌一样，是一个极端沉默的男人。只不过持厌不说话是因为他一个人在黑面佛顶待了太久，不知道怎么说话；而司徒谨的沉默，则是因为他不说废话。

夏侯潋在东厂听了不少有关司徒谨的闲话。有人说他是个妻管严，媳妇儿说一他不敢说二；他还是个女儿奴，有番子在他家看见他的女儿骑马围着天井转圈，而司徒谨就是那匹马。不知道是不是真的。

两个人还是沉默，夏侯潋有些无聊了，伸出手，看月光从指缝间泻下来。

过了一会儿，司徒谨忽然说："你在担心督主吗？"

夏侯潋愣了下，问道："你怎么知……"说到一半他才意识到自己说了实话，忙吞下最后一个字，道："为什么这么说？"

"我猜的。你认识的，现在还活着的人里面，我只认识督主。"司徒谨说。

夏侯潋坐起来，道："我问的不是这个，我是说，你怎么知道我在担心别人？"

"人在看月亮的时候，想到的往往是自己最挂念的人。以前督主经常看月亮，一看就看很久。"司徒谨道，"后来你回来了，他就不看了。"

夏侯潋心里叹了一口气。沈玦那个家伙一根筋，念旧念成这样，天底下估计只有他这一份儿了。沈玦把沈府的院子布置成和秋梧院一个样子，又把莲香也接回来，又还要找他，坚持不懈那么多年。可夏侯潋明白沈玦，走过迢迢岁月，往事消散如烟，沈玦只是想把从前的时光找回来，仅此而已。

夏侯潋沉默了一会儿，拍拍司徒谨的肩膀，道："其实你也在挂念着谁吧。我知道，是不是嫂子？嫂子和孩子在家没事儿吧？你有没有派人回家跟她知会一声，说你今晚不回家？"

司徒谨点点头，道："我出来之前说过了，平常查案很容易夜不归宿，她已经习惯了。"他低下头揉了揉眉心："但有的时候她也会埋怨我不回家。自从生了玉姐儿，她总是怀疑我在外面养了外宅。"

"女人嘛，疑神疑鬼是难免的。成天在家坐着没事儿干就只有想东想西了，你得理解一下嫂子。"夏侯潋说，"其实有个人等你回家挺好的。你别看兄弟们总是说打光棍才好，逍遥自在，其实要能娶上媳妇儿，谁不愿意娶啊？有人家里才有人气儿，有人气儿才是家。"

"那你为什么不娶妻？"司徒谨问，"是怕督主会孤单吗？"

夏侯潋被问得一愣。

不爱说话的人一旦说起话来都这么直接吗？夏侯潋暗想。

夏侯潋看向司徒谨，见他没什么表情，仍旧一脸淡淡的，仿佛他方才说的是"今天月亮很好"这样的闲话家常。夏侯潋终于开口道："司徒老哥，你是不是跟着你家娘子看了不少话本子？"

"没有。"司徒谨认真地说，"她不怎么看那些，她平日里都看医书。"

夏侯潋叹了口气，道："我和督主是过命的交情，小时候一起吃过不少苦，我娘还教他练过刀。患难兄弟，生死之交，你懂吧？他总是一个人，孤零零的，有我陪着他，逢年过节的还有个伴儿。反正什么情啊爱的，我从来没想过，也不懂。"

"情爱是一种很温暖的感觉。"司徒谨仰起头，道。

"温暖？"夏侯潋喃喃地重复。

司徒谨点点头："我是个孤儿，从我懂事起就一个人过，住过义庄，住过破庙，住过山洞，住过死过人的别人不敢住的鬼屋。我是朔北人。朔北冬天很冷，我住的那个小镇很穷，有些人家甚至买不起炭火。可至少他们有家人，可以抱在一起取暖。可我不行，我只能自己抱着自己。后来我来了京师，考武举，有了官衔，还有了一个小宅院。可我还是一个孤儿，每天一个人上值，一个人吃饭，一个人回家，一个人坐在屋檐底下看月亮。我没有要惦念的人，也没有人惦念我，到了冬天，依旧是一样的冷。"

"可后来，你有嫂子了。"夏侯潋说。

"对，"司徒谨淡淡地微笑，"有了明月，一切都不一样了。像你说的，宅子有了人气儿，回家的时候有热腾腾的米饭、热腾腾的汤。冬天也不怕冷了，两个人抱在一起，没有炭火也很暖和。看月亮的时候，我有人惦着，也有人惦着我。这个时候我才觉得，偌大的京师，偌大的尘世，有个地方是属于我的，因为那里有一个属于我的人，她等着我回家，等着我吃饭，她是我站在这里的理由。"

夏侯潋默默看着他，这个刚毅的男人说到那个叫"明月"的女人的时候，神色一下子温柔了起来，仿佛钢铁化为了绕指柔，连脸上的轮廓都柔和了。夏侯潋笑了笑，把手枕在脑后，道："司徒老哥，你弄错了，这不是情爱的感觉，是亲人的感觉。

以前我娘、我哥、我师父在的时候我也体会过的,虽然他们不给我做饭。"

司徒谨摇头,道:"你娘和你哥哥与你有血缘关系,你们有天然的亲近;你师父看你长大,教你技艺,于你如父。可我和明月不一样,她和我没有血缘关系,我依然想要和她走下去,长长久久,永不分离。一个人不会想要和朋友一世相守的,想要相守的,一定是至爱。"

夏侯潋愣了很久:想要相守,便是爱吗?

他其实没想过这个,从小到大,他还没有遇到过什么想一起过一辈子的女人。他想起司徒谨说的热腾腾的米饭,热腾腾的汤。他没见过司徒的娘子,可那一定是个很温柔的女人,大约梳着堕马髻,戴着明月珰,身上穿月白色的衫子,天青色的马面裙;司徒谨冒着风雪骑马回到家,推开门,那个温柔的女人笑盈盈地迎上来,温声问他冷不冷。恍惚间,回家的男人成了他自己,而迎上来的那个人会是谁呢?

夏侯潋用力咬了下舌头,回过神来,摇头道:"那我还真没遇见过。"

司徒谨伸手碰了碰月光,又道:"而且,你喜欢的那个人,一定是你这辈子遇见的最好的人。明月,就是我遇见的最好的姑娘。"

夏侯潋又想到自己,自己没有遇见过什么好姑娘。

他觉得司徒谨说得不对,想要相守的未必是夫妻,也可能是朋友、兄弟。他和沈玦就是最好的兄弟。

过了很久,牢房外面传来打更的声音,笃笃的,一声一声,按着紧凑的节拍,恰好把他惊醒。夏侯潋用力甩了甩脑袋,扭头看司徒谨,他仰着头望窗外的月亮,大约是在思念他的娘子。

夏侯潋想了会儿,觉得还是不要跟司徒谨一块儿睡的好。他从地上抱了一堆稻草铺在对面,躺下来,辗转反侧许久也没有睡着。

他扭过头问:"你知道督主的打算吗?"

"不能说。"司徒谨指指墙壁,意思是怕隔墙有耳,"别担心,督主不会有事。"

"嗯。"夏侯潋回过头,侧过身面对长满霉苔的墙壁。

三日后,夏侯潋和司徒谨被押到午门外。天凉了许多,周遭的叶子都落光了,瑟瑟秋风牵着人的衣角,流连忘返。不知道沈玦穿够衣服没,不要又着凉了,夏侯潋默默地想。

锦衣卫、大汉将军已经排好了阵仗,前头已经坐了刑部尚书、大理寺卿和都察院左都御史,清一色的老头子,大红仙鹤补服,花白胡须,拉长一张老脸,端端正正坐在上头。后头支了一面明黄色步障,影影绰绰有个高髻大袍的女人影子。

"是太后。"夏侯潋低声道。

司徒谨点点头："一会儿不要慌，若是问你是不是无名鬼，抵死不认便可。"

正说着，沈玦来了，锦衣卫拥在他身后，却没人敢押着他。他仍是一袭织金妆花曳撒，描金乌纱帽。夏侯潋和司徒谨都跪着，只能看见他流丽的下颌线条，垂着一束殷红的组缨。

夏侯潋望着他，他的目光也掠过夏侯潋，目光相接的那一瞬，仿佛交换了心神似的，两个人都略定了定心。沈玦收回目光，负手站在当中，眉眼间自有一股睥睨的傲气。那样挺直的脊背，高挑的身条儿，又是那般精致的眉眼，天生就是让人来仰望的。只这么远远望着，夏侯潋在某个一闪即逝的瞬间，忽然就领略到了。

沈玦朝上首行礼，声线清朗如玉石相击："罪臣沈玦，见过诸位大人。"他看了眼后面的步障，再次作揖道："见过太后娘娘。"

"不必多礼，我就是来凑个热闹，不用理会我。诸位大人还是快开始吧，莫要耽搁了时辰。"太后在步障后发话了。

诸臣工朝太后拱了拱手，正中间的刑部尚书道："传徐若愚。"

夏侯潋一惊：徐若愚还活着！

几个锦衣卫抬着一张担架，将一个躺着的人抬了过来，那是徐若愚。他的双腿被削去了一截，只剩下半截短短的身子和大腿。他挣扎着起身，艰难地朝诸臣工叩首。

"卑职东厂辰字颗徐若愚，状告司礼监掌印、东厂提督沈玦，勾结伽蓝逆党无名鬼，杀福王，逼疯皇后，谋害先皇！"徐若愚字字咬入骨髓，"论其罪，当五马分尸，抛尸市井，曝尸百日，犬噬其肉！"

此言一出，满堂皆惊。堂下围坐在旁的臣工皆目瞪口呆，四下里鸦雀无声。

夏侯潋心中一颤，紧握双拳。

司徒谨察觉到他的异样，低声道："怎么了？"

夏侯潋摇摇头，紧紧盯着堂上的徐若愚。

徐若愚脑门上都是汗，鬓发粘连在脸颊上，脸苍白得像死人的肉。毕竟他失去了双腿，仅仅休养了三天，身子虚弱得紧。两个太医提着医箱在外面候着，就防着他突然昏倒。

刑部尚书勉强平复了惊讶的神色，朝徐若愚道："你可知谋逆是何等大罪？沈厂臣分明是救驾功臣，怎的又成了谋害先皇？将你所知速速从实招来！"

徐若愚看了眼步障后的太后，深吸一口气，道："大人莫急，请容卑职细细分说。先皇早知魏德串通福王殿下逼宫谋反，曾密将遗诏和虎符托付与沈玦。然则沈玦不念先皇信托之恩，恩将仇报，妄想以虎符诓福王入京，再治福王一个无诏入京的罪名。谁知途中福王遭遇洪水，薨于半道。恰好沈玦寻得无名鬼，无名鬼精通奇技淫巧，尤擅易容变脸。沈玦令无名鬼给卑职易容，让卑职假扮福王入京，跟随魏德逼宫，再在宫变之时令卑职假死，这才能借由谋逆之名诛杀魏德。但沈玦并不满足，为扶持皇上登基，他丧心病狂，逼死先帝，对外只说先帝是被魏德和福王气死，甚至自居功臣之名！这桩桩件件，卑职若有虚言，情愿遭天打雷劈！"

徐若愚一口气说完，堂上众人皆倒吸一口凉气，谁能知沈玦竟胆大包天到如此地步，一个宦官，竟然可以逼死皇帝！座上三个老头都大惊失色，看向沈玦。沈玦倒是面无表情，没什么反应。

刑部尚书冷汗涔涔，从腰间抽出巾帕擦了擦脸，颤声道："你所言不过一面之词。诓杀先福王，逼死先帝，乃是大罪！其罪莫说五马分尸，凌迟处死也不为过。你可有证据？"

"自然！堂下跪着的东厂辰字颗番子夏侯潋就是伽蓝无名鬼。众所周知，无名鬼擅使牵丝人偶杀人，昨儿锦衣卫已从他家查获人偶照夜，诸位大人一看便知。"

他说完，两个锦衣卫扛着照夜上了堂。精致的傀儡漠然站在天光下，白瓷面具反射出清冷的光泽，一只刀臂已经损毁，只剩下残余的左臂，刀光在广袖下若隐若现，蕴藏着刻骨的杀机。

座中臣工都目不转睛地盯着照夜，连锦衣卫的眼里都流露出好奇之色。傀儡照夜名震一时，除了那些死在照夜刀下的倒霉鬼，鲜少有人真正直面照夜。此番一见，皆啧啧称奇。

刑部尚书的目光扫向夏侯潋："夏侯潋，你可认罪？"

夏侯潋上前道："卑职不认。大人明鉴，督主追杀伽蓝乱党多年，清查无数伽蓝暗巢，这当中也包括无名鬼的私巢，照夜就是从中所获。卑职无能，略懂一点锻造之术，督主只是把照夜拿来给卑职看看而已，照夜实非卑职所有！"

司徒谨在后头补充道："大人若不信，可翻检东厂案牍文书，每次清查缴获皆有记载。"

刑部尚书沉吟片刻，开口道："本官听闻东厂有无名鬼画像，不妨借来一观。"

徐若愚想要说话，膝上疼痛袭来，脸色又苍白了几分。刑部尚书招了招手，锦衣卫拿来一张矮凳，让徐若愚坐着。徐若愚喘了一口气，才道："大人有所不知，这个无名鬼不知使了什么法子，早已改头换面，不是当初的容貌。不过，他曾经受了沈玦唆使，为卑职易容，让卑职假扮成早已在洪水之中溺死的福王进京逼宫。那人皮面具卑职还留着，请诸位大人过目。"

徐若愚从怀里拿出假扮成福王的人皮面具，呈给锦衣卫，锦衣卫呈给座上三位大人。三人凑在一起细细观看，面具软若人皮，果真是福王的模样。三人面面相觑，将面具传下去，底下众卿挨个看过，纷纷低声细语。

刑部尚书沉声道："夏侯澈，这你做何解释？"

"卑职从未见过这副人皮面具。"夏侯澈道。

有人道："或许是徐若愚找江湖术士做了人皮面具，随意攀诬厂臣也未可知。"

徐若愚咬牙道："那便请大人绑来辰字颗诸番子，当日千里奔袭寻找福王，诸兄弟都在场。还有东厂大档头司徒谨，都是从犯！请大人上大刑，不怕他们不说实话！"

众臣都点头，要听实话，还是得上大刑才行。

刑部尚书刚要让锦衣卫上刑具，沈玦朝中央踱了几步，开口道："按说咱家才是这当事人，你们偏偏揪着夏侯澈不放，却不问咱家半个字，是何道理？"

刑部尚书尴尬地笑了笑，道："厂臣说得是，若厂臣有冤屈，尽管分辩便是。"

沈玦掠了一眼徐若愚，徐若愚忙低下头。分明是轻飘飘的一眼，却寒凉得犹如冬日冰雪，徐若愚浑身都发着冷。沈玦收回目光，扯出一抹冷笑，道："咱家一直奇怪，咱家分明对你不薄——当年你流落江湖，欠了一屁股债，你那六旬老母被讨债的堵在家里出不了门，还是咱家替你还了债，提拔你进东厂，你才活出个人样儿来。从前你还说要怎么肝脑涂地报答咱家，现在一转头全忘了，倒成了条疯狗，胡乱攀咬。"

徐若愚手上发着颤，缓缓朝沈玦叩下头去，道："督主大恩，卑职没齿难忘。可如今，督主犯此大错，卑职不能助纣为虐！督主大恩，卑职来世再报！"

"咱家可当不起你报的大恩。"沈玦笑了一声，接着道，"后来，咱家派人去你家里一查，果然什么都明白了。"

徐若愚一怔。

沈玦击了两下掌，高声道："把徐高氏带上来！"

一个太监带着一个老妇人从人群外走进来。老妇人揪着帕子，打眼看见徐若愚，扑了上去，号啕哭道："儿啊，儿啊，你怎么成了这副模样？"

"娘！"徐若愚看见老妇，也红了眼眶。

步障之后，太后握紧拳头，丹蔻刺进掌心。

左都御史疑道："这……"

"老夫人，这几日你都遇着了什么？一五一十与大人们说了吧！"沈玦负手慢慢道。

老妇擦干净眼泪，哽咽着说道："那日我本在家中种花，忽然有人捂住我的口鼻，把我劫到了一个不知什么地方，看起来……好像……好像是个田庄。他们不许我随意走动，我成日只能待在屋子里，问他们是什么人，抓我来干什么，也不说，只让我安生待着，不许乱跑。我心里着急，可我一个老人家，走路都费劲儿，根本没法子。幸亏前日，厂公派了人来救我，我才得以出来。"

"这么说，是有人劫持了你！"刑部尚书惊疑不定。

"可惜那几人都是亡命之徒，被咱家的人逮着，一个一个竟都咬舌自尽了。"沈玦看向徐若愚，冷冷微笑，"所以，这些人到底是谁，只能问你了，徐若愚。"

"我……"徐若愚看着沈玦，背后大汗淋漓。

司徒谨在后面低声道："徐若愚，你以为你替她攀诬完督主，你和你母亲就有活路吗？不妨问问你母亲，这几日过得可好？"

老妇人哭着摇头："顿顿吃不饱，也不许我说，就让我饿着。"她落着泪，看见徐若愚的双膝，哭得更凶："儿啊，造孽啊！我们是造了什么孽啊！"

步障之后，太后忽然厉声道："徐若愚，你想好了再回话！"

徐若愚沉默许久，脸色憋得铁青，过了半晌，忽然挣开老妇的怀抱，爬到沈玦脚边，流泪道："如几位大人所见，卑职母亲被人劫持，逼得卑职不得不攀诬督主。卑职方才所言，全是假的，全是那个人教唆卑职的！那个人，就是太后娘娘！"

刑部尚书大惊："太后娘娘！"

徐若愚又转过身子，朝沈玦磕头："督主，卑职知道，卑职背叛了您，又背叛了太后，横竖是没有活路了！求督主念在卑职往日出生入死，没有功劳也有苦劳的分儿上，护住卑职的母亲！卑职……愿以死谢罪！"说罢，徐若愚浑身一震，倒了下去。老妇大叫一声，扑到徐若愚身上，把他翻过来，只见他嘴角流血，已是咬舌自尽了。

满堂皆惊，座上三公皆不忍看，夏侯潋也深深锁着眉头。立马有锦衣卫上来，把尸体和老妇人带走。太后气得浑身发抖，颤着手接过朱夏递给她的热茶，略抿了几口，好不容易恢复了镇静，换了副平稳的语气，道："几位大人，这个叫徐若愚的，一会儿说厂臣谋逆，一会儿又说哀家设计陷害厂臣，不过几句话的工夫，一连变了好几回，实在是信不得。依哀家看，此人胡言乱语，都是假话。厂臣救驾之功，满朝皆知，匡扶幼主，大家又都看在眼里。哀家是皇上的母亲，又怎么会无缘无故陷害厂臣？"她转过头来，隔着步障看着沈玦，微微笑道："厂臣，你说是不是？"

沈玦转了转拇指上的筒戒，笑得没有温度。这个女人脑筋倒是转得不慢，一击不中，立马变脸来和他求和。可他沈玦又岂是善茬？沈玦慢慢道："娘娘莫急，案子还没完。前几日咱家炮轰广灵寺的案子还没审，诸位大人，不如一并审了吧！"

太后忙道："我看不必！厂臣定不会无缘无故炮轰皇寺，定是有缘由的！不如会审之后，厂臣单独禀报我与皇上，何必在此烦劳诸位臣工？"

众卿都摇头，左都御史朝太后拱手道："娘娘此言差矣。广灵寺供奉先帝长生牌位，事关大岐福祉，还是在此一并审了的好。"

太后怔怔放下手，脸色变得灰败。沈玦主动提出要审，定是早做好了准备，她的棋，已经输了。

沈玦再次击掌，几个东厂番子架着一个血淋淋的人丢在地上。那人蓬头垢面，浑身都是血污，已经看不出模样了。一个番子蹲下身，撩开他的头发，露出他的脸庞，提起来给大家看，竟是禁军统领——万伯海。

"万大人！"诸臣都站起身来，目露惊愕。

"饶了我……饶了我……"万伯海爬向沈玦，伸手探向沈玦的衣摆。沈玦微不可察地皱了皱眉，后退半步。

万伯海喃喃道："厂公饶了我……是我，都是我，我与太后娘娘私通，是她让我围了广灵寺，派禁军杀你，都是我……求您饶我一命……"

他声音不大，可在场的人都听见了，尤其"私通"二字，更是针扎似的刺入大家的耳朵。诸臣惊愕不已，纷纷看向步障后的太后。步障后响起一声冰裂似的脆响，茶盏碎了满地。

"拷掠成狱，屈打成招！"太后咬牙切齿，"他的话不能信！"

"万伯海，太后娘娘说你污蔑她。污蔑太后，是死罪。"沈玦垂眼看着万伯海，漠然地微笑，眸中黑影森森，仿佛藏了万千妖魔。

万伯海被那眼睛看得发冷，大声道："我没说谎！我没有！太后……太后她臀边有一个桃形胎记，你们可以找嬷嬷来看！在左臀！在左臀！"

"咱家再问你，姚氏案又是何人所为？"沈玦慢条斯理地问道。

"是太后……都是太后！太后要杀厂臣，是太后！"

众人都沉默了，万伯海能说出如此隐秘的胎记来，姑且不论姚氏案是不是太后嫁祸，私通肯定是差不离了。这是皇家丑事，本不应在此宣扬，大家纷纷缄了口，不敢说一句话。上首的三位大人也满脸尴尬，你看着我我看着你，乌眼鸡似的互瞪。

最终沈玦开口道："事情便是这般，太后先将姚氏母子横死一案嫁祸于我，又命万伯海于进香之际围咱家于广灵寺，咱家为求自保，只得派人向神机营求援。更何况，佛门圣地犯下杀戒，乃是对佛祖大不敬！太后所为，实在是天理难容。"

其实沈玦把广灵寺炸了更是天理难容，但大家都不敢说话。现在形势很分明，

458

太后已经一败涂地，而沈玦志得意满，谁要是敢触沈玦的霉头，谁就是自寻死路。

刑部尚书连连擦汗，巾帕已经湿了一半。他斟酌了一会儿言辞，道："太后一事须得移交宗人府处置，还请厂公多多费心，我等便不插手了吧。"

沈玦点头。宫闱里的事，确是要交给他来料理。

步障分开，太后从后面走了出来。她的脸色在阳光下苍白得近乎透明，仿佛随时都可以蒸发掉。她一步一步走下来，经过沈玦的身边，沈玦朝她拱手，哈腰让出道。

"沈厂臣果然手眼通天，算无遗策。"

"娘娘谬赞，"沈玦道，"不过凭借一点儿运气罢了。"

"我原以为我可以打败你。"

"娘娘，您忘了，臣教过您，没有万全的把握不要出手，"他的眼神变得幽深，"可一旦出手，便要斩草除根，不留后患。"

太后晃了晃，朱夏含着泪扶她。她闭上眼，深吸一口气道："很好，那么我便恭祝厂臣，求仁得仁，如愿以偿！"

宗人府的太监把太后带走了。眼看事情告一段落，夏侯潋松了口气，抬眼望向沈玦，沈玦正好也望过来。两个人眼对眼互相望着，夏侯潋假装咳嗽了一声，指了指外面，意思是在外面等他。沈玦点点头，表示知道了。

众人正准备走，一直没开口的大理寺卿忽然说话了。

"慢着，诸位，沈玦虽不曾谋害先皇，炮轰广灵寺亦情有可原，可他昔年伙同魏德，颠倒铨政，掉弄机权，今时又构党成奸，令陛下沉迷玩乐，不思进取，亲乱贼，远忠义，难道就不该审吗？"

夏侯潋一愣，转过头来，正看见沈玦与座上的大理寺卿遥遥相望，目光相接之处，恍有烽火燊然。

沈玦不紧不慢地开口："陛下令诸大人三司会审，审的是咱家的谋逆案。大人若要弹劾咱家，当上折子到御前才是。"

大理寺卿冷冷一笑。

上折子到御前，批红的还不是他沈玦吗？陛下十岁小儿，握笔都嫌累，哪里会管？

"你祸乱朝纲，浊乱朝堂，当今大岐，只知沈玦而不知陛下，形同谋逆，照样可审！"

"怎么回事？"夏侯潋低声问司徒谨。

司徒谨脸色冷峻："清流出手了。大理寺卿不是太后的人，是清流的人。"

夏侯潋的心略沉了沉。

清流和阉党对峙已久，魏德在的时候就已经烽火连天，有一阵儿闹得不可开交，清流弹劾魏德的奏疏雪花片儿似的堆在御前，可惜先帝压根儿不批红，都没什么用。魏德气恨清流给他上眼药，屡兴东厂大狱，有个参了他十大条的言官，在东厂就被活活折腾死了。

那时候正是沈玦得魏德宠信的时候，帮着魏德逮了不少人，早就和清流结下了天大的梁子。现在沈玦取魏德而代之，清流便将矛头对准了沈玦。看来，姚氏案、广灵寺围杀，不仅是太后一人谋划，更有清流推波助澜。

夏侯潋蹙眉问道：“督主可有准备？”

司徒谨轻轻摇头：“不知。”

沈玦低头掖了掖袍子，不冷不热地笑起来："审？太后娘娘也便罢了，毕竟是陛下亲母，虽然费劲儿，少不得与她周旋一番。"说罢，沈玦神色一变，眉眼俱厉，风雷满蓄："可你们，咱家倒要看看，谁有这个资格敢审咱家？"

"放肆！"大理寺卿大怒，"你不过区区一个阉宦，我等清流朝士，怎的不能审你？"

左都御史正色道："沈厂臣莫要冒天下之大不韪，还是听候审讯的好。"

"好一个清流朝士！便让咱家细细说来，尔等家底行藏，当真至清无浊，半点儿错处都没吗？"沈玦嘲讽地吊起嘴角，却不从大理寺卿开始，转过头，对着左都御史，"御史大人，朝中皆知你出身富裕，松江老家田产连绵，庄子无数，可没人知道，这田庄、土地半数都是侵吞贫苦穷家所得。你位列六部，松江县令为了讨好你，睁一只眼闭一只眼，被你侵占了田地的百姓求告无门，沦为流民。有个叫田大牛的，饿死街头，你使了银子，派人将他随意丢在乱葬岗了事。不知咱家说得对还是不对？"

左都御史颜色大变，脑门上簌簌落下汗来，结结巴巴道："一……一派胡言！厂臣莫要血口喷人！"

沈玦不理他，又朝大理寺卿拱了拱手，道："至于您，大人，您的确清正廉洁，挑不出什么错处。可惜您治家不严，上个月您儿子纵马伤人，一个八旬老头被踹了个窝心脚，在家里躺了半天，晚上就咽了气。按说杀人偿命，奈何您有个长袖善舞的好夫人，上上下下都打点停当，连老人的家人也给足了好处，这事儿就这么按下去了。你们皆大欢喜，可怜那老人家一命呜呼！"

大理寺卿满脸震惊，张口结舌，说不出话来。沈玦看他的神色，做出惊讶的模样："怎么，难道您不知道这事儿？"

大理寺卿咬牙切齿道:"你……胡言乱语!"

沈玦冷笑道:"是不是胡言乱语,将你的儿子、夫人扭送官府,一查便知。只不过咱家说话向来很讲证据,届时就看大人您舍不舍得将您这唯一的儿子杀了偿命!"

大理寺卿颓然坐在座上,底下一片沉默,水至清则无鱼,在座的官员谁敢说自己上任以来一点儿错都没犯过?就算自己不犯,也难保家里人恃宠生骄。东厂手眼通天,连官员家里打牌遗落的牌九都能捡给皇帝,更遑论这些阴私?偏这大理寺卿不信邪,硬生生撞到沈玦的炮口上。

沈玦转过眼波,看向刑部尚书,正要开口。

刑部尚书连忙拱手笑道:"厂臣!厂臣!此事与下官无关!原本嘛,太后诬陷厂臣,证据确凿,此案就该结了!下官家中还有急事,先走一步,先走一步!"

刑部尚书撩袍便走,底下诸卿也纷纷起身告辞。沈玦身边人影如织,他屹立其中,直视座上神色颓唐的大理寺卿,脸上的笑容金漆一般一寸寸剥离,最后复归目空一切的高寒。

他漠然问道:"大人,您还要审吗?"

大理寺卿喉头哽咽,慢慢站起来,把乌纱帽摘下抱在怀里:"沈厂臣,你赢了,你大获全胜!本官明日便请辞归乡,永不还朝!"

"既如此,"沈玦端正地作揖,"沈玦恭送大人。"

大理寺卿拂袖而去。沈玦慢慢直起身来,闭上眼深吸了一口气,疲倦像密密麻麻的虫蚁,沿着经络爬满全身。为了应付今日的战局,他近来几乎无一日安眠。

人影纷乱,潮水一般从他身边流过,没有人敢直视他的双眼。如今,太后倒了,清流一败涂地,皇帝不过十岁,他是当之无愧的一人之下、万人之上。可他忽然觉得心里很空,像一面空心的大鼓,可以咚咚咚地敲出声音来。

为什么呢?明明他才是赢家,唯一的赢家。

"少爷。"身边传来夏侯潋的声音,他迷茫地抬起眼,看见夏侯潋黑而深的双眸。

夏侯潋轻声道:"咱们回家吧。"

沈玦垂下眼帘,疲惫地笑了笑,答道:"好,回家。"

他正打算转身离开,却听得背后一个苍老的声音遥遥传来。

"不知老夫可有这个资格审一审沈厂臣?"

他身体一滞,笑容凝在脸上。

夏侯潋跟着众人转过头,只见人群外一个佝偻的老人拄着拐杖一步一步挪进来。那老人瘦得可怜,形销骨立,薄薄一张皮包着一把骨头,官服都撑不起来,衣架子似的，晃晃荡荡，满身都兜着风。

夏侯潋愣在原地。那个老人经历了十二年的风霜磋磨，老得似乎比旁人都要快，一张脸早已不是当年的模样，可他认出来了，一眼就认出来了。

戴圣言，戴先生。

夏侯潋下意识回过头，看向沈玦。他站在风地里，低着头，一张脸掩在阴影里，看不清神色。可是不知怎的，他的影子仿佛灌满了枯冷的风，方才运筹帷幄的自信都不见了踪迹，只剩下刻骨的冷寂。

"戴先生！您来了！"大理寺卿忙上前相迎。

"不妨不妨，"戴圣言摆摆手，"虽然骨头老了，路还能走得，劳烦诸位多等一等。"

老人蜗牛一般慢吞吞地朝首座挪过去，刚巧经过沈玦旁边。沈玦低头看着老人的衣摆，江崖海水的彩绣膝襕，鲜艳得刺目。

夏侯潋低声道："少爷，别怕。"

"我没怕。"沈玦嗓音有些沙哑。

"要是戴先生要打你，我就带你跑。"

"白痴，"沈玦按了按额角，"一边站着去，不让你说话不许说话。"

老人终于到了终点，将拐杖靠在黄梨木案边，两只枯瘦的手撑着桌案，缓缓坐下来。他那么一坐，吱吱咯咯牵动全身的骨节，仿佛下一刻就要散架似的。老人喘了一口气，从袖子里掏出一份奏折，一折一折地打开，摊在案上。

做完了一切，他才抬起眼来，温吞地开口："老夫自认持身谨严，为官以来，虽不敢称鞠躬尽瘁，但也不曾犯过什么大错。老夫虽已致仕，蒙先皇赏识，赠老夫一个太子少保的官衔。今日，老夫斗胆，越俎代庖，审理此案。敢问沈厂臣，老夫可有什么见不得人的案底行藏，不能审你？"

四下里鸦雀无声，目光纷纷集中在那个风地里站着的男人身上。清流官员暗地里含着笑容，互相看了一眼。戴圣言是朝堂上的异类，从不拉帮结派，也不站队跟风。他早年没什么政绩，让他出名的是他的学识，当世儒生都视他为翘楚，后来更是当了先帝的老师。可自从谢氏灭门案以来，戴圣言吃错了药一般，铆足了劲儿和魏党针锋相对，数次敲登闻鼓，伏阙叩求，状告魏德二十四条。

魏德视戴圣言为眼中钉，奈何他和先皇感情深厚，名声又大，又有不知哪来的江湖义士暗中保护，轻巧动不得。多年以来，弹劾魏德的人前仆后继，戴圣言是唯一一个安稳活到现在的。

沈玦极费力地扯出一个微笑，躬下身深深作揖："先生光风霁月，沈玦没什么可以指摘的。"

"好。"戴圣言低下头，抚摸案上的奏折，那折子已经发黄了，墨迹深深，看得出已经有些年头了，"当年，老夫弹劾魏德二十四条大罪，登闻鼓敲了三天三夜，宫阙前跪了三天三夜。二十四条，条条足以让他魏德粉身碎骨。尤其这第二十四条，密结伽蓝逆党，杀金陵谢氏满门一百余口，都察院经历谢秉风，其妻谢萧氏，其子惊涛、惊潭，"戴圣言顿了顿，仿佛哽住了一般，"还有我那刚入门的小弟子谢惊澜，统统惨遭毒手。"

底下人皆是一阵唏嘘。

戴圣言接着道："奈何先帝视而不见，听而不闻，宁愿冒天下之大不韪，也要包庇魏德。沈厂臣，你虽然诛杀魏德有功，但昔年魏德所作所为，你几乎样样都有参与。现下，你为司礼监掌印，本应执掌内廷之务，不应干预外事。然则，你蹑魏德后尘，坏祖宗政体，诱引陛下玩乐。这二十四条，除了最后一条，条条加于你身，竟分毫不差。厂臣博闻强识，这二十三罪当早有耳闻，可要老夫再念一遍？"

沈玦闭了闭眼，哑声道："不必。"

戴圣言点点头，道："既然如此，厂臣，你可认罪？"

夏侯潋心里一惊，长眉紧锁。

沈玦没有动，也没有说话，低着头，望着自己的影子。恍惚间，那个影子仿佛矮了许多，瘦小了许多，变成了十二岁的模样。沈玦记得在望青阁的时候，他也是这样站在堂下回戴先生的话。那时候他装腔作势，端成傲骨铮铮的模样，假装自己不在乎，硬撑着不存在的颜面，却被戴圣言一眼看了个透。

其实他知道戴先生敲登闻鼓，叩天阙。戴先生长跪在宫门外求见先皇的时候，他就站在琉璃门里面，远远看着日光下那个枯瘦的影子，像一根柴火棒子，一把就能折断。他想这个老人家怎么那么傻，明明谢秉风是那样一个沽名钓誉的浑蛋，谢惊澜拜入师门也不过几个月，死了就死了，没了就没了，何必为了他们和魏德拼得你死我活？

他觉得自己很累，累得喘不过气来，他头一次想要逃跑，跑得远远的，让戴先生再也看不见他。然而，阴沉的天光照着他，他像一个现了形的鬼魂，无所遁形，求告无门。

他张了张口，想要说话。戴圣言忽然道："自老夫升堂到现在，厂臣还未抬头正视过老夫，莫非老夫尚无资格见一见厂臣的金面吗？"

夏侯潋上前一步，想要说话，沈玦拉住他，不让他动弹。夏侯潋挣了挣，沈玦的手像铁钳似的，死死拽着他的衣袖。

沈玦的声音低得像埋进了尘埃里:"求你,不要说。"

夏侯潋愣住了,不再挣扎。

沈玦慢慢抬起了头,方才的笑容无影无踪,连假笑都装不出来了,净白的脸无悲无喜,如同被冰霜冻住一般,唯有那双眼眸,悲若孤鸿。

戴圣言一愣。堂下的青年眉目秀丽,隐隐之中,骨相竟神似他记忆里的那个倔强的少年。恍惚之中,他竟然觉得那个少年没有死,还活着,就站在堂下,与他四目相对。

他深深锁着眉,问道:"厂臣……甚为眼熟。不知你与金陵谢氏,可有亲缘关系?"

"没有。"沈玦道。

戴圣言眸藏隐痛,道:"看来只是巧合罢了。"他长长叹了一声,道:"那么,方才老夫所言二十三条大罪,你可认否?"

沈玦的嗓音喑哑:"我……"

堂下一片寂静,所有人都等着他的话。那一瞬间,他仿佛又是从前那个初出茅庐的少年,口若悬河、咄咄逼人的沈玦不见了,只剩下一个不知所措的男孩,满心都是冰冷如潮的悲哀。

然而,死寂之中,夏侯潋忽然高声道:"不认!"

仿佛一支利箭横空而出,刺碎鸦雀无声的寂静,众人皆惊。大理寺卿喝道:"这里岂有你插嘴的份儿!退下!"

夏侯潋撩袍跪在地上,叩首道:"先生,左都御史占过别人的田,大理寺卿的儿子要过别人的命!遍翻东厂案牍,揭开大人们的家底阴私,满朝文武,无人无罪!为何先生单单审我家督主,不审他们!"

围坐众卿满面通红,纷纷大喝:"放肆!"

"你们才放肆!"夏侯潋磕在地上大吼,额头青筋暴突,"要审,大家一起审!"

第四十章 承君此诺

"满朝文武,无人无罪……"戴圣言惨然一笑,"说得好啊!这世道,这朝堂,何以竟落得如此地步?太祖皇帝在天之灵,当痛心疾首啊!"

"戴大人!"座中诸卿都面露忐忑。

戴圣言摆了摆手,示意大家不要说话,继续道:"然则国有定法,朝有定规,今日会审,审的是沈玦一人。若要审他人,须大理寺重新奏请皇上下诏,再行审理。"

"若大理寺不提奏请,便不审了吗?"夏侯潋追问。

"不,"戴圣言神色肃穆,"大理寺一日不提奏请,老夫一日不离京。昔日老夫如何弹劾魏德,今日老夫便如何弹劾有罪诸臣。所以沈厂臣,老夫也必须要审!"

戴圣言此话一出,满座惶然,所有人脸色惨白,面面相觑,说不出话来。连大理寺卿都白着一张脸,问戴圣言道:"先生要以一人之躯对抗整个朝廷吗?"

戴圣言淡然笑道:"我老了。将死之人,此身何足惜!"

满堂寂静,鸦雀无声。

没人料到请来戴圣言审讯沈玦竟会把自己也搭进去。满座臣工呆呆望着枯槁的老人,他肃然坐于堂上,像一棵老松,傲立天地,无所畏惧。

夏侯潋死死盯着眼前的花纹砖,拳头收紧,牙齿咬得咯咯作响,没有办法了吗?真的要审了吗?这怎么可以?怎么可以?

寂静之中,身后传来沈玦的声音,轻得像一片羽毛:"阿潋,退下吧。"

退下?他怎么能退?

夏侯潋蓦然直起身来,望向堂上的戴圣言,道:"戴大人!"

"闭嘴！"沈玦一声厉喝，"给我退下！"

夏侯潋苦笑了一声，道："少爷，有些事情，迟早是要面对的，不是吗？"

沈玦一怔，用力闭了闭眼，不再说话。

夏侯潋继续道："戴大人，您方才有句话说错了，第二十四条，并非与我家督主毫无干系。"

戴圣言微微皱眉，道："这是何意？"

底下有人低声道："这人疯了吗？谢氏惨案，与沈玦有何干连？十二年前，沈玦才十二岁吧！"

"是啊，那时候他刚入宫，魏德还不认识他吧！"有人回道，"这小子到底是帮人的还是害人的？"

"十二岁"三字自纷纷絮语之中突围，扎入戴圣言的耳里，他心中一惊，惶然问道："什么？沈玦那时是何年纪？"

"大人，"夏侯潋的声音缓慢又清晰，"督主，就是谢家三子，谢惊澜。"

仿佛头顶落下一个惊雷，戴圣言浑身大震，缓缓望向夏侯潋身边站着的沈玦。

飒沓秋风之中，青年立于堂下，腰系鸾带，肩绣腾蟒，周身皆是鲜艳的锦绣，却掩不住眉间霜雪，眸底哀凉。是了，天底下哪有如此相似的两个人？记忆里那个倔强的孤弱少年与青年重合，原来他那个天资聪颖的小徒弟没有死，而是从死地里逃了出来，成了大岐权势滔天的司礼监掌印、东厂提督——沈玦。

他颤抖着撑起身子站起来，咻咻地喘气："你……你……"

满堂皆惊，片刻之后，纷纷哗然。

"怎么可能？这怎么可能！"所有人都张目结舌，露出不可置信的表情。

沈玦看着老人从堂上一步一步挪下来，走到他的跟前，他看见老人脸上纵横交错的皱纹像一道道沟壑，网巾底下掖着白发，几根银丝垂下来，在天光下几乎透明。老人站在他的面前，一寸寸端详他的脸，仿佛要从中找到过去的影子。那苍凉的目光仿佛无形的箭矢，直直刺入他的心窝。

他躲了这么多年，终于还是没能逃掉。他觉得他是一只入了幽冥地府的鬼魂，怕光也怕人，可终有一天他还是要返回人间，在天光和故人的注视之中消失得无影无踪。

现在，这一刻终于来了，仿佛命中注定。

沈玦垂下眼眸，嗓音哑得仿佛揉了数不清的沙："没有什么谢惊澜，戴大人，您的弟子已经死了，我是沈玦，是您要审的罪臣。"

"少爷！"夏侯潋大喊。

戴圣言低下头，看向地上跪着的夏侯潋，颤声道："你呢，你是谁？"

"夏侯潋，先生，我是夏侯潋！"他转过身，在戴圣言脚边叩拜，"十二年前，魏德收买伽蓝刺客，灭谢氏满门。督主死里逃生，孤身一人，举目无亲，从金陵一路北上，差点饿死街头。昔年魏德当权，只手遮天，即便是您，当世大儒，门生无数，力陈二十四条，叩天阙，击天鼓，尚且不能要他性命！这滔天血债，除了认贼作父，如何索偿？"

戴圣言浑身颤抖，老泪纵横，双手扶上沈玦的手臂，恨声道："为何不来寻我？至少，我可以给你一处安身之地啊，惊澜！"

"伽蓝刺客虎视眈眈，督主投靠您，便是为您招来杀身之祸！先生，您不过是手无缚鸡之力的儒生，如何能抵挡刺客千里的追杀？"夏侯潋一字一句，字字泣血，"先生，前进是死，后退是死，唯有堕入深渊，方得活路。若是您，您要怎么选？夏侯潋斗胆，问一句先生，方今世道黑暗，安有纯善无邪？安有极正无恶？"

举座皆默。

没有人会想到，阴狠狡诈的东厂提督竟出身清流世家；更没有人想到，他的身上竟背负着如此血海深仇。座中诸臣，有不少曾与谢秉风同朝为官，一同吃过席面，一同狎过优伶，酒足饭饱，也曾互称一句世兄老弟。若论资排辈，沈玦当唤他们一声"世叔"。

寂静之中，沈玦撩袍缓缓跪了下来，解开颔下组缨，摘下描金乌纱曲脚帽放在地上，深深磕头。他什么话也没说，只静静跪着，手肘间的阴影遮住了他的脸庞，没有人看得见他的表情。只是没来由地，所有人都感觉到他肩上铁一般沉重的悲哀，像霜华落了满头满身，枯冷哀怜。

戴圣言大恸不已，垂下眼睫，落下泪来："我自问平生未曾犯过什么大错，却唯独愧对一人。我曾许他方寸安宁，答应护他安稳，却依旧让他独自面对灭门惨祸。一步错，步步错，流落街头，入宫为宦，认贼作父……他误入歧途，岂非我之过错？我又有何资格审他？"

戴圣言低头看着两个青年的脊背，他们深深伏在尘埃里，一动不动。戴圣言苦笑了一声，转身走了几步，扶着翘头案的案沿，仿佛一瞬之间苍老了数十岁。他原本就已经够老了，可现在大家忽然觉得他不仅老，甚至快要死了，那瘦弱的脊背深深佝偻着，身躯佝偻得越来越低，最后顺着案腿滑了下去。

"戴大人！"大家惊呼。

锦衣卫冲上去抱住老人，方才在外面为徐若愚准备的太医趋步进来，为老人诊脉。午门前霎时间乱了，沈玦想要上前看看戴圣言，可是人群阻隔了他和那个垂死的老人，重重人群如同他这些年走出的山山水水，终于让他和老人天各一方，再难靠近。

锦衣卫把戴圣言送上马车，送回戴圣言在京城赁下的小宅。那是一条清冷的胡同，单门独户，门扉上贴着褪了颜色的福纸，两边的楹柱上还有两张破烂的春联。院里院外站满了跟过来的官员，都在等着里头诊治的太医的消息。

沈玦站在廊中，默默等着。没人过来和他说话，他的四周自动清出一片空地，所有人离他远远的，假装看不到他。其实他们没什么两样，可是好像只要不和沈玦站在一起，自己就还是清流君子，依旧昂首挺胸，可以立于天光之下。

"少爷……"他的身后，夏侯潋低声唤道。

他没有应，他觉得很累，累到说不出话。他其实有点渴，腿也有点痛，可是他不想管，就这么站着，仿佛身体受了虐待心里就可以好受一点。

太医出来了，带来了好消息，说先生没事儿，只是累了，需要静养。人群渐渐散了，院子很快萧索下来，只有沈玦和夏侯潋还留在廊庑下面，身子隐在阴影里，像两只默不作声的野鬼。

空地里有一个葡萄架子，葡萄藤枯了，剩下零星几束枯干的蔓条缠在窝棚上面。靠墙放了许多花盆，都是野花，说不出名字，高高矮矮放了一溜，有的还开着，有的已经枯了，在暗淡的天光底下显得蔫蔫的。

不知道站了多久，里间出来一个童子，看起来十四五岁的年纪，看见廊庑底下的沈玦和夏侯潋，略怔了一怔，问道："你们还没走啊？"

他不知道沈玦的身份，目不转睛地看了沈玦几眼，忽然睁大眼睛道："这位公子，你看起来有点儿眼熟。"

沈玦抬起眼来看他。

小童子又进了屋，再出来的时候拿了一幅画出来。沈玦拿过来看，纸已经发黄了，上面用细笔画了一个少年，清秀的眉目，一身粗布棉衣，正在灯下看书。

是谢惊澜。

"看，像不像你？"童子把画收回来，"你别告诉先生是我偷偷拿来给你看的。这是用来拜祭惊澜师哥的像，先生上哪儿都揣着，可宝贝了。"

沈玦喉头发涩，问道："先生可好些了？"

"好些是好些了，可还躺着呢。"童子挠挠头，叹道，"先生身子一直不太好，不是头一回晕了。都怪那些人，非把先生从老家喊过来！先生恁大年纪，一路上舟车劳顿，哪里受得住！"

"我可以进去看看先生吗？"沈玦低声问他。

"可先生还在睡呢……"童子盯着沈玦看了半晌，忽然明白了什么，吃了一惊，什么也没说，转身跑回了屋子，过了一会儿才出来，站在门边遥遥对沈玦和夏侯潋喊道，"先生叫你们进去！"

沈玦深吸了一口气，一步一步走过去，跨进门槛。夏侯潋沉默着跟在他身后，寸步不离。

这里是堂屋，两边开着门，通往厢房。屋子里空空荡荡，除了桌椅什么都没有，可以说是家徒四壁。正面的板壁上钉了一个钩子，底下的黄木桌上搁了一方香炉、一盘瓜果。方才的谢惊澜画像，大约便是从那上面取下来的。

戴圣言已经穿戴好了，坐在上首。

沈玦和夏侯潋跪下来，叩首在地。

"好了，人都走了，现下只有我们师徒三人。"戴圣言徐徐叹了一口气，缓声道，"小潋，一会儿你不要说话。"

夏侯潋紧了紧双拳，低声道："是。"

"谢惊澜！"戴圣言蓦然一喝，字字含厉，"你口口声声说谢惊澜已死，那如今跪在此地的又是何人？难道改个名姓，你就不是你了吗？"

沈玦浑身一震，闭上双眼。

"我且问你，"戴圣言厉声道，"宣和二十九年，魏德构陷礼部尚书姜达姜大人，流放两千里，路上被匪徒斩断手脚，不治而亡。彼时你已是东厂提督，可是魏德命你派东厂所为？"

沈玦咬牙道："是！"

"宣和三十年，给事中周存周大人遭逸入狱，琵琶骨俱穿，出狱之时，已不成人形，是不是你经的手？"

"是！"

"同年六月，魏德为泄私愤，矫旨杀先帝忠奴王全于南苑，是不是你所为？"

"是！"

"以上诸人，魏德下令杀人之时，你可曾为他们求过一句情，说过一句话？"

沈玦的指尖在地上压得青白，他深深吸了一口气，答道："不曾！"

戴圣言注视着地上的沈玦，缓缓问出最后一个问题："那日我行于门头沟，魏德纠集匪徒欲打杀我，忽然有一群江湖义士出手相救，我问其姓名，却皆缄口不言，潜行而去。他们，可是你派来的人？"

屋子里一片寂静，门外童子呆呆地看着屋里的三个人。静谧之中，他听见地上那个青年轻声道："是。"

戴圣言闭上眼，一滴浊泪从耷拉的眼皮下流下来，反射着清冷的光、逼人的亮。

他长叹一声，道："昔年在望青阁，我收你为徒之时，曾告诉你，世道多艰，心贵存善，便是看你身世孤苦，又遭人践踏，担心你误入歧途，一去不返。你父亲糊涂，嫡母跋扈，你在谢府举步维艰，我怜你孤弱，想将你带走，可惜终未成行。造化弄人，我当日曾言，你心志坚忍，心肠太硬，不为大善，必为大奸，没想到竟然一语成谶！"他低下头，望着地上的沈玦，沉声道："谢惊澜，方才在午门前，都是小潋帮你说。现在，我要听你自己说，你为何要这么做？"

"为了握住我自己的命！"沈玦字字句句仿佛刻入骨髓，"萧夫人不过是一个官宦人家的主母，却可以任意打杀我的下人，将我逼入死角！魏德不过是帝王家奴，却可以灭谢府满门，没有人可以和他抗衡！先生，仁义救不了我，忠孝护不住我，唯有挟刀在手，唯有大权在握，才可以报仇，才可以握住我自己的命！"

"小潋，你也这么想吗？"戴圣言问道。

"是，"夏侯潋道，"我也这么想。"

"所以你助纣为虐，跟着惊澜沆瀣一气，狼狈为奸！我知你忠心护主，可你这是愚忠啊！"戴圣言沉沉叹道，"孩子们啊，你们说你们要握住自己的命，可你们当真握住了吗？结交你们从前所厌弃的，躬行你们从前所不齿的，这就是你们握住的命吗？惊澜，倘若这就是你要的命，那老夫倒希望你不如在十二年前就死在那场灭门之祸里，从未逃出来过！"

沈玦的心像被狠狠敲了一下，剧烈地疼痛。

他没有说话，外面的风穿堂吹进来，吹得他冷，心头像卧了一团冰雪，从里到外都是凉的。他没有话要说，这是他自己选择的路，是他自己选的命，所有苛责，所有报应，都要他自己承担。

戴圣言慢吞吞地站起来，艰难地挪着步子走到沈玦跟前，忽然扑通一声，竟跪了下去。瘦骨伶仃的影子罩在沈玦身前，他惊愕地抬起头，看见老人苍凉的目光。

沈玦惊道："先生！"

夏侯潋也抬起头，目露惊讶。

"我的几句教训不是皇皇天语，不是金科玉律，什么也改变不了。小潋之前问我，方今世道有没有纯善，有没有极正，我回答不了，回答不了啊！你这个孩子，命这样苦，你走上这条路，我又岂能怪你！"戴圣言扶上沈玦的肩头，青年瘦削的肩膀在他掌下微微颤抖，他落泪道："可是你若不死，我对不起枉死在你和魏德手上的无辜之人啊！"戴圣言吸了一口气，沉声道："如今，唯有一法！戴某厚颜，恳请厂公答应戴某一件事！"

沈玦涩声道:"先生请讲。"

戴圣言深深吸了一口气,枯瘦的脸颊肃穆森然,一字一句地说道:"只要厂公在位一日,便尽你所能,辅佐幼主,肃清朝纲,还大岐海晏河清,天下太平!千难莫阻,万死以赴!"

他字字咬牙,字字入骨,那一刻,仿佛整个天地之间,只剩下他苍老的声音在一圈圈回荡。沈玦艰难地抬起眼睛看着他,他的脸庞冷肃得像崖上青松老石。

沈玦扶着戴圣言的手臂,垂下眼眸,惨然一笑,道:"好。"

"你可知你身为中宫内监,帝王家奴,不与圣上同心,而与诸臣同德,会有何后果?"

"我知道。"

"你可知若有朝一日,皇上厌倦你的劝谏,再有奸宦从中作梗,你蒙主厌弃,为主驱逐,你会如何?"

"我知道。"

"你可知无论你做何努力,或许终你一生都摆脱不了奸宦权监之名,为百姓所唾,天下共弃?"

"我知道。"

夏侯潋听着沈玦清冷的声音,忽然觉得很难过,可他没有法子,谁都没有。

"好,好。"戴圣言哀戚地笑了笑,伸出手掌,道,"三击掌为誓。"

沈玦抿着唇,击上戴圣言枯槁的手掌。一下一下,清脆的掌声在窄小的屋子里回响,每一声都坚决而果断,遥遥传出去,一直传到他生命的尽头。

三掌击完,戴圣言看着眼前两个青年,露出悲伤的笑容。深深的疲惫从身体的最深处袭上来,天光忽然变得明亮又炫目,在那一刻,戴圣言忽然预感到了天命将近。

他伸出手,抚摸沈玦苍白的脸颊。这个孩子遭了太多苦,他明白,他一直都明白,所以他藏着私心,他犯了这辈子最大的错,他本该秉公执法,审他死罪,可他终于被私情裹挟,顺从了他的私心。

他怎么能送这孩子去死?这孩子有这样倔强的眼睛啊!从小到大,这孩子一直如此,即使埋身在尘泥里,也要拼了命抬起头。他的心如此高傲,旁人可以践踏他的身躯,却践踏不了他高傲的心。戴圣言眼里流下泪来,撑着沈玦的手臂站起身子,把他往门外推:"去吧,去吧,孩子,去做你该做的事。"

沈玦和夏侯潋再次磕头,出了小院,回头望去,老人立在深深庭院之中,慢慢变成一个黑不溜秋的影子。

沈玦转回头，扶着墙壁，一步一步往马车那儿走。夏侯潋默默看着他的背影，忽然觉得这条窄窄的胡同长得没有尽头，一直绵延到无穷无绝，而沈玦独自走在那里，形单影只。夏侯潋很想赶上去，说："少爷，你不要一个人走，有我陪着你。"

"夏侯，"原本候在门外的司徒谨忽然走过来，低声道，"宗人府那边说太后秽乱宫闱，按例当赐鸩酒，前来向督主报备一声。督主这个模样……现在方便说吗？"

夏侯潋停了步子，却仍然望着沈玦。

夏侯潋攒起眉，眉宇之间忽然就冷峻了起来："不必说，直接赐吧。"

司徒谨沉默了一会儿，又问："还有太后的贴身大宫女朱夏，当如何处置？"

夏侯潋想起那个女人，在广灵寺的时候，她一个人坐在观音殿前落眼泪，大概是在为沈玦难过吧。

"她在哪儿？"夏侯潋问。

"宗人府。"

宗人府。

夕阳在金龙和玺上点染，一点点扩大，慢慢移上飞檐翘角，最后到屋顶的脊兽，鲜红如血。司徒谨为夏侯潋推开宗人府的红漆大门，露出黑洞洞的里间。

"我在这里等你。府衙快要下钥了，你快点。"司徒谨道。

夏侯潋点点头，提步跨过门槛。司徒谨站在夕阳底下，注视着他一步步没入黑暗。

朱夏面对墙壁坐在牢房里，穿着白色的囚衣，长发披在肩头，远远看过去，像一个被遗弃的女鬼。夏侯潋走过去，跪坐在栅栏外面，将雁翎刀放在地上。

"你来了。"朱夏幽幽叹着气，仿佛早已知道今天的结局。

"是，我来了。"夏侯潋低声道。

"是厂臣派你来杀我的吗？"

"不，是我自己来的。"夏侯潋垂着眼眸道，"我不信任你。李太后尚未出阁的时候你便是她的贴身丫鬟，你们相伴多年，情深义重。太后所知道的督主的秘辛，你也一清二楚，很抱歉，我必须杀了你。"

朱夏怔了怔，半晌之后，痴痴笑了起来："情深义重……是呀，我陪着娘娘，从闺阁里的小姐到乾西五所的才人，我看着娘娘一步一步登顶，成了这紫禁城最尊贵的女人。可是她最后还是骗了我，她说她会放厂臣一条生路，她说她不舍得我做寡妇。可是后来呢，广灵寺进香是请君入瓮，厂臣便是那瓮中之鳖！她要杀厂臣，竟一点儿生机都不留！"

夏侯溦静静地看着她。

朱夏慢慢站起来，木偶一般走到栅栏边上，看着空荡荡的黑暗。

"可是厂臣便是真的吗？什么情分，都是骗人的。他送我胭脂，关心我，照顾我，都是骗我的，他只是想从我这儿探听娘娘的虚实罢了。他们都门儿清着呢，只有我脑子糊涂，摸不清真假，还以为娘娘待我情同姐妹，还以为厂臣真心爱我。"她低头看夏侯溦，凄然笑道，"你说，我说的对不对？"

夏侯溦看着朱夏，昏暗的烛光里，她的眼睛里跃动着盈盈的光芒，凄楚又哀伤。他不知道怎么回答，沈玦欠她，这是事实。

夏侯溦默然半晌，道："我无意替督主辩护，我只希望你记住，杀你的人是我夏侯溦。你去阎罗王那里告状不要告错了人，督主未曾下令要杀你，是我夏侯溦自作主张。"

朱夏嘲讽地笑起来："哦，你就不怕遭报应吗？你要背他的孽债，你就不怕阎王小鬼来拿你吗？"

"朱夏姑娘，"夏侯溦低头看着自己布满细碎伤痕和老茧的手掌，那是多年拿刀磨出来的，"我们这种走夜路的人，迟早是要见鬼的。我早已做好了准备，督主的罪，我来偿；督主的报应，我来担。什么正邪善恶，我已经管不了那么多了，走夜路的人，只问好恶，不管是非。"

"你为什么要这样待他？是为了你们小时候的交情吗？"朱夏额头抵着栅栏，望着夏侯溦，"你也和我一样傻啊……夏侯兄弟，他也不过是在利用你罢了。他待你好，是因为你身手出众，将来还能再为他挡刀。"

夏侯溦不欲多说，拿起雁翎刀，从地上站起来，推开牢门："姑娘，时辰到了，该上路了。"

朱夏直勾勾地看着夏侯溦，忽然笑起来："我第一眼看见他的时候，他在天街上走，浩浩荡荡一群人，只他最显眼，鸦青色的团领也遮不住他的光彩，像从天边儿走下来的。要我说呀，紫禁城那些自诩天仙的后妃，全都比不过他。"

她是真的很喜欢他呀！偌大的宫里，只他待她最好。她家里人只当她是摇钱树，寄来信十有八九是要银子。主子们只当她是奴婢，便是太后娘娘，于她而言也是高高在上的主子，分毫不能僭越。只有他，他和她一样，他们都是深深宫禁里的两个孤单的人儿。她以为他们可以互相温暖，可谁能料到，原来她从来不曾走进他的心。

"喜欢一个人是什么样的感觉？"夏侯溦问她。

朱夏侧着头笑道："大约是欢喜的感觉吧。总觉得这辈子吃了那么多苦，受了那么多伤，都是为了遇见他。遇见他，苦不苦了，伤不痛了，这辈子都欢喜了。"

朱夏惨淡地笑了笑，又说："可惜我遇错了人，我的欢喜里含着刀子，我吞下去，是自寻死路。"

夏侯潋低声道："你是个好姑娘，希望下辈子，你不要再看错人。"

她低下头擦了擦眼泪："杀了我吧，夏侯兄弟。你说得对，你不能信我。娘娘说到底是我的主子，若我活着，定然要替娘娘讨一个公道。杀了我，一切就都结束了。"

夏侯潋没再出声，垂下眼睫缓缓抽刀，刀身反射着烛光，在阴暗的牢房中闪烁不定。夏侯潋道："姑娘，一路好走。"

朱夏凄惨地笑起来："娘娘已经仙去了吗？"

"嗯，半个时辰前走的。"

"好，若我脚程快一些，说不定还能赶上娘娘一道儿走。"朱夏整了整仪容，将散乱的发丝拨到耳后，深吸了一口气，面朝夏侯潋跪直身体，仰起脖子闭起眼睛。灯火勾勒出她的眉眼，那一刻，她忽然有一种惊心动魄的美感。

夏侯潋双手举起刀，墙上映着他们的影子，一人举刀一人跪立，尔后刀影一闪，殷红的鲜血溅上石墙。

他收刀离开牢房。司徒谨立在斜阳下等他，他默不吭声地走过去，司徒谨把自己的披风借给他。

"你打算如何和督主说？"司徒谨道，"因戴先生的缘故，督主或许并不会同意杀她。"

"可我必须杀她。"夏侯潋按着腰间的雁翎刀，抬目望向天边，红日西沉，残阳如血，天际一片血红，仿佛刚刚交战过的杀场，"你还记得徐若愚状告督主的时候说的话吗？"

司徒谨回忆道："论其罪，当五马分尸，抛尸市井，曝尸百日，犬噬其肉。"

"曝尸市井，犬噬其肉，"夏侯潋道，"是我母亲的死状。"

司徒谨愣了愣，想起那个刺客，很多年前，他和她在皇宫里交过手。那个时候他十七岁，年纪虽然轻，可也算得上是风雪刀的高手。但面对那个妖魔般的刺客的时候，他仿佛是一只待人宰割的鸡，毫无还手之力。

司徒谨明白了，看见自己的母亲横尸街头，那样的场景终其一生也无法忘怀吧。这个叫夏侯潋的男人心里藏着一道深可见骨的疤，他绝不能让他最后的亲人重蹈迦楼罗的覆辙。

为此，他就算毁了自己，也在所不惜。

夏侯潋去沈府问沈玦在不在，莲香说沈玦进宫了。也是，小皇帝那边还没有交代，沈玦少不得去安抚一番。天已昏沉，月亮现出一个微弱的影子，枯树的枝丫映在天幕上，像青瓷上伸展的裂纹。家家户户都歇息了，街面的商铺关了门，连流浪狗都回窝了。夏侯潋在空空落落的街上走了一会儿，想着沈玦。

沈玦是一年到头都忙得脚不沾地的，旁人有的休息他没有，皇帝能去豹房游乐，他还得坐在司礼监里批红。夏侯潋想起沈玦离开戴家的时候失魂落魄的模样，旁人难过了伤心了还能歇歇喘口气，可沈玦不能，他还得换上一副云淡风轻的笑脸，去宫里应付形形色色的人。

夏侯潋可没有法子帮到沈玦，他只有刀，只会杀人，其余的，他帮不了。

夏侯潋去了趟东厂问伽蓝的消息，司房说没摸寻到什么可疑人物，持厌和唐十七也没有新的消息。有人确实在平凉府看到过长得像持厌的人，可那是持厌失踪前的消息。唐十七更是没影，唐门的探子传信过来，说唐十七没有回过唐门。

"说实话，朔北那地界荒凉得很，遍地雪原。他要是在山上遇见暴风雪还能生还，那真是菩萨显灵。"司房为难地说。

夏侯潋点点头，说知道了。他明白司房的意思，其实他也没抱太大希望，只是不甘心罢了。这几天都绷着神经，他觉得累了，转身离开，径直回了家。

他没有买仆役，独身住着。三进三出的院子，只有会客的堂屋和睡觉的后屋开着门，其余屋子都上了锁。天气冷了，偌大的院子里透着一股荒凉气，没有一点儿烟火味。他懒得做饭，直接在井边上冲了个凉水澡，把衣裳搭在肩头，赤裸着半身回屋睡觉。

他打开门，点上方几上的灯笼，晕晕的灯火亮起来，照亮了八仙桌上一个趴着的人影儿。

是沈玦。

他睡着了，枕着自己的胳膊，流云披风都没拆，拖在身后。这家伙什么时候来的？他不是回宫了吗？夏侯潋还以为他会在宫里歇息，没想到又跑出来了。夏侯潋坐在他身旁，低下头看他。

他一定累惨了，眼下微微青黑，面容都显得憔悴，平日便苍白的脸儿此刻更是纸糊冰雕一般，没一点血气。

夏侯潋叹了口气，沈玦迷迷糊糊睁开眼，又闭上了。

夏侯潋心道：少爷，你是我最后的亲人了，无论如何我都会护着你的。

他决定以仆人的名义长伴在沈玦身边。

他听见沈玦低低的嗓音："阿潋，我好苦。"

夏侯潋低下头，轻声说："少爷，放心，有我呢。咱们俩一人一半，就不那么苦了。"

第四十一章 雨雪霏霏

京师入冬早，南边还在下绵绵细雨的时候，京里已经飘雪了。今天冬至，鹅毛大雪笼罩了整座城，天地白茫茫的一片，空气彻骨地冷，只吸那么一口，整个腔子仿佛都要被冻住。

夏侯澉放了衙，跟一帮兄弟勾肩搭背往门口走。他们上了马，一眨眼没入风雪没影了，夏侯澉步行回家。他其实也有马，是沈玦送他的，一匹上好的蒙古马。但他每个月月俸到月底一个子儿也不剩，光买马草就够呛，压根儿买不起马鞍，又不好意思说，只好让马待在家里长膘。

冰雪扑面，风刀子似的往领子里戳。夏侯澉一边搓手一边走，想起沈玦来。

岁末将至，沈玦忙得几乎脚不沾地。吏部大计、郊祀祭天、正月奉先殿大宴，样样都要他过问。近半个月以来沈玦都宿在宫里，夏侯澉难得见到他一回。夏侯澉每日去莲香那儿蹭饭叙话，其实是想碰运气看能不能见到沈玦，结果就碰着一回，那家伙待了没一盏茶的工夫，跟他说了句"好好待着别添乱"，又回宫里了。

走到半路上，瞥见一家酒肆，夏侯澉想进去打两壶酒，一辆马车辚辚驶过来，停在他边上。素车白马，车楣上挑了一盏灯，挡开渐渐浓重的夜色，露出一方小小的清明来。沈问行坐在赶车的长随边上朝他招手，沈玦掀开帘子，露出半张脸，招呼道："上来。"

夏侯澉心里惊喜，面上却没显露出来，依言爬上马车，和沈玦面对面坐着。

"今天怎么有空出宫？宫里不是要摆宴吗？"

马车里暗，夏侯澉看不清他的脸，只听得他话里透着烦躁："不管了，出来透口气。宫里最不缺的就是人，不必我事事亲力亲为。"

"也好，"夏侯潋道，"是该歇歇，别累着自己。"

马车悠悠地走，地面不太平，有些颠簸。沈玦将头靠在车帷子上闭目养神，夏侯潋静静瞧着他，虽光线里他只有个隐约的轮廓。月亮出来了，马车驶入夏侯潋家胡同口的那条大街，冬至开了夜市，一路上人声鼎沸。夏侯潋挑开布帘看了看，月光混着车楣的灯光照进来，转头看见沈玦额角有块青瘀，藏在乌纱帽下的网巾底下，不大显眼。

"你脑门怎么了？"夏侯潋问。

沈玦睁开眼，漫不经心地道："不当心，摔着了。"

走路还能摔着？夏侯潋觉得奇怪，但没再多问，一路无话。到家了，夏侯潋要下车了。他向沈玦道了别，跳下马车。月光照着雪地，白亮亮的一片，他走出几步，踩出几个深深浅浅的脚印子。要不要留他呢？

到年末了，沈玦只会越来越忙，夏侯潋终于下了决心，转身喊"少爷"，恰在这时，他也听见了沈玦在马车上喊他。两声呼唤撞在一起，倒听不分明谁先喊的谁了。

"你先说，什么事儿？"沈玦隔着窗子问他。

"没什么，"夏侯潋道，"今儿冬至，要不咱们一块儿喝喝酒？前面有一家顶好的酒肆，二楼能看街景，你来吗？"

"行。"

沈玦也下了马车，裹着厚厚的大氅，手里还抱一个手炉。沈问行给他们挑灯。进了酒肆，要了一间临街的雅间，沈玦先进去换衣裳，夏侯潋和沈问行等在门口。

夏侯潋偏头问沈问行："督主好像心情不大好？"

沈问行长长"呃"了声儿，打哈哈道："干爹的心思，我也不敢猜呀。夏侯大爷，您自己去问干爹呗。"

他这话说得遮三掩四，夏侯潋察觉到有猫腻，问道："督主额头上那块青瘀怎么回事？"

沈问行搔了搔鬓角，道："还能怎么着？干爹他老人家走路没留神儿，摔的呗。"

这些太监说谎向来不打草稿，张开嘴就能编一连串。这地上都是雪渣子，摔哪儿能摔出这么一个青瘀来？夏侯潋敲他脑门道："说实话。"

沈问行苦着脸道："干爹不让我说呀。"

夏侯潋拎着他的领子到一个水缸边上，按着他的脑袋威胁道："说不说？不说把你扔进去。"

沈问行抱着夏侯潋的腰不敢动弹，苦哈哈地道："是陛下砸的。今儿原本要开经筵，陛下赖在豹房不肯走，干爹跪请陛下进学。您也知道，陛下还是个小孩儿，脾气大，一时不称意就闹起来，乱砸东西。干爹也是倒霉，正巧一个扇把子飞出来磕在脑门上，这不就青了吗？"

原来是这样。夏侯濈松了手，皱着眉头叹了口气，难怪出宫来了，敢情是被小皇帝打了脑门，心里生着气，宫里的事儿也撂着不管了。也是，他这样的身份，顶着一脑袋青成什么样子？给人看了笑话。

沈问行拢着手，老人家似的苍凉地叹道："今时不同往日，干爹是铁了心要当个忠臣了。前几日都察院弹劾锦衣卫同知柳大人收受贿赂，其实也才百把两银子，若是往日，教训几下也就罢了，可现在干爹直接把他官给撤了。撤官好办，可底下人没点儿油水拿谁肯干活？更何况往日横征暴敛惯了的，一下子要他收手，断人财路等于要人命呀！"

"他们会与督主离心吗？"夏侯濈问。

"难说。"沈问行耷拉着眉毛摇头，"元辅还要变法，头一条裁撤冗官，东厂也在内，干爹朱笔一勾，竟然同意了。与陛下离心，与底下人离心，又自剪羽翼，这可怎么好？陛下旁边最近有个新得圣眷的，叫高得才，见天儿地撺掇陛下立西厂。幸亏这几日前朝大臣闹着要把先娘娘从玉牒上除名，甚至不许配享太庙，陛下还仰仗着干爹去与臣工斡旋，这才没松口。要不然，咱们的日子还得比现在更难过。"

"沈问行，你嘴不想要了吗？"

背后忽然响起沈玦的声音，沈问行打了一个激灵，忙哈腰掌嘴："儿子多嘴！儿子该打！"

夏侯濈制住他，道："是我要他说的。"

沈玦剜了沈问行一眼，拂袖进了屋。夏侯濈给了沈问行一锭银子，跟他说不要紧，让他去买酒喝，自己跟着沈玦进了门，关上门。

沈玦已经换下了官服，穿了身家常的玉色祥云暗纹袍子，侧靠着菱花窗，望着底下喧哗的大街。街上吆喝声此起彼伏，连成一片，灯笼挂了整整一条街，满街都亮堂犹如白昼，煞是好看。沈玦没看夏侯濈，只道："那些事你不必管，我心里自有计较。"

"我知道。你觉得该做你就做，我不会劝你。"夏侯濈开了两壶酒，递给沈玦一壶。两个人碰了碰酒壶，各自喝了一口。

"额头上还疼吗？"夏侯濈问他。

沈玦摇头说不疼，又道："其实今天出来是为了同你说一件事。我想了很久，还是觉得这样好。台州卫有个千户的位子空着，你明儿收拾行李，去那边上任吧。"

夏侯潋愣了一下，问道："什么意思？"

沈玦蹙眉道："还有什么意思，让你去台州卫干活儿去。你在东厂，整天当个不入流的番子不是事儿，男子汉大丈夫，你得有个正经的差事。你在台州打过仗，对那里熟悉。那边倭寇平得差不多了，你只要去那儿剿几个土匪，立一点儿功，有了功勋，就好升官了。凭功升官，旁人不敢说你的闲话，你再回京来任职，便是正正经经的武官。"

夏侯潋想说话，沈玦抬手制住他，继续道："末了再慢慢和我这边划清界限，去清流那边结交几个朋友，时间久了，没人会记得你曾经在我手底下干过。"

夏侯潋气笑了，道："然后呢？和你同朝为官，彼此打照面，还要装没交情，毕恭毕敬叫你一声厂公，问你早上吃得好不好，对吗？"

"阿潋，"沈玦见他不高兴，放软了语调，"这是为你好。阉狗的帽子不好戴，你自己有了正经的官位，能护着自己，明里暗里也能帮衬我，不是吗？"

什么帮衬？都是哄人的。夏侯潋也锁紧眉头，他皱眉的时候眉宇间有股煞气，让人不敢靠近。沈玦叹了口气，眉眼里显露出疲惫，又唤了声："阿潋。"

"你不是想我帮衬你，是怕将来你万一倒台，把我也砸死。"夏侯潋道。

沈玦沉默了，晃了晃酒壶。方几上苏合香的烟气冒上来，氤氲了他的脸，朦朦胧胧，看不清他的神色。

"这是为你好。"沈玦把酒壶放在窗台上，按了按眉心，"你知道东厂历代厂督都是什么下场吗？最近的一个魏德，被我杀了。再上面一个，因为买了一座据说有王气的宅子失了圣宠，被穆宗皇帝贬去金陵，路上莫名其妙死了。还有景和年间鼎鼎大名的刘要，当了八年厂督，下马之时被凌迟处死。"他顿了顿，从蒙蒙烟气里抬起眼看向夏侯潋，脸上无悲无喜，"我也逃不掉的，阿潋。"

夏侯潋慢慢道："我好像没跟你说过，我离开伽蓝之前当上了迦楼罗。"他笑了声，"虽然晋了位以后杀的第一个人就是弑心。你知道历代迦楼罗是什么下场吗？我娘是第二十八代迦楼罗，身首分离，曝尸市井。弑心是第二十七代，死于我手，被牵机丝碎尸而亡。第二十六代迦楼罗苏摩，死于伽蓝叛乱，大约是被乱刀砍死的吧。前面的我记不清了，总归不是什么好下场。"

"你不一样，阿潋，你已经不是迦楼罗了。"

"可我是夏侯潋，"夏侯潋继续道，"少爷你好奇怪啊，辛辛苦苦把我找回来，却总是想着把我推开，上回是，这回也是。不要推开我，少爷，你要我说多少次你才懂，夏侯潋的命是你的，即使这条路通往毁灭，我也陪你一起走。"

说了半天夏侯潋也不答应，沈玦放弃了劝说。他们俩虽然完全是两样的性子，却是一样地倔。他拗不过夏侯潋，只好以后再说。

鹅毛雪纷纷扬扬，落在窗檐上发出簌簌的声音。冬夜太冷了，市集渐渐散了，只剩下零落的摊贩收拾东西，还有几个挑夫挑着担子回家，在雪地里留下斑驳的脚印。酒壶空了三只，沈玦有些醉了，脑子不大清醒，坐在八仙桌边撑着脑门发了一会儿呆，才想起该回家了。

"天儿这么晚了，去我家睡得了。"夏侯潋说。

沈玦一笑："好啊。"

沈玦已经走不稳了，夏侯潋给他穿上大氅，扶他回家。

夏侯潋家在胡同里面，要走过宽宽的大街，再一个拐弯，绕到福祥寺后面才能到。雪寂静无声地飘着，福祥寺檐角的铁马被吹动，传来似有若无的铃声，是细细碎碎的一长串。厂卫都远远跟在后面，夏侯潋扶着沈玦，深一脚浅一脚地走在雪地里。

"阿潋，你觉不觉得现在很像以前在谢府的时候？"沈玦喃喃地说。

夏侯潋抬头看雪："是很像。"

"那时候觉得苦得要命，想尽了法子要挣出去，头悬梁，锥刺股，没有书就偷，有了书一晚上都不合眼，就想一下子全啃进肚子。"沈玦笑了笑，"没想到到如今，我最怀念的日子竟然是在谢府的时候。姑姑在，莲香在，你也在，大家都在，多好。"

夏侯潋想起沈府，想起沈玦的院子，那天井下面的两缸枯荷，撑起一个空空落落的小院子，像极了秋梧院；还有花园里的池塘，到冬天了，恐怕也很像望青阁吧。沈玦念旧，其实他也是，他也想念很久以前的日子，没有血没有刀，只有在伽蓝山里漫山遍野掏鸟巢的捣蛋鬼。所谓念旧，归根究底，都是为了寻回永不回还的往日时光。

可其实，现在也很好。夏侯潋慢慢走着，雪路一直蔓延出去，通往看不见的夜色，仿佛没有尽头。他就这样扶着沈玦一直走一直走，仿佛永远都不会停下来。

"阿潋。"

"嗯？"

沈玦的声音很低："我不希望你走。"

夏侯潋停下脚步："好，我不走。"

以后，都不走了。

唐十七缩在角落里，力求让自己和背后的板壁融为一体。

行驿里人声鼎沸，但全都极有默契地贴着墙壁站，空出中间的空地。桌椅都搬空了，叠在曲尺柜台后面，更显得行驿狭窄。外面落雪，里面却暖和，全是人呼出的热气，在不大的空间里蒸腾。

唐十七在二楼。二楼有一条狭窄的过道，左边栏杆，右边是供住客下榻的小屋。每个屋子前面挂了一个枣木牌，极为风雅地写着从古书里抄来的名儿，什么"观沧海""海棠春""阼下雪"。伽蓝当然不可能这么风雅，这是因为这座行驿前身是个妓馆，屋子里住的都是妓女。

现在这个妓馆归伽蓝了，妓女和鸨儿埋在后院的深井里。唐十七亲眼看着她们咽气的，所幸伽蓝刺客手段利落，她们死得并不痛苦。唐十七叹了一口气，扭头望向楼下。透过栏杆，他能望见一楼的景象——空地正中间跪了三个耷头耷脑的男人，被绳子绑得严严实实。

深井又要多三个男人了，唐十七为他们默哀，心里念了句"阿弥陀佛"。

挂着"雁归来"的屋子门开了，走出来一群披着黑袍戴着白瓷面具的男人，中间那个男人甚为高大，径直走到栏杆边上，俯瞰一楼的黑道子弟。

这些人唐十七只认得一半，但他知道他们都是伽蓝新任八部，站在过道另一头的那两个是乾达婆和罗迦，靠在门柱上的是紧那罗。紧那罗是唐十七的老相识，但唐十七早就不敢和他说话了。迦楼罗不在其中，不知道被派去了哪里。能当迦楼罗的一向是伽蓝最强的刺客，大约是去杀什么重要人物了吧。

黑袍人一出来，一众黑道纷纷哑了似的，行驿顿时静了。昏暗的烛火照着二楼的黑袍人，他们的影子阴森高大，一直挨到屋顶。森然的白瓷面具面无表情地看着底下人，让人觉得心惊胆战。

有个扛大刀的大着胆子走出来，仰头望向中间那个黑袍人，道："段先生，半个月前你们伽蓝发布追杀令，追杀伽蓝叛徒夏侯潋，现在人已带到，你承诺给咱们的极乐果，该给了吧！"

段九的目光在底下三个人身上扫了一圈，漠然道："三个夏侯潋？我只知道夏侯潋会易容术，却不知他会分身术。"

"无名鬼变幻多端，实在难辨。这三个已是我们能寻到的与无名鬼最相似的。"扛大刀的挨个指着道，"他们仨都叫夏侯潋。左边这个和无名鬼一样，喜欢用东瀛刀，刀法也十分出众，小人折损了十多个弟子才把他逮着。中间这个会易容术，还会缩骨功。最右边这个机关术了得，据说去巴蜀学过艺的。我们找了这么久，才找到这三个，总有一个是他。"

段九低低笑了两声，笑声在面具底下闷闷作响。

"他们没有一个是夏侯潋。"段九道，"不过，宁错杀一万，不放过一个。"

段九抬起右手，做了个手势。紧那罗直起身，鹞子一般从栏杆处翻了下去，稳稳地落在地上，拔出黑袍下的一柄长刀。那三个人纷纷变色，大声求饶。紧那罗单手拎起一人，那人打着寒战，在他的手中像一只待宰的野鸡。

紧那罗长刀一割，唐十七听见一个阴寒而又黏腻的声音，仿佛丝帛被撕裂，鲜血如泉，紧那罗的白瓷面具瞬间被染红了一角。

段九的声音响起："我本欲立夏侯潋为住持继嗣，谁知此人取得七月半的解药，叛离伽蓝。按伽蓝寺规，抗者溺，逃者鞭，逆者杀，叛者诛。夏侯潋叛逃至今已四年有余，视为伽蓝叛逆，杀无赦！尔等谁为伽蓝带来夏侯潋项上人头，极乐果，取之不竭，用之不尽！今日，虽诸位不曾取得夏侯潋首级，但为答谢诸位尽心尽力，伽蓝依然将极乐果奉上，还望诸位今后继续为伽蓝效忠。"

段九说完，乾达婆和罗迦从屋里搬出一个半人高的檀木箱子，里面装满了密密麻麻的黑色药丸。在烛光中药丸光泽涌动，底下的人很快露出贪婪的神色。

极乐果，伽蓝用来替代七月半的瘾药。听说它的原料和七月半一样，瘾性却大了十倍。可它最让人着迷的地方不是瘾性，而是它能带给人难以想象的快乐。它能让人产生幻觉，仿佛进入极乐世界，许多人毕生汲汲以求。

上个月，唐十七在鸭角山行驿看见一个刺客忘记把自己关好，吃了极乐果之后癫狂地从屋里跑出来上了悬崖，一头扎进云烟里。没人知道他看到了什么，唐十七也不想知道。他摸了摸自己的荷包，里面装了五颗极乐果，是他下一年的份例。

极乐果潮水一般落下去，底下的人很快疯魔了，争先恐后地上前争抢，有人抢到之后直接往嘴里塞。人潮在下面疯狂涌动，人头挤在一起，像密密麻麻的鱼卵。极乐果滚在地上，有人趴下去捡，很快被踩得粉身碎骨。后面挤不过去的人拔出刀，砍倒前面的人，更前面的人察觉到危险，也拔出刀来拼杀。狭小行驿里杀声震天，鲜血在黑暗里喷涌。

紧那罗已经顺着梁柱爬回来了，正用巾帕擦身上溅的血。所有刺客寂然不动。

"你看，这就是蝼蚁，贪婪又愚蠢。"段九不知道对谁说话，轻轻笑了一声，带着人从后门退了出去。

熹微晨光中，外面的世界洁白一片，天地一色。朔北的雪原平坦辽阔，一眼望出去无遮无拦，好像可以望到天边。雪无声地下，后面行驿中的混乱仿佛是另一个世界的事情，和这个世界无关。

远处有一驾马车徐徐驶过来，车轮碾在雪地里没有声音，印出深深的车辙。

刺客们都知道那里面坐的是谁，唐十七也知道，他在九边远远见过一回那个人的影子，他只记得一片白，像冰雕玉塑，明月皎皎，高不可攀。那个人的家族传承已久，也曾叱咤风云，天下共望，隐匿江湖百年之后，现重组伽蓝。极乐果出世，刺客终于彻底沦为傀儡再难反叛之后，他也终于走出阴影。

上个月伽蓝暗桩从朔北出发，大岐地下城已经重启。伽蓝的行驿、妓馆、钱庄、赌坊、黑市遍布大岐，远至西域，纵然东厂手眼通天，也铲不尽池塘里所有的淤泥。源源不断的黄金昼夜不停地从大岐各地涌入朔北，倘若它们全都能发光，势必在大岐地图上织出繁密的光网。

唐十七不知道那个人的姓名，只知道他是伽蓝真正的主宰，大岐地下的主人，黑暗里的皇帝，有人唤他为——阎罗天子。

伽蓝有规条，遇阎罗，不可近观，不可注目，唯可俯拜。

刺客们跪伏在地，像齐齐被砍断了膝盖，在雪地上深深俯首。唐十七心里按捺不住好奇，悄悄地微微抬头，眼睛往那马车上瞟。一只手将他的脑袋重重按进雪里，雪渣子糊了他满脸。他听见紧那罗低声说："你不要命了吗？"

他不敢再动。前方传来段九沉沉的嗓音，像卑贱的祈愿，又像肃穆的吟诵。

"我愿散发匍匐，肝脑弃舍，沉入劫灰，恭迎您的降临，我的菩萨，我的佛。"

第四十二章 飞花似梦

除夕。

京里一下子冷清了，大伙儿都关着门烧大菜过新年，街上空空荡荡，不见一个人影儿，连巡逻的五城兵马司校尉都减少了班次。抬眼望去，只见一溜雪白又空落的街巷，偶尔见几个裹着袄子低头疾走的人，那也是往家里赶的。

莲香怕夏侯潋一个人过年孤单，让夏侯潋上沈府来过年。夏侯潋不好意思空手去，提着鸡鸭上门，一登门发现影壁后面堆着一堆朝臣送来的过年礼，金银器皿数不胜数，光夜明珠就有十颗。夏侯潋拎着不断挣扎、羽毛乱飞的鸡和鸭站着，顿时觉得自己是个乡巴佬。

莲香埋怨他见外，来吃年夜饭还送礼，打发他去沈玦屋里待着，自己去张罗年夜饭了。其实这年夜饭是沈府下人自己的年夜饭，并不包括沈玦。宫里太忙，沈玦过年从来不回府，彻夜不睡也是常有的事儿。

沈府并不安生，来送礼的人络绎不绝，仆役们进进出出，忙着把大大小小的奇珍异宝运进库房。还有从外地赶来京里大计的地方官，不知道脑子搭错了哪根筋，送来一队貌美的优伶，男女都有。从夏侯潋身边经过的时候有个女的转过头来朝他抛了个媚眼，他顿时浑身起鸡皮疙瘩，反身回了院子。

沈玦向来洁身自好，不爱搞那些乌烟瘴气的玩意儿。以往也有送的，沈玦一个不落全发卖了出去。

唉。夏侯潋撑着脑袋想，当个督主怎么这么烦人，还不如像他似的当个番子，起码能在大过年的时候自由些。

夏侯潋百无聊赖，去厨房里转悠。厨子都是京里人，烧的都是京帮菜。北方人

第二卷　江湖夜雨十年灯

爱吃牛羊，用料粗犷，什么野猪肉关东鹅之类的，是贵人桌上常有的菜式。菜也大份儿，一盘够四五个人埋头吃。估摸宫里也差不多，夏侯潋看了半天，要来一口锅子烧了一只金陵鸭，又捏了几个糯米糖藕和蒸儿糕，统统放进食盒里，让人给莲香递了话儿，说不在这儿吃年夜饭了，便打后门溜了出去。

他去问司徒谨借了入宫的牙牌，径直进了宫，一路走进司礼监值房，里头的人忙得脚不沾地，头也不抬。没人理他，他寻摸了半天没瞧见沈玦，拉了一个人问才知道沈玦还在后宫内苑张罗晚上的宴席。那地界他不敢去，本就是混进来的，在司礼监转转还好，其他地方不能乱跑。他抱着食盒到值房，把食盒放在炕桌上，自己在宝座上坐着，撑着下巴等沈玦回来。

阳光穿过松绿色的软烟罗和灯笼锦的窗棂，在屋里投出明明暗暗的光斑。夏侯潋望着满屋子螺钿和描金装饰物发着呆，慢慢地，困意袭来。

耳朵里好像听见窗外上千棵树的树枝沙沙作响，羽林卫沉重的脚步声似远似近，一阵响一阵歇。隔壁屋子有谁在拖椅子，木腿划在砖地上，嗞啦啦地刮耳朵。还有小太监在说话，沙哑的嗓子像破锣，夏侯潋迷迷糊糊地想，这样的声音怎么能在御前伺候？然而所有的声音都离他很远似的，像上辈子的梦。

门忽然开了，阳光洒进来，他的视野蒙眬一片亮，红的蓝的橙的，璀璨晕眩。是谁走进来，转过了沉甸甸的四扇曲屏风，慢慢地靠近他，他好像听见衣衫窸窸窣窣的声音。他还是困，醒不来，所有的感觉都像幻觉。声音逼近，眼前忽然黑了，似乎是被谁挡住了光。

他醒的时候天已经黑了，身上披了一件银鼠皮大氅，是沈玦的。他转过头，沈玦坐在圈椅上批红，烛火的金色映在脸上。

"你胆子越发大了，仗着有我罩着你，竟还敢混进宫里来。"沈玦抬头瞟了他一眼，冷哼一声，低头继续批奏折。

夏侯潋还有些迷瞪，心里想着方才做的梦。

"看着我做什么？"沈玦皱眉问道。

夏侯潋使劲儿摇了摇头，感觉清醒了不少，道："没什么，刚做梦来着。"

夏侯潋拎起食盒摆在他面前，把盖子一层层揭开来，露出里面黄灿灿的金陵鸭、白嫩嫩的糯米糖藕和蒸儿糕。

"这不是想和你一块儿吃年夜饭吗？哎，都凉了。你这儿有小厨房吧，我去热一热，再添几道菜。"

"为什么非得和我一块儿吃？莲香不是叫了你吗？"

"亲人团聚才叫年夜饭。"夏侯潋叫来人把菜端下去热一热，"这可是我亲手做的菜，你总得给个面子吧。"

沈玦的笔顿了顿，夏侯潋干了什么他都知道，虽然和夏侯潋分别在宫内宫外，但夏侯潋的一举一动他都掌握着。他每天忙完，都要看一看底下人报上来的字条，上面写着夏侯潋一天的行踪。

沈玦淡淡说了声："行吧，随你。"

夏侯潋说完，忽然有些发怔。他还没有把持厌找回来，不知道持厌是死是活，要是活着，也不知道和谁在一块儿吃年夜饭。

沈玦看出他在发怔，问道："怎么了？"

"没什么，就是想起我哥了，"夏侯潋站起来靠着窗子，外面的天空漆黑如墨，再过一个时辰，宫里四处就会放烟火，烟花会让整个天空艳丽如昼，"我有些怕，我怕我哥其实已经没了，可我还没有给他做灵牌，没有灵牌，他就听不见我的祈福，也找不到回来的路，他会变成一个孤魂野鬼，无家可归。"

夏侯潋望着漆黑的夜空，沈玦望着夏侯潋。夏侯潋看天穹的时候总给人一种无比落寞的感觉，像一个流浪很久的人，让人心疼。沈玦走到他的身后，道："不会的。"

夏侯潋回眼看他。

沈玦低下头看夏侯潋的手，夏侯潋的手腕上挂着他送的星月菩提。菩提子红红的，说不清楚是它原本就是这样，还是寸寸思念让它变得如此圆润饱满。

"这串佛珠很有灵性，你戴着它，佛祖会听见你的心愿。"沈玦说，"你有没有听说过倭人那边的一种说法，说神明不是天地造化孕育，而是依靠凡人的信仰而生。若是有朝一日人们不信了，这神也就没了。"

"没，你听得懂倭语，我又听不懂。"

"现在你听过了。"沈玦道，"同样的，只要凡人一直信仰他们的神明，他们的神明就将永远存在。所以没关系，只要你一直念着他，他就一定会活下来。"

除夕夜，云仙楼灯火通明，红绡一匹匹挂在梁上，直坠下来，笼着大红八角灯笼红晕晕的烛火，整栋云仙楼都仿佛被罩在一层淡淡的胭脂色里。女人的肌肤在这层胭脂里光泽流淌，像上好的羊脂白玉。戏台子上面咿咿呀呀唱着戏，那嗓音婉转清越，曲曲折折，一直传出去老远。

一个穿着破旧羊皮袄子的青年踩着一双布靴进了云仙楼的后院，他背着打了补丁的包袱，一路上低着头，沉默不说话。云仙楼的妓女们看不上这种乡巴佬，有的还嫌脏，都绕道走。

鸨儿却觉得这孩子乖巧，不像浪迹在胭脂胡同里那群帮闲耍滑的，油得要命，还喜欢和她的女儿们勾三搭四，上回有个浪荡子让她计划捧的头角儿养了孩子，气得她连续五个夜晚没有睡好觉。可这孩子一瞧就是没那等心思的，一眼就能望见底，心里想什么，眼睛里都能看见，让她觉得可靠。

"你是哪儿人？"鸨儿堆出亲切的笑容，一面引他进院子，一面问道。

"山里人。"青年道。

"哦，还真是乡下来的，看你这模样我就知道。"鸨儿拉开一扇门，提裙踏进门槛，"来京里做什么？家里地种不下去了？是逃荒来的？"

青年跟着鸨儿进门，里面是一间院子，中间种了许多花儿，已经枯了，只剩下凌乱的花藤。两边都是厢房，全都亮着灯，里面传来暧昧的声音，光晕从窗纱透出来，晕黄的颜色，每一个光晕都仿佛暗示着一个隐秘的世界。

"我是来找弟弟的。"青年垂着眼帘道，"我把他弄丢了。"

"哎哟，这人海茫茫，京城又这么大，可不好找。"鸨儿掏出钥匙，打开柴房的门，"喏，你以后就睡这儿，前头睡过一个帮闲的，不知走了什么狗屎运，得了厂公青眼，飞黄腾达去了。他落了几件衣裳在这儿，你看看能不能穿，能穿就收着。"

青年走进去，把包袱放在木桌上。墙边的箱笼里放了几件粗布衣裳，他拿起来看了看，点头说能穿，就是不合季节。

"你呀，好好在我这儿干，工钱定不会亏待你。你要找弟弟，不怕，也有门儿。谁不知道咱们胭脂胡同是消息最畅通的地方，你慢慢托人打听，总会找着的。"鸨儿道。

青年点点头。

"新来的小厮吗？"一个清澈的声音响起来，青年抬起头，看见门边转出个窈窕的身影，她身后有一盏晕红的灯笼，旖旎的光晕映着她的脸，精致明艳的眉目仿佛要溶化在灯火里。

"你叫什么名儿呀？"阿维问。

天空升起烟花，爆炸声响亮如雷，明亮的光焰里青年的身影终于明晰。他有着恬淡的脸庞，双眼澄净剔透有若净色琉璃，右耳边一点荧光璀璨夺目。

"夏侯。"他说，"我姓夏侯，你们叫我夏侯就好。"

正月初一。

天还没有放亮，四下里蒙蒙地黑，更漏的滴答声从宫殿里随着风传出来，不紧不慢的一长串。司徒谨艰难地穿梭在来来往往的太监堆里。再过一个时辰皇上就要在奉天门接见文武百官、各地藩王列侯、海外诸国使臣的朝贺，司礼监诸太监忙得像个陀螺，有的捧着御前新换下来的茶盏，有的捧着一会儿要在谨身殿烧的香炉，个个闷着脑袋，蚂蚁似的在殿门高檐底下跑来跑去。他们见了司徒谨，连礼都来不及行，匆匆道一声"大档头"便擦肩而过。

沈玦应当已经起了。他是司礼监的大拿，百官朝贺，他必得蟒袍鸾带，侍立在皇帝身侧，俯视群臣在茫茫尘埃中叩首山呼万岁。他从来不拖沓，总是按着时辰踏出寝房，带着浩浩荡荡一群太监，去恭迎小皇帝结束漫长的赖床。

司徒谨走到上房，见已有一队人候在门外，有的手上捧着巾栉，有的托着胰子，还有的端漱口茶盏，等着里头沈玦换好朝服，便进去伺候。

司徒谨叩了叩门，低声道："督主，卑职有要事求见。"

"进来。"沈玦的声音响了。

小太监们推开门鱼贯而入，司徒谨插在中央走进去。沈玦坐在高椅上，蟒袍披得干净利落，腰间鸾带也系得一丝不苟，只头发还没有梳，黑瀑似的散在肩上。一个小太监拿着象牙梳子站在他身后为他束发，另有一人举着镜子给他瞧，再有端茶盏的递上牙枝牙粉，沈玦一边漱口一边听司徒谨回话。

"昨夜卑职接到密报，咱们在应天府兴庆帮安插的探子失联，腊月初一的时候接头人和他见过一次面，此后音讯全无，东厂翻遍了金陵城都没有找到。"

兴庆帮是应天府最大的漕帮，常年在江浙京津间奔波，春夏天气暖和河面不结冰的时候，他们还能北上朔北做生意。去年年初沈玦在兴庆帮安插了三个探子，其中有一个坐上了帮里分坞把头的位子。只是从十一月开始，三人接连断了消息。按照往日经验，他们要么是身份暴露，被黑道的人做了，要么是叛变了。可这三人凭空蒸发了似的，消失得一干二净，仿佛从未有过这几人一般。

沈玦皱了眉头，用巾栉擦了擦脸，从高椅上站起来，提步出了门。

"应天府其他探子怎么说？兴庆帮和来福帮交易甚密，来福帮那儿可有什么消息？"

司徒谨跟在沈玦身后，道："来福帮的探子也没了。前日卑职接到灵州卫的公文，洋河漕帮的探子也失了音讯。督主，我们在各大漕帮安插的探子……全没了。"

沈玦顿了步子，后面跟着的人也忙停了下来。沈玦扭头看向司徒谨，微微含怒道："为何现在才报？"

司徒谨俯首低眉，道："原本的约定便是每月月初接头，这些探子最晚的十一月还曾露过面。十二月各地接头人没有接上头，将消息上报，公文拟定送往京师，东厂各级司房审阅，发现各地探子均已失联，察觉不对，再传到卑职这里，已经是最快的速度，并不敢有所耽搁。"

"他们最后一次露面传的消息可有异常？"

"没有。卑职均已看过，所说皆是漕帮内部争斗，并无什么不对。"司徒谨蹙眉道，"只不过，卑职注意到一件事，十月初九东厂查获了兴庆帮一艘开往京津的运船，查验期间船忽然失火，货物焚烧殆尽。据兴庆帮供词，他们在船里走私的是洋河大曲。现在看来，内中恐有猫腻。"

沈玦沉默了，探子失踪不是稀奇事儿，卧底于黑道之中原本便是凶险万分，漕帮那群人向来杀人不眨眼，探子不小心露了马脚叫人做了是极正常的。探子名录只他和司徒谨手上有，亦绝无泄露的可能。可也不大可能是叛变，他们的家人都在沈玦眼皮子底下，自己的命可以不要，连家人也不顾吗？

难道是……

沈玦拧着眉头往前走，步上天街，皑皑白雪在脚底下吱吱呀呀。沈问行忽然从对面迈着小步跑过来，愁眉苦脸地道："干爹，陛下不肯起床，问今早的朝拜能不能免了？"

沈玦头疼欲裂，恨恨道："他倒是异想天开，正月朝拜乃祖宗礼法，如何能免？不起来也得起来，等会儿我到了要是看见他还在床上赖着，信不信我把舆服砸他脸上！"

沈问行听了大汗淋漓，沈玦自己也是个桀骜骄矜的性子，小皇帝见天儿往他炮口上撞，沈问行还真信他能把舆服糊皇帝脸上。沈问行赔着笑连声道："干爹息怒，息怒！儿子这就想法子让陛下起床！"

沈问行说着忙转身要走，沈玦忽然道："慢着！眼下离大典还有一个时辰，去把内阁那帮狗官叫进宫来，就说陛下不欲出见，让他们想想法子。哼，我不得安生，他们也甭想睡个好觉！"

沈问行喜笑颜开，道："还是干爹英明！"便扭身匆匆去了。

沈玦顿了顿，对司徒谨道："着人，将兴庆帮老大绑上京，送到诏狱去。诏狱刑罚那么多，不怕他不开口。咱家倒要看看，他们夹带的到底是什么宝贝玩意儿，宁可毁了也不能让东厂知晓。"

司徒谨却踟躇着沉吟："若是惹得漕户暴动，恐怕言官那边要拿来大做文章，督主如今谨言慎行……"

沈玦冷笑："咱家请他来喝茶，不要钱也不要命，这帮宵小胆敢暴动，便按乱党论处！传令下去，伺候兴庆帮老大，务必用不伤皮肉只伤内里的法子，看他是嘴够铁，还是咱家的笞杖够硬！"

司徒谨应了声"是",又道:"先头派去伽蓝山寺的番役回来了,夏侯潋烧剩下的案牍都入了库,他家的家什也搬下来了,只是他前头说的迦楼罗遗书我们并未寻见,但见到不少被老鼠咬剩的书册,恐怕遗书已经被咬完了。"

"那便罢了。案牍你们整一整,我得了空去看。夏侯潋还睡着,你过一会儿再去叫他,让他过去瞧瞧。"

早上他要早起,怕吵醒夏侯潋,寅正三刻的时候换了间屋子。现在内阁那边哄好小皇帝还要些时候,他倒不那么着急赶过去了。他想着要不要再回去看看夏侯潋,掂量了一会儿还是作罢。

司徒谨兀自去了,沈玦慢悠悠地往乾清宫的方向走。天渐渐亮了,碧瓦飞甍在晨光中现出清晰的轮廓,底下是皑皑雪地,衬着绵延红墙,映照出一个清明的世界。他心里忽然开朗起来,大年初一,一切都重新开始,仿佛一切都有了希望。没关系的,他想,只要夏侯潋在他身边,无论是朝臣还是伽蓝,他都会有办法应对。

走出一截子路,他忽看见前面门墩子上坐了一个小姑娘。她穿着大红色的袄儿,素白色的马面裙,脖子上围了狐裘,手里抱着一个吊睛白额的老虎大风筝。她有着一双大大的黑眼睛,黑得过分,衬着雪白的脸蛋像一个巫蛊娃娃。

沈玦皱起了眉,这姑娘他认得,她是朔北辽东来的临北侯,复姓百里,单名一个鸢。说来稀奇,一个十二岁的小女娃娃竟当上了一方君侯。大岐历史上虽也有女侯,还未及笄的女娃娃当上侯爷却是头一遭。这女娃儿的身世也是凄惨,几年前朔北闹天花,父母兄弟挨个染病驾鹤西去,就剩下她孤零零一个人,这临北侯的头衔也就落在了她的头上。

她是去年年底到的京城。临北侯,听着是个侯爷,其实也就比普通老百姓好上那么一点儿,没什么权势,是个虚衔,京里随便拎出一个人都能压她一头,底下人看碟子下菜,自然就冷落了她。

临北侯在京城里有个府邸,但已经荒废很久了,她宿在驿站,居然还被上京来大计的官员挤到下房去住。沈玦听闻了,奏明皇上,把她接进宫,也算没有怠慢了。

只是沈玦还没有和她面对面说过话,不知道这姑娘是个什么性子。因着小皇帝的缘故,他看见小孩儿就头疼,也不大爱搭理她。但毕竟人到跟前了,不好当没看见,沈玦端出一个客套的笑容,上前作了一个揖道:"大清早的,小君侯怎的独在此处?"

百里鸢仰起头,睁着黑白分明的大眼睛看了看沈玦,道:"我出来放风筝,放着放着就迷路了。"

小孩儿就是招人烦,大清早的放什么风筝?沈玦心里厌恶,面上却不显露,躬身道:"臣送您回去?"

"好啊。"女孩儿拎着风筝站起来,地上雪厚,她走着吃力,自然而然就牵上了沈玦的手,"我怕跌跤,厂臣牵我。"

沈玦平常不喜欢旁人碰他,可这丫头已经牵上来了,他没法儿甩开,只好虚虚地牵着。许是风地里待久了,女孩儿的手很冷,冰块儿似的。他的手也冷,两只冰冷的手牵在一块儿,彼此都感觉不到温度。

她一个人出来放风筝,居然也没个宫女太监跟着。沈玦低头看她,她拖着大风筝深一脚浅一脚走着,垂着脑袋不吭声,倒是个文静的姑娘,比小皇帝好。沈玦把身上的披风解开,披在她身上,又让人帮她拿风筝。

她犹豫了一会儿才把风筝递出去,沈玦问她:"这风筝很重要吗?"

百里鸢点点头,细声细气地道:"是我哥哥扎给我玩的。"

她那短命哥哥几年前就害天花死了,巴巴地把风筝从朔北带到京城,真是可怜。沈玦又问:"宫里人伺候得可还适意?君侯若有不合意的,尽管同臣说。"

她不再说话了,约莫是怕得罪人,伺候得不好也不敢说。那就换一批人伺候吧,不过是换一拨人,对沈玦来说也就是动动嘴皮子的事儿。

沈玦牵着她的手进了景阳门,宫女太监见了沈玦和百里鸢,纷纷围上来,跪在雪地里发抖。他们没看好百里鸢,大约是怕沈玦责罚,一个个抖得跟筛糠似的,连脸色都煞白。沈玦蹙着眉看了会儿,道:"不长心的东西,一会儿大典结束,都下去领杖责!"

宫女太监们诺诺称是,仍是发抖。沈玦对百里鸢拱手,道:"臣退下了,君侯好生收拾,莫误了时辰。"

百里鸢说"好",抬手接过太监手里的风筝,那太监一不小心,袖子钩了下风筝的竹篾,拉扯出一个口子来。

太监忙跪地叩首:"君侯恕罪!"

百里鸢歪头看着他:"你把我哥哥送给我的风筝弄坏了。"

沈玦道:"殿下莫慌,臣让绣坊的宫女来瞧瞧,这口子不大,应当能修好。"

"厂臣,你会杀了他吗?"百里鸢仰头看沈玦,黝黑的眼睛里清澈如水。

他的恶名已经到这种程度了吗?沈玦安抚她道:"自然不会,只略做小惩罢了。"

"这样吗?我还以为厂臣是个坏蛋,没想到原来厂臣是个好人呢。"百里鸢低下头道。沈玦一时间没有反应过来,他见过的人多了,这么不会说话的却还是头一回碰见。

他忽然觉得不耐烦，正想告辞，百里鸢突然从发髻上拔下一根簪子，插进小太监的眼眶里，顿时鲜血横流。小太监哀号着趴在地上，捂着眼睛惨叫。

百里鸢皱着眉看他在地上乱滚，道："咦，怎么还没死？"

众人皆大惊失色，饶是沈玦也吃了一惊。他忽然知道景阳宫这帮人为什么发抖了。他们不是怕他，而是怕这个女孩儿。百里鸢还要再扎，沈玦让人拦住她，又命人将那太监抬了下去。血沿着雪地一路流，红衬着白，别样地刺目。

百里鸢雪白的脸上溅上了几滴血，她用袖子擦了擦，抬起头来问沈玦："我伤了厂臣的人，厂臣会罚我吗？"

她白净得像一尊冰雕，看着漂亮，却少了几分人气儿，看着怪不舒服的。沈玦按住心里浮起的异样感觉，道："原本便是他弄坏了君侯的风筝在先，君侯就是打杀了他也无妨。只是今日是大吉大利的好日子，皇上有过旨意，阖宫不许见血。也罢，君侯毕竟也受了委屈，今日这事儿臣替君侯瞒住，过会儿便是大典了，还请君侯早些回去收拾东西。"

"厂臣真是生了一张铁嘴，一番话说下来，竟成了我的错。"百里鸢神色漠然，把簪子扔在雪地里，背过身边走边道，"我听闻厂臣最近助内阁厉行变法，大刀阔斧削除冗官，连自己的东厂都不放过。年关一过，削藩的事宜也要提上日程，那些和皇家隔了好几重的旁支，统统都要贬为庶人，不知我这个异姓侯可在其中？"

"君侯的爵位是祖上跟着太祖爷打天下传下来的，君侯又是百里家的嫡亲嫡支，当然不在削藩之列。"

"这样啊。"百里鸢顿了脚步，低着头在雪地上蹭着脚尖，"厂臣现在要去哪儿呢？"

"臣还要去唤陛下起床。"

"为什么要去呢？让他睡着不好吗？"百里鸢道，"他睡着，天下的权柄就全都在你的手里。"

沈玦微微眯起了眼。

他忽然掂量不住这个看起来只有十二岁的女娃娃了。她似乎是个饱受欺凌的文弱女孩儿，又似乎是个草菅人命的富家小姐。她似乎怕他削藩，又似乎不怕。她到底想要什么呢？

这种把握不住对手的感觉真的很不好。沈玦摸了摸腕上的碧玺珠子，道："君侯虽还是稚龄，却也当慎言。臣还有事，不奉陪了。"

"我以为厂臣是个恶鬼，没想到是一尊菩萨。"百里鸢又道，"大忠似奸，也难逃覆灭啊，厂臣。"

"君侯还是照顾好自个儿吧。"沈玦淡声道,负着手走上了夹道。

百里鸢望着沈玦渐行渐远的背影,淡红的唇角微微勾起,浮起一个险恶的笑容。那笑容万分狰狞,让她看起来像一个恶鬼娃娃。

她低声道:"那么,我便恭祝厂公千古传唱,万世流芳。"

第四十三章 阎罗索命

几十人的东厂番役在狭窄街巷中急速奔行，像一道黑色的利箭，街上的人马纷纷退避，露出张皇的神色。夏侯潋也在当中，他的腰间挎了雁翎刀，臂上绑了手弩，左边大腿上还放了一柄火铳。没有人说话，只有男人们沉闷的呼吸和脚步声，肃穆得像一支军队。

胡同里巷纵横交错，像一张繁密的蛛网。然而番役们目不斜视，每一个转弯都没有犹豫，似乎对京师的布局了如指掌。他们很快到了目的地，那是坐落在德胜门大街上的一座牙行。无须司徒谨发出号令，番役们有条不紊地在牙行周边的胡同中散开，如同黑色的潮水向四面八方无声地奔散，最后消弭于无形。

夏侯潋跟在司徒谨后面，两个人背靠着墙蹲在一个胡同里，胡同口出去就是牙行的大门。牙行是走南闯北的商人中转货物的地方，但这是一个私牙，老板没有官府发的官帖，里面的货物都是没有交过税课的私货。按照往日的经验，这些私货大多是一些酒啊烟土什么的。老板给官衙的人上供点儿银子，官府也就睁一只眼闭一只眼放行了。只是今日不同，兴庆帮的老大供出来说他们从朔北运来的东西都卖给了这家牙行的老板，预备在京师脱手。

那东西神秘得紧，连兴庆帮老大自己都没有用过。据说看起来是个黑色的小药丸，叫什么极乐果，这名字太雅，黑道的人都管它叫"黑粮"。兴庆帮老大说这黑粮服用了之后欲仙欲死，如登极乐，只是有大毒，他亲眼见过一个人一口气吞了三十粒，没过半炷香的工夫就七窍流血死了。

夏侯潋探出一双眼看牙行的大门，门檐上悬着两个灯笼，灯笼底下站了两个人，都裹着破旧的灰布袄子，在冷风里不停地搓着手，走动间露出藏在衣襟底下的家伙，看起来似乎是二尺长的短刀。

"一会儿小心点，这里面都是亡命徒，很多都是通缉在案的凶犯。"司徒谨低声道。

"真不巧，我也是。"夏侯潋一面检查自己的弩箭和弹丸一面道，"司徒老哥，一会儿我打先锋，你慢点进去。"

司徒谨皱眉看他。

"你有家有室，伤着了回去让嫂子和玉姐儿难过可不好。我光棍儿一个，没关系。"夏侯潋拍了拍他的肩膀，"听说昨儿你俩又吵起来了，没事吧？"

司徒谨叹了口气，露出无奈的神色："这几日追查极乐果，夜不归宿，她又怀疑我在外面有人。其实我没跟她吵，每回都是她哭我哄。"

夏侯潋没有哄过女人，遇到这种情况也给不出什么好建议，只好陪着司徒谨叹气。

"东厂事务冗杂，我很少得空留在家里陪她们。明月性子敏感，原本就少得可怜的空当还用来争吵。"昏暗的月光底下，司徒谨锋棱鲜明的脸上显出少有的落寞，"她总是害怕自己年老色衰，觉得自己比不上别家的年轻姑娘。其实不是的，世上只有一个明月，我只喜欢明月。"

司徒谨从怀里掏出一个长条形的红木小盒子，打开给夏侯潋看，里面有一个垒丝鎏金簪子。司徒谨道："当初我娶她的时候，送给她的聘礼就是这样的簪子。前几天我在琉璃厂又看到一个一模一样的，大约是一对，竟也被我逢着了。你说我送给她当赔礼，她会喜欢吗？"

"呃……"夏侯潋纠结了一会儿，道，"要不一会儿你问问督主，他以前天天和女人打交道，肯定比咱俩懂。"

司徒谨点头称是，把盒子收回怀中，站起身看了看时辰。

"差不多了，破门吧。"

夏侯潋从胡同中走出去，一面扫着衣袖上的灰尘一面朝牙行大门迈着大步走。黑夜笼罩了他的身形，只能看见模模糊糊一个高挑的男人影子。两个看门人注意到了他，不动声色地将腰间短刀推出刀鞘。

夏侯潋默不吭声地朝他们走来，看门人意识到不对，问了声："喂，干什么……"

话音还没有落，破空传来两道尖利的鸣响，两支一尺长的黑色铁箭迎面而来，霎时间洞穿了两人的额头。连哀号都来不及发出，他们已经倒下了。夏侯潋在他们倒下之前托住他们的身体，轻轻靠在门墩上。

番役们悄然靠近，有的翻墙，有的推开大门，悄无声息地鱼贯而入。夏侯潋和司徒谨一前一后在走廊上行进，番子跟在他们身后。外面的回廊空无一人，他们用刀鞘推开门，进入店堂，同样空空如也。没有点灯，屋子里昏暗无比，番役们背靠着背站在堂中，警惕四面八方可能的危机。

夏侯潋站了一会儿，寂静的空气里传来若有若无的笑声，好像在牙行后面的卧房。

他和司徒谨对视一眼，慢慢走过老旧的楼梯，脱了漆的木板在他们脚下吱呀作响。他们穿过中间的穿堂，进入牙行后面的二层小楼。有个房间里面发出嘈杂的人声，似乎很多人在里面说笑。

夏侯潋和司徒谨一人站在门的一边，司徒谨用口型数："一、二、三！"

两人撞门而入，同时取下臂上手弩准备朝屋中轮扫。然而，进门的下一刻，他们不约而同放弃了这一举动，因为屋子里的情景简直让人目瞪口呆。

纱幕重重，酒香衣影中，十数个男男女女互相枕藉，彼此交缠。十数具白花花的肉体纠缠在一起，仿佛缠在一起的蛇结。每个人的脸上都是癫狂又狰狞的笑容，他们在这一刻仿佛已经不是人类，而是被欲望驱使的野兽，低吼咆哮着撕咬彼此。

他们对突如其来的番役们没有丝毫察觉，仍旧沉溺于癫狂之中。番役们面面相觑，眼前的场景没有让他们血脉偾张，反而觉得恐怖。有个人从地上爬起来，微笑着喃喃叫着："仙女儿，别走……别走呀！"

他伸着手朝轩窗走过去，司徒谨喝了声："拦住他！"

几个番役冲上去抓他，可他的力气大得吓人，竟然将番役统统推开，然后冲出窗子，重重摔在外面。夏侯潋赶过去看，那人磕在下面一块尖石上，已经脑门开花了。

"这……"夏侯潋惊疑不定地看着司徒谨。

司徒谨让人退出来，守住房门，道："这些人先不管，等他们清醒了再说。剩下的人去把疑似极乐果的货物统统搬到大堂，等督主前来。"

"极乐果能让人集体发狂？"夏侯潋问道。

司徒谨攒眉说不知道。他们在店堂等了一炷香的时间，沈玦到了，那帮人还在屋子里发狂。沈玦过去看了一眼，然后面色铁青地回来。

沈玦从搬出来的箱子里取出药丸，在掌心碾碎，放在灯下查看。

"怎么样？"夏侯潋问。

"看起来像是碗药。"沈玦沉吟着说道，"拂菻国以前进贡过一种叫底也伽的东西，宫里头的人叫它碗药，服之令人麻木，久服成瘾。神宗皇帝二十三年不视朝，群臣罕见其面,就是因为服用碗药。"

"又是碗药又是黑粮又是极乐果,这到底是个什么玩意儿?怎么做出来的?"夏侯潋拿了一颗药丸细细端详。

"和白粉一样,用罂粟花熬制而成。服用它们的人产生的症状都很类似,成瘾,致幻,纵欲,体虚。"司徒谨说道,"不过白粉只在滇南有,而且价比千金,寻常人家根本买不起,怎么到京城来了?"

沈玦思量了一会儿,取了一指甲的极乐果粉末,用舌头舔了舔。

"你干吗?"夏侯潋惊讶地拍他的手。

沈玦躲开,皱眉道:"剂量不大没关系。不尝尝怎么知道是什么东西?"

"你!"夏侯潋想到什么,问道,"当初你研制七月半的解药,也是这样尝?"

沈玦淡淡点头:"最开始权势不够,没办法延请名医制药,只能自己试着弄一弄。"他没说,御医署的医书、藏书楼的奇物志、各地县府州志,他全翻了一遍,要不然怎么知道七月半的原料是踯躅花。

沈玦又沾了点儿,细细咂摸味道,眉头越锁越深。

"如何?"司徒谨问。

沈玦没应声,从桌边站起身。沈问行捧着披风走过来,为沈玦穿上披风,扣上金纽子。沉沉灯影中,流云披风上的锦绣暗花流光溢彩。

沈玦看着夏侯潋,问道:"要是碰上你的故人,你舍得杀他们吗?"

"怎么不舍得?弑心我都杀了。来一个杀一个,来两个我杀一双。"夏侯潋帮他披平肩上的褶皱,"我现在不是伽蓝的刺客了。你没听外面的人说吗?东厂督主沈玦座下有一条疯狗,又忠心又护主,指哪儿打哪儿。"

"是吗?我以为他们说的是司徒谨。"

司徒谨在后面淡淡道:"不是我。"

"说的是我啊。"夏侯潋冲沈玦眨眨眼睛,"汪汪汪。"

沈玦忍不住笑起来,高兴完了,正事还是要干。他缓缓敛了笑容,脸上有一种冰寒的神色。

"极乐果里面不只有罂粟花,还有踯躅花。罂粟花加上踯躅花,服用则成瘾致幻,停用则七窍流血。七叶伽蓝果然厉害,贩毒牟利,伤天害理。司徒,明日起全城宵禁。吩咐各地番役缇骑,挨个清洗茶馆、妓院、酒楼、旅栈,没有官帖的一律关停。若查获极乐果,就地焚毁。这里的极乐果送去太医署,让他们看看能不能弄出治疗的解药。"

司徒谨俯首作揖:"卑职明白。"

"七叶伽蓝，"沈玦望着高悬在天上的月亮低声道，"既然来了我的地盘，我便叫尔等有来无回！"

夜色浓得化不开，司徒谨终于处理完了东厂的事务。胡同深处传来打更声，已是丑正时分。

还好，还能回家睡半宿。司徒谨策马往家里跑，他家还在老地方，没搬过。往前走过三个街坊，过了隆兴桥，左手边第四个胡同就是他家。簪子还揣在他的怀里好好地放着，他特地放在胸口的位子，仿佛那一块地方比较尊贵似的。

街面上一个人也没有，月亮被浓云遮住，四下里慢慢暗了下来。偶尔有些人家门前挂着几盏小灯笼，拳头大的光亮，在风雪里明明灭灭。他的马跑得快，很快过了桥，就要转弯。走到第三个胡同口的时候，马忽然不肯走了，怎么拍鞭子都不肯动。司徒谨蹙起眉，心里忽然感到不安。

罢了，反正只剩下几步路，走着回家也行。他下了马，打算牵着马走。马儿打着喷嚏，偏不肯迈步。他无奈了，站在雪地里想办法。街中心有一片小小的落叶，被风吹着送到他的眼前。他不由自主地盯着那片落叶，看它在风中舒卷枯萎的边缘，像一只快要死掉的蝴蝶。

"嘶啦——"

忽然，没有预兆地，那片落叶在空中仿佛被什么东西切割开似的，在一眨眼的瞬间分为两半，继续在风中飞舞。

司徒谨瞳孔微缩，身子顿时僵住了。

月亮出来了，他看见地上躺着一只身首分离的狗，被雪埋了一半，脖颈处的断口整整齐齐。难怪马不肯走，天气太冷了，他的嗅觉减退，没有闻到那只狗的血腥味，可是马儿闻到了。他的马是一匹战马，跟他在北边打过仗，对危险的感觉不亚于他。

司徒谨拔出刀，在面前的空中划了一下。看不见的丝线挡住了他的兵刃，他缓缓下压，空气中一线月华划过，他认出来了，这就是传闻中的牵机丝，七叶伽蓝无名鬼夏侯潋的杰作。

那个傻子估计还在沈玦那儿摇尾巴呢。

身后响起脚步声，他转过身，一道浓黑的影子映入眼帘。那是一个高瘦的男人，提着刀站在风雪里，脸上戴着白瓷面具，两个漆黑的眼洞静静看着他。

这才是真正的刺客啊，司徒谨默默地想，像一个乘着风雪降临的鬼魂。

男人开口了，声音很年轻，一字一句，漠然无情。

"七叶伽蓝迦楼罗，送司徒大人往生极乐。"

"谁买了我的命？"司徒谨问。

"无人，伽蓝要你死。"

"这样吗？原来我的分量这么重。"司徒谨的声音低沉，"伽蓝要我的命，是打算公然与东厂作对了吗？"

"不知道。诸事莫问，杀人无禁。我只是一把刀，只负责杀人。"

"一把刀……"司徒谨淡淡地笑了一声，"你和夏侯潋一样，是以牵丝杀术登上迦楼罗之位的吗？"

"不是，我是以刀术。"迦楼罗道，"我出刀，一招就能杀死你。"

"哦？我和夏侯霈对过刀，那是我见过的最凶悍的刀术。你和她比，谁更强？"

司徒谨调整呼吸，慢慢逼近站在远处的刺客，刺客也挪动步伐。两个人绕着街中心转圈，维持着十步的距离。

刺客沉默地摇头。

"你叫什么名字？"

"迦楼罗。"

"我问你的真名！"

"刺客，无名。"

两个人同时挥刀，空气忽然变得凝滞，连风声都慢了，拖着漫长又尖利的呼啸声穿过耳边。漫天的风雪在空中飞舞旋转，司徒谨清晰地看见那个刺客向自己逼近，黑洞洞的面具眼眶里面的双眼空寂无情，仿佛卧了万年的冰雪。

这该是怎样一个刺客啊？像一柄无心的钢铁，他的存在似乎仅仅为了杀人。

司徒谨的刀藏在肘后，那是他惯用的杀术，这样敌人无法看见他出刀的角度，也就无从躲避他挥出的绝命一刀。他们像两只奋翅而起的黑色枭鸟迅猛地相扑，两人飞扬的黑色衣袖像黑色的翅膀。铿然一声，那是刀刃滑出刀鞘。极细的金属冷光在两人交错的刹那间闪现，犹如空气里凭空而现的裂隙。瞬息之后，他们分开，背对背在风雪中站立。

寂静。

嗒嗒的滴血声迟迟地响起，司徒谨低下头，雪地上有殷红的血迹。他后知后觉地感到腰间尖锐的疼痛，温热的鲜血淅淅沥沥地漫出来。它们从伤口流出，同时迅速被外面的空气冷却，结成薄薄的血霜。

太快了，他感到恐惧，这样快的出刀速度，便是夏侯霈也甘拜下风！这个刺客说得没错，刺客一招就能杀死他，因为他根本来不及挥刀。

现在他要死了，他的右腰被割出了一道长长的口子，他很快会因为失血过多而死去。

"快回家吧。"刺客忽然说。

司徒谨仰起头，刺客转过身来看着他，右手伸出，似乎触动了哪根牵机丝，空气里光芒流转，牵机丝被他收入了手掌。

"我收到的文书上写你有一个妻子，还有一个女儿。"

司徒谨呼吸一紧："她们和东厂没有关系。"

"我知道。"刺客说，"今天很冷，你的血会流得慢一些。从这里到你家需要走二百七十八步，你走得快一些，可以在血流完之前回到家。但是不要走太快，那样你的血也会流得更快。"

"你……"司徒谨惨然笑了笑，"这是刺客的慈悲吗？"

刺客的声音很轻："我其实不想杀你，可我没有办法，我只是一把刀。快回家吧，至少，可以和她们道个别。我一直很后悔，在离开的时候没能和我弟弟道别。我希望，你也不要后悔。"

司徒谨艰难地扶着雁翎刀，跟跄着一步步朝家的方向走去。那个没有说名字的刺客站在他后面静静望着他，黑色的影子消融在风雪中，慢慢失去了痕迹。

司徒谨慢慢感觉不到腰间的痛楚了，不知道是因为天气太冷，还是因为血流得太多。他只希望自己能再多撑一会儿，再多一会儿。他听见自己粗重的呼吸，像破旧的风箱被拉动，每一下都筋疲力尽。不知走了多久，他终于看到了自己家的围墙了。他扶着围墙蹭到大门，喘了几口气，推开大门，进了院子，再一步步挪到屋子门口，血滴在雪地里，又被新的雪花掩埋。

屋子里生了炭火，发出哧哧的声音。他听见明月和玉姐儿的呼吸声，一下一下，很安详。他安了心，伽蓝刺客没有找她们的麻烦。他轻轻走过去，拉开蓝色夏布床帘，玉姐儿睡在里面，明月抱着她，微微蜷着身子。

他伸出手摸了摸玉姐儿的脸，又摇摇明月，轻声喊她："明月，明月！"

明月蒙胧地睁开眼睛，侧过身来，看见眼前的司徒谨，似乎有些惊喜。她的脸有些苍白，昏暗的光影里，司徒谨隐隐约约看见她脸上的泪痕。她一定很想他，想要他回家。

"对不起，这么晚才回来。"司徒谨摸了摸她的脸，手太冰，明月打了一个哆嗦，但还是抓紧他的手。

"不晚，回来就好。"明月把他的手放在怀里捂着，"回来就好。"

"我给你买了一个簪子，你看喜不喜欢。"司徒谨从怀里拿出红木盒，递给明月看。

明月埋怨道："老夫老妻了，费这个钱做什么？你俸禄又没有多少。好啦，快去换衣裳，早点睡觉。你明早还得应卯，快抓紧睡几个时辰。"

"我想要抱一抱你。"司徒谨嗓音沙哑。

他不舍地看着她，她的肌肤其实有一点黄了，经年的家务操劳让她看起来有点憔悴，眼睛还因为睡觉前哭过发肿。可是他还是觉得她很好看，谁都比不过她。他的目光沿着明月的脸庞轮廓勾勒，每一寸都不放过，仿佛要永远印到心底，投了胎也不忘记。

明月嗔怪地看了他一眼，叹了口气，最终还是依着他，轻轻将他拥住。这么大个人了，有时候还像小孩儿似的。他刚从外面回来，怀抱很冷，明月把他拥紧，希望他快点回过温来。

"昨天对不起，不该和你吵架。"司徒谨轻声道。

明月把头埋在他怀里，声音闷闷地道："不是你的错，是我不对。再说，你又没有跟我吵，每次都是我欺负你。"

"明月，我好喜欢你，一直都很喜欢。"司徒谨眷恋地闻着她身上的香味，她身上有一种特有的味道，像什么花儿的花香，闻起来很舒服。

"好啦，我知道啦。"明月笑起来，"你今天怎么啦？铁树开花了？说，是不是干了什么对不起我的事，要向我求饶？"

司徒谨摇摇头："我不去上值了，我就留在家里陪你，好不好？"

"好啊，我早想说了，东厂那么累，你每天早出晚归，一点儿也不值当。其实我们这些年攒了点钱，可以自己做买卖的。我们可以开一家医馆，我当大夫，你当我的伙计。你不在东厂待了，那我们去金陵好不好？听说那里可美了，春天有西府海棠，夏天有红莲，到秋天还有很多很多枫叶。你过些日子跟督主提一提，他要是不答应，我去找他说。"

"好，都听你的。"

司徒谨忽然觉得累了，眼皮变得很沉，抬不起来。他背靠床柱，慢慢闭上了双眼。

月光透过窗纱照进来，窗棂把它分割成块块光影。窗外的枯树枝在上面映上疏落的影子，像一幅墨笔描的画轴。司徒谨不动了，明月想帮他脱衣服上床睡觉。手无意间触碰到他的手，冰冰凉凉，像一块冰似的。她觉得奇怪，进屋这么久了，怎么没有捂暖和呢？

她捧起司徒谨的手，想要哈几口气，可是却发现上面满是干涸的血迹。她的脑子里轰然一声，整个身子仿佛在刹那之间被冻住。明月动作迟缓地抬起头，月光照在司徒谨因为失血而惨白的脸上，给他覆上一层薄薄的光泽，看起来像一座玉雕。

她后知后觉地知道了什么，眼泪从眼眶中涌出来。

"阿谨！——"

刺客走进一个窄窄的胡同，他平日的衣裳藏在别人家门口叠放的簸箕里，他四下望了望，找到自己的衣裳，把刀放在一旁，脱下黑色箭衣，换上洗得发白的灰色棉布袄子。

有一个人从黑暗里走出来，拿走他的刀，刀身轻推出鞘，"刹那"二字映入月光。

"持厌，你不该放他走。"

持厌没有理他，转身就走。

"别以为你是迦楼罗，就可以触犯伽蓝的规条。杀人取头，你该取他的头颅。"男人阴森森地说，"身为你的'鞘'，我会把一切都告诉阎罗的。"

"随你。"

"持厌，我最讨厌的就是你这副目中无人的样子。别忘了，你和我们一样，我们都是依靠极乐果才能活命的人。不，你比我们更低等，你连你的'刹那'都必须上缴。没有刀的刺客，无异于任人宰割的鱼肉。"男人的声音遥遥响在身后，越来越远，"记住，有买卖的时候再到门头沟生药铺来取你的刀，我现在在那里当伙计。"

持厌刚回到云仙楼，就听见园子里各处男男女女的嬉笑，又滑又甜。他目不斜视地离开，走到后院里，从吉祥缸里舀水洗手，刚刚杀人沾上了血，要快点洗掉。洗完手回到柴房，屋子里没有点灯，也没有生炭火，黑暗凉阴阴地匝着人，他站了一会儿，从床底下的包袱里拿出一封被老鼠啃了一半的信。

那是夏侯霈留给小潋的遗书，他从朔北回来的时候，在老伽蓝找到的。夏侯霈的字很差，看起来很费劲儿。他研读了三天才完全明白夏侯霈的意思。夏侯霈要小潋去找一个叫"小少爷"的人，她说她在那里给他留了一线生机，还在京里买了一套三进三出的宅子给他娶媳妇儿用。

持厌这几天走访了好几个街坊，去打听了每一座三进三出的宅子。可是每个宅子里都有一个小少爷，他跟踪了所有小少爷，没有发现任何有关小潋的蛛丝马迹。

或许"小少爷"只是一个代号吧，就像"迦楼罗"一样，持厌抱着膝头坐在黑暗里发呆，眼神变得空茫。

"夏侯！要死啦！你又偷懒了是不是？"鸨儿的声音在门口响起来。

持厌醒过神来，忙把遗书藏起来，出门去洗衣裳。

第二卷 江湖夜雨十年灯

鸨儿在他身后碎碎叨叨:"哎哟,先前看你老实才给你活儿干!没想到见天儿地偷懒,这衣裳攒了有三天了吧,你怎么还没洗完!你前头那个,也叫夏侯,人家一天洗三盆,你呢,你一盆洗三天!怪不得人家能飞上枝头变凤凰,你就只能在这儿混日子。"说着剜了他一眼,"我告诉你,今天不洗完别想睡觉!累死老娘了,应付完那帮死男人,还要应付你!"

持厌默默地往大盆里倒水,那盆儿大得能装下一个成年男人,里面装满了楼里姑娘们的衣裳,堆积如山。昨天看门的几个打手说自己洗衣裳太累,要他帮帮忙,也把他们的衣物扔了进来。衣裳太多,他白天要找弟弟,晚上要杀人,清晨还要给阿雏拎洗澡水,实在没时间。

不过他什么也没说,闷着脑袋在洗衣板上搓。鸨儿用帕子点他额头,道:"要不是看你人老实,我才不留你下来!"

说完她就走了,留下持厌一个人在雪地里搓衣服。持厌一件一件地洗,夜里黑,月光不够亮,有些地方的污渍他看不大清。他洗了半天,盆里的衣裳还是小山似的堆着。不知道前面那个小厮怎么做到一天洗三盆的,大概是因为他自己笨吧。持厌皱着眉头,继续搓。

"夏侯!你妹妹来找你了!"阿雏的声音响在身后,持厌疑惑地回过头。

阿雏牵着一个小女孩儿跨过垂花门朝他走过来,那女孩儿手里拿着一个吊睛白额的老虎大风筝,正朝他笑。

百里鸢喊了声:"哥哥!"

"夏侯,你不是说你进京来是找弟弟的吗?怎么又变成妹妹了?"

"我哥哥脑子笨,老是说错。"百里鸢走到持厌边上,把风筝拿给他看,"哥哥,有坏蛋把你做给我的风筝弄坏了。我找到一个狗洞,就钻出来找你玩了。我聪不聪明?你帮我补补吧。"

持厌没有接,只低头看了看老虎头上的裂缝。

阿雏在百里鸢面前蹲下,小姑娘长得漂亮,干干净净一张脸,瞳仁又大又黑。阿雏越看越喜欢,觉得她像极了小时候的自己,于是从怀里掏出一包松子糖放在她的手心,笑道:"给你吃糖。"

"谢谢漂亮姐姐。"百里鸢低头看着装满糖果的荷包。这荷包在女人的怀里待久了,泛着一股扑鼻的香味,百里鸢皱皱鼻子,心里有一点厌恶,想要扔掉。

"哎哟,这小嘴儿怎么长的呀,甜死我了!"阿雏笑得很开心,"姐姐就喜欢别人夸我漂亮!来,香一个!"

百里鸢明显愣了一下。

阿雏没等她反应过来，已经在她脸上啵了一口，笑嘻嘻地道："真香！"阿雏拍拍裙摆站起来："好啦，姐姐回去睡觉啦，你也早点睡。记住不要乱跑，这里很危险的。你要是乱跑，被妈妈看到，会被抓的哦。"

百里鸢神情复杂地看着她，"哦"了一声，不知道有没有往心里去。

"我居然被亲了。"百里鸢嘀咕了一声，抬起头看持厌，道，"你在干吗？"

"在洗衣服。"

百里鸢低下头，硕大的盆里面什么衣裳都有，大袄，马面裙，男人的汗衫、袜子，女人的肚兜、主腰，还有许多看不出主人是男是女的汗巾子。

百里鸢的脸色变得晦暗不明："你没洗过我的衣裳吧？"

"没有。"

百里鸢放了心："那就好。"

阿雏走远了，云仙楼的喧哗声渐渐小了，大概是客人们都累了，搂着优伶和倌儿回屋睡觉了。寂静的小院里只剩下持厌和百里鸢两个人，院子里很多枯树，枯枝在地上投下深重的阴影。

风铃忽然响了，细碎的丁零声中，有无数人影从阴影里生长出来，仿佛恶鬼随着风和雪从地狱里爬出，来到人世。刺客们走到月光下，朝百里鸢虔诚地叩拜。他们是伽蓝的八部，刺客中的最强者，也是阎罗手下最凶恶的鬼魂。

"阎罗大人，迦楼罗没有遵守伽蓝规条，斩下司徒谨的头颅。"乾达婆道。

百里鸢扭头看持厌，持厌仍在专心致志洗衣服，谁都没理。

百里鸢走过去摸他的脸："持厌，你不乖哦。"

持厌抬起眼，静静地看着她。

"可是我不会罚你的，因为你和我一样，我们是同样的人，只有你能和我做伴。"百里鸢笑得粲然，"你知道那天在紫荆关我为什么跟着你吗？"

持厌没吭声。

"因为眼睛啊，看到你的眼睛，我就知道我们是一样的人。"百里鸢抚摸他恬淡的眉眼。他和她一样，有着大而黑的瞳仁，里面空寂一片，仿佛铺满了朔北苍凉的风雪。百里鸢低声道："我们都和这个世界没有联系，我们都是世所不容的怪物！怪物要和怪物在一起，持厌。"

"我有的，"持厌说，"小潋是我的联系。他是我的兄弟，我们血脉相连。"

"血脉？你竟然相信那种东西。持厌，你给自己取假名叫夏侯，你认同那个将你抛弃的女人是你的母亲吗？"

持厌摇头："夏侯是跟小潋姓的。"

百里鸢冷笑:"你就这么喜欢他吗?死心吧,我会找到他,然后杀了他。这样你就完全属于我了。"

持厌默默地低下头,不再说话,弯下腰继续洗衣裳。

段九从檐下走出来,道:"阎罗大人,极乐果已经发下去了,如今南北黑道、三大漕帮、二十四帮派,悉数听令。只不过昨天晚上,东厂查封了一批预备在京师售卖的极乐果,我会派人过去,想办法销毁。"

"很好,"百里鸢阴冷地微笑,"真是可笑,一个太监,竟然想要匡扶社稷。这个沈玦,执迷不悟,大厦将倾,凭他一人微渺之身,如何挽救?从前我的祖辈龟缩于后,只敢做阴沟里的老鼠,真是一群懦夫。而今,我便要这世道裂、天下崩!唯有光明退避,阴影才能雄踞!"

段九俯首道:"我等愿为大人效死!"

百里鸢环顾了一圈小院,回廊上的大红抱柱挂着红绡,彩画鎏金灯散着柔柔的光芒,远处的厢房亮着光,朱红栅栏落着积雪,一派静谧。

"这个地方不错,让他们都服下极乐果吧,鸨儿、妓女,包括看门的打手,一个都不要落下。"

"是。"

诸刺客俯首告退,百里鸢漠然望着他们,手里一握,忽然握到什么东西,低头一看,是那个女人给她的松子糖。荷包是很艳俗的金红色,绣着乱七八糟的蝶影穿花,大概是那个女人自己绣的,真是糟糕的女红,丑陋至极。

百里鸢攒着眉看了一会儿,忽然出声:"那个叫阿雏的妓女就算了,瞒着她,不要让她知晓。"

"是,阎罗大人。"

第四十四章 士死知己

灵堂前搭了布棚子，底下几个和尚低声着经文。门没有关，外面的雪花飘进来，落在明月头顶上，让她好像一下子白了头。

夏侯潋拈了香，退到一旁。他觉得哀痛，又觉得恍惚，昨天晚上还一起说过话的人，怎么今天就没了呢？来上香的大多是同僚，司徒谨人好，许多人都受过他的恩惠。番子们挨个上前拈香拜祭，然后默默退在一边。

梵声迟迟，结成一片愁云惨雾笼罩着灵堂。夏侯潋心里压抑，走到外面去呼吸新鲜空气。影壁后面转出来几个人，是沈玦和沈问行他们。沈玦刚从宫里出来，一路骑马赶过来，乌纱帽和大氅上落满了雪花。他看了看夏侯潋，提步想要进去拜祭，衣袖却被一只白生生的小手拉住。他回过头一看，是一个小小的人儿，穿着孝衣，睁着大大的眼睛望着他。

沈玦认得她，她是司徒谨的女儿，司徒弄玉。

"督主叔叔，我爹爹什么时候醒啊？他都睡了好久了。他之前答应了我要骑马马的。"玉姐儿咬着指头问。她才四岁，还不明白她爹爹永远没法儿醒了，以后再也不会有人给她当马骑了。

沈玦头一次不知道要怎么应对，两个人大眼瞪小眼，对视了许久也没有答话。

旁边的夏侯潋蹲下来，摸摸她的头道："等你长大了，爹爹就会醒了。所以玉姐儿要听娘亲的话，乖乖长大。"

玉姐儿疑惑地问道："可是睡那么久，爹爹不要吃饭吗？"

"爹爹去当神仙了，神仙是不用吃饭的。"

"那要是我想和爹爹玩怎么办呀？"玉姐儿低头看着自己的脚尖闷声道，"爹爹平常就总是不回家，都不和玉儿玩。要是我想和爹爹说话了怎么办呀？"

夏侯澈拉起她的小手，道："要是玉姐儿想爹爹了，可以和星星说话。爹爹听到了，等玉姐儿睡着了，就会到梦里去找玉姐儿。"

"真的吗？"

"当然，"夏侯澈拍着胸脯保证，"我娘也在天上当神仙，每次我想我娘的时候，就跟星星说说话，晚上她就来梦里找我喝酒了。但是有的时候她去干活儿了不在家，可能听不见，就来不了了。所以玉姐儿要有耐心，要慢慢等。"

玉姐儿迟疑着看了夏侯澈半晌，才重重点头"嗯"了一声，扭头跟着丫鬟去玩雪了。

沈玦道："她迟早会知道的。"

"能拖一时是一时吧，她还那么小，至少多开心一会儿。"夏侯澈说。

沈玦望着玉姐儿的背影站了一会儿，转过身去灵堂里上香。明月看见他，站起来福了福身子。她没再哭，眼泪已经干了，脸色苍白得像失去了颜色，仿佛可以融进雪里。

沈玦执起线香，插进泥金香炉。司徒谨躺在布棚子里，很安详，像是睡着了。沈玦想起第一次见他的时候，他刚和夏侯需打了一架，受了重伤。可即便受了重伤，他还叮嘱沈玦要走有灯烛的地方，要提防阴影里的刺客。他一直都是老好人的性子，看起来严肃冷峻，其实婆婆妈妈，还喜欢多管闲事。

明月端了一杯茶过来，沈玦没有接。他断了一条臂膀，好像连怎么拿起茶杯都忘了。

"你今后打算怎么办？"沈玦问她。

明月放下茶盏，道："我打算带玉姐儿回朔北一趟。阿谨的家乡在那儿，我想去看看。然后去江南，我攒了点儿银子，可以盘一个门面开医馆。"

"终究是女人家，不方便。朝廷有优抚，你不必如此操劳。"

明月摇摇头，轻声道："这是我和阿谨两个人的愿望。"

沈玦沉默了一会儿，忽然问道："司徒可曾跟你说过，他曾经救过我的命？"

明月茫然摇头。

"宣和二十六年，先皇秋猎，先福王的马被人动了手脚，发起狂来，魏德抓我挡马，是司徒把马射翻。先福王因此而跛脚，但我却幸免于难。后来司徒发配边疆，那时候我只是乾西四所的小太监，没什么能耐，也就没有伸出援手。说到底，我欠了他的。"沈玦道，"所以，日后你要是有什么难处，尽管同我开口。"

明月轻轻摇头道："可是督主后来也救了我的命，还调阿谨去了东厂，督主早已不欠阿谨了。"

"不，"沈玦望着供桌上的烛火，道，"司徒谨救我是冒着性命的风险，那时我们素昧平生。我救你是因为我已经身居高位，拉你一把不过是举手之劳。我终究还是欠他的。"他扭过头，招呼沈问行过来，"去，从府里调一支卫队给司徒娘子。"

"督主……"明月想要回绝。

沈玦打断她："朔北靠近大漠，这几年不太平，你一个人带着孩子去不合适。这支卫队以后听凭你吩咐了，你如何用都不必回我。"

明月不再拒绝，颔首福身："多谢督主。"

沈玦站了一会儿，暨身离开，走了几步，又停下来："司徒的案子若是有眉目，我会派人来知会你。"

"不必了，"明月惨然微笑，"阿谨已经没了，杀了那个人也于事无补。我现在只有一个愿望，就是玉姐儿平安长大。"

沈玦点头道："也好，此事你不必再管。我沈玦睚眦必报，这个债，我会替司徒讨的。"

他说完便往外走，夏侯潋跟在他身后，一行人顺着抄手游廊步出垂花门，走到大门口的时候，身后忽然传来明月的声音。

"督主！"

沈玦顿下脚步，回身看过去。明月站在门槛后面，朝他遥遥行礼。

"阿谨一直很高兴可以遇见督主。知遇之恩，无以为报，唯以命相付。望督主保重身体，阿谨在天之灵，亦得安息。"

明月说完，抱起跑过来的玉姐儿，慢慢朝灵堂走去。宅门缓缓闭合，最终沈玦眼前只剩下满挂着白幡的青黑色大门，掉了颜色的门对子，还有两只落满雪的石狮。

打马出胡同，两边都是四合院，一座挨着一座，墙是灰的，瓦是白的，立在雪里，显得有些笨拙。沈玦在路上问夏侯潋："仵作验过尸了，可曾验查出什么端倪？"

夏侯潋道："司徒身上只有一道伤口，肋下三寸，一刀毙命，失血过多而死。"

"一刀毙命？"沈玦攒眉，"司徒的身手不至于毫无反抗之力。他练的是正宗的风雪刀，十四岁就拿了武状元。"

"我知道，我和他在校场练过，我对上他，只能险胜。"夏侯潋摩挲着雁翎刀的刀鞘，深深吸了一口气，"司徒的刀出了鞘，却没有血。他遇到的那个人很强，出刀极快，快到司徒根本来不及反击。"

会是谁？他许久没有混过江湖，不清楚如今江湖上的快刀手有哪些人。夏侯潋皱着眉头想，他所见过最快的刀是持厌，倘若碰上持厌，司徒谨确然没有生还的可能。可是持厌已经失踪，就算回来了，弑心已死，他没有回到伽蓝的理由。

持厌还活着吗？杀司徒谨的是谁？是伽蓝吗？他们前脚查封极乐果，司徒后脚就遭了埋伏。这样快的刀，不是训练有素的刺客难以做到。夏侯潋头疼欲裂，觉得心很乱。每次只要一牵扯到伽蓝，他就觉得心乱。肩膀忽然被拍了一拍，他抬起头，正对上沈玦的双眼。

他苦笑："少爷，你每回都很冷静，怎么做到的？"

沈玦眸光动了动，移开眼道："没有，没有每回。"

他们往前走了一截子路，转过弯。司徒谨遇害的地方就在跟前，一群番子已经围下了场地，不许任何人接近。不过大雪天，路上压根儿没什么人。沈玦下了马，查看周围的情况。什么异常也没有，两边是灰扑扑的土墙，几棵枯死的樟树从别人家院子里伸出来，苍老的树枝横亘在街道上方，在雪白的地面上映下疏疏落落的影子。

"督主，这里没什么发现，只有一条被冻僵的死狗。奇怪的是，这只狗的脑袋被人砍了。"有番子道。

沈问行在后面狐疑道："该不会是刺客砍的吧？怕狗叫引来人，干脆连狗一起砍了？"

那狗尸已经完全冻僵了，夏侯潋查看它脖子的断口，眉头越锁越深。

"好整齐的伤口。"沈问行凑过脑袋来看，"这人的刀是得多快，才能砍出这样的伤口来。"

"不，不是刀。"夏侯潋喃喃道，他把狗头和狗身拼合，连接处细细的一丝红线，几乎看不见。

"那是什么？"沈问行道。

夏侯潋站起身来，目光沉沉："是牵机丝。"

"牵机丝？牵机丝不是你用来操控傀儡照夜的吗？还能割喉？"沈问行疑惑不解。

夏侯潋看着他摇了摇头，走到沈玦边上："告诉你一个坏消息。"

"杀司徒的是伽蓝？"

"嗯，我杀弑心的时候，把牵机丝落在那儿了。但麻烦不止这一个，有牵机丝不够，还要有牵丝技。"夏侯潋将拳头慢慢握紧，"十七被他们抓了。"

唐十七踮着脚摸进东厂值房，今天休沐，除了轮班值守的缇骑，东厂衙门没什么人。多亏从前老大传授给他的易容术，他扮成一个番子，一路进来有惊无险，顺利摸进了衙门腹地。然而他进到深处才傻了眼，给他地图的那个刺客是个蠢驴，只给了标了安置极乐果的库房的那一半儿，剩下一半儿不见踪影。

东厂贪污民脂民膏，甚是富贵。这衙门建得七拐八绕，两步一楼，五步一廊，回去的路都不知道怎么走了，唐十七顿时陷入了进退两难的境地。

眼下这个值房位置僻静，暂时应该不会有什么人过来。唐十七闩上门，四下翻找起来，看会不会瞎猫碰见死耗子，正好找着一张衙门地图。

这个值房布置得素雅得很，平头案、博山炉，落地罩上还挂一方竹帘子。在这个值房当值的应该是东厂有点地位的人。靠墙放了个大柜格，上面的书格放书册，下面的书柜应该是放卷轴的。唐十七用随身带的细铁丝开了底下的锁，果不其然看见许多卷轴。

唐十七坐在地上挨个翻起来。画画的人是个高手，笔墨浓淡有致，三笔两画眉眼鬓发皆栩栩如生。只不过翻了五六张，画的都是同一个人。有的是他把酒轩窗，有的是他纵马长街，还有一张是他低眉垂目地编灯笼。唐十七翻了半天也没翻到地图，差点就要泄气，干脆把最里面的卷轴拿出来，展开一看。

这一看顿时目瞪口呆，画上还是个衣冠楚楚的男人。唐十七视线上移，一枚红色的印章映入眼帘，上面写着三个字——"沈玦印"。

沈玦和夏侯潋回了东厂。今天休沐，东厂里很冷清。他们径直去了值房，伽蓝的案牍已经经过挑拣，送到了里头。

对沈玦来说，从来是没有什么休沐的。旁人可以睡个懒觉，在家里抱媳妇逗孩子，他还得勤勤恳恳地看公文批票拟。司礼监的票拟不能带出宫，东厂的密函也不能随便搬挪，他就只能东厂和司礼监两头跑，这边的公文处理完了，又有那边的文书要处理。

值房里烧了炭火，点了熏香，案牍整整齐齐堆在案上。沈玦和夏侯潋分头落座，埋头翻阅起来。沈玦拿到的这本是《伽蓝世系谱》，记载了历代伽蓝住持和八部。伽蓝建自大岐开国，三百多年间，从第一代开始到现在已经有二十一代住持，八部迭代还要更快，最多的是摩睺罗迦，整整有四十八代。

每篇传记以画像开头，小传置中，年谱结尾。弑心的年谱结束于宣和三十年，为第二十九代迦楼罗夏侯潋所杀。弑心的前任是渡心，长得人模人样，眉目间有疏朗的味道。只是他的小传写到一半就停止了，年谱亦是如此。

沈玦翻了翻前面，发现有好些人的记载也是如此。

沈玦抬头问夏侯潋："为什么有些人的记载没有写完？"

"不知道。"夏侯潋道，"小时候伽蓝开过先贤课，但是我要么打瞌睡要么偷跑去抓泥鳅，一次也没正经上过。"

"你娘没跟你说过？"

夏侯潋笑了一声："我抓泥鳅就是她约我去的。"

好吧，沈玦扶额，夏侯家的不学无术一脉相承。

沈玦往前翻，二十一代住持，记载断绝的多达十一代；再看伽蓝八部，同样也有许多记载是空白的。只不过这系谱编得不甚合理，住持和各部皆分开记载，若要看各个住持在位期间有哪些八部，还得自己翻年谱对照。沈玦粗略翻了翻，各个记载空白的住持和八部有的对得上，有的对不上，不知道是什么原因。

他一时半会儿想不出为什么，只得容后再思量思量。沈玦翻起了迦楼罗的记载，一路看到最后的夏侯潋：上面画的还是他从前的容貌，怀抱黑鞘横波刀，身穿黑麻衣，眉眼间一股煞人的戾气，像一头独行在荒野的孤狼；视线移到他的小传——

夏侯潋，曾号无名鬼，佩静铁、横波，擅傀儡、牵机丝杀术。母夏侯霈，第二十八代迦楼罗，号阿沃鲁，佩横波。父歃心，第二十一代住持，二十七代迦楼罗，佩步生莲。潋幼顽劣，横行乡野，无恶不作，山寺以为患。尝呼伽蓝村童五人，同溺于山寺围墙，赛何人最为高远者。潋胜，得号伽蓝溺王，童子皆跪伏莫敢视。后歃心闻其事，逐诸童，不许与之游。潋遂终日游冶林中，鱼鳖遁藏，鸟虫绝迹，山寺数岁不闻啼。

沈玦："……"

谁能想到曾经叱咤江湖的无名鬼小时候和同村的顽童比赛谁撒尿尿得最高最远，还大获全胜脱颖而出，得了一个"伽蓝尿王"的名头。

沈玦抬眼看夏侯潋，见他还在认认真真地翻案牍。他认真的时候，不似平常吊儿郎当不正经，有一种严肃冷峻的味道。毕竟是血海里锤炼出来的男人，眉间一凝，便肃杀如冬。

窗外雪花簌簌，他们不知道翻了多久。沈玦觉得累了，站起来抻抻筋骨。坐得太久，甫一站起来脑袋有点发晕，夏侯潋在他身后扶住他。

"咋还晕了？"夏侯潋摸他额头，"没发烧啊。"

"坐得太久了。"沈玦挥开他的手。

夏侯溦失笑："你这也太弱了吧，赶明儿我带你绕着皇城跑两圈。"

"滚。"沈玦重新拿起伽蓝谱。

夏侯溦把伽蓝谱从他手里抽出来。"歇会儿，"他下巴一抬，"那里有榻，去躺会儿。"

"不妨事，再看会儿。"

夏侯溦"啧"了一声，忽然将沈玦拽起来往小榻走去。沈玦瞪着夏侯溦，喊他放手。夏侯溦不为所动，直接把沈玦按到小榻上。

"夏侯溦！"沈玦剜了他一眼，"你想造反？"

夏侯溦盯了他一会儿，叹了口气："少爷，你就算今天把全部案牍看完，也无法立刻找到伽蓝，为司徒报仇。"

沈玦一愣，两个人都陷入了沉默，耳畔只有雪花簌簌落在轩窗的声音，世界一片寂静。沈玦放弃了挣扎，胳膊一松，身子重重落回榻上。他抬起手臂，盖住双眼。

"夏侯溦，"沈玦蒙着眼睛道，"新法初行，旧党见天儿地给我上眼药。东厂这头，我明令禁止卖官鬻爵，太监没有油水可以捞，有些人蠢蠢欲动。这也就罢了，毕竟在眼皮子底下，我到底还弹压得住。但边关我却是鞭长莫及，辽东大旱，土蛮作乱。边所军备总簿报上来，墩台十不存一，根本不能御敌。前天刚接到战报，边虏趁机占了南耀州堡，还有再南下的趋势。内阁想要用兵，我去问户部要钱，户部尚书开国库给我一瞧，哪还有什么银子剩下！"

他放下手臂，转了个身，把脸埋进被子里："再加上一个伽蓝，眼下真是内忧外患了。魏德在的时候杀了太多人，根本无人可用。司徒又……"他握紧拳头，咬牙切齿："伽蓝！"

是啊，沈玦顶着个太监的名头，干的却是皇帝的活儿。偌大一个国，正主光顾着玩儿，事情都摊在他脑袋上，如何能不累呢？此刻他又痛失左膀右臂，无疑是当头一击。夏侯溦碰碰他的衣袖，道："我不是人吗？你给我升个官，伽蓝的事交给我来查吧。我了解伽蓝，给我办最合适。"

沈玦说："不行。前几天我刚收到密报，伽蓝在黑道发了通缉令，四处抓叫夏侯溦的人。三个月不到，死了十多个夏侯溦。如今叫夏侯溦的全改名儿了，若非你有我护着，你也得被盯上。位分低反倒好，不引人注目。倘若让你总领追查伽蓝事务，岂非直接把你往虎口送？"

"那就改名儿呗，多容易。"夏侯溦笑，"跟你姓，叫谢溦还是沈溦，你挑一个。"

沈玦侧眼看他："你真愿意改？"

"改个名儿而已,多大点事儿,有什么不愿意的。"夏侯潋不以为意,"办事方便就行。"

沈玦想了想,道:"也好,虽说知道你身份的辰字颗亲信差不多都折在广灵寺了,伽蓝应当查不出什么来,但小心为上,换个名字,起码不要引伽蓝注目,撞在他们矛头上。谢潋读着拗口,还是沈潋吧。你顶司徒的缺儿,明儿便上任吧。"

夏侯潋说好。

沈玦真的觉得累了,坐得太久,筋骨酸麻,肩背也难受。很快,清浅的呼吸声起了,沈玦睡着了。

到晌午了,外面树多,光不怎么能照进来,整间屋子昏昏的。夏侯潋望着屋顶的横梁,想起事来——伽蓝有了牵机丝。原本刺客身手就高强,这下有了牵机丝,简直如虎添翼。

他想起司徒娘子在风雪里孱弱的背影,又想起那天在地牢里司徒谨伸出手触摸如水的月光。这样好的两个人,终是阴阳两隔了。他也曾是个刺客,在他手里也曾断送过无数个司徒谨和明月。

司徒谨仅仅是个开始,命令东厂追查伽蓝的人是沈玦,伽蓝的目标一定是沈玦。夏侯潋扭过头来看沈玦。

他要保护沈玦。

夏侯潋做了决定,要重开刀炉,用陨铁重铸照夜。唯有绝世杀器才能对抗绝世杀器。

天降报应,加诸我身。沈玦,谢惊澜,少爷,一定要好好的。

第四十五章 惊鸿照影

"走水了!"一声尖叫划破寂静。

沈玦蓦然睁眼。

花窗前掠过一个黑影,夏侯潋一惊,顾不上和沈玦说话,直接翻过沈玦上方,踩着榻围子撞破窗子跳到回廊上。那人影儿就在前方,夏侯潋径直追了过去。后面有番子遥遥呐喊着跟上来,夏侯潋紧咬着牙,追逐着那黑影穿梭在回廊之间。

那刺客似乎不大熟悉地形,渐渐被夏侯潋抄近路赶上。凌空响起一道尖利的鸣响,仿佛要贯穿头颅。夏侯潋敏捷地侧身一躲,弩箭擦着他的鼻尖射出去,将他身后的番子射翻在地。夏侯潋眼里的戾气一闪而过,继续紧追不舍。他们二人一人在前一人在后,都只能看到残影。

刺客拐过转角,夏侯潋紧随其后。回廊曲折,三拐之后尽头是垂花门,刺客跳过门槛,左转。夏侯潋没有犹豫,一手撑着栏杆跳出回廊,脚蹬上墙面,双手攀住墙头再用力一撑,整个人如飞燕一般掠过墙头,稳稳落在地上,转身,正好对上那个刺客。

刺客穿着曳撒,扮成番子的模样。夏侯潋想要冲过去,手往腰间一摸,这才发现刀落在沈玦那儿忘了带。但已经来不及思考,刺客抽出腰后弩机连发三箭,夏侯潋踩着围墙身子腾空而起,三箭统统落空,斜斜扎入灰墙。落地的瞬间夏侯潋伸手一拔,铁箭落入掌中,手心弥漫起冰冷的寒意。

"战,还是降?"夏侯潋缓缓握紧冷箭。

"你就一根破箭,还能戳死我不成?"刺客吊儿郎当地冷笑。

两人同时发动!刺客拔出长刀冲过来,旋风一般展开轮砍。然而他的每一击都被夏侯溦格住，刀刃和精铁的箭身碰撞，发出铿然的坚响。两个人面对面角力，长刀抵着铁箭摩擦，兵刃相接之处擦出明亮的火花，发出令人牙酸的声音。

远处番子的脚步声传过来，刺客忽然明白过来，这厮在拖延时间！

他骂了一声，率先撤力，一手仍握着刀，左手从腰后拔出弩机。夏侯溦矮身避过他的弩箭，手中铁箭闪着寒芒，朝他的左手扎下。刺客的反应也很快，手腕一转，弩机抵住了铁箭。两个人再次面对面，彼此都可以听见对方擂鼓般的心跳。

"哥们儿，人在江湖飘，谁也不容易，放我一马行不行？"刺客求饶了。

夏侯溦冷笑了一声，想要拒绝，视线下移，忽然看清刺客手里的弩机——黑铁的弩臂闪着阴沉的寒光，望山下方刻着繁复的钩心草花纹，再往下刻着两个小篆"惊鸿"。

夏侯溦惊讶道："十七！"

唐十七愣了一下，道："你怎么知道你爹我的名字？"

都这时候了还贫嘴！夏侯溦瞪了他一眼："我是夏侯！"

唐十七目瞪口呆，番子的呐喊声忽然近了，唐十七打了一个激灵，拽着夏侯溦的衣袖进了旁边的夹道。两个人贴着拐角的墙壁，番子杂沓的脚步声汹涌而过。

"干你大爷的，我还以为你被伽蓝抓了！"夏侯溦把他的人皮面具撕下来，露出他那张圆脸，"你来东厂放什么火？"

"我就是被伽蓝抓了才来放火的。那帮龟孙给老子吃了极乐果，强迫老子帮他们干活儿还不给钱。"唐十七瞥见夏侯溦穿的曳撒，艳羡着摸他胸前的纹绣，"老大，你真的还活着！还当上官儿了！你不是和沈玦那个死太监有仇吗？……我懂了，最危险的地方就是最安全的地方，老大你这招真高！"

"死你爷爷，之前都是误会，他抓我是为了救我……算了，跟你说不清楚，你只要知道他是我好兄弟就行。"夏侯溦伸出脑袋张望了一会儿，确定外面没有人，回头对唐十七道，"走，我们去个安全的地方说话。"

夏侯溦带唐十七进了假山雪洞，雪洞里漆黑一片，伸手不见五指。唐十七在地上插了一根香，用打火石点燃，道："咱们只能聊一炷香的时间，午正三刻前我得走，库房的烟已经起了，我久不出现鞘会生疑。"

"你怎么被抓的？我不是在杭州暗巢留过信，让你躲起来吗？"

唐十七闷声道："能怎么躲啊？我一大活人，总得吃喝吧。东厂有我的通缉令，伽蓝也有，黑白两道我都混不下去。有一天我在茅店里睡觉，不知道哪里露了破绽，就被抓了呗。"

他舔了舔嘴唇继续道："我一进去，他们就问我你在哪儿。我哪知道啊？再说，你把你爹给杀了，没有七月半，不是早应该歇菜了吗？我说你歇菜了，他们说你没有，说我骗人，把我折腾了半年多才相信我是真不知道。段九让我选，服极乐果进伽蓝当刺客，还是去死。那我当然选当刺客啊，然后就这样了。"

夏侯潋神色凝重，拍了拍唐十七的肩膀，道："对不住，连累你了。"

"哎，都是兄弟，说这话干什么。"唐十七嘿嘿笑了笑，"其实也多亏沈玦，我被抓进去之前他把你建的私巢全抄了，让咱们俩断了联络，要不然我还真可能把你给供出来。"

夏侯潋凝眉道："之前我就奇怪，伽蓝如何得知我没有死，还四处搜寻我的下落？十七，你在伽蓝待了多久？知道多少？伽蓝现如今情况如何？藏在何处？"

夏侯潋一股脑问了好几个问题，唐十七有些接不住，思量了一会儿才道："我地位太低，没去过本家。伽蓝在哪儿我也不清楚，不过我在大同镇见过伽蓝老大一回，你去那里搜搜看，或许能有结果。"

他从地上拾起一根树枝，在地上画了个鬼脸。

"伽蓝现在跟以前不大一样了。我听别人说，当年你杀了弑心，伽蓝住持后继无人，沈玦又四处搜捕伽蓝刺客，暗巢几乎被端了个干净，段九带着所有刺客退回朔北老家重组。现在老大不是住持，是阎罗天子。伽蓝有规条——'遇阎罗，不可近观，不可注目，唯可俯拜'。我没有见过他的真容，只远远看过一个影子，看起来像个侏儒。"

"侏儒？"

"对啊，矮墩墩的。极乐果就是他带来的，替换了所有七月半，现在伽蓝已经没有七月半了。"

"阎罗天子……他才是真正的主人，弑心只是他操控伽蓝的傀儡吗？"夏侯潋皱着眉头沉吟。

唐十七其实也一肚子疑问想问，小心翼翼觑了夏侯潋一眼，道："老大，你的解药是不是你那个死鬼老爹给你的？看来他还是把你当儿子看嘛！"

"别废话，继续说。"夏侯潋催他。

唐十七在鬼脸底下画了根线，连着另一个鬼脸。

"弑心是不是傀儡我不知道，反正现在阎罗底下是段九，平时阎罗的命令都由段九传达。就这王八羔子给我喂的极乐果，他自己刀伤难愈，要靠极乐果镇痛，就让大家都陪他一起吃极乐果，简直丧心病狂！"

夏侯潋脸色阴沉着没说话。

"你还念着他是你段叔啊？别念了老大，他就是一王八羔子。"

唐十七瞥见夏侯潋箭袖下紧握的拳头，他严肃起来眉间有股煞气，让人看了害怕。夏侯潋低声道："我的解药确实是弑心给的。我杀他前，他让我喝了一碗茶。督主猜测，弑心用自己性命为代价，让我和持厌有机会离开伽蓝。现在看来，段九一直以挚友的名义替阎罗天子监视弑心。"

唐十七长叹了一声，道："人心难测。老大，告诉你吧，现在不管你遇到伽蓝什么人，除了我，尽管杀，别犹豫。极乐果太毒了，刺客都疯了，有些人甚至为了极乐果自相残杀，还对阎罗天子感恩戴德，说什么多谢阎罗天子赐他无上极乐。"

夏侯潋看向唐十七，眸藏隐忧。

"你就不用担心我了，"唐十七捶了捶夏侯潋的肩膀，"老大，我一直都很佩服你，真的，我平生见过最男人的人就是你了，当你小弟我不后悔。而且要不是你，我早没命了。我想好了老大，我在伽蓝给你当暗线。现在伽蓝没有暗巢，每回派单子都是鞘来找我。要是他们要刺杀什么重要人物，我就给你通风报信去。记好了，我在褚楼当大厨，红烧猪蹄就是我做的。你可以来褚楼找我，记得隐蔽点儿。"

两个人碰了碰拳头，夏侯潋道："好兄弟！不过一切以性命为先，切记万事当心。"

"还有一件事儿要老大帮个忙，"唐十七搓搓手，"我有一相好，是杭州赵家的闺女，在灵隐寺上香认识的。她养了我的孩子，得有四岁出头了，这些年我被伽蓝辖制着，也没空去看她，这孤儿寡母的，不知道怎么样了。老大，你要是得空，给她捎点银子过去。"

"行，包在我身上。"

唐十七挠了挠头，扭捏道："那个，还有，我当初跟她好的时候用的是你的身份。"

夏侯潋抚额："十七，你什么时候能改改你这德行！"

唐十七不好意思地笑了两声，打眼看见香火只剩丁点儿了，忙道："香快烧没了，我得走了老大！"

夏侯潋拦住他："最后一个问题，持厌在不在伽蓝？"

唐十七摇头："没见过。对了对了，你这么一说我想起来了，有个人你见了别心软，千万要下狠手。"

"谁？"

"紧那罗，书情。"

夏侯潋一愣："师弟？"

唐十七看香已经熄了，急道："详细的我没空跟你说，你按我说的做就行。"

夏侯潋只好作罢，拉他到雪洞出口指引他脱逃方向，道："我去帮你引开番子，你跑快点儿。"

　　走到明亮处，天光照下来，唐十七这才看清楚夏侯潋的脸。夏侯潋长得比他高了一截，方才又是打斗又是躲番子，进了洞又黑不溜秋一片，急匆匆地都没有看明白，夏侯潋这张新脸竟然和沈玦画的男人一模一样，唐十七登时惊呆了。

　　天爷啊，唐十七结结巴巴道："老大，那个沈玦……沈玦他……"

　　"在那边！"番子的叫喊忽然响起。

　　两人同时一惊，只见花苑回廊上一列番子朝他们跑过来，黑色的曳撒连成一片乌云，嵌金的刀鞘在阳光下亮得逼人。

　　唐十七拉住夏侯潋，急急说了一句："沈玦没安好心，小心！"便跃过山石，飞也似的逃了。

　　夏侯潋来不及思量他说的话，忙赶出去拦住番子，喝道："都停下，慢点追。"

　　一个番子叫道："什么意思？"

　　外面有鞘盯着十七，得帮他做做戏，夏侯潋道："要追，但是不能追上。"

　　"你是什么人？我们凭什么听你的？"那个番子冷笑，"夏侯潋，别仗着和督主有点儿交情，就在我们面前耀武扬威。别忘了，你和我们是平级。"

　　"今天起不是了。"沈玦的声音遥遥传过来。

　　众人转过身，只见沈玦负着手走过来。那样高挑的身条儿，天光照在他身后，让他周身都镀了一层金似的，像天边走下来的仙人。众人都俯首作揖，默默退后一步。

　　沈玦眼波一扫，不怒自威："即日起，夏侯潋更名沈潋，继任东厂大档头，为十八档头之首。尔等都要听他号令，听明白没？"

　　"是！"

　　"好，去追吧，但不许追上。"沈玦扬了扬手。

　　众人道了一声"诺"，脚步纷纷地去了。

　　夏侯潋转眼看沈玦，正好和沈玦的目光对上。沈玦没问他为什么要放走刺客，只让沈问行上前来。沈问行手里捧着一柄刀，刀鞘本就是黑色，被火熏得更黑了，看起来像一根烧火棍，有点寒碜。

　　沈玦道："库房里的极乐果连带伽蓝物事都烧没了，只剩下几把刀，我看这把有点意思，拿过来给你瞧瞧。"

　　夏侯潋接过刀，拔出来一看，三尺长的刀身，吞口刻着宝莲纹，刀身通体漆黑，阳光洒在上面，暗金色的光泽流淌。夏侯潋转动手腕，刀刃映出他锋利的眉眼，上面刻着"步生莲"。

"它也是黑刀。"夏侯潋说。

沈玦点点头:"也是西域镔铁锻的。这是谁的刀?你们伽蓝还有谁也用黑刀吗?"

夏侯潋摇头:"没有了。这是弑心的刀。给我干吗?拿走。扔了还是放库房,都随你。"夏侯潋把刀还给沈问行。

沈玦让沈问行收着刀,和夏侯潋并肩走着,才问道:"方才怎么回事?"

夏侯潋把唐十七的事情告诉他,只略去了说他没安好心那一句。不知道十七为什么要说沈玦没安好心。他夏侯潋只有烂命一条,都已经给沈玦了,还能有什么好图的。他又想起书情,那小子叛逃伽蓝怎么又回来了?被抓回来的?听十七这话头好像他还变了个人似的。夏侯潋觉得忧心,却也暂且无计可施。

沈玦听完沉吟了一会儿,让沈问行下去传话,令大同卫的厂卫把侏儒都筛查一遍。夏侯潋抬起头来,正看见他在那儿交代事儿。他刚睡醒,脸上压了几道红印子,夏侯潋竟然看出几分可爱来。

能觉得司礼监掌印兼东厂提督可爱,天下也只有他一号人物了。

雪覆盖了园子,走在上面沙沙响。树上吊着冰吊子,一闪一闪发着光。他们并肩溜达了一圈,停在廊桥上,底下的池水已经结冰了,厚厚的,偶尔能瞧见底下掠过的鱼影,倏忽就远去了,像一抹随意挥就的墨迹。

沈玦忽然唤了声:"阿潋。"

"嗯?"

"以后要学会狐假虎威。"

"啊?"夏侯潋没懂。

"以后遇见谁不听话跟你杠,就搬我的名头。若有谁跟你过不去,也报我的名儿。"沈玦斜着眼看他,"爬到这么高的位子要连你都罩不住,我这督主还当个什么劲儿?"

拼靠山什么的,总觉得不是男人该干的事儿,夏侯潋有些不好意思,低低"哦"了一声。

正聊着一些无关痛痒的闲话,沈问行急匆匆走过来,道:"干爹,景阳宫的宫女去咱们司礼监哭诉,说临北侯那姑娘着实难伺候,今儿又把一个小太监打得起不来床,求您把他们调走,去酒醋面局扛大包都行。"

沈玦蹙眉道:"他们要调,该去找总管太监才是,寻我做什么?"

沈问行踌躇了一会儿,道:"是,那儿子这就去回了他们。"

沈问行弓腰想走，沈玦叫住他，道："罢了，既然求到我头上了，也不好坐视不理。叫人把那丫头的侯府收拾出来，让她搬回自己家去。要祸害就祸害自己人去，在宫里闹腾算什么事儿。就这两个月了，天暖了就让她滚回自己封地。"

沈问行笑道："得嘞，还是干爹心善。"

沈玦想了想，又道："顺带查一查这丫头到底什么来历，怎的养出这等暴戾的性子。她家里人都死绝了，就剩她一个，总觉得有些古怪。"

沈问行哈腰称是，退了下去。

沈玦传令，漕运货物均需上报衙门才可放行，清查各州府码头水驿货物，厂卫设关卡逐个搜检，得极乐果则就地焚烧。凡有发现服食极乐果者，关入大牢强制戒药。然而极乐果含有踯躅花毒性，服食者断药则七窍流血，四肢麻木。许多人受不了戒药抓心挠肝之苦，干脆在牢房自尽。衙役第二天打开牢门一看，已经死了一片。

尸体一具具从大牢搬出来，丢入乱葬岗。各地民怨渐起，甚至有暴民冲击大牢。地方官无奈，只好把人都放出来。因为这件事，沈玦最近忙得焦头烂额，在内阁和几个阁老商议了三天三夜都没有决出个章程来。

服食极乐果的人不能抓，伽蓝刺客还得继续查。夏侯澈领着番子沿着里坊胡同挨家挨户清查百姓户帖户籍，流民统统押入大牢核查原籍，身份不明的人则押进东厂审讯，果然揪出不少伽蓝暗桩。大街上百姓们一看见一个凶神恶煞的男人带着乌压压一群番子骑马奔过，立马退避三舍。

正因此，改名儿也没用了，东厂大档头沈澈照样进入了刺客的视线，登上了伽蓝击杀令。半个月的工夫，夏侯澈遭遇了五次刺杀。常常是在路边茶摊歇歇脚，屁股还没坐稳，头顶便有一把刀扎下来，现在夏侯澈连睡觉都抱着刀。第五次竟遭遇了牵机丝，幸亏夏侯澈警觉，回家路上一路举着火把才发现藏在空气里的杀器。

只不过换了个名儿也有点儿好处，如果伽蓝得知沈澈就是夏侯澈，恐怕会直接把迦楼罗派过来。

这些破事儿夏侯澈都严令禁止下属上报给沈玦，偶尔负了伤便回家换身干净衣服再回东厂。

过了年关仍是天寒地冻，零零落落飘着雪。夏侯澈所剩无几的积蓄都托驿站捎给了十七的妻儿，旧袄子破了个洞，棉絮都飘没了。他没钱买新袄子，又不好意思上沈玦那儿去要，只得干熬着。

夏侯澈哈着手跺着脚去点卯，迎面遇上几个同僚，纷纷作揖道了声"小沈大人"，夏侯澈有些奇怪地回头看他们的背影，沈大人就沈大人，干吗加个"小"字？

没往心里去，拐个弯又碰见沈问行，夏侯潋眼前一亮，沈玦来东厂了吗？

沈问行笑嘻嘻走过来："哥哥这是要去找干爹呢？"

"今天嘴怪甜的，怎的叫起'哥哥'来了？"夏侯潋一面走一面道，"督主在值房？正好我去述职。"

"是在值房批阅最近的公文呢，攒了好一堆，今儿应该就在东厂待着了。"前面就是值房了，沈问行微微放慢了脚步，笑道，"虽说我认干爹认得比哥哥早几年，但哥哥年纪比我大，是该叫'哥哥'的。"

夏侯潋有些蒙，问道："什么玩意儿？认什么干爹？谁认干爹了？"

沈问行也蒙了："您不是半个月前刚认了咱督主当干爹吗？还改姓儿了，外头都传开了。"他愣了会儿，又换上一副了然的表情："哥哥不必觉得不好意思，您年纪是和干爹差不多，可架不住干爹是督主呀。您别看干爹年纪轻轻，宫里人都喊他'老祖宗'呢！地方官来京述职，脸皮厚点儿的，上赶着叫'爹'呢。他们那岁数，比干爹大了一轮不止了！"

夏侯潋听了半天，总算听明白了，敢情外头人看他改了姓，以为他认了沈玦当义父。这叫什么事儿，他莫名其妙就成沈玦的儿子了？

身后忽然传来沈玦的声音："你们在说什么？"

沈玦刚上茅房回来，刚走到廊子底下就听见沈问行在那儿说什么"干爹""干爹"的，往边上一看，正瞧见夏侯潋愣不拉几地站在那儿。大冷的天儿，他穿得薄薄一层，曳撒底下仿佛就一件中单似的，看得沈玦皱眉头。

"你怎么就穿这么点儿？"

"穿厚了行动不方便，反正又不冷。"夏侯潋道。

沈玦瞟了他一眼，拉他进了值房。屋里烧着地龙，一进屋就暖和了，沈玦把自己的手炉塞到他手里，坐下来道："刚刚你们俩在说什么？"

沈问行把事儿给说了，听得沈玦也郁闷了。

沈玦皱眉皱了半天没言语，沈问行摸不清这祖宗在想什么，用拂尘搔了搔鬓角，又道："前儿戴大人捐了银子到户部，听说是把庐陵老家的田地宅子都卖了。"

沈玦皱着眉头叹了一声："先生这又是何必，他那点儿银子塞牙缝儿都不够。罢了，沈问行，你去，将我在京郊的别业卖了，捐国库吧。"

夏侯潋道："我也捐。"

"你捐什么？"沈玦道，伸手捏了捏他薄薄的衣袖，"银子都花哪儿了？喝酒赌钱还是嫖妓？竟连袄子也做不起了。让你去我府里做衣裳又不肯，冻成这鹌鹑样儿。"

夏侯潋扯回自己衣袖，道："我哪有闲心赌钱嫖妓，最多喝点儿小酒。我那儿有很多藏刀，都是名器，卖了能得许多银子的。"

"你省省吧。"沈玦挥手让沈问行退下，自己走到立柜边上取了件厚实的袄儿出来。

那是沈玦放在值房里备用的袄儿，织锦面料，暗色西番花纹，熏了瑞脑香。

"穿上。"沈玦重新坐回官帽椅，"你要是觉得不好意思，我就拿我那儿的旧衣裳给你。我裁新衣裳裁得勤，有些旧衣裳干放着也是浪费。你现在是大档头了，月俸按例应涨了不少，你先去我的账房支用，就在你下个月月俸里扣，你看可好？"

老这么冻着不是事儿，夏侯潋妥协了："好。"

"免得让外头人说我亏待自己干儿子。"沈玦揶揄。

夏侯潋："……"

这小子当爹当上瘾了。夏侯潋不理他，一面低头解衣带，一面述职："根据这半个月清查的结果，伽蓝现在的确没有暗巢了，暗桩都散入普通商铺，当伙计、账房之类，还有的是贩夫走卒，在城中赁房子过日子。里坊的商铺和小门小户的仆役清了大约一半了，但是……"

"但是什么？"

"京里毕竟有头有脸的人物多，随便提溜一个出来都是侯爷爵爷，得罪不起。我猜定然会有些暗桩混到大户人家当杂役，但这一方面就不好查了。"

沈玦冷笑："有什么不好查，东厂抄家，连首辅都抄得，还动不了他们吗？明日我借皇上的名义发一道敕令，让他们备好家中仆役卖身契和户帖，你挨个儿检查便是，谁敢不听话，只需报到我这儿来，我让他好看。"说罢他又摇头："这样筛查还是太慢，无异于大海捞针。你可有抓到活口，审问出什么来？"

夏侯潋脱下曳撒，开始解夹袄的衣带："没有。抓到的大多数都是最底层的暗桩，阎罗天子光听过名儿，连是男是女都不知道。我还问了八部，他们也不清楚，伽蓝现在都是单向联系，藏得严严实实。他们只知道迦楼罗来了京师，却不知道在哪儿。"

"藏得倒是深，约莫是明面上一个身份，背地里一个身份，才这样难找。找不到阎罗天子便找段九，过会儿你跟我说说段九的长相，我摹一张画像出来。"

夏侯潋把夹袄脱下来，露出浆洗得发硬的棉布中单。他常年摔打，身材好得像刀刻出来似的，连硬邦邦的棉布也遮不住那流利的肌肉线条。

正想换上夹袄，沈玦看到他手臂上的一道新疤："这怎么来的？"

"哦，不小心在门钩上刮到的。"夏侯潋道。

"骗鬼呢？分明是刀伤。"沈玦眯眼看着他，"说实话。不说实话我就问你手下，先打他们几十大板，看他们以后还敢不敢瞒我。"

沈玦真能干出这种事，夏侯潋只好照实说了。沈玦的脸色阴沉得吓人，狠狠剜了夏侯潋一眼，道："你胆子越发大了，我给你的是权，不是胆子，这样大的事情都敢瞒我。你身边没有厂卫吗？犯得着你亲自上去跟刺客打？"

"哎，习惯了。"夏侯潋低头看自己的疤，"你看我身上这么多疤，多一条少一条不都一样。"

沈玦也低头看他，他这身子的皮肉简直没一寸好的，陈年旧疤未消，又添新的，纵横交错，触目惊心。

夏侯潋安慰他："不就是受伤吗，哪个男人不受伤的？"

沈玦看着他身上狰狞的疤痕，左肩那道是他亲手缝的，腰腹上的是从前他当刺客的时候受的，背上那里还有大片的鞭痕，痕迹已经淡了，可是再也消不掉。沈玦低声道："夏侯潋，你觉得受伤是一件小事吗？"

"是啊。"

"为什么？"

"这还有为什么？"夏侯潋疑惑，没点儿疤在身上那叫男人吗？

"那么我现在告诉你，夏侯潋，受伤是件大事，很大的事，因为受了伤，会留疤，会好不了，还有可能会死。"

夏侯潋愣住了。刺客向来独行，生死都是一人，连他娘见他受伤，也只会说："多大点事儿啊，熬熬就过去了。"

有许多人恨他、畏他、怨他，真的很少有人担心他。

他微微笑起来，道："嗯，我知道了。"

百里鸢坐在屋檐底下看雪，雪花落在她的朱红马面裙上，洇出深红的印迹。

"大人，本应运到通州驿的极乐果被青州帮首领私吞，该如何处置？"

她身后传来段九粗哑的声音，她没有回头，只淡淡道："杀了。"

"上个月叛逃的三个刺客已经被带回朔北，该如何处置？"

她拨弄腰上的流苏，回答得漫不经心："杀了。"

"近日东厂大档头沈潋在彻查京中流民，我们的暗桩损失不少。大人可有应对之策？"

她晃着腿，依然道："派人杀了便是。"

段九颔首："是，属下明白了。"

段九正打算告退，百里鸢忽然又出声了："等等。"

段九停下脚步，微微俯首。

"我要你杀的不是那个叫沈潋的家伙，"她扭过头来，笑容在雪花中显得没有温度，"是沈玦。"

今天是元宵节，黄昏起街上市集就已经开了，吹糖人的、唱戏的、喷火的，还有卖绒花的、卖面具的，摊子要一直摆到四更天。各式各样的花灯沿街挂了两溜，灯罩上画了花鸟还题了字，在风里滴溜溜转，煞是好看。

唐十七买了个花灯提在手上，寻到一处破落的面摊子点了份元宵，坐下来慢慢细尝。游人都放花灯去了，摊子里没多少人，座位都空着。不多时身后也坐下来一人儿，背对着他，点了份水粉汤圆。

唐十七瞧着周围没人注意他，捋捋袖子，一个纸团顺着手臂滑到手里，朝后一递，便送到了身后人的掌心。他把身子微微靠后，压低声音道："伽蓝要动沈玦，时间地点都写在上头了，但保不齐会变，若有变我想办法通知你。"

路中间有个踩高跷的，密密匝匝围了三圈人在看，叫好声淹没了他的声音，只有身后人能听见。

夏侯潋的声音响起来："几把刀？"

他低低答道："三把，迦楼罗、紧那罗和乾达婆。迦楼罗好像是个快刀手，你要当心。"

夏侯潋的声音顿了一会儿，才道："上次你跟我说书情，是怎么回事儿？"

唐十七挠挠头，道："具体怎么回事我也不清楚。他之前叛逃，被伽蓝逮了回来，一回来整个人都变了。他现在挺怨你的，伽蓝逮你，他最积极，每天都磨着刀。"

"为什么？"夏侯潋问。

"因为……"唐十七嗫嚅着道，"他说你当初杀弑心报私仇，让整个伽蓝万劫不复，让所有刺客统统陪你去死……就……就恨上了。"唐十七长叹了一声，"这也不能怪你嘛，当初他不是叛逃了吗，谁知道又被抓回来了呢！他要是在，你肯定就不会对弑心动手了嘛。"

这一次夏侯潋停了很久没说话，正当唐十七想要扭过头去看看他，他却开声了："不，你错了，我依然会杀了弑心。杀弑心，毁伽蓝，就是我原本的目的。"

唐十七不知道怎么说话了，低头吃了几口元宵。游人在他周围来来往往，花灯的光晕在他眼前明灭。他吞下一口元宵，用帕子捂住嘴，装成在嚼东西的模样："还有件事儿要告诉你，那个沈玦……"

周围太吵,夏侯潋没听见他说话,他却听见夏侯潋说:"还想要吃点什么吗?除了这汤团子,还有凉糕窝窝什么的,就是不知道你爱吃不爱吃。"

唐十七扭过头去,瞧见夏侯潋对面坐了一人儿,戴着幂篱,黑纱笼住了脸,正用汤匙往黑纱底下送汤圆。风拂过,吹开黑纱的一角,他看见那人白净的下巴。

是沈玦。唐十七悚然一惊。

"太多了,吃不下。"沈玦把汤匙丢进碗里。

"能吃多少吃多少,剩下的给我解决。"夏侯潋说完,压低声音问唐十七,"你刚刚说什么?"

唐十七干笑着道:"没什么没什么。就是要你跟着督主好好干,人家让你往东千万不能往西,让你上天绝不能下地。"

夏侯潋拧眉:"什么乱七八糟的玩意儿?说正事儿。"他顿了顿,道:"之前查抄极乐果,我偷偷藏了一箱,够两个人下半辈子服用的量了。"

唐十七惊道:"老大,那玩意儿你可不能碰!"

"不是给我的,是给你和书情……算了,先保你,他再说吧。"夏侯潋道,"等伽蓝刺杀督主这事儿过了之后,你就到东厂来干活儿。东厂能保住你,不必害怕伽蓝。"

唐十七感动得直想哭,眼泪汪汪地道:"老大,下辈子我要投胎当女的,嫁给你报恩。"

夏侯潋直犯恶心:"滚。"

唐十七抹抹眼泪,吃完元宵准备走了。临走时丢了块铜板在桌上,余光往边儿上一瞟,沈玦正撑着脑袋往他们这边看。

他打了个寒战,脚底抹油溜了。

持厌望着几案上的灯,琉璃罩子罩住了火焰,几个在寒冬里幸存的小青虫扑着翅膀往灯上撞,打得罩子啪啪响,仍不死心,还是撞。段九在嗡嗡地说着什么,他一个字儿也没听。他看向轩窗外面的小雪,那雪花扑扑地落,像在空中乱飞的白蛾。他想还有好多事情没做,弑心交代他的,小潋想要做的,还有他自己想要做的,可是时间快要来不及了。

今天是元宵节,外面在放烟火。云仙楼格外热闹,男人们不愿意回家对着黄脸婆,更愿意来这个地方听曲儿找乐子。处处都是女人的娇笑,又甜又滑,像丝绸上的蜜。他侧耳听着外面的声音,思绪又渐渐飞远了,像一只小小的蜉蝣,飘荡去迢远的云山。

"持厌。"段九在喊他。

他懵懂地抬起头，应了一声。

"这次刺杀你来主刀，紧那罗和乾达婆是你的副手，听候你的差遣。"段九指了指持厌的卷宗，"翻开卷宗，持厌，它会告诉你你的猎物是什么样的人。"

持厌低下头，视线落在面前的卷宗上，卷首用朱笔写了两个字：沈玦。

乾达婆磨了磨牙，恶狠狠地道："你该让我来主刀，持厌并不可靠。"

"失去刀的刺客犹如失去獠牙的猛虎，倘若连没有牙齿的虎都不能驾驭，又如何驾驭你们这些嗜血好杀的豺豹？"段九慢慢说道，"更何况，你还不是伽蓝最强的刺客，乾达婆，你至今没有学会如何掌控牵机丝，然而持厌已经会操控三根了。"

乾达婆像被踩到了尾巴，额上猛地一跳："牵机丝算什么？刀术才是正途！你们就这么信任夏侯潋那个小子弄出来的玩意儿？"

段九摇头轻笑："一两根牵机丝当然不算什么，可若是一张网呢？"

"一张网？"乾达婆低声重复。

"不错，"烛火在段九面前的几案上跳动，照得他的脸明暗不定，"你们没有见过夏侯潋为弑心布下的杀阵，可我见过。那是一个天罗地网，整整用了五十六根牵机丝。诸位，你们中的任何一个人走入其中，包括持厌，都会变成粘在蛛网上的苍蝇。你们会被牵机丝切成肉块，每块肉只有拳头这么大，即使你的亲友找到你，也无法把你拼回原来的样子。"

"这就是弑心的死状吗？"一直站在阴影中的紧那罗走出来，露出一张苍白的脸。他的脸侧多了一道疤痕，被刘海遮住，影影绰绰的，看不分明。他已经是个男人了，看到这张脸，没有人会想起当年那个懦弱的书生。

紧那罗转过头来望着持厌，持厌依然木着一张脸，没有表情。

"是啊，真是凶恶的复仇。"段九长叹一声，"可惜这个杀技虽好，门槛却太高。牵丝成网，丝丝相连，牵一发而动全身，网阵变幻无穷，诡谲莫测。故要修此杀技，必定通习九数，知数法衍变，玄机万化，才能织出如此复杂的杀阵。可是你们连《算经》都没有读过，我又怎能要求你们结网成阵。"

乾达婆冷哼一声，道："只用刀，我也能杀了他。"

段九轻轻笑了一声，嘴巴上稀疏的小胡子动了一下，看起来像是嘲讽。

"不要小看沈玦，孩子。他的名字在伽蓝击杀榜上待了八年，没有一个刺客能够带回他的人头。然而，自八年前他登上东厂厂督之位起，他的鹰犬在大岐各处猎杀我们的暗桩和刺客。这八年间他不断向伽蓝内部渗透他的爪牙，四年前我们的暗巢大半被连根拔起，差点毁于一旦。如若不是极乐果令他的爪牙甘愿归顺伽蓝，我们必将被赶尽杀绝。"

"我一个人去。"持厌道。

段九蹙眉:"我的话才刚刚说完……"

"持厌,你怕我们给你拖后腿吗?你在小看我们吗?"乾达婆眯着眼望向他。

持厌没有应声,只默默把耳朵捂住。

"你!你什么意思?"

乾达婆大怒,挥着拳头想要上前,紧那罗前进一步拦在他身前,厉声道:"不要命了?段先生面前也敢放肆!"

段九摇头道:"你们这样不和,届时如何去杀沈缺?给你们三天的时间,我要看到你们亲如兄弟,否则明年的极乐果将不会再发到你们的手里。好好看卷宗吧,孩子们,知己知彼方能百战百胜。"

紧那罗和乾达婆俯首恭送段九推门离开小屋。段九临走时回头看了持厌一眼,那个孩子仍然望着窗外飘扬的雪花,目光空寂,仿佛除了那飘扬的白雪,这里的一切都与他无关。

紧那罗和乾达婆都走了,屋子里只剩下持厌一个人。这间屋子其实是云仙楼池塘上的一座水阁,池子已经冻住了,月光下沉砀一片白。云仙楼老鸨很有主意,她在冰上摆了铺面开了宴席,男男女女便在那冰上追逐打闹,女人不怕冷似的,半拉衣袍褪下,露出白皙的肩膀,流淌着月色的冷光。

他其实不太懂他们为什么那么高兴,好像喝了酒抱着女人就拥有了世间最大的欢乐,可明明酒很难喝女人也很丑。他想,要是小溦在就好了,小溦会告诉他一切的由来。

"持厌哥哥!"

窗子底下忽然冒出一个人来,持厌眸子一缩,显然被吓了一跳。

百里鸢笑盈盈地撑着下巴瞧他,她今天打扮得很漂亮,黑压压的鬓边插了金蝉玉叶银脚簪,耳下垂着金镶玉葫芦坠子,衬着雪白的脸蛋儿,像一个精细打磨的瓷娃娃,就是眼睛过分黑了些,看人的时候总有种森森的冷气。

"哥哥,我们十四天零五个时辰又三刻没见啦,你想我了吗?"

持厌摇头:"没有。"

"你说错啦,你要说'想'。"百里鸢捡起一个雪球打他,"那你这几天过得好吗?"

"挺好的。"

"你又说错啦!"百里鸢揉了一个更大的雪球砸在他的几案上,一字一句道,

"持厌，你该说'不好'！"

雪球在卷宗上碎了，屋里有炭火很暖和，雪球融化成水，洇湿了卷宗上的字迹。持厌默默地想，他还没有来得及看呢。

"哼，哥哥是坏蛋，不理你了！"

百里鸢吐了下舌头，转身跑出去，忽然听见持厌在她背后叫她，她欣喜地转过头，见持厌站在窗子后面，呆呆地看着她。

她冲他招手："哥哥出来玩！"

"百里，你流血了。"持厌说。

"啊？"百里鸢愣了一下。

"脚。"

百里鸢低头看，有血从裤管里渗出来，雪地上落了星星点点的血迹。血还在流，她后知后觉地感觉到肚子痛，有什么东西在肚子里绞似的，一阵一阵疼。

她呆呆地走到轩窗底下，和持厌两个人一高一矮大眼对小眼地望着。

"我要死了吗，持厌？"她的嗓音很细，仿佛要散进风里。

持厌头一次看到她不知所措的模样，像一个正常的孩子。

持厌摇头："我不知道。"

她呆了一会儿，忽然笑起来："哥哥，你高不高兴？弑心让你来杀我，现在我要死了，你的目的达到了。"

第四十六章 梦里埙歌

挑灯夜游，淡红色的莲花灯照亮脚底下的方寸土地，夏侯潋和沈玦漫无目的地走，不知怎的就走上了一条窄窄的石子路，两边是土墙，沿途堆着簸箕、竹竿。沈玦戴了幂篱看不清路，想摘下来又怕被人瞧见脸。厂督游夜市，不一会儿就会招来里三层外三层的围观者。他小心翼翼走了半截子路，踩到一个簸箕跟跄了一下，被夏侯潋扶住了胳膊。

"我扶着你走吧。"夏侯潋说。

两个人在黑暗里继续走，一路无言。夏侯潋从和唐十七接头之后一路便没怎么说话，有时也笑着为沈玦解说路边的小玩意儿什么的，但沈玦还是看出夏侯潋的心不在焉来。到底是故人，情分怎么能说断就断？他在心里叹气，此番还是没有掂量好，夏侯潋在伽蓝长大，故交何其多，这事儿原本便不该让夏侯潋插手。

他们越走越深，路人渐渐没了，随护的厂卫远远跟在后面，寂静的夹道里只剩下他们两个人。夏侯潋依然没有松开他，两个人就这样慢慢走。

寂静里，沈玦忽然道："伽蓝的事儿还是移交给别的档头吧。"

"不行！"

夏侯潋蓦地停了步子转过身来，花灯在杆下晃动不停，昏昏的光在他们脸上跃动。

沈玦垂眼看着夏侯潋，道："交给旁人去办，对你对东厂都好。"

"你怕我心软误了大局吗，少爷？"

"我还怕你心里难受。"

"有些事情我总要去面对的，"夏侯潋站起身来，道，"我躲不开，逃不了，也不想躲，不想逃。"

"你非要自己折磨自己吗？"沈玦仍是不赞同。

"少爷，求你了，"夏侯潋看着他道，"伽蓝的事情，我想亲自做个了断。"

沈玦也看着他沉默，最终叹了口气，道："若你师弟愿意归顺，便让他入东厂。不过，若他执意不从……"

"那就由我，"夏侯潋箭袖下的手缓缓握紧，仿佛用尽了全力才把话说出口，"亲手杀了他。"

今晚的月光白而冷，雪地反射着清冷的光，映在百里鸢巴掌大的脸上，她白得像一个瓷娃娃。她笑着，却分明有悲哀的味道。持厌低下头看她，过了好一会儿，很认真地说道："百里，你有愿望吗？"

"愿望？"

"嗯，我可以帮你。"持厌道。

"如果我的愿望是你来陪葬呢？"百里鸢轻声道，"你也愿意帮我实现吗？"

持厌犹豫了。

百里鸢握紧拳头，眸子渐渐变得阴狠，低声道："果然……都是骗人的！"

"我可以把你的骨灰带在身边，"持厌忽然说，一边从怀里掏出一个荷包，把里面仅有的三个铜板倒出来，放在窗台上给百里鸢看，"用这个装。"

那是一个用得很旧了的荷包，原本是湛蓝的颜色，用久了颜色褪了，变成淡淡的浅蓝色。百里鸢眼里的狠厉消散了一些，问道："为什么要用这个？"

"这是我弟弟缝给我的。"持厌说，"他送给我的东西不多，后来还弄丢了一些，只剩下这个荷包了。"

百里鸢盯着那个荷包，她一直都知道持厌很想念他那个双胞胎弟弟，她一点儿也不想自己的骨灰装在那个人缝的荷包里。她气得磨牙，转过身狠狠踹了几脚大树，肚子痛得更厉害了，她感觉到有汩汩的血顺着大腿往下流。

她踹了几下停了，扭头朝持厌大声道："你是白痴吗？那么小的荷包怎么可能装得下我的骨灰！"

持厌愣了一下。

百里鸢想要离开，她觉得自己现在很虚弱，她出门的时候忘记戴围脖，凛冽的寒风灌进衣领子里，身子由外往里发寒，肚子越来越痛，她感觉自己站不住了。有个衣裳凌乱的男人出现在前面的拐角，他是出来出恭的，转眼望见百里鸢，白生生的脸蛋，娇小的模样，心顿时飘起来，眼睛发着光踉踉跄跄地跑过来。

百里鸢嫌恶地皱眉,伸手探进怀里,握住藏在腰间的匕首。

"滚,你想干吗?"阿雏不知道从什么地方窜出来,举着一个扫把使劲儿往那男人脸上打。这个女人凶狠起来像一个母夜叉,原本妖娆的妆容都锋利起来。

男人痛呼着逃跑,阿雏扔了扫把,提着裙子跑到百里鸢跟前,道:"你这孩子,不是告诉你别跑到前面来吗?"

百里鸢睁着乌沉沉的眼睛看阿雏,没说话。阿雏往边上一瞧,持厌蹲在窗台上也瞅着她,他刚刚大概想要跳下来拦那个流氓。两个人都是傻的,阿雏叹了一口气,拉起百里鸢的手想要带她走,忽然看见雪地上的血迹,惊道:"这是谁的血?"

百里鸢说:"我的。"

持厌也指百里鸢:"她的。"

阿雏捉住百里鸢的肩头,慌张地问道:"你怎么了?哪儿伤着了?"

"我肚子疼。"百里鸢说,"我好像中毒了。"

阿雏愣了一下,问道:"肚子疼?是不是大腿那里流血?"

百里鸢点头。

"以前流过吗?"

百里鸢摇头。

阿雏明白了,又长叹了一声。她忽然知道带小孩儿是什么感觉了,低头看百里鸢,女孩儿病恹恹的,像一个纸片人,苍白瘫软,没有力气。她拉起百里鸢的手往她的院子走,还不忘记吩咐持厌:"去煮一碗红糖水过来。"

"红糖水可以解我的毒吗?"百里鸢问道。

阿雏笑得喘不过气来:"是是是,不光可以解毒,还可以美容养颜。"

阿雏把她带回自己屋,把屋子里的炭笼烧旺,然后从立柜里取出月事带。百里鸢拿起月事带,那是一根红通通的长布条,上面绣了大红牡丹花,内衬塞了棉花,摸起来软软的,两头穿了细长白布条,不知道拿来干吗的。

阿雏手把手教她怎么用,连癸水的事儿一并教了。百里鸢懵懵懂懂地听着。阿雏帮她系带子,臂弯拢着她,一缕淡淡的胭脂香味儿传过来,若有若无地罩着她。她心不在焉地想,这味道在哪里闻过,好像很多地方都有,红楼妓馆里的女人总是爱这样的香粉味儿。阿雏递给她一个手炉,让她暖肚子。她捧着手炉,忽然反应过来自己不会死了,竟然有些怅惘,好像她本应该死掉似的。

她的棉裤脏了,阿雏让她坐到雕花床上,用棉被裹住她。棉被也是红的,她知道妓馆里都喜欢用大红被面,这样男人和妓女上床,就像入洞房一样,有一种虚假的喜庆。

阿雏也钻进被窝里，抱着膝盖问她："你这孩子，连癸水都不知道，你娘亲没有教过你吗？"

"没有，"百里鸢低头看被面上的合欢花，"我娘亲没有跟我说过话。"

阿雏疑惑地问道："为什么呀？"

百里鸢说："小时候有个算命的来我家，说我是恶鬼投胎，将来会克死父母。我爹娘害怕，就把我送到山上的尼姑庵里住。算命的说庵里的佛气可以镇住我，让我不作妖。"

"算命的说的话也信？我小时候有个老瞎子还说我将来能当皇后呢！"阿雏看了看百里鸢，小心翼翼地问，"那你就一直住在庵里呀？"

"嗯。那个地方很冷，天天都下雪，什么也没有，只长一种红色的花儿。庵里只有两三个老姑子，走路都喘气儿。我只能自己一个人玩。我有的时候会堆雪人，给它们取名字，假装它们是我的好朋友。"

"你一次也没有回过家吗？"阿雏问她。

百里鸢道："回过。逢年过节的时候爹爹会派人来接我回府。老姑子跟我说，我有好多兄弟姐妹，要好好讨好他们，他们才会让我留在家里。我去雪地里捉了一只雪狐狸。雪狐可难抓了，我在雪地里设了好多陷阱，冻得手指都烂了才抓到一只。我把它关在笼子里带给他们，一开始他们挺开心的，可是五妹妹调皮，把手伸进笼子里被雪狐咬了。爹爹娘亲说我不吉利，一回来就让妹妹受伤，还把雪狐打死了。"

"怎么这样啊？是她自己伸手的，关你什么事儿！"阿雏为她抱不平，气得满脸通红。

"后来，我做糯米团子给他们吃，他们也不要，说恶鬼做的东西，吃了会生病。其实糯米团子很好吃的，我吃我自己做的，从来没有生过病。"百里鸢把下巴搁在自己的膝盖上慢慢道，"我九岁那年回家，二姐姐看我可怜，邀我跟他们一起玩儿。他们爬到假山上去，我害怕，在下面等他们。九弟弟被二姐姐撞倒，摔到我脚边上死了。二姐姐怕爹爹娘亲责罚，把罪过推到我身上。我说不是我干的，是二姐干的，爹娘不信。我求其他兄弟姐妹帮我做证，没人理我。他们明明都看见了，可是没人替我做证。从那以后，爹爹娘亲就不让我回家了。"

阿雏听了揪心，而百里鸢神色漠然，继续道："后来我才明白，二姐才是他们的姐妹，我不是，我是恶鬼，恶鬼没有兄弟姐妹，所以他们不帮我做证。其实爹娘应该杀掉我的，既然不喜欢，就杀掉好了，干吗留着我的命呢？"百里鸢抬起头来，竟然笑了笑："阿雏姐姐，你说对不对？"

"呸呸呸！说什么傻话！错的是他们，不怪你。兄弟姐妹年纪小不懂事，也就罢了，可天下哪有这样的爹娘！"阿雏把她按进怀里，"我们阿鸢最好了，人漂亮，心也好，还会捉狐狸、做糯米团子。阿鸢，你做糯米团子给姐姐吃好不好？"

百里鸢被按得憋气，满鼻子都是她身上的胭脂味儿。她想要挣出来，阿雏偏不让她动。她没办法，只好说好。阿雏笑眯眯放她出来，刮了刮她的鼻子，又问道："那你和夏侯呢？他不是你亲哥哥吧？"

百里鸢摇头说不是："哥哥是我在雪地里捡的。他一出生他娘亲就不要他了，他爹爹把他当奴隶使唤，他和我一样，所以我认他当哥哥。"

阿雏轻轻摸她的脸颊，她瓷白的小脸儿在手心里好像一捏就会碎掉。阿雏微微地笑着，眼睛里有很柔软的光："其实姐姐也没有家人。我很小的时候，爹爹得罪了当时的司礼监掌印魏德，家里被东厂抄了，我连爹爹娘亲的模样都不记得了，单记得那些凶神恶煞的东厂番子。阿鸢要是不介意，可以认我当姐姐哦。"

百里鸢没答应，只道："可我是个坏蛋，你不会喜欢我的。"

阿雏轻轻拍了下掌心，道："太巧了！我也是个坏蛋！"

百里鸢一愣。

"我在你这个年纪的时候，天天钻别人家的狗洞，爬树偷别人的枣子吃。"阿雏笑眯眯道，"怎么样，坏蛋小妹妹，敢不敢认坏蛋大姐姐当姐姐？"

百里鸢沉默了好久都没说话，阿雏有些尴尬，心里忽然后悔自己口无遮拦。阿鸢穿得这样富贵，一看就是有钱人家的闺女嘛，怎么会认她一个赎不了身的官妓当姐姐？可她向来都是这样，想到什么说什么，妈妈说过她很多次，她就是改不了。她捏了捏自己的手指头，忙为自己找台阶下："哎呀那个……我只是说笑……"

"姐姐。"百里鸢忽然道。

阿雏呆了一下。

"姐姐，"百里鸢躺下来，睡在她怀里，"你不是说我可以认你当姐姐吗？现在我同意了，以后你是我姐姐了。"

阿雏心里好像被敲了一记，腮边有眼泪掉下来。她擦了擦脸上的泪水，重重地"嗯"了一声。坐了一会儿，她又赤着脚下床，风风火火朝门外赶，气道："这夏侯怎么回事？煮个红糖水要这么久！"

把门打开，持厌刚好走到门外，两个人都吓了一跳。阿雏赶他进来，他把红糖水端上炕桌，再把炕桌端到百里鸢跟前。阿雏又在抱怨炭火不够暖，要持厌去厨房拿雪花炭回来。持厌依言去了，扛了一簸箕回来，把炭加到炭笼里。

百里鸢坐在床上，用银簪探了探红糖水，没有毒。她扭头看外间坐在炭笼前烤火的两个人，阿雏叽叽喳喳说着什么。这个女人长了一张十分聒噪的嘴，永远也停不下来，一会儿说这几天老鸨对她很好，没有逼她接客，一会儿又说男人没一个好东西，持厌虽然好，可惜是个傻的。

持厌在烤湿了的衣襟，一看就没在听。百里鸢把红糖水全喝完了，肚子里暖暖的。她躺下来，用阿雏的大红棉被裹紧身体，眼睛还看向外间。阿雏在卸妆，现在她只能看到持厌了。

他脸上用脂粉做了改动，不是原本的面貌，但眉目没有变。他其实长了一双很锋利的眉眼，可他身上有股呆气，总是一副老实巴交的模样，好像谁都可以欺负他。于是他眉眼里的戾气全消了，只剩下恬淡安然。

他们其实很早就见过面了，在她还是一个普通的小女孩，每天盼望着快点过年快点回家的时候，她在那座大宅子里见到了他。她一个人睡在没有生炭火的屋子里，婢女和老妈妈在隔壁屋赌钱打马吊，她一边发抖一边听她们喝得酒醉醺醺的笑骂声。她记得也是这样裹在棉被里，可那时候的棉被很硬，冷得像一块铁，用力裹紧了也没有一点暖意。她只好改成抱自己的膝盖，一面数着绵羊期盼自己快点睡着，只要睡着就不冷了。

迷迷糊糊中她听到一阵埙声，悠悠扬扬，像夜空里的风。她一下子清醒了，埙声一直飘，她再也睡不着了。她望着黑漆漆的床顶，望了很久，悄悄从床上爬起来，只穿了一件单衣就赤着脚下到地上。她先趴在墙上听了一会儿隔壁，确定隔壁的老妈子和奴婢们不会突然来看她，然后披上夹袄，爬上杌子推开窗，从轩窗翻了出去。

那埙声在寂静的夜空里飘荡，像朔北的雪花，也是冷冷寂寂的。她听着埙，觉得心空空落落，像一个破旧的皮囊，可以装进去很多很多风。她光着脚走在回廊里，顺着埙声走，脚冻得冰冰凉凉也不停。月光下的回廊是银白色的，曲曲折折向前伸出去。她踩着坚硬的地面，觉得那飘忽的埙声好像要带她去一个鬼魂栖息的地方。

她最后在花园里找到了吹埙人——那是一个年轻人，似乎介乎少年和青年之间，身上披了灰白色的披风，不知道是原本就那个颜色还是洗得褪了色。他坐在池塘边上吹埙，月光洒在他的肩头，他像一个随着月光降临的鬼魂，似乎天一亮，他就会随着月光一起消失。

她偷偷蹲在抱柱后面一边搓手一边听他吹埙。她疑心这是一个梦，不敢动也不敢声张，怕一出声，那个吹埙的鬼魂就飘走了。空灵的埙声像凄清的月光在青白色的园子里蔓延，笼罩她全身，她自己也变成了月光里一个青色的剪影，小小的一团，像一只小兽。她默默地听，全心全意地听。冰凉的埙声带着她的思绪，变成小小的蜉蝣，飞出去很高很远。她忽然就哭了，眼泪顺着脸颊滴到手背上。

她想，她遇见了一个和她一样的人，他们一样孤独。

第二卷 江湖夜雨十年灯

空气寒凉，吸进鼻子里冷沁沁的。月亮高高挂在天上，月光把胡同小路冲洗成银白色，夏侯澈和沈玦并肩走在路上，两边灰扑扑的四合院一间间往后退，前面是黑黝黝的房屋和街道。夜市已经远了，听不见人声，只能听见零星的狗吠。

沈玦到家门口了，两个石狮子是两个大黑影子，笨笨地蹲在沈府门前。两个人在台阶上坐下来，夏侯澈垫了块巾帕在沈玦屁股底下。两个人肩膀挨着肩膀看月亮，天空是青灰色的，偶尔能见灰白色的云影，月光淅淅沥沥地淋下来，世界仿佛湿漉漉的，在水里面荡漾。

沈玦问他："你刀炉建好了吗？"

"建是建好了，可铁没法儿打。"夏侯澈有些头疼，"我只有晚上有时间，邻居说我叮叮哐哐，吵得他们睡不着。每回他们都踹我大门，还说要报官。"

"报官？你不就是官吗？"沈玦斜睨他。

"那也不能仗势欺人。"夏侯澈说。

沈玦无奈，夏侯澈死要面子，上回教他要狐假虎威，用督主的名头办事儿，这么些日子过去了，从没有听说他用过。若非顶着他这个"干爹"的姓氏，夏侯澈要查验伽蓝，哪里能这样畅通无阻？沈玦道："你把刀炉建到府里来。我的宅子大，你打铁的声音传不到邻居那儿去。"

"也好。"夏侯澈碰碰他手臂，"想不想见识一下牵机丝？等我锻出来演给你看。很好玩儿的，跟织布似的，要装线扣，有经有纬，就是织不到那么密。"

"能织出花儿来吗？"沈玦闲闲地问他。

"能啊。"夏侯澈在怀里掏了掏，从荷包上扯下一根红绳来，他把红绳绕在手上，手指翻转，红绳渐渐编出了形状。他一边编一边说："牵丝阵道理和这个有点儿像，更复杂一点。你想学的话我教你，你那么聪明，学两天织布就会了。"

最后成了一朵三瓣兰花。

"你一个大男人，还会织布。"沈玦看着那朵小兰花，用指尖戳了戳它小巧的花瓣。

夏侯澈道："那不没办法嘛。我娘又不会，就只好自己学了。要不然我俩的衣裳怎么办？说起来我会的东西可多了，炒菜、做饭、纺纱、织布、编簸箕、削竹竿、盖屋子，都是我娘给逼的。"

"哦，"沈玦说，"我一个都不会。"

"你会那个干什么？"他富贵滔天，仆役万千，不必操心这些。

月光静静的，一切都静静的。很远的地方有人在放孔明灯，孔明灯升到夜空里，变成第二个月亮。夏侯澈说："少爷，我给你编个香囊吧。"

"你手艺行吗？我出朝入庙，别让我挂着丢人。"沈玦有些怀疑。

"不要小看我好不好。"

沈玦道："好，我要兰花香的。"

蜡烛在烧，红烛泪滴下来落在碟子上，慢慢干涸成一瓣瓣小花。百里鸢望着那蜡烛发呆，红色的烛身和黄色的烛火都模糊了起来，晕没了边界，变成一团绮丽的光晕。

她想，她当年为什么会遇见那埙声呢？仿佛是命中注定，天命的鬼魂拉着她的手去园子里，去听见那埙声。就像她是天命的恶鬼，最后要克死父母兄弟姐妹，家族除了她无一幸存。

她再遇见持厌是很多年后的事了，她已经是百里家的阎罗，所有刺客对她俯首。她第一次把极乐果的生意扩展到紫荆关，紫荆关的地头蛇不听话，想要吞她的货，还想杀她的人。她发了怒，把他埋在雪地里，只露出一个光溜溜的脑袋。她看见他哭得涕泗横流，眼泪结成冰挂在脸上。第二天早上她再去看，他已经冻成了冰块，脸上还是那副可怜兮兮的表情。

她让手下人去办事，自己去城里玩。她就是在那里看到了持厌。他也可怜兮兮的，裹着很破的灰羊皮袄，刹那用破布缠着，佩在腰间。他买了一个硬馍馍，站在一家客栈屋檐底下吃。他看起来已经有二十多岁了，可是还是一副孩子的表情，和当年一样。

她躲在人潮里面看他，他在看街上玩耍的小孩。小孩摇着拨浪鼓在他面前穿来穿去，有人推着牛车从他跟前走过，上面堆了好多牛羊皮货。阳光洒在地上，疏疏淡淡，朔北的太阳不烈，永远寡淡得像白水，照在身上没有感觉，但是因为有一层灿黄的颜色，仿佛就能让人暖和点似的。

人潮在他们之间穿梭，他们就像两块礁石，保持着一种不存在的默契，彼此都没有动。大街上热热闹闹，所有人脸上都有微笑的神气，但和他们无关。他们只是旁观，是局外人。她想真好啊，他还是和当年一样，和她一样孤独。

阿雏卸好了妆，提着裙子走过来。没有红脂白粉，她有一张匀净的清水脸子，一双淡如远山的长眉和黑白分明的大眼睛，还有一点浅淡的红唇。阿雏蹲在床边上问她好点没。

她没有回答，伸手摸了摸阿雏的脸，说道："阿雏姐姐卸了妆好看。"

阿雏捂着嘴笑起来，刮了刮百里鸢的鼻子："就你嘴甜！"

"比那个沈玦还好看。"百里鸢说。

第二卷 江湖夜雨十年灯

"说得你好像见过他似的,"阿雏笑眯眯道,"小心被东厂番子听见,抓你过去炖汤喝。听说宫里的太监最喜欢抓小孩炖汤了,小孩儿肉嫩,可以美容养颜。说不定沈公公就天天炖小孩吃。"

"阿雏姐姐以后不要化妆了。"

"为什么呀?我还得做生意的,不化妆怎么行?"阿雏歪着头看她。

"别做生意了。你们是不是有赎身的规矩?我有钱,我包你。"百里鸢掏出怀里的荷包,倒出很多金锞子,哗啦啦堆在床上。

阿雏看得目瞪口呆:"我的天爷,我认了个财神爷当妹妹。"阿雏使劲儿晃了晃脑袋,把金锞子装回百里鸢的荷包,塞进她衣襟里:"钱好好藏着,不许拿出来,万一贼人看见了,你就没命了。天老爷,你家是做什么的呀?"

"我家是卖药的。"百里鸢说。

"卖药这么挣钱?!哎呀,上回有个生药铺的老板来听戏,我嫌他长得胖,没看上他。"阿雏扼腕叹息,"算了算了,都是造化!来来来,快起来,我们放灯去。"

阿雏把百里鸢拉起来,暂且穿上脏了的膝裤,系上裙子,最后裹上猩红披风,拉她去院子里。持厌站在那儿提着天灯油纸的边角,已经等了她们好一会儿了,肩膀上脑袋上都是雪。

阿雏兴冲冲地跑过去,提起墨笔,在油纸上写心愿。百里鸢在一边看,阿雏写的是"挣大钱,找一个有钱有势长得俊的男人,赎身当姨娘"。

百里鸢没看持厌写的,她不用看也知道,持厌写的肯定是"找到弟弟""弟弟平安"之类的。弟弟、弟弟,她真讨厌那个弟弟,她要尽早把他找出来,把他杀掉。持厌只可以有妹妹,不可以有弟弟。

"好了,到你写了!"阿雏把笔递给她。

百里鸢拿起笔,在黄澄澄的油纸上写她的心愿。阿雏呆呆地看着,喃喃道:"阿鸢,你的字好好看哦。"她的字的确是三个人里面最好看的,笔走龙蛇,有种睥睨天下的气魄。

持厌把火点燃,孔明灯迅速膨胀起来,离开地面上仰着脑袋看的三个人,越升越高。熊熊的火焰哧哧地烧着,孔明灯在风里慢慢转着飘远,火光晃过百里鸢写字的那面,持厌看见了她的愿望。

"阿鸢要和持厌哥哥、阿雏姐姐永远在一起。"

第四十七章 龙蛇之刃

"人都就位了？"夏侯潋低声问。

他躬身蹲在暗巷中，黑色曳撒几乎和夜色融为一体，只有腰间的雁翎刀在身子不经意的移动间露出耀眼的光泽。他的身后挨着墙蹲了两列番子，约莫有五十号人，所有人一动不动，仿佛黑色的石像。

"都就位了。一共三百人，随时待命。"掌班答道。

"好。"夏侯潋道。

人声顺着晚风送过来，高低起伏的吆喝叫卖声混成一片。这里是西市大街，往北走三百步就是皇城根，皇城根脚下是京城最繁华的马市。夏侯潋抽出雁翎刀，刀背抵着胳膊肘伸出去，锃亮的刀身映出褚楼牌坊的影子。乌鳞瓦、灰白门柱，两边各一块砖雕影壁。跑堂的站在门楼底下迎来送往，大冷天的，只穿了件短袄，脸蛋却因为跑个不停热得发红。

他是夏侯潋手底下的校尉，一把短刃藏在他的短袄底下，迎送的当口往夏侯潋这儿瞥了一眼，微不可察地点了点头。

如果留心看，会发现褚楼门前的路人经过了不止一回。他们走到西市大街尽头，又掉转身子往回走。茶摊的茶客、饼铺的手艺人、街头卖唱的，甚至卖身葬父的，全都是东厂的番子乔装而成，所有人都全身紧绷，将余光投放在褚楼大门。

今夜沈玦原定和首辅张昭在褚楼用膳。前天夏侯潋接到唐十七的新线报，伽蓝刺客将在今夜刺杀沈玦。现在里面坐的是两个替身，他们将于辰正一刻出门乘马车，而刺客也将从天而降。

夏侯潋摩挲着冰冷的刀柄，缓慢地调整呼吸。他感觉到胸膛里的心脏跳得越来越快,鲜血在血管里慢慢沸腾。他知道,他或许将迎击迦楼罗,他的后任,如今伽蓝最强的刺客。

"大人,督主有吩咐,您不可亲自出战。"掌班低声提醒道,"伽蓝虎狼之辈,若您出个意外,我等不好交代。"

"无妨,我们人多,不怕。"夏侯潋道。

"可是……"掌班还要再劝。

褚楼那边人声忽然沸腾了起来,是沈玦和张昭的替身出来了。掌班住了口,所有人屏气凝神,死死盯着褚楼大门。

"沈玦"和"张昭"正做例行的谦让,商量谁先上马车。厂卫围在周围,紧握刀柄的右手透露了他们的警惕。夏侯潋微微皱眉,他们不该那么紧张,刺客敏感,他们这样很容易被发现。

远处传来车轮碾地的声音,马蹄声嗒嗒地响起。夏侯潋一愣,探出头来看。一辆四驾马车从西市大街的尽头辚辚驶过来,雕花车帷子,顶盖垂流苏,车楣上挑一盏风灯,照亮底下赶车的车把式,他的脸颊暗黄,皱纹满布,像一张揉皱的硬纸。

"这是谁的车?"夏侯潋眉头紧蹙。

"有四驾,是藩王家的。"

"有没有办法拦住?等会儿刺客就要来,这马车在这儿碍事。"

掌班道:"不能拦,大人,是藩王家的。"

车把式挥着马鞭赶马,马车越来越近,就要到褚楼的门楼底下。

夏侯潋暗骂了一声,道:"管他谁家的。派个人过去,就说督主在这儿,天王老子也不许过。"

这么干着实对沈玦名声不好,可也没办法了。掌班应了一声,正打算出去。月亮爬出乌云,黝黯的天空亮了些许,冷冷的光照下来,车把式抬手挥鞭的瞬间有一道极细的金属冷光闪过,刀子一般割过夏侯潋的眼皮。

他袖子里藏了刀!

夏侯潋悚然一惊,嘶声大喊:"拦车!"

所有人拔刀出鞘,刀光织成一片,黑夜仿佛白了一瞬。

车把式猛地一挥鞭,四匹马同时长嘶一声,发了疯一般拉着车厢朝前冲。夏侯潋推开掌班,冲出巷口,砍断沈玦马车的辔绳,翻身上马。厂卫慢了一步,也纷纷上马追赶。

寒风扑面,马蹄声声如擂鼓,夏侯潋听见自己急剧的喘息。马车跑得很快,车轱辘疯狂转动,车厢摇晃不止,发出哐当哐当的声音,仿佛下一刻就要散架。夏侯潋慢慢接近马车车尾，车辘辘溅起的雪粒子几乎要打到他的脸上。

前面就是西市大街尽头，也是厂卫埋伏的边界，绝不能让马车离开大街。

夏侯潋策马追上马车侧面，身后厂卫发出短矢，弩箭拖着细细的铁锁划出尖锐的呼啸，钉在马车的壁板上。钉入的那一瞬间，穿入壁板的箭头打开，伸出钩爪，仿佛猛兽张开利爪，死死抓住壁板内侧。

"拉！"夏侯潋一声令下。

所有厂卫同时勒马，铁锁刹那间绷直，三边的壁板被拉塌，木屑横飞中，无数箭矢从马车中射出来，密密麻麻仿佛群蜂出巢。夏侯潋迅速伏低躲过利箭，有厂卫被射下马，然而更多厂卫越过同伴赶上来。远远看过去，像一辆破烂的马车拖着一道汹涌的黑潮，在西市大街上奔腾。

厂卫们的马赶上马车，钩爪再一次射出。数不清的钩爪命中马车上刺客的身躯，将他们凌空拖出，刺客们哀号着被拖在地上，雪地里划出长长的血迹，夜色下看不清红色，血迹像无数道破旧的毛笔画在雪地上的凄凉墨痕。

大街两旁的屋顶上冒出许多人头，是埋伏在侧的东厂缇骑。所有人张弓搭箭，箭尖凝着冰冷的月光，亮得逼人。带队役长一声令下，漫天箭雨呼啸而出，空气被划破的啸声恍若厉鬼呼号，尖利得可以贯穿头颅。

然而刺客于千钧一发之际射出手弩，命中马车之侧的几个厂卫，以惊人的弹跳力枭鸟一般扑入夜色夺马上骑。另有三名刺客连同车把式砍断辔绳，飞身上马。

利箭走空，统统扎入车底盘。残破的车底盘歪斜着挡住厂卫的去路，夏侯潋纵马一跃，凌空跳过马车残骸，继续追击。

"大人，他们逃出埋伏圈了！"

西市大街已出，刺客们在夜色中向前奔逃。夏侯潋回头看了看剩下厂卫的人数，约莫三十人，还有厂卫在后面赶上来。夏侯潋当机立断："继续追！跟着刺客走过的路走，注意牵机丝！"

厂卫齐声喝马追击，弩箭不停射出，不断有刺客堕马，立刻有后面赶上的厂卫上前擒人，然而抓到人的时候却发现刺客已经自尽身亡。剩下的刺客越来越少，最后只剩下三人在夜色中狂奔。

"只有他们是真正的伽蓝刺客，其他人都是暗桩。"夏侯潋厉声下令，"追！"

月亮渐渐被乌云挡住，街道黑得可怕，四处都是森森暗影，仿佛藏着数不清的危险。刺客的马蹄声遥遥传过来，很有节奏，像从地底下传来的擂鼓声，嗒嗒、嗒嗒，仿佛敲击在心头上。刺客在拐角处消失，夏侯潋策马赶上，刚好看见刺客遁入胡同的衣角一闪而逝，如同飞蛾的残翅。

"举火！刀在前，人在后！"夏侯潋大声道。

火把次第亮起，夏侯潋接过一根，下马进入窄巷。胡同里阴影重重，火光下每个人的脸庞金灿灿的，看上去像庙堂里的佛像。刺客在胡同里奔逃，他们穷追不舍。胡同窄得只容得下两人并肩而行，靠墙层叠倒扣着许多尿桶，空气里一股尿骚味，不断有尿桶被撞翻的声音，哐哐响成一片。刺客分开走，厂卫也分开追击。蛛网般的胡同枝枝蔓蔓地伸展出去，逃跑的刺客和追击的缇骑犹如泻入胡同的水银，在枝丫中蔓延开。

夏侯潋一马当先，距离刺客几乎只有几步之遥，仿佛火把伸出去就能挨到刺客的衣角，可每回都差一点儿。夏侯潋伸手摸身上的弩箭，却发现已经用完了，只能咬紧牙追赶。拐角重重，刺客的影子忽闪忽现，有的时候朦胧，有的时候又真实，犹如忽远忽近的鬼魂。

不对！脑海中电光火石一般闪过什么，夏侯潋猛然顿住步子。

这不对！胡同是最好布置牵机丝的地方，为什么跑了这么久，一根也不曾见到？还有，伽蓝应当有鞘的，刺客逃了这么久，怎么不见鞘来接应？

这些刺客，不像是刺杀，倒像是引他们去什么地方！夏侯潋不做犹豫，立刻停止追赶，折身后撤。他这才发现后面空空荡荡，一个人也没有。跑得太快，他竟然没有注意后面的人没有跟上来。火把照亮方寸点儿大的地方，黑暗伏在他的肩头，视野尽头黑黝黝的，每走一步都像深入敌境。他感觉呼吸发窒，好像喉咙被扼上了一个铁环。

他忽然又觉得有些奇异，从前藏在暗处窥探猎物的是他，现在他却成了猎物。

忽然，一道尖利的呼啸从后方袭来，恍若毒蛇吐信，尖牙毕露！

夏侯潋下意识地举火抵挡，短矢洞穿火把，巨大的力量将火把从夏侯潋手中脱出，带入雪地。红色的火光昙花一现般跳动了一瞬，然后熄灭，只剩下哧哧的余响。世界顿时黑了下来，沉沉的黑暗从四面八方扑下来，将他重重包裹。胡同里一片寂静，他听见自己的呼吸声和心跳声。

夏侯潋拔出刀，向前走了几步。

黑暗，寂静。

皂靴踩在雪地里吱呀吱呀地响，危险来自四面八方，他似乎感受到那个刺客藏在暗处的冰冷眼神，刺在他的脊背上犹如芒针。

他的对手是谁？迦楼罗还是紧那罗？

他的心躁动不安，黑暗里仿佛有什么东西跃跃欲出。不行，要冷静，冷静，他告诉自己。他深吸了一口气，不再向前走，双手握刀，微微下蹲。他闭上眼，也不再注视，视野陷入更深的黑暗，耳畔有夜风在流动，拂起他的发丝，滑过他的脸颊，冰冰凉凉。他保持着出刀的起手式，整个人森严得像一座石像。

很久以前，他修习百家刀法的时候练过一种刀，叫盲刀。受训者要蒙眼置身于夏日林间，听千万蝉鸣。教习会随时出镖，飞镖可能从任何一个方向袭来。他要在无数的蝉鸣之中辨别出那枚短小的飞镖划破空气的声音，然后挥刀斩下。有的时候听觉比视觉要更加可靠，当刀在视野之外的时候，唯有声音能暴露刀的所在。

现在没有蝉鸣，只有寂静。夜风会告诉他，敌人在哪个方向。

很远的地方传来杂沓的脚步声，那是厂卫在奔走。风拨动靠墙的竹竿，哗啦啦地响。小老鼠从地沟里爬出来，吱吱地钻进地上的箱笼，又钻出来。胡同外的大街上传来打更的声音，梆梆梆三下，又三下。

风动于耳，万物静若止水。

忽然间，有什么地方，蓦然出现一道裂隙，如同闪电撕破黑暗。夏侯潋睁开双眼！

鬼在身后！

黑暗中两把刀铮然相撞，刀刃摩擦产生的火花一闪即逝，像黑夜中盛开的烟火。就着火花的微光，他看见流淌着冰冷光泽的白瓷面具，以及面具之后漠然的双眼。

两把刀在相撞的刹那之后分开，两个人隔着铁一般森冷的黑暗默默对视。

夏侯潋的双手被刚刚那一斩震得发麻。那斩击快如龙蛇出穴，唯有绝强的高手才能有这样的速度，他不用问也知道这个刺客的身份——迦楼罗。

"小沈大人！"

"小沈大人你在哪儿？"

厂卫的呼喊声遥遥传来，喊声忽大忽小，是因为胡同回环曲折，他们离夏侯潋的距离忽远忽近。胡同里仍是一片漆黑，几乎什么也看不见，那个刺客静默地站着，身影仿佛溶化在黑暗里。寒冷侵入夏侯潋的手掌，他的心底也沁出一股凉气。这个刺客给人的感觉太森冷，像雪花里凝结出来的幽魂。

夏侯潋的心猛烈地跳动，他心里有个念头，他不敢说出口，可他必须要说。

"你是谁？"他嗓音低哑地询问。

他的心很乱，他不知道他期待着怎样的回答。这个刺客会是持厌吗？这么快的刀，他只见过持厌，可是持厌为什么会继续为伽蓝卖命？

如果持厌为伽蓝卖命……那么，他们会是敌人吗？

"迦楼罗。"刺客回答了，他的嗓音很年轻，可是闷在面具里，听不真切。

"我问你的名字！"

"迦楼罗。"刺客机械地重复。

夏侯潋知道刺客不会说出真名，这时候竟然松了一口气，仿佛他原本就不期望得到答案。

"伽蓝要杀我吗？"他问。

"活捉。"

"为什么？"

"不知道。"刺客道，"拔你的刀。"

夜风无声地流动，有一只老鼠从他们中间窜了过去。

风停了，一切回归寂静。深寂之中，忽然传出金属破空的声音，黑暗之中，终于出现电闪一般瞬息即逝的亮光。

那是夏侯潋动了！

他率先出手，雁翎刀走过流丽的曲线，刀尖对着刺客的面门，撕裂空气带来的风势像厉鬼呼啸。刺客依然默立着，仿佛对一切毫无所觉，面具之下他低垂着眼，甚至没有看斩向他头顶的那把刀。

刀瞬间即至，凶猛的刀势恍若山海压顶。刺客终于举刀，利落而迅速，完美无瑕地封住了夏侯潋的斩击。夏侯潋觉得自己仿佛斩在了一块刚硬无比的石头上，连只尺半寸都无法推进。

然而，刀与刀相遇的刹那间，夏侯潋忽然一跃而起。

他竟然借着斩击反弹的力量从刺客头顶翻身掠过，黑色的身影像一只轻盈的飞燕轻轻巧巧地落在地面，然后迅速收刀，攀上墙壁，身子在墙顶一蹿，顿时不见了人影。刺客明显愣了一下，紧跟着蹿上墙。

夏侯潋刚落地，身后传来尖利的破空呼啸，锐利得仿佛要贯穿头颅。他迅速侧身避过，一道极细的闪光掠过他的脸侧扎入前面的墙壁。他挥刀砍下，空气中响起如同琴弦绷断的铮然一响，牵机丝应声而断。

然而这一耽搁足够刺客追上他，两人再次相逢。从刺客的衣袖射出一抹凄冷的刀光，夏侯潋来不及第二次挥刀，腰间已经有了剧烈的痛感。

他被抓住了。如同一只被蛛网粘住的飞蛾，刀是他的翅膀，却无力振动。刺客化作残影，刀光仿佛乌云中出没的电光，不断在他周围闪现，每一下都划出一道伤口。他强忍着剧痛挥刀，然而每一下都走空，刺客迅速错身而过，他的身上又添上一道鲜血淋漓的伤口。

太快了，太快了，这个刺客，比持厌更快！

刺客的连刀终于结束，夏侯潋听见清亮的水滴声，那是他的血正嗒嗒地滴在地上。血带走他的力量和温度，寒冷一点点侵入他的身体。夏侯潋拄着刀单膝跪地，急剧地喘息。

　　"不要再挣扎了，你打不过我的。"刺客道。

　　夏侯潋深吸了一口气，再次挥刀。

　　他才不会认输！即使是持厌，他也不认输！

　　刀在半途中被截住，刺客曲起右膝，猛击夏侯潋的面门。眼前一片漆黑，鼻子剧痛，霎时间鼻血长流，夏侯潋嘴巴里尝到浓重的铁锈味。刺客没有停，拎起他的后颈按着他的头撞向墙壁。胡同已经很老了，砖头早已龟裂，碎了不少。夏侯潋这一下撞过去，耳边"砰"的一声巨响，直接撞出一个拳头大小的洞来。

　　血糊住了眼睛，夏侯潋几乎睁不开眼。他顺着墙壁滑到地上，眼前天旋地转。他觉得自己的头盖骨都要碎了，一切都变得朦朦胧胧，远处厂卫的呼喊声也远得仿佛在天边，他似乎也感觉不到冷了，只能听见自己粗重的呼吸，一下一下，像一头垂死的老牛。

　　刺客的影子模模糊糊，他感觉到刺客走到他的跟前，一只手把他翻过来面朝上，拎住他的领子，拖着他走。他好像一个破口袋，整个人不受控制地向地面瘫软，然而那只手拖着他，一步步往前方更深的黑暗里走。

　　快起来，快起来。他告诉自己。

　　不可以，他绝不能被伽蓝捉到。他侧过脸，一口咬在刺客的手上，刺客一震，回过身来掰他的嘴。夏侯潋伸腿猛踹他的脚踝，刺客失去了平衡栽在地上。夏侯潋趁机抓住刺客的衣领一口咬在他的肩膀上，黑暗里谁也看不见谁，两个人滚在雪地里缠斗，一人捶击对方的腰窝，一人死咬住肩膀不放，像两只互相撕咬的野狼。

　　可两个人都没有下死手，拼尽全力想把对方弄晕，于是这场战斗仿佛无休无止，永无尽头。血滴在雪地上，像黑暗里悄然绽放的艳花。

　　嘴巴里血腥味浓得让夏侯潋想要呕吐，那里面既有他自己的血也有刺客的血。厂卫的呼喊声越来越近，刺客终于丧失了耐心，挣扎着翻起来用手肘捶击夏侯潋的后背。这一击让夏侯潋几乎背过气去，痛楚从后心蔓延开，整个后背仿佛都要碎掉。但是他没有放弃，仍然死死咬着刺客的肩膀。刺客继续用手肘捶击，夏侯潋强忍着，鲜血从嘴缝里渗出来，脑袋越来越晕。

　　他觉得自己可能快要死了，恍惚中他想起沈抉，那个家伙还在府里等他回家。出来的时候沈抉还为他戴上星月菩提珠，叮嘱他伽蓝凶狠不要亲自出战。可他太莽撞，他中了伽蓝的计，现在他快要死了。

"阿潋！"

是沈玦的声音！

夏侯潋猛地睁开眼，浑身一震。他不能死啊，他是一匹有家的狼，护家的狼比孤狼更加勇猛。夏侯潋赤红着眼站起来，整个人向前扑，将刺客撞进颓圮的砖墙。砖墙轰然倒塌，砸在两个人身上。夏侯潋挣扎着爬起来往后退，刺客颤抖着侧过身，有鲜血从面具的裂缝里渗出来。

夏侯潋踉跄着往回走，手扶在墙上，按出一个又一个血手印。他的身后，刺客也挣扎着爬起身，朝胡同另一个方向跌跌撞撞走去，鲜血从面具里渗出来，沿着下巴流进领子里。不知道走了多久，厂卫的呼喊声离刺客越来越远。刺客走过一个拐角，推开一家四合院的门，段九坐在里面抽着烟斗等他。

段九看见他狼狈的模样，露出意外的表情。

刺客摘下破碎的面具，露出苍白的脸颊，他的七窍在渗血，看起来很恐怖。

"你多久没有服药了，持厌？"段九站起来把他扶到长凳上，探手摸向他的脉搏。

持厌没有答话。

段九挥了挥手，屋檐下有暗桩走出来，把持厌扶进屋子。

"不要抗拒极乐果，持厌，至少它能给你一个强健的身体。"段九在他身后说道，"虽然它也会让你早夭，可是……"段九抬头望着夜空，嘴唇上的胡子一抖，竟然笑了笑，"可是这就是我们这些人的命啊，持厌。"

夏侯潋捂着伤口走着，疼痛如潮水一般涌上来，他的伤口太多了，根本捂不住。沈玦的声音越来越近了，他想要回应，可是没有力气。他只能扶着墙往前走，竭尽全力。越到这个时候他脑子里浮现的东西越多，好像人死到临头总要回顾一下自己的一生。他想起刚刚那个孤狼一般的刺客，那个人是不是持厌？他没有力气再做分辨，可是心里面隐隐有一种感觉驱使他没有补刀，把那个刺客放跑。

他又想起沈玦，竟然就这么跑过来了。沈玦不知道这里很危险吗？万一又被刺客盯上怎么办？夏侯潋心里埋怨着。他漫无边际地想，要是他死了，沈玦会不会为他戴孝？按理说是不会的，沈玦和他非亲非故，没道理为他戴孝的。可是持厌不在，没人可以为他戴孝了，沈玦说不定会呢。

意识渐渐变得模糊，他感觉自己的脚踩在棉花上，软软的，使不上力气。他知道这是失血过多的征兆，他必须马上止血。

眼前忽地火光一闪，整个视野亮了起来。他听见厂卫们惊呼"大人"，弟兄们纷纷上前扶他。人群尽处出现了一个熟悉的影子，他看见沈玦惊惶未定的眼神。沈玦朝他奔过来，他彻底松了一口气，闭上眼倒进了沈玦的怀里。

"绷带！绷带！"沈玦大声喊道，立马有人上来为他包扎。他疼得倒吸一口凉气，转过脸，正看见沈玦恶狠狠地盯着他。

沈玦一行人将他抬上了马车，夏侯潋没敢看后头弟兄的神色，他觉得自己以后在东厂都抬不起头见人了。

在马车上安顿好，沈玦帮他检查身上的伤势。

"你遇上了谁？"沈玦问他。

"迦楼罗。"夏侯潋回道，"好快的刀，比持厌还要快。"

"伽蓝今日的目标是你不是我？"沈玦问道。

夏侯潋点头："伽蓝想要活捉我。"他想了想，后知后觉地察觉到不对劲儿来："想要活捉我，为什么还要去褚楼？"

"为了印证有内鬼。"沈玦道，"最近抓暗桩抓得太快，伽蓝起疑了。"

"十七会不会有危险？"夏侯潋拧眉，"要不明日还是把他召回来吧。"

沈玦其实不太同意，唐十七是他们在伽蓝唯一的暗线，也是唯一的消息来源。在沈玦找到法子重新往伽蓝塞暗线之前，唐十七这条线若是断了，除了漫无目的地全城搜查，伽蓝就当真无迹可寻了。

可唐十七是夏侯潋的好兄弟，他若有个好歹，夏侯潋心里不会好受。沈玦揉了揉眉心，道："明日派人去褚楼看看是什么情况。"

夏侯潋点点头，疲倦袭上身来，四肢因为失血过多而瘫软无力。夏侯潋喃喃道："可为什么要活捉我？他们想知道东厂什么机密吗？……"

沈玦也蹙了眉，低头看着昏昏欲睡的夏侯潋，陷入沉思。

外面忽然叫嚷起来，有人大喊："惊澜师兄！"

沈玦一惊，掀开帘子，马车前跪了一个少年郎，是戴先生的童子。

童子跟跄着跑过来，递上一卷手书："师兄，先生被坏人抓走了！"

夏侯潋猛然惊醒，探出头来："你说什么？"

沈玦打开手书，就着风灯看上面的字。

"三日后十里坡，至多十人随行，七叶伽蓝恭候厂公大驾。"

第四十八章 穷途当哭

京郊，十里坡。

今晚没有月亮，竹林里黑漆漆的，厂卫们举了火把，勉强能看清脚下的路。冷夜里的大风吹过来，满山坡的竹叶掀腾搅覆，叶子拼了命地沙沙响。天是黑的，一点儿亮处也没有，沉甸甸压在心头，竹叶交叠在头顶，更显得压迫。

夏侯澈默不作声地开着路，他身后是沈玦，深一脚浅一脚地跟在后面。其余九个厂卫拥在周围，注意着竹林里的风吹草动。

唐十七不见了，这几天来翻了整个京城都没有看见人影。沈玦让夏侯澈不必太着急，伽蓝虽然知道有内鬼但不一定知道就是唐十七。不只唐十七，他们掌握在册的别处暗桩也撤离了。极有可能是伽蓝把暗桩召回清算，排查内鬼，以免泄露更多情报。但夏侯澈心里仍是不放心，借着搜查刺客的名头四处寻，依然没有找见唐十七的半片衣角。

夏侯澈觉得自己好像回到了十七岁的时候，大难临头，却茫然无措，一点办法也没有；回头看沈玦，他脸色苍白得像一个瓷人，仿佛一碰就会碎。夏侯澈知道他心里在怕什么。但沈玦和夏侯澈不一样，夏侯澈有空坐下来心烦，他还得强撑着早朝，批红，审阅六部三法司递上来的大大小小的折子。辽东土蛮作乱，内阁在想法子筹措军费，他每天要在内阁听老头子们对骂扯皮，花去大半天的时间，连心慌意乱的时间都没有。

偶尔有什么动物窜过草丛，拨刺作响。他们一路往前走，沈玦忽然扯了夏侯澈一把："到后面去，别走在最前面。"

"没事儿。"夏侯澈低声说。

沈玦做了个手势，几个厂卫到前头开路。又走了一截子路，前面黑洞洞的地方现出个模模糊糊的人影儿，所有人都停了下来，厂卫喝了一声："什么人？"

一簇火苗出现在前方，橘色的光照亮老人的脸。老人被绳子绑住，嘴里被塞了麻布，白发凌乱，胸口起伏，哧哧喘着气。他的肩膀上按了一只手，一个漆黑的人影站在他的身后，白瓷面具的两个眼洞直勾勾地看着沈玦一行人。刺客的另一只手端着那方火苗，火光跳跃不定。

戴圣言也看见了沈玦和夏侯漱，脸上露出抱歉的神色。

夏侯漱喊了一声："先生！"

沈玦拉了一把夏侯漱的衣领，把他拽到后面去。

四面响起低沉的脚步声，月亮出来了，风声细细，竹叶间点点银光四溅。刺客们犹如地底冒出的幽魂从竹林里现了身，阴冷地窥伺被厂卫围在中间的沈玦。

夏侯漱拔刀出鞘，刀光凄冷如月。

竹林深处，一个披黑斗篷的人走出来，兜帽遮住了他一半的脸，只露出嘴唇上面一抹淡淡的胡须。

夏侯漱眸子一缩，握刀的手慢慢收紧。

"大半夜的把咱家叫出来，是要跟咱家谈条件吧。"沈玦漫不经心瞥了眼四周，冷冷一笑，"这就是你们伽蓝的诚意？"

段九微笑欠身道："厂公说笑，我等怎敢对厂公不敬？"

段九拍了两下手掌，三个刺客带着另三个刺客走出来，用刀押着他们跪在月光之下。

"这是何意？"沈玦问。

段九抽出烟斗，点点一个刺客的头顶："这是当年屠杀谢家满门的刺客之三。他们，是伽蓝奉送给厂公的礼物。"

"奉送给咱家的礼物？"沈玦笑了，脸色忽又一变，眉间风雷密布，"绑了戴先生，又送刺客性命，打一棒子给一颗甜枣，你把咱家当成什么了？"

"厂公少安勿躁，小人山野之徒，做事难免不周全，还请厂公多多见谅。"段九反剪了手慢慢道，"厂公与我伽蓝恩怨纷乱如麻，着实难理。归根究底，还是十三年前谢家灭门结下了梁子。厂公吉人天相，洪福齐天，大难不死，还登上如此高位。八年来，厂公对我伽蓝穷追不舍，伽蓝死伤无数，凡落入厂公手里的刺客都不知去向，多半是死无葬身之地了。只不过，八年过去了，厂公虽殚精竭虑想置伽蓝于死地，奈何世事总是不如人愿，我伽蓝依然安泰如初。"

段九乌七八糟讲了一大堆，偏没讲到点子上，沈玦心烦意乱，彻底没了耐心，嘴角一撇，冷冷笑道，"哦，你是来给咱家炫脸子来了？怎么，绑了戴先生，你便以为咱家不敢动你不成？"

段九笑了笑，语气依然和蔼："是小人嘴碎了。总而言之，东厂与伽蓝八年来争斗不休，死伤惨重，双方都没有落着好处。就算将来有一日，伽蓝得了厂公的性命，也会有第二个厂公、第三个厂公，照样是争斗不休。依小人看，厂公不如屏退众人，与我等好好商议一番，看有没有什么两全其美的法子。"

沈珏脸色阴沉，沉默了半晌没说话。那边戴圣言神色焦急，使劲儿挣了两下。他身后的刺客威胁地抬起手来，戴圣言颈间现出一抹红痕，颈后一道流光划过，流入刺客的手心。

夏侯潋眸中一凝，是牵机丝。

段九率先拍掌，除了押着戴圣言的刺客，四面的刺客统统退了下去，不见踪影。沈珏也挥了挥手，道："退避五丈。"

厂卫都退了下去，只有夏侯潋还留在沈珏身边。段九往夏侯潋的方向看了看，笑道："这位想必便是小沈大人了吧，听说是一个刀术高手，还曾与我伽蓝夏侯潋同名。前几日本想请大人来伽蓝和戴先生一道喝杯茶，不曾想没有缘分，未能成行，还请小沈大人见谅。"

沈珏神色不变："你们倒是比四年前更了得了，不光查到咱家的本名和根底，还知道他的本名。"

"厂公有所不知，如今天下黑道同气连枝，伽蓝的情报网比厂公想象中更加强大。"段九微笑的弧度加深，"小沈大人是厂公跟前的红人，从一个名不见经传的小番子一跃成为东厂大档头，伽蓝自然要青眼相加。小人不光知道小沈大人本名夏侯潋，还知他曾在台州参军剿杀倭寇，一人连斩八十余人，倭寇望而不敢近。若非小沈大人面貌与无名鬼分毫不像，我简直要以为，他就是失踪已久的伽蓝叛逆夏侯潋。"

这家伙起疑了。夏侯潋眸光微凝，确实，他破绽太多了。要是伽蓝情报网扩张到无孔不入的地步，那他们还能一直摸到栖霞寺去，到时候他连换脸的秘密都瞒不住了。也罢，瞒不住就不瞒了！他夏侯潋就没怕过，迦楼罗都打了，还怕其他刺客吗？

夏侯潋想要开口，沈珏抬手制住他，眼波一横，把他瞪得住了口。夏侯潋默默退回去，沈珏抬起头来看着段九，冷冷笑道："天下黑道同气连枝是何意？你们难不成想要造反吗？"

"厂公过虑。伽蓝所求，不过是安安稳稳地做买卖罢了。"段九笑道，"只要厂公点个头，放松各州道府的关卡，令东厂缇骑停止追击伽蓝刺客，化干戈为玉帛，伽蓝不仅会把戴先生全须全尾地送回家，献上这几个曾经参与谢家灭门案的刺客人头，还会每年向厂公进贡一万两白银。若厂公看谁不顺眼，只管递条子给伽蓝，伽蓝甘为厂公手中之刃，生杀予夺，全凭厂公一念之间。"

沈玦箭袖下拳头攥得死紧。执掌东厂这么久，让人握在手心里摆弄还是头一回。向来只有他算计别人的份儿，这下竟让伽蓝抓住了软肋。说什么交易，分明是按着他的脑袋要他答应，他胆敢说个"不"字，牵机丝就会要了戴先生的命。

是他太大意，光顾着照顾夏侯潋，却把戴先生忘了。他走到如今这个地步，最忌讳的就是被人拿住要命的软肋。终究是被人拿住了，他除了答应似乎没有旁的法子。沈玦脑子里百转千回，天下黑道同气连枝？原先的伽蓝与黑道只是合作，现如今看来并非如此了。想必是伽蓝利用极乐果把持住了各帮各派，那个阎罗矮子还真成了大岐背面的天子。简直荒唐！

戴圣言猛地挣扎起来，脖子上的牵机丝差点把他给割了。刺客吓了一大跳，忙把他按住，低声骂道："不许动！"

沈玦看了看戴圣言那边，戴圣言目光焦急地看着他。他默不作声地掉回目光，道："这么大的事儿，怎么是你来同咱家商议？实不相瞒，咱家也有些手段，你们伽蓝的事儿，咱家知道得差不多了。你们伽蓝的阎罗咱家早有耳闻，可惜只闻其名不见其人。按说咱家好歹也是堂堂东厂提督，司礼监的一把手，怎的，配不上见你们阎罗一面吗？"

段九道："若是厂公想见阎罗也并无不可。厂公若是答应与伽蓝合作，自然就是伽蓝的贵宾，就算是伽蓝山堂，也自当对厂公开放。不过今日阎罗身体不适，并未到场，小人不才，忝列伽蓝八部之上，此事与小人商议一样有效。"段九从袖口掏出一张黄纸，交与身旁的刺客，刺客捧着纸走过来，递到夏侯潋手里："若厂公同意，我们便立个契约，厂公与小人各执一份，厂公意下如何？"

立契约，签字按手印，日后若是想赖，这契约一旦布告天下也足以让他沈玦身败名裂。沈玦蹙眉看着契约，字字句句都像悬在他头顶的刀刃。

"少爷。"夏侯潋忽然低声喊他。

沈玦头也不抬："闭嘴，别烦我。"

"你也有筹码的。"夏侯潋用只有他们两个人能听到的声音说道，"伽蓝一直想抓我，你把我交出去，换先生。"

"阿潋，"沈玦深吸一口气，定了定心神，抬眼看夏侯潋，一字一句地道，"等会儿你敢出半点声，看我回去怎么收拾你。"

夏侯潋立刻噤了声。

沈玦重新低下头快速思考，绝不能把辫子这么轻易交到他们手里。阎罗、阎罗，他低声默念阎罗天子，那个藏在伽蓝背后的人，只有常人半截身子高的矮子，想不到如此厉害。阎罗掌握极乐果药方，乃是伽蓝命脉。那个矮子死都不肯露面，究竟是为什么？莫非他的身份，乃是他的死穴？

若能得知伽蓝死穴，互相牵制，他日说不定还能有一争之机。

"厂公，思量得如何？"段九催促道。

沈玦折起契约，冷冷一笑，道："要答应你们，可以。"

段九颔首微笑。

沈玦刚想继续说话，一声厉喝忽然传来："慢着！"

段九蹙眉望过去，原来是戴圣言把嘴里的麻布给吐了。戴圣言见他要发令堵嘴，忙道："老夫性命在你手里，老夫只想教训弟子几句，让老夫说上两句话又能如何？"

"先生等回家再教训也不晚。"段九微微笑道。

"你不让我说，我回家就悬梁自尽。"戴圣言缓了口气，道，"谢惊澜，我悬梁自尽，你这契约签了又有何用？"

沈玦咬牙："先生！"

段九无奈，道："只要先生不寻短见，那便说吧。"

戴圣言望向沈玦，温声道："惊澜，你这孩子，心志怎的如此不坚？当初我教你的，你都忘了吗？"

他的声气依旧一贯地和蔼温柔，却只凭这一句话，便让沈玦无言以对。

无论如何，屈服便是屈服了，就算是他日再争，也抹不去他出卖朝廷、出卖大岐的事实。可他怎么能眼睁睁看着戴先生去死？沈玦握紧拳头，道："先生，对不住。日后惊澜自当负荆请罪。"

戴圣言还要开口，段九叹道："先生，莫再说劝导之语了，你这是让段某人难办啊！"

戴圣言笑道："好，好，老夫不说。那老夫便说说老夫与伽蓝的渊源吧。"

段九微微惊异："哦？先生与伽蓝还有渊源？"

"是啊。"戴圣言对着段九说话，却看向夏侯潋，"老夫没有猜错的话，你伽蓝叛逆夏侯潋的名字是老夫取的。敢问夏侯潋的母亲可是宣和年间的迦楼罗？"

段九点头："不错，他的母亲是第二十八代迦楼罗，夏侯霈。"

"那就不错了，"戴圣言道，"当年我外放江州，恰巧碰见迦楼罗行刺江州藩王。

我自不量力，剑挑迦楼罗。迦楼罗一招败我，说若我为其子取名，便不伤我性命，随我如何画像通缉。我见其刀名为横波，便想起一首诗来：势横绿野苍茫外，影落横波潋滟间。"

夏侯潋呆了呆，这首诗是他为数不多会背的诗之一，因为他娘跟他说他的名字就是从里面取的。他还觉得他娘看起来只会舞刀弄枪，原来肚子里特有墨水，一时间对他娘刮目相看，想不到是戴先生给他取的。

戴圣言接着道："小潋这孩子，我也见过的。惊澜还在谢家的时候，小潋随他一同拜我为师。这孩子质性纯真，率性大胆，颇有侠士之风。可惜造化弄人，多年后，我听闻伽蓝无名鬼逸事，杀人如麻，血债累累，万没有想到，这个刺客就是当年的小潋啊。"

夏侯潋一愣，微微低下头，他握了握拳，没有吭声。

沈玦蹙起眉，没闹明白戴先生为何在这时候说这些。

段九摇头叹道："想不到先生还见过夏侯潋，不过，他早已叛逃伽蓝，不知所终。伽蓝追查许久，都未有所得。"

"当年我授课传书，小潋顽皮，常溜课偷玩，我未尝严以训诫，他铸下如此大错，我也要担责啊。"戴圣言轻轻一叹，"段先生，你可知'势横绿野苍茫外，影落横波潋滟间'下一句是什么？"

段九答道："不知道。"

"'迢第寒山无根处，风霜载途见禅关（改编自《题应天寺上方兼呈谦上人》)。'"戴圣言眉目低垂，目光温和如水，"芸芸众生，何人不苦？我戴圣言，幼年丧父，穷冬烈风，行数里求学；中年丧妻，仕途不顺，外放江州；晚年丧子，茕茕孑立，孤对寒灯。可是我有我的禅，虽苦厄满途，亦顶天立地，回首不悔。惊澜，"他顿了顿，仿佛喊了声"小潋"，"你们的禅，在哪里？"

这个问题太大太重，沈玦和夏侯潋都回答不出来，喉咙好像被箍上了一道生锈的铁环，说不出话。戴圣言望着两个青年，道："为师从不惧生为冷蝉，长埋地下，而惧终身行于暗夜，不见天日。若此生得见天光，死，又能如何？"

段九冷冷一蹙眉，道："先生说得够多了。厂公，你可考虑好了？"

"不多不多，"戴圣言温暾地笑了笑，"还剩最后一件事没说。当年败给迦楼罗后，我很注意锻炼身体，还学了一些奇淫巧技。比如说……"他把手从背后伸出来，"自解绳结。"

段九蓦然一惊，沈玦和夏侯潋心里涌起不祥的预感，想要跑过去。

段九高喝一声："乾达婆！"

戴圣言无言地笑了笑，垂老的眸子里盛满了清光，是沈玦和夏侯潋从未见过的清澈。他猛地一转身，双手死死攥住乾达婆拉着牵机丝的手。没人能想到这样一个垂暮的老人有这样惊人的速度，在乾达婆反应过来之前，老人用力往后一仰，锋利的牵机丝没入老人脖颈的皮肉，鲜血飞溅出去。

时间仿佛变慢了，沈玦眼睁睁地看着戴先生的头颅滚落，发冠掉在地上，白苍苍的发丝散开，在月光下出奇地亮。

那一刻，世界好像失去了声音，他什么也听不见。他好像失去了思考的能力，只感觉到无比深邃的悲意在他胸中翻涌，像滔天的潮水，几乎要把他淹没。可他竟然一滴眼泪也流不出来，只是怔怔地看着那颗渐渐冰冷下去的头颅，月光覆在上面，犹如霜雪风尘。

死了一般的沉寂之中，段九的第二次厉喝响起："乾达婆！"

刺客一跃而起，刀刃撕开风声的呼啸恍若厉鬼呼号。夏侯潋上前一步挡在沈玦身前，微微下蹲，他的眼前，利刃迎面而来！

夏侯潋拔刀出鞘。

雁翎刀擦过刺客的兵刃，划出如月的圆弧，然后迅疾无匹地斩下。无比迅猛的速度配合刁钻的角度，雁翎刀的斩击犹如劈山斩海，刺客的兵刃瞬间断成两截。

倭刀——拔刀术。

乾达婆想要回撤，然而已经来不及，一柄黑刀擦着夏侯潋腰侧伸出，刺进了他的腹部。鲜血顺着血槽淅淅沥沥流出来，乾达婆不可置信地低下头，看见黑刀刀身上的铭文：

"静铁……"

沈玦面无表情地把刀送得更近，乾达婆的身体剧烈地颤抖，面具跌下来，露出一张年轻人的脸。白瓷面具在地上清脆地响了一声，碎成两瓣。刀刃相接的声音仿佛一个信号，远处的战争应声而起，火铳的声音响如洪雷。竹林间猛地出现星子般的火光，迅速地向沈玦这边逼近，那是埋伏在竹林外的神机营军队。

老人的无头身躯倒在枯败的草丛里，鲜血浸入冰冷的泥土。

段九已经没入了黑暗，他的声音顺着风遥遥地传过来。

"厂公，后会有期。"

雪无声地落，地上铺上了一层薄薄的雪粒子，一个又一个前来吊丧的官员从沈玦身边经过，厚实的皂靴踩在雪地上嘎吱嘎吱地响。戴先生家的厅堂太小，吊唁的官员只能在灵前插上一炷香，又匆匆退出去。但没有人敢逗留在堂前的院子里，因为沈玦跪在那里。

　　白雪落了他满头满肩，好像一夜之间鬓发皆白。他的周围似乎有冰冷的海潮在寂静地涌动，把他和旁人彻彻底底地隔绝开来，没有人敢靠近，甚至忘记了道一句"厂公节哀"。他们从来没有看到过沈玦这个模样，他好像一直都高高在上，眼波轻扫间便见刀光剑影，烽火粲然。可是这一刻大家突然间发现，他也不过是二十来岁的青年，和自家的孩子一个年纪。

　　现在他的先生死了，这世间，终于再也不会有一个人慈祥又严厉地唤他一声"惊澜"。

　　夏侯澈带着番子四处搜查，京城里各处地窖、甬道都翻了一遍，他甚至抄了两家背景不明的赌坊和妓院，就差把京师的地砖一片一片地翻过来，仍是没有找到唐十七，也没有刺客。那个有时候尿有时候又有点猥琐的男人就这样人间蒸发了，连一片衣角都没有剩下。夏侯澈心里惴惴不安，却一点儿办法也没有。

　　沈玦还在戴先生家跪着。

　　雪还在下，派出去的番子一队一队地回来，禀告他一无所获。今天雪大，大街上人不多，翻倒的簸箕在地上滚，空荡荡的摊子堆满了杂七杂八的物事。有乞丐在翻东拣西，期望可以找到一点儿吃的。夏侯澈心里忽然茫然起来，伽蓝好像是一个虚无缥缈的幻影，他像是在做一场没有因由的梦，伽蓝的厮杀都只发生在梦里，否则为什么天一亮，刺客就随着月光蒸发，消失得无影无踪。

　　夏侯澈跑了很久，从早到晚。天渐渐暗了，夕阳在远山后面将落未落，薄薄的一片红，像穷苦人家褪了颜色的窗纸，糊在天尽头，雨水一冲就能掉下来。街上人更少了，天气冷，贩夫走卒生意惨淡，清瘦的影子落在雪地上，一道一道，都是孤苦伶仃的模样。

　　"发财了，发财了！"斜刺里冲出一个人来，披头散发，大冷天的只穿了一件单衣，领口微敞，露出惨白的胸膛。

　　夏侯澈止住了步子，番子们停在他身后，默默看着那个男人。

　　一个老妇人撑着拐杖从胡同里走出来，艰难地拉着那个男人："儿啊，儿啊，快跟娘回家吧！"

　　"好多金子，好多金子，我要捡金子！哈哈哈，都是我的，全都是我的，我发财了！"男人疯了一般把地上的雪兜进怀里，雪粒子装满了衣襟，他竟然也不觉得冷。

　　"儿啊，跟娘回家吧！老天爷啊，怎么会这样啊！"老妇人拽着男人的手，老泪纵横。

有番子低声道："是极乐果。那家伙服了极乐果，魔怔了。"

夏侯潋微微皱起眉。他们虽然大力排查入京的货物，但是仍会有漏网之鱼。有的外地商贩为了夹带极乐果入城，不惜在身上割一道口子，把药丸缝进伤口；还有的干脆把药藏在腌臜之处，夹带进城。若非有人因此伤了身子，横死家中，仵作尸检发现端倪，他们还不知道竟有这种法子。

夏侯潋叹了口气，道："来人，把他带回他家去，绑起来，别让他再乱跑。"

"是。"

沈玦还跪着。

斜阳覆盖了满身，身上的雪化了一茬又一茬，然后落上新的雪，冰冷慢慢渗进身体，沈玦的身体冷而木，像是石化了，浑身上下，连指尖都变成冰冷的石头。吊唁的人终于走光了，也不再有新的人来了，偌大的厅堂和小院，终于只剩下他和躺在黑色棺木里的先生。

他的思绪忽然变得很轻，脑海里闪过一幕又一幕小时候的事，一会儿是戴先生一边烧着炭炉一边在望青阁给他和夏侯潋授课，一会儿又是夏侯潋逃课，他一个人硬着头皮听戴先生讲手臂上长出人脸的鬼故事。

所有的事情都好像是上辈子发生的一样，他默然望着前方的雪地，远远的，隔着一层淡淡的斜阳，他看见那个枯瘦的老人摇头晃脑，底下的少年执笔沉思。

"惊澜师兄。"

他抬起头，戴先生的童子不知何时站在他的跟前。这个孩子也不过十五六岁的年纪，脸上泪痕未干。他或许是第一次遭遇这样的悲痛，还没来得及反应过来，被打得措手不及，但终究要像当年的谢惊澜一样，坚强长大。

他手里捧着几册书卷，卷卷都用油纸包得扎扎实实。他在沈玦面前跪下来，将书卷递给沈玦。

"这是先生的遗稿，是先生一生的心血，先生还没有来得及裁削付梓。我想，他肯定愿意把它们交给你，由你来完成。"

沈玦低下头，望着手里层叠的书稿。书稿很沉，压在手肘上，像是千斤巨石。

他涩声道："我配不上这些书稿，你交给其他人吧。"

"师兄，"童子把书卷压在沈玦手里，吸了吸鼻子，道，"有件事你不知道，其实知道你还活着，先生特别高兴。你知道吗？在庐陵的时候先生的身子就已经不大好了，生一场病，十天半个月都不见好。到了京城之后，又因为舟车劳顿，先生总是半夜里起来咳嗽，吃饭也只能吃一点点。可是自从知道你还活着，先生吃饭能吃大半碗了，有时候还常常溜达去书肆，找几本书回来看。偶尔听见街坊在谈论你的事情，先生就走不动道。"

沈玦垂下头，慢慢握紧书卷。

"上回三司会审，先生突然晕倒，后来太医出来，我听见他们说先生虽然身子虚弱，但还没到晕的地步。你说你要见先生，我进去请，我进去的时候，刚好看见他在翻你小时候写的试帖诗。"童子深深地看着沈玦，"师兄，先生是装晕的，他不想审你，不想送你去死。先生一生为公，无愧于任何人。可他也存着私心，这私心，是为你。"

童子从地上爬起来，对沈玦作了一个长揖："遗稿交于师兄，先生遗愿已了。师兄，珍重。"

心里的悲痛海潮一般汹涌上来，将他完全淹没。他的眼泪一滴滴落下来，滴在手肘间的书卷上，印出斑驳的点子。他深深地伏下身子，额头磕在冰冷的雪地上，呜咽声溢出喉咙，渐渐无法压抑，像一个无助的孩子一般，号啕大哭了起来。

一双手把他拉起来，他听见夏侯潋低低的声音："抱歉来晚了，少爷。"

夏侯潋温热的气息笼罩了他，鬓发间的雪花被拂落。他像抓住了一根救命稻草，死死抓住夏侯潋的衣襟，眼泪顺势落了下来。夏侯潋轻轻拍着他的后背，什么话也没有说。

沈玦慢慢平静下来，夏侯潋带他回了家。他在雪地里跪了太久，又大悲大恸，一回府就发起了烧。听沈问行说他一天颗粒未进，夏侯潋强行喂他喝粥吃药，一直照顾到半夜三更。底下人都累得人仰马翻，夏侯潋让他们去歇息了，只留下沈问行并两个小太监在外间守着。

房里只点了一盏灯，幽幽的烛火照亮一小方天地，沈玦的拔步床就在那一块儿亮处里面，隐隐看见帐子里面一个伶仃的影子。夏侯潋撩开帐子，靠着床柱子坐着，探了探他的额头，已经不烫了，又伸进棉被里摸他的四肢，也不烫了，就是衣裳被汗浸湿了。夏侯潋差人找来干净的寝衣，给他换上，免得又着凉。

虽然动作很轻，沈玦还是被折腾醒了，道："过来。"

夏侯潋伸手摸他额头："怎么了？还不舒服？"

沈玦沉默了一会儿才开口，嗓音因为病了而沙哑，听着低低的："阿潋，其实我和你不一样。"

夏侯潋没弄明白他想说什么，道："我们当然不一样。你是沈玦，我是夏侯潋，我们哪能一样？"

沈玦看了他一眼，低头看着自己的手，道："我是个坏人，从小就是，你和先生都看错我了。那天望青阁拜师，先生问我读书所为何事，我答'无愧于心，无悔于事，无怨于人'。这些都是骗人的，都是骗人的漂亮话罢了。我真心所想，是把谢家所有污蔑我的人、欺辱我的人踩在脚底下，我想看他们痛哭流涕，悔不当初。我想要我谢惊澜高高在上，再也不用看任何人的脸色。"

"我知道啊，"夏侯溦说，"我那时候不还想帮你踩他们吗？结果还没来得及踩，他们就被伽蓝灭了。"

"可是先生不知道，他一直都以为我是良才，却不知我走到这一步，全是我自己的选择。"沈玦哑声道，"敲登闻鼓，叩天阙，弹劾魏德数条大罪，奔波书院清议，以一己之躯和整个阉党抗衡，他是为了天下百姓，为了谢氏冤屈，也是为了谢惊澜，为了一个如此卑劣下流的我。"

"笨蛋。干吗这么说自己？你要是卑劣下流，那我就是祸国殃民。"夏侯溦拉拉他的袖子，道，"少爷，我不管那些。"

"可是如果，"沈玦垂着眼眸道，"我也骗了你呢？"

夏侯溦一愣："骗了我什么？"

沈玦的心微微缩着，呼吸有些发窒。他握了握拳头，最终还是说了出来："阿溦，我骗了你三件事。"

"哪三件？"夏侯溦问他。

"第一，当年你在宫里受伤被我救了的第一个晚上，我就看到了你娘，可是我没有告诉你。"

"这件事你不是说过了吗？"夏侯溦碰了碰他的肩膀，"没怪你。"

"第二，当年我跟你说我是被一个老乞丐卖进宫的，不是的，我是自己进宫的。"沈玦道。

夏侯溦没说什么，只问道："那第三件呢？"

沈玦定定地看着他，烛光中眸影深深。他顿了顿，一字一句地说道："我不是太监。"

夏侯溦一把抓住沈玦的肩，拧着眉道："这么大的事儿，你怎么现在才跟我说？"

沈玦颇有些气急败坏地说道："这叫我怎么说？难不成专程逮着你告诉你，你少爷我没断根，是不是还要给你过过眼？"

"那……那倒不必。"夏侯溦挠挠头，垂下眼，眼眸有些黯淡，"我还以为你不信任我。"

沈玦拉他的肘子："谁说我不信你？是你自己傻了吧唧，这么久也没发现。"

"你怎么躲过去的？进宫不都得挨一刀吗？"夏侯溦又问。

"本来是该挨的。"沈玦偏过头去，慢慢道，"大约是老天爷可怜我，给了我一份好运气。当年轮到我净身的时候，赶巧操刀的刀子匠闹肚子出去解手，我看见地上有条沾了一摊血的被单，就把被单蒙身上躺到担架上去。替班的刀子匠以为我已经净完了，就着人把我抬了出去。"

"竟没人发现吗？"

"你以为太监净身是怎么净？"沈玦斜眼睨他。

夏侯潋道："不就是断子孙根吗？"

沈玦摇头："那是前朝的法子。本朝早就换了法子了。每年黄化门验身，我都自己配了副药，不会长胡子，后来当了魏德的干儿子，没人再敢验我的身，便瞒下来了。"

夏侯潋听了心里担忧："药？什么药？肯定不是什么好东西，你万一喝多了真成太监了怎么办？"

"成就成吧，那又如何？反正我没有打算成家。"沈玦盘起腿坐着，侧眼望向夏侯潋，那家伙满脸忧心忡忡的模样，看起来很是为他担心。

沈玦顿了顿，声音低了一点儿："阿潋，你不怪我瞒你这么多事儿吗？当初我骗你说我是被卖进宫的，而且明明早知道你娘来找你，我却没有同你说。"他低头看自己的手心，嘲讽地笑了一笑，"还害得你七月半发作，差点丢了性命。"

"听上去是挺自私的。"夏侯潋说。

夏侯潋的话像一记闷锤打在沈玦心上，他还以为夏侯潋会反过来安慰他，跟他说没关系，不怪他。他忽然觉得自己虚伪极了，他坦白不是为了悔过，只是为了让自己心里好受点儿罢了。

他从来都是这样，即便是对着真心实意待他的人也能面不改色地撒谎。这就是他，卑鄙又自私。

额头上忽然被弹了一记，疼得他倒吸一口凉气，愠怒浮上眼眸，他厉声问夏侯潋："你干什么？"

"罚你啊。"夏侯潋眼睛里有笑意，"谁让你骗我。这次罚过你了，下次不许骗我了。"

沈玦捂着额头怔怔地看着他。

"少爷，"夏侯潋继续刚刚想说的话，"那个药别吃了，等伽蓝的事情完了，我们离开这里吧。"

"去哪儿？"沈玦问。

"随便去哪儿，南洋、东瀛，只要出大岐就好，找个地方隐姓埋名。我可以开个打铁铺，或者开一个武馆，总不会让你饿肚子的。就是日子肯定没在京里舒服了，不过能堂堂正正地做人，值了。"

沈玦失笑："我有钱，不用你养。"

夏侯潋笑道："到时候呢，你再娶房媳妇，给你们老谢家开枝散叶。儿子孙子，子子孙孙，说不定得有十几口人呢。"

夏侯潋絮絮叨叨地说："你要是有心思，也能多娶几个。不过我劝你别娶太多，容易后院起火。"

沈玦问："你呢？"

夏侯潋兀自道："我？我给你看园子呗。等你有娃娃了，我还可以教教他们打拳，强身健体，别跟你似的，一阵风就能吹倒。"

沈玦略一怔愣："你不成家吗？"

夏侯潋笑着摇头："我就算了吧。"

"为什么？"

"少爷，我手上沾的血太多了，太好的福气我享不了。"夏侯潋淡淡地微笑，"你的孩子就是我的孩子，我给他们当干爹。"

沈玦听了没说话，沉默了很久，不知道在想些什么。夏侯潋望着他，黑暗里什么也看不见，光看见一团浓重的影子。夏侯潋戳了戳沈玦的背，喊他："少爷，在想什么呢？"

沈玦忽然转过身来道："行了，我困了，睡觉。"

外面下雪了，落在轩窗和屋檐上簌簌地响，夏侯潋睁着眼睛望着窗外，不知道望了多久。

寂静中，之前发生的事一幕幕出现在眼前：一下子是戴先生花白的头发在空中飞扬，一下子又是月光下段九黑色的斗篷，渐渐地，连多年之前的往事都纷至沓来，鸦羽一般掠过眼前，像是无声追来的梦魇。一瞬之间，纷杂的情绪涌进夏侯潋的心底，白天来不及悲伤，现在竟好像喘不过气似的。

他深吸了一口气，强迫自己平复。月亮出来了，月光穿过松绿窗纱，透过帐子，夏侯潋闭上眼，侧着蜷起身子，也睡熟了。

第四十九章 花自飘零

侯府地牢。

段九拾级而下，从甬道里走出来。地牢里的人抬起头，透过稻草一样的乱发，看见这个披着黑斗篷的男人。他个子很高，是个魁梧的汉子，脸庞瘦削，晒成蜡黄色，又粗糙，像风干的山芋片。他看起来其实一点儿也不像个刺客，眼里没有锋芒也没有杀气，倒像个种田的庄稼汉，笑起来的时候甚至有点憨厚的味道。

段九搬了杌子和矮几放在地牢前面，撩袍坐下来，从斗篷底下掏出一把烟斗，在烟锅里灌上烟叶子，用火折子点燃。段九吸着烟嘴，叭叭吐了几口烟，烟雾腾衮而起，笼罩了他的脸。

"十七啊，这儿住得还习惯吗？"他问。

"还行，"唐十七靠着石壁嘿嘿地笑，"就是牢房湿气太重，老鼠多了点儿，天天夜里叽叽喳喳，吵得我睡不着觉。"

"是吗？"段九笑了笑，"只要你说出我们想知道的东西，别说是老鼠，就算是蚂蚁，我们也会灭得一干二净。"

唐十七爬到铁栅栏边上，赔着笑说："叔，您饶了我吧。我是真不知道夏侯潋在哪儿，我要是知道我早说了，何必等到现在。"他撸起袖子给段九瞧，手臂上伤痕累累："您瞧您手下给我打的，浑身没一处好肉啊！"

段九摇头轻笑："你这张油嘴呀，我知道你不会开口，你可知道我为何抓你进伽蓝？"

"您不是想冶炼牵机丝吗？"唐十七搓搓手，"您看您要我把图纸给工匠，我一张不落，全上缴了。您要牵丝技谱，我也默出来给您了。我真的是为咱们伽蓝鞠躬尽瘁啊，叔，您咋还怀疑我呢？"

"对了一半。"段九用烟锅敲了敲案几，道，"十七啊，小漱那孩子是我看着长大的，我了解他。这孩子最重情义，小时候不过在谢家待了几个月，便有胆子背叛伽蓝，拼命送谢家那个小少爷逃出伽蓝围杀。后来他靠着他娘捡回一条小命，好不容易当上伽蓝刺客，我从刀炉精心挑了静铁给他，没想到他一转头，就送给了那个小少爷。"

"小少爷？"唐十七听得一头雾水。

"就是沈玦，你见过吧。我那时只当他初出茅庐，身手不济，不当心，把静铁给落下了。若非前日看见沈玦的刀，我还不知道这孩子竟然把静铁送给了他。"段九的脸色慢慢变得阴沉，"真是胡闹。刀在人在，刀是刺客的性命，况且还是静铁，怎么能说送就送？"

唐十七握紧拳，做出义愤填膺的模样："就是，怎么能说送就送！这个夏侯漱，真是不知好歹，小小年纪就做出这样的事儿，难怪之后会叛逃。不行，叔，等您抓到他，非得好好惩治惩治不可！"

段九望着他笑了笑："一个小少爷尚且如此，更遑论你啊十七。你跟着他混了多少年？"

唐十七心下一紧，涌现出不祥的预感。段九还看着他，兜帽底下眼睛深邃，看不出是什么神色。

他挤出一个讨好的笑容，道："我？我算个啥呀，我就是一个打下手的。跟他混的时候就不得劲儿，我好吃懒做，还乱花钱，他早想把我给辞了。再说了，他为那个小少爷做到那样，保不齐是想攀附人家的权势。"

墙上斜插着火把，火光在段九脸上跃动，一半明一半暗。段九思量了很久，笑了起来："小漱重情义我是知道的，当初抓你来，便是算准了将来有一日他若知道你陷在我手，定不会坐视不管。我一直等着那一天，等着你带我们找到他。如今想来，我真是糊涂了，我这棋本来可以走得更快一步。"

唐十七心里又忐忑起来，讷讷地张口："啊？"

段九站起来，俯视唐十七的目光说不出的冷："十七啊，你的行踪从来都掌握在我的手心，从你们刚开始接头的时候我便已经发现了端倪，如今更是证明了我的猜测。秋门的易容术果然不可小觑，夏侯漱虽不是秋叶的正经弟子，却比书情更得真传。"

"你……你……"唐十七张目结舌，很快又镇定下来，歪嘴一笑道，"段大爷，您抓不住他的。人现在有沈厂公护着，沈厂公本事通天，当初能把你们伽蓝整得丢盔弃甲,定也能把老大护得密不透风。"

"你说得对,"段九淡淡地说,"可是十七,他有沈玦相护,你又有谁呢?还是担心担心你自己吧。将傀儡照夜的图纸画出来交给我,我便饶你一命。否则……"段九很轻地笑了笑,"想必你绝不想尝尝极乐果断药之苦。"

他说完转身,一步步消失在甬道的黑暗里。唐十七瘫在地上,仰面对着乌漆墨黑的屋顶。四面都是厚重的石墙,沉重如铁的黑暗压在他身上,让人喘不过气来。他心里完全没底了,这鬼地方不知道是哪里,他蒙着眼被刺客带到这里,从此不见天日,他甚至已经忘记自己在这儿待了多久了。

他翻过身去对着墙壁叹气,要是这回能逃出生天,他一定洗心革面好好做人,再也不嫖不赌,他要学他老大,当个好男人。

"唐十七。"身后有人喊他,唐十七吓了一跳,挺起身来回头看。

是紧那罗。

他蹲在栅栏边上望着他,他穿着刺客的箭衣,头上扎着网巾,没戴发冠,脸侧一道狰狞的伤疤,一双眼阴沉沉的。从前身上的温柔懦弱的书生气全没有了,取而代之的是收敛在身体里的沉沉煞气。他已经是一个完全合格的刺客了,精悍如铁,和伽蓝其他人一样。

唐十七吞了吞口水,没敢说话。紧那罗现在脾气大不如前了,上回唐十七亲眼看到他打死了一个不愿意伺候他的女人。他以前是个和女人说话都要脸红的家伙,现在却可以面不改色地把刀刺进她们的胸膛。

"你要是想要活命的话,还是听段先生的话,尽早把照夜的图纸交出来吧。"紧那罗低声说,"伽蓝现在很缺人,乾达婆死了,底下的刺客刀法不够精,不足以继承他的位子。你要是宣誓效忠伽蓝,段先生不会浪费一个人才。"

"效忠?那总得纳个投名状什么的他才能信,我纳谁?"

紧那罗攥紧了铁栏杆:"当然是夏侯潋。你帮我们骗他出来,然后……"紧那罗咬着牙道:"杀了他。"

唐十七盯了他一会儿,躺回去跷着二郎腿道:"昨晚老鼠吵得我没睡好,困死老子了。先睡了,晚安。"

"唐十七!你何必对他这样忠心耿耿?"紧那罗冷笑,"你看你现在搞成什么样子?可他呢?他在外面逍遥快活!他这种人有什么好?他为了一己私仇让整个伽蓝下地狱,自己却得了解药逃出生天。什么兄弟,他根本不放在眼里,他只是利用你!"

唐十七背对着他不理人。

紧那罗冷声道："好，这是你自找的，别怪我没有救你。"

他站起来往外面走，唐十七忽然叫住他："秀才，我的遗书埋在褚楼门口的牌坊底下。要是有一天我真的……你就帮我把我的遗书交给老大。随便你用什么法子，只要交到他手上就好。"

紧那罗顿了顿脚步，却没有说话，转身步入了甬道的黑暗。

段九进了百里鸢的院子。今儿天晴了，橘黄色的阳光照在门簪上，一朵莲花的纹样清晰可见。侯府的宅子很老了，高高的门槛脱了漆，原先是朱红色的门板黯淡成深色的赭红，在浓烈的光影下更显得颓败。

百里鸢坐在门槛上玩风筝，还是那只吊睛白额的老虎风筝。这风筝其实是弑心送给持厌的，原先挂在持厌的小屋里，百里鸢见了喜欢，硬讨了来，从此就不离手了。

抬眼看见段九，百里鸢淡声问道："问出来什么没有？"

段九轻轻摇头。百里鸢眉头一皱，刚想说话，段九又道："不过，属下已经知道夏侯潋的下落了。"

百里鸢眼睛一亮，嘴角露出险恶的笑容："那就去杀了他！把摩睺罗迦、夜叉、阿修罗都召进京，再加上紧那罗，我不信杀不了他！"

"八部乃我伽蓝精锐，岂能如此不计后果？他有沈玦相护，要杀他谈何容易？"段九叹道，"阎罗，您要想的应当是如何壮大伽蓝，而非一己之喜怒。放心吧，我们不会让持厌知道他在哪里，只要持厌不知道，他便不足为惧。"

百里鸢狠狠地皱起眉头："沈玦、沈玦，那个死太监，敢挡我的路，真是讨厌！也罢，天暖了，我要动身回朔北了。我把哥哥带回雪山，他们相隔千里，就永远也见不了面。"百里鸢把风筝给段九拿着，提起裙子去找持厌。

他正在房里换衣裳，门打开的时候，阳光照在他后背上，百里鸢看见他背上狰狞的墨色刺青。他拉起衣裳，刺青被遮住。伽蓝的男人有刺青不奇怪，她没想到持厌这样的乖小孩儿也会去文刺青，而且一文就满背。

肯定又是夏侯潋那个小子带的。百里鸢撇撇嘴，假装没看见，坐在鼓凳上看他套上中衣，又穿上外袍。他低头系衣带和盘扣，眼皮低垂着，长而密的睫毛遮着墨色眼眸，是很恬静的模样。就是脸色苍白了点儿，那是他前几天刚服完药的缘故。

持厌最后戴上琉璃耳瑱，归置好房里的床铺，才跟着百里鸢出门。胭脂胡同白天冷清，只有几个鸨儿敞着门隔着胡同嗑瓜子聊闲天。他们从后门进了云仙楼。灯笼没有挂起来，回廊和檐下都光秃秃的，园子里的花儿倒是开了一些，瞧着没有那么冷寂了。

快走到阿雏的小院外的时候忽然有人声传出来，随行的刺客走前去看了看，回来禀报道："是来查咱们伽蓝刺客的锦衣卫。阎罗，要不要打道回府？"

"回什么府？我怕他们？"百里鸢冷笑了一声，推开刺客，自己负着手走了进去。

不大的小院里站了七八个锦衣卫，全都腰挎绣春刀，身穿飞鱼服，斑斓的彩绣在阳光下熠熠发光，有一种狰狞的艳丽。阿雏的房门闭得紧紧的，有两个锦衣卫守在门前，手里捧了瓜子在嗑，落了一地的瓜子皮。

百里鸢一进来，锦衣卫的眼睛纷纷转过来。

"哟，哪儿来的小姑娘？"有个锦衣卫露出猥亵的笑容，转眼看了看缩在门柱边上的老鸨，"你们还有这样的货色，怎么不早带出来给爷们瞧？"

老鸨赔着笑，畏惧地看了眼百里鸢，缩得更紧了些。

"不要！我不要！"阿雏的哭喊穿过房门传出来，紧接着是男人的咒骂，一共两次，一前一后，音色不同。

百里鸢眸子一缩，脚步顿住了，看向老鸨："里面怎么了？"

"还能怎么了？"有个锦衣卫暧昧地笑了笑，"爷们来妓院查案，顺便歇歇脚，不亮亮宝刀怎么行？阎总旗和张小旗玩大的，我嘛……"他朝百里鸢走过来，伸手要挑她的下巴，"玩小的。"

一只手抓住锦衣卫的手腕，锦衣卫手腕一痛，像被铁钳钳住似的，动弹不得。他抬起眼，正对上一双漆黑的眼眸："你干什么？找死吗？"

"百里，进去。"持厌道。

"你们愣着干什么？"那锦衣卫气急败坏地大吼，"把这个不要命的抓起来！"

锦衣卫纷纷拔刀扑了过来，守门的那两个也过来了。持厌侧身一让，一把绣春刀擦着他的鼻尖落下，他一个手刃打在那个人的手腕上。那人松了手，绣春刀落入了持厌的手中。

绣春刀横在持厌胸前，一抹弧光一闪而过，凄如冷月，持厌垂着眼，静静地站在那里。刹那间，他的气势顿时就变了。锦衣卫收了攻势，不敢贸然上前。他们忽然意识到眼前这个男人并不像他的外表那样呆弱可欺，他手里的刀，会杀人。

可是那又怎样，他们堂堂锦衣卫，难道还怕一个在妓院里打杂的小厮？

一个锦衣卫打头，其他锦衣卫跟在他身后怒吼着扑上前。持厌眼皮猛地抬起，就要出刀，然而出刀的一瞬间他忽然想起他现在不是刺客，不能杀人，于是手腕一翻，刀刃反射着太阳光掠过锦衣卫胸前的纹绣。持厌挥刀向下，以刀背迎敌。

与此同时，百里鸢绕过他们跑向屋子。阿雏在屋里凄厉地哭喊着，那样地声嘶力竭，那样地无助。百里鸢越靠近屋子身子越冷，仿佛置身于大雪纷飞之中，深深地埋进了雪里。她隐隐地知道里面会发生什么，她头一次害怕面对。她见过尸横满地，也见过血流成河，却没有见过女人纤弱的身体被男人欺辱。

她一脚踹开了门，天光照进去，地上两个衣不蔽体的男人被刺目的亮光吓了一跳，从女人的身上爬起来。百里鸢看见了阿雏，她缩在榻角，竭力去够榻上的被子遮住自己雪白的身子。可百里鸢还是看见了她身上的青紫，在白白的身子上显得格外刺目，阿雏像凋残的梨花，被践踏得体无完肤。

阿雏在哭，哭声呜咽。百里鸢没有看那两个男人，只是望着地上的阿雏。阿雏的哭声牵引着百里鸢胸中的暴怒，愤怒在她的身体里游走，犹如烈焰一般将她吞噬。

该死，百里鸢缓缓握紧拳头，他们都该死。

有个男人的衣裳堆在百里鸢身边的黄梨木八仙桌上，他一手捂着下面，一手伸过来拿。阳光下一道刺目的亮光一闪，紧接着是男人凄厉的尖号。正和持厌扭打的锦衣卫们掉过头来，震惊地看见百里鸢把阎总旗的手钉在了桌上。

百里鸢扎得太猛，鲜血溅了几滴在她瓷白的脸上。她的眼神里透着狰狞的凶煞，像一只地狱里爬出来的恶鬼娃娃，一时间连房里的张小旗都吓得忘了去拦住她。

"你们的主子是谁？"百里鸢慢条斯理地扭动匕首，"锦衣卫指挥使杨大人，还是司礼监掌印沈玦？没关系，你们尽可以去告诉他们我要了这个人的手，但是要记得报上我的名字，"百里鸢盯着哀号的男人，咬着银牙道，"朔北，百里鸢。"

"百……百里……是朔北女侯。"锦衣卫面面相觑。

"没错，就是本侯。"百里鸢扭过头来笑，"记得要跑得快一点，再快一点。否则，恶鬼会追上你们，把你们……统统吃掉！"

夏侯潋正在诏狱里旁听南镇抚司的百户审讯伽蓝暗桩，梳洗断椎的招式全走了一遍，就差把他的脊梁骨挑出来，那暗桩还是死闭着嘴巴不开口。牢房里泛着一股血腥气，鲜血牵线似的从那个暗桩身上滴落下来。

夏侯潋看得心里不舒坦，好几次想要出去透透气，但还是忍住了。锦衣卫和东厂虽说都是沈玦的鹰犬，但毕竟分属不同衙门，暗地里不大对付，不能让他们看了笑话。这些锦衣卫对这种场面早已司空见惯，就是夏侯潋自己的下属也面不改色，只有夏侯潋刚上任没多久，还不习惯这样惨无人道的审讯法子。

暗桩终于供出了伽蓝暗桩在京津一带的布局，不过他被逮住，布局很可能已经变了。夏侯溦问他伽蓝传递消息用什么法子，暗桩半死不活地抬起眼皮子，道："用唇语。我们从来不碰面，只遥遥用唇语应答。"

又是夏侯溦没听过的新法子，段九上任之后改革了不少关节，现在的伽蓝早已不是当初的伽蓝。

"唐十七在哪儿？"夏侯溦又问。

"不知道，他老早就被段先生带走了。"暗桩喘着粗气说。

夏侯溦慢慢握紧拳头，沉声问："你们当真没有暗巢？"

"没有了，"暗桩说，"段先生说巢穴是等人来一网打尽，真正的隐匿当如盐入水，现在我们都在正经铺子里做活儿。"

"持厌在不在伽蓝？"

"没听说过。"

"你们还有多少暗桩在城里？"

"不知道，"暗桩顿了一下，道，"我只知道，很多，很多。"

"多到什么程度？"

暗桩抬起头来，对夏侯溦奇异地笑了一下："你一出门，就能遇见。"

诏狱里沉默了，地牢里冰冷又潮湿，大家像泡在一缸冷水里面，彼此相望，都是泡得发白的脸色。夏侯溦忽然想起那天段九说天下黑道，同气连枝。只有把阴影连成一片，才能无处不在。他心里慢慢沉下去，仿佛看见唐十七在那黑暗的最深处，绝望地看着自己。

"百户大人！"一个锦衣卫急匆匆跑进来。

百户眉头一皱，瞪了他一眼："慌慌张张做什么？没见小沈大人在这儿吗？"

锦衣卫看了看夏侯溦，一时竟顿住了脚步，不知道要不要说。

百户又瞪他一眼，骂道："厂卫一家，你吞吞吐吐的娘儿们样是要做给谁看！"

锦衣卫连忙拱手，道："胭脂胡同出事儿了。阎总旗带人去查刺客，不小心冲撞了临北侯，被……"他偷摸看了百户一眼，咽了咽口水道："被临北侯钉了右手。"

厂卫俱是一愣，自魏德掌权以来，还没人敢对厂卫这般无礼。百户气得拍桌子，茶杯被震得哐哐响："临北侯是哪旮旯冒出来的穷酸小侯？这是不把咱们督主放在眼里！"

夏侯溦看了他一眼，道："督主向来教导咱们要行事谨慎，莫要多生事端，大人还是仔细自己吧。"他扭头冲那个锦衣卫说："你这话说得没头没尾，胭脂胡同那么多妓院，哪家出了事儿？阎总旗又是怎么冲撞了临北侯？据我所知，临北侯就是一个女娃娃，怎么就能钉住一个七尺大汉的手？"

那锦衣卫慌忙下跪，道："回大人，是云仙楼出了事儿，阎……阎总旗搂了云仙楼的红倌人阿雏，那小君侯见了，不知怎的就发起脾气来，把阎总旗给钉了。"

"阿雏？"夏侯潋心里一惊，一面扯着那个锦衣卫问话，一面往外走，间隙里叫了一声，"备马！"

他径直出了南镇抚司，接过番子手里的缰绳翻身上马，挥鞭往胭脂胡同赶去。这帮狗娘养的官官相护，逮个鬼的刺客，难怪沈玦名声这么差，都是这帮杀才糟蹋的。夏侯潋气得胸口疼，一面又担心阿雏。他刚进东厂的时候还会去云仙楼喝酒，后来被上面批了一通，说国丧期间不许玩乐，就再也没去过了，没想到今日再去就是如此光景。

街面上人流涌动，骑在马上望过去全是黑压压的人头，两边店铺的招子伸到半空，在风里面扑扑地打着。夏侯潋策马经过西四牌楼底下，人群挡住了路，番子在前面使劲儿吆喝，人才慢慢闪出一条路来。夏侯潋看着底下的人，每个人的嘴巴都装了簧片似的动个不停，无数人的目光交织在一起，辨不清楚到底谁才是伽蓝暗桩。

他莫名有种被窥伺的感觉，好像四面八方都是伽蓝暗桩的目光，粘在身上躲不过也甩不掉。他们用唇语传递着消息，告诉同伴他要去胭脂胡同。

他在云仙楼门前下了马，直奔阿雏的院子，远远地就看见一群锦衣卫站在那儿，还有一群长随模样的人和他们对峙，约莫是临北侯的家仆。

夏侯潋走过去，番子把两拨人推开，给夏侯潋让出道。夏侯潋踩上石子路，脚下忽然磕绊了一下，低头一看是一把绣春刀，上面沾了血，扭头便看到几个受了伤的锦衣卫站在花坛边上龇牙咧嘴地互相包扎，回头看临北侯的家仆，身上干干净净，没人受伤。

夏侯潋皱了皱眉头，但来不及多想，直接进了阿雏的屋子。他一进屋就看见一个十二岁模样的小女孩站在黄梨木八仙桌边上，手里攥着一把镶金匕首，匕首下插着一个男人的手。那男人身量胖硕，衣裳没穿好，腌臜玩意儿在敞开的衣襟下若隐若现，还有个穿着飞鱼服的男人拱手站在边上哀声告饶。

阿雏坐在落地罩边上擦着眼泪，脸上的胭脂被眼泪浸出两道污痕，红红白白，看起来很是憔悴。

张小旗看见夏侯潋，两眼一亮，像是看见了救星，忙走过来道："小沈大人您可来了！您快帮咱们劝劝小君侯放过阎总旗吧。您看这手也扎了，人也教训了，我们不就是……不就是要了一个妓女吗？犯得着这样大动干戈吗？平白伤了和气。"

他转头又冲百里鸢哈腰："卑职都是为厂公办事儿的人，料想小君侯也不愿督主难办吧？"

夏侯潋朝百里鸢作揖："还请小君侯高抬贵手，容卑职将他带回去发落。"

张小旗在一边帮腔："是啊是啊，罚月俸还是降职，都使得，都使得。"

百里鸢黑沉沉的眼睛盯着夏侯潋，这是她第一回看见夏侯潋，持厌心心念念的弟弟。他有极为锋利的眉目，长而浓的眉毛，黑而深的眼睛，肤色黑了些，是成日在太阳底下奔波晒黑的，绷着脸皮的时候隐隐有一种煞气。那是他洗不掉的刺客印记。

"小沈大人，真是幸会。"百里鸢漠然道，"发落，怎么发落？你会杀了他吗？"

夏侯潋不知道是不是错觉，他在这个女娃娃眼中看到隐隐的敌意，微微皱了皱眉，拱手道："卑职不能下令处斩，还得容衙门审理定夺才是。"

阿雏望着夏侯潋，心里凄惶起来。听夏侯潋这话头儿，倒像是不准备帮她讨回公道似的，她心里顿时悲凉起来。也对，人家现在当了官儿，岂能因为她一个妓女和别人结梁子，再说他又不是没帮过她。可她心里还是堵得慌，压了成千上万颗大石头似的，呜咽声从喉咙里漏出来。

百里鸢听见阿雏的呜咽声，心里顿时焦躁起来。

"沈潋，你果然和你的义父一样，令人厌恶。"百里鸢冷冷道，"既然如此，那便由本侯代劳！"话音刚落，她猛地把匕首拔出来。阎总旗痛到脸庞扭曲，肥腻的脸肉一阵痉挛，像揉皱了的硬纸。百里鸢没有停，匕首掉了个头对准阎总旗的面庞刺过去，一旁的张小旗发出惊恐的尖叫。

阿雏也惊叫："阿鸢！"

然而匕首在逼近阎总旗脸庞一寸远的地方忽然停止，百里鸢抬起头，是夏侯潋制住了她的手腕。

"督主不是我的义父。"夏侯潋看着她的眼睛，"小君侯，你不日就要回封地了，在此之前还是不要惹出祸端的好。杀了一个锦衣卫，对你有害无益。"

百里鸢面无表情地盯着他。

"如若小君侯信得过卑职，便把他交给卑职来处置吧。"夏侯潋继续说。

百里鸢双眼一眨不眨地望着夏侯潋，夏侯潋也望着她。两个人对视了许久，百里鸢脸上的凶戾慢慢褪下去，收回手道："很好，你把这两个人带走。不过，你要把他们看得紧紧的，最好是滴水不漏。他们的命能不能保住就看你了，沈大人。"

张小旗抹了一把汗，把阎总旗从桌边搀起来，路过夏侯潋的时候阎总旗停了步子，道："改日定当略备薄酒答谢大人搭救之恩，届时请大人务必赏脸。"

"脸就不赏了。"夏侯潋说。

阎总旗脸色一僵,显然没料到夏侯潋这么说话,只听夏侯潋又道:"来人,把这两个杀才押到东厂大牢,听候审讯!"

这下所有人都呆住了,阿雏和百里鸢都转过脸来,眼睛里有惊讶。

厂卫虽是一家,可去东厂总没有回锦衣卫衙门安心,况且听夏侯潋方才这话头儿,总觉得语气不善。张小旗心里忐忑,流着汗道:"小沈大人这是何意?回锦衣卫也是一样,咱们回锦衣卫听候发落吧,小沈大人,您看如何?"

"我说得不够明白?"夏侯潋一字一句地道,"拿人!"

立时有几个番子上前来掰住两人的肩膀和手臂,阎总旗沙哑着嗓子喝了一声:"慢着!"

他喘着粗气道:"小沈大人,我们是锦衣卫,就算要审,也是押解到南镇抚司,由百户大人审讯,千户大人核查,指挥使大人批准。您是东厂的档头,管你们东厂的事儿就好,将我们押到东厂,是什么道理?"

夏侯潋沉吟了一下,点点头道:"你说得对,我弄错了。"

阎总旗刚松了一口气,夏侯潋又道:"来人,把他们押到刑部大牢。"

阎总旗脸色一变:"大人!"

"犯官押解刑部,这总没错吧。就算是你们锦衣卫要拿人,也当去刑科批发驾贴。"

"你!"阎总旗脸皮颤抖,道,"小沈大人,您高抬贵手,放了我等这一回如何?一个妓女而已,何苦做到如此?我的舅舅是司礼监秉笔太监姚公公,跟着厂公做事做了七年。就算您是厂公干儿子,论亲疏远近的确越不过您去,可您总得给我舅舅一个面子。否则……"阎总旗冷笑了一声,"我舅舅和厂公在宫里抬头不见低头见,我可保不准我舅舅说上您几句闲话。"

夏侯潋走到阎总旗面前,低头帮他整了整衣领,然后拍拍他的脸,冷笑着道:"说了多少遍,督主不是我干爹。至于你要告状,尽管去。老子但凡说一个'怕'字,就把名字倒过来写。"他抬头又吼了一声:"来人,带走!"

外面的锦衣卫呆若木鸡地看着阎总旗和张小旗被押走,番子们推着他们跟上。夏侯潋让他们先走一步,回过头看阿雏。阿雏拿手绢擦着脸,脸上的胭脂已经糊成了一片,百里鸢也在边上举着手帕帮她擦。一大一小两个人蹲在地上,很可怜的样子。

夏侯潋在门槛边上站了一会儿,太阳照在脊背上,微微有点发烫。

"阿雏,你放心,我肯定会帮你讨回公道的,但章程还是得走。"他说,"这种人案底肯定很多，一准能治死他。"

"算了，夏侯，你别跟他们结梁子，到时候沈公公该怪罪你的。"阿雏说。

"督主是我兄弟，他不会怪我的。"夏侯潋看她还是很颓靡的样子，踌躇了一会儿，又道，"你要不要洗个澡？我去帮你打水。"

阿雏抹了把泪，道："夏侯，谢谢你。你救了我两回。"

"谢什么？小事。"

夏侯潋撸起袖子走出去，熟门熟路地朝后厨走。他从前在这儿住的时候经常走这条道儿，清晨起得早眼睛还迷瞪着，可闭着眼睛也不会走错。夹道边上开了点儿梅花，浓浓淡淡点缀在青砖墙上，阳光照在上面，滚上一圈金边。身后响起脚步声，他起初以为是云仙楼的仆役，让开道来，可那脚步声紧跟着他，他回过头看，正瞧见百里鸢闷不吭声地跟在后面，见他看过来，对他龇了龇白牙。

"小君侯怎么来了？"夏侯潋问。

"你管我。"百里鸢负着手在他边上走。

他偏头看这丫头，她穿着妆花蓝缎的马面裙和素绸袄儿，脸蛋白生生的，眼眸乌亮，不说话的时候还挺恬静。夏侯潋听说过她，他们东厂做事的人，对京里面的贵人或多或少知道些根底。她是大岐唯一的女侯，也是唯一的稚龄君侯，可惜家里人死得早，一个人孤苦伶仃地上京来朝贺。沈玦提过她一嘴，说这丫头暴戾得很，倒是很配她的名字。

"方才阿雏的事儿还要谢过小君侯，"夏侯潋又道，"只不过下一回别那么莽撞了。"

百里鸢冷哼一声，什么话也没说。

"小君侯为何会在这儿？"夏侯潋有些好奇。她一个姑娘家，还是贵戚，竟然出现在胭脂胡同。

"来玩儿。"她指了指另一边的墙根，"那里有个狗洞，我经常钻。有一回遇到坏人，阿雏姐姐救了我。"

来这种地方玩，夏侯潋笑了笑，他倒是很能理解她。没爹娘管教的孩子就是这样，他也是，甚至胆子比她还要大一些，爬墙、上房、偷钱，什么坏事儿都干过。他又问："所以这回你也救她？"

"嗯。她是我姐姐。"百里鸢仰着头望着夏侯潋，"我哥哥姐姐都死了，阿雏姐姐对我好，她就是我姐姐。"

她这话听起来很是辛酸，夏侯潋莫名想起恃厌来，抬头看前面，鸡蛋黄的阳光打在枯枝上，一切都是昏黄的模样，有一种寥落的凄清。一路无话，顺着回廊一拐弯,赶巧路过他以前住过的柴房,往那边看了两眼,房门闭着,门前搁了一大盆还没洗干净的衣裳,应当是换了新的小厮在那儿住。

夏侯溦从门外经过的时候,持厌在门里面糊风筝。段九坐在炕上看着他,持厌低着头,一点一点把风筝纸糊在竹篾上。这手艺是夏侯溦教给他的,夏侯溦很会做东西,尤其是这种小孩子玩的玩意儿,据说是小时候孤单,自己学会的。他想弟弟真的很聪明,他小时候也孤单,可是他就没学会。夏侯溦一个不落都教给了他,他练了很久,做出来的东西有夏侯溦的七八分那么好。有时候停下来揉手,外面的声音很迷蒙地传进来,最开始是几个男人吵架的声音,后来是杂沓的脚步声,慢慢地静下来了,他听见有人经过了他房前的回廊。

是那些打人的锦衣卫吗?他想。他一开始本来是打赢了的,后来段九忽然带来了候府的刺客,顺便把他带走了。其实他有机会杀百里鸢,他拿到了绣春刀,只要有刀,他有把握杀掉百里鸢。可是如果杀了百里鸢,他也会被其他刺客杀掉。他可以杀了所有人,可他无法全身而退。他存了一点私心,他还想再见小溦一面,哪怕只是一面。他犹豫了,只那么一瞬间,他就失去了最好的时机,刀被段九夺走,他又成了伽蓝的囚徒。

他停了下来,变得怔怔的。段九的烟锅在黑暗里一闪一闪,像转瞬即逝的烟花。

夏侯溦打了热水回来,帮阿雏蓄满浴桶,就准备回去继续上值了。阿雏身子不方便,百里鸢送他出来。走到门前的石狮子边上,长随牵过马来,夏侯溦接过缰绳。

"你有哥哥姐姐吗?"百里鸢忽然问他。

"有一个哥哥。"夏侯溦说。

"他在哪儿?"

"不知道。找了很久都没有找到。"夏侯溦低头蹭了蹭脚底下的沙子,"那家伙傻了吧唧的,真担心他被人卖了还给人数钱。"

"你有新哥哥了,为什么还要找他?"

夏侯溦一愣:"新哥哥?我哪儿来的新哥哥?"

"沈玦,"百里鸢说,"你说他是你兄弟。"

夏侯溦不知道怎么说了,自暴自弃道:"你说是就是吧。"

"既然有了新哥哥,就不要找旧哥哥了。"百里鸢回过身去走上台阶,"你今天救了我姐姐,我不找你麻烦,你走吧。"

夏侯溦被她说得云里雾里,莫名其妙,可能小孩儿的脑子和大人不大一样,捉摸不透。他不再多说,翻身上马走了。

百里鸢坐在阶梯上望着夏侯溦的背影消失在寥落的胡同尽头。天尽头白白的,阳光有一点刺眼，她把手笼在眼睛上面，看了很久。

"阎罗，您心软了吗？"段九的声音响在后面。

"我没有，"百里鸢轻声道，"我只是在想，为什么大家都喜欢他？哥哥喜欢，姐姐也喜欢。"

"你不该放走他的，"段九轻声道，"阎罗，你知道夏侯霈为什么会死吗？她曾经是伽蓝最强的刺客，却死在了一个道貌岸然的伪君子刀下。"

"不是因为你设的计吗？"

"不，是因为她有了软肋。阎罗，您要走的路还很长，伽蓝的未来掌握在您手里，您不该这样妇人之仁。"段九笼着手长长叹了一声，"也罢，您要报恩，我便替您送上一份大礼吧。"

第五十章 夜雨声频

夏侯溦回到沈府的时候天已经黑了，约莫是因为这几天都忙得脚不沾地，没好好休息，下马的时候头有点晕，差点从马上栽下来。幸好长随过来扶了一把，他才没真摔到地上去。

"大人回去好好歇息一番吧，铁人也经不起您这般忙活。"长随道。

"没事儿。"

夏侯溦摆摆手，一面松领子一面绕过影壁，过了跨院，正瞧见沈玦的书房亮着灯。夏侯溦眼睛一亮，也不必通传，推开门走进去。沈玦坐在黄花梨的书案边上，垂首翻着公文。

沈问行端茶进来，碰见夏侯溦，笑着问了声好："怎么不进去？干爹刚还问您多久回来呢。"

夏侯溦笑了笑，这才进了门。沈玦淡淡瞥了他一眼，却不做搭理。

"今天怎么出宫来了？"夏侯溦坐在他边上摸了摸茶杯，确认不烫了才递给他。

"大同卫的番子把公文递回来了，去了趟东厂，看天色晚了，就不回宫了。"

"大同卫又出什么事儿了？"夏侯溦吃了一惊，"辽东还乱着，朔北又不太平？"

沈玦说不是："上回让人查了查百里家那个小君侯罢了。她一家老小死了个干干净净，独留下这么根歪苗儿。我先头猜测是不是这丫头使了什么手段，才得了这君侯的头衔。"

夏侯溦想起那个女娃娃在阳光下的侧影来，她说哥哥姐姐都死光了的神情，看着让人心头堵得慌。他沉吟了一会儿，道："今儿我碰见她了，暴戾是暴戾了点儿，但富贵人家的孩子骄纵惯了，养出这样的脾气倒也不怪。"

"嗯，老君侯确实宠她宠得厉害，怕她夭折，还专门在雪山上的尼姑庵里请了师父当干娘。"沈玦两手交叉放在鼻梁上，"五年前侯府闹了天花，她恰巧在山上躲过一劫，一家老小却全染病死了，这才得了爵位。这样看倒没什么可疑的地方。"

"五年前才七岁，字都认不全吧。"夏侯溦说。

沈玦把笔搁在案上，靠在椅背上捏了捏眉心，道："你在云仙楼碰见她的？堂堂一个君侯，竟和胭脂胡同里的人厮混在一起。罢了，横竖不是天家，不归我管。"

"你都知道了？"夏侯溦说，"不过话也不能这么说，胭脂胡同也有好姑娘的，人家进那种地方又不是自愿的。"

沈玦朝多宝格那儿抬了抬下巴："人家都送礼上门儿感谢你来了，我能不知道吗？"说完他又一挑眉："怎么，说了几句你就心疼了？那个妓女虽是你的老相识，但搭救一番也就得了，给人拎洗澡水像什么话？"

夏侯溦站起身来一瞧，多宝格底下摆了好几坛酒，拿起一壶闻了下，笑道："是山东藩司的秋露白。好家伙，往日我在云仙楼做工的时候，摸都不让我摸一下，现在一下子送了十壶过来。这酒听说是用莲花露酿的，你得尝尝。"

"我不爱喝酒。"沈玦招沈问行过来用银针试毒，试完了才让夏侯溦咂了一口，"刚刚我说的话听见没？"

"不就拎个洗澡水嘛，以前又不是没拎过。"夏侯溦不以为意，"不碍事的。"

夏侯溦两手各拎一壶酒往外走："明天还要早起上值，我喝点酒就睡了。你也早点睡，不要批太晚。"

沈问行也跟着溜了。

夏侯溦坐在大理石栏杆上一边吹夜风一边喝酒。三月头的天气多变得很，白天还出太阳，夜里便下起雨来了，纷纷扬扬的雨点儿落在地上，一印一个铜钱大小的水渍。夏侯溦把两壶酒都喝了个干净，浑身上下都发热，才往自己屋子走。他住在沈玦正屋旁边的厢房。沈府大得很，从书房到沈玦的院子得绕一大个回廊，再过两道门子。廊下挂了宫灯，琉璃壳子，里面糊了花鸟画儿，在斜风细雨里滴溜溜地转。

正喝着，脑袋忽然发起晕来。他想这回可能着了道了，几百年没有生过病，今夜竟中了招。他站起来喘了口气，腿脚突然也发起软来，他这才发觉不对劲儿，脸颊流下两道温热的液体，茫然地用手一擦，却见满手鲜血，登时蒙了。

喉头被血哽住，说不出口，四肢越发麻木起来，像被压着千斤重担，使不上劲儿。视野越来越模糊，沈玦唤他的声音也越来越远，好像整个人都沉进了黑乎乎的水里，一切都和他隔着一层，他越落越深，越坠越远。

恍惚中，他又听见那久违的呼唤，万分辽远，隔着遥远的彼岸，跨过生与死的界限传来。

"小潋——"

百里鸢伸手摸摸持厌的额头，他蜷在被子里闭着眼，一张脸苍白得像冰雕，睫毛在脸颊上投下一层阴影，说不出地憔悴。

"哥哥服药的时候都很安静呢，一点也不像旁的刺客，发疯的发疯，撒泼的撒泼。"百里鸢撑着下巴望着持厌的睡颜，"极乐果会让人产生幻觉，你说他会看见什么，段先生？"

外面刚下过雨，地上泛着粼粼的亮光。段九望着青黝黝的夜空，什么也没说。

"你在等什么？"百里鸢问他，"等夏侯潋的死讯吗？"

"是啊，"段九长叹了一声，"毕竟是看着长大的孩子，他要死了，我心里难过。这个孩子从小就顽皮，刀谱不好好背，刀术也不好好练，到了十二岁还是个半吊子。我犹豫了很久，才决定将他培养为下一代伽蓝住持。"

百里鸢坐在椅子上晃着腿："他怎么能和持厌比？"

"能。"段九笑了笑，说，"持厌十四岁刀术便达到宗师水准，弑心满怀希望带着他进雪山参拜先代阎罗。你以为他是为何铩羽而归？"

"我爹娘不喜欢他，我知道。"

段九摇摇头："是因为他没有心。没有心的人没有软肋，不能成为阎罗的傀儡。那时候的持厌是一把纯粹的杀器，我见了他便知道他无法成为伽蓝住持。可是夏侯潋可以，他的软肋太多，随便挑一根都能让他死无葬身之地。"

"但他的刀术不是很差劲吗？这么差劲，怎么震慑其他刺客？"

"我原本也不想选他。可弑心乃叛逆之徒，我必须找到足够强大的刺客替代他。然而八部除了迦楼罗和紧那罗，其他人换代频繁，不足以担当大任。迦楼罗肆意妄为、我行我素，紧那罗笑里藏刀、城府极深，都不是合适的人选。若从孩子里挑拣，放眼整个伽蓝村，要么是大字不识的乞丐，要么是到了村子里还偷鸡摸狗的流氓。伽蓝的孩子的确可以成为一把利器，却绝不足以驾驭旁的利器。矮子里拔将军，也只有小潋稍稍能入眼。"段九道，"但这小子的不学无术让我震惊，三次刺杀三次失败，要不是有前辈帮衬，他早已命丧杀场。"

"所以你借弑心的手锻刀？"

"不错。真正的利刃必以仇铸，必以血锻。我向弑心推选了他，弑心杀其母，成利刃。"段九缓缓闭上眼，"而我只需在合适的时机告诉他真正的凶手是弑心，再助他诛杀弑心，伽蓝便可平稳换代。"

"你告诉了他,但没想到,他杀了弑心之后就逃之夭夭了。弑心那个慈父还给了他七月半的解药,让他完好无损地活到了今天。"百里鸢眼里浮起嘲笑的神色。

"不,我没有来得及告诉他。那日我去寻他,他却喝醉了酒,神志不清,满嘴胡言。大仇得报便如此荒唐,喝酒嫖妓,五毒俱全,果真是扶不上墙的烂泥。"段九的眉头深深皱起,"但我没有想到,半年后,这小子突然归来,杀了弑心。"

"是谁告诉他的?"

"不知道。他杀弑心之后,逃离伽蓝改头换面。持厌也在雪山失踪,我派去截杀持厌的刺客统统失踪。直到这个时候,我才知道弑心真正的用意。"

"用自己的性命为代价送他的孩子逃离伽蓝吗?住持死,伽蓝大乱,这是逃跑的好时机。"百里鸢蹲下来戳持厌的额头,一戳一个淡红的印子,"可是你错了,持厌没有七月半的解药,我捡到他的时候,他正七窍流血呢。弑心就是让持厌来杀爹爹的,他要夏侯潋活,要持厌去死。持厌帮夏侯潋灭了伽蓝,夏侯潋就可以安安稳稳活下去。"

"哦,是这样吗?"段九抚着窗台,低低叹道,"倒也有道理,持厌一出生便是弑心选定的杀器,他天生便是为了杀百里家的阎罗而活。"

百里鸢端详持厌的睡颜,许是被她戳的,他睡得不安稳,眉间紧紧皱着。百里鸢歪着头帮他抚平眉锁,喃喃道:"哥哥好可怜,幸好我捡到哥哥了。我要带他和姐姐一起回雪山,我们一家人快快乐乐地住在一起。"

"阎罗,你不应当如此眷恋私情,"段九伸手接住屋檐下滴落的雨水,"我老了,重整伽蓝耗费了我太多心力,我经年不愈的刀伤正在带走我的生命,现在无论是烟叶还是极乐果都无法镇疗我的伤痛。"

百里鸢掉过头,望着段九黑沉沉的背影:"你快要死了吗?"

"阎罗,我已为你遴选了新的八部,他们会代替我为你震慑所有刺客。"段九收回手,冰冷的雨水在他指间滴落,"接下来,我会为你杀了沈玦,扶持愿意与我们合作的厂督上任。路我已为你铺好,伽蓝的未来在你手里,阎罗。"

百里鸢站起身来,默然无言。她想起很多年前她独自站在临北侯府的废墟里,漠然望着断壁残垣下扭曲的尸骸,那里面有她的父母、三个哥哥、三个姐姐和一个弟弟。这个男人从漫天血色的红霞里走来,站在重门之外对她遥遥作揖。

"伽蓝段九,愿为新任阎罗肝脑涂地。"

百里鸢轻声道:"我会好好安葬你的,段先……"

百里鸢的话忽地一滞,她的腰后传来坚硬的触感和丝绸破裂的声音,一个黑色的影子在她身后直起了身。段九迅速将她拉到身前,大声一喝,尖利的呼啸声掠过耳边，一支黑色的短矢划破冰冷的空气，穿入持刀人的肩膀，将他钉在墙上。

木刀落在地上，发出沉闷的响声。段九拾起木刀，用手指轻轻摩擦木刀锋利的刃口，叹道："持厌啊，小潋教了你很多东西，你学会了削木刀，还学会了伪装。"

百里鸢摸摸后腰，袄子破了，她摸到底下的锁子甲，触手冰凉。

"小潋要死了吗？"持厌低声问。

"哥哥，"百里鸢轻轻喊他，"我给你机会，我不罚你。你不要想夏侯潋了好不好？夏侯需要他不要你，弑心也要他不要你，你为什么还要喜欢他呢？我才是你的妹妹呀，我们一样，都是被家人抛弃的人。"

段九燃起了烛火，黝黯的屋子盈了光，墙上落了拉长条儿的人影子，随着摇曳的烛火满屋子地晃动。持厌抿着唇把短矢从肩膀上拔出来，鲜血迸溅。百里鸢想过去，段九伸手拦住她。

"持厌，你还有机会，去杀了沈玦，我给你自由，让你去见夏侯潋的骸骨。"段九道。

持厌没有理他，捂着肩膀推开门往外走，冰凉凉的空气浸透中衣，墙外传来马蹄声，一声声很均匀，越来越远，渐渐听不见了。恍惚间他觉得心慌，心在腔子里收缩，胸口闷闷的，喘不过气来。他喘着气，可连凉气都呛口，喉头一甜，有温热的液体从嘴缝里流出来，紧接着是眼睛、鼻子、耳朵，白纱交领上沾了血，在昏沉沉的夜色里像悄无声息绽放的红梅。

他终于跪了下去，闭上眼，倒进深不见底的黑暗。

第五十一章 生死恍惚

太医署的几个医正被番子从被窝里拽起来，鞋子都来不及穿，披上外袍就被抓上马，再一个番子帮着拎了药箱，一队人火急火燎地直接奔向沈府。医正的妻妾们都以为自家夫君犯了事儿，扶着门号啕大哭。

医正们畏畏缩缩进了屋，里面寂静得一根针掉在地上都能听见，沈玦坐在床榻边上，半抱着一个人一动不动。沈问行见太医都到了，弓着腰凑在沈玦边上轻声道："干爹，太医来了。"

沈玦如梦初醒一般将人放下，几个医正见他失魂落魄的模样，也不敢多问，默默围过来。大伙儿翻眼皮的翻眼皮，掰嘴的掰嘴，七窍都查看了一遍，才退下去凑着脑袋讨论。

夏侯漱额头上系了帕子，躺在纱帐里不省人事，平日里生龙活虎一个人，此刻无声无息的，像一个木雕，脸色也苍白，仿佛要变成透明的，转瞬就能消失一般。沈玦的心像被谁紧紧攥着，连呼吸都困难。

沈问行令人搬来夏侯漱喝过的酒壶，刮出里面残余的酒液用银针查验，没毒。有个医正用手指沾了点儿酒，在舌尖尝了尝，脸色一变，道："是颤声娇。"

沈玦脸色阴郁："颤声娇只能助情，不能让人七窍流血。你们看了这么久，到底诊出了什么？不把人救过来，咱家让你们去诏狱给自己看病！"

医正打了个激灵，掏出手帕擦擦汗，忙道："这位相公七窍流血，四肢麻木，瞧这症状，定是让人下了药。寻常见的毒药里，只有铁牛七和乌头能让人七窍流血，但铁牛七和乌头药性猛热，服之舌红苔黄，脉象浮数有力。这位相公却舌苔发白，脉迟又沉，是气血凝滞之象。再瞧相公进的吃食，除了颤声娇，再查不出其他东西。"

厂公在宫里伺候，对颤声娇应当很是清楚，这药除了助情别无他用，吃多了顶多虚一会儿，也死不了人。这……我等……"

沈玦拳头捏得指节爆响，抬手一挥，炕桌上的茶碗噼里啪啦碎了满地。屋子里所有人都跪下来，抖得跟筛糠似的。沈玦冷笑了一声，道："说了半天，连是什么毒都诊不出来，看来你们是铁了心要去诏狱！"

几个医正连声告饶。沈玦扭过头去看夏侯潋，心里发着酸。夏侯潋的七窍已经不流血了，可人还昏着，认识他这么久，除了在宫里七月半发作那回，沈玦还是头一次见他这样羸弱的模样。

等等，七月半！沈玦悚然一惊，道："是踯躅花。"

医正们面面相觑，忙凑上来再细细诊脉，点头道："是了，是了，是伽蓝秘药七月半。厂公莫急，若单是七月半，只需继续服用踯躅花，人就能缓过来，其余的，咱们再想法子。"

"不必，方存真的方子我还留着，"沈玦指着沈问行，"去把方子和药丸拿来。"

沈问行忙提了袍跑出去，不多时便捧回来一个檀木盒子。沈玦把盒子打开，拿出药方交给医正，医正们挨个过了目，都说可以一试。原先的药丸子搁了太久，已经不能用了，沈问行连忙吩咐人去抓药煎药。沈府里有小药房，寻常的川大黄、黄芩、山栀子仁都能抓到。然而煎药费时辰，眼见砂锅咕咚咕咚就是不开，时间一点一滴过去，夏侯潋双目紧闭，只有出的气儿没有进的气儿，沈玦慌得整个人都要崩溃。

他平日里运筹帷幄，兵来将挡水来土掩，什么事情让他慌过神？只有夏侯潋可以让他手足无措。他颤着手死死盯着夏侯潋，也不管医正在不在边上了，仿佛只要这样看着，夏侯潋就不会离他而去。

沈问行也心焦，瞧沈玦这模样，倒像是慌得没了主意似的。可这样不是事儿，他叹了口气，上前提醒道："干爹，凶手还没抓呢。这七月半怎么来的还不清楚，兴许和这颤声娇脱不了干系。秋露白是云仙楼的鸨儿亲自送来的，咱们得去拿人。"

沈玦喃喃地道："不错，你说得对，是我糊涂了，现在不是慌神的时候。"他走下脚踏，转到外间，东厂几个档头掌班都候在那儿。沈玦深深吸了一口气，道："着人封了云仙楼，把那鸨儿提过来，咱家要亲自审问。府里的人也要审，秋露白经了谁的手，一一都给咱家查明。七月半……果真是好手段，这是要借咱家的刀杀人！"

沈玦一拳捶在方桌上，咬牙切齿。

可恨的是他现在还不知道那个该死的阎罗究竟藏在哪里，他一定有旁的身份，否则如何藏得这般严实？沈玦心思急转，一一排查朔北和京里有权有势的官宦、地下黑道的首领，所有人东厂都记录在案，偏偏找不到那个只闻其名不见其人的阎罗。

　　番子得了令一个个鱼贯而出。药终于煎好了，沈问行接过药递给沈玦，沈玦撩了袍坐上榻，用勺子喂给夏侯潋。他咬着牙关，药喂不进去，沈玦横了心，吹冷了药汤，拿手撬开他的牙关，将药汤灌了进去。喝了药过了半个时辰，夏侯潋也没有醒来的意思。沈玦心里越发慌了，当年是怎么个光景来着？夏侯潋他娘把他带回去多久才苏醒？不不，他记错了，夏侯潋那时候没有昏迷过。

　　沈玦反身抓过一个医正，揪着他的领子满脸狰狞："他怎么还不醒？"

　　医正也愁眉苦脸："小臣……小臣不知。"

　　他简直要绝望了，七月半是一种奇毒，当年夏侯需说每年需服一次，不服也可，能熬过去，只是不知道后果如何。这后果他后来知道了，他抓来的伽蓝刺客和暗桩，所有人若不按时服药便都陷入了长久的麻木，五感尽失，神识尽闭，虽有呼吸和心跳，却与死人无异。

　　是不是耽搁得太久了，他凄惶地想。医正垂首站着，仆役都噤了声儿跪在地上，他看了心烦，把所有人赶出去，又坐回夏侯潋边上。他凝神瞧着夏侯潋，四肢麻木，气血不通，兴许捏一捏能有所缓解。

　　他从夏侯潋的手臂开始揉搓敲打。从前做小宦官的时候他学了不少按摩的手艺，五花拳使得最溜，一叠打下来，人身上轻松又爽快。他将夏侯潋的双手和腿脚都按了一遍，皮肤擦得又红又热，只盼着夏侯潋能早点儿醒过来。

　　人还没醒，去抓人的档头和缇骑先回来了，刚进门就带来一个坏消息，那鸨儿已经悬梁自尽了。他们到了云仙楼只瞧见她的尸身，没有挣扎摔打的痕迹，是自个儿吊死的。他冷了脸，恨恨道："动作倒是快。偌大一个云仙楼，咱家不信只有个鸨儿是伽蓝暗桩。筛查所有人，把牙齿拔了，免得她们咬舌自尽，什么刑都好，只管用，务必审出个所以然来。"

　　沈问行讪讪道："那个阿雏姑娘也要用刑吗？她是夏侯大人的老相识，这诏狱里滚一遭，只怕剩不下半条命。"

　　沈玦用力捏着腕上的天青石坠角，捏得指尖发白："最恨的便是这个女人，若非救了她，阿潋岂能到这般境地？"

　　有个姓白的档头拱手道："属下还注意到一件事儿，云仙楼这帮妓子都服食了极乐果，虽然现下烟花柳巷之地聚众服药很寻常，不过这帮妓子招出来说，她们的极乐果都是那鸨儿给的。"

　　"看来这鸨儿是个关键，可惜已经没了。"沈问行苦着脸道。

第二卷 江湖夜雨十年灯

"云仙楼柴房还发现一具尸体，是个洗衣裳的小厮，名唤夏侯，也是自己上吊死的。不过我们查了他的户籍，发现是假的，大约是在地下黑道买的。此人极有可能也是伽蓝暗桩，和鸨儿一样，被灭口了。"档头又道。

"夏侯？"沈玦蹙了眉头，"可曾看清脸面？长什么模样？是不是和夏侯潋的通缉令一个模样？可曾化了妆，戴了人皮面具？"

东厂找了持厌许久，这档头也是心知肚明，当下便道："不曾易容，长得也与夏侯大人从前不同，应当不是大人的兄弟。"

看这模样，即便云仙楼和伽蓝有关联，眼下也是断得干干净净了。沈玦踱到花窗前，深深闭了闭眼："继续审，有发现再来回我。"

众人应了声"是"，陆陆续续出门。沈玦站了半晌，忽然叫住他们，道："那个叫阿雒的，将她盘问一番，若没什么猫腻便将她软禁在云仙楼，不许出门。"

档头们接了话，各自去办差了。

屋子里又静了下来，沈玦回到里间，撩开帐子瞧夏侯潋，还是没声没响毫无动静。沈玦唤他的名字："阿潋，你怎么还不醒？快起来吧，只要你肯醒，你想干什么都成。你不是还要带我去你娘灵前磕头吗？眼看天就快亮了，你是不是要食言？"

夏侯潋不动弹，呼吸很轻，转瞬就要没了似的。明明早就治好的七月半，好好地怎么又复发了呢？沈玦闭了眼，鼻子里发酸。

夜慢慢尽了，天边亮起来，像点了灯似的，撑起一方天空的光亮。沈玦到后半夜不自觉睡着了，听见鸡叫醒来，刚睁开眼，正对上一双黑色的眸子。他回了神，颤声问他："你醒了！感觉怎么样？可好些了？能动弹吗？渴不渴？要不要喝茶？"

夏侯潋刚要说话，沈玦又高声唤沈问行："叫太医，再过来看看，看还要喝什么药，毒清了没有。"

沈问行披着衣服进来，见夏侯潋已经醒了，喜笑颜开道："这下好了，可算醒了，你可不知道你这一睡把干爹给急的。"他系了带子，赶出去差人去请太医。

趁这空当，沈玦看他确实活过来了，心里才后知后觉感到庆幸。人确实回来了，不是做梦也不是幻觉。他眼眶里发热，几乎又要哭出来。夏侯潋轻轻拍了拍他后背，低低地叫了一声"少爷"。

夏侯潋刚刚醒，身子还不太利索。沈玦扶他靠在床柱上，道："这回得好好补补，你不知道你之前流了多少血，还以为你要瞎了聋了还要哑了，幸亏没事儿。中午喝了药再吃点猪肝鸭血什么的，把血都补回来。"

夏侯潋"嗯"了一声，闭上眼，一副还想再睡的模样。

沈玦却有点怕他再一睡又醒不过来，便道："也不知道是怎么回事，五年前不是已经解了毒吗？我猜你是着了谁的道，可你昨儿的吃食都查了遍，什么也没查出来。"

夏侯漱睁了眼，两眼静静望着窗外熹微的晨光。这寂寂的神色不似他平常有的，沈玦心里有一种说不出的况味。夏侯漱看了会儿，转过眼来看沈玦，哑着嗓子道："少爷，我跟你说件事儿。"

沈玦的心慢慢揪紧，他艰难平稳着声气儿，问道："什么事儿？"

夏侯漱道："弑心当年给我喝的药茶，或许是有问题的。"

夏侯漱这么一说，沈玦就明白了。确实，夏侯漱一向和莲香他们一块儿用膳，断没有只有他中招其他人安然无恙的道理。秋露白里又只有颤声娇，这七月半的来处便只可能是他体内的余毒了。

最关键的一点是，现在还没到七月半，根本没到毒发的时候，夏侯漱这病却发得来势汹汹，只有一种解释，便是弑心那老儿给他喝了不知什么茶，毒没解完不说，还将毒理给变了。

沈玦蹙了眉，道："你这爹怎么净坑儿子？他送你出伽蓝，我原先还当他有点儿良心，怎的药不试验明白就给你喝？"说罢他又低头将被子掖到夏侯漱腰边儿上："罢了，你别瞎想，我这儿还有方子能治你。你看，给你喝了药，你便好了不是？你只管按时喝药，好好养着，保管你比从前还活蹦乱跳。"

夏侯漱微微点了点头。他还虚着，稍稍一动都费劲儿似的，脸色和嘴唇都是惨淡的苍白。

风从月洞外面钻进来，吹得绡纱啪啪乱响。夏侯漱还有点儿恍惚，先前见自己满手血，还真以为要去见阎王了，一下子竟有一种心如止水、万事皆休的感觉。不过死后能有沈玦为他收尸，他这归宿算是顶好的了，他一点儿也不觉得遗憾。

窗外淡淡的曦光照进来，屋子里透亮，沈玦陪他坐了一会儿，两个人都没有说话，静静看窗外的天光。

因着夏侯漱的病，沈玦没去上早朝，批红却不能耽搁，不管是伽蓝还是辽东土蛮的事儿，都等着他去商议。夏侯漱既然没有大碍，他就得回宫了。

终究拗不过公事繁杂，沈玦转过身，把搁在小炕桌上的菩提子拿过来绕在夏侯漱手上，道："你在家好好待着，不要出门，也不要打铁，好好休息。"

夏侯漱有些犹豫："其实我已经大好了，过了晌午我便回衙门上值吧。十七还没找着，伽蓝的事儿也没着落，我……"

"你歇着，人都病了还干什么活儿？东厂那么多人，不少一个你。这几日我着人排查城中各处地窖暗室,只要唐十七没有被送出城,他是死是活,不日便有结果。"沈玦道。

现在进城出城都要经过五城兵马司的查验,连送葬的棺材都要撬开盖板确认里面躺的是死尸。五城兵马司那儿没有动静,十七就应当还在城里。夏侯潋叹了口气,道:"好吧,不过有消息要立刻告诉我。"

"好,按时吃药,我把沈问行留在这儿看顾你。"

夏侯潋无奈:"我又不是小孩儿,况且不是有莲香姐在吗?"

沈玦到围屏后面换了官服,然后束发戴网巾,最后对着镜子整了整乌纱帽。

沈玦回官了,沈问行进来收拾汤碗。夏侯潋坐在外间的月牙桌边上喝水,沈问行见了他,一副恭恭敬敬的样子。

夏侯潋刚想躺回去再睡一觉的时候,莲香走进来唤了一声:"小潋。"

他愣了一下,见莲香站在门帘后面,一面忙让她进来,一面手忙脚乱地从脚踏上下来,在罗汉床上坐定。沈问行搬了张杌子给莲香坐。炕桌上的香炉飘着袅袅白烟,窗边儿上的响玉丁零零地响。夏侯潋和莲香两个人大眼瞪小眼互看了半晌,谁也没说话,屋子里弥漫着沉默,尴尬得紧。

莲香是府里的老人了,沈玦不在家的时候,府里一应大小事务都是莲香在管。这么多年她为了沈玦辛苦操劳,尽心尽力。夏侯潋轻咳了一声儿,正要说话,莲香倒先开口了。她从袖子里拿出一大串钥匙来,笑道:"唉,其实这事儿我早该和你说的。少爷千辛万苦找了你这么久,现在总算把你找到了。还没把你找着的时候,少爷经常去你娘留给你的院子里发呆,有时候坐在廊庑底下,一坐就是一个时辰。"

夏侯潋有些怔怔的,讷讷张了张口,却什么也没说出来。

莲香长叹了一声,道:"还有当年,你记不记得你在柳州被姓柳的抓到,押去斩首。这消息一传到京城,少爷骑着一匹马就出了京。后来我才知道他是去柳州救你去了,从京师到柳州,跑了十七天,马儿不知死了多少匹。"

"何止啊,"沈问行在边上咂舌道,"魏老贼因为干爹擅离职守怪罪干爹,干爹从晌午跪到黄昏,才保住厂督这顶乌纱帽。"

夏侯潋怔怔望着地面,鼻子里慢慢盈满难言的酸楚。多年前的情形历历浮在眼前,他还记得自己在死地里冲杀,厮杀之中那个黑衣面具的男人利箭一般冲出乱流,向他伸出苍白冰凉的手。他那时还不敢相信,后来才知道是沈玦,可他从不知道沈玦为了救他付出多大的代价。

他何德何能,竟得沈玦如此相护?

视线里一串黄铜钥匙递进来,他抬起头,看见莲香含着泪微笑:"你这孩子,打小就跳腾，谁知少爷怎么想的，竟与你如此投缘。少爷吃了太多苦，只要他顺心遂愿，我心里头就高兴。这是家里的钥匙，今儿起就交给你了。"

夏侯潋摇摇头，把钥匙推回去："我脑子笨，干不了这活儿，莲香姐，还是您管着吧。"他把沈问行拉过来，按着他坐在杌子上："他从前跟我说以前的事儿净挑不痛不痒的说，今日你们一说我才知道他瞒了我这么多。正好今天没事儿干，莲香姐，小沈公公，麻烦你们告诉我，少爷这些年到底经历了多少？他吃了多少苦，遭了多少难，我统统都要知道。"

第五十二章 雨时天暮

暮鼓声里，阿雏坐在菱花窗边望着庭院，外面淅淅沥沥下着雨，雨幕里的瑞香花垂头耷脑，很没精神似的。

前几天东厂番子忽然夤夜造访，把云仙楼翻了个底朝天。所有嫖客和妓女都被赶到天井底下，大家挤成一堆，像受到惊吓的雏鸡。番子登门，无异于恶鬼上门索命。所有人一见那黑色曳撒腿就软了，瑟瑟伏在地上，谁也不敢动弹。

阿雏也在那人堆里，和姐妹们搂在一起惊恐地四望。她看见鸨儿的尸体被番子们拖出来，横在青石地上。那个老女人斑驳的白粉脸上一片死寂，平日里她神采飞扬，还没觉出老态，现在她死了，脸肉瘫软，像一团烂泥。

姐妹们都捂着嘴，露出一双惊惶的眼睛。紧接着又是一具尸体被拖出来，阿雏立刻就认出来了，是夏侯，她的小厮。阿雏想跑过去，她的姐妹紧紧拉着她，几个嫖客也拦着她不让她动。她只能捂住嘴无声地哭泣，世界好像忽然间兵荒马乱，一下就变了。

番子们在东西两进院落里跑进跑出，搜出许多藏着极乐果的药罐子和酒壶，甚至还有花樽。一应物事统统扔在院落中间，女人们一瞧脸就白了。官府早有禁令禁止买卖极乐果，虽然赌坊妓院这些见不得光的地方还有流通，但一旦被查到就是在牢里关到死。

领头的档头用刀拨了拨那些瓶瓶罐罐，撩起眼皮瞥了眼那些恐惧的女人，哼了一声道："果然都是伽蓝乱党，全部带走！"

霎时间四下里哭声震天，阿雏也惊慌失措，哪里来的这么多极乐果？她没有用过也要进大牢吗？她的姐妹们哭着哀求："大人明察，那些都是妈妈给我们的，什么伽蓝,我们不知道啊!"

番子们充耳不闻。嫖客挑出来站在一边,倌人们排成一列被推出院子。校尉举着鞭子在后头赶,那模样活像驱赶一群牲口。女人们平日里花枝招展的媚劲儿都没了,柔言软语都变成了凄厉的号哭。

阿雏被推得晕头转向,快出院子的时候才想起来她还有夏侯潋这个救星,忙拎着裙子跌跌撞撞跪在鞭子底下,哀声道:"大人,民女是沈潋大人的旧识,求您让民女见他一面,他一定愿意救我的!"

"你是阿雏?"边上的档头走过来。

"是是,是我。"阿雏连忙点头。

"你不用跟着了,去那边。"档头指了指廊庑底下。

劫后余生还来不及喜悦,阿雏听见姐妹们在身后求她救命,忙要继续磕头求情,那档头一插袖子,道:"阿雏姑娘,你知道云仙楼为何被查吗?你们鸨儿是伽蓝暗桩。督主追查伽蓝这么久,甭管皇亲国戚还是平民百姓,沾上伽蓝就是个死。你运气好,督主开了金口放你条活路,其他人就甭想了。"

阿雏惶然道:"是不是有什么误会?我们妈妈打小就在胭脂胡同,和好些官老爷都有交情,您一问就知道。她怎么会是伽蓝暗桩?"

档头拿刀指了指地上的尸体:"今儿你们鸨儿送了壶酒给小沈大人,小沈大人一喝就晕倒了。我们上门拿人,她已经悬梁自尽了,你还说是误会?"

"小沈大人他怎么了?"阿雏蓦然瞪大双眼。

"怎么了?差点没命!"他哼了一声,"姑娘院里那个叫夏侯的也是暗桩,这不也自尽了?原本姑娘你是最逃不了干系的,督主他老人家心慈放你一马,你就捂着自己的小命偷着乐吧,别瞎整幺蛾子。等会儿我们还要盘问些事宜,还请姑娘多多配合,不要让我们为难。"

阿雏怔怔点头,退到廊庑底下眼睁睁看着自己的姐妹被带走。她脑子里蒙蒙的一片,像被锈住似的转不动。这两日遭的难太多,她已经不会思考了,下一步该怎么办,她什么也不知道。

云仙楼很快被贴了封条,她被关在里头不能出去,一日三餐靠番子来送。阿鸾没有来看她,她想没来更好,阿鸾不过是山沟沟里的小君侯,一旦沾上伽蓝乱党的罪名,沈厂公要她的命不过是动动嘴皮子的事儿。

幸亏番子待她还算有礼貌,她除了不能随意走动,倒没什么妨碍,比平日吹拉弹唱的时候还更清闲了许多。她没事干,只能坐在窗边发呆。

云仙楼是三教九流汇集的地方,她混了这些年,算很有见识的了。前几年伽蓝风头正盛的时候，常常有人搂三两个唱的在怀里，神神秘秘掏出一面白瓷面具，说自己是伽蓝八部。叫什么的都有，迦楼罗、紧那罗、飞天锣、地陀螺，名字怪里怪气，她也说不上来了。其实多半是假的，伽蓝的白瓷面具早就烂大街了，路面上常有小孩儿戴着跑。他们冒充伽蓝刺客，其实是想骗骗没脑子的妓女，白白喝茶上铺不花钱。

她想她那个呆里呆气的小厮怎么可能是伽蓝暗桩呢？他要是暗桩，最多只能算一面呆锣，敲破了漆面也敲不出一个响来。她躺回罗汉床上长吁短叹，想起牢里受苦的姐妹还有生死不明的夏侯漱，又难过又着急，可一点儿法子也没有。

菱花窗被咚咚敲了两下，她猛地坐起身去开窗，却见百里鸢站在下面。她大惊失色，连忙左右看了看，确认没有番子，忙让百里鸢爬窗户进来。

百里鸢身上都是泥水，妆花织金的蓝缎马面裙已经脏得不能看了，发髻上的钗环也松了，流苏直垂到脸上。阿雏一面帮她擦泥，一面数落："你来干什么？要是被番子发现，你就不怕被抓进大牢里去？"她的马面裙擦不干净，彻底废了，阿雏丢了布，气道："天底下怎么有你这样的君侯，天天爬狗洞钻姑娘的闺房。"

百里鸢可怜兮兮地望着她："我只钻过你的。"

阿雏一瞧她这模样就心软了，叹了一声，转身去沏茶，忽然想起夏侯的事儿，转过头想慢慢跟百里鸢说，可犹豫了一下，最终仍是没有开口。好不容易有一个哥哥，却就这么死了，她一定会难过吧。阿雏又暗暗叹了一声，趔身去拿茶壶。百里鸢拉着阿雏的裙带跟在后面，阿雏转身她也转身，阿雏停步她也停步，像一只亦步亦趋的小狗。

"乖乖坐着，跟着我干吗？"阿雏无奈了。

"我没来看你，你怪不怪我？"百里鸢睁着黑白分明的大眼睛仰头瞧她。

"怪你干什么？"阿雏弹她脑门，"你不来才是对的。"

百里鸢觉得疼，噘了噘嘴，道："那天东厂来抄云仙楼，我本来派了人要在路上把你抢走的，但是你没在人堆里。我家里有人病了，你也没事儿，我就没来看你。"

阿雏蹲下来看着她："你家里人病了呀，要不要紧？"

百里鸢垂下眼帘，道："他原先就有病，我给他吃了药他就没事儿了，我以为只要一直吃药就好了，可是没想到前几天又复发了，流了好多血。我叔叔说他没救了，他快要死了。"

外头的天光穿过窗洞照在百里鸢的发髻上，镀上很淡的一层银色。她抬起眼来望着阿雏，阿雏看见她眸子里深深的恐惧和哀伤。"阿雏姐姐，他会死掉吗？"百里鸢轻声问。

阿雏抱住她，抚她的头顶："不要怕，阿鸢，会过去的，就像喝药一样，苦一阵就过去了。"

"阿雏姐姐，死掉是什么感觉？他一个人躺在棺材里，躺在泥巴里，会不会很冷？他听得见外面的声音吗？人从他头顶上过，在他头顶说话，可他动不了，会不会很难过？"

阿雏觉得悲哀，阿鸢年纪还那么小，已经经历那么多亲人的离开。阿雏抱紧她，道："不会的阿鸢，人死了要投胎的。他会走黄泉路，过奈何桥，去喝孟婆汤。"

"那我们还会再见面吗？"

"会的，"阿雏柔柔地笑，"一定会的，说不定他投胎成小孩子打你面前过，你还认不出他呢。"

百里鸢没有笑容，扭头望着窗外辽远的山峦，起起伏伏连绵成一道淡色的墨迹，渐渐消弭在云烟里。外面有风拂过，屋檐底下的铁马叮叮当当响个不停，连成清脆的一长串，像一种招魂的调子。在朔北，人死了之后都要招魂，他们在屋子里挂很多铜做的小铃铛，魂飞回来的时候会有风，铃铛就会响。家人为归来的鬼魂备上饭菜，为他们做最后的饯行。

她伸出手触摸那风，好像想要触到几只飘荡的孤魂野鬼。风从指尖穿过，了无踪迹。百里鸢收回手，忽然道："姐姐，我快要走了。"

阿雏搂住她的手一僵。

"我要回朔北了，要明年才来了。"百里鸢说。

"阿鸢……"阿雏很想哭，鼻子里都是涕泪的酸楚，可她得忍住，小孩儿还没哭，她一个大人不能先哭。

"你跟我一起走好不好？京里不安定，夏侯潋自身难保，护不住你的。你跟我回朔北吧，那里是我的地盘。我带你回雪山，我有很多金子，你想要什么都行。"

阿雏听了又想哭又想笑："你这孩子，成天说傻话。"她吸了吸鼻子："我是教坊司的官妓，走不了的。"

"可以，"百里鸢抬手摸她圆亮的发髻，"姐姐信我，我可以办到的。我月底走，到时候我来接你。"

她迟疑了，若是有法子，自然是脱身最好。她试探着问："会不会很麻烦？"

百里鸢摇头说"不会"。

阿雏下了决心，点头道："好，我等你来接我。"

百里鸢从窗洞爬出去，按原路返回。世界笼在一层黯淡的暮色里，雨又来了，店铺的老板正把门板一扇一扇排开，挂上门闩。路上有小孩儿在闹，追来追去，好像永远停不下来似的。几只燕子从招子上面飞过，黑色的翅膀划破雨幕，消失在别人家的屋檐底下。她从褚楼的牌坊底下过，对面一个磨镜子的正收着担子，她路过的时候看见他的唇语，意思是夏侯激没死。

她没做什么反应，径直回了侯府。空灵的埙声传来，她顺着埙声往前走，像很多年前一样，那个灰白衣裳的少年坐在廊檐下，孤单地吹着幽魂一样的调子。风雨里埙声断断续续，像连不成线的珠子。

百里鸢在那雨声和埙声的混合里喊了声"哥哥"。

持厌放下埙，他的脸色还很苍白，眸子却很恬静，映着满世界的风雨潇潇，如同一面幽而深的古镜。

"不要叫我哥哥了，百里，我要杀你的。"他说。

"可你要死了，你杀不了我了。"百里鸢坐在对面的回廊，两个人隔着雨幕说话，"你害怕吗？死了就冷了，再也暖不过来了。"

"我不怕。"持厌伸手接住瓦片上跌落的雨滴，"人都是会死的。"

"可为什么夏侯激不用死？"百里鸢的神色变得狰狞，"哥哥，他没死，他活得好好的。你看，弑心爱他，夏侯霈爱他，老天爷也爱他，只有你不受眷顾。他功成名就，他逍遥自在，而你却要受苦受难，为什么你不恨他？"

"你错了。"持厌眸光寂寂，说不出是喜悦还是悲哀，"我们是兄弟，我们血脉相连，命运相通。"

"可你们终究无法相见。"段九撑着油纸伞走过来，"你的日子不多了，持厌，或许你此生再也见不到你的弟弟。"

持厌垂下眼眸，苍白的脸上有掩不住的哀伤。

"我说过，我给你机会。"段九从斗篷里拿出刹那，平平递进雨中，雨滴落在刹那的黑色刀鞘上，溅起点点水滴，"杀了沈玦，我便给你自由，让你去找你的弟弟。"

"你打算什么时候杀他？"百里鸢在段九身后问。

"阎罗，您离京之日，我将以沈玦的人头为您饯行。"段九笑了笑，"持厌，杀沈玦很难，你是伽蓝最强的刺客，唯有你有希望办到。你答应吗？"

阶前的雨纷纷扬扬，细细密密有如针脚。暮色四合，他们在雨中沉默地对视。

"好。"持厌说，"我答应你。"

京城连着几天下雨，天空是阴沉沉的灰白，乌云泼墨似的滚在天边。蒙蒙细雨中沈玦踏出了乾清宫，沈问行为他打起伞，刚走下宫道，便见一个老者对插着袖子站在门墩边上等他。是首辅张昭，沈玦挑了挑眉，慢慢踱过去。远远地见他来了，老人笑眯眯迎上前行礼。现如今沈玦权势如日中天，便是内阁元辅见了他也得俯首作揖。

沈玦倒并不站着受礼，搭上手扶了一把，道："元辅怎的在这儿？"

"厂臣事忙，今日未曾来西朝房听议，老臣特来拜见。"张昭接过沈问行手里的伞，亲自为沈玦撑着，两人并肩在中路上走，潇潇雨滴落在伞面上，啪啪地响。

往日他插手政事，这些酸儒是千百个不情愿，今儿却巴巴地跑来。沈玦没什么表情，只道："元辅有何要事，尽管直说吧。"

"今日清晨内阁接到斥候密报，土蛮已在关外集结大军，似有南下之势。户部筹措军费筹了将近两个月，到现在还没有可观的数目。厂臣看……该当如何？"

沈玦乜了他一眼，眼波流转中没有温度，掖了掖袖子，道："元辅既然来寻咱家，心里定是有成算了吧？"

"西北春旱，黄河凌汛，处处都要用款，处处都是大头。屯田政废，册籍无存，原先这军费还能从军田里想想法子，现在也是不能够了。"张昭皱着一张脸，满面都是愁苦，"如今国库是捉襟见肘，拆东墙补西墙，早先收上来的税款，转眼花了个精光。厂臣，依老臣看，为今之计，只有加税。"

沈玦转过眼："加何处的税？"

张昭脸色一肃，道："江南。"

沈玦停了步子，站着没有说话。

雨落纷纷，张昭将伞柄递到沈玦手中，俯身深深作揖："明日早朝，臣将领头奏议加征江南赋税，还请厂臣附议，助老臣一臂之力。"

"元辅，内阁七位大人，五位出身江南。朝中臣工，江浙两帮占了龙头，更不必说江西湖广加在一起便是朝中半壁江山。元辅可莫要想岔了，你若要加征江南赋税，那便是与整个清流作对。"沈玦的声音响在雨中，比雨水更加寒凉。

张昭笑了笑，道："厂臣出身金陵，也念及家乡旧恩，不愿加税吗？"

沈玦举目望了一会儿前面的宫道，砖石路迢迢伸出去，一重门又一重门，没有尽头似的，在雨幕中无端有一种荒凉的意味。他将伞递还给张昭，自己一个人走了出去，声音遥遥传过来："明日咱家领头上奏，你附议便是。清流还需你的操持，不要引起众怒，自掘坟墓。"

沈玦回了掌印值房，湿衣裳穿在身上难受，沈问行捧来干净衣服给他替换。阴雨天气，屋子也泛着一股潮味，像泡在一缸冷水里，行动都黏滞了似的，摆不开手脚。他坐在圈椅里，让沈问行帮他擦干湿了的发梢。天光透过直棂窗照在桌上，映出一格一格的纹样。

不知道夏侯澈在干什么，他撑着脑袋想，下着雨，那家伙身子刚刚好，他叮嘱了夏侯澈要好好将养身体，但他肯定不会听，约莫又在城里四处追捕伽蓝。他觉得对不起夏侯澈，云仙楼的人审问了个遍，什么都没有问出来，伽蓝的线又断了，干干净净彻彻底底，他连帮夏侯澈讨债出气的机会都没有。

他随便翻了几本折子，却没有心思看，字眼堆在纸上，一个也读不下去。是时候想想后路了，他不能让夏侯澈陪着他完蛋，就算走在刀尖上，他也要背着夏侯澈蹚过去。可是后路在哪儿？满朝文武都恨他，都巴不得他早点死。或许只有出大岐一个法子了，他有钱，可以造一艘宝船，带着夏侯澈去罗刹国当罗刹鬼。

沈问行给他重新束了发，他执起朱笔圈点了几本折子，抬手一翻，不小心翻到那日大同卫的番子递过来的百里鸢密函，目光停滞在"一门皆死，幼女独存"几个字上。他蹙起了眉，问道："送密函进京的番子还在京里吗？"

"在，正赶上他调进京里衙门当值了，来了就没走。"沈问行端来一个红漆小托盘，上面一盅枸杞排骨汤，"干爹，您喝点汤暖暖身子吧。别太劳累了，刚才帮您擦头发，竟看见几根白头发，儿子心疼呐。"

"有白头发？"沈玦揽起镜子照，可头发束在后面，他看不见，"你怎么不帮我拔了？"

"越拔越多啊干爹，没事儿，就几根，看不着。一会儿儿子吩咐底下人凿点黑芝麻，您一吃就补回来了。"

沈玦满脸沉郁地皱着眉，很不高兴似的，又举着镜子照了一会儿，才冲沈问行摆摆手："去把那个番子叫来，我要问话。"

缇骑脚程快，喝一盅汤的工夫，那番子就来了，畏畏缩缩跪在下首，很害怕的模样。沈玦已经习惯了，他这般的身份，猫狗见了他都让道儿。他两手交叉在挺直的鼻梁上，垂眼望着底下人，问道："百里鸢一家子都死了个精光吗？奶妈子可还在世？"

番子踟蹰了一会儿，答道："回禀督主，我等探查之时只查了百里君侯的家人亲属，不曾留意她的奶妈下人。"

沈玦冷笑了一声："你们考课是越发松懈了，事儿办成这样你也能调进京来？咱家说将她家底行藏探查个一清二楚，就是连养过什么猫儿蓄过什么狗咱家都要知道。进了京便从干事做起，和你的同僚好好学学该怎么办事儿。"

番子连声道罪，沈玦看着他擦了一把头上的汗，腿摇身颤地爬起来往外走。沈玦略一皱眉，心中一动，从怀里掏出一枚药丸。沈玦叫住他，道："咦，你掉了样东西。"

番子步子一滞，回过身来，只见沈玦站在堂下，手里捏着一粒黑漆漆的药丸。

沈玦冷冷地望着他："这是什么？莫非是极乐果？"

那番子忙跪倒在地道："督主看岔了，不是卑职的，卑职身上不曾掉东西。"

沈玦盯着他没说话，屋子里静了半晌，那番子跪在地上一动不动，像一个木雕似的。沈玦最后挥了挥手："是咱家看岔了，你去吧。"

番子得了解脱似的，暨身小步跑了。沈问行望着那番子的背影，凑过来问道："干爹怎的疑上他了？"

沈玦把密函敲在他脑袋上："天花虽最易传染，但也没有阖府皆死的道理。你见过谁家有人得天花，结果一家子都归西的吗？这帮废物探查得不仔细，我试试他会不会是伽蓝的细作。"

"倒也是，"沈问行用浮尘挠着后脑勺，"谁都知道要找得过天花的人来照顾病人，还得小心隔离，病人穿过的衣物用过的物件都得烧了，这家子也太不小心了。"

"不是不小心，而是飞来横祸，"沈玦展开密函，抚摸"一门皆死，幼女独存"的字眼，久远的记忆又浮现在眼前，血溅月下，兰姑姑在他眼前倒下……他深吸一口气，道："着亲信前往大同探查，咱家突然很好奇，这爵位到底是如何砸到这个女娃娃的头顶上的。"

沈问行犯了难："这该如何查？大同卫的东厂衙门也不过查到是天花疫症所致，可见当年就算有点儿猫腻，证据也已没了。"

"简单，"沈玦合起密函，眸藏冰雪，"刨棺，验尸。"

番子淋着雨出了宫，摸了把后颈，冷汗与冷雨混在一起，已经分不明了。他拢着袖子快步走进一条老胡同，两边都是土墙，雨水淋漓顺着土缝往下流，留下浅淡的乌痕。有个老婆婆站在屋檐底下躲雨，他走过去，也缩着脖子躲雨。

"事儿都办妥了，督主没有起疑。"番子低声说。

老婆婆开了口，却是男人的嗓音："很好，你父亲会得到他下个月应得的极乐果。"

"我现在在京里当值了，只不过是个小干事，恐怕派不上什么大用处。"番子道。

"不必担心，等你有用的时候我们会来找你的。"老婆婆说完，捡起门边上的扫帚赶他，声音忽然变得苍老又女气，"去去去，别在我家门口当门神。"

番子被她赶走了。她进了门，双手一张，骨节吱吱嘎嘎地撑开，整个人高了一截，撕下面具，露出带着刀痕的苍白面容——紧那罗。

宫门下钥之前沈玦回了府,踩着满地湿冷的暮色,过了垂花门,转进深院里。院子好像不似以前那么冷清了,滴水下面挂了灯笼,门墩下面摆了花盆。房里亮着灯,夏侯潋正趴在八仙桌上拿着一把界尺画图,脸上戴了副西洋眼镜儿,两根细绳架在耳朵上,连着两片圆眼镜儿,有一种说不出的滑稽样儿。

沈玦走过去看,夏侯潋画的是照夜的臂甲,部件都拆得很仔细,线条细得像头发丝儿。夏侯潋画得专心致志,没有察觉屋里多了人。沈玦故意踢了下脚踏,趔身掀开帘子往里走。夏侯潋终于转过眼来,惊讶地唤了声:"少爷,你什么时候回来的?"

沈玦道:"等会儿才用晚膳,我们干点儿什么?"

夏侯潋想了一会儿,道:"要不咱们过两招?我还挺想和你再打一回的,上回都是你耍阴的放暗箭,这回我肯定不会输。"

沈玦和夏侯潋正要开打,门外传来沈问行的声音:"干爹!不好了,土蛮叩关了,皇上要您连夜入宫!"

两个人都是一震,面面相觑。沈玦正正衣冠,抽身往外走。

夏侯潋踌躇了一会儿,喊住他道:"少爷。"

沈玦停在门口看他。

"我把事儿办完了再回来看你。晚膳没用,我让人弄点夜宵给你送来。"

沈玦说完就走了,留夏侯潋一个人在屋里愣着。

"他奶奶的……这个混账羔子……说好的过两招呢!"夏侯潋气得吐血,转身上床睡觉。

第五十三章 封刀入鞘

南边已经开春了，朔北还飘着雪。朔北的天气一向是冷的，一年四季好像只有夏天有点儿暖意。雪覆盖了一切，掀帘望出去，大路两边的田地都是茫茫白雪，远处突兀地矗立着几间茅屋，像迷了家的小孩儿。路上没几个人，偶尔才能见到几个挑柴的农夫，深一脚浅一脚地走在雪地里，脊背深深地佝偻下去。天地是寂静的，明月一路乘着马车走过来，只听见车轱辘轧轧地响，还有卫队的马蹄声，风雪世界里满是凄清的况味。

前面有户砌了土墙的人家，土墙中间开了两扇黑色的木板门，门上贴着门神，颜色还很鲜艳，看得出是年关新贴上去的。他们停了马车，护卫的云校尉下了马去敲门。

"有人吗？借地儿喝碗水，歇歇脚！"

明月从马车里下来，回过身去抱玉姐儿。玉姐儿裹着猩红披风，一张白净的小脸一半埋在兔毛领子里。她手里还抱着司徒谨的灵牌，出了马车被迎面冷风吹得脸儿冰凉，她忽然问："风好大，爹爹会不会冷？"

明月把她放在车辕上："那你去帮爹爹加衣裳。"

玉姐儿脆生生应了一句好，抱着灵牌钻进马车，再出来的时候灵牌上已经裹了她自己的小袄儿。

屋里有人出来开门了，是个圆脸庞的妇人，穿一身鸭青色的布袄子，腰上系花布围裙。她身后的土台阶上还蹲了个脸色黧黑的男人，手里拿了一杆烟，嘴巴一吐冒出几个圆溜溜的灰白烟圈来。

妇人殷勤地迎他们进了屋，见他们穿得殷实，不怕是坏人。进门是一处四四方方的院子，靠墙架了一个矮棚子，棚子边儿上的土墙塌了一角，顺着颓圮的墙洞望出去可以看到他们家的田地，皑皑盖着雪。

"进来烤火。"妇人领他们进了堂屋。屋子光秃秃的，中间挖了个地坑烧着一个小火炉，靠墙安了一张月牙桌，边上堆了许多破瓦罐和凌乱的草梗子。

妇人从桌子底下拖出几条黑木长凳给他们坐，又从里屋抱了张刷了红漆的旧靠椅出来给明月。堂屋不大，十多个大男人进来，一下子挤得满满当当。几个校尉干脆不进去了，蹲在门口和那抽烟的男人搭话。

"你们打哪儿来？我们这地方穷，好久没有外地人来了。"妇人问道。

明月还没来得及答妇人的话，妇人昂着头朝后屋喊了一声："宝儿！烧锅水，再擀点儿面条来！"

后屋有人应了一声。

明月感激地道了一声谢，抱着玉姐儿欠了欠身道："我们打南边来的，回倒马关探亲，我家老爷是倒马关出来的。"

妇人瞥见玉姐儿怀里抱的牌位，心里什么都明白了，唏嘘了一阵道："倒马关比我们这儿还穷，你们家老爷不容易啊。"她从簸箕里拣出饴糖递给玉姐儿："娃儿几岁了？"

"我四岁了！"玉姐儿大声答道。

女人对小孩儿有天生的亲近，尤其玉姐儿长得可爱，妇人心里怜惜，拉过板凳挨着明月问长问短。明月微笑着一一答了。正叙着家常话，那个叫宝儿的小子端出面条来分给大家。原以为这地方穷僻，只能吃到面糊糊之类的东西，没想到是货真价实的白面儿。

"嫂子去年收成不错。"云校尉笑着道，"我们前头歇脚的人家只有馍馍，硬得像铁似的，我几个兄弟牙都崩坏了。"

"是啊，后来干脆不吃了，留着打土匪去。"有校尉在旁边搭话道。

"没法儿，穷。"妇人掩着嘴笑，"你们富贵人家不知道，我们北边冷，地里难长苗儿。以前我们家也吃铁馍馍，后来种了人来疯才能吃上白面。"

"人来疯？"校尉扭头望着屋外边的田地，"我还以为你们种的也是麦苗。"

外面的男人粗嘎地笑了一声："麦子可挣不了银钱。"

妇人把顶梁挂着的簸箕卸下来，拿给明月他们看。里面是晒干的花朵，颜色是锈红的，花蕊蜷曲着，像握紧的小拳头。挨近了还有股特殊的香味儿，明月抓了一把嗅了嗅，眸子里泛起惊诧。

看见玉姐儿也想抓，妇人轻轻拍了拍她的手，故意虎着脸："娃儿不许碰。"

明月让一个校尉带着玉姐儿，笑了笑道："看着不过是普通的花儿，怎么比吃食还贵重？"

"这花儿妙得很哩，"妇人微笑着道，"搓成药丸子，或者就这么干烧，嗅那股气味，浑身上下都舒坦，当了神仙似的。我们是吃不起，城里老爷爱用。"

"老爷？哪些老爷？知县知府？还是卫所的驻官？"明月问。

"哎，这个我哪说得清，老爷就是老爷，"她用下巴颏儿指指玉姐儿怀里的灵牌，"和你们家老爷一样嘛。"

明月和校尉们对望了一眼，又笑道："听嫂子的口气，原先本是不种这花儿的。"

"是啊，几年前……"妇人低着头想了想，冲外面的男人喊道，"他爹，是不是你崴了脚那年？"

男人答了声"是"，妇人道："是嘛，五年前，北边下来一群江湖客，要咱们改种人来疯。一开始里正还不同意，说人来疯卖不来银钱。爷们儿给了每家每户五两银子，还说每年会派人来买，大伙儿就同意了。这不，果真每年都有人下来收，每年都是顶顶的好价钱。现在，原先吃铁馍馍的吃白面，原先吃白面的盖新屋，都是造化啊。"

"嫂子，"明月忧愁地望着妇人，"你看我这儿新丧了男人，还要养着玉姐儿。我怕改嫁对姐儿不好，就想自己出来做点营生。你这花儿这么好卖，可不可以把那些江湖客的来历告诉我，我盘他几亩地，也种这花儿，让他们来收。"

"不是嫂子不告诉你，是嫂子也不知道他们是什么人。每回来都穿黑衣裳，有的还戴面具，怪里怪气的，瞧着不大正经。不过他们每年过年的时候下来，你要不明年来瞧瞧，说不定能碰见他们。"

"行。嫂子，谢谢你了。"

明月回头看了眼云校尉，校尉从怀里掏出一把银子塞到妇人手里："别见外，我们叨扰了，您收着，买点儿好玩的给你家小子。"

妇人一开始还拒绝，后来实在拗不过，便收下了。看明月要走，留了几遭留不下，忙让宝儿收拾出一包袱白面馍馍给他们，硬要他们带着。明月道了谢，出门登车，马车渐渐远了，回头看那妇人在雪地里站了会儿，回身进了屋。

明月离了村子才后知后觉地通体发寒，撩帘子望出去，目力尽处皆是白雪覆盖的踟蹰花苗，绵延天际，好似无穷无绝。若是等天暖了群花盛开，当是漫野的殷红，恍若烈火燃烧到天际。这样的村子有多少？朔北有多少官员在吸食极乐果？

明月扶着车帷子的手有些颤抖："云大人，不去倒马关了，立刻绕道回京。"

云校尉从马上俯下身道："娘子，这样太慢，我们去官驿，让驿丞快马传信给督主。"

"不行。"明月断然道,"云大人,你还不明白吗?厂卫号称家人米盐猥事皆难逃耳目,为何踯躅花在朔北开了五年,督主竟从未听闻?"

云校尉的眼中慢慢浮起恐惧。

"不错,"明月轻声道,"朔北大大小小千余卫所,皆已沦陷。"

一行番子皆面面相觑,四下里冷风呼啸而来,恍若妖魔逼近,有人打了一个寒战,胯下的马不安地踏着雪。

明月抱紧玉姐儿和司徒谨的灵牌,灵牌抵着心口,仿佛隐隐有热度传来。

阿谨,你会保佑我和玉儿的对不对?

明月闭了闭眼,厉声下令:"即日起换马改装,火速回京。"

沈玦在宫里一连待了十天都没有出来,连日来不断有辽东来的斥候快马进京,个个灰头土脸,不仔细看还以为是西北来的灾民。夏侯潋今日新得了邸报,上面说前线战况不妙,几次差点让土蛮破城而入。朝廷计划着调南兵北上,然而国库空虚,军费不够。沈玦力排众议,加征江南赋税,朝中一半的官员都上疏弹劾沈玦。要是奏疏上带着唾沫星子,沈玦已经被淹死在掌印值房了。

夏侯潋几次想进宫看看他,奈何伽蓝这边还绊着,拨不开空。最近新抓到京师的地下黑道,专门做假户籍的,他们勾结了户部的属官,帮没户籍的黑户安插黄册。夏侯潋顺藤摸瓜,按着假户籍的名录去抓,逮到不少伽蓝暗桩,可惜依旧没有十七的消息。

夕阳西下,夏侯潋心情不好,骑马踩着橘黄色的阳光回府,缰绳丢给长随,自己过了垂花门,信步随意走,就走到了沈玦的书房。他打开门,靠着门框往里看。阳光穿透窗格的万字纹映在沈玦的书案和乌木官帽椅上,尘埃纷乱地在那光线里飞舞,像纷飞的小小飞蝶。

他摸了摸沈玦的花笺,上面印了凹凸不平的花脉纹路。花笺边上放了一个香囊,夏侯潋打开香囊,里面有几朵梨花,白灿灿的,煞是好看。

"小潋!"莲香在窗外道,"少爷说若家中有事可写信给他。"

"好,我知道了!"夏侯潋回道。

夏侯潋看到几案上的笔墨,伸手提笔,笔尖悬在空中半晌没落下。平时拿惯了刀,拼杀劈砍想都不用想,闭上眼都知道该用什么姿势什么力道。可写字儿他真的不行,尤其还是写信,写些什么呢?今天吃了什么来着,早上吃了一屉猪肉包,中午吃了莲香做的红烧猪手和葱油饼。可这样写跟报菜名儿似的,写它干吗?

写了半天离不开吃，夏侯潋又觉得不行，揉皱了纸往后一扔，换了一张新的写。这回夏侯潋报告了一遍追缉伽蓝的事务，还把东厂近日迁贬降调说了一遭，可这玩意儿自有厂卫的公文报给他，再在信里说一通是多此一举。

夏侯潋搜肠刮肚想了半天也不知写什么玩意儿好。屋里渐渐暗了，夕阳的余光在手边悄无声息地腾挪，夜色浓了，月光不知什么时候进了屋，落在他的指尖。夏侯潋揪着头发，一转眼瞥见沈玦那香囊搁在案上，静悄悄的，有短短一缕香味飘到鼻尖。

他撑着头淡笑着戳了戳那个香囊，终于再次提笔，氤氲的墨迹落在纸上。

离去久矣，何日归家？

他吹干了墨，把宣纸平铺在案上，撑着脸看。月光洒在纸上，勾勒出他的字迹。这简直是他平生写过的最好的字了。

窗外响玉丁零地响了，细细碎碎的一长串，随风飘了出去。他忽然想起很多年前的事情来——秋梧院里的两缸枯荷，乾西四所的潋滟刀光，十年里的血雨腥风，仿佛是命中注定一般，冥冥之中有看不见的丝线，牵引着他们走到一起。他收起香囊放在怀里，吹灭了蜡烛，站起身来预备去刀炉打会儿铁。照夜快完成了，以陨铁熔铸全身，她将是绝世的杀器。

刚走到门边，手触及门板的一刹那，腿突然发了软，他差点跪了下去，勉强撑着门站起来，小腿却怎么也使不上劲儿，像变成了一团软泥，渐渐失去知觉。他不知道发生了什么，颤颤巍巍地往回走，一路扶着多宝格和桌椅回到罗汉床边上，艰难地躺下来。

麻木的感觉像细蛇在身体里游走，很快蔓上了手臂，脸上有温热的液体淌下来，滴在引枕上，在黑暗里看不清，只瞧得见雨点儿大的乌渍子。他渐渐明白了，原来七月半没有好，沈玦的方子没起作用，它只是潜伏着，像一条蛇，现在它出来了，重重咬了他一口，来得猝不及防。

他想叫莲香，嘴一张出来的都是血，说不出话。

他探出手去够花几上的花瓶，太远了，够不着。他痛苦地咽着血，喉咙里满是铁锈的腥甜味。夜色静谧，他听着丁丁零零的响玉撞击声，慢慢回过神儿来。他这是要死了吗？可他还有好多事情没有完成，十七没能找到，持厌也不知所终，他写给沈玦的信还在案上。然而没有办法了，他完了，他心里有一种预感，黑暗无声无息地从四面八方逼近，偿还他罪孽的报应终于在今夜降临。

他心里没有害怕，只是有些遗憾。既造杀业，必遭杀报。他知道他早就该死的，逃了这么久，天爷终于醒过神来，派无常爷来收他了。他侧过头，看菱花窗外的月亮，圆圆的一轮挂在树梢，静静地望着他。

好舍不得啊……

他伸出手，淡淡的月光勾连在指尖。他的心里有浅淡的悲哀，也有深深的眷恋。乌云飘来，月光悄无声息地从指缝中敛去，他的手从空中跌落，沉沉落在榻边。

静谧的夜风中，只剩下响玉丁丁零零。

夏侯澈不止一次想过，死是什么感觉？

像沉入寂静的寒塘，世界归入无声的永夜。他是一只小小的蜉蝣，在冰冷的波心漂浮。很多年前的事鸦羽一般纷至沓来，伽蓝宝殿里住持低沉的《大悲咒》，潇潇竹林里他家那盏幽幽的孤灯。他想起他在山上度过的无数个夜晚，长夜仿佛没有尽头，伽蓝里传来迟迟的梵声，他在那似有若无的声音中沉沉入眠。

他不曾害怕过死亡，这是他躲不过去的命。在命数面前，众生卑如尘埃。

黑暗慢慢淡了，有一抹鲜艳的光亮出现在余光尽头。渐渐有了声响，丁丁零零，是铁马在风中晃悠，然后是茶盏碎在地上冰裂似的脆响，好像有人慌慌张张地说话，他听见头磕地面的砰砰声响。

他还活着吗？夏侯澈有点蒙，从床上坐起来的时候，脑袋还发着晕，身上不得劲儿，差点又躺回去。他颤着手挑开帘子，茶几上的青瓷盘上燃着一方红烛，蜡泪浸出铜钱大的印子。

他赤着脚下了雕花拔步床，隔着窗纱往外看，天黑沉沉的，廊檐底下绛纱宫灯晃晃悠悠，地上的影儿也晃晃悠悠。他推开门走出去，梢间传来人声。他走了一截子路，停在门口。沈玦坐在宝座上，手腕上挂着瓜瓣玛瑙珠串，正冷冷瞧着底下跪着的一帮御医。他的官服没有换，妆花织金的曳撒穿在身上，隔着一层碧烟罗看也甚为夺目。

"咱家问你们有没有法子，你们却支支吾吾，半天说不出个明白话。太医院一年一比，层层筛选，是如何择出你们这帮庸医的？"沈玦气得浑身发抖，"有法子还是没法子，你们给个准话。这里不是宫里，有话直说，不必遮遮掩掩。若是耽搁了病情，咱家要你们好看！"

底下太医们脑门上都淌着汗，被东厂番子从被窝里揪出来两遭，惊魂犹未定，就逢着沈玦的滔天怒火。当首那个鼓起胆子，细声道："小臣斗胆，便跟厂臣刨开腔子说吧。其实上回来瞧，我等便已觉得病势不妙，奈何厂臣心烦意乱，我等不敢明说。后来厂臣给了方子，服下倒像是好了些，我等以为真得了救命的灵丹妙药，便放了心。现下看来，这药药效有限，不能根治。"

沈玦笑得越发冰冷："你们很好，竟敢欺瞒到咱家头上来了。"

几个太医面面相觑，发着抖不敢说话。沈玦恨他们胆小如鼠，却又不能多加责怪，恨声道："继续说！"

"是……是。"当首那个道，"踯躅花是苗疆奇花，太过偏门。若是方存真还在，兴许还能想出救治之法。他虽然私德不佳，却在苗疆浸淫数年，和不少苗寨的光脚大夫打过交道，对这些花花草草最是熟悉。我等……我等虽在御前听诊，可论奇花异草的见识实在不如这些江湖术士。况且小沈大人的药理已变，更不知大人当初所服药茶究竟是何物，我等实在……实在无能为力。"

沈玦的心一截一截地凉下去。方存真早已被他杀了，是他亲手灭了夏侯潋最后的生机吗？他怔怔地说："原来说了半天，便是没法子。"

太医们都不敢说话，身子躬得越发低了。沈玦望着下面一顶顶黑压压的乌纱帽，慢慢伏下身，手肘撑在膝盖上痛苦地扶着额头，冰凉的珠串抵在脸上，冷彻心扉。

"都出去吧。"沈玦声音喑哑，几乎听不出来。

众人如蒙大赦，纷纷膝行着后退。夏侯潋躲在抱柱后面，看他们鱼贯而出，小跑着出了院子。

沈玦瞧着自己在地上的影子，黑而瘦的一长条。真的没救了吗？他的心像被谁紧紧捏着，撕心裂肺地疼。辽东战事很紧，他太忙了，来不及回家。他原本在值房批红，可谁知道下一刻沈问行匆匆忙忙走进来，告诉他夏侯潋又倒了。他破了宫禁出宫，一回家便看到他紧闭着眼躺在床上，那隆起的被包像一座孤坟。

怎么会这样呢？先前还好好的，那么活蹦乱跳一个人，怎么又躺下了呢？是报应吗？他做的孽太多，佛爷要罚他，给他开了一个大大的玩笑，竟让他亲手扼杀了夏侯潋的生机。他拿出夏侯潋写给自己的信，一笔一画，出乎意料地好看。他还记得夏侯潋小时候的字，歪歪扭扭，狗爬似的；后来他看那家伙写的公文，也没有变多少。夏侯潋在伽蓝这些年，大概没怎么动过笔。

他抚着那字——离去久矣，何日归家？

烛火在余光里跳，他的眼睛热辣辣的，像是被那火光灼伤。他吹灭了火，屋子里顿时黑了。他一手拿着夏侯潋的信，一手捂着脸，在那片黑暗里流泪。

门忽然开了，一个高挑的黑影走进来，他慌忙擦了泪。夏侯潋关了门，走到他边上坐下。

沈玦竭力平复声气儿，道："你醒了？现在感觉如何？身子可还爽利？"

夏侯濈却没回答，伸手拍拍他的后背："少爷别哭了。"

他的声音响在耳边，不知怎的，沈玦的眼泪霎时间就止不住了。他不愿意在夏侯濈面前流泪，大口吸着气，艰难地平稳声线："我没哭。"

夏侯濈笑了一下："其实你每回哭我都知道。"

沈玦固执地说："我没哭。"

夏侯濈掰着手指头数："你拜师的时候，你那个死鬼爹居然没有认出你，你出来就哭了。还有萧夫人冤枉你不正经，你被你爹罚跪祠堂那回，你也哭了。"他笑道："知道你好面子，我就是没戳穿你。你放心，这个秘密我帮你守着，肯定不告诉别人堂堂司礼监掌印、东厂督主沈玦，竟然躲在这儿哭鼻子。"

沈玦好不容易缓过来了，抬起眼瞧他，黑暗里看不分明，却能感受到他专注的目光。沈玦低头，苦涩道："明明是你病了，却要你来安慰我。"

夏侯濈笑笑不语。

屋子里黑，夏侯濈拉他出来坐在廊下。满地月光像积了一庭的水，疏淡的树影在里面荡漾，像蔓延的水草。外面敲起了梆子，的的笃笃，慢慢远去了。已是三更天，到五更的时候沈玦就该去上朝了。

夏侯濈问他要不要睡会儿，沈玦摇了摇头，问："阿濈，你说为什么快乐只有那么一瞬，痛苦却长长一生？"

为什么呢？天爷有天爷的想头，夏侯濈也无法回答。他低头看自己的脚尖："少爷，你不要太难过。我娘死的时候，我简直觉得天都塌了，整个人跟行尸走肉似的。后来，我又亲手送走了我师父、老秃驴。我哥不知道是不是还活着，但看我这情形，他要是也喝了老秃驴的药茶，估计也离死不远了吧。"

沈玦望着他的侧脸，他的神情没有悲也没有苦，只是淡淡的。沈玦忽然觉得心慌，道："我不会让你死的。你乖乖在家里养病。"

夏侯濈伸出手，触摸冰凉的月光："少爷，我这辈子送走了很多人，素昧平生的，牵绊深重的，我爱的，爱我的，一个一个，我都看着他们远去。现在，终于轮到我自己了。"他扭过头来望着沈玦，轻轻微笑："我一直很奇怪为什么老天爷要留我留到现在，我早该在五年前就死在伽蓝的。现在我明白了，少爷，天爷疼我，他要我和你重逢。我真的、真的很满足了。"

夜风拂过，枝叶拨喇喇地响，像鸟儿拍着翅子。沈玦在夏侯濈身上看见无言的寂静，好似收刀入鞘，刀锋尽敛。

夏侯濈轻声道："该走的人总是要走的。你留不住，也不必留。"

一瞬间，仿佛有莫大的悲苦压在沈玦的心头，沉沉的，像一块扑满尘土的墓碑。

沈玦舌尖有说不出的苦涩，仿佛满满一壶苦茶灌进腔子，苦得舌头都枯了，心也枯了。

月光穿过檐溜，在青石地上蔓延，触碰到沈玦的脚边，沿着曳撒的金线爬上膝头，最后憩落在他的手边，冰冰凉凉，好像一块冰。到这个时候，沈玦反而慢慢平静下来，心头翻涌的苦潮重归寂静，他深深吸了一口气。

正惆怅着，夏侯潋拍了拍他的肩膀，道："行了，折腾一晚上了。离五更还有些时候呢，回去睡个囫囵觉。"

他知道沈玦累，要收拾偌大一个国，又要关心他残败的身体。这世上恐怕只有沈玦有这样的本事，若换了别人，只怕早已垮了吧。

夜色浓得化不开，打眼往帘外看出去，仿佛是空空落落的一片，万籁俱寂。夏侯潋躺在黑暗里胡思乱想，思绪在寂静里延伸。

他有遗憾，有许多未竟之事，可若要写遗愿，千头万绪，他竟然不知道从何写起。

他没有找到十七，也没有找到持厌。他从枕下掏出荷包，将里面的耳填倒在掌心，晶莹剔透的一小颗，像一滴眼泪。他想起那个在夜风里吹埙的青年，眸子黑而大，盛满璀璨的天光。明明看起来傻呆呆的，竟然会为了他撒谎，独自奔赴朔北。然而，夏侯潋对他说的最后一句话是："我也会杀你的。"

人事就是如此，永远不如人意。他哀哀地牵了牵嘴角。

他是个疲倦的客子，死亡对他来说不是远行，而是归家。顺天从命，应报而死，似乎是他最好的选择。可是……

可是，他怎么忍心把他在乎的人抛在这荒芜的世道？他要努力活下去，不为他自己，为了沈玦，为了持厌，为了所有还未死去之人。

夏侯潋的病反反复复，时好时坏，常常是沈玦朝议结束，刚刚跨出西朝房的门槛，便见沈问行匆匆赶来，告诉他夏侯潋又吐血了。那帮御医是不顶用了，沈玦下令东厂搜罗各地名医，远的暂且赶不过来，京津一带的统统被番子黉夜抓入京城，为夏侯潋诊治。

大夫流水一般来了又去，门槛被踩得几乎要凹下一个印子，厨房里弥漫着苦涩的药味，开了窗子也散不开。他看着夏侯潋一碗碗苦药灌下去，灌到最后好像失去了味觉，再苦的药也眨眼就能喝完。每回郎中要么信誓旦旦地担保，要么瑟瑟发抖着许诺，这次的药引子铁定管用，结果郎中前脚刚走，后脚夏侯潋便开始发病，有时候七窍流血，有时候昏迷不醒，一次比一次触目惊心。

第二卷 江湖夜雨十年灯

沈玦渐渐对这些庸医失了信心,他搬来藏书阁的古籍在掌印值房里查阅。要批的折子太多,常常到了深夜才有空看书。《金镜录》《博济方》……他一本一本翻过去。

星夜下沉在黑暗里的皇城,只有司礼监那一角亮着彻夜不熄的灯火。一方蜡烛又将烧完,瓷盘里落着斑斑烛泪,沈问行小心翼翼换上新蜡,用银剔子挑了挑灯花。昏黄的灯火像迟重的暮色,映着沈玦低垂的眉眼。连日来的操劳让他清减了不少,脸颊边都隐隐可见瘦骨的锋棱。

沈问行从乌漆小托盘里拿出一盏热汤,悄悄推在案上,轻声道:"干爹,喝点汤吧。今天看得够晚了,再过一个时辰鸡就要打鸣了,要不上榻躺会子吧。"

"别吵。"沈玦皱了眉。

沈问行苦哈哈地道:"我说干爹,您也得紧着自己的身体啊。夏侯大人没瘦,您倒先成竹竿了。"

沈玦不再理他了,沈问行没办法,只得由着他。到天快亮的时候沈玦终于肯歇息了,只不过睡了不到一炷香的工夫便起来梳洗准备上朝。他对着镜子看自己,似乎真是憔悴了不少,梳头梳下不少头发来,把头发翻过来看,白发夹杂在青丝里,银亮得刺目。

他没空管这些,上完早朝回去看夏侯潋,那家伙坐在廊下给府里的孩子们做风筝。他有一副好手艺,那些小孩儿都爱跟他玩儿。他以前救下的李妙祯和他最熟络,那丫头在府里养了几个月,不像初来的时候那般腼腆了。沈玦让那丫头照看他的饮食起居,倒也照顾得不错。

过了十天的工夫,江浙一带的郎中也到了。同样是流水一样进去,流水一样出来,方子越开越偏,有的他不敢用,药水倒了一碗又一碗,檐溜底下都是黑腻的药水。江浙的大夫走了两广的来,两广的走了西北的来。他后来听说庐山有一个辈分甚高的大夫,早年还曾经在苗疆待过。他亲自将大夫迎进府,耐着性子听大夫骂骂咧咧,又听大夫讲玄而又玄的医理。老大夫给夏侯潋把了半天脉,又是翻眼皮又是看舌苔,再查看他这几日吐的血,最后走到外间,对沈玦说:"命有常数,人力不可违也,节哀顺变。"

那一句仿佛是当头一棒,沈玦听见天塌了的声音。

他是从来也不信命的,汲汲营营十数年,走到如今的万丈荣光,靠的是杀伐果断、步步为营,不是听天由命。可这一刻,他却好像不得不信了,原来只手遮天的权势,也换不回一个人的性命。

沈玦回过身来,隔着窗子望屋里的夏侯潋。他坐在八仙桌前喝药,那样黑漆漆的药汁,他一天要喝上五大碗,其实只有清热解毒的效用,可总觉得喝了就能好些。他先是望着药碗发愁，妙祯在一旁鼓励他："快喝呀夏侯叔叔，一会儿督主就回来了。"

夏侯潋下了很大决心似的端起药碗一饮而尽，苦得龇牙咧嘴。妙祯一边笑一边给他一颗饴糖，再把药碗收进托盘。沈玦心里发涩，原来夏侯潋一直怕苦的，可他在自己面前喝药永远是一派轻松的模样。

沈玦继续翻医书，也有很多人来向他进献名医和偏方。御马监的李总管说终南山有个气功大师很会治病，他家里十岁的弟弟生了怪病，肚子里长了东西，像怀了十月的胎似的，到终南山去被大师灌了半天的气，到晚上人就恢复原状了。沈玦派了五个档头快马去请。夏侯潋本想说这就是骗人的，他跑江湖的时候见多了这种人，可见沈玦一脸坚持，还是妥协了。大师给夏侯潋灌了三天的气，这三天沈玦好吃好喝地招待，府上宴席顿顿是山珍海味。大师想见识京里的优伶巧伎，沈玦破天荒往府里进了女乐。

第三天正当灌气的时候，夏侯潋又发病了。他躺在青纱帐里不省人事，沈问行静悄悄地走进来告诉沈玦，番子查到大师是李总管的远房侄子。

沈玦什么也没说，只让沈问行出去。沈玦撩开帐子坐在夏侯潋的床边，俯下身听他的心跳。不知怎的，沈玦就落泪了，泪水沾湿了夏侯潋的衣襟，留下浅淡的印迹。他想这的的确确是报应，是他作恶太多，天爷要罚他，把夏侯潋送回他身边，却要他眼睁睁看夏侯潋死掉，像握在掌心的沙砾，握得越紧失去得越快。

他抹了抹眼泪，直起身来，正好看见夏侯潋腕上的菩提子。他摩挲着冰凉的珠串，想起从前在宫里等待的日月。他曾满怀希望地期待和夏侯潋重逢，一遍一遍数着菩提子祈祷夏侯潋从杀场平安归来。如果从前佛可以应许他的祈愿，现在可不可以再给他一次机会？

他向小皇帝告了假，驱车到芦潭古道。一路香尘细细，柘树森森。沈问行以为沈玦要去广灵寺上香，正打算让厂卫下去清道。沈玦拦住他，道："清了路，会不会让佛爷觉得我不够诚心？"

沈问行愣了一下，摸着脑门道："不会吧……"

沈玦沉默了一会儿没说话，径自下了车。沈问行想说这才到古道口，离广灵寺还有好几里路呢。话没来得及说出口，却见沈玦孤身站在天光下，对着广灵寺的方向，撩袍跪了下去。

古道上车马不多，轧轧地从沈玦身边驶过，没有人注意到这个三拜九叩的人。沈问行呆呆地望着沈玦，甚至忘记了阻拦。那个孤绝的影子匍匐在尘埃里，一步三叩首，向着渺茫烟尘里的佛音前进。

"干爹啊,您这是做什么?"沈问行这才醒过神来,跳下车跪在沈玦旁边哀求,"您说您这是……这要是被旁人瞧见……"

沈玦一声不吭,结结实实磕了三个响头,继续前行。沈问行跪在原地看他慢慢往前走,网巾在叩首的时候松了一点儿,几根发丝垂下来,粘在他苍白的脸颊上。清冷的天光下,他的脸上无悲无喜。

沈问行终于明白过来这个人是拦不住了。他要一路磕上广灵寺,乞求佛爷救那个病重的男人。沈问行叹了一口气,转回车上拿出油纸伞,撑在沈玦的头顶。厂卫们默默跟在后面,没有人吭声也没有人再劝。长长的古道上他们像一列缓缓挪动的蝼蚁,在尘埃和霜风里静默着前行。

日头上了中天,进香的人慢慢多了,有人看到了沈玦,停下车马伸出脖子来看。厂卫的曳撒和冰冷的刀鞘驱逐不了他们,围观的人越来越多,有行脚的贩夫,也有王公贵族,有人认出了沈玦,发出一声惊呼。

窃窃私语像蝉噪此起彼伏,沈潋病重的消息悄然传递着,有人幸灾乐祸,有人兴味盎然。沈玦充耳不闻,兀自磕头。额头叩地,声声钝响,他的脸上沾染了泥尘,素来洁净的曳撒也染上污渍。磕到不知第多少个,他的额头终于破了,鲜血在地上印下夺目的红印。红印随着他的步伐绵延出去,像盛开的红莲,承载着无尽的悲苦。人们下意识地让开那道血迹,没有人踩在那上面,于是人群中分出了一条线,沈玦拉着那条线一直往前。

天光下一切都是模糊的,他一次次跪下,一次次叩首。手脚发疼,最后变得麻木,痛苦像隔了一层,他失去了感知的能力。他在心里默念夏侯潋的名字,仿佛这三个字里藏了力量,让他不知疲倦。

梵音近了,呢喃着从远天传来。沈玦终于磕到了山阶脚下,人群里爆发出一阵欢呼:"到了!到了!"

可出乎意料的是,沈玦并没有停下。他再次矮身跪地,额头叩上台阶,一朵红莲在爬满青苔的石阶上绽放。人群终于静了,他们默默地看着那个男人一级一级爬上石阶,向着天光尽处进发。人们望着他的背影,跟随着他缓缓移动,忽然觉得他不再是平日里高高在上的东厂督主,而是一个卑微到尘埃里的凡人,一如芸芸众生。

日头西沉,远山融入黄昏,暮色笼罩在人群的肩头。沈玦的脸苍白得可怕,手和脚都在颤抖。他伏在山阶上喘气,抬眼望去,层层石阶向上绵延,消失在一片霞光中。有人忍不住喊:"厂公,别跪了,够了!佛爷看得到的。"

"是啊,算了吧。没准儿小沈大人已经好了呢,您回家瞧瞧去吧!"

沈玦不听,继续往前。他不再站起来,而是跪着叩头,跪着爬阶。一个小女孩儿举着水袋隔着厂卫的人墙喊:"厂公,喝水!"

　　沈问行忙拿出自家带的水囊:"干爹,喝点吧,歇会儿再跪。"

　　沈玦闭着眼摇头,伏身叩首。

　　时间一点一滴过去,每一刻都漫长得像没有尽头。当夕阳敛尽最后一丝光辉的时候,沈玦终于到了山顶。沉雄的梵声从宝殿里传来,响在耳边声如奔雷。颤抖着跨入门槛,满室长明灯火如昼,他匍匐在神佛的脚下。

　　"诸天神佛在上,罪人谢惊澜来此叩罪。发我宏愿,终生茹素,行善三千,换夏侯潋康健如初。燃心灯为证,诸佛应愿,吾誓无违。"

　　他伏在大佛冰冷的目光中,像一片凄冷的枯叶。迟迟的梵声中没有人应答他,他听见自己的泪滴砸在地砖上,清脆的一声响。他想起月光下夏侯潋温暖的目光,低沉的嗓音,像涓涓细流,输进他苍凉的心底,那是他荒芜一生中最后的慰藉。一刹那间无尽的哀苦像冰冷的海潮将他淹没,他头抵着地砖,闭上双眼。

　　"佛爷,求你,罪是我的,报应是我的,罚我,不要罚他。

　　"求求你,把他……还回来。"

第五十四章 逝水横波

这些日子京里闹刺客，家家户户都早早关了门。月亮出来的时候，街面上已经没人了，排门封住了屋瓦底下的絮絮低语，胡同里面走动的只有打更人和汪汪乱叫的狗。胭脂胡同也冷清，最后几个小贩奔命似的收摊子，有个磨镜子的不留神儿，把手里一面镜子打破了，"哐啷"一声响，一直响到胡同尾。

阿雉背着包袱从狗洞里爬出来，听见隔壁胡同的那声响，吓了一大跳，脑袋不小心顶到墙壁，疼得泪花儿都冒出来了。

其实云仙楼已经下了封条，番子早就撤走了，但她还是不敢走正门，怕番子拦她不让她跟着阿鸢离开。她毕竟是个官妓，按理是不能走的。上回被东厂抓去的姐妹都已回来了，倒没有缺胳膊断腿，也没人被爷们儿欺侮，只是有的人身子弱，在牢里染了烂疮，回来后在床上哼哼唧唧躺了几天就去了。

她越发觉得这个地界儿是待不得了。阿鸢肯带她走，这是天大的造化，兴许这辈子就跳出火坑了。她怀着满心欢喜，早早就收拾好首饰细软，统统捆进包袱里。那是她积攒多年的家当，将来在朔北或许可以开一家小饭馆过活。没敢跟任何人说，她换了身下人穿的粗布衣裙，悄没声儿地爬出来，寻了个僻静地儿坐着等百里鸢来接她。

她太心急了，约好的酉正三刻，正好在城门关的时候出城。她酉时就出来了，坐在石墩上左等右等半天不见车马的影子。胡同口有个烙油饼的老婆婆在收摊，老人家手脚不利索，收得慢，油锅还冒着热气儿。阿雉摸了摸肚子，包袱里光装了金银首饰没装吃食，那边油腻腻的香味儿顺着风飘过来，馋得她直流口水。阿雉拎着包袱走过去要了两张油饼，坐在棚子底下一边啃一边等百里鸢。

老婆婆收完摊走了，胡同里的小贩挑着担子一个个都走光了，寂静的胡同里只剩下阿雏。生意清淡，各家妓院门口站条子的都免了，潇洒点的干脆上了排门，暗淡的灯笼底下墨黑的门板，一张财神爷的年画要掉不掉，在风里刮喇喇地响。没来由地她想起那个在床上死掉的姐妹，白纸一样的脸儿，烂疮流着脓，眼睛里的神采就那么静悄悄地淡了。还有鸨儿和夏侯。

都是七叶伽蓝害的。阿雏想。

"阿雏姐姐还没有出来。"胡同里忽然响起百里鸢的声音，阿雏从神游里醒过来，心里腾起欣喜，忙抓起包袱站起来。

"现在才酉正，女人收拾东西一向很慢。"是个男人的声音。

"你怎么来了？"百里鸢问，"你不是要跟着八部去杀沈玦吗？"

仿佛一道焦雷劈在头顶，阿雏在踏出拐角的一刹那顿住脚步。

"路途遥远，段先生担忧阎罗，将属下匀出来护卫阎罗。"男人笑了笑，"我倒很想跟着去杀沈玦。听说那个阉人为了夏侯潋三拜九叩跪上广灵寺，当真是情深义重的好兄弟。"

是伽蓝！阿雏贴着墙壁站着，手和脚一寸寸发着冷。怎么可能？阿鸢怎么可能和伽蓝有关系？阿雏惊疑不定，一颗心在腔子里急剧地跳动，几乎要喘不过气来。他们的声音不大，但这胡同短，阿雏勉强听得了个大概。

阿雏小心翼翼地探出头，见漆黑的胡同里停了一辆马车，车楣上挑着一盏黄澄澄的小灯，百里鸢坐在车辕上晃着腿，一个黑衣男人站在她身边，脸颊上的疤痕在疏落的发丝下若隐若现。晕黄的灯光之外还站了许多沉默的男人，黑衣几乎和夜色融为一体，他们白天是侯府的仆从，夜晚便成了潜行的恶鬼。

原来来接她的是伽蓝刺客，害了鸨儿和夏侯的刺客。阿雏如坠冰窟。她觉得自己像误入幽冥的生人，唯恐呼吸得太大声，惊扰这些寂静的鬼魂。这怎么可能呢？阿雏死死捂住自己的嘴，不可抑制地发着抖。她想起百里鸢甜甜地喊她姐姐，拉着她裙带的模样像一只小狗。可就是这个孱弱的女孩儿，在黑暗里睁开恶鬼的双眼。

阿雏想起那天夜里她抱着百里鸢问话——

"你家是做什么的呀？"

"我家是卖药的。"

原来这药，就是极乐果。阿雏的眼泪掉下来，她亲眼见过姐妹们发病的模样，有的痴呆，有的癫狂，沉溺在药瘾里无法自拔。那个伽蓝的恶鬼一直在她身边，叫她姐姐。

"你原是他的师弟，却这么恨他。"百里鸢歪着头看他。

第二卷 江湖夜雨十年灯

"他是个伪君子,"男人冷笑着道,"为了报他母亲的仇,将伽蓝所有人推向死地。这样的人,你不恨吗?"

百里鸢没什么表情,跳下马车走了几步道:"你不用杀他,他快要死了。"百里鸢的眼神暗了暗:"和持厌一样。"

男人沉默了一会儿,仰头望青湛湛的天穹,圆月高挂,漠然地俯视众生。

他轻声道:"是啊,他快死了。"

百里鸢又等了一会儿,看时辰差不多了,蹲下身往狗洞里瞧,蓬草杂乱的缝隙里依稀望得见灯影幢幢,可就是没有阿雏的影子。百里鸢皱了眉,站起身道:"来人,进去瞧瞧。这么久没来,姐姐是不是遇见什么麻烦了?"

阿雏心中一惊,下意识后退,脚踝不小心碰倒一个簸箕,簸箕立在地上,圆溜溜地滚出去。

百里鸢脸色一肃:"谁?"

阿雏忙跑出去,慌乱中包袱掉在地上,金银细软噼里啪啦落了满地。百里鸢追到胡同口,拾起地上的一根金掩鬓。刺客枭鸟一般从她身边掠过,奔入茫茫夜色。

"阎罗,她好像都知道了。你过家家的游戏还玩吗?"紧那罗在她身后问道。

百里鸢将掩鬓往后一掷,钗尖擦着紧那罗的脸颊飞出去,划出一道血痕。

"少废话。"百里鸢转过头,紧那罗看见她的眸子藏着深深的狰狞。她咬着牙道:"给我追!"

车轮轧轧地碾过夜色,黄土垄道上起了薄薄一层雾,望过去漠漠蒙蒙的一片,月的清光穿过雾气,世界像笼在水里,波光粼粼。广灵寺离城里有十几里路,这才走完一半。沈玦的手和额头上绑了绷带,靠着车帷子睡着了。沈问行心疼得不行,轻手轻脚地将毯子盖在沈玦膝头上。

沈玦跪得手和膝盖都破了血口子,一时半会儿没法儿骑马赶回去看夏侯潋,先派了人回去瞧夏侯潋病好了没。他下山的时候派人去的,现在还没回来,不知是路上耽搁了还是怎的。沈问行暗骂那人偷懒,却暗暗也希望那人晚点儿来。谁也不知道拜佛这事儿灵验不灵验,万一不灵呢,岂非白忙活一场。

他望着沈玦的睡颜叹气,平时多精干一人儿,竟也落到这样的田地。

马车外面响起急碎的马蹄声,沈问行掀开帘子探头看,这是回来了?马车前却没有马匹的影子,往后一瞧,正见一群男人策马而来。沈问行吃了一惊,怎么从车后头来的?

"小沈公公!"云校尉见了沈问行,脸上一喜,"督主可在里面?"

"何事？"窗被推开，沈玦冷白的脸迎着月光，有一层莹白色的光辉。

两边车马都停了，沈玦在沈问行的搀扶下下了车。那边明月也抱着玉姐儿下车，另有几个番子抱拳跪地，喊了声："督主！"沈玦这才注意到，这几个是他派去朔北查百里鸢的番子。

"督主，"为首一个姓奚的掌班道，"我等秘密刨棺，验了老君侯夫妇及其四子三女的尸体，发现这九人并非死于天花，他们的躯干上、头骨上皆有撞伤的痕迹，我等还在尸骨中发现了极乐果的痕迹。"

沈玦锁紧眉头。

"故而我等大胆推测，"奚掌班道，"此九人皆因极乐果药瘾发作，癫狂自戕而死。"

明月上前行礼，道："妾身此番回返，亦是因为在倒马关附近发现踯躅花田。据当地农妇所言，城中有官员服食极乐果。妾身妄自揣度，恐怕极乐果之祸已经蔓延至朔北各县府，上下官员皆沆瀣一气，为伽蓝所控。"

沈问行听得目瞪口呆："天爷，这是要造反啊！"

沈玦眉头紧锁地转过身，扶着车壁走了几步。百里鸢、百里鸢……夏侯漱在云仙楼遇见百里鸢，鸨儿的酒里藏了颤声娇，被极乐果灭门的临北侯府，大同东厂呈上来的假公文，唐十七说伽蓝阎罗是个侏儒……所有的线索连成一线，他想起风雪之中那个女孩儿黑黝黝的双眼。

百里鸢，就是阎罗天子！

沈玦当即下令："奚仲、云岫，带着你们的人快马赶回京城，传令顺天府、五城兵马司，召集厂卫，包围临北侯府，拿下百里鸢！"

二人同时抱拳："是！"

番子们迅速上马，月下黑色刀鞘上的金色暗纹流淌着冷意，锁甲上罩着一层薄薄的霜色。奚仲一马当先，拍马而出，马蹄裹着飞尘嗒嗒作响。沈玦踩着番子的肩背上马车，手扶上沈问行的臂膀的时候，余光中有一道冷硬的光芒一闪而过。

他悚然一惊，一股冷气从头顶蹿遍全身。

他张口想要示警，然而已经晚了。空气中传来噗的一声响，最前方奚仲胯下的马头炸开鲜红的血花，如泉水一般喷薄而出，笼罩了奚仲满头满脸。他来不及惊恐，因为他的脖子在下一刻被看不见的牵机丝切割。沉重的马身带着无头的躯体整个跪下去，埋没在黄土烟尘里。

云岫的马太快，根本来不及勒停。眼看马匹就要通过牵机丝，那根极细的绝世杀器近在眼前！云岫在马鞍上猛地一踏，一个后空翻如轻燕一般跃下马匹。与此同时，马头被牵机丝割成两半，鲜血喷洒如雨。

"有刺客！保护督主！"番子们嘶声大喊，纷纷拔刀围在沈玦周围。

雾浓了，漆黑的夜色里刺客们像潜行的幽魂，一个接一个从雾气中走出，前后都有，数不清人数，只能看见一面又一面没有表情的白瓷面具。

在所有刺客的后方，雾的最深处站了一个男人，提着刀，静默无言。他没有动，无数刺客从他身边走过，而他像是一块礁石，仿佛亘古之初便立在那里。

像是猛兽之间的直觉，沈玦有种预感，那个人是刺客中最强的杀器。他的刀出鞘之时，必然伏尸遍野，血流成河。

他们隔着重重刺客和东厂缇骑遥遥对望，目光相接之处似有烽火粲然。

死亡一般的沉寂中那个人开了口，是一个年轻的声音。

"七叶伽蓝迦楼罗率领八部众，恭送厂公往生极乐。"

两方对峙，雪亮的刀身反射着清冷的月光，刻骨的杀意在寂静的山道上流淌。

沈玦却很平静，一双眸子波澜不惊，像没有涟漪的寒潭。他推开搀扶的沈问行，望着迦楼罗道："你就是迦楼罗？咱家原以为会是个经验老到的刺客，但你的声音听起来很年轻。今年多大岁数？满了二十吗？"他环顾雾气之中的刺客，道："你们呢？庚辰几何？可有妻室？可有家眷？整日混迹在生死场，你们不怕死吗？咱家身边皆是东厂精锐，你们谁又有把握可以活着离开这里？"

寂静。

刺客们沉默不语，阴冷的目光透过面具黑黝黝的眼孔，窥视那个脸色苍白的男人。

沈玦继续道："咱家知道尔等皆为极乐果所制，正巧，近日来咱家查抄了不少极乐果，统统存于东厂府库之中。咱家给你们指一条明路——离开伽蓝，投靠东厂。尔等投诚者，皆为锦衣校尉，赏黄金万两，家仆一百。迦楼罗，若你愿投诚，咱家许你千户之职，官居正五品。从此尔等皆可光明正大行走于阳光之下，娶妻生子，博取功名，荫及儿孙，光宗耀祖！"

无人应声。沈玦轻轻微笑，道："最重要的是，伽蓝每年只给你们十颗极乐果，而在咱家这里，尔等想要多少就有多少。"

雾气之中的刺客们面面相觑，刀光闪烁不定，泄露了他们蠢蠢欲动的心。

沈问行呼出一口大气，和抱着玉姐儿的明月对视了一眼。伽蓝刺客太过强悍，死地里浴血而出的修罗恶鬼终究不同于平常的刀客。远远望过去，山道上聚集的刺客和暗桩不说有一百，起码有七八十个。伽蓝这次是下了血本，将京畿一带的部众统统召过来了。

但所有人都明白，八十部众中只有一把是真正要沈玦命的刀——迦楼罗。

"厂公好一张铁嘴，一番话，将我们的军心搅了个乱七八糟。"一个阴寒的声音从马车后传过来，"可惜厂公的许诺太过轻率，我等血债滔天，便是厂公答应我等投效东厂，文武百官也不能答应。"

"你叫什么名字？"沈玦回过头。

"伽蓝，摩睺罗迦。"

沈玦低低一笑，道："此事你不必担忧，咱家自会禀明圣上讨得特赦令，赦免尔等一切罪行。你们并非特例，早在你们之前，便有同你们一样的江湖人投靠东厂。云岫，咱家说得可对？"

云岫抱拳道："不错。诸位弟兄，你们若去过山西应当听过在下的名号，出云刀云岫便是在下。在下亦曾是朝廷通缉要犯，两年前方向督主投诚。诸弟兄若洗心革面，助东厂擒拿阎罗百里鸢，督主定不会亏待你们。"

刺客们在踌躇，彼此交换着目光。

沈玦微微敛了笑容，在袖下转动着食指上的筒戒。他在等待，只要有一个刺客向他投诚，这里所有人都将土崩瓦解。

"你撒谎。"一道平静的声线从纷杂的絮絮低语中突围。

沈玦抬起眼，望向那个礁石一般的刺客，目光寒凉："哦？"

"你没有踯躅花，无法制得新的极乐果。伽蓝运到京畿的极乐果不过十数箱，三分之一流入市坊，三分之一为朝廷搜得就地焚毁，剩下存于东厂府库中的极乐果远不足以满足所有刺客的一生之量。"迦楼罗淡淡地说道，"所以，你在撒谎。"

沈玦冷笑着道："杀了百里鸢，朔北的踯躅花田便握于咱家掌中。"

"不，你没有机会。"迦楼罗缓缓拔刀，一抹妖异的刀光从他手中朴拙的刀鞘中倾泻而出。

沈玦微微眯起眼睛。

"我很强，厂公。"那把刀终于拔出来了，在月光下是凄冷的一弧，银亮得逼人，"即便他们背叛伽蓝，我也会拼尽全力将他们一个一个杀掉，然后杀你。你没有机会离开这里，因为握住刀的我，无人可挡。"

霎时间，杀机随风而至。

所有人举起了刀，两方嘶吼着对冲。瓷白的面具和黑色的锁甲光华流淌，缇骑金丝纹绣的琵琶袖和刺客黑色的麻布衣袂在风中飞舞如蝶。两方相撞的瞬间，鲜血如名花一般在黑夜中绽放，妖异又诡诞。

兵刃相接声、衣袂破风声、哀号声不绝于耳，玉姐儿大哭起来，明月紧紧搂着她，蜷在马车的车辙下面。一根鸦青绢布发带垂在她的眼前，明月怔怔地抬起头，沈玦不知道什么时候摘了乌纱帽散了发髻，披下一头黑亮的长发。

沈玦垂眸看着她，脸上没什么表情："把孩子眼睛捂住，别让她见血。"

明月想要道谢，忽然不知哪里传来一阵箫声，在黑夜中游弋开来，像草叶上凝结的霜华，又像嫠妇悲伤的呜咽，仿佛哀悼着这场注定尸横遍野的刺杀。

沈玦仰着头听了听，冷笑道："是鞘吗？这么急着给咱家哭丧？"

前面传来缇骑的惊呼："拦住迦楼罗！保护督主！"

沈玦望过去，只见那个黑衣的刺客提着一把黑色的刀，行走于杀场之中如入无人之境。所有缇骑在接近他的顷刻间被斩杀，喉间的鲜血飞溅出去，像一条艳丽的红绸，在黑沉沉的夜色中红得刺目。他正以缓慢的速度逼近沈玦，然而竟没有人可以阻挡他的步伐，因为根本没有人可以看见他出刀的动作。

"太快了！太快了！"云岫站在沈玦身侧，目露恐惧，"督主，他的刀好快，竟然看不见他的刀出鞘！"

"简直……简直像鬼！"有个缇骑颤抖地说道。

"拼了！"

沈玦身边一股劲风射出，那是一个缇骑扑向迦楼罗。黑暗中一道扭曲的刀光迸出刺客的刀鞘，恍若雷电，又如龙蛇急走，迅疾无匹地划过缇骑的颈间。再睁眼时缇骑已然人头落地，而刺客的刀已经收回鞘中，仿佛方才电光一般的刀势只是大家的幻觉。

沈问行拉着沈玦的衣袖打战，眼见迦楼罗离得越来越近。与此同时，更多缇骑扑向迦楼罗，然后被斩杀。迦楼罗踩着缇骑蔓延的鲜血，离沈玦越来越近。

"迦楼罗，伽蓝给了你什么好处，让你这样为他们卖命？"沈玦寒凉的声线穿过刀光剑影，落入刺客的耳中。

"为了见一个人。"迦楼罗反手割断一个缇骑的咽喉，鲜血溅上了白瓷面具，如点点红梅，"见一个很重要的人。"

沈玦压了压嘴角，缠着绷带的手拔出静铁，剧痛顺着手指向上散逸，他仿佛感受不到痛楚似的用力握紧刀柄，洁白的绷带被鲜血染红。

"好巧，我也要去见一个人，所以，"他抬起眼，眸中杀意如霜，"今夜死的人，是你！"

阿雏很幸运地搭到一辆马车，刺客没有车马，被她甩在了身后。那车夫原本骂骂咧咧，在一支黑色的短矢洞穿他的车辕的时候住了嘴，狠命挥着鞭子驾车。马车很快到了府衙胡同，阿雏连滚带爬地下了车，叩响沈府的大门。

红漆大门开了一条缝儿，里面探出一个戴着方巾的脑袋："你是谁？"

"胭脂胡同，阿雏，"阿雏上气不接下气，"奴要见小沈大人，求您行行好，带奴去见他！"

小厮狐疑地看着她，阿雏是夏侯潋的老相识这事儿大家都知道，可这女人一介妓子，跑上门来实在不像话。

"求您了，"阿雏哭得梨花带雨，"奴实在是没法子，小沈大人早先跟奴说好的，有事儿就来找他，求您通融一下吧。"

阿雏生得一副好颜色，哭起来眼泪挂在柔白的腮帮子上，要滴不滴的，可怜得紧。小厮软了心肠，招呼她道："行了行了，既然小沈大人说过的，就进来吧。"

阿雏连连道谢，提步进了门槛。这一下就像逃出生天似的，沈府四处都有东厂缇骑戒严，刺客轻易闯不进来。她松了口气，忽又想起百里鸢说要刺杀沈珙，头皮一凛，忙跟着引路的仆从往正院走。

小厮正要阖上门，一个男人用脚抵住门隙，微微一笑道："小人是阿雏姑娘的车把式，赶车赶了许久，口渴得紧，小哥行行好，带小人进去吃碗茶吧。"

小厮侧过头，正看见石狮子后面停了辆空马车，确是阿雏坐的那辆。"行吧，去门房那儿歇着，不许乱走啊！"小厮把他领到门房，沏了壶茶端到月牙桌上，转身正准备离开，正撞到那个男人身上，他张口想要骂这人不长眼，眉心忽然木木地一痛，两眼顿时定住了，渐渐地没了神采。

书情把小厮拖到红漆门扇后边，换上他的衣裳，慢悠悠地走了出去。两个端着汤药的丫鬟打回廊上过，一缕短短的苦味儿顺着风飘过来。书情嗅了嗅，低了头远远跟在丫鬟后面。七拐八绕走了一截子路，路过一扇月洞门，里面是祠堂，仪门后面松柏森森，两个檀木灵牌静静地立在袅袅香烟中间。

书情原本是随便扫了一眼，可只这么一眼，他就挪不开了。

他认出了祠堂当中的那把刀——横波。

夏侯潋披着外裳，调整照夜的刀臂。之前给他灌气的大师被沈珙关进诏狱了，不过据说沈珙要行善积德，没要他的命，只那么关着，算是给他点教训。

拧紧了刀臂，他走出几步，撑着下巴端详照夜。傀儡少女沉默无言地和他对视，漆黑的眼洞深不可测，仿佛藏了一个未知的幽灵。

"小潋啊，你为什么不做一个男傀儡，要做一个女傀儡？"莲香和妙祯走进院子，把汤药搁在桌上，问道。

"本来是想做一个男的，"夏侯潋答道，"可十七非要做个女的，说我这辈子十有八九得打光棍了，不如做个傀儡女娃儿假装自己有媳妇儿，天冷的时候还能抱着一块儿睡觉。"

莲香捂了嘴笑："那你抱过她睡觉吗？"

"呃……"夏侯潋挠挠头，"在床上搁过一回。这玩意儿用精钢打的，特别冷，差点没把我冻死。"

正说着话，院外一个小厮进来传话："大人，阿雏姑娘求……"

话还没说完，阿雏推开他，火急火燎地走进来，一下扑到夏侯潋身上道："夏侯！伽蓝要杀厂公，你快去救人！"

仿佛一道焦雷劈在头顶，夏侯潋先是一惊，立马又镇定下来，扶着她道："你先别慌，把话说清楚，怎么回事？伽蓝要在哪儿刺杀督主？"

"在……在哪儿？"阿雏嘴唇翕动，忽地想起来她只偷听到百里鸢要杀人，却没有偷听到地点，顿时哭丧了脸，"我没听见。"

"你就是阿雏？"莲香乜斜着眼瞅她，"小潋，先别听她瞎说。督主这会儿该在宫里，就算伽蓝要刺杀也轻易得不了手。这姑娘打云仙楼来的，不知什么来历呢，你别听了只言片语就跟人走了。"

阿雏忙摇头，道："不是，是真的！我亲耳听到的。"

"你听谁说的？"夏侯潋问。

阿雏刚想回答，突然又犹豫起来。若是把百里鸢供出来，阿鸢是不是就没活路了？她想起百里鸢裹着她的绣花被子窝在床上的模样，那样白那样小，眼睛黑黑的，分明是个未经世事的小丫头。还有那天她遭难，百里鸢护在她身前，将匕首扎进阁总旗的手掌。

这孩子是真的把她当姐姐，唯一的姐姐。

她死死抓着夏侯潋的手臂，微微发着颤。夏侯潋催她说话，她望着夏侯潋的眼睛，黑而深，很像另一个夏侯。真奇怪，这两个人都叫夏侯，眉眼也这般相似。她想起那个大孩子一样的男人，每天只是吭哧吭哧地洗衣裳，不喊累也不喊苦。可他死了。

百里鸢喊他哥哥，可她杀了他！

"百……百里鸢，"阿雏咬着牙，道，"百里鸢，就是你们要找的阎罗！"

所有人俱是一惊。夏侯潋默念着这个人的名字，百里鸢……百里鸢……是了，是十七看错了，伽蓝阎罗不是侏儒，她是个孩子！

"妙祯，去把我的牙牌拿来，"夏侯潋一面系着衣带，一面走进刀炉，随便拣了把刀佩在腰间。夏侯潋转过身，指了个番子，道："你过来，带一队人去东门胡同找白档头，令他照会顺天府、五城兵马司，传讯神机营，包围临北侯府，全城戒严，捉拿百里鸢。"

莲香跟在夏侯潋身后，呐呐道："小……小潋。"

"我进宫看看督主去，"夏侯潋拍拍她肩膀，"放心，没事儿，你在家把守好门户，等我们回来，阿雏就先拜托你照顾了。"

莲香连连点头："小潋你当心啊，顾着自己的身体。"

夏侯潋点点头转过身，凝重的神色浮上脸颊。沈玦应该没事吧，宫里有羽林卫又有禁军，一定能护他周全。可夏侯潋又想起他十四岁那场刺杀，同样是在皇宫，伽蓝刺客硬是把贵妃给杀了。他的母亲夏侯孀，在皇宫里穿行奔袭，竟无人可敌。

别自己吓自己，夏侯潋使劲摇摇头，提步往外走。

一个影子靠在腰子门边上，平平伸出一把黑鞘的长刀，挡住了他的去路。

"进宫？可惜啊，你们的督主压根儿不在宫里。"男人勾起一抹意味不明的微笑，"好久不见啊，师哥。"

眼前的男人和夏侯潋印象中的已经完全不一样了，从前温吞懦弱的青年已经长成了凶恶的刺客，一颦一笑都透着阴寒的杀意。夏侯潋的心沉了下去，可更让他焦急的是沈玦。不在宫里是什么意思？沈玦不在宫里还能在哪儿？

书情托着下巴望了望天色，笑道："呀，已经戌时了。这次伽蓝召集了京津一带所有的刺客和暗桩，除我以外的八部倾巢而出，掌刀的是伽蓝最强的刺客迦楼罗。你说，你们督主能撑到什么时候？"

伽蓝这是放手一搏了吗？夏侯潋握紧双拳，培养一个刺客谈何容易，伽蓝精锐尽数出动，分明是以命搏命的打法。可只要沈玦被杀，东厂后继无人，伽蓝就是赢家。

"你要什么？"夏侯潋咬着牙道，"说出来，然后告诉我，督主在哪里？"

"我要什么？"书情呵呵直笑，猛地抬起头来，眸中杀意毕现，"我要你死啊，师哥！"

霎时间刀光乍起，横波的潋滟刀刃迎面而来。夏侯潋偏头躲过一击，莲香拉着妙祯和阿雏躲到一边。番子们纷纷涌到院外，架好弓弩，准心瞄准书情，却因两人不断腾挪插不进手。

一刀走空，书情没有停顿，回身纵劈："师哥，你还要苟延残喘到什么时候？你怎么还不去死？"

"书情，你失心疯吗？"夏侯潋骂道，"你不是叛逃了吗？你怎么又回伽蓝了？"

"你才疯了！"书情目眦欲裂，"对，我是叛逃了，可惜我不如你能躲啊师哥，我被抓回来了！"他撕开自己的衣服露出胸膛和肩背，上面横亘着鞭伤无数，"你看，八十一鞭，我竟然没死。我回到伽蓝才知道，你杀了弑心，还拿到了解药。我的好师哥，你知不知道你在外面逍遥快活的时候，我们在山寺里等死！"

"我……"夏侯潋想要辩解，书情又一刀劈来。

凛冽的刀光中书情的笑容狰狞如鬼："师哥，你知不知道七月半发作的时候多痛苦，我们就躺在佛像下面，身体从手脚开始，一寸寸地变成木头。住持没了，没人给我们送药，我们闯进黑面佛找药，可是药窟已经被你烧了！你连一粒解药都没给我们留下！"

"书情，住手！"夏侯潋大吼。

书情偏不，再度前扑："你口口声声说我们是你的兄弟，可你为了报你那个死鬼老娘的仇，根本不把我们的命放在眼里！"

"你不是叛逃了吗？你不是不活了吗？我怎么知道你又被抓回去！"夏侯潋闪过横波，拔出腰间的长刀，"书情，你不要逼我。"

"是，我本来是不想活了。伽蓝这个鬼地方，我死了都想逃走。"书情拎着刀，咻咻发着笑转过身来，"可给我希望的是你啊师哥。你有解药，你为什么不回来救我们？我满心以为你会回来救大家，对所有人说你肯定会回来的。日子一天天过去，七月半越来越近，你一丁点儿的影子都没有。到最后一刻我才明白你是真的不回来了，你恨伽蓝，伽蓝杀了你娘，你巴不得所有人都去死！"

夏侯潋几乎要咬碎牙齿："我根本没有解药！够了书情，别打了。告诉我督主在哪儿，我放你走。"

书情冷笑着拿刀指着他："骗子，没有解药你怎么能活到现在？你没想到的是住持的药根本没用，七月半是无解之毒！你也没想到我们还活着，对吧？"书情低头抚摸横波，潋滟刀光在他指间翻转："我也没想到，我们没有等到你，却等来了段先生和阎罗大人。"

鸦羽一样的记忆纷乱而来，书情想起那天的月夜，木叶纷飞如雨，段九牵着百里鸢拾级而上，推开大雄宝殿的大门。刺客们从苟延残喘中撑起身，望向月下那两个一高一矮的影子。

"真可怜啊，不过没关系，你们的日子还很长，因为……"百里鸢俯视着他们，唇边慢慢浮起一个冰冷的微笑，"我给你们带来了无上极乐。"

"那不是无上极乐，"夏侯潋低声道，"那是森罗地狱。"

"所以这一切都怪你，夏侯潋，"书情面无表情地道，"你是个罪人，你该死。"

这句话像一句审判，敲在夏侯潋心头。

是啊，他恶贯满盈，满手鲜血，原本就该死。

夏侯激沉默良久，书情望着他，忽然觉得这个男人身上藏了许多无可奈何的悲戚。书情疑心这是错觉，没有在意。寂静中夏侯激拔出了刀，深深蹲伏下去，刀尖斜斜指着地面，凝着一点森冷的寒光。

他冷冷地望着书情，道："我只告诉你，我从始至终都不知道住持给了我解药。不过，说这些也没有意义了，杀住持的是我，毁伽蓝的也是我，即便再重来一次，即便你没有叛逃，我也会这样选择。你怨我也好，恨我也罢，随便你。立场不同，无须多言。我现在只想知道一件事——督主，在哪里？"

话音刚落，夏侯激悍然出刀，杀气如山！

刀光在小院中炸开，霎时间笼罩了书情全身。书情深呼吸一口气，持刀迎上夏侯激织就的雪花刀网。这些年他进步了很多，甚至可以跟上夏侯激绵密的刀势。他知道夏侯激命不久矣，他的强悍正被伤病吞噬。

可是，他错了！

夏侯激手腕翻转，长刀拖着凄迷的流光在空中划出连续的十字。书情在十字斩势中步步后退，横波与夏侯激的刀刃相击，发出铿然又尖锐的破音。这样的十字斩明明要耗费极大的力气，可夏侯激不知疲倦似的连挥，书情的虎口终于在接下最后一斩中破裂。

"到此为止了。"夏侯激说。

夏侯激反手握刀，笔直地挥出去，刀尖划过一道凄厉的线条。书情的手臂猛然一痛，横波"哐当"落在地上，鲜血淌下手臂，嗒嗒地滴在地上。

"说，你们在哪儿刺杀？"夏侯激问。

"我死也不告诉你。"书情冷笑，"你就等着见他的尸体吧。"

夏侯激拎起他的领子，把他的头按进吉祥缸。冰冷的水顿时淹没了他的头脸，水呛进喉咙和鼻子，他猛烈地挣扎，可夏侯激的力气极大，按着他的头不让他出来。

他双手乱拍，夏侯激把他提出来："说！"

书情连吐了好几口水，沙哑着嗓子道："你做梦！"

夏侯激恶狠狠地盯着他："那我就把你的耳朵割下来，再不说，就割另一只！"

书情吼道："你敢！"

夏侯激贴着他的脸大吼："你看我敢不敢！"

书情死死瞪着他的双眼，两个人的眼睛都充满血丝，狰狞得像修罗恶鬼。书情瞪了半晌，忽然笑起来："好啊，师哥，不如我们做一个交易。"

"什么交易？"

618

"我在祠堂看见了你娘的骨灰,你挺能耐的,还能把她的骨灰找回来。"

夏侯漱心里浮起不祥的预感:"你想干什么?"

"没想干什么,我只是想看看在你心里到底是你娘更重要,还是沈玦更重要。想知道沈玦在哪儿,可以,"书情笑望着他,"把你娘的骨灰和横波都毁了,我就告诉你伽蓝在哪里刺杀。"

众人俱是一惊,莲香愤然道:"你这个人心肠怎么这么歹毒!"

书情蓦然敛了笑容,道:"夏侯漱比我歹毒一万倍!"

"那个……"阿雏小声道,"厂公好像去了什么寺,之前我偷听到他说的。"

"哪座寺庙?是不是广灵寺?"夏侯漱问。

阿雏咬着唇道:"当时只顾着惊讶阿……百里鸢是阎罗的事儿,没听太清楚。"

莲香道:"小漱,要不派人去东厂问问吧,或者去宫里,总有人知道督主去了哪儿。"

"太慢了,太慢了。"夏侯漱心急如焚。

已经耽搁太久了,东厂距离沈府有一程子路,还不知道到底能不能问到。宫里更不必说,现在宫门已经下钥,费了唇舌说服羽林卫放行,还要经过重重关卡审验,不知要花费多少时间。

沈玦哪里等得起!

"你说话算话。"夏侯漱揪住书情的衣领,"莲香姐,劳烦你帮我把我娘的骨灰取来。"

莲香犹疑了一下,还是去了,不多时便捧着夏侯霜的骨灰回来了。夏侯漱接过他娘的骨灰,原本便是残灰,不怎么重,捧在手里,仿佛是轻飘飘的一抔。夏侯漱拿起地上的横波走进刀炉,站在烘炉前面,熊熊的火映着他的脸,他的眼中有霜华一般的哀伤。

番子押着书情进了屋,书情望着夏侯漱,眸子里渐渐浮起震惊:"你疯了吗,夏侯漱?那是你娘。"夏侯漱如何复仇他看在眼里,他还记得柳州诛恶大会上的腥风血雨,夏侯漱披血而出,像一只凶狼撕碎所有敌人。可现在,这个男人为了另一个人,要毁了他母亲最后的遗物。

莲香捂着嘴流泪,哽咽着说不出话,妙祯把脸埋进莲香的怀里,不敢看那个孤独的影子。

"你这个疯子!"书情冷笑,"别以为我会心软,我倒要看看你是不是真的能下得去手!"

夏侯漱打开瓷坛的盖子,夏侯霜残余的骨灰映入眼帘,这是夏侯霜留在这世上最后一抔尘灰。他想起那个与他阔别了八年的女人，她有着潋滟的唇、锋利的眉，像一把刀，刀尖向前，仿佛可以斩碎万物。眼泪无声无息地滑过他的脸颊，落进骨灰坛，那抔尘埃中顿时深了一块儿，像一个经年的疮疤。

他娘明明走了很久了，但现在想起来好像还是昨天的事儿一样。他记得他刚刚得知他爹是老秃驴那次，他那会儿八岁，一边哭一边敲他娘的门："你骗人，你这个骗子。你说我是从地里种出来的，我明明是你和老秃驴一块儿生出来的！"

夏侯霈打开门，看见涕泗横流的夏侯潋就头疼："哪个龟儿碎嘴告诉你的，老娘去削了他。"

夏侯潋用大头顶夏侯霈："你这个骗子！"

夏侯霈单手按着他的脑袋："爱哭包，不许哭。"

"我没哭！"夏侯潋哭得震天动地，"老秃驴不认我，为什么？"

"瞧你这出息，"夏侯霈一拳捶在他头顶，他在她拳头底下打了个嗝，"认别人当爹算什么能耐？是我的儿子，就该让别人喊你爹，跪着喊！"

夏侯霈永远是那个模样，好像凭着一把横波，世上所有艰难险阻都会被斩碎成泥。他后来才知道她并非无所不能，她只是有一颗深广的心，她的心可以容纳世间万难，她的刀便可以斩灭万法。

他是夏侯霈的儿子，也必定要拥有和她一样的勇气。

夏侯潋倒转瓷坛，骨灰倾进烘炉，点点荧光在火焰中飞舞，恍惚中他好像看见了夏侯霈秾丽的眉眼，渐渐在火焰中消融。所有人屏息看着那一幕，此刻好像风都噤了声，世界静悄悄的，只剩下烘炉里火焰的哧哧爆响。夏侯潋没有停，拔出横波，插入烘炉的火炭，横波的刀身慢慢变得焦黑，像一个迟暮的老人等待最后的安息。

"疯子……"书情喃喃道，"夏侯潋，你是个疯子。"

夏侯潋把瓷坛放在炉台上："以前持厌问过我一个问题，那时候我没懂，现在我才明白，活着的人永远比死了的人更重要。书情，你要我办的我已经办了，告诉我，督主在哪儿？"

书情深深看了夏侯潋一眼，道："芦潭古道。伽蓝的人候在外面，你出不去的。"

夏侯潋背上皮革刀挂，从刀架上抓了三把长刀三把短刀插入刀带，再把手弩佩在腰后，最后戴上黑手套，将牵机丝缠在臂上。他转过身，点了一队缇骑："外面的刺客交给你们了，我先走一步。解决完刺客，去东厂搬救兵。"

"是！"缇骑齐齐抱拳。

"夏侯叔，用这把刀。"妙祯不知从哪里抱来步生莲，递给夏侯潋。

烧火棍一样的黑刀收敛在漆黑的刀鞘里，像一个没有说出口的佛偈。镔铁黑刀

第二卷 江湖夜雨十年灯

以伽蓝秘法锻成,最是锋利。夏侯潋没说什么,沉默地接过刀,单手抱起照夜,在门口跨上马,冲出红漆大门。刺客在阴影中现身,如同张牙舞爪的妖魔扑过来,番子拔刀迎上,夏侯潋纵马越过刺客的头顶,奔向凄迷的月光。

书情被关在刀炉里,呆愣愣地望着烘炉里的横波,那把绝世的利刃正一点点地变得焦黑,成为一块废铁。他不能明白夏侯潋为什么这样做,一个阉人而已,夏侯潋这样的人,怎么可能为了别人毁了自己母亲最后的遗物?

为什么夏侯潋总是能这样毫不犹豫、一往无前?

他想起他自己,如果当初再果断一点把柳梢儿带走,她或许就不会死;如果当初再勇敢一点饮鸩自尽,或者和段九拼了,他便不会被极乐果操控到如今。可夏侯潋的决绝,他无论如何都学不会。

"书公子。"窗纱后面探出一个脑袋,他认得她,是夏侯潋身边的小丫头,叫妙祯。

"你干什么?"书情没好气地问。

李妙祯用手指头在碧烟罗上戳了一个洞,伸进来一个纸卷:"夏侯叔叔说天命无常,有些事儿还是得早点准备,就瞒着督主老爷写了好几封遗书,其中有一封是给你的。"

"给我的?"书情犹疑着,不知道要不要接。手被捆着,其实他也接不了。李妙祯把洞戳大了一点儿,将纸卷扔到他脚边。

"你还是看看吧,我走了。"

书情瞪了那纸卷半晌,蹭过去用脚尖展开纸卷,夏侯潋不甚好看的字迹映入眼帘。

师弟,当你看到这封信的时候我已经死了,不知道你现在怎么样了。六年前你叛逃,我还吓了一大跳,料想你这小子胆儿没这么大才对。是被抓回来了吧?是不是挨了不少鞭子?没事就好,男人身上得有点疤才像男人。你是我师弟,要是伽蓝被灭的时候你还活着的话,督主不会难为你的。我私藏了一点儿极乐果,你省着点用,够你下半辈子花的了。我把它埋在福祥寺竹林的最西边的石墩子下面了,写了你名字的那包是你的,另一包你别拿,那是给十七的。

后会无期。

不知怎的,书情看着看着视野就蒙眬了,泪水顺着眼角滴下来。书情死死咬着牙,把呜咽堵在嘴里。这个伪君子,以为一包极乐果就能把他收买吗?他永远都不会原谅这个伪君子，永远都不会！

八十一鞭的疼痛，七月半发作的苦楚，绝望着等死的岁月，永不解脱的痛苦历历在目。他恨夏侯漱，恨夏侯漱逍遥自在，而他却在苦海中沉沦。书情在炉火的火光中痛哭，过往的辛酸一齐涌上眼底，化为泪水。

要是当初他晚一步叛逃该有多好，他就可以跟着夏侯漱一起走。他也很想逃啊！

他忽然想到什么，如梦初醒一般抬起头，对着窗外大吼："丫头，回来！快去找夏侯漱，别让他一个人去！他打不过迦楼罗的，他会死的！那个人……是持厌啊！"

第五十五章 刹那妖刀

月光中，刺客如群魔乱舞，正中心那个最强的妖魔拖出一条长长的血线，直指沈玦！缇骑所有的防卫都被击溃，和其他刺客缠斗的缇骑想要撤身回援，却被更多刺客拦住去路。沈玦和迦楼罗之间只剩下二十余步的距离，而沈玦身边只有手无缚鸡之力的沈问行和明月母子，他已经孤立无援！

"干爹！"沈问行声线颤抖，死死抓着沈玦的衣襟。明月闭起眼睛，将玉姐儿按在怀里。

"沈问行，你是男人吧。"沈玦说。

沈问行一愣，结结巴巴地道："干爹……我……我是不是男人，您还不知道吗？"

"是男人，就捡起地上的刀，保护你身后的女人。"沈玦淡淡地瞥了他一眼，"临死前，总要当一回真正的男人。"

"干爹……"沈问行怔怔地松开沈玦的衣襟，厮杀声入耳，他猛然回过神来，捡起地上的一把雁翎刀握在手里，颤着声大吼道，"今儿小爷我拼了！"

"很好。"

沈玦提刀前行，他的前方，迦楼罗握着刀急速逼近，皂靴蹬踏地面，溅起无数血滴。潮水一般的杀声中沈玦闭起眼睛，吐出一口悠长的呼吸。他已经很久没有面对面地经历过这样的厮杀了，他身居高位，要杀人从来不需要他亲自出手。静铁久不出鞘，已在他那里蒙上尘埃。

他很想知道为什么当初夏侯需要把静铁送给他，他听说一个刺客一生只能从伽蓝刀炉拿走一把刀，夏侯需把夏侯潋唯一的刀赠给了他。

握紧冰冷的刀柄，久远的记忆在顷刻间回笼，他又一次感受到静铁沉敛的心跳，一下一下，与他的心跳合二为一。仿佛是一种错觉，手指的剧痛在缓解，他的手在一刹那间似乎和静铁融为一体。

原来这把刀，从来就属于他！

他猛然睁开双眼，就在这时迦楼罗的刀已经近在咫尺！这个绝强的刺客的刀势如同雷霆万钧，迅猛犹如电光般要毁灭一切。没有人可以在这样快的刀下幸存，车辚旁的沈问行屏住了呼吸，心脏忘记了跳动。

沈珙蓦然矮身，这一刻他如蛰伏的凶兽，银亮的刀刃擦着他的发丝挥过，飞扬的长发被割断一截，轻飘飘地落在他的眼前。

他躲过了！

沈问行几乎要叫出声来，沈珙竟然躲过了迦楼罗几乎必杀的一刀。沈珙迅速转身挥刀，静铁所过之处寒风凛冽，恍若结出雪白的霜华。他的速度的确不如迦楼罗，可是他已经判断出了迦楼罗的刀势。迦楼罗每次挥刀都向着敌人的要害之处，他斩杀了十五名缇骑，有十名斩在喉咙。沈珙在与迦楼罗相遇之前便做好准备，他看不到迦楼罗挥刀，但迦楼罗挥刀必定在相遇的那一瞬间！

而闪过第一刀的下一刻，便是沈珙最佳的反击时间！

铿然一声，预想中刀刃割破血肉的声响没有出现，刺客左手的短刀架在背后，挡住了沈珙绝命的一击。

"虽然你的刀术很差劲，"刺客低声道，"但你比我想象的要强。"

沈珙不予理会。

"我的时间不多了，"迦楼罗丢开短刀，双手握刀，"抱歉。"

一刹那间，沈珙听见刀刃破风的声音，仿佛万千厉鬼同时呼啸，眼前闪过扭曲的刀光，恍若天穹上的雷电霹雳。他咬着牙举刀挡在身前，可他不够快，迦楼罗与他错身而过，手臂上顿时出现一个狭长的血口。刺客在须臾之间化身鬼魅，他什么也看不到，只能捕捉到一团朦胧的暗影。鬼影不停与他交错，每次擦过必然留下一道血口。

那一刻，沈珙终于感受到差距，原来刀法的悬殊，再多的智谋也弥补不了。他彻底被迦楼罗抓住了，像恶鬼上了身，挣不开逃不掉。眨眼之间迦楼罗在他身上划了七刀，遍布躯干和大腿，他的曳撒已经湿了，浸满鲜血。

迦楼罗结束了连刀，他的猎物已经无力反击，鲜血带走了沈珙的力气，即便迦楼罗不出手，他也会因为失血过多而死去。但迦楼罗还要斩下沈珙的人头带给段九，他将对沈珙进行处决，这场战役，毫无悬念。

624

迦楼罗漠然高举起刀，月光下，那把刀是森冷的一线，仿佛可以隔开阴阳。沈玦吃力地抬起眼，长刀一线凝在他的眸中，汇集成一点银光。

他要死了吗？夜风拂过他的发丝，像黑白无常在他耳畔冰冷地呼吸。他的确快要死了，这死亡来得那么突然，却触手可及。凛冽的刀刃正在逼近，银光扩大成一片白，恍惚中他忽然回想起很多从前的事：坐在门槛前扎灯笼的夏侯潋，龇牙咧嘴地喝着苦药的夏侯潋，编小兰花送给他的夏侯潋，还有很多很多年前，那个在雪地里背起他挣扎着爬回秋梧院的夏侯潋。

弥天漫地的风雪中，十二岁的夏侯潋嘶吼着说："少爷，不要死啊！"

无边无际的白雪在他们脚下蔓延出去，皑皑的雪白世界中，他们是孤独又渺小的两个影子。

那声凄厉的呼唤在他耳边回荡，他猛然提起刀。

还有个白痴等他回家，他跪了十几里路求神拜佛，他还要回家看他有没有痊愈，他怎么能死？

沈玦蓦然奋起，这个在别人眼中孱弱又病气的男人拖着满身的伤痕格开了迦楼罗的斩决。他的脸上没有表情，唯有抿成一字的双唇泄露了他执拗的倔强。静铁在架开迦楼罗的斩击之后破风而出，漆黑的刀刃收敛了一切光华，走过凄冷的直线。

两人错身而过，迦楼罗的袖侧现出一道血口，温热的鲜血滑过皮肤。

他低头摸了摸袖侧的血，忽然有些呆。

很少有人能够在他的刀下反击，他很久没有受过这样的刀伤了。

"我收回刚刚的话，你很强。"迦楼罗说。

沈玦喘着粗气，方才的一击已经耗尽了他所有的力气。终于有缇骑脱出身来回援，挡在沈玦身前。

"我会给强者应有的尊敬，所以接下来的一刀，我会竭尽全力。"迦楼罗微微下蹲，横刀在前。

一边的沈问行瞪大双眼，那个刺客在说什么鬼话？接下来才是竭尽全力，难道方才的刀都不是他真正的实力？

"伽蓝刀——逆字一心斩，最高手。"迦楼罗低声道。

凄迷的月光在他刀刃上流淌，面具下的双眸藏在刀刃之后，黑而深，仿佛蕴蓄了万点荧光。这个刺客全身的气势在顷刻间改变了，恍若有雄雄的妖魔自他身后站起。所有缇骑都惊惧地后退，他们也对阵过不少刺客，见识过伽蓝刀的凶猛，可这一刻他们才发现，他们从未见过真正的伽蓝刀。

真正的伽蓝刀，是妖魔之刀。

迦楼罗跨步向前，像一只凶狼一般猛然前奔。他的刀拖着扭曲的电光走过曲折的弧线，缇骑在他接近的一刹那间被绞杀，沈玦听见刀刃没入血肉再离开的黏腻声响，阴寒得仿佛要浸透骨髓。电光划过一线，那柄妖刀终于走到了沈玦的身前，迦楼罗双手握刀如惊雷一般压下，霎时间刀气贯虹势如巨山！

在那样绝丽的刀势中，沈玦的视野一片空白。

"铮——"

悬在头顶的刀刃没有落下，夜风中传来林间的箫声，静谧地流淌。视野逐渐清晰，沈玦看见眼前站了一个少女，黑发黑衣，广袖随着举起的胳膊滑到肘下，可露在外面的手臂不是女人莹润的肌肤，而是闪着寒光的两把刀刃。

有人替他说出了少女的名字："是照夜！"

黑暗中有什么东西在空气中闪过凛冽的银光，极细极细的一丝。沈玦顺着那根丝线仰起头，对面横亘在空中的老柘树树枝上倒吊着一个漆黑的人影，正俯视着底下所有刺客。他的样子太过惊悚，像一只倒立的蝙蝠，所有人吓了一跳。

"是谁？"刺客们低语，"他怎么会操控照夜和牵机丝？"

"听说沈玦追杀那个叛徒的时候收缴了不少他的玩意儿，"摩睺罗迦道，"看来沈玦还复原了牵丝技和傀儡技。"

迦楼罗一面退后一面低声道："是吗？"

"喂，那边的。"树上的人影说话了。

迦楼罗仰起头，静静望着他。

"对，说的就是你。"月影下，那个人眼中有分明的血色，"我家督主头上和身上的伤都是你弄的？"

"头上的不是。"迦楼罗很诚实。

夏侯潋从树上落在地上，一步一步朝他走过去："总归算在你头上就对了。龟儿，你敢动老子的人，老子今天不削了你老子名字倒过来写。"

"你是沈潋？"迦楼罗没动，"潋是哪个潋？你在改名之前叫什么？"

夏侯潋笑了笑，笑容中有狼一般的狠意。他张开五指，猛地一拉，看不见的丝线在空气中猛烈震颤，柘叶沙沙纷飞如雨。照夜蓦然抬起头，朝迦楼罗飞奔过去。

"我的名字是，"夏侯潋道，"你大爷。"

话音刚落，照夜已至，刀臂对着迦楼罗的面门斩下，刀光凛冽如冰！

沈玦挂着刀靠着车辕慢慢坐下，他已经成了一个血人，身上大大小小的伤口争先恐后地流着血。沈问行拖出马车里的绷带和金疮药，和明月一左一右帮他包扎伤口。缇骑已经没剩几个了，统统围在沈玦周围。举目望向杀场，迦楼罗和照夜沐浴着月光砍杀，鬼魅一般的少女和男人不断错身换位，刀刃划出的银光几乎要斩破黑夜。

再看向夏侯潋，那家伙无头苍蝇一般在杀场中奔跑，身后跟着十几个刺客。

"阉狗，你跑什么？和我们打！"刺客咆哮着。

夏侯潋充耳不闻，拖着刺客绕着迦楼罗和照夜画圈。他的速度极快，轻盈得像一只矫健的狸猫，竟然没有人可以跟上他的步伐。

沈问行看了纳闷，道："他在干什么啊？"

沈玦的目光追随着夏侯潋的身影，低声道："他在布阵，睁大眼睛，仔细看地上。"

沈问行忙揉揉眼睛，月光下，山道上伏尸遍野，鲜血反射着艳丽的光。在尸体和鲜血的缝隙中，隐隐流淌着另一种光泽，这光泽纵横交错，犹如蛛丝遍布满地，隐藏着渗透骨髓的杀机。沈问行瞪大双眼，有一个答案即将脱口而出。

沈玦道："当年，他就是用这一招杀了弑心。"

沈问行望向杀场中央，照夜正牵引着迦楼罗缓慢地接近趴伏的丝网中心。

"现在他要用同样的一招，"沈玦一字一句地说道，"杀迦楼罗！"

刀光四溅，寒如霜雪！照夜斩下雷霆万钧的一击，迦楼罗举刀格住斩击。男人和傀儡刀对刀，脸对脸，傀儡没有表情，漆黑的眼洞里黑黝黝的一片，却更加让人觉得森寒刺骨。这傀儡以陨铁炼制的精钢打造，刀枪不入，迦楼罗的刀竟然不能伤其分毫。他格着刀沉沉地呼吸，身边掠过数道劲风，那是夏侯潋拖着刺客飞奔。

他和傀儡角着力，精钢傀儡的力量极大，他的刀在角力中颤抖，刀刃反射着凄冷的月光在地上晃动不休。牵机丝猛地一颤，照夜忽然松了力，他的刀劈在照夜头顶，而下一刻，他听见下方响起刀刃破风的声音，恍如一条毒蛇忽然从黑暗中现身，口中吐着毒信。

他猛然一惊，迅速后退。退后的瞬间他看见了藏在照夜腿下的那把刀，原本是女人小腿的部分被夏侯潋换成了短刀，裙裾遮盖了照夜的小腿，没有人发觉这藏在裙下的杀机。现在它随着照夜屈膝而亮出裙裾，在月下流淌着冷厉又灿烂的光芒。

闪躲得太慢，刀刃在他胸前划出一道淋漓的伤口。疼痛刺激着他的神经，他低下头看鲜血滴在自己的掌心。

与此同时，沈玦轻声道："进圈了。"

沈问行悚然一惊，死死咬紧牙关。明月抱紧玉姐儿，不敢看接下来血肉分离的惨状。

夏侯潋向后翻身一跃，落在沈玦身前："少爷，没事吧？"

"无碍。"沈玦说。

"抱头鼠窜的胆小鬼，"刺客们冷笑，"东厂的阉狗就这副德行？"

夏侯潋笑了一声，蓦然握紧双拳，所有的牵机丝在刹那间震颤蜂鸣，看不见的丝网拔地而起，细腻的银光交错闪过，笼罩了所有刺客。那是终其一生都走不出去的天罗地网，刺客们震惊地望着四周的杀人丝，恐惧犹如冰冷的蛇游遍全身。

没人可以从这样的天罗地网中生还，这是夏侯潋不可复制的绝技——

"牵丝阵——百鬼烟花杀。"夏侯潋低声道，"诸位，一路走好。"

夏侯潋拉紧牵机丝，双拳交握在胸前。杀人丝在空气中无声地游动、收紧，恍若巨大的牢笼在顷刻间收缩，刺客们一个接一个地四分五裂，银色的丝线被鲜血染红，血滴沿着丝线飞速流转。牢笼终于收拢到中心，正中间的那个沉默的刺客眸中倒映着殷红的丝线网格。

刺客们的哀号声响彻山道，丝线切入血肉和骨头黏腻又阴寒的声音不绝于耳。夏侯潋松了一口气，转身想要看看沈玦身上的伤。

忽然间，十指上的丝线猛地一松，丝网的正中间炸开绚烂的刀光。

他转过身，双眸蓦然紧缩。

在丝网收缩到最中心的那一瞬间，迦楼罗出刀了。绵密的刀光在他手中溅射开，纷纷扬扬，如同霜雪在空中飞舞。迦楼罗全身都被如雪的刀光笼罩，牵机丝在他的刀下一根根断裂，丝线断裂的铮然之声犹如铿锵弦动，急促又汹涌。最后一刀落下，迦楼罗静立当中，破碎的牵机丝雪花片一样纷纷落在他肩头。

没有人能想到迦楼罗的刀能快到这个地步，他竟然用快刀切断了所有的牵机丝。他的速度胜过了牵机丝收缩的速度，速度更赋予他的刀绝强的锋利，牵机丝在他的刀下竟犹如细发，转眼之间土崩瓦解。

夏侯潋第一次在这场战斗中感受到了恐怖，那个男人站在尸山血海之中，沉默无言却强悍如修罗恶鬼。现在他失去了牵机丝，他必须用刀赢过那个男人！

沈玦拄着刀艰难地站起来："我和你一起。"

"你坐下，"夏侯潋拔出腰后的步生莲，黑刀无声地滑出刀鞘，刀锷上一朵佛莲静静绽放，"连自己兄弟都保护不了，我算什么男人？"

沈玦拉住他的衣襟不让他去。

夏侯潋回头把衣襟拉出来："在这儿等我。"

林间的箫声呜咽，夏侯潋踩着鲜血和月光走到刺客的对面。

"喂，你见没见过一个叫持厌的人？他的刀比你慢一点。"夏侯潋问。

迦楼罗没理他，仰头望着天上的月亮："沈玦对你来说很重要吗？"

夏侯溦愣了一下，答道："嗯，比性命更重要。"

"那么就胜过我，"迦楼罗收回目光，双手握刀，深深地蹲伏下去，"以命为赌！"

夏侯溦将刀带解开扔在地上，握着步生莲对着迦楼罗，凄迷的月华灌注在黑刀上，有一种说不出的冷寂。

"请！"

静谧的黑夜中两人悍然相扑，犹如两只角斗的凶狼。他们的撕咬迅猛又急促，刀光在月下急闪，衣袂在错位中裂成碎片。没有人看得清他们的刀势，只能看见纷扬的刀光犹如霜花一般漫天飞舞。

只有夏侯溦知道敌人有多么强大。快速的轮斩耗尽了他所有的力气，他的速度在渐渐减慢，而迦楼罗的速度却在加快！雪白的刀光中迦楼罗的影子忽然变成模糊的一团黑，与此同时他听见迦楼罗一声断喝，长刀挟着雷霆万钧之势压在他的头顶。他在那一刻终于失去了节奏，步子猛地一滞，步生莲勉强架住迦楼罗的刀刃。

然而来不及松一口气，下一刻迦楼罗忽然出现在他背后，手握着刀柄砸在他的后心。

犹如霹雳重击，剧痛蔓延上整个背部，他摔倒在地，口中有鲜血腥甜的味道。

"牵机丝可以杀住持，却杀不了我。"迦楼罗俯视着他，白瓷面具漠然无情，"你太弱了。"

夏侯溦挣扎着站起来，迦楼罗迎头又是一击，两把刀相击，步生莲发出凄厉的蜂鸣，仿佛病人垂死的尖叫。

"没有牵机丝你竟弱小至此吗？"迦楼罗道，"太弱了，你会死，你保护的人也会死，更不配与我一战。"

迦楼罗又是一斩！仿佛千万只厉鬼啃噬刀刃，夏侯溦失去了反击的力量和节奏，在对手的斩击中步步后退。这个恐怖的刺客的力量沉雄如山，在这一刻，他是一只磨牙吮血的凶狼，而夏侯溦只是一只垂死的病兽。

要输了，要输了！夏侯溦无计可施，他们的力量太过悬殊，有天壤之别。这个男人犹如鬼神，凡人要如何赢过鬼神！

迦楼罗还要再斩，阴冷的长刀在月下划出一线，刀尖冷如寒霜。

"住手！"身后忽然响起一声厉喝，迦楼罗转过身，看见沈玦站起来，一瘸一拐地往前走，沈玦咬着牙道，"我跟你打！"

"督主！"缇骑纷纷护在他身前。

迦楼罗遥遥望着他，朝他走过去。

"喂……"夏侯潋吐了一口血痰，擦着嘴站起来，"你的敌人是我，我不会输，也不会死。"夏侯潋重新恢复了进攻的姿态，黑刀旁的双眸锋利得仿佛可以斩碎一切，"我们，再来！"

那一刻他仿佛又回到了很多年前在黑面佛顶的岁月，一次又一次趴下，一次又一次爬起来，一次又一次嘶吼"再来"，双手在刀柄的磨砺中生出厚厚的茧子，身体在摔打中伤痕满布。风雪之中一个沉默的刺客站在他的身前，用寂静如古镜的眸子注视着他，在哀风中送出绝强的一刀。

时光仿佛是一个圈，流转着又回到原地。

他忽然记起很多年前在湛蓝星空下那个刺客对他说过的一句话——"别担心，小潋，如果你的刀可以斩破黑夜，那么它便是无坚不摧。"

迦楼罗停下步子转过头，曾经在他手里毫无反击之力的青年忽然变了，有什么汹涌的东西在夏侯潋的身体里重新燃烧起来。迦楼罗握紧刀，微微下蹲，低声道："伽蓝刀——逆字一心斩。"

夏侯潋也同样蹲伏下去，黑刀横于胸前："伽蓝刀——逆字一心斩。"

两个人同时开始对冲，破裂的衣袖带着呼啸的夜风，宛转的箫声在他们之中哀婉地流淌。他们像两只飞蛾，无声地在夜空中飞行。

倘若手中之刃是为挚友所挥，它是否便可以斩破最深的黑夜，从此冰火难侵，无坚不摧？

沉如生铁的黑暗中两个人划过一线，刀刃斩风的呼啸声戛然而止。沈玦和其他人看见两道黑色的影子相背而立，静寂得像两座礁石。沉寂中人们听见"咔"的一声响，是什么裂开了。迦楼罗脸上的面具忽然碎成了两半，掉在地上，四分五裂。

碎发飞扬，人们终于看清了藏在面具之后的那张脸。他有一双大而黑的眸子，挺直的鼻梁和薄薄的双唇，右耳上有一点荧光，在黑暗中微微闪亮。

"喂，持厌，"夏侯潋扛着刀转过身来，"我现在够格了吧。"

"勉强。"

"你大爷的，下手这么狠，差点以为你真要宰了我。"夏侯潋揉着肩背抱怨。

持厌伸手揉了揉夏侯潋的背，他痛得哇哇乱叫。

沈玦叹了一口气："别废话了，他们出来了。"

林间薄雾里，八个黑衣瓷面的刺客缓缓走出，如同夜里的幽灵现出了真身。

沈问行还蒙在鼓里摸不着头脑："这……这怎么回事？他是持厌！还有，怎么又来一波刺客？"

"你没注意到箫声停了吗？"沈玦淡淡道，"他们是鞘，不过现在是刀了。"

夏侯潋和持厌两个人一左一右地朝刺客们走过去，人们这才发现月光下他们二人的背影一模一样，同样地高挑修长，同样地凶煞如狼。他们迈着一致的步伐缓缓前进，黑刀和刹那在月下是弯弯的一弧，流淌着妖异的光泽，如同少女的秀眉。

夏侯潋舔舔牙齿，眸中血色浮现："我们兄弟俩送诸位……往生极乐！"

第五十六章 哀鸿低徊

沈问行紧张得直哆嗦，凑过脑袋问沈玦道："干爹，您怎么认出他的？"

"方才他和阿潋对战的时候，用的是刀背。"沈玦道。

"原来如此！"沈问行恍然大悟。

"只是持厌六年前就失踪了，不知为何会被伽蓝所制。"沈玦皱着眉低吟。

刺客犹如鬼影，踏着月光而来。夏侯潋和持厌背靠着背，封锁住刺客通往沈玦的必经之路。

"喂，持厌，"夏侯潋道，"你怎么回伽蓝去了？"

"这个故事很长。"持厌道。

"刚才差点用牵机丝杀了你，"夏侯潋用余光看他，碎发之下一点荧光若隐若现，"幸好没事儿。"

身后的刺客愣了愣，说："你说错了，差得很远。"

夏侯潋："……"

一叠掌声从林中传出，一个披黑斗篷的男人拍着手缓缓走出来。他立在月光下，黑得像一条潦草的墨迹，又像一根孤生的枯竹。他拉下兜帽，夏侯潋终于看见了那张熟悉的脸。他老了很多，脸上布满深深浅浅的褶皱，赭色的脸庞如同冷硬的生铁。

在伽蓝，夏侯潋最熟悉的人除了他娘，就是段九和秋叶。小时候他拔光别的刺客家的公鸡鸡毛，用鸟屎弹打别人满身鸟屎，永远是段叔拎着他的后脖领去赔礼道歉。这个高大又壮实的男人看着他长大，可也是这个男人，站在阴影里漠然地望着他娘被柳氏门徒分尸。

他曾感到恐惧，原来一个人的心是如此地深不可测，犹如看不见底的深渊。

"好一出兄弟情深啊……"段九微微笑道，"小潋，好久不见，你长大了，是个真正的男人了。"

"拜你所赐。"夏侯潋握紧黑刀，骨节咯咯作响。

"我原以为你是一块废铁，却没想到弑心真的成功了。"段九用刀鞘挑起地上的一根牵机丝，"你不仅复原了伽蓝失传已久的牵丝杀术，还学会了隐居避世的唐门傀儡绝技。伽蓝刀你学得虽然不过尔尔，不过也勉强能登堂入室。"段九惋惜地叹了一口气，"只可惜，你竟然选择了叛逃。"

"你是有多大脸，"夏侯潋冷笑，"你杀我娘，还指望我为伽蓝卖命吗？"

"杀你娘的不是我们啊，是你自己。"段九叹息着道。

夏侯潋一愣。

段九抬起眼来，望向他的目光冷漠又孤独："小潋，是你太弱。倘若你从一开始便如你的哥哥一般，我又何必费尽苦心将你锻成绝世名器？是你太弱，你的刀护不住你自己，更护不住夏侯霜。"

仿佛有一把刀割进夏侯潋的心头，鲜血淋漓。他喘了几口气，定了定神想要说话，一只戴着南红玛瑙珠串的手搭在他的肩上，沈玦从他身后走出来，道："既然夏侯潋远不如持厌，你和弑心又为何要放弃持厌选择夏侯潋？"他转了转指上的筒戒，道："若咱家没有猜错，你和弑心的目的应当不同吧。弑心继承了渡心的遗志，想要刺杀百里阎罗，而你则是百里家的拥趸。"

段九显然有些意外："你怎么知道渡心？"

"《伽蓝世系谱》。"沈玦道。

段九微微笑起来："不愧是厂公，对我伽蓝了解竟如此深。"他望向沈玦一行人，伤的伤，残的残，剩余的缇骑不过两人，马车边上的沈问行和明月都手无缚鸡之力："也罢，持厌的刀术再强也无法在八部的刀下护住你们所有人，这件事告诉你也无妨。"

沈玦垂眸道："洗耳恭听。"

"三百多年前，第一任百里阎罗成立伽蓝山寺，以七月半挟制诸刺客，自那时起，伽蓝便内斗不休。刺客桀骜，七月半虽为苗疆至毒，却也无法掌控所有刺客。久而久之，伽蓝内部分化出了两个党派，一党异想天开，妄图刺杀阎罗，甚至不惜拉上所有人一同下地狱。"段九摩挲着瘦骨嶙峋的指节，道，"至于另外一党，便是我们。"

"百年来，阎罗担忧伽蓝住持只手遮天，在伽蓝中设置秘眼，以与住持相互钳制。"他仰头望着天边明月，继续道，"叛逆一党挣扎了许多年，可是从未成功——直到渡心出现。这个男人发动了伽蓝有史以来最大的叛乱，诛杀了所有保守派的刺客。那天晚上是个修罗场，鲜血从天王殿的阶梯一直往下流，流过山门，流过碑石，一直流到山脚的伽蓝村。渡心在阎罗秘眼出逃之前找到了他，将他吊死在山门，然后用半年的时间重整旗鼓，一面从各地招收新的刺客维持伽蓝的正常运转，迷惑阎罗的双眼，一面组织八部，北上刺杀阎罗。"

"秋师父就是那时候进的伽蓝。"夏侯潋低声道。

"不错。"

"他们失败了，只有弑心一个人活了下来。"沈玦道。

"是啊。"段九长长叹了一口气，"小潋，你们是胜不过百里家的。你们以为百里一族钳制刺客的法子只有七月半，以为拼了性命便可以从此解脱。错了，你们都错了。第一代阎罗天子在创立伽蓝刀的时候留下了十二道空门，只要刺客修习伽蓝刀，便永远也战胜不了百里一族。那次八部倾巢出动，连同渡心一起通通埋骨朔北，只剩下一个临阵退缩的弑心。也正是因为他的胆怯，他被选为了新的住持。那次叛乱震动了整个百里家，刀可以杀人，却也容易伤及自身。百里一族决定彻底隐退幕后，住持成为明面上的伽蓝主人。从此以后，唯有住持能够进入朔北雪山，参拜百里阎罗。"

"你也被选为伽蓝秘眼。"沈玦负着手道，"弑心没有放弃刺杀，为了还债他甚至将自己的亲生儿子锻炼成绝世杀器。但他不会想到，他的挚友竟然是抵在他后背的刀。"

"人都是想要活命的啊。夏侯家不是人，个个都是疯子。弑心、夏侯霈、夏侯潋还有持厌，你们不将性命放在眼里，可我们还想活！"段九道，"那天弑心披着血回来，告诉我他们从前都错了。刺杀，只需要一把刀，一把绝胜之刀。他开启了锻刀大计，他要打造一把绝世利器。他选中的人，就是持厌。"

"他花费十四年的时间，让持厌隔绝人世，日复一日地练刀，甚至用活人试练。他成功了，持厌是我见过的最强的刺客，十四岁就达到了宗师的境界，放眼天下，竟无敌手。持厌十四岁的时候，弑心带着他进入雪山，参拜阎罗。当他成为新一任住持，他便是悬在阎罗头顶的绝强利刀。"

沈玦低声道："可他没有被百里家承认。"

"没错，"段九唇边有嘲讽的意味，"这样锻造出来的刀确实是真正的刀，可它无情无欲，连心也没有。没有心就没有软肋，没有软肋就无法操控。老阎罗要的是可以握在手里听凭掌控的刀，要的是掐住死穴难以解脱的刀。持厌不是！"

"我有软肋的。"持厌忽然出声了。

所有人望向持厌，持厌望着段九。月光照进持厌的眸子，眸色淡若明净的琉璃。

他很认真地说："我挂念小潋。"

山道上陷入了诡异的沉默。

夏侯潋心里发苦，走过来揽住持厌的肩膀，用力按了按。瘦削的刺客薄得像一片刀刃，肩膀的锋棱利得扎手，夏侯潋说："我也挂念你，持厌。"

段九抽了抽嘴角，道："我现在知道了，你不用提醒我。"

"所以夏侯潋是第二把刀。"沈玦道，"可他的刀术远远不如持厌，所以弑心杀其母，成利刃。恰巧夏侯潋也是你选中的人，他不似持厌无情无欲，软肋极多，是最好的住持继嗣。"沈玦眯了眯眼，"没猜错的话，你是想挑个时日悄没声儿地告诉夏侯潋弑心是他真正的杀母凶手，再借夏侯潋的手杀弑心。届时叛逆的弑心死了，新的住持也有了，伽蓝便可平稳换代，从此安稳下去。"

段九点头叹道："可惜我没想到弑心这个懦夫最终还是放弃了刺杀，转而将这两个孩子送出了伽蓝。我知道他一直试图研制七月半的解药，可他花费数年都未能成功，药人一个接一个七窍流血而死，老天眷顾他，最后还是让他找到了解药。"段九唇边勾出诡谲的笑容："可惜，只是个半成品。而掌握了真正的药方的厂公你，却仍是没能将它送到夏侯潋的手中。"

沈玦垂下眼眸，在月光下他的睫毛是米色的，苍凉地歇落在瓷白的脸颊上。

"段叔，"夏侯潋忽然道，"我想问你一个问题。"

段九一愣，转过眼来看他。段九已经很久没有听到夏侯潋喊他"段叔"了，昔日那个被自家养的鹅追着跑，口里大喊"段叔救命"的小孩儿现在已经长大了，只是永远都不会再向他求救了。他心里忽然有了一种淡淡的悲哀，像三月天在林间低回宛转的夜风，散入长空。

"你有没有后悔过杀我娘？我一直以为，你们是很好的朋友。"夏侯潋低着头道，"你可曾有一刻后悔过，为那个叫'阎罗'的人，背叛你所有的朋友？"

夜风凄冷，月光凄迷。段九抬起头，仰望漆黑天穹上的圆月。今日的月亮黄晕晕的，像很多年前滴在纸笺上的泪滴，晕成一道淡色的泪渍。

段九没有回答他的问题，只道："小潋，你真的很幸运。在伽蓝，无论你闯了多少祸端，总有弑心暗暗为你撑腰。在杀场，无论你的刀法如何差劲，总有夏侯儒为你保驾护航。就算出了伽蓝，你也有沈玦倾司礼监和东厂之力相护。你真的太幸运了，以至于你忘记了除你之外，伽蓝其他孩子根本没有这样的好命。你没有尝过裹着一条发硬的老棉裤走在冰天雪地里的苦，你也没有试过为了一个馒头遭受比你高许多的人的毒打。你要知道有些人生来是天上的凤凰翱翔九天，而还有一些人，注定是阴沟里的蝼蚁。"

刺客们缓缓靠近段九，和他站在一起。段九的声音喑哑又低沉："小澈啊，我们和你不一样，伽蓝是我们的家。不进伽蓝，我们会在大雪纷飞里冻死饿死被打死。进了伽蓝，我们便满手血腥血债滔天永不可回头。我们不像你有你的小少爷护你，光明容不下我们，黑暗，才是我们的归宿。"

"我知道了。"夏侯澈低声道。

"这都是命啊，"段九眼中有霜雪一般的孤独，"我们终将为敌。"

黑暗中，一道刀光闪过，锋利得仿佛割在眼皮之上，凛冽的杀机从天而降。夏侯澈猛然一惊，拉住沈玦的腕子将他带到身后，同时举刀格住天降的一击。

"不过你要先胜过这个人，"夏侯澈听见段九冰寒彻骨的声音，"你的好兄弟——唐十七。"

夏侯澈沿着眼前的刀刃一寸寸往上看——握着刀柄的苍白右手，僵直的手臂，惨白的脸庞和一双无神的双眼，隐隐发亮的丝线缠在他的手脚上，连接处裹着陨铁钢环，深深地嵌进唐十七发白的肉里，却没有鲜血流出来。

夏侯澈和那双空洞的双眼对视，在里面看见震惊又悲恸的自己。

"你的兄弟很讲义气，我威逼利诱，用尽手段，他也不肯帮助我们制作机关傀儡。"段九微笑地望着夏侯澈，"也罢，我只好让他自己成为傀儡。怎么样，小澈，你要如何打败他？斩断手，斩断脚，还是他的头颅？他不过肉体之躯，比不得钢铁那般坚硬，斩断他轻而易举。只是……"段九唇角的弧度越发深邃，"这样一来，你的兄弟便和你的母亲一样，身首分离，死无全尸。"

段九猛然一拉牵机丝，丝线蜂鸣中傀儡十七蓦然发动，握着森冷的一线刀光劈向夏侯澈的面门。夏侯澈的手在颤抖，随着傀儡十七的砍击步步后退。

其余八部枭鸟一般奔向沈玦，黑色的衣袖如同蛾翅一般翻飞，刀刃的寒光深藏在袖中。持厌冲入战圈，和沈玦背靠着背。

"你去帮阿澈！"沈玦喘着气道。

持厌没有动，只道："他能行。"

厮杀的间隙中沈玦望向夏侯澈那边，见他在傀儡十七的刀下踉跄着后退，身上鲜血淋漓。

沈玦咬着牙喊道："他快要输了！"

"他是个男人，不是孩子。"持厌漠然地斩断摩睺罗迦劈上前的兵刃，"生死输赢，都必须自己承担！"

傀儡十七再次迎头一击，夏侯潋格住劈砍，余光中凛冽的刀光再次一闪，仿佛毒蛇在阴暗的角落吐出红信。脑中警铃大作，夏侯潋迅速后退闪躲，却终究被十七的左手短刀划过肚腹。

这是他身上的第四道创口，鲜血浸透了衣裳，每一寸肌肉都叫嚣着疼痛。

脸色惨白的男人面无表情地朝他走过来，手臂诡异地拗折着举起刀。死人的躯体太僵硬，段九为了好操纵，拗断了他的手臂。现在即使夏侯潋跃到傀儡十七的身后，它也能在不转身回头的情况下拗转手臂，将刀送入夏侯潋的身体。

夏侯潋翻身躲过劈砍，扶着树站起身，耳边响起沈玦的喊声："夏侯潋，进攻啊！"

沈问行和明月也在遥遥地喊他："夏侯大人，进攻啊！"

可他怎么能反击？他怎么能够斩断十七？

他想，要是他再细致一点就好了，侯府里一定有密室，藏在不为人知的角落。当他从墙外走过的时候，十七在黑暗里绝望地喘息。他的心里有沉重的悲哀，仿佛压了千万座血淋淋的墓碑。他想起这个圆脸的男人，从来又厌又浑蛋，用他的钱用他的脸去骗女人还生了孩子，可为什么这个男人竟然可以宁愿死也不交出照夜图谱。

笨蛋……真是笨蛋！

傀儡十七举刀划过他的胸膛，剧痛蔓延了半边身体，他从汗水模糊的视野中望那张惨白的脸庞。

"夏侯潋！"沈玦遥遥地喊他。八部封住了沈玦的去路，他脱不开身。

段九站在月光下望着夏侯潋，目光中有佛陀一般的悲悯。

"小潋啊，你知道你为什么这么失败吗？"他叹息着低语，"因为你还是个孩子啊，男人该学的东西，你永远也学不会。你的软肋太多了，你抛不下朋友，抛不下亲人，甚至连已经死掉的人你也抛不下。背的东西越多，你就越迟钝，就越容易被杀。"

段九一边说一边拉紧牵机丝，傀儡十七扭曲的右手再次抬起。

"小潋，既然你放不下，便去见他们吧。"

夏侯潋忽然觉得很累，一路走来，他以为他的刀足够锋利，可以斩破茫茫黑夜，可原来，斩破一重，还有第二重，斩破第二重，还有第三重。这黑夜无边无际，千千万万，可他的刀再锋利，也终有锈蚀的一天。

他第一次对手中的刀产生了怀疑。原来就算这刀无坚不摧，也不能够无往不胜。

又是一刀落下，傀儡的攻击无休无止，而他已经累得几乎提不动刀了。两把刀在空中相击，反弹的大力让他下盘不稳，傀儡一脚踹在他的腰腹，他捂着嘴，吐出一口鲜血，倒在地上。

他要死了吗？这一回，他终于要死了吗？

十七因他而死，他或许应该把这条命还给十七。

月光洒在肩头，头上不知道什么时候破了口子，他自己都忘了，血水流下来，模糊了视野，他眼中的世界一片血红。他倒在尸堆里，傀儡一步步向他走来。

忽然，在前面血水的泥泞里，他看见一张纸条。是在打斗中从什么人身上掉出来的吗？他伸出手，抓住那张纸条，在眼前展开。

鲜血浸透了墨迹，他看见模模糊糊的一句话——

老大，送我这最后一程，给我解脱。

他全身一震，怔怔地抬起头，月光下的十七脸色苍白，黑黝黝的眼睛里空无一物，却分明藏了深重的悲哀，像暗夜里的烛火，荧荧地跳动。

段九再度收紧牵机丝，他知道这个孩子已经快废了，没有人可以抵挡这样的攻心术，他的所亲所爱是他致命的包袱，终有一天会将他拖垮。今日，便是这么一天。他也曾惋惜，他看着这个孩子长大，却终究要亲手送这个孩子步入黄泉。

傀儡终于走到夏侯潋的面前，段九绷紧了嘴角，收紧双拳，牵机丝如蝉翼一般振动，傀儡全身痉挛着举起刀，如同一个发狂的病人手舞足蹈。利刃朝夏侯潋的头顶落下，夏侯潋却低着头，没有丝毫抵挡的打算。

"后会无期，小潋。"段九低声说。

他正要收束丝线，却发现丝线纹丝不动。他惊讶地"咦"了一声，抬眼望去，却见夏侯潋握住了傀儡十七的刀刃，鲜血沿着他的指缝嗒嗒地滴在地上，他却仿佛不会疼一般，紧握着不放，缓缓站起来。

"段九，你不会明白，"夏侯潋轻声道，"他们不是包袱，不是累赘，因为有他们，我才更加强大。"

朦胧的视野中，他仿佛看见很多年以前秋师父和他坐在宽宽的屋檐下面，望着远山绚烂的红霞。秋叶的侧脸温柔恬静，一如无声流淌的静寂岁月。

他转过头来，温柔浅笑："小潋，你知道为什么伽蓝那么多孩子，我最希望你来继承我的衣钵吗？因为我在你的眼睛里，看到了星光。"他手搭凉棚，眺望逐渐暗下去的天穹，一颗颗星子接连亮起来，像黑夜里无尽的灯火："记住，就算是最深的夜，也一定有最亮的星。"

他的至亲挚友，便是他的星呀。

夏侯溦握紧傀儡十七的刀刃，右手挥动黑刀。空气中发出几声弦响，一道道银光接连在十七周围闪过，然后消失，十七的身体一寸寸颓靡，最后倒在夏侯溦的怀里。夏侯溦将他放在地上，然后站起来，朝段九走去。

他的步子越来越快，最后变成飞奔。黑刀携裹着长夜哀风，卷出凄长的低啸，仿佛是无数魂灵的絮絮低语。那一刻，冥冥之中若有无数魂灵在夏侯溦身上复苏。段九惊讶地发现，似有无数双熟悉的眼睛在夏侯溦的眼底睁开，目光灼灼，犹如冬焰。

夏侯溦在飞奔，脚下树影婆娑而过，像数不清的魂灵从他脚下呼啸而过。恍惚中他听见死去的故人在他耳边低声絮语，是秋叶，是戴先生，是十七，是他娘——夏侯霈。

"小溦——我们，一起！"

无数双手同时握紧步生莲，与夏侯溦一同挥刀。刀光绚烂地炸开，犹如朦胧的月华在空中飞泻。夏侯溦与段九错身而过，一刹那间整个世界流淌过凄迷的波光，潋滟一动。

刀停了。

夏侯溦站在月光下仰望天穹，静立无声。夜风在他耳边流淌，故人的呼唤再度远去，听不分明。

地上倒插着一把断刃，那是段九的雁归来，段九拔刀的瞬间就被夏侯溦斩断，断刀翻转着插进地里。

离夏侯溦几步远的地方，段九低头摸了摸腰上淋漓的血口："这招叫什么？"

"潋滟心刃——斩夜。"夏侯溦说，"不是伽蓝刀，我自创的。"

"难怪我接不住。"段九低低笑了笑，"你是个真正的男人了，小溦。"

他颓然倒地。山道尽头忽然响起沉雄的马蹄声，火光照亮了半边黑夜。他们听见兵甲的撞击，军士的沉喝。刺客们愀然变色，不再恋战，踩着同伴的尸体和血水，枭鸟一般遁入柘林。

皂靴在段九眼前踏过，他的双眼渐渐变得无神。

他老了，很多事情都记不清了。方才夏侯溦挥动步生莲的那一刻，他却好像看见了一个久未谋面的人。很多年以前，那个倔强的刺客也曾这样挥刀，鲜血淌过刀尖滴在地上，一步一莲花。

他们，曾是挚友。

"持如……"

他还记得那场铺天盖地的风雪中,渡心和八部的尸体在雪地里逐渐冰冷。他在昏迷的持如身边向阎罗俯首:"他在伽蓝有妻子,还有孩子,是最合适的住持人选。阎罗,求您饶他一命!"

"为报阎罗大恩,我愿成为阎罗秘眼。从此,叛阎罗者,我皆诛之!"

他背着持如在风雪中艰难前行,雪太深,没过了脚踝,没过了小腿,他们一齐倒在雪里,浑身冰冷。

持如在他背上睁开眼:"你怎么来了……"

"我担心你们,悄悄跟来的。"

"大家都死了……都死了……"

"没关系,"他握紧持如的双肩,望进他枯涩的双眼,"我们还活着。阿如,我们要一起努力……活下去!"

他也记得后来山上蒙蒙细雨中,他靠在蒲团上抽着旱烟,弑心笃笃地敲木鱼。火星在烟锅里一闪一闪,他沙哑地开口:"老家伙,你真想好了?"

"想好了。"弑心闭着眼道,"持厌是伽蓝有史以来最锋利的刀。"

"他要是失败了怎么办?"他叹息着道,"阿如,或许顺从阎罗是更好的法子。"

"那便锻夏侯潋,夏侯潋废了,便从伽蓝村里遴选。总有一把刀会成功。"

"你想要小潋变成第二个持厌,夏侯需不会同意的。"

木鱼声忽然停了,淅淅沥沥的雨声中,弑心长长叹了一声:"老朋友,我要走一条修罗之路,你会帮我吗?"

烟锅里的火星闪闪灭灭,像一闪即逝的烟花。他沉默良久,终于道:"会的,我们是朋友啊,弑心。"

视野渐渐暗淡,他忽然想,如果当初没有背叛弑心,一切会不会不一样?可惜,这是一条修罗之路,他们所有人都难以回头。他的手和脚一寸寸地变得冰凉,像一块石头。原来死是这种感觉,弑心当初死的时候,也是这样的感觉吗?

他心里突然有了悲恸,这悲恸犹如冰冷的海潮,将他兜头淹没。他忍不住想,如果走过彼岸,他是否可以得到原谅?

不会的吧,他早已众叛亲离。他朝黑暗伸出手,却什么也没有抓到。

忽然,有一只温暖的手握住了他的手。他艰难地睁开眼,看见持厌恬静的眸子。

"后会无期,段先生。"持厌道。

泪水滑过眼角,他笑了笑,闭上眼。

"后会无期。"

第五十七章 无上极乐

回府之后夏侯漱才知道书情逃走了，那时候急着救沈玦，忘了书情会缩骨功，绳子绑不住他。沈玦和夏侯漱伤得都很重，持厌只是受了点儿轻伤。敷药的当口，沈玦让医正给夏侯漱诊脉，诊出来还是老样子，半点儿好转也没有。沈玦什么也没说，躺下睡了，只是老做关于夏侯漱的噩梦。

沈玦借着受伤的由头在家一连歇了好几天，一面继续派人寻访名医。虽然这样，公文还是源源不断地从宫里送出来堆在他的案头。起不来身，他便让沈问行在旁边念给他听。临北侯府人去楼空，辽东的乱子还没有平定，很多事情需要他拿主意。

夏侯漱没让沈玦知道他把他娘的骨灰扬了这事儿，反正沈玦一时半会儿不会去祠堂，能瞒多久瞒多久。夏侯漱让缇骑送十七的棺木回杭州，又写了一封信说明原委，再封上自己所有的积蓄。棺车启程，消失在莽莽苍苍的黄土垄道尽头。夏侯漱忽然有一种感觉，或许终有一日，他也将踏上这样的归途。

回到家，沈玦在书房里看公文，夏侯漱去找持厌。沈玦让持厌自己挑了个院子住，那家伙挑了个最偏僻的，窝在院里头四天没有出门。夏侯漱刚踱进院子，便见持厌蹲在柳树底下喂猫。不知道他从哪儿引来这么多野猫子，黑的白的黄的都有，在他脚边上挨挨蹭蹭，还有一只杂毛的攀在他肩膀上。

持厌比夏侯漱还穷。前两天莲香抹着眼泪来找夏侯漱，说伽蓝太欺负人，这么老实一孩子荷包里半个铜板也没有，全身上下只有一把刹那顶点银钱，连换洗的衣裳都没有，说着便把他的衣裳全拿走了。夏侯漱无奈，只好又问沈玦借衣裳穿。

或许是因为有股呆性，持厌格外讨女人喜欢。昨儿沈玦去他院里探望他，看见几个丫鬟争着要喂持厌吃饭。持厌抱着一只花猫坐在回廊底下看她们互相扯头发，神情有些慌张，显然是受到了惊吓，他大概没想到女人发起疯来比刺客还凶。

沈玦气得几欲吐血，一挥手把院里伺候的人都换成了男的。沈玦本想和持厌说几句体己话，毕竟是夏侯澉的哥哥，礼数得周到。两个人对坐着大眼瞪小眼看了半天，沈玦回屋去批公文了。

持厌看见夏侯澉，放下怀里的狸猫，两个人坐到花架下的石桌上，望着满园的海棠花，许久都没有说话。

"伤好了吗？"持厌问他。

"差不多了。"夏侯澉说，"在这儿住得习惯吗？明儿带你去咱家转转，那是娘留给咱们的。"

持厌淡淡地说了声"好"，递给夏侯澉一张破破烂烂的纸："夏侯霈的遗书。"

夏侯澉一愣，接过来道："我在家里找了很久都没有找到，你在哪儿找到的？"

他低头看那封遗书，是他娘龙飞凤舞的字迹，告诉他那个十年之约，还有他的一线生机。

"秋家茅屋。"持厌说。

他娘的遗书怎么会在秋师父那儿？夏侯澉沉默良久，深深吸了一口气。罢了，都是往事了，他不愿再多想。他扭头看了看持厌："你还没告诉我，你怎么回到伽蓝去了？当年你在朔北，为什么会失踪？"

持厌没有回答，只问道："小澉，你怕死吗？"

夏侯澉静静地看着他。

"如果你不怕死，"持厌伸出手，接住一枚飘落的海棠花瓣，"那么我就可以告诉你。"

六年前。

绵密的冬雪笼罩了整个世界，地上的积雪很深，已没过小腿。大清早一个人也没有，巷子和街道上空空荡荡，只有呼呼的冷风。

一阵埙声随着冷风飘过来，有人开了轩窗探出脑袋。那埙声藏在雪花的背后，向着很远的地方飞去。人们窝在被子里听着，莫名地觉得这埙声很冷，枯涩得像冬天的寒塘。埙声漫无目地飘着，仿佛是被雪挡住了，中间呜咽了几下，像嫠妇婉转的哭声。

一曲终了，弑心放下陶埙，对身旁的持厌说："这是我教给你的最后一首曲子了，持厌。"

他们坐在别人家的屋檐底下，边上被熏得漆黑的炉子里炭火哧哧地响着。有好心的人家会在门口放火炉，供过路人烤烤手。

"雪山地图是数代伽蓝住持秘密勘察的结晶。循着它你可以躲过雪山上的所有兵卫，找到阎罗的所在。"弑心慢慢道，"只是记住，我给你的药只能支撑不到五年，你必须抓紧时间。"

持厌望着他，漆黑的眸子映着他悲伤的笑脸。

"真正的利刃，必以仇铸，必以血锻。我是锻成小潋的最后一滴血，"弑心拂落持厌身上的雪花，道，"等你听见我的死讯，便去栖霞寺寻他，那个头上扎着绷带的人就是他，你认得出来的。你们一同去往雪山，互相做伴，在茫茫大雪里就不会失去方向。"

"你一定要死吗？"持厌问。

"持厌，段九的耳目太多了，你们必须离开伽蓝才能去往雪山。为了清理追杀你的人，我的人已经死得差不多了。要送小潋离开，便只有我蹚出一条血路。也只有战胜我，小潋才有挑战阎罗的资格。"

"我一个人足够。"

弑心摸摸持厌的头，沉默的青年头发软软的，像一个小孩儿。

"你不希望我和小潋死对不对？"

持厌点点头。

弑心笑了笑，转过头，指着风雪之外矗立的一座灰色影子："持厌，你看，那里就是雪山，伽蓝的先辈长眠之所，伽蓝真正的刀冢所在。我们的先辈前赴后继，有的独行，有的结伴，却终究埋骨大雪，无人生还。他们的名字几乎已经被所有人遗忘，即便是我也只记得第二十六代迦楼罗苏摩，第二十五代乾达婆阿日那，第二十三代摩睺罗迦张小怜……我老了，右臂的旧伤让我再也拿不起步生莲。持厌，你和小潋是我们最后的希望。"

弑心接着说："你要记住，当你们进入雪山，伽蓝的先灵会护佑你们到达终点。当你们踏入漫漫黄泉，我、秋叶、夏侯需、渡心……伽蓝所有先辈会守望在彼岸，为你们点亮回家的灯火。死亡不是远行，而是归家。"

持厌垂下眼眸喃喃："归家……"

"是啊，归家。"弑心微笑着答道，帮持厌把黑色葛布围巾拉起来遮住口鼻，又帮他戴上灰布兜帽，只露出一双黑黝黝的眼睛，"在去栖霞寺以前便去山里藏着吧，阎罗和朔北东厂有勾结，这里对伽蓝刺客的搜查松散很多。出门的时候不要露脸，更不要露财，给你的钱要省点用。如果遇见了喜欢的女人，可以和她说说话，但是不要和她睡觉。"

持厌轻轻地点头。

"我走了。"

弑心站起身，走向小镇外的茫茫雪原。他墨黑色的影子像一道孤瘦的老松，在一片雪白中有点扎眼。

"我们还会再见面吗？"持厌遥遥地问。

弑心顿了步子，仰头眺望着风雪中朦胧的远山。他道："不会了。如果小潋没能打败我，你就逃吧，持厌，去做你想做的事情。"他扭过头，微笑着说："只是不要害怕，持厌，所有在阳世的诀别，都是为了死后重逢。"

记忆的鸦羽随风远去，夏侯潋低头看着自己的掌心。春日的阳光不烈，透过花藤架子，被隔成许多道明晃晃的光照在身上。绷带底下的伤口麻麻的痒痒的，那是愈合的征兆。

"原来是这样。就说那个老秃驴哪有那么好心，原来咱们一直以来都是他留在伽蓝身后的两把刀。段九还是不够了解他啊。"夏侯潋无所谓地笑了笑，"我没有在栖霞寺见到你，你在半路被截了吗？"

持厌说："住持估计错了药效的时间，我比你早两年服用，药效只让我挺到了第三年。我在紫荆关第一次病发，在雪原上昏迷，百里鸢捡到了我。"持厌低声道："她给我服用了极乐果，缴了刹那。我没有刀，试了很多次旁的法子，都没能杀了她。"

"百里鸢用极乐果延缓了七月半的发作？"夏侯潋道，"加大踯躅花毒的剂量，以毒攻毒的法子吗？"

持厌点头："极乐果可以暂时给我们强健的身体，让毒发一次次延缓。可是极乐果也快没用了，我的身体在衰败，小潋。"

夏侯潋低声说："就像在燃烧生命吗？火烧得越猛，柴越快烧完。"他转头望持厌："咱们的病没有指望了，对吗？"

"你害怕吗？"

"我不怕。"夏侯潋低下头看自己的脚尖。

他只怕丢沈玦一个人在世上，孤零零的，多难受。他已经一个人待了十年了，这一次分别，他们大概就再也不会见面了。

"服用一次可以挺多久？"他抬起头问。

"最开始是半年，后来是三个月，后来是一个月，"持厌垂下眼眸，"现在是七天。"

"你成瘾了,持厌。"

"嗯。"

"你打算什么时候启程?"

持厌摇摇头,只道:"越快越好,我的时间不多了。"

夏侯潋沉默良久,问道:"你身上带了极乐果吗?"

持厌从荷包里拿出一颗,推到桌子中心。漆黑的一小颗丸药,像桌子上的一个蛀痕,深藏了无尽的黑暗。

"你决定好了?"

"百里鸢手握朔北不可小觑,朝廷不能两线作战。"夏侯潋凝望那颗小小的丸药,"既然活不久了,这命自然要用到刀刃上,至少让少爷以后可以安心出门逛大街。"

"小少爷是你的新哥哥吗?"持厌问他。

"怎么样,帅气吧?带出去倍有面儿。"夏侯潋淡笑着伸出手,拍拍他的肩膀。

持厌一时没反应过来,怔怔地望着他,陷入了长久的呆滞。

夏侯潋拾起极乐果往屋里走,背对着持厌摆摆手,道:"帮我守门。"

阖上门,坐在窗格照进来的道道阳光里,他把极乐果放在月牙桌上,久久地凝视它。橘色的阳光给它镀上一道金边,光泽流淌,好像藏了一个不为人知的梦境。

他不止一次想,佛说的极乐真的存在吗?极乐,那个金色的梦,又是什么模样?他听说,服下极乐果的人会看见他这一生最想看到的东西。世界成为虚影,魂魄超脱肉体,升入无边极乐,在那一瞬间,人是没有忧愁的。

有人说极乐果是佛留在人间的残宝,它让阳世的人有机会一瞥西方极乐,而目睹它的人,无一例外,都要走向死亡。

也罢,死是所有人的归宿。夏侯潋倒了一杯水,和着极乐果吞入腹中。他不过比常人走得更快一些。

沈玦坐在罗汉榻上,手垂在膝襕上抓着一串五线菩提子慢慢地数。底下的阁老们各自吐着唾沫星子,争论如何应对伽蓝之危。他们分明都一大把年纪了,可嗓音仍旧能震穿他家的房顶,全都争得面红耳赤。

他的伤还没好,衣裳底下缠着厚厚的绷带,稍微动一动都发疼。宫里头司礼监的折子垒成了山,还有一大堆事务亟待解决。折子移到乾清宫,小皇帝看了就发晕,特下了恩旨把折子搬到沈府,让沈玦在家批红。阁老到宫门去堵小皇帝,要他一同去西朝房议事,他一面慌不迭地往后宫跑一面打发阁老去找沈玦。

沈玦扭头看了看书案,折子雪花片儿一般白得晃眼,转回头,阁老的唾沫星子往他脸上喷。

唉。他扶了扶额头,觉得自己的伤又更疼了些。

"朔北极乐果流毒日久,深入骨髓,百里鸢一旦想反,简直是轻而易举。若在平日,派兵平了临北侯府也就罢了,可现在能用的兵力都投去了辽东,朔北若再出个岔子,社稷堪忧啊!"阁臣陈循捻着胡子愁眉苦脸地说道,"更何况这几年来升调迁谪不断,光礼部便有三个从朔北调上来的官吏,难保他们没有与百里鸢暗通款曲。只怕兵还没派,朔北倒先反了。"

"朔北之事务必要死死瞒住,除了咱们,不可让更多人知晓。"张昭皱着眉头道,"着人抄出一份名单,以五年为限,记录所有从朔北调出的官吏。"说着张昭朝沈玦拱了拱手,"厂卫侦缉最为得力,此事还要劳烦厂公多多费心。"

沈玦点了下头,意思是知道了。

张昭继续道:"极乐果之患,关键在于唯有朔北产出此药,故而为药瘾所制之人悉皆听命于百里鸢。老夫以为解决之法有二——其一,自然是在百里鸢回到朔北以前抓到她。此事已委派厂卫四散各州道府秘密搜查,可惜伽蓝神通广大,黑道盘根错节,只怕不能轻易成事。"

四座诸阁老纷纷点头。

"至于这其二……"张昭徐徐叹出一口气,道,"踯躅花出自苗疆深山,便是说,在巴蜀一带也有适于种植踯躅花之所。老夫以为,不妨密令可靠商贾去往苗疆开垦花田,制出极乐果全国贩售,如此一来,百里鸢便不能一家独大,刺客有了新的药源,伽蓝自然土崩瓦解。"

沈玦蓦然抬眼,厉声道:"此乃灭国之策!"

四下一片静寂。谁都知道,极乐果致人成瘾,坏人精神,一旦扩大产量,人皆服之,便是千秋万代之祸。

"此事再议。"沈玦捏了捏眉心,挥挥手道。

阁臣们纷纷告辞,踱出书房。张昭却还坐在原位,发丝斑白的老人低垂着眼,一身嶙峋的骨头架子缩在宽大的暗花纱官服里。

"元辅还有何事?"沈玦淡淡打眼瞥他。

"还有一法,不知厂公可愿细听一二?"张昭道。

"说。"沈玦端起一杯茶,吹了吹茶沫子。

"虽然厂公极力隐瞒,不过据老夫猜测,小沈大人便是昔日的伽蓝无名鬼吧。"

张昭略顿了顿，道，"芦潭古道一战，伽蓝迦楼罗归顺厂公，如今厂公麾下已有两个伽蓝绝强的刺客。此二人出身伽蓝，深知伽蓝底细。依老夫之见，不如以此二人为先锋，选拔死士三十，前往朔北，刺杀百里鸢。"

"够了，咱家自有计较，请回吧。"沈玦冷着脸道。

"厂公！"张昭站起身，深深作揖，"厂公莫要顾念私情，不顾国家大体！"

"够了！"沈玦将茶盏扔到张昭脚下，冰裂似的一声脆响，茶盏碎了满地，热茶溅上张昭的衣角。

张昭又深深作了一个揖，转身离去。

人都走了，书房里顿时冷清下来。外面疏疏落落的枝叶影子照进窗纱，风拂过，满室枝影摇曳。沈玦撑着额头望着地砖上的冰梅纹，心里空空荡荡的。求佛没有用，拜神也没有用，他们的路这就要走到头了吗？他心里涌起难言的悲怆，几乎就要掉下泪来。

推开门，明月站在院中，手里牵着玉姐儿。娘俩都穿着素色的纱袍，不过气色看起来好了很多。

"督主大老爷！"玉姐儿跑过来抱他的腿。

明月朝沈玦行礼，微微笑道："督主，妾身是来辞行的。"

沈玦点了点头，又问道："打算去哪儿？"

"金陵。"明月淡笑答道，"我想在金陵开家医馆。"

"若有难处，尽管找应天府府尹，报我的名字就行。"沈玦踱到阶下，站了会儿，"持厌他……"

明月摇了摇头，轻声道："刺客是可悲的人啊……阿谨的事我不愿再多做追究，我去金陵，此生不再相见。"

沈玦朝她作揖："沈玦代持厌谢过娘子。"

"督主，保重。"明月还了一礼，牵着玉姐儿跨出月洞门。

树影婆娑，他立在风中许久。响玉丁丁零零，牵扯出缠绵的哀曲。他招来沈问行，问夏侯潋在哪里。

视野变得模糊起来，桌椅都有了重影，色彩也变得格外艳丽，阳光在他眼里是锐利的金黄，像一把刀插进眼睛里。夏侯潋使劲甩了甩头，站起身来往罗汉榻的方向走。他的心脏跳得很快，扑通扑通，像要蹿出胸膛，腔子里满是心跳沉重的回响。

他知道他要看见幻觉了，感官变得很奇特，眼前的东西形体微微扭曲，世界仿佛在他脚下奔离，所有声音慢慢离他远去。风拂树的沙沙响、仆役的脚步声、杯盘茶盏的碰撞……像隔着几千重门，模模糊糊地传过来。呼吸和心跳却很清晰，整颗心都很空，好像一个遗弃的风箱。

他闭上眼。

故人的呼唤，随风而来。

"小潋——"

一瞬间，所有声音潮水一般汹涌而至，利刃抽出刀鞘的锐响、血肉一寸寸割裂的黏腻声响、女人小孩凄厉的尖叫。他在黑暗中睁开眼，门外月光苍白如雪，刺客如同妖魔乱舞，在幢幢黑影中扭曲着走出，血水在蔓延，尸体圆睁着双眼。

十二岁的夏侯潋把谢惊澜推出门外，嘶声大吼："不要回头，不要发抖，不要说话！不要让别人发现你是谢惊澜！"

孱弱的少年跟跄着跨出门槛，独自面对修罗杀场，血海中的那一抹背影孤单又决绝，像心头的一道伤痕。

他想起来了，这是十三年前谢府灭门的时候，他和沈玦互换了衣裳，沈玦扮成他的模样，在这场泼天的灾难中脱逃。从此往后，岁月如梭，不再回首。他想跟出去看沈玦怎么样了，然而门霎时间闭拢，世界再一次陷入黑暗，他绊到了什么东西，摔倒在地。

雨滴打在脸上，冰冰凉凉。他抬起头，万千雨箭从天穹倾倒下来，电光闪没在云间，像消失的龙蛇。杂沓的脚步声传来，漆黑的林子里有刀刃的反光。他看见一个熟悉的身影，如同一只黑色的夜枭，在滂沱大雨中急速奔逃。枝叶空隙显露出她锋利的眉眼，那眉角如刀，仿佛要划破这个生铁一般沉重的黑夜。

"娘——！"他猛地醒悟过来，疯了一般嘶吼，"快跑！"

黑暗中短矢破空而出，扎进她的脊背，紧接着柳氏门徒的刀光围住了她所有的去路，横波悍然出鞘。他们在雨中鏖战厮杀，鲜血和雨水混在一起，顺着泥土的缝隙汩汩地向下流淌。无数把刀斩进她的身体，血涌如泉，她终于不堪重负，倒进泥里。

夏侯潋想要过去，可看不见的墙壁挡住了他的去路，他只能一遍遍地捶着空气，恸哭着呐喊："不要！不要！"

心好像被一寸寸割开，久远的痛苦再一次袭上胸膛，无言的悲楚在身体里海潮一般奔袭汹涌。

他又想起很多年以前，他们在伽蓝客栈门前一起吃烤红薯，苏州街头听琵琶听评弹，乌篷船里听寒山寺的撞钟，大报恩塔上一起看万家灯火……过往的时光终究无可回首，他们之中横亘着天堑地裂一般的阴阳两极。

"对不起……对不起……"夏侯潋跪下去，额抵着冰凉的地面，泪如雨下，"我扬了骨灰，还熔了横波，对不起……"

黑暗渐渐聚集，一切声音渐归静寂，只剩下秋蝉断续的哀鸣。阳光和槐叶的影子透过工字棂花照在他的肩膀上，他抬起头，望见秋叶温柔的笑脸。秋叶躺在炕上，脸颊消瘦，却依旧是秀丽的，像蒙蒙风雨中飘摇的山河。

"该是告别的时候了，小潋。"秋叶伸出手，摸摸他的头顶。

他握住秋叶苍白的手，无声地落泪。他还记得八岁的时候秋大哥教他炒菜做饭，十岁的时候帮他喂毛茸茸的小鸡，十三岁教他易容和变声。秋叶的笑容永远像和煦的阳光，仿佛可以融进茫茫远山。

秋叶望向窗外："看，秋天到了，叶子落了。"

槐叶深深，一轮红日挂在远山，夕阳的斜晖笼罩了世界。风中枯黄的叶子打着旋飞舞，像翅膀枯萎了的蝴蝶，焦黄的翅尖划出哀伤的低啸。他走到窗边伸出手，边缘镀着金光的叶子飘飘扬扬，即将落在他掌心，就在那一瞬他看见银亮的流光在眼前闪过。

抬起头，却见弑心枯竹一般的身影。

"傻孩子，不要哭呀。"弑心望着他，深邃的眼睛里深藏了许多他曾经看不懂的哀伤。

银线在空中收紧，锐利的光芒迅速闪过，他伸出手喊了声："不要！"

苍老的身躯在刹那间四分五裂，血如泼墨染红了整个世界。

千万哀魂在脚下呼啸而过，他的耳边不断响起故人的呼唤。

"小潋——"

"小潋——"

"小潋——"

他痛苦地抱紧头颅，蜷缩在地上。他不明白为何别人看到的都是无上极乐，而他看到的却是无边的苦痛。是不是这世上从未有过极乐？极乐是自我欺骗的谎言，从头到尾，一切都是泥沼一般的苦难和灾厄。

呼唤在他耳边不断重合，仿佛是千万流水汇成海潮将他淹没。风在他耳边飘摇而过，他看见故人的魂灵踏上不可测的彼岸。他们一同回望跪在地上的夏侯潋，哀笑着开口。

他流着泪哀求，不要说，不要说。

可他们终究还是说出了口——

"小潋，后会无期。"

原来这声声呼唤，从来都是故人的诀别。

黑暗像一个巨大的蚕茧，将他重重包裹。世界噤了声，四周一片寂静。他好像沉进了深不可测的寒潭，冰冷的水浸没了身躯，寒意像蛇在四肢游走，最后侵入心脏。他闭上眼，像无边际的黑水里的一只小小蜉蝣，无根无蒂地漂荡。

如果可以，他是否能变成一叶没有知觉的浮萍，从此不再忧愁，不再痛苦？谁能告诉他，到底要如何才能够大彻大悟？

视野忽然亮了一点，他睁开眼。远方出现了一盏灯，像漫漫长夜的一颗星星，荧荧地发亮。

足下的水波荡起涟漪，少年谢惊澜素衣白裳，提着灯涉水而来。他的脸还是一如既往地苍白得几乎透明，身躯还像以前那样孱弱，却又坚韧不拔，风雨不摧，霜雪难侵。

夏侯溦怔怔地望着他，忘记了反应。

绢灯的光晕越来越明晰，谢惊澜走到夏侯溦的面前，举起袖子擦干他的眼泪。

"少爷……"夏侯溦的嗓音沙哑。

汹涌的悲伤终于决堤，泛滥成海，他泪如泉涌。

黑暗在他们脚下绵延无绝，仿佛铁铸的冰冷牢笼，只有那一盏荧荧的清灯撑起方寸的光明，正好照亮两个人。那一瞬间夏侯溦觉得时间无比地漫长，好像一直绵延下去没有尽头，而他们被永远地留存在这里，如同尘封的不灭回忆。

诸行无常，万事皆苦。

倘若他的心足够坚忍，他是否就可以正视淋漓如血的苦难？他不求超脱，只求这颗心足够深广，直到能够容纳所有苦厄。

他闭上眼。在血淋淋的坎坷心尖，他听见了花开的声音。

意识渐渐回笼，所有似真似幻的感觉都消散如烟。他茫然地睁开眼，看见沈玦苍白的侧脸。

他愣了一下，抬起手戳戳沈玦的脸颊，脸肉凹下去一个窝。

沈玦竟然是真的。

"你什么时候来的？"夏侯溦呆呆地问。

沈玦剜了他一眼，道："谁给你的能耐吞极乐果？谁让你扬你娘的骨灰？"沈玦越说越气，眼眶通红："谁让你把自己搞成这样……你就不能等等我吗？容我想想法子，想想法子啊。"

夏侯溦低低地道："少爷，你今天可不可以不要骂我？"

沈玦胸中涌起强烈的酸楚,这是他第一次见夏侯潋这般无助可怜的模样,像一个孩子。他轻轻拍着夏侯潋的后背,道:"不骂你,不骂你。"

"你什么时候来的?"夏侯潋问他。

"你发了多久疯,我就来了多久。"

"我哥怎么没拦着你?"

"你在屋里头又是哭又是号,你哥也被你吓得够呛。"

夏侯潋转头看窗外,莲香和沈问行他们都站在院子里探头探脑的,看来他这动静弄得真挺大的。夏侯潋顿时觉得有点尴尬。

"看见什么了?头一回见你哭成这傻样,真是开眼了。极乐果不是能让人欲仙欲死吗?你怎么还哭上了?"

服完药,浑身都软软的,夏侯潋闭着眼道:"看见你了,少爷。"

沈玦听了,心里只是哀伤,好像尘埃铺满了心房:"阿潋,对不起,是我没用,我太没用了。"

"不关你的事。干什么老往自己身上揽?"夏侯潋疲惫地笑着,目光挪到他网巾底下的疤痕,已经结痂了。夏侯潋想起他身上的伤,持厌那小子下手太狠了,把他打得两天没下来床。可沈玦额头上的伤不知道哪里来的,持厌说头骨结实,他从来不往那里砍。

夏侯潋问道:"你脑袋上的伤到底怎么来的?"

沈玦没说话,默默移开目光。夏侯潋慢慢拧起眉毛来:"你那天好端端地跑去广灵寺……该不会求佛去了吧。这伤是磕头磕的吗?"

见沈玦抿着唇不吭声,夏侯潋什么都明白了,长长叹了一口气,道:"我以为找气功大师已经是你的极点了,没想到你还能去拜佛。"

"我有时候想,或许苦啊厄的都是注定好的,咱们没别的法子,只能咬着牙挺过去。不过这一来,高兴的事儿也是注定好的。你想啊,当初我被人牙子卖进你家,一同进来的娃娃有十几个,偏偏是我被指到兰姑姑手底下,带到你院子里。"

沈玦静静地听他说,阳光照在身上,暖洋洋的。

夏侯潋望着他,眸中有粲然的笑意:"我觉得够了。虽然风风雨雨这么走过来,可光咱们俩相遇这一点,就足够我一辈子庆幸了。"

第五十八章 孤鸢飞雪

出乎意料，夏侯潋没有费什么唇舌就说服了沈玦让他和持厌去朔北。夏侯潋觉得不可思议，原本还以为要花好一番功夫。

大约是因为他先斩后奏吞了极乐果吧，就算沈玦想骂他，看到他服完药一副快断气的样子也骂不出口了。夏侯潋心里觉得抱歉，可也没法子。沈玦只是望着他叹了一口气，带他到花架底下晒太阳，一下午什么也没做。

晚膳时分，沈玦命人在小花厅布下酒菜。花厅虽然小，但很敞亮，开门望出去便是花苑里的小池塘。几枝棠棣花灼灼开着，直伸进月洞里来。这还是他们仨头一回坐一块儿吃饭。之前沈玦伤得下不来床，好不容易下床又公务缠身，怎么也拨不开空。沈玦坐在主位，托着琵琶袖给持厌布菜。今儿的菜色很清淡，一眼望过去青青白白的一片，少盐少油少糖，是特意按照持厌的口味来的。

"喝酒吗？"沈玦问持厌。

持厌摇头。

夏侯潋说："他只喝白水。"

"梅花酒喝吗？"沈玦问，"用白梅浸的，没什么酒味儿。"

夏侯潋拍拍持厌的肩膀："尝尝看，男人不喝点儿酒怎么行？"

持厌低头看着夏侯潋放在自己肩头的手，抿着唇沉默了一会儿，忽然站起来，搬着杌子到沈玦另一边坐下。

夏侯潋的手僵硬地悬在半空，愣愣地望着对面的持厌。

持厌低着头戳米饭："我不想喝。"

他闷不吭声地夹菜吃饭，眼睛只看自己的碗，但谁都能看出来他在生气。夏侯漱一方面摸不着头脑，一方面又觉得稀奇，持厌竟然会生气了。

"持厌，你怎么了？"夏侯漱伸出手在持厌眼前晃悠。他左想右想，也不知道自己哪里招惹了持厌。

算了，夏侯漱不再追问。

用过膳，天已经黑了，三个人回到书房。夏侯漱关上门，落下帘子，点亮各处的烛火和灯笼，一室莹然。沈玦在案后落座，持厌背对着沈玦和夏侯漱，解开上衣，月白色的家常袍子和雪白的里衣褪下，露出紧实又精悍的肌肉，以及文满整个背部的黑色修罗图腾。

"地图就藏在这图腾里面？"夏侯漱端详着持厌的文身。

持厌点点头："按照这幅地图，我们可以从雪山北面上山，到达临北侯府。"

"你上过雪山吗？"

"上过，"持厌说，"临北侯府在山腰，上山一般从怀朔城北门出去，从南面上，南面坡缓。北面坡陡，而且连着大雪原，很容易迷路。"

沈玦把奏折推到一边，在乌木案上摊开丈八匹纸："我把地图摹下来。"

夜晚静谧无声，只有烛花轻微的爆响。沈玦摹好了图腾，持厌把衣裳穿好，坐到书案边上。夏侯漱左看右看，实在没看出这修罗恶鬼图腾哪里像一幅地图。沈玦淡淡瞥了他一眼，将整幅画调了个个儿，然后在空白处填满朱砂。

随着鲜红的线条连成一片，地图缓缓现出了形状。

"下面是山路图，上面是侯府地图。"持厌指着侯府，"侯府外围五步一哨亭，十步一望楼，里面关卡重重，过一道门查验一次身份，很难混进去。"

沈玦沉吟了一阵，道："办法我帮你们想，先不急。持厌，你说说百里鸢吧，我们之中，只有你最了解她。"

持厌愣了一下，低头看自己的掌心，沁凉的天风穿进月洞，勾连在他指尖。他沉默了片刻，说："我遇见她是在紫荆关，那天下了很大的雪，我犯病了，倒在雪原上。朔北太冷了，有很多醉汉喝醉酒躺在路边，第二天早上才被人发现冻死的尸体。我以为我也要死了，但她救了我。"

"她为什么要救你？"沈玦问。

"她说她小时候听我吹埙不小心冻晕了，是我把她抱回了屋。"持厌说，"可我不记得了。除了她带我上雪山，我只有十四岁的时候跟着住持去过一回。"

"十一年前……她才一两岁吧？这么小就会听埙了？"夏侯漱震惊。

沈玦微微蹙起眉，问："你熟悉她吗，持厌？"

持厌点点头，望着窗外漆黑的天穹，轻声道："百里一直都是个小孩儿，很小很小的小孩儿。"

阿雏踩着月光回了云仙楼。她这几天害怕刺客报复，在一个相识的姐妹家避风头。沈府她是不敢待的，沈玦好像不怎么待见她，每回见了她眼神都发着冷，只有夏侯潋在的时候他脸色才会缓和一点。她疑心沈玦是装给夏侯潋看的。

百里鸢已经出城了，她听闻厂卫在开平卫发现了百里鸢的踪迹。阿雏心里一面庆幸自己逃过了一劫，一面又担心，百里鸢……她记忆里的阿鸢，要是被抓到了，会怎么样？

会死的吧。她心里其实已经有了答案。

阿雏总是忍不住想起百里鸢月光下又黑又亮的眼睛，想起她甜甜地喊自己姐姐的模样。一个人做戏真的可以以假乱真吗？她想破头也想不明白，使劲儿甩甩头。她叹了一口气，进了门。

因为伽蓝的事儿，云仙楼许久没有开张了，处处显着冷清。姐姐妹妹都在堂下搓牌九打马吊，一副有气无力的样子。见她回来，有人懒洋洋地打了个招呼，她点了点头，回到自己院子。阶下堆满落叶，花圃里的花儿都枯了，枝蔓乱长，伸到小径上来。她打开红漆门，燃起桌上的一截短蜡，光盈盈地亮起来，她背后的影子拖着一长条，伸到屋顶上去。

她把包袱放在鼓凳上，转过身掀开落地罩上的珠帘，黑暗里影影绰绰现出一个矮矮的人影儿，坐在她的拔步床上，一双脚挨不到地，悬在红木脚踏上面。阿雏看见一双黑黝黝的眼睛在黑暗里睁开，百里鸢缓缓地露出一个殷红的微笑。

"你回来了，姐姐。"

阿雏尖叫了一声，一跤跌在地上，差点打翻了烛台。她转身连滚带爬想要出去，两个刺客关上了门，守在门口。她贴着门转过身来，黑暗里百里鸢一步步踱出来，站在她的跟前，低垂着漠然的眼，俯视着她。

要死了吗？她惊惶地想。她给夏侯潋通风报信，一定会被杀的，像所有死在伽蓝刀下的人一样。

她闭上眼，寂静里只听见自己急促的呼吸和心跳。寒冷攫住了她，手脚都发着凉。她等待着一把刀或者一把匕首，刺进她的胸膛。

忽然，一阵熟悉的乳香味萦绕鼻尖，她被一双柔软的手拥住。

百里鸢紧紧抱着她，在她耳边道："姐姐，我在这里等了你好久，你怎么现在才回来？我们不是说好了一起回朔北吗？我来接你了。"

阿雏一把将她推开，手脚并用往边上爬。

百里鸢低头看着自己空空的怀抱，方才阿雏的温度顷刻间就散了，她感觉到自己的双手一寸寸变得冰冷。她抬起头，睁着黑白分明的大眼睛说："姐姐，你怎么了？我来接你呀。"

阿雏靠着墙，警惕地望着她。

"你担心我罚你对不对？"百里鸢忽然笑了，"我原本是想罚你来着，毕竟你背叛了我啊。要不是你，沈玦这时候已经死了。可是后来我气消了，我想还是算了，阿雏姐姐只是个普通的女人，那时候一定是被我的刺客吓到了。"她站起来，继续道，"所以我给了你五天的时间冷静，等你缓过来。姐姐，你还没有缓过气儿来吗？没关系，等回了雪山再慢慢适应也是一样。"

阿雏掐了一把自己的手，强迫自己镇定下来，平稳着声气儿道："我……我不想去了，阿鸢，你自己走吧。我保证不去报官，你快走吧！"

少女站在烛光前面，从下往上望去，她的脸上覆着一层薄薄的阴影，辨不清神色是喜还是怒。她微微垂下眼帘，望着阿雏："我们不是姐妹吗？姐姐和妹妹应该待在一起呀。"

"我……我近日身子不舒坦，受不了舟车劳顿。朔北太冷了，我扛不住，要不……要不你明年再来看我？"阿雏强扯出一个微笑，目光往百里鸢身后的窗子飘。窗洞离她有点远，她没有把握穿过百里鸢爬出去。越想越绝望，阿雏浑身都发着抖。

阴影仿佛又更深了一层，阿雏竭力想看清百里鸢的神色，却只看见她瓷白的下巴和殷红的嘴唇。屋子里笼罩着令人窒息的沉默，她不说话，阿雏捉摸不透她心里在想什么。恐惧像毒蛇，舔舐着阿雏的手。

"我有时候真想剖开你们的胸脯看一看，那里面跳动的心脏是热的还是冷的。前一刻还亲热地喊我阿鸢，转头便可以向别人出卖我！"百里鸢低低冷笑，"我原以为你和别人不一样，阿雏姐姐。你在发抖，你怕我吗？是不是你也觉得，我是一只恶鬼？"

她俯下身来，直勾勾地盯着阿雏的双眼："我再给你一次机会，要么吞下极乐果跟我离开，要么就去死。"

极乐果！阿雏打了一个激灵，眼前又浮现青石板上直挺挺的尸体，雕花大床上枯骨一般的妓子。百里鸢的双眸似有血色，她从那双黑黝黝的眼睛里看见尸堆成山。

"我不要！"阿雏蓦地尖叫起来，一把推开百里鸢，拔下发髻上的金头攒珠玉钗对着她，"你这个疯子，你口口声声叫我姐姐，暗地里却害了云仙楼所有的人！你和沈玦有仇，你去杀他就好了，为什么要牵连无辜的人？你……"阿雏簌簌发着抖,咬牙切齿道,"你爹娘说得没错,你就是一只恶鬼!"

阿雏的话恍若一把利刃刺入心脏,百里鸢眸中浮现狰狞之色,抬手想叫刺客进门,却看见阿雏眼中汩汩流下泪来。泪珠一滴一滴地砸在地上,像碎成了千万颗珠玉。百里鸢微微一怔,脸上的狰狞慢慢消退下去,垂下眼帘,转头望向窗外簌簌摇动的棠棣花,轻声道:"上次我讲给你的故事还没有说完,你还想听吗?"

她没有等阿雏回答,自顾自地说起来:"九弟弟死了之后,爹娘再也不许我下山。山顶上的日子真的很无聊,如果你在那个地方待过你就会知道,除了雪就是天,除了天还是雪,白茫茫一片,连多余的颜色都没有。我每天都堆雪人,雪人多得站不下,我就把雪人推下悬崖,堆新的。老尼姑看我可怜,开了庵里的藏书阁让我去看书。我翻到许多本古医书,里面记了很多稀奇古怪的老方子。我挨个试,雪狐不好抓,黄鼬、兔子、老鼠都被我试死了,我就拿自己试。后来有一天我发现,我再也无法长大了。"

阿雏怔怔地放下钗子,百里鸢转过身来,遥遥地望着她:"阿雏姐姐,我出生在大雪纷飞的宣和十八年正月初十,我出生那天天狗食日,家里来了一个老和尚,说我是降世的恶鬼。"

"你……你今年竟是十九岁了吗?"阿雏瞪大双眼。

"没错。"百里鸢低头看着自己的手掌,"像个怪物对不对?九年了,我才长高三寸。常人十四岁有癸水,我去年才有。和你一样,我爹娘也这么想,我是个怪物,该死。"

她想起很多年前,爹娘带着大夫上山给她看病,她很高兴,这是爹娘头一回上山来,是为了她。她躺在拔步床上,看那个大夫捏着她苍白的手腕。大夫捏了半晌,没吭声就出去了。

大夫的脸色不好,她心里忐忑,偷偷摸摸爬起来。她有预感,她可能再也好不了了。其实不长大也没关系,永远当个小孩儿也很好。她想,这个病生得久一点,或许爹娘还会再上山来看她。她赤着脚踩过花圃里白花花的雪地,踩过穿堂冰凉的梅花砖。庵里死一样静,她只听见自己的光脚丫踏在地上的啪啪响。

摸到了爹娘下榻的禅房,透过碧烟罗的窗纱,她看见爹娘端坐的影子,还有那个老大夫。老大夫捏着自己的山羊胡子,轻轻摇着头。

"这是你们百里家的报应,老天爷降的罪!"她娘说,"这病治不好怎么办?她像个怪物!"

屋子里沉默了很久,她抱着膝盖,听簌簌的雪声。终于,她听见爹爹的声音:"罢了,送她去西域吧。她既然是恶鬼,就该像恶鬼一样命硬。送她去西域,从此,死生由她!"

那话又冷又硬，传到她耳里是沁骨的凉。他们终于不要她了，像丢弃一只狗，扔到异国他乡，扔到一生再不相见的远方。她不知道自己怎么回到禅房的，怎么爬上冰冷的床榻的。"怪物"这两个字从娘亲的嘴里吐出来，在她耳朵里回响，最后变成凄厉的尖叫。

怪物！怪物！她怔怔地想，她是怪物。

她又翻起了医书，墨笔勾勒的花儿映入眼帘，细细的花瓣儿，蜷曲着收紧，像一圈尖尖的牙齿咬合在一起。她想起每当冬天过去，禅房外面就会开好多这种花儿，从山顶一直蔓延到山腰，像摧枯拉朽的火焰，那是山顶唯一艳丽的颜色。

原来大雪之下掩埋的从来都是阴狠的杀机。

"七月半对我来说不够用，它一年才发病一次，我等不了那么久！所以我提高了药丸的浓度，两倍不够就四倍，四倍不够就八倍。终于，我配出了极乐果。"

"你把它喂给了你爹娘吗？"阿雏怔怔地问。

"我把药丸碾成粉末，倒进了百里家的水源。"百里鸢冷笑着道，"百里家在山腰，而我在山顶，有一条河从山顶的冷泉发源，他们每日用水都取自这条河。是不是很笨？在府邸周围建造哨亭，包裹得像一个堡垒，命脉却暴露在外。"

"百里家……有多少人？"阿雏问。

"不知道，没数过。"百里鸢笑着道，"总之我下去看望他们的时候，所有人都疯了。姐姐，你真该看看那个场面，那是我一生最快意的时候。"

她提着一盏白兔灯笼，哼着歌在回廊上走，一面走一面在四处点火，火焰随着她的步伐蔓延开来，爬上大红抱柱，爬上彩画房梁，爬上屋脊上的脊兽。她的姐妹、兄弟面孔痉挛地从屋子里爬出来，哭号着问她要极乐果。她面无表情撒出一把粉末，他们争先恐后地在地上舔舐，衣裳被火烧着也无知无觉。

她的父亲从火场中提着刀走出，烈焰在他身后燃烧，他的须发在火浪中飞舞张开，震怒犹如武神。

他狂怒地嘶吼："百里鸢，你这个畜生！"

可是他最终仍旧没有抵抗住药瘾的发作，长刀"哐当"落地，手背和额头青筋暴突，他面孔扭曲地跪倒在地。他挣扎着抬起头，望向火海中漠然的少女："我真该听大师的话杀了你……你是个恶鬼啊！"

"是啊，你为什么没杀我？你没杀我，"百里鸢歪着头望着他，"死的就是你。"

她转过身走出侯府，火海在她身后燃烧，房屋一处接一处地坍塌，从此亲缘尽断，她在这世上再无亲人。

"所有人……都死了……"阿雏浑身发冷。

"是啊，"百里鸢唇边浮起险恶的笑容，"既然他们说我是恶鬼，那我就做给他们看！不知道他们满不满意我这个修罗恶鬼！"

阿雏发着抖道："你这个疯子……百里鸢，不要你的是你爹你娘，陷害你的是你二姐，你心里有怨，你惩罚他们就好了，为何要杀其他人？"

"他们都是一伙的！这些都是他们咎由自取！既然痛恨我是个恶鬼，为何不早早杀了我，当初何必留我？"百里鸢面容狰狞，"既然留下我，就早该预料到这样的后果。"

阿雏打着寒战。百里鸢蹲下来抚摸她滑嫩的脸颊，她不化妆的时候看起来很乖，素净的脸子，又黑又大的眸子里好像藏了秀丽山水。百里鸢轻声道："姐姐，我知道你和他们不一样，你跟我走好不好？方才我说喂你极乐果什么的都是气话，逗你玩儿的。你是我唯一的亲人了，我怎么会那样对你呢？你出卖我的事我既往不咎，我们都忘了它，好不好？"

阿雏兀自摇着头。

百里鸢继续说："我有好多好多金子，我把侯府重新修一修，咱们俩一块儿住。你不是说你有皇后命吗？我让你做朔北的皇后。从今以后，谁也不敢欺侮你，所有人都要匍匐在你的脚下，对你山呼千岁千岁千千岁！"

"我不要！"阿雏泪如泉涌，"我宁愿在胭脂胡同当一辈子的妓女，千人骑万人枕，也不要当朔北的皇后，当你的姐姐！"

寂静，像死了一般。

百里鸢眸中的笑影一寸一寸地褪下去，又一寸一寸地变灰。最后，她的脸上恢复了白瓷面具一般的漠然，寒冷得恍若千年冰雪。百里鸢从腰后抽出匕首，凝着冷光的刃尖对着阿雏的眉心。她面无表情地道："那你就去死好了，阿雏。"

阿雏闭上眼睛，不由自主地缩紧脖子。匕首还没有抵达她的眉心，她似乎已经感受到那沁凉的冷意和尖锐的痛楚。她的心缩成了一团，寂静里只听见自己慌乱的心跳。

然而，过了很久，预想中的疼痛也没有袭上眉心。有什么温热的东西滴到她的手背上，鼻尖有一股腥甜的味道。她睁开眼，正对上近在咫尺的匕首尖。它离她的眉心只有一寸，只差一点，它就能要她命。但是一只小小的手掌握住了它，是百里鸢自己的左手，鲜血从她指缝中滴落，像断了线的珠帘。

百里鸢垂着头，刘海遮住了她的双眼，阿雏只能看见她的下巴，还有顺着下颌蜿蜒滴落的泪水。

她在哭，像个小孩。

为什么要哭呢？百里鸢也不知道，只觉得有一种巨大的悲伤抓住了她，几乎要令她窒息。爹娘说死生由她的时候她没哭，所有人葬身极乐果淹没在火海里的时候她没哭，现在，她却哭了。

她松了手站起来，转过身，唇边勾起没有温度的笑容："你们都是人，我是怪物。人和怪物，是不能在一起的。"

阿雏呆呆地望着她的背影。

她走到门口，刺客为她打开了门，月光照进来，她在那明亮的光里是一个漆黑的影子。

"持厌不是要杀我吗？对了，还有他那个弟弟夏侯潋。让他们来吧，我在雪山等他们。"百里鸢冷冷地道，"如果他们不来，我就让整个大岐变成修罗杀场！"

她说完就走了，刺客也销声匿迹，仿佛从来没有出现过。夜风拂过冷清又颓圮的小院，枯枝败叶沙沙发着响声，珠帘也细细碎碎地颤动，抖落一身月光。阿雏觉得自己很累，撑着地爬起来，慢吞吞地坐到拔步床上去。百里鸢之前在这里坐过，可已经感受不到她的温度了。阿雏侧着身子躺下来，眼泪无声息地滑过眼角，忽然看见枕头旁边有一个螺钿盒子。

这是什么？她又坐起来，把它打开，里头只有一张薄薄的黄纸。她打开黄纸，上面密密麻麻的字映入眼帘。

  周雏，二十八岁，顺天府人，原为胭脂胡同教坊司妓，今归为良民，永康元年入籍。

  事产：无。

  右户帖付周雏收执者。

永康元年正月初十
顺天府同知 樊先

她颤着手，好半天才反应过来，这是她的户帖。她的泪水簌簌落下来，滴在黄纸上，像晕晕的月影。她放下户帖文书，跑出门去大喊："阿鸢！阿鸢！"

没有人回应她，只有满院的风，满院的月。

第五十九章 生死相知

伤好得差不多的时候,夏侯潋带持厌回了夏侯霈留下的宅子。挺久没回来,宅子里落了一层灰。他俩打扫干净堂屋,推开门,院子里头阳光正好,温煦的阳光爬上瓜棚架子,青绿色的藤蔓缠绕在一起,光影在地上闪闪烁烁。隔壁人家的红杏探过墙头,胭脂色的花瓣儿开得热闹,在风里面乱颤。土墙的墙缝里长了好些车前草,油绿油绿的,中间点缀几朵不知名的小黄花儿,像散在草丛里的星星。

夏侯潋自己开了壶酒,坐在廊檐下面。阳光照射,让他睁不开眼。夏侯潋忽然想起来,京城许久没有这样的好天气了。

持厌手里在编绳结花儿,他最近在跟夏侯潋学牵丝技。这小子看起来木木呆呆的,其实脑子很聪明,学起来速度和沈玦一般快。

夏侯潋望着他,他的侧脸恬静又安然,仿佛万事万物都扰不了他心里的安宁。夏侯潋不太知道持厌对夏侯霈是什么样的感情,他甚至不知道他俩有没有见过面。总之夏侯霈在他面前甚少提到持厌,倘若不是谢家灭门的时候摩睺罗迦说漏了嘴,他还不知道他有个双胞胎哥哥,就住在黑面佛顶。

"持厌,"夏侯潋踌躇着,戳了戳他的手臂,"你见过咱娘吗?"

"见过。"持厌说。

夏侯潋眼睛一亮:"什么时候?你那时候知道她是咱娘吗?"

"八岁的时候。她很强,在她死之前,我从来没有打败过她。"持厌仰起头,望叶隙里漏下来的阳光,细细碎碎,像撒了一地的金子,亮得有些扎眼。

他第一次见到夏侯霈也是这样的天气,那个穿着黑色箭衣的女人拎着一把黑鞘刀上了山顶,冲他扬眉一笑:"初次见面,我是你……"

她的话被他的迎头一击打断，她瞠目结舌地挡下他的刀，道："蹦得这么高！"

他那时候太矮了，力气也不够大，很快就被夏侯霈制服。夏侯霈缴了他的刀，把他挂在树梢上。他四肢没有凭依，只能木着脸望着她。夏侯霈笑道："这下能好好说话了吧。再说一遍，初次见面，我是你娘，儿子。"

她总是挑衅心外出的时候来，持厌死心眼，每回见她一定要和她打，然后被重新挂回树梢。她在那儿费尽苦心逗他笑，他望着脚尖回想方才哪一招使错了。

他想起来了，第三招她用的"蛇步"，他应该用"燕斜"，而不是"斩月"。

"喂，乖儿子，说句话，求你了。"夏侯霈在对面说。

他不吭声。

"噗"的一声，一个弹丸模样的东西打在他衣襟上，丸壳四分五裂，里面爆出一些又浊又黏的东西，淌在他灰白的棉布衣裳上，蜿蜒出一道污痕。

他抽了抽鼻子，闻到一股恶臭，终于有了别的表情——皱眉。

"这什么玩意儿？怎么还会爆浆？"夏侯霈也呆了，放下弹弓，扯下一片叶子在他身上擦，"好像是鸟屎……对不住对不住，我还以为是普通的泥丸弹子。这是夏侯潋搞的玩意儿，我回去一定好好收拾他给你出气。"

"夏侯潋是谁？"

"一个倒霉玩意儿。"

夏侯潋郁闷地道："难怪有段时间我的鸟屎弹老是莫名其妙失踪，原来被她拿走了。"

持厌说："她送了我很多，可是那个东西放久了会发臭，我只好扔了。"

她最后一回上山来看他是一个黄昏，远山尽头的红霞像燃烧在天际的火焰，天火深处的红日是一滴血滴。山上密密实实的野葛叶、支棱的接骨草都染上一层薄薄的红，像被烧着了一样。她没进屋，站在微微泛红的草丛里冲他招手。

"打架吗？"持厌用白布擦拭刹那，他手掌里的利刃薄得像一片叶子。

"我一会儿就走了，"夏侯霈说，"乖儿，答应娘一件事儿。以后你如果碰到一个和你长得一模一样的人下手轻点儿，那家伙刀术差得要命，打不过你。"

"擅入佛顶者死。"持厌说，"我不能违背住持的话。"

"可我不也没死吗？"

"因为你很强，我打不过你。等我变强，你会死的。"

"唉，你这孩子说话这么直，以后讨不着媳妇儿的。"夏侯霈吊儿郎当地笑了笑，"你不会杀他的。持厌，你们是兄弟，他是另一个你。"

不等持厌回答，她转过身挥了挥手："走了！"

夏侯潋轻声道："她在向你道别。"

"嗯。"持厌点点头，道，"小潋，其实我不太知道母亲意味着什么。不过，我知道她喜欢我，我也喜欢她。我不希望她死，可是住持告诉我的时候，她已经死了。虽然即使我提前知道，也挽回不了什么。"

夏侯潋愣了愣，忽然明白过来，持厌是在解释当初在黑面佛顶自己质问他的话。他记得他们俩在萧瑟的天风中沉默地对视，他握紧双拳，胸中充满苦涩的悲愤。风灌满持厌的衣袖，扑动如飞蛾的两翅。

"我娘的死，你早就知道真相吗？"

"知道。"

"如果住持让你来杀我，你会来吗？"

"会的。"

飒沓风声中，他的嗓音比风还冷。

"好，那样很好。我也会杀你的，你我都不必留情。"

夏侯潋牵了牵嘴角，捶了下他的肩头，道："不怪你，持厌。很多事情都没办法，走到这个地步，我们大家都不想。"

"我很笨，小潋。"持厌低头望着自己的手掌，上面布满粗糙的茧子，"我不像你，会很多东西，我只会挥刀。可是这样愚笨的我，依旧得到了很多人的照顾和关心。住持、夏侯霈、你，还有……百里。"

夏侯潋微微一怔，随即反应过来，低声问道："你也喜欢百里鸢，对吗？"

"我不知道。他们对我很好，我想……报答他们的喜欢。"持厌低低地说，"我自己心里希望等一切尘埃落定，大家都能好好的。但到最后，大家都死了。我能做的，只有尽力去实现他们未了的心愿。这样，他们在去往黄泉的路上，或许可以走得安稳一点。"

金黄色的光晕落在持厌净若琉璃的眼眸中，仿佛是溶溶的流金。这个绝强的刺客有着常人没有的澄净双眸和澄澈如水的心。

夏侯潋揽住他的肩膀，用力拍了拍："持厌，你听着，各人有各人的愿望，自己的愿望应该自己去完成，喜欢是不求回报的。老秃驴和百里鸢那个家伙怎么想的我不知道，反正我和娘的想法肯定是一样的。"夏侯潋望着他的眼睛，道，"持厌，你要有自己的愿望，为自己而活。"

持厌呆了一下，默默地回望夏侯潋。

"比如说你有没有什么想要的，金钱？美女？……我知道你肯定不喜欢这些，要不然绝世刀谱？"夏侯潋挠挠头道，"反正就诸如此类的吧。"

第二卷 江湖夜雨十年灯

持厌摇摇头。

夏侯潋明白了，他对这个世界无所欲求。

夏侯潋琢磨了一阵，忽然凑过头来，压低声音问道："持厌，你还是童男子吧？要不我带你去八大胡同逛逛？胭脂胡同太熟了，我们去帘子胡同。"他咳嗽了几声，道："我呢就喝喝茶歇歇脚，你干你想干的。"

持厌隐约觉得他话里有话，想了半天没懂，迷茫地看着他。

"唉，你这人，给你的《金瓶梅》好好看过没有？"夏侯潋头疼地说，"拉拉姑娘小手，一头躺着聊会儿天，再唧吧唧吧小嘴儿，情到深处，这个……你懂了吧。"

持厌沉默了一阵，道："小潋，你别说话了。"

"为什么？"

"我不要听。"

"……"

回府的时候天已经黑了，夏侯潋换了身衣裳，去书房里找沈玦。沈玦还在批红，那奏折多得简直无穷无尽，手边的还没有批完，宫里又送来了新的。书案上搁了一个蒜头瓶，里面插着一株清晨折下来的棠棣花枝。沈玦在那胭脂色的花后面，眉目低垂。

夏侯潋搬了张杌子坐在沈玦对面，枕在自己的手上瞅他。

"你的老相识送了封信过来。"沈玦头也不抬地道。

夏侯潋这才看见沈玦手边的信封，已经撕过封口了。夏侯潋没拿，问道："说了什么？"

"她说百里鸢前日在云仙楼现身了。"

夏侯潋一愣，道："百里鸢没离开京城！"

"没错，这个小矮子狡诈得很，前几日厂卫在开平卫看见的是她的一个替身罢了。她的替身奇多，分走不同的道儿前往朔北，光陆路就搜查到三个。"沈玦冷笑了一声，"你那个老相识怕是被百里鸢迷了心窍，百里鸢前日出现在云仙楼，她今日才来送信。我派人去寻她，她竟已经离京了。"

"别这么说……持厌说百里鸢对他俩挺好的，这也是人之常情。"夏侯潋叹了口气，沈玦绷着脸没说话。夏侯潋又问："阿雏是教坊司官妓，如何能离京？百里鸢帮她改了籍吗？"

"嗯。"沈玦一面批红，一面道，"我已派人盯着她，说不定百里鸢还会来寻她。不过我瞧着没什么指望，百里鸢那丫头有几分心计，应当不会冒这么大险。"

线索又断了，两个人都陷入了沉默。截住百里鸢的难处不仅在于她的替身，更在于地下黑道的暗中相助。那些藏在大岐阴影里的蛇鼠一旦汇集成群，便是惊天之灾。

风铃在窗外丁丁零零，远远地听见持厌院里猫的叫声，若有若无，飘散在风里。夏侯溦摩挲着沈玦的镇尺，腕上的星月菩提子打在上面，清脆的一声响。

"持厌说十天后启程。"夏侯溦忽然说。

沈玦的笔尖一下顿住了，悬在空中，一滴朱墨沿着笔锋滴在纸上，鲜红又刺目。

屋子里很静，风铃还在响，月影在窗纸上几不可见地腾挪，蒜头瓶里的棠棣花在月下仿佛褪了色。

"七个月。"沈玦说，"你去年八月回来，到现在，一共七个月。"

现在，夏侯溦又要走了，他又是独自一人。

寂静烛光里，沈玦的眼角发红，像抹上了薄薄的一层胭脂。

"少爷，我现在才明白，为什么弒心当年会临阵退缩。"夏侯溦看着他说。

尘世再苦，却因为有挂念的人儿，苦里开出了花儿。

书房里静谧无声，青色帐幔随着拂进来的夜风高低起伏，月光在上面起了波澜。沈玦说："我不批红了。"

"累了吗？你坐了一天，是该歇歇了。"

"不歇，"沈玦凝眸望着他，"只有十天了，要抓紧时间。"

夜色静谧，一枝棠棣花伸进月洞，灼灼盛开。

草色青青，杨柳垂了满堤。春风十里的时候夏侯溦和持厌出了城，张昭来给他们送行。沈玦今天一大早就进宫了，不知道能不能赶过来。这十天来他们过得很高兴，沈玦推了很多事务，留出空当和夏侯溦待在一块儿。两个人一道种种花种种草，晚上躺在房檐上数星星。只是沈玦那家伙穷讲究，上房还嫌脏，非要垫个凉席。

不来也好，夏侯溦低头踢了踢路上的石子，这十天足够了，离别的悲伤不品也罢。

随行的死士都做了装扮，假装是行路的商旅，个个戴了小帽穿了大袖直身，然而外袍里是坚硬的锁子甲，阴寒的两尺短刀贴着腰藏在背后，处处隐藏着刻骨的杀机。交领之上，一张张面孔冷硬犹如钢铁。

夏侯溦穿回了他的黑葛麻衣，一时间好像又回到了过往的岁月。刀光剑影和腥风血雨伴着他走过了十数年的残酷时光，现在他要走上最后一程。他或许会死在朔北的雪中，和所有伽蓝的先辈葬在一起。从此他一去不返，走到了人世的彼岸。

落叶纷飞，三十名死士站在林中，夏侯溦和持厌在队伍最前面，长随给每个人倒了一碗酒。日光照在烈酒中，浮光粼粼，夏侯溦低下头，看见自己的脸。张昭在说着什么，唾沫横飞，气势高昂，所有死士在他的声音中激情澎湃，但夏侯溦一个字也没有听清。持厌也没在听，兀自望着天际的飞鸟发呆。夏侯溦扭头望向宫城的方向，视野尽处是高大巍峨的广渠门。沈玦在那里面的里面，最中心的地方。他或许正乘着肩舆走在天街上，或许正坐在掌印值房里批红，又或许正立在小皇帝身边睥睨群臣。

张昭在前面大吼："尔等远行，或许再无归路，可有悔者？"

"没有！"

"尔等所敌，乃鬼中恶煞，可有惧者？"

"没有！"

"张昭恭送诸位前行。诸位生，乃大岐勇士；诸位死，乃大岐英灵。张昭先干为敬！"张昭一饮而尽，将瓷碗摔在地上，劈里啪啦的一声响，瓷碗四分五裂。

所有人跟着饮酒、摔碗。夏侯溦没滋没味地想，他以前是杀人放火的恶棍，现在倒成了英雄。持厌端着碗不知所措，他不会喝酒。夏侯溦喝完自己的，把持厌的接过来也喝了，一起摔在地上，吼道："启程！"

所有人大吼着回应："启程！"

夏侯溦正要上马，远处传来细碎的马蹄声，他掉过头望向垄道，一个人骑着马踩着晨光向他奔来。依旧是高挑的身条子，劲松一般挺拔的身形，即使是骑在马上也比旁人风流一截。

夏侯溦望着他，拉着马缰没动弹。干吗要来啊？夏侯溦想，好不容易决绝地说了"启程"，好不容易割舍掉一切，沈玦一来，他整颗心都在崩塌。

可他终究不可能回头。

沈玦下了马，夏侯溦走过去，其他人都不作声，等他们道别。沈玦很平静，眼里无悲无喜，依旧是波澜不惊的样子。两个人彼此相望，却都沉默，寂静里只听见风吹树叶沙沙作响。树影婆娑，在他们头顶上摇动，天光漏下来，好像落了一身的星子。

"你来送我啊？"夏侯溦看着他飞扬的发丝，他的马跑得太急，平常一丝不苟的发髻都有些乱了。

"你猜我今早进宫去干什么了？"沈玦说。

"还能干什么？上朝呗。"夏侯溦笑了笑，"小皇上是不是又烦你了？"

沈玦摇摇头："我去请辞了。"

夏侯溦一怔，愣愣地问："好好的怎么了？你想干吗？"

沈玦垂着眼眸，那双长而翘的眼睫就在他眼下落下一层阴影。他说："我跟皇上说我要去朔北杀百里鸢，可能就死那儿不回来了，让他再找个帮他批红的，反正别找我了。"

刹那间，仿佛有什么从天而降。夏侯潋鼻子一酸，用力推了他一把："快回去，好好当你的督主。"

"他没答应。"沈玦又说。

夏侯潋松了口气，道："好了，快回去吧，我看你走了再走。"

沈玦抬起眼，望着夏侯潋，说："但我不管了。"

他说完就开始脱曳撒，领口拉开，露出里面的黑葛麻衣。所有人瞠目结舌地望着他，可他不管不顾，解开金纽子，又去拉衣带。夏侯潋制住他的手，瞪着他道："少爷你疯了！"

"我没疯！"沈玦瞪着眼，"我也要去！"

"不行！"夏侯潋低吼。

张昭忙道："督主少安毋躁！"

其他人也纷纷唤："督主！"

沈玦充耳不闻，扯着自己的衣带："我要去！"

"你不能去！"

"那你告诉我怎么办？"沈玦用力挣开夏侯潋的手，挣得双眼通红，"夏侯潋，你告诉我怎么办？十一年了，我唯一的愿望就是找到你。除了跟你一块儿去战斗，我还有什么法子？"他不知道哪来的力气，竟掰开了夏侯潋拉着他衣襟的手，一手将鸾带上挂的佩环、印玺扒下来扔到地上，一手撕开织金曳撒，也掼在地上。

什么司礼监掌印，什么东厂督主，他不要了，他不当了。他把手指上的筒戒摘下来，把描金乌纱帽卸下来，只剩下一身粗布黑衣，还有手腕上的菩提十八子，那是他要留着的，是他自己的祈愿。

夏侯潋矮下身，重重地跪在地上，额头磕进尘埃里。

"少爷，求你回去！"

死士们也跪下来，齐声道："督主，请回吧！"

纷扬的落叶中，夏侯潋被沈玦拉起来，沈玦拍着他的肩膀，轻声道："阿潋，你知道你拦不住我的。无论生还是死，我们……同往！"

第六十章 朔风摧铁

三十几个人太引人注目，他们分头前往朔北。夏侯溦怕持厌走到半路被拐，让他和自己跟沈玦一个队。一路北行，越往北走越冷，四月的天气，朔北还像被冻住似的，路上的行人都脸色苍白，好像没有活气儿。他们为了掩藏踪迹，不能宿官栈，怕有黑道眼线，也不能投宿乡间客旅，只能一路露宿荒郊。

到了一处荒村，宿在一家破院里。堂屋上面破了个大洞，咻咻地往里头灌风，南面的墙壁塌了一半，望出去是影影绰绰的幢幢黑影。随行的五个厂卫都是青年人，年轻力壮，倒是不怕冻。夏侯溦和几个厂卫揭掉桌凳簸箕的蜘蛛网，砍成木柴烧火。留两个人在村口守夜，剩下的人都宿在堂屋里。夏侯溦又和持厌去林子里抓了几只野兔子回来烤。大伙儿围着火堆烤火，沈玦坐在一边儿研究伽蓝刀谱，他想找出那十二道空门。

兔子烤熟了，夏侯溦拿帕子包了肉递给沈玦。

"我吃素。"沈玦说，自己取了帕子从包袱里拿馍馍吃。

夏侯溦拿给持厌，剩下的分给大伙儿，村口的也没落下。夜晚的朔北静得出奇，世界像一片荒漠，似乎除了他们这里的火光，四野都沉在密不透风的黑暗里。有人拔出刀来挥了几下，血槽里的钢珠滚动碰撞，细细碎碎的声音消散在风里，静得有些寂寞。

柴火噼里啪啦，夏侯溦烤着火，道："你们为什么想跟着来朔北？"

有个黑脸膛的汉子往火里丢了根树枝，道："我是为了报仇，芦潭古道上被牵机丝斩首的奚仲是我哥哥。属下父母早逝，是哥哥养大的，我能进东厂效力，也是哥哥相荐。宣和二十四年京师闹狐妖，我奉命追查却久无头绪，魏贼震怒要斩我首级，哥哥在魏贼府前跪了一夜，魏贼才松口饶我一命。可恨魏贼歹毒，说若要我活命，便要哥哥受四十八鞭。"

"四十八鞭，你哥哥全受了吗？"夏侯潋问。

奚宣拿袖子拭拭眼角："全受了。哥哥卧床一个月，差点没挺过来。可怜我哥哥好不容易熬死了魏德，却还是没有躲过伽蓝。"

奚宣旁边一个厂卫拍拍他的肩膀，道："节哀，兄弟。你哥那么好，下辈子肯定能投个好胎。"

"你呢？"夏侯潋朝他扬扬下巴。

那人长叹一声，道："我无家无累，反正是一个人，死了也没人惦记，去朔北还能挣个英雄当当。要是能活着回来，官升三级，说不定还能当大老爷。"

夏侯潋摇摇头："等到了雪山，你留在山下接应，不必随我们上山。"

那人怔了一下，结结巴巴地道："大……大人。"

"为了一个名头拼命，不值当。"夏侯潋望着他。

火光中夏侯潋的眼睛深邃，那人本想说些什么，最后还是闭了嘴。

"你呢？"夏侯潋望向最后一个人，那个人他认得，是芦潭古道上为数不多幸存的番子，叫云岫。

那个男人坐得离火堆有些远，拔了几根地上支棱的接骨草，低声道："我是为了司徒大人。"

屋里一下静下来，沈玦从刀谱里抬起了头。夏侯潋下意识去望持厌，持厌没什么反应，靠着柱子闭着眼，呼吸绵长。

大概睡着了吧，没听见也好，夏侯潋想。

"我记得刚进衙门的时候，赶巧轮到我值夜。我是一个独身汉，饿得饥肠辘辘没人送饭，司徒大人打穿堂过来，刚好和我打了照面。原以为我一个刚进来的校尉，司徒大人这般人物肯定不认得我。谁知道他一下就叫出了我的名字，听见我肚子饿得直叫唤，还邀我去吃夜宵。德胜门大街上那家馄饨摊子我们最常去，馅多皮儿薄，最得我们意。"云岫道，"后来司徒大人走了，那家馄饨摊子也倒了。"

"东厂番子一千多人，司徒大人记得每个人，即便说不出名字，也记得颗号。"奚宣叹了一口气，"我是个大老粗，脾气暴，时常得罪人。当初正是因为得罪了上峰，狐妖案这个烫手山芋才落到我头上。但自从大人来，这种事再也没发生过。后来我才知道我上峰说了好几回调我去云南，但大人从没有同意过。"

众人都沉默，只能听见柴火咻咻地响。沈玦想说什么，夏侯潋按住他，道："持厌是我兄长，他的债就是我的债。在去雪山之前，诸位随时可以来找我报仇。"

云岫摇摇头："这件事情和小沈大人无关。其实我们也知道，持厌公子身陷伽蓝，身不由己。只不过，我有一个问题，想当面问问持厌公子。"他转过眼，望着夏侯潋背后的持厌，那个男人安静得像一块磐石，仿佛与世隔绝："持厌公子，你在杀司徒大人的时候，可曾有过迟疑，可曾有过……后悔？"

风声寂寂，哧哧的火苗在黑暗中摇曳。

持厌在火光的边缘睁开眼，道："没有。"

屋子里一片沉默。寂静中，云岫开了口，声气不知是佩服还是嘲讽："持厌公子果然坦荡。"

"他是一个令人尊敬的对手，"持厌扭过头来，大而黑的眸子里映着橘黄的火光，"他的风雪刀天下独绝，我尊敬他，所以我全力以赴。"

云岫怔怔地望着他，那个男人重新闭上眼，抱着刀，收气敛声。

"我明白了。"云岫轻声道。

十天后他们和其他队伍会合进入雪原。这条路只有持厌走过，沈玦让持厌带路，三人组成小队在前面探路。沈玦猜测或许会有岗哨，临近雪山的时候改成夜间摸黑行进，果然在雪山脚下发现了灯火。

万籁俱寂。这几天天气都很好，无风无雪，但也冻得让人发僵。夜色沉沉，天穹星子密布，长如锦练的银河静静流淌。夏侯潋和持厌在雪里匍匐前进，四周雪原上的灯火散如棋盘，他们无声无息地接近其中一盏。

手指冻得疼痛，夏侯潋呼出一口白烟。无声的黑暗中，他们听见几声孤零零的狗吠。

夏侯潋和持厌对望一眼，持厌从包袱里抛出一只死黄鼠狼。

狗吠越来越近，巡夜人牵着狗跑过来。黑衣面具，是伽蓝装扮。

黑狗停在黄鼠狼前面咻咻地嗅着，巡夜人挑着灯打眼一瞧，笑道："原来是黄大仙。"

正想回去，脑后传来尖锐的痛楚，两柄短矢霎时间同时贯穿他和黑狗的头颅。他圆睁着眼跪下去，身后两个高挑的黑影披着雪站起来。夏侯潋戴上他的面具，拍了拍身上的雪沙，大摇大摆进了岗哨的木屋，然后拖出一具尸体，剩了两个活的绑在雪地里。持厌埋好了尸体，夏侯潋将屋里的蜡烛熄灭又点燃，重复了两下。

黑夜中一队人马悄无声息地进了院子。沈玦下了马，夏侯潋搬过来一张官帽椅，沈玦一撩披风，稳稳地坐了上去。沈玦穿得很厚，脖子上裹了雪白狐裘，更衬得一张脸苍白如雪。

两个巡夜人在雪地里发抖，抬眼望过去，沈玦看着他们，眼梢冻得发红，斜斜地飞上去，有一种说不出的冶艳。

"是你，沈玦！你怎么会在朔北？"巡夜人咬着牙关，"你杀了我们吧，我们什么也不会说。"

"你知道我为什么要留两个人吗？"沈玦虚虚抬起右手，"让他们瞧瞧。"

番子们拿了铲子开始铲雪，冻土坚硬，足足铲了一个时辰才挖出两个深洞。番子们把两个人埋进去，只露出一个脑袋。两个人面对面瞅着，都面露惊惶。

"我听说一个人在雪夜里冻一晚，脸色先是苍白，然后发青，后来又发红，因为这时候为了保暖，血都涌上头了，最后又被冻回去，变得发紫。等脸变得紫红，人就断气儿了。"沈玦站起身来往里走，"你们两个好好帮我看看，是不是这么一回事。我乏了，先歇了。"

两个人惊慌失措，脸吓得通红，忙道："我说！我什么都说！你想知道什么？"

沈玦回过身来，一字一句地道："侯府布防，还有各个关卡的口令。"

这两个人还是死了，沈玦给了他们一个痛快，一刀割喉，尸体埋在院外面。

二十个番子扑入黑夜，雪山脚下的岗哨灯火次第闪烁，犹如断续相连的星子。沈玦在屋里铺开刚刚按照巡夜人口述摹出来的布防图，道："南面角门岗哨十人，一个时辰一轮换，门外巡哨十五人，走一个来回正好一炷香。我们在巡哨离侯府最远的地方动手，同时替换所有南角门巡哨，在回府入门的同时替换门口的岗哨，然后我、持厌和夏侯潋进府刺杀。但是我们必须在一个时辰之内返回角门，否则我们的人会被来接岗的刺客接替。"

夏侯潋点头，问："咱们是白天还是晚上行刺？"

"北坡陡峭，不设岗哨，一旦上山除了地形限制便是畅通无阻。我估算了一下，爬得快的话晌午可以到山腰。虽然夜晚有夜色掩护，但是他们的巡哨会增加一倍，我们的人不占优势。"沈玦沉吟道，"所以白天动手吧。"

"侯府里不能随时查看地图，"夏侯潋问持厌，"你记得路怎么走吧？"

持厌说："记得。"

"好，到时候遇到人你别吱声，我和少爷应对。"

沈玦瞥了夏侯潋一眼，道："你也别说话，我说就行了。"

夏侯潋嘟囔道："哦。"

"一旦身份暴露，即刻回撤。角门留守的人四处放火，为我们掩护。"沈玦道。

诸番子抱拳："是！"

持厌默默望着沈玦，沈玦一面卷布防图一面道："你是不是想说你没打算活着离开，就算暴露身份也要去杀百里鸢？"

持厌点头。

"行，"沈玦凉凉地说，"你不听我命令，我回头就阉了你弟弟，你自己看着办吧。"

持厌呆了，夏侯潋也呆了。

番子们叹着气接连拍了拍夏侯潋的肩膀，挨个出了门。

朔北天亮得晚，应当是鸡叫的时辰，天边还是蒙蒙的墨蓝色。夏侯潋起了一个大早，把马厩里的马套上马车，牵到大门口。持厌搬来被褥，按照夏侯潋的吩咐把车厢里铺得松软又严实。夏侯潋又去找了个手炉，烧热了塞到被褥里。

番子们也陆陆续续起了，挎着刀聚到院子里，打眼一瞧持厌拉着一辆马车，都面面相觑。

"持厌大爷，您怎么套起马车来了？"有番子问道。

持厌没回话，只默默望着众人身后。大家掉过头去，正瞧见夏侯潋打横抱着沈玦从屋里出来。沈玦伏在夏侯潋怀里，死死盯着夏侯潋，却不动弹。夏侯潋也不看他，直直穿过目瞪口呆的众人，将沈玦送进马车。夏侯潋将手炉揣到沈玦怀里，帮他掖好被角。

"这麻药能麻一头牛，我怕伤你身子，削了一大半的量，还兑了水，但也足够撑一天的工夫了。你别挣扎了，我不会让你上山的。"夏侯潋低头望着他，"我跟持厌原本就是快死的人了，可你还有大好年华。你不能跟我们一块儿去冒险，回去好好过日子，别惦记我了。我要是能活下来就回去找你，到时候随你怎么打怎么骂都行。"

沈玦用力闭上酸涩的眼睛，嘴里发着苦。是他太大意，原以为都走到这儿了，夏侯潋再反对也奈何不了他，却没想到夏侯潋竟然耍阴招。黑暗里肩膀被人轻轻拍了一下，他睁开眼，看见夏侯潋冲他笑了笑，在他枕边放了一张叠起来的纸。

"这个……"夏侯潋顿了顿，仿佛说得艰难，"是我的遗书。"

沈玦大睁着眼睛望着他流泪，泪水泉涌一般从他眼眶里流出来，淌进鬓发，沾湿枕头。夏侯潋帮他擦干泪，歉疚地笑了笑："少爷，我好像总是惹你哭。"

四肢酸麻，仿佛鬼压床一般，沈玦想要起身，想要说话，却无能为力。

夏侯潋又静静望了他一会儿，最后轻声道："少爷，再见。"

他抽身退了出去，帘子落下，车厢里又是蒙蒙的一片黑，只有窗格子漏进来的一线光芒。沈玦听见夏侯潋在外面说："十五个人送督主回京，其余的人跟我上山。"

马车启动，雪泥上深深的车辙延伸出去，那端是马车里的沈玦，这端是遥遥相望的夏侯潋。夏侯潋领着众人开始登山，一道道钩索射入岩石，他们沿着钩索攀爬上山。太阳要出来了,原本湛蓝的尽头透出了蟹壳青。夏侯溦悬在山崖上,扭头回望远去的马车,它已经成了一个黑不溜秋的小点儿,在白皑皑的雪原上慢慢前行。

他想起他的遗书,那封遗书他写了很久很久,想说的话太多,最后便成了无言。他想他这辈子最大的债主就是沈玦了,他欠沈玦的债是用命也还不完的债。他很想用一辈子来还债,最好一直还到七十岁、八十岁、九十岁……给秦淮河畔的歌舞抵债,给寒山寺的钟声抵债,给巴蜀苗地的好酒和塞外黄沙落日抵债,等到再也走不动的年纪,就在青山脚下筑一个小屋……在小屋里阖上眼,一辈子的债就到头了。

可惜他终究什么也给不了,他的债要带往黄泉彼岸。

所以……

马车颠簸,那封遗书在不停的晃动中慢慢展开。沈玦看见书信一角的朦胧字迹——

　　少爷,对不起,这一次,就当我辜负了你吧。

夏侯溦一行人马不停蹄地向上爬,层叠的岩石间不时露出一截雪白的骨头,几乎和雪融为一体,在熹微的晨光下透着晶莹的光泽。没人知道他们的名字,他们的刀也深深陷进了雪里,只露出锈蚀的刀柄。

原来百里家是伽蓝的本堂,也是刺客的埋骨之处。这座雪山,是刺客真正的刀冢。

爬上一处山崖,持厌卸下身上的包袱,将里面的馍馍和咸菜摆在地上。

"持厌大爷这又是做什么?"有番子问。

持厌道:"住持说,见到了前辈,要请他们吃饭。"

他扭过头来望夏侯溦。

夏侯溦默不作声地走过去,两个人对着雪山下跪,夏侯溦掏出酒囊,将烈酒洒在雪地里。

"我等刺客,无名无姓,无君无父,无家无国。持菩提刀、生死刃,杀清白人、罪孽儿、凡夫子、将相侯。黑暗乃吾兄弟,长夜乃吾血亲。我等,为光中影、夜中鬼、火中飞蛾,蹈行罪恶,斩杀恩仇。入此解脱门,得吾不死身,愿尔等先灵,往生极乐,同归不朽。"

"第二十九代迦楼罗,夏侯溦。"

"第三十代迦楼罗,夏侯持厌。"

"愿诸位先辈,护我兄弟二人前行无阻。"夏侯溦一字一句道,"呜呼哀哉,伏惟尚飨！"

雪风穿山而来，漫天大雪纷纷扬扬犹如飞舞的白幡。茫茫大雪中番子们仿佛听见幽魂的窃窃密语——"往生极乐，同归不朽"。

那声音恍若沉重的钟鸣，在飞雪中回旋飘摇。

夏侯澈和持厌磕了三个响头，雪落了满身。

番子们都沉默无言，默默听着风雪中的飒飒呼啸。这地方噤了声儿一般，死了一样寂静，只有鬼魂能够低语说话。一瞬之间他们忽然觉得这个地方原本便是死魂的安息之所，而他们是误入禁地的生人。

夏侯澈从雪地里站起来，对他们道："一会儿要是我和持厌暴露了，你们放完火就自行撤离，不用管我们。"

"这怎么行？"奚宣皱眉。

夏侯澈摇摇头，只道："按我说的做。"

番子们这才发现，持厌的包袱已经快空了，他没有留下回程的口粮。这场刺杀只有刀，没有鞘，这两个男人从一开始就没有打算活着回去。他们是伽蓝的刺客，和这些亡魂有着共同的命运——埋骨雪山，魂逐飞雪。

沈玦深吸了一口气，握了握手掌。手指已经能动了，这麻药没有夏侯澈说的那么厉害，不是他掺多了水就是买了假货。夏侯澈一直在他眼皮底下待着，这药大概是持厌去买的。持厌那个小子，沈玦气得眼前发黑，原本以为是个老实人，没想到是个两面派！

沈玦手肘抵着车板，想要挺起身来，身子不停地发颤，力气使不出来，咬着牙坚持了一会儿，还是躺了回去。虽然不过一会儿的工夫，他已经满头大汗。又试了一次，还是不行，松了劲儿，他望着车顶直喘气。歇了一会儿，他伸手去探车帷子，想要借力，手指发着颤，指尖因为用力而发青，却依旧无济于事。

浑蛋，夏侯澈这个浑蛋！沈玦闭上眼，呼呼喘着气。

马车跑得快，直晃荡，腰上什么东西掉了出来，闷闷地一响，他伸手一探，摸到一截冷而硬的错金刀柄。

是他的匕首。

雪落满山，地上积的雪足足能够没上脚后跟，巡哨的刺客们在松树底下歇脚啃干粮，有个人走出去撒尿，热乎乎的水儿冒着烟气撒出去，不一会儿就变成了冰。一只手搭在他的肩头，他笑道："一起出恭？"

腰后猛地一痛,他眸子紧缩,那只手捂住他的嘴,惨叫声被捂进了喉咙。他扒了两下身后人的手,无力地瘫软下去。

夏侯潋将他推进了雪地,戴上面具,扭头朝中间的刺客们走去。他两手从腰后抓出手弩,短矢一左一右射出,同时贯穿两个人的眉心。细小的血花从眉间溅出,仿佛鲜艳的花钿。刺客们悚然一惊,纷纷拔刀,然而十数个番子从天而降,雁翎刀在飞雪中一划,血花迸溅犹如烟火。

有一个人脱逃,持厌从树后走出,与他擦肩而过。没有人看见刹那出鞘,但那个人已经捂着脖子倒下。

埋好尸体,藏好血迹,所有人戴上面具,朝侯府走去。

出了林子还要再走一截山道,过了一座七拱桥就能望见侯府了。那是一座巨大巍峨的黑砖墙围着的府邸,伏在雪风中,像滚滚乌云,仿佛划分了阴阳两界。雪雾太浓,视线不好,白天依然点着灯笼。合抱大小的灯笼挂在墙下两掖,幽幽地散出一点光晕,是茫茫风雪中唯一一点温暖的颜色。底下开了一座角门,门洞前面站了两列刺客。

番子们悄无声息地替换了所有人,为夏侯潋和持厌推开大门。

"二位,请务必小心!"

夏侯潋拍了拍一个番子的肩膀,转身和持厌跨过门槛。门环"哐当"一声,大门在身后闭拢,前方的甬道变得清晰起来,墙壁被熏得漆黑,远处的垂花门洞塌了一半,雕花石匾碎成了两截,一半陷进了雪里。断壁残垣里横亘着巨大的古木,都烧焦了,黑木上覆着白雪,有一种难以言喻的凄凉。

然而,最先映入眼帘的不是废墟,而是……密密麻麻的雪人。

每一个角落都立着雪人,三个为一队,两边高中间矮,胖大的身体,白滚滚的,像堆在一起的汤丸子,两根细细的树枝斜插在身上,是他们细弱的手。三个雪人互相牵着手,有的雪人脑袋没摆正,倒像是摇头晃脑似的。

"这里一直是废墟吗?"夏侯潋蹙紧眉头,"还有这些雪人,一直都有吗?"

持厌走到一个雪人面前,透过白瓷面具望雪人黑漆漆的眼睛:"百里鸢成为阎罗之前不是。"

夏侯潋说:"我的意思是百里鸢一直没重修侯府吗?"

"嗯,没修。"

"为什么不修?"夏侯潋端详着雪人,"这雪人像是一家子,爹爹娘亲和小孩儿吗?"

持厌绕到雪人背后,左边那个雪人身后写着"持厌哥哥",右边是"阿雏姐姐",

中间是"阿鸢"。

夏侯潋显然也发现了，挨个看雪人的背后，"持厌哥哥""阿雏姐姐""阿鸢"，"持厌哥哥""阿雏姐姐""阿鸢"，一个又一个相同的雪人，一遍又一遍相同的字迹，执拗地重复，堆满荒凉的废墟。

"因为一个人的世界就是一片废墟。"持厌轻声道。

大雪纷飞，萧瑟的雪风中隐隐约约传来一阵埙声，藏在纷扬的雪花里，细碎得像絮絮低语。持厌静静地听着，忽然想起来了，十四岁那年他好像是救了一个女孩儿。他在池塘边上吹埙，是住持教给他的曲子。住持说孤单的时候就吹埙，埙声像低低喃喃的耳语，可以假装别人在和自己说话。他其实觉得住持这样有点蠢，因为嘴巴在吹埙，没有办法回应，这是在自言自语，还是很孤单。

可他还是吹了，他的埙声散在月色里，像一只扑着翅膀的白蝴蝶，孤零零地飞向遥远的天边。他忘记他吹了多久，吹得累了停下来，想要回房睡觉，经过回廊的时候他看见了那个女孩儿，依着抱柱，下巴搁在膝盖上，小小的一团。

他记起青色月光里那又小又苍白的脸颊了。

是她，是百里鸢。

原来他们很久以前就见过面了，在他们还没有成为死敌的时候。

一盏盏白纱灯笼在风雪中摇摇曳曳，他想起百里鸢写在天灯上的心愿——我们一家人要永远在一起。

"走吧，小潋，顺着埙声，找到她，"持厌转身往前走，"杀了她。"

沈玦缓慢地呼吸，手掌张张合合。雪地平坦，马车还是不免晃动，外面灯挑上的小灯笼撞着马车壁，他静静听着，等麻劲儿又退了些，身上终于有了点力气。他一点点探向匕首，错金刀柄握入手心，刀柄上繁复的花纹摩擦着手掌，细细微微的疼。他撑着身子坐起来，手脚还是软绵绵的，身子不由自主地塌下去。他扭过身，倚着车帷子，十指收紧，颤着手拔出匕首，在左臂上划了一道。

剧烈的疼痛漫过全身，温热的鲜血汨汨流出，洇湿衣袖。身上还是麻，还不够痛，沈玦咬紧牙关，划下第二刀、第三刀。痛楚盖过麻药，力气缓缓复苏。他颤着手掀开帘子，风雪劈头盖脸地灌进来。赶车的番子惊讶地回过头，正望见他煞白的脸和愠怒的眼神。

"现在，立刻，回程！"

刺客像沉默的鬼魂飘荡在废墟里，黑色的影子影影绰绰地在苍白的雪雾里出现又消失。他们彼此不说话，夏侯潋和持厌也不敢交谈，安静地穿过颓圮的回廊，路过一个个烧得漆黑的院子和厅堂。埙声越来越近，散逸在天地间，仿佛有些颤抖，像飘荡的雪花。

他们路过一间小屋，三个雪人透过月洞静静望着他们。持厌没有停，走上了回廊，夏侯潋看了几眼，也跟在后面。回廊曲曲折折，通往雪雾深处，那埙声没有停歇，清清亮亮，又有些冷寂。夏侯潋心里有些不安，这埙声像飘忽的鬼魂，指引他们去不知名的死地。

他们走进了荒芜的花园，在褪了色的抱柱前面、结了冰的池塘中央看见了百里鸢。她背对着他们，盘腿坐在冰上，在大雪里是一个朦胧娇小的影子。

"你去还是我去？"夏侯潋低声问。

持厌没有回答，径直迈出了回廊，一步步走向了池塘中央。

飞雪中森冷的刀光一闪，那埙声戛然而止，冰面上氤氲出鲜红的血渍。夏侯潋也走过去，低头看那个小小的尸体，百里鸢的侧脸藏在黑亮的长发下，苍白得像一个娃娃。夏侯潋蹲下身检查她的脸，没有人皮面具，是真脸。

意外地顺利。夏侯潋想，接下来只要在刺客发觉之前溜出去就好了。希望沈玦在他回去之前消消气，他可以假装受了伤，这样沈玦就不忍心怪他了。

"小潋，拔刀。"持厌忽然说。

"啊？"夏侯潋仰头看他。

持厌已经拔出了刀，对着四周空茫的雪雾。

"没有埙。"他说。

夏侯潋猛地一震，下意识望向百里鸢的手，那里空空荡荡，什么都没有，翻找衣裳，也没有埙藏在下面。

幽灵一般的刺客从废墟后面走出来，白瓷面具没有表情，一双双黑洞洞的眼睛望着他们。

这是个埋伏！

夏侯潋拔出步生莲，和持厌背对背，雪花落在黑刀上，结出薄薄的一层雪霜。

一个矮小的影子出现在远处的废墟顶端，她穿着凤鸾云肩素色夹袄和妆花织金红缎马面裙，白皑皑的飞雪中，艳丽得像一道血痕。持厌遥遥望着她，静默不言。女孩儿向他们张开双手，仿佛是拥抱漫天飞雪，又像是要拥抱一个人。

她咧开嘴角，露出一个灿烂至极的笑容。

"哥哥，你来杀我啦！"

第六十一章 落发结愿

京郊，莲花庵。

梵声幽幽，钗钹按着迟迟的节拍一下一下打着，森严的佛像垂着双眼俯视众生。它脸上的金漆微微有些斑驳，远远望过去，仿佛是泪水婆娑。阿雏跪伏在蒲团上，黑亮的头发一缕缕落在梅花纹的方砖上，几缕发丝离了群，飘到佛的脚边，像砖块上细碎的裂纹。

佛爷啊。

阿雏闭上眼，一滴泪从脸颊旁滑落。

她又想起月光下百里鸢单薄的背影，像一个孤零零的幽灵，忘了回家的路。

女孩儿在那片月光中冷冷地开口："持厌不是要杀我吗？对了，还有他那个弟弟夏侯潋。让他们来吧，我在雪山等他们。"

阿雏睁开眼，仿佛看见雪山之巅那个雪一样的女孩儿望着远方，目光穿过重重雪原和山海，等待跋涉而来的利刃刺入她的心脏。

一切都像是宿命，仿佛从一开始就注定。

送往沈府的信她只写了一半，沈玦只知道百里鸢曾经出现在云仙楼，却不知道百里鸢森冷的邀约。佛啊，她没有把阿鸢的邀约告诉督主和夏侯，是否就可以避免那场宿命的恶战？是否所有人都可以安然无恙？

黑亮的发丝委顿于地，阿雏抬起头，注视高高在上的金身佛像。尼姑念了声佛号，在阿雏失去长发的头顶戴上青布禅帽。

佛啊，赐我大智慧，降我大慈悲。

我愿用一世苦行，涤清朔北百里鸢的罪孽。

我愿用一生青灯，换取他们所有人平安无恙。

"哥哥，我等了你很久，我还以为你有了弟弟会贪恋亲情，像你的父亲一样临阵退缩。"百里鸢的脸在风雪里几乎是透明的，她的笑容没有温度，"幸好，你没有让我失望。"

持厌依旧沉默，只是静静地望着她。

"这个女孩儿的脸是怎么回事？"夏侯潋眉头紧锁，"你怎么会削骨易容？"

百里鸢从废墟上走下来，跳到一个斜放的焦木梁柱上坐下来，两只脚悬空晃来晃去。她把玩着裙子边上的流苏，笑道："自从我看见你的脸就一直很好奇，你到底是怎么做到的？我派人去查，果然找到秋门秋山，可惜他已经病死在栖霞寺了。我只好自己想办法，翻找他遗留的典籍，试验了一百多人，才找到这削骨易容的法子。"

她扭过头，对持厌道："哥哥，你想听吗，你的弟弟是怎么换的脸？首先，他要割开皮肉削骨，有时候为了削出理想的骨型，还要在脸骨上装上铁架，忍受长达数月的痛苦。我的替身告诉我，那感觉就像脸根本不是自己的，连麻沸散都无法镇痛，只能依靠极乐果来麻痹。我的替身都太小了，十二岁的女娃娃太娇嫩，十个里面有五个没熬过来。夏侯潋，你当初没有极乐果，你是怎么挺过来的？"

夏侯潋舔舔嘴唇，那段岁月浮上心头。百里鸢说得没错，换脸要忍受常人难以想象的痛苦，他记得他躺在漆黑的禅房里望着屋顶，疼痛到麻木。他无法张嘴，脸上的肌肉稍微拉扯一下都撕心裂肺地疼，每天只能喝点米粥，虽然只换了一张脸，他整个人却瘦成了骨头架子。

地上的女孩儿已经冰凉，血圈在他脚底下扩散。这样的痛苦对一个十二岁的女孩儿来说一定很残酷吧，夏侯潋解下外裳盖在她脸上，不过幸好，她已经死了，从此再也不会痛了。

"哥哥，你的弟弟花了这么大力气，只不过是想逃离伽蓝罢了。"百里鸢歪着头，漆黑的大眼睛一眨不眨地望着持厌，"他也的确成功了，秋山给了他新的脸，沈玦给了他新的身份，他不再是伽蓝刺客，而是东厂人人都敬畏的小沈大人。可惜……"百里鸢一字一句道："你来了，你把他所有的努力都毁了。你把他拉回了伽蓝，他又变成了夏侯潋。哥哥，你这个笨蛋，他一点也不想当你的弟弟啊！"

持厌怔住了，眼睛睁得大大的，雪花在他眼前飘落。

"放屁！"夏侯潋气道，"老子就在这儿活生生站着呢，你当着老子的面说瞎话！"

"难道不是吗？"百里鸢狰狞地笑道，"难道你不想离开伽蓝吗？夏侯潋，你杀弑心，你剔骨削肉，你隐姓埋名，你在云仙楼给女人提洗澡水，不就是为了这个吗？"

"我……"夏侯潋噎住了。

百里鸢的笑容越来越大："哥哥，这世上只有我爱你啊，我们才是一样的人，我们才是……兄妹！"

持厌垂下眼眸，长而翘的眼睫落了雪，像苍白的羽，栖落在他瘦瘦的脸庞上。夏侯潋看不见他的目光，却能感受到他心底的哀伤。

他轻声道："小潋，对不起。"

或许百里鸢是对的，他不应该把夏侯潋带到雪山。

他想起夏侯潋第一次服完极乐果，在夕阳下睡觉的模样，眯缝着眼睛，像晒太阳的野猫子。

持厌明白了，小潋真正所向往的是那样的日子吧。或许在那样的阳光下死去，以沈潋的身份死去，他才能获得最终的安宁。

"百里鸢，你说得有几分道理。"夏侯潋忽然说，回头看了眼持厌，谁都能看出这家伙眼里的难过。夏侯潋捶了捶他的肩膀，继续道："我的确做梦都想离开伽蓝，我想我肯定是上辈子造了孽，这辈子才投生到伽蓝这个鬼地方。可是如果离开伽蓝的代价是否认我是夏侯潋，否认我是夏侯需的儿子，否认我是持厌的弟弟，那还是算了吧。"

百里鸢握紧了双拳。

"持厌，"夏侯潋说，"我们是兄弟，我们流着同样的血，我们是骨肉至亲。虽然我的确挺不服气你当哥哥的，你这么呆，怎么看也是我比较像哥哥。不过算了，谁让你比我早那么一点儿出娘胎，当弟弟就弟弟吧。"夏侯潋挠了挠头，有点尴尬地喊了声，"哥。"

持厌愣愣地望着他。

这还是夏侯潋头一次叫他"哥"。

那一刻仿佛细细密密的雪花在他四周绽放。持厌澄净的眸子里有了微微的亮光，张口道："弟弟。"

"哥。"夏侯潋应了声。

持厌又道："弟弟。"

夏侯潋迟疑了一下，这要喊到什么时候？但看持厌专注地等着他开口，他只好硬着头皮又道："哥。"

百里鸢望着池塘中央的两个人，心一寸寸地变冷。她还是输了，她忘了，她的哥哥都在大火里烧没了，即使他们还在世的时候也没有人叫她"妹妹"。她记得他们嫌恶的眼神，细长的眼睛斜睨过来，冰凉的目光落在她瘦小的身上。她看见他们的嘴角冷冷一撇，硬邦邦地吐出几个字："走开，晦气！"

她是晦气，是恶鬼，是怪物，不是妹妹。

"杀了他们，"百里鸢漠然道，"让他们去地狱里当兄弟吧。"

霎时间，刀光席卷池塘，风雪掩不住细细密密的刀光，雪花在刀与刀的缝隙中飘落，顺着风又腾起来，飘摇着卷上天，像一只小小的白蝴蝶，扑扇着弱不禁风的翅膀，落入百里鸢的掌心。

百里鸢晃荡着腿望着池塘中间的战况，那两个男人背抵着背展开轮斩，血肉在他们周围四溅炸开，鲜血犹如盛世名花在哀号中绽放。锋利的快刀以绝强的速度斩下齐整的断口，散落在冰面上的断肢残骸以可怕的速度增加。

"提防他们布牵机丝，不要让他们离开池塘！"有刺客嘶声大喊。

刺客的黑影枭鸟一般扑向他们，血雨纷飞的缝隙中夏侯潋的双眸有虎狼一般的狠意。他再次进步挥刀，同时左手抽出手弩，射出短矢。黑色短矢划破冰冷的空气，穿过两个刺客中间的间隙扎入池塘外的焦木。

刺客冷笑了一声，道："你的准头不太好啊，夏侯潋！"

夏侯潋恶狠狠地勾起嘴角，后退一步和持厌背对着背："哥，咱兄弟俩玩票大的，怎么样？"

"好。"

"这把三发的给你！"

两个人迅速换位，交换的瞬间夏侯潋丢给他一只手弩。持厌一手三眼弩，一手刹那，轮斩的同时射出三柄短矢，短矢穿越风雪和血幕，洞穿一个刺客的胸口，将他钉在厚厚的冰面上。刺客前赴后继地扑过去，可他们仿佛织就了一个难以入侵的领域，所有人进入刹那和步生莲的范围都会被迅速绞杀。

刺客们渐渐不敢再上前，开始围着他们逡巡。所有人都意识到，这两个男人是从伽蓝中走出的最强利刃，如果刺客们是鬼怪，那他们就是森严修罗。

"喂，你们不玩了？"夏侯潋龇着牙笑道，白森森的牙在鲜血满布的脸上有一种桀骜的狰狞。

刺客们沉默地逡巡，用阴冷的目光注视着二人。

"那就轮到我们了。"

夏侯潋收回步生莲，双手慢慢张开。他的背后，持厌以同样的方式张开手掌。

数不清的牵机丝在风雪中现了形，一道道流光一闪而过，尽头连接着二人射出的短矢，恍若雪中飞星。牵机丝在蜂鸣，刺客们的脊背结出细密的战栗。原来他们以陨铁、短矢为端点，织就了牵丝杀人网！

没有人见过这样的惊天巨网，两个人，一百一十二根牵机丝，蛛网一般几乎覆盖了整个池塘。陷入网阵的刺客已经动弹不得，眼睁睁地看着四肢出现细长的血线。他们是被蛛网俘获的猎物，而夏侯潋和持厌是蛛网中间的蜘蛛，磨牙吮血，獠牙毕现。

"南面有缝隙！"百里鸢的声音忽然响了，"丝阵有缺口。"

夏侯潋猛地一惊，下意识朝南面望去。最南的角落里空空荡荡，他们漏了一角，一百一十二根还不够！有一角是空的！

池塘外部的刺客向那里集结，踏着雪花一步步向夏侯潋和持厌靠近，他们手中的长刀犹如寒冰，倒映着主人阴冷可怖的眼神。

"如果再加五十六根呢？"

雪雾深处忽然现出一个修长的身影，无数根短矢咻咻射过，刺客们背面受击哀号着倒下。雪雾中的那个男人在飞矢的掩护下踩着废墟燕子一般掠过刺客的头顶，落在夏侯潋身边。沈玦拉着牵机丝，狠然一笑："现在总够了吧。"

"少爷！"夏侯潋不可置信地瞪着他，余光瞥见他被鲜血浸染的左袖，"你手怎么了？"

"闭嘴！"沈玦剜了他一眼，道，"我算看透你们兄弟了，嘴上说得好听，背地里阴人！"

夏侯潋无奈。

持厌愣愣地问道："你是来阉弟弟的吗？"

沈玦怔了一下，继而冷笑："你不说我还忘了……"

夏侯潋崩溃地大喊："办正事啊，二位大哥！"

三人迅速交叉换位，丝网在看不见的缝隙中扭结，惊天巨网刹那间成形。刺客们仰起头，仿佛看见风雪也被杀人丝斩断，雾气渐渐消散，他们是丝网牢笼中的困兽。

夏侯潋舔了舔牙齿，抬起双眸，分明的血色在他眼中慢慢浮现。

"牵丝百网阵，收！"

三人一同收紧十指，天罗地网在顷刻间收缩成结，刺客的身体霎时间被绞杀，鲜血在空中绽放成花。

百里鸢面无表情地望着底下的情形，雪花在她眼前纷纷扬扬地下落。她听着刺客们的尖叫哀号，茫然地望向远方。恍惚中她似乎听见阿雏姐姐的声音，顺着飘荡的天风迢遥而来，好像走过了千里万里的山山水水。

"阿鸢——"

是错觉吧。她想，阿雏姐姐那么讨厌她，像厌恶一个仇人。

惨叫声渐渐停息，池塘中堆成了尸山血海，他们三人被尸堆包围。番子们从回廊中走出，踏着刺客残破的尸体和鲜血缓步向前。这是人间最惨烈的地狱，但百里鸢无动于衷，她的面孔仿佛被冰雪凝冻，目光漠然如视无物。

夏侯潋刚松一口气，百里鸢的身后忽然冒出更多的黑影，一张张没有表情的白瓷面孔从雪雾中显现，他们手中的长刀凝着薄薄的冰霜，犹如霜雪之刃。夏侯潋三人和番子一同举着刀慢慢后退，他们的对面，废墟中鬼影一般的刺客架起弓弩，凝着寒光的箭尖对准三人的眉心。

"怎么还有这么多人？"夏侯潋咬牙道。

"因为这从一开始就是个死局。"沈玦冷笑，"所有的刺客都在这里了吧，这是请君入瓮，我们就是瓮中之鳖。"

"少爷，有法子没有？"夏侯潋问。

"有一起死的法子。"沈玦没好气地说。

刺客越来越多，颓圮的门墙后面、枯死的花藤背后、塌了一半的月洞边上……刺客沉默地注视夏侯潋三人，像盯着尸肉的秃鹫，等待着猎物停止最后一息。

"哥哥，"百里鸢在静寂中出声，"我给你最后一次机会，过来。"

持厌静静看着她，没有动弹。

"为什么？"百里鸢望着他，"你就这么讨厌我吗？"

"我要完成住持的心愿。"持厌说。

"那我的心愿呢？"

持厌沉默了。

百里鸢忽然笑起来："真可惜啊，你爱那么多人，唯独不爱我。"她的笑容分明透着哀伤，却一寸寸变得狰狞："好，持厌，你听着，雪山是我百里鸢精心为你们布置的杀场，即便你们每个人都可以抵挡千军万马，也绝对不能活着离开这里。持厌，等你死后我要把你冻在雪巅，我们将永远做伴，死也不会分开。夏侯潋，我要将你的尸身带到南海挫骨扬灰，你和你的哥哥永远不能见面！"

"你疯了，百里鸢，"夏侯潋道，"你的报复毫无意义。"

"是吗？"百里鸢的嘴角藏着讽刺，"夏侯潋，我还没有说完，你知道我对沈玦的处置是什么吗？沈玦，我不会杀你，你会活下去，和我一样，一个人活下去！"

夏侯潋蓦然一震。

他转过眼看沈玦，那个男人立在他身边，侧脸依旧是冷冷清清的模样，没什么表情。雪花落在他的眉间眼上，像蒙上了一层哀霜，他整个人是冰雪凝成的，连眸光也被冻住。

"看我做什么？"沈玦睨了他一眼，转过头。

"少爷……"夏侯潋喃喃。他的心里有说不出的苦楚，如同干涸的田地，皱皱巴巴。

"所以你现在明白了吗？"沈玦垂眸拂了拂静铁上的雪花，"对我来说，最大的惩罚不是死，不是挫骨扬灰，而是一个人独自活着。"

"你的手臂是你自己划的？"夏侯潋问，"为了解麻药？"

"嗯。"

夏侯潋望着满世界的雪白废墟，血色池塘也被白雪重新覆盖，死去刺客的断肢残骸结上苍白的雪霜。飘扬的雪花中他闻见人血的味道，在他残酷又短暂的岁月中，这腥甜味追随他到如今。

"少爷……"夏侯潋扯了扯嘴角，"你怎么就不明白呢？你和我们不一样啊，我们这些人，死了就死了，埋骨荒野也没什么。可你不同，你就算死也要躺进金漆玉裹的大棺材，吃供奉受祭拜，热热闹闹地，怎么能和我们一样，死在无名之地，做无名之鬼？"

沈玦静默着。

夏侯潋哀伤地道："我欠你的已经太多。没有伽蓝，你是人人称颂的青天大老爷谢惊澜；没有夏侯潋，你是权倾朝野的东厂提督沈玦。少爷，我欠你这么多，你让我怎么还？"

"不用还。"沈玦道。

他扭过头，目光穿越纷飞的雪花落进夏侯潋的眼眸："不用还。阿潋，不管是谢惊澜还是沈玦，与你同在，就是我最好的人生。"

雪声簌簌，在这一刻显得格外地辽远广大，仿佛千军万马一般钻入夏侯潋的心里。

"你们说完你们的遗言了吗？"百里鸢从横梁上站起来，居高临下地俯视他们，"说完了就去死吧。"

"百里鸢！"

夏侯潋遥遥望着她，将步生莲横于胸前。持厌和沈玦站在夏侯潋身后，他们隔着纷纷雪幕与百里鸢对视，目光犹如霜雪交凝。

"你的报复的确让人害怕。"夏侯潋盯着百里鸢，一字一句地道，"可是不管是埋骨荒雪还是孤步独涉，我们的魂灵、伙伴、至亲挚友，必将在大雪纷飞之日重新归来。百里鸢，这是七叶伽蓝无数埋骨荒雪先辈的诅咒，也是我们所有人的誓言。"

雪风在废墟上空盘旋，仿佛是哀魂的呼啸。刺客们沉默地凝望他们，雪意的冰冷凝上指尖，弩箭的寒光在雪雾中轻轻颤抖。

百里鸢漠然地望着他们，嘴角的讽刺慢慢变深，仿佛不屑一顾。

废墟深处忽然响起一个刺客的声音："夏侯潋，这就是你明知必死也要前来的理由吗？"一个男人从雪雾中走出来，摘下白瓷面具，露出夏侯潋熟悉的面孔。

是书情。

"我有的时候真的看不懂你，你明明已经逍遥自在，为什么又要回来送死？"书情扯了扯嘴角，悲哀地微笑，"因为你觉得自己已经活不久了，干脆死了，一了百了，是吗？"

"因为这是很多人的心愿，也是我自己的心愿。"夏侯潋低下头看自己的掌心，道，"书情，之前在沈府你说我拿到了七月半的解药叛逃伽蓝。没有，从头到尾都没有什么解药。我和持厌从一开始就是两把刀，为毁灭伽蓝而锻，住持喂我们吃的药能让我们暂时摆脱七月半，却也会让我们万劫不复。"

书情愣了一下，抬起眼，怔怔地望着夏侯潋，又望向持厌。他知道，持厌不会撒谎。

持厌轻轻地点头。

有刺客问："你们不是弑心的亲儿子吗？"

"是啊，他大概是觉得父债子偿吧，他当年没有完成的事，就交给我们来完成。"夏侯潋低头看着步生莲，无所谓地笑了笑，"投生成他的儿子大概是我这辈子最惨的事情吧。"夏侯潋望向书情，"其实从一开始就没什么选择不是吗？一面是苟延残喘，一面是魂归故里，非此即彼。书情，当初没有来得及带你一起反叛，那么现在我问你，你的选择是什么？"

凄冷的哀风在废墟上空盘旋，书情垂着头，拿着面具的手在颤抖。八十一鞭、七月半、极乐果……所有的苦痛都化为生铁一般沉重的悲哀，压在他的肩头。所有刺客静默着注视他，似乎在一同等待着他的回答。

百里鸢冷笑着道："紧那罗，你要背叛我吗？"

"是，我要背叛你。"书情低声道。他奋力一摔，白瓷面具砸在地上，冰碎一般的清脆响声打破寂静，瓷片四分五裂。那响声在废墟上空回荡，所有人凝视着面具碎片，不发一言。

书情走到夏侯溦身边,递给他一封信:"这是十七哥的遗书。那天我回去本来是想偷偷救十七哥出来,但是……没想到段九已经对十七哥下手了。"

夏侯溦沉默地接过唐十七的遗书,手微微地发颤。

"我……"书情哽咽了一下,眼泪慢慢地淌下来,"师哥,不管你原不原谅我,谢谢你,这一次……"他望着夏侯溦的眼睛,"不要再留我一个人在伽蓝了。"

夏侯溦静静看了他半响,伸出拳捶了捶他的肩头。

"好兄弟。"

夏侯溦举起步生莲,望着远处的刺客,大吼道:"你们呢?诸位,你们所求的无上极乐是百里鸢的谎言,你们是百里家的怨鬼,被百里一族吃掉,沦为百里家的奴役和傀儡,这难道就是你们想要的无上极乐吗?不,这不是无上极乐,这是永不解脱的无尽之苦!现在,告诉我,你们是选择当百里鸢的行尸走肉,还是……"夏侯溦一字一句地说道,沾满血的脸庞上,他的双眸锐利如刀:"与我一同,往生极乐,同归不朽!"

寂静。

天地间只剩下簌簌雪声,仿佛是哀魂的窃窃私语。

有一个刺客踏雪而出,步到夏侯溦的身后,将面具砸在雪地里,冰冷的瓷面四分五裂。

"阿修罗众,天蛛切,叛逃!"

紧接着,另一个刺客缓步走出,砸碎面具。然后是第三个、第四个,越来越多刺客向夏侯溦的身后集结,遥遥望去,仿佛是细密的黑色潮水漫过白雪,涌入夏侯溦的身后。

"迦楼罗众,江恨愁,叛逃!"

"乾达婆众,苦叶刀,叛逃!"

"紧那罗众,龙雀,叛逃!"

……

冰雪之下似乎有刻骨的杀机在沉眠中复苏,那是来自久远亘古的杀意。刺客们露出了脸庞,有的坚毅有的稚嫩,有的黧黑有的苍白,有的英俊有的平庸。此刻他们的脸上都有虎狼一般的决绝,因为他们已经放弃了性命,自愿走向不可知的毁灭。

一时间,夏侯溦的身后已经集结了将近一半的刺客。黑压压的人潮站在池塘边上,与百里鸢这一方的刺客遥遥对峙。刻骨的杀意在雪风中蔓延,出乎所有人的预料,这场恶战竟成了恶鬼和恶鬼的厮杀、妖魔和妖魔的决斗。

夏侯潋心底有压抑不住的汹涌，杀性在他的血脉中奔涌如潮。他缓缓握紧步生莲，刀柄的花纹将他的手掌摩擦得滚烫。

"夏侯潋，"沈玦扶上他的肩头，"保持冷静，你现在不是一个人了，你是刺客的首领。"

持厌低声提醒："你是新的住持。"

夏侯潋怔了怔，恍惚中，他仿佛见到落叶纷纷中弑心苍老的脸庞。

原来，他终于还是走上了这条路，如同宿命。

夏侯潋抬起双眸，钢铁般坚冷的杀意在刹那间迸现。

"伽蓝先灵，护我前行，往生极乐，同归不朽。"夏侯潋嘶声大吼，"诸君，与我同归！"

刺客们一同拔刀，刀光迸溅纷纷如雪。

"同归！"

"同归！"

"同归！"

声如狂潮，席卷大雪。

百里鸢立在苍白废墟中，对夏侯潋他们直直伸出了食指，犹如地狱阎罗森严的审判。

"很好，既然如此，那我就如你们所愿。"百里鸢狰狞地笑道，"所有人，悉听我令，给我——杀！"

万箭齐发！两方利箭皆纷然如雨。弩箭在顷刻间用尽，所有人进步拔刀，两股黑潮撞在一起，犹如野兽一般相互撕咬，雪白的刀光与鲜红的血肉交织，雪花在刀网中旋转纷飞，同时被鲜血染红，分不清是雪花还是血花。夏侯潋在鏖战中展开轮斩，刀光密密麻麻织出去，他前方所有黑衣和血肉都被绞杀成碎片。

然而还不够快！

百里鸢白衣红裳的身影在视野的尽头慢慢消失，雪雾掩盖了她的踪影。

"夏侯潋，我们为你开路！"刺客们大吼。

刺客们嘶吼着扑向前，一潮接一潮，前面的人在对手的兵刃下倒下，后面的人踩着同伴的尸体再度前扑。混乱的黑潮中间艰难地挤出一条血线，所有人咬牙维持。夏侯潋回过身隔着血雨望过去，持厌正斩下一个男人戴着面具的头颅，沈玦侧身让过一个刺客，同时拔刀送入他的肚腹。

"去啊！夏侯潋！"刺客们在嘶吼，"带着已死的未死的人的心愿，我们所有人的心愿，杀了百里鸢！"

厮杀声中,沈玦回过眼,上挑的眼梢沾了血,残酷而艳丽。

"去吧,"沈玦道,"生死同在。"

夏侯潋没有犹豫,转过身,奔入茫茫雪雾。

第六十二章 向死而生

踯躅花开满了破碎的石阶,它们从开裂的缝隙中钻出来,细而长的红色花瓣沾染了雪粒,像雪里面流淌的鲜血。沿着山阶拾级往上,踯躅花越开越密,火焰一般一路摧枯拉朽地烧出去,轰轰烈烈地开了满山,在雪花中飘摇。

不时有零星的刺客冒出来,是从后面赶上来的,夏侯澥挨个将他们斩退,顺着百里鸢的脚印进了山顶无名庵。

庵里很静,一个人也没有。白石栏杆上堆了雪,禅房前面栽了一排疏疏落落的红松,底下开着一丛一丛的踯躅花,像一团火在烧。无名庵不是废墟,甚至有些精致,像荒山里凭空辟出来的园林,有种说不出的静谧。

可是太静了,像从荒乱的岁月里拣出来的,被世界遗忘的角落。

百里鸢不见了,只有雪地上残留的脚印。或许有诈,但是他也只能循着脚印寻找。脚印在檐廊前消失,夏侯澥不敢贸然进去,弓着腰摸到禅房外面,用刀割破窗纱。里面是个小禅房,只有靠南这扇格子窗,没有人,对着屋内回廊的隔扇门开着,百里鸢一定是从那里出去了。

夏侯澥从窗子跳进去。屋子的陈设很简单,一个小炕,一张藤桌,几张藤椅。墙上挂了画轴,纸张发黄,墨迹也黯淡了,里面画的人面目模糊,依稀看得清是一个小女孩儿。南面墙上还挂了一只吊睛白额老虎大风筝,有一角明显破过,后来又被缝回去了。矮桌上放了一本书,封皮已经残破,夏侯澥翻了几下,是一本医书,画了各式各样的花花草草。藤桌上放了一个蒜头瓶,里面插了一株枯死的踯躅花,花瓣已经漆黑,像被火烧焦了似的,又干又硬。

大约是百里鸢的卧房吧,但她好像很久没有在这儿睡过了。炕上虽然整整齐齐叠着被子，却布满了灰尘。宁愿睡在废墟里，也不愿意睡在庵里吗？夏侯潋想。这间屋子让他有种奇怪的感觉，仿佛住的不是人而是幽魂，每当日落的时候这个幽魂会坐在窗边，看满山的雪或花。

风起了，外面的风铎叮叮当当地响起来。仿佛是预兆一般，原本寂静的回廊那头响起咚咚咚的脚步声，像一个调皮的孩子蹦跳而过。夏侯潋抓起刀冲进回廊，阴暗的回廊里站了一群人，高高矮矮，姿势诡异地互相挨在一起，枯瘦的身材，袍子空空荡荡。

是傀儡吗？夏侯潋按刀不动。

走廊尽头亮起了一方烛火，傀儡们纷纷侧身分开，那唯一明亮的地方站了一个小小的女孩儿，是百里鸢擎着烛台站在那里。幽幽烛光中夏侯潋看见细细密密的丝线以她为中心散开，穿过斗拱横梁、立柱彩画，和这些傀儡连在一起。

与此同时，夏侯潋也看清了傀儡们藏在黑暗里的脸庞，那不是人脸，是一具具骷髅，焦黑的骨骼，空洞的眼洞。牵机丝将他们支离的骨头连在了一起，让他们成了百里鸢的骷髅傀儡。

难道……夏侯潋心里有一种惊悚的预感。

"这些傀儡，不会是你的爹娘和兄弟姐妹吧？"夏侯潋问道。

"没错。"百里鸢的声音遥遥地传过来，在空旷的回廊里飘飘忽忽，"我要感谢你的牵丝技，否则他们如何能站在这里。中间那个最高的是我的爹爹，他叫百里鲲。你听过他的名字吗？他的刀'万劫'在三十年前曾闻名天下。不过没人知道这个出身朔北雪山的小侯爷就是伽蓝阎罗，大家以为他是一等一的大好人呢。"

"不好意思，出生得晚，没听过。"夏侯潋道。

"我爹爹左边的是我娘亲，她叫温如蓁，是怀朔城一个卖麻油为生的鳏夫的女儿。大约是怕身份泄露吧，百里家总是这样，娶没有权势的平民百姓家的女儿进门，再把女儿嫁给普普通通的男人。这样如果她们泄了密，清理起来也方便，不必担心背后有什么盘根错节的关系需要善后。"

"真是没有人情味儿的家啊……"夏侯潋低声道。

"是啊，"百里鸢笑道，"所以还是死了好。你看，我让他们怎么动他们就怎么动，听话极了。夏侯潋，等你的哥哥死了，我也给他装上牵机丝，他会和我的爹爹娘亲兄弟姐妹一起活过来，陪着我。"

"那是假的，百里鸢。"

"只要他们陪着我，那就是真的。"百里鸢转过身，擎着烛火慢慢走远，"我原本以为会是持厌来杀我，却没有想到是你。也好，这样我就不用担心伤你骨头了，弄残弄废都没有关系。"她吹灭了蜡烛，回廊一下陷入暗淡。最后一抹光中，她扭过头来，灿烂地微笑："爹爹娘亲，帮阿鸢送这位哥哥……上路！"

第一把刀万劫迎面而至，沉雄如虎的刀势压顶而来，恍然间夏侯潋似乎看见百里鲲怒目白须的脸庞。夏侯潋迅速拔刀出鞘，步生莲的黑刃没入黑暗，和万劫绞杀在一起。两柄刀悍然相撞，刀刃碰撞间摩擦出细细密密的火花，阴暗里亮了那么一瞬，那张焦黑的骷髅脸距离夏侯潋只有咫尺之遥，仿佛正吐着阴冷的气息。

其他傀儡围攻过来。百里鸢自己不会挥刀，却能操纵傀儡挥刀，而且是同时操纵九个傀儡！她远比夏侯潋想象的要强大，她的强大来自远超于人的聪颖。刀术需要日复一日的练习，而操纵傀儡却只需要学会牵丝技和牢记刀谱。

步生莲在手中翻转，夏侯潋在回廊间错步转身，步伐快得犹如鼓点。他知道骷髅的弱点，人骨远比钢铁脆弱，只要斩断骨头，这些骷髅便会失去行动的能力。傀儡的攻击出现了空隙，夏侯潋抓住机会挥刀直上，隐匿在黑暗里的黑刀划出哀冷的呼啸，刀刃距离百里鲲的手臂只有一步之遥！

然而，骷髅的广袖蓦然翻卷，细细密密的粉末蜂子一般袭来。夏侯潋的动作猛地一滞，咳嗽着后退。

什么东西？

粉末吸入鼻腔是极端辛辣的味道，好像在哪里尝过。有傀儡向上发射弩箭，头顶传来什么东西被割裂的声音，夏侯潋仰头看去，漆黑的屋顶悬挂了数不清的布包，因为光线太暗他之前没有发觉，此刻布包破裂，漫天粉末迎面而来，纷飞如细碎的尘埃。

呼吸变得困难，心跳如擂鼓，脑袋发着晕。夏侯潋忽然想起来了，这味道……是极乐果！

"夏侯潋，你是持厌的弟弟，我给你一个恩典吧。"百里鸢坐在黑暗里狰狞地微笑，"我让你在无上极乐中没有痛苦地死去！"

夏侯潋迅速撕下衣裳的一角掩住口鼻，必须快点，极乐果麻痹精神，不能在这里多待。夏侯潋放缓呼吸，收刀于肘后，这样百里鸢就看不到他的刀势。只要斩断傀儡的手臂，他就能赢！

傀儡挥着刀蹬地而来，夏侯潋握紧刀柄，虎口抵着吞口，冰冰凉凉。在傀儡距他三步远的时候，夏侯潋悍然出刀，衣袖在肘后收敛，恍若黑色的蝶翅，黑刀划过一道沉敛的弧线，斩向傀儡的手臂。这是速度与力量达到极致的一击，无人可以预料也无人可以抵挡，傀儡必将在步生莲的刃下破碎。

然而，傀儡的刀猛地翻折，自下而上斜斜撩起，刀尖后发先至！

手臂猛地一痛，鲜血迸现，夏侯潋不可置信地睁大眼，他的刀势竟然被克制了。

一步错，步步错。黑暗中刀光涌现，犹如千万条毒蛇嗞嗞吐信，他在傀儡的攻势中节节败退，每一招都被看破，每一招都被克制，刀势犹如枯竭的水流，难以为继。呼吸乱了节拍，布条挡不住极乐果的粉末，他的手在发软，头在发晕，眼前的傀儡一点点扭曲，化为森森鬼影。

百里鸢的声音幽幽地响起："你忘了，夏侯潋，百里家在传给伽蓝的刀法里留了十二道空门，只要你用伽蓝刀，你就永不可能获胜！"

可为什么……他的刀法里明明有百家刀法，为什么还会被看破？

"还有一点忘了告诉你，百里刀乃万刀之源、万刀之宗，百家刀法皆来自百里刀！"

雷霆般的刀光在阴沉的光线中迸现，犹如乌云中出没的龙蛇。百里鲲向前一步，挥刀下劈，简简单单的一击，却犹如万千山海盖顶而来！那一刻夏侯潋仿佛看见一个散发怒目的武士，他的刀有金刚怒汉之威，凡人皆在刀下化为尘土！夏侯潋举刀格挡，步生莲发出凄厉的蜂鸣，虎口霎时间破裂，鲜血横流。夏侯潋没有站稳，摔倒在地。

心跳得好快，咚咚咚，咚咚咚，整个世界似乎都回荡着他沉重的心跳。许多声音在一刹那间涌进脑海，刀刃相撞的铿锵之响，血肉分离的黏稠声响，女人凄厉的尖叫，孩子高亢的啼哭……不行，他要站起来，必须站起来。

可是腿一寸寸地发软，视野也在摇晃模糊，他看见傀儡一步步逼近，他竭力睁大眼，眼皮却越来越重。

到底要怎么做？要怎么做……才能斩破空门？

脑海中有谁在唤他，仿佛是万万千千的人在呼喊他的名字，无数声音叠在一起，潮水一般汹涌而来，越来越近，越来越清晰。

"夏侯潋！"

"夏侯潋！"

"夏侯潋！"

最后一声声如洪钟，夏侯潋猛地睁开眼。

世界一片明亮，头顶是婆娑的树叶和刺眼的阳光，夏蝉唧唧响在耳畔。漫天槐叶翻滚着下坠，一个黑衣女人在那片叶雨中挥刀。她旋身的瞬间夏侯潋看见她锋利的眉宇，妖魔般的双眸光芒涌现，她双手握刀，在叶雨纷飞中送出绝丽的刀光。

"这就是你娘的刀啊，小潋。"他身侧的弑心道，"生生不息，连绵不绝，她的刀，可以斩灭万法。"

夏侯霈和弑心皆化为飞烟，一瞬间万籁俱寂，他的视野里出现颓圮的荒村，沈珙从他身边走出，手里拿着一卷伽蓝刀谱，熊熊的篝火在他们身前燃烧。

"我时常在想世上会不会有一种刀法臻于绝境，没有丝毫的空门。"沈珙望着火焰说。

"我娘的刀，"夏侯潋听见自己的声音，"弑心说我娘的刀可以斩灭万法。你以前说我娘修的是刀中诡道，或许诡道可以。"

"那是你娘的刀，每个人的刀都是不一样的，"沈珙直直地望过来，夏侯潋看见火焰在他的眸中跳动，"夏侯潋，你的刀是什么？"

一瞬间万千世界都化为洪流在他脚下奔腾而过，黑暗中出现一线清明，夏侯潋听见外面有厮杀声响起。

"咦？"百里鸢微微侧头，"这么快就攻上来了吗？那我要快点了。"

她猛地拉扯牵机丝，无数根丝线在回廊中剧烈地颤抖蜂鸣，所有傀儡倏地一动，以诡异的姿势朝夏侯潋举刀走来。

夏侯潋奋力从地上爬起来，视野在扭曲，那么他就闭上双眼，耳畔杂音如潮，那他就什么也不听。他深吸一口气，朝前方的黑暗冲过去。刀光在眼前闪现，夏侯潋鬼魅一般旋身避开凛冽的刀锋，依然有另一刀砍在肘侧，剧痛蔓延全身，却让他的神志更加清明。他没有停下，继续冲锋。他格下前方的兵刃，与此同时后背暴露无遗，百里鸢逼着他回头抵挡，可他偏不！

他嘶吼着步步向前，后心被砍了一刀，衣裳里的锁子甲为他挡住了致命的伤害，可大力的冲击依然让鲜血涌上喉头。他继续挥刀下劈，借着傀儡格挡的力量翻身掠过傀儡的上空，狂奔向前。

这世上有没有一种无敌的刀，他不知道；他只知道，要斩破空门，那便唯有将所有的空门暴露在外。他的目标不是傀儡的手臂，不是牵机丝，而是走廊尽头的……百里鸢！

他娘的刀是斩灭万法，而他的刀是向死而生！

夏侯潋拖刀奔跑，阴冷的刀尖凝着一点荧光，划出哀冷的呼啸。百里鸢眼睁睁地看着这个满身鲜血的男人向她奔来，她疯了一般拉扯牵机丝，可是傀儡的速度远远比不上夏侯潋。极乐果的粉末撕扯着他的神志，剧痛又将他唤回。

他的头一阵阵发着痛，蒙眬的视野仿佛天旋地转，肺好像破败的风箱，呼吸声回荡在耳边。这回廊太长，百里鸢在远处是一个黑不溜秋的小点，仿佛永远也无法到达。

可他不能停！

第二卷 江湖夜雨十年灯

在那漫长的奔跑中,外面的厮杀声越来越清晰,蒙眬间眼前似乎飘下一朵雪花。厮杀声穿过墙壁,无名庵的雪地和花丛中,刺客们凶狼一般相互扑杀,尸体横遍山腰山顶。

沈玦将静铁送入一个刺客的眉心,鲜血和汗水在他的额前混在一起,平时冷漠的脸庞此刻早已难以分辨。持厌同时斩下两个人的首级。沈玦和持厌背靠背,两个人都听见彼此急促的呼吸。新的刺客向他们靠近,刀刃滴滴答答滴着血。

回廊里,夏侯潋接住那片雪花,握在掌心。

他不能输啊,他背负着所有人的心愿,他绝不能输。

趁他还没有倒下,趁他还有力气,再跑快一点!

越靠近百里鸢牵机丝越密,夏侯潋挥舞长刀,牵机丝被他斩断,细细密密的丝线雪花一般落在头顶、肩头。夏侯潋不断挥刀,离百里鸢只有一步之遥!

百里鸢当机立断,放弃牵机丝,转身狂奔。

一刀砍在百里鸢的背心,划出长长的血痕,她踉跄了一下,继续奔跑。夏侯潋提刀追赶,跟着她跑出了禅房,穿越空无一人的花圃,钻过后墙的狗洞,跋涉过没到膝头的白雪,到达庵外没有退路的绝顶。

夏侯潋的血和百里鸢的血滴了一路,曲曲折折。最后两个人都失去了力气,在雪地里爬行。

百里鸢咬着牙扒着雪向前爬。冰雪冻红了她的手指,鲜血带走她的意识,她的视野越来越模糊,恍惚中她好像看见阿雏的脸颊,未施粉黛的清水脸子,家常的衣裙,像家里温柔的大姐姐,站在阳光里回首朝她微笑。

"阿鸢!"

"姐姐……"百里鸢流着泪,拼命地爬着,"我不要……我不要一个人死在这里……"

太冷了,太冷了,这绝顶,一个人也没有啊。

夏侯潋从后面赶上来,从腰后面掏出匕首,扎向她的胸膛。她紧紧抓着夏侯潋的匕首,鲜血漫过指缝,顺着袖口流进去。夏侯潋用尽全身的力气,百里鸢的胸膛渐渐有了血晕。

意识渐渐远去,百里鸢仰头望着湛蓝的天空,被拉回从前的岁月。

她记得云仙楼的月亮,大大的圆圆的,她和哥哥姐姐坐在月亮底下放天灯,又胖又鼓的天灯升上穹隆,上面写着"阿鸢要和持厌哥哥、阿雏姐姐永远在一起"。

那么简单的愿望啊,为什么就是实现不了呢?

无名庵空无一人的落日,百里家燃烧整夜的大火,一个人堆着数不清的雪人……往事一幕幕闪现眼前，原来她在云仙楼的日子是她这一生最美好的时光。

可是，岁月匆匆，终究是留不住。

如果……如果时间可以停在那里，该有多好。

恍惚中，她好像又听见阿雏的声音自远方而来，穿越千重万重山山水水，由迢遥的天风送到她的耳边。

"阿鸢——"

"姐姐……哥哥……"

她呢喃着，忽然间放弃了抵抗，听任匕首彻底没入胸膛。世界在她眼里失去了色彩，她大睁着眼睛流泪，漆黑的眸子渐渐无神。

夏侯潋从她身上爬下来，倒在雪地里。

嘴里冒着血，他举起袖子擦，却发现越擦越多，低头看袖子，原来手腕上也受了伤，袖子早就红了。太冷了，他已经失去了痛觉，低头一摸，满身黏腻的鲜血。夏侯潋撕下外裳的布，从怀里拿出随身带的金疮药，一点点地包扎起来，然后躺在雪地里一动不动，这样血会流得更少一些，更慢一些。

他保持着呼吸，他要等沈玦来接他。沈玦说过，会来找他。

不知道是太累了，还是血流得太多，又或者因为极乐果，他的手脚渐渐麻木，好像变成了冰块。意识慢慢游离的时候，他听见了脚步声，他扭头望过去，持厌拄着刀一步一步走上来。

他张了张嘴，没发出声音。

持厌也是遍体鳞伤，不过看起来比他好些。持厌蹲下来摸摸他的头顶："我和小少爷分头找你，他应该快到了，你再等一等。"

持厌站起来，抱起百里鸢的尸体，退了几步，对夏侯潋说："我要走了，小潋。"

夏侯潋吐了几口血，艰难地坐起来："你干吗？你去哪儿？"

"大概是很远的地方吧。"持厌蹲下来，解下脖子上的狐裘把百里鸢包住，"我不能把百里的尸体留给你们，我答应过百里，要把她的骨灰带在身边。"

"你……你……"血哽在喉头，夏侯潋说不出话。

"小潋，你不是说，要有自己的愿望吗？"

持厌望着崖下，日落西山，雪山绵延，远山迷蒙，他的眸子澄净又清澈，倒映着大千世界、风流云散。

"有小少爷在，我很放心。"持厌站起来，沾着鲜血的苍白脸庞依然恬静安然，"我想带着百里远行，趁我还活着的时候，去很多很多地方，走一走，看一看。这样，我的愿望，百里的愿望，就都可以实现。"

夏侯溦用力咽下几口血，沙哑地道："我们还能再见吗？"

持厌站在天风中，轻声道："能，无论是黄泉彼岸，还是今生此世，我们终有相见之期。"

他转过身，步入漫漫风雪。这个乘着风雪而来的刺客，终于仍是消失在风雪之中。

夏侯溦躺回去，用力保持呼吸。他要多撑一会儿，撑到沈玦来。

极乐果的药劲儿上来了，他很想睡觉，慢慢阖上眼皮。远处终于传来人声，他回过神来，艰难地睁开眼睛。他突然想起他现在满脸血的模样一定很吓人，挣扎着坐起来，捧了一抔雪擦干净脸，又躺回去。

不知道等了多久，他的身子终于落入一个温暖的怀抱，沈玦脱下袄子包住他，轻声唤他："阿溦、阿溦！"

他睁开眼，仰起头看了看沈玦的脸颊。

他好想说少爷你怎么才来，我等了好久，可是他太累了，张不开嘴，也不能张，他不能在沈玦眼前吐血。

"阿溦，你撑一撑，我们去找大夫。"沈玦把他背起来，"阿溦，不要睡，听话，不要睡。"

他伏在沈玦背上，血沿着嘴角流出来。眼皮越来越重，他竭力睁开眼，远方是灿烂的夕阳和红霞，天际好像烧了一团大火，雪山染上了胭脂的颜色。

好美啊，他想。

意识变得飘摇起来，他觉得自己好像变成了一朵小小的雪花，慢慢地升起来，飘荡在天风中。他看见苍茫的白雪把杀场覆盖，涤荡一切脏污的罪孽，刺客沉眠于雪下，这里的岁月归于静谧和安详。

一切都结束了吗？

他忘记是谁说的了，既造杀业，必遭杀报。

他的罪孽偿清了吗？他的血债还完了吗？他的报应结束了吗？是否他残酷的岁月终于走到了尽头，从此，他可以安息长眠了？

"阿溦、阿溦，"沈玦一遍遍地喊他，"你听到了就碰碰我好不好？"

他颤抖着抬起指尖，碰了碰沈玦的脸颊，半阖的眼睛流下泪来。

佛啊，宽恕我吧。我真的很想要……活下去。哪怕再多一刻。

他的手无力地垂下，星月菩提子滑出袖管，挂在手腕。沈玦浑身一震，回过头来唤他的名字。

"夏侯溦！"

像沉入水里的静，世界倏忽间离他远去，天地是水里的倒影，波光粼粼，越来越模糊。

声音一点点消散，消失在风里。

最后，万籁俱寂。

人要走过多少风霜雨雪，才能到达极乐的彼岸？

蝉噪重重叠叠像是耳鸣，瓢虫窸窸窣窣爬过指尖，野葛藤蔓延过老槐树的树根，夏侯澈听见接骨草在耳边摇，草尖擦过耳畔，麻麻地痒；还有溪水的声音，哗啦哗啦，野鸭子在水里面嘎嘎乱叫。

他迷蒙地睁开眼，从地上爬起来。前面有一条小溪，中间横着几颗圆圆的大石头，老槐树树影幢幢，清冷的月光从叶隙里漏下来，微微有些晃眼。月亮当空，穹隆是淡淡的青灰色，很远的地方有山的大黑影子，连绵在一起。

他记得这里，这里是老伽蓝。

那条小溪他走过，夏天的时候他喜欢只穿一条裤衩在里面玩水，浑身上下晒得黑黑的，路过的人都喊他"大黑小子"。他记得第一次过河的时候他才五岁，他不敢过河，秋大哥牵着他，他的身后跟着家里养的小鸡，大家一起摇摇摆摆、叽叽喳喳过了河。河边上那棵老槐树他也记得，他常常蹲在树杈上拿着弹弓瞄过路的刺客，谁在背后说过他娘坏话他就打谁，鸟屎弹射人家一身青青白白。

再往前走是刀冢，他在那里挖过刺客唐岚的坟。刀冢再向前，穿过一片林子是他家的小竹楼，秋师父家的小院子立在不远处，从他家可以看到秋家的茅屋顶，每次起山风的时候茅草乱飞，秋师父每年都要重新盖一下茅顶。从茅草屋边上的土坡上去再走几步就能看见伽蓝山阶，沿着山阶往上走是伽蓝破破烂烂的山寺。他曾经因为放鞭炮不小心烧了寺庙，那是弑心头一次对他生气，他被吊在山门吹了一夜的风。

他在这里度过了漫长的岁月，追过猫撵过狗，拔过别人家小母鸡的鸡毛，直到二十岁那年，他杀了弑心，叛逃伽蓝。

这是在做梦吗？他想，还是魂归故里？

夏侯澈踩上石头，像很多很多年前一样摇摇晃晃过小溪。湍急的水流里映出他稚嫩的面容，十二岁的孩子，眸子像星星，一切都还没有开始。他渡过小溪，穿过刀冢。锈蚀的长刀密密麻麻，刺客们的墓碑静谧地沉睡在月光里。他走过小竹林，推开自家小竹楼的栅栏，过往的记忆扑面而来。

这里深藏了他最残酷与激烈的岁月，他在这里长成、出发，一路走向属于他的墓碑。

月光下的小院是青白色的，萤火点点。栅栏边上长了一棵大槐树，树下是他娘亲的坟茔。一个身量高挑的黑衣女人站在坟包对面，抱着手臂，肘弯里一把黑鞘长刀靠着肩膀。萤火虫围着她转，盘盘旋旋，好像永远都不会停歇。

夏侯潋泪如泉涌。

是梦吧，或者他已经死了，死了，所以才能和她团聚。

夏侯潋一边哭一边走过去，却停在离她几步远的地方，从泪水朦胧的视野里望着她修长的背影。

她在树荫里转过身，依旧是那张秾丽得惊心动魄的脸庞，依旧是玩世不恭的笑容，墨色的眉角锋利如刀，好像要斩破这个漫漫长夜。

"干吗不过来？"她问。

"我怕，"夏侯潋抽泣着说，"我怕我一过去，你就变成萤火虫飞走了。"

"我又不是神仙，还飞走。"夏侯霈无奈地叹了口气，自己走过来，蹲在夏侯潋身前，点点他的额头，"没出息，哭成这屌样。"

那深藏在他心底的、令人窒息的悲伤终于抑制不住，像汹涌的潮水泛滥而出，夏侯潋用尽全身的力气抱紧夏侯霈，在她怀里号啕大哭。过往的惨痛一幕幕浮现在眼前——布满夕阳的街道上的断肢残骸，骨灰倾进刀炉，飘扬的白灰染上火星，像萤火虫在飞舞。

"娘——"他痛哭着，涕泪糊了满脸，"对不起，对不起。"

这一刻他好像又回到了很多年前，他是那个不曾握过刀剑的少年，是个无助的小孩。

"傻孩子，"夏侯霈摸摸夏侯潋的头顶，"你做得很好，一切都很好。"

夏侯霈牵着他走到山崖上，两个人盘腿坐下来望荒草瑟瑟、月下千山。

夏侯霈开了一壶酒。夏侯潋还在吸着鼻子，她一拳捶在他头顶："别哭了，都是大人了，还这么弱，再哭削你。"

"我在别人面前又不哭。"夏侯潋捂着头。

"那在你那小少爷面前呢？"

"您怎么知道？"夏侯潋瞪大眼睛。

"你俩都在我灵前磕头拜过把子了，我又不瞎。"夏侯霈哑了口酒，"你们兄弟俩处得好不好？不吵嘴吧？"

"不吵，少爷对我可好了。"夏侯潋说，"他和我拜过把子，也算您儿子。可惜您去得早，要不然让他给您端茶送水，您多舒坦。"

夏侯霈颇有些惊讶地瞧着他："行啊你小子。"

"宅子我给你备好了，你自个儿好好挣两个钱，雇几个仆役伺候着。你自己也要多读点书，别再愣了吧唧的。"

夏侯潋道："您放心吧。"

"行，那我就放心了。"

山风在崖下拂过，草虫唧唧，长夜广阔无垠，万千星辰在他们头顶静谧地闪烁。一高一矮的两个影子斜斜地伸下去，夏侯潋低头看着，这样的宁静，他已经睽违多年。

"娘，"夏侯潋望着自己的脚尖，"我有好多话想跟您说，可是我都不知道怎么说。"

"那就不说了吧。"

夏侯潋一怔，扭头看夏侯霈，她的发丝被山风吹卷。夏侯潋看见她望过来，潋滟眸光落在他的身上，唇畔带着一抹微笑。没有惯常的不怀好意，没有平日的玩世不恭，那是夏侯潋第一次见到她眼底的温柔。

她把手放在他的头顶，道："你娘我曾经担心你这小子文不成武不就，刀术稀松平平，怕是不能在伽蓝杀场中存活。你打小皮得能上天，专会狗仗人势，凭着你娘我有点儿能耐就胡天胡地。不过幸好，你现在已经长大了，是个顶天立地的男子汉了。你的刀杀了你想要杀的人，保护了你想要保护的人，从今以后，再没有人可以轻易地伤害你。所以小潋，你的一切选择，我都放心。"

"可是娘……"夏侯潋哑声道，"太晚了，您已经死了。"

"该报的仇已经报了，该还的债已经还了，那么就只剩下一件事，"夏侯霈揉着他的头说，"宽恕你自己。"

夏侯潋流着泪望着她，她的脸上杀气尽敛，只剩下干净的笑意。

"好了，"夏侯霈站起来，手搭凉棚望向远山，"时辰到了，我该走了。"

夏侯潋的眼泪流得更凶了，猛地扑进夏侯霈怀里："我舍不得您。"

夏侯霈拎他的衣领，头疼地说："兔崽子，刚夸你几句就不行了。"

夏侯潋在她怀里抽噎，哭得上气不接下气。

"行了行了，梦总有个头。"夏侯霈把他推开。

"我们还会再见吗？"夏侯潋仰头问道。

夏侯霈轻轻地笑了一声，道："幺儿，为娘再给你上最后一课。这堂课的名字叫作……告别。"

她忽然抬腿一踹，夏侯潋被她踢下山崖。他的身子蓦地失去依凭，山风在他耳边鼓荡，身子不受控制地下落的时候，他看见夏侯霈拎着酒转过身走向漫漫长夜，一边走一边举起左臂挥了挥。

那是她最后的道别，一如当年。

"娘——"

身子急速下落，他仰头看天穹灿烂的星辰，过往的岁月浮现眼前——金陵谢府两个少年在雪地里拥抱取暖，皇宫红墙里静铁划破翻卷的槐叶，伽蓝山寺牵机丝斩杀弑心，沈府中他和沈玦并肩看银河流淌……最后是雪山之巅刺客横尸荒野，血流成河。

风声呼啸，恍惚中他又听见故人的呼唤，哀魂呼喊着与他擦身而过。

"小潋——"

他闭上眼，流着泪道："再见。"

风铎叮叮当当，细碎柔软的一长串，飘出去很远。他忘记过了多久，意识模模糊糊，好像沉在水里，所有的声音都隔着一层，迷蒙地传过来。他有时候可以听见风摇着竹帘簌簌地响，窗外树枝摇曳沙沙地响，外间小孩儿嘻嘻哈哈追来跑去，有时候还可以听见遥远的狗吠，时不时传来野猫子的号叫。

更多时候他好像变成了万千的浮丝，飘荡在黑暗的水流里，凝不起来，只能随波逐流；还有的时候意识稍稍清明，他听见外面的人语，有些熟悉有些陌生。他一直在寻找一个熟悉的声音，期盼着它响起。他捕捉每一丝声响，只是为了等待那个人开口。

"前几天我见了一个佛郎机传教士，他说他们那里的医术与我们大岐迥异，我在想或许他们那儿会有法子。"

意识的丝凝起来了，他听见了沈玦的声音。

"去佛郎机要下西洋，海路艰险，夏侯兄弟行动不便，更是安危难测，我以为不妥。"一个女人的声音。

"嗯，你说得有道理，我再想想。"

"下个月我要去苗疆一趟。我有一个苗寨朋友说他曾经遇到过有人误食踯躅花侥幸不死，但常年昏迷不醒，你不如等我回来再做打算。"

声音渐渐远去，他又陷入难解的朦胧。落叶在耳边坠落，漫天都是纷飞的叶声，他感觉到有阳光暖暖地照在身上，还有一个人坐在他身边，静默不语，可他好像能够感觉到那个人悲哀的目光，默默地笼着他。

岁月迢迢而去，不知过了多久，他再次有了意识。微微的风拂着他的头发，外面的阳光照进来，手背上暖洋洋的。他觉得有些热了，微微动了动手指，眼皮一点点睁开。床帘没有合上，光肆无忌惮照进来，像刀割在眼皮上，他用手捂住了眼睛，慢慢适应了亮光，才撑着床坐起来。

刚刚醒，脑子还是糊涂的，他发了一会儿呆，才抬起眼来打量眼前。三蓝宝相花地毯，一张八仙桌，几张小杌子，矮几上放了青瓷瓶，里面插了一株合欢花，鎏金熏炉里燃了香，烟气袅袅升出来。他赤着脚站起来，可是腿一软，从脚踏上摔了下去。他扶着杌子站起来，等缓过劲儿来才能挪步。他掀开落地罩上的珠帘，外间搁了一张书案，四壁都是书架，塞了满满当当的蓝皮典籍。他往书案上看，上面堆满了砖头似的书本，有的摊开有的合着。摊开的书上面字迹密密麻麻，还有许多朱砂批的小注，他凑过头看了一会儿，字儿都歪歪扭扭跟蚂蚁似的挤在一起，不知道写的什么玩意儿。

他翻了几页，翻到一个裸体女人，肚子开了一半，露出花花绿绿的肠子。

夏侯潋愣。

沈玦看的什么东西？不会是邪教吧？……

夏侯潋把书合起来。

他打开门，慢吞吞地跨过门槛，眼前是一个小院子，空地上放了两个水缸，里面漂着几株菌苔。这院子很熟悉，可他脑子糊里糊涂，想不太起来了。一个小男孩儿在阶下骑着木马愣愣地望着他，鼻子里流出一串亮晶晶的鼻涕。

夏侯潋蹲下来冲他招招手："小娃娃，来，叔叔问你……"

"娘！"那小孩儿大喊大叫地跑了出去，"夏侯叔叔醒了！他醒了！"

这孩子长得有点儿寒碜，肯定不是沈玦的种。夏侯潋默默地想。

那孩子没叫来大人，叫来两个小孩儿。他们风风火火跑进院子，最大的那个也才十二三岁的模样，号啕大哭地扑上来。

"夏侯叔叔！"

夏侯潋辨认了很久，犹豫地叫道："妙祯？"

"还有我，我是司徒弄玉！夏侯叔叔，你记不记得我？"另一个女孩儿凑过来。

"记得记得，"夏侯潋摸她的头，"你娘好不好？去苗疆回来了吗？"

"什么呀？"玉姐儿眨巴着眼睛道，"我娘去年去的苗疆，早回来了。"

夏侯潋愣了一下才反应过来，敢情他听见的话是去年的事儿了。夏侯潋又问道："督主呢？"

"督主？"玉姐儿和妙祯面面相觑。妙祯道："督主人在京城呢。"

"咱们这是在哪儿？不在京城吗？"

"不在呀！"玉姐儿说，"这里是金陵。"

沈玦上京去了，夏侯潋一时半会儿是见不到他了。

"啊！"妙祯忽然道，"莲香姨去买菜了，我忘记派人去告诉老爷夏侯叔醒了。"

玉姐儿叫道："那快去啊！"

妙祯扭头就跑，夏侯潋望着伶仃的小院，那两缸菡萏在风里面摇摇曳曳，慢慢和记忆里的枯荷重叠。夏侯潋忽然想到什么，叫住妙祯，问道："你说的老爷就是沈玦吗？"

妙祯回过头道："那是老爷从前的名儿了，老爷现在叫谢惊澜。"

"所以这里是……"夏侯潋摸着门柱，黑漆映着他的面庞，"金陵谢府？"

时光兜兜转转，好像画了一个老大的圈，又回到了原点。风吹过小院，他仿佛看见昔日素衣白裳的少年坐在廊下埋头苦读，另一个麻布衣裳的少年蹲在他的脚边斗蟋蟀玩蚂蚱。岁月在他们身侧无尽地流淌，迢遥远去。

夏侯潋心潮汹涌，眼眶微微有些湿，却又笑了出来。

"妙祯，老爷在哪里？带我去见他。"

"好！"

妙祯和玉姐儿拉着夏侯潋从角门出去，巷子外面人声鼎沸，叫卖的号子一浪高过一浪。玉姐儿叽叽喳喳说着这几年的事情：距离雪山一战已经过了三年，吸食极乐果的官员统统撤职，朔北的踯躅花焚烧殆尽；沈玦带着昏迷不醒的夏侯潋回了谢家老宅，朝廷准许了他的请辞，他恢复了谢惊澜的本名；沈玘行当上了司礼监掌印，小皇帝依旧玩物丧志，张昭的变法仍在推进，辽东的战役两年前结束，朝廷和土蛮达成协议，一切又步入正轨。

妙祯说谢惊澜昨儿刚刚校好了戴先生的书稿，拿去抱月楼和书肆老板商量付梓刊行。这会儿刚刚晌午，他们应该还在用膳。

他们蹲在抱月楼的牌坊边上等，妙祯掏钱买了三个烧饼，三个人一人一个。等了很久很久，谢惊澜也没有出来，大约是商议遇到了难题。晌午的阳光在牌坊的浮雕上腾挪，变成下午的阳光。夏侯潋望着熙熙攘攘的人潮，眼皮上下打架，昏昏欲睡。

玉姐儿和妙祯靠在大理石座上睡着了，夏侯潋还撑着。后来又觉得口渴，回头看抱月楼的门口，还是没有谢惊澜的影子，夏侯潋去对街的一家铺子里讨了碗水喝。那老板人好，往里头加了薄荷叶子，味道沁人心脾。他谢别之后出来，见牌坊边上站了一个人，正与玉姐儿和妙祯说着什么。那个人穿了一身素，没有穿妆花织金的蟒袍，也没有玉石点缀的鸾带，仅仅是一身素色云锦，卸了满身的矜贵与孤寒，却依旧像天边走下来的人。

玉姐儿指了指他，那个人回过头来，遥遥与他相望。

他看见谢惊澜眼里的惊讶，像晚风掠开薄冰，一池春波溶溶而过。

夏侯潋笨拙地躲避川流不息的车马和人潮，挤过举着冰糖葫芦串的商贩，又绕过抱着小孩儿的男男女女。谢惊澜站在牌坊底下望着他，阳光下他麦色脸庞上淌着汗，晶莹得几乎透明。

谢惊澜把书稿交给妙祯，迈步走过去。夏侯潋避开一个扛着扁担的小贩，转过身，看见一张熟悉的脸庞。

他和谢惊澜终于再次相见。

"夏侯潋，你回来了。"

"嗯，回来了。"

"这次还走吗？"

"不走了。"

阳光变得灿烂无比，时间在那一刻无限延长，人潮和车马在他们身边来来去去化为虚影，仿佛流淌而去的岁月。他们相对而立，苍茫的世界和无尽的时间在他们脚下延展开，只有他们，亘古不移。

（正文完）

番外篇 —— 今宵尽是人间梦

番外一 国色出水中

清晨空气里有湿漉漉的味道，街面上一户户店家都起来了，把门板一扇扇卸下来，哐当哐当响。巷子里是青石板铺的路，巷口有一棵大槐树，树下常坐一个乘凉的老大爷。槐树荫漏下星星点点的光，老大爷眯着眼，摇着蒲扇，看小贩挑着担子路过。

夏侯澈牵着马走过去，老大爷朝他一撩蒲扇："大黑小子，跑马回来了！"

"回来了！"夏侯澈笑道。

老大爷递给他一卷手巾让他擦汗："小子勤快啊，天天见你天不亮就起来跑马。"

夏侯澈接过手巾擦了擦汗，道："躺了三年，身子都躺虚了，不跑不行啊。大爷您也起得早啊。"

老大爷摇着扇子又道："你家老爷身体可好啊？"

夏侯澈道："我家老爷好着呢，劳您惦记。"

老大爷回头看了看谢府的方向，摇头叹息："想不到谢大人还有一根苗儿留下来，老天开眼啊。你不知道，当年谢家在我们这儿是大族，老谢大人在京里当过官儿的。唉，好人不长命，魏贼把谢大人一家灭了门，谢府的门啊整整闭了十三年。天可怜见，让你家老爷死里逃生，总算回来认祖归宗了。"

他家坐在门槛上洗衣裳的老婆子听了，长长叹了声："认祖归宗有什么用，还不是一样当下人。"

"娘！瞎说什么呢？"他家媳妇儿听了忙赶出来，冲夏侯澈道歉道，"对不住啊，老人家糊涂，您别放心上。"

"没事儿。"夏侯潋摆了摆手，牵着马回府。

谢惊澜回金陵来这事儿掀起了轩然大波，虽然他一回来就闭门谢客，谁都不招待，但坊间自动为他补上了当年的传奇，说他死里逃生，为报父仇入宫为宦认贼作父。秦淮河那边的小唱还专门编了戏文，时兴过好长一段时间。朝廷不知道怎么也当真了，专程派了人来说要给他立牌坊。不过谢惊澜说那是内阁要谢他上朔北杀百里鸢，这事儿至今还是个秘密，只有内阁和小皇帝以及东厂那拨人知道，毕竟朝廷搞刺杀这一套实在不大光彩。

当初谢惊澜决定回老宅只是因为江南水土养人，加上明月在这儿，好给夏侯潋想法子治病，也是为了避开京城找个清静地儿整理戴先生的书稿。大概连谢惊澜也没想到，自己一个曾经杀人放火无恶不作的奸宦现在成了远近闻名的传奇大孝子。

夏侯潋是彻底默默无闻了。朔北官僚吸食极乐果是一个巨大的丑闻，为了掩盖这事儿，张昭和沈问行销毁了所有关于七叶伽蓝的文书档案。沉寂了三年，他的名号早被江湖上的后起之秀盖过去了；再加上金陵离京城人远，外头人只当夏侯潋是谢惊澜的家仆。

谢府其他院子都封起来了，只有秋梧院和后花园还有几个小院开着。夏侯潋回到院子，脱了上衣站在水井旁边往身上冲水，稀里哗啦浇三遍就算洗了三遍澡了。身上淋淋漓漓滴着水，回屋里擦干换身衣裳，八仙桌上放了一碗他的补气药汤，他一捏鼻子全灌了，到厨房问谢惊澜哪儿去了。

莲香一面切菜一面道："少爷去城外挑拣木材了。"

"挑木材干什么？咱家自己刻字儿？"夏侯潋倚着门框道，"兴业书坊的老板不愿意刊戴先生的书稿吗？"

"是啊，说挣不到钱。先老爷还在的时候咱家不是有修文堂吗？活字儿还存着呢，昨儿拣出来看还是新的，少爷说干脆就咱家自己刻得了。"

也好，起码不用跟那些老板扯皮。夏侯潋"哦"了一声，拿了一把瓜子在家里瞎溜达。

谢惊澜回来只把秋梧院好好拾整过一番，其他地方都没来得及修。望青阁上的木漆掉了许多，立柱上斑斑点点，虽然打扫过，因为平常没什么人来，还是有一股灰尘味。烟波池倒还是原样，风平浪静，一面镜子似的徘徊着天光云影。夏侯潋往岸上看，疏疏落落的矮树中间掩着一条小径，当年他和谢惊澜在那里跑过。

"看什么呢？"谢惊澜从外面走进来，俯下身看红漆栏杆上的斑痕，"赶明儿拨个空把这里修一修，你醒了，府里该有点儿人气儿了。"

夏侯潋招呼谢惊澜坐下，一起看漫漫烟波。夏侯潋道："我不挑，露宿荒郊都使得，不必费这些工夫。"

谢惊澜斜睨他一眼，道："你高看你自己了，谁要为你修园子！我是为了待客。"谢惊澜低头整整衣袖："苏州乡下传了信过来，你师弟说等他媳妇儿出了月子要上金陵来看你。他前日刚得了一个女儿，不知道会不会带来给你瞧瞧，不过他儿子已经有一岁半了，应该会带过来。"

"那敢情好。你见过他媳妇儿吗？"

"没有，他成亲的时候发了请帖来，我那会儿在泉州搜罗佛郎机的医书，没来得及赶回来。"谢惊澜道，"还有你兄弟唐十七的遗孀，也说要来看你。当年唐十七给你留了遗书，你还没看就晕过去了，上面说你给他的金银他没有全花完，还留了一半藏在柳州私巢南墙根。我让人去挖出来，送给他媳妇儿了。不过我没说那是你的钱，只说是唐十七留给她们娘俩的。"

"别让她们来，娘俩都是女人家，行走不方便，我过段时间去杭州看她们去。"夏侯潋说。

"还有持厌……"谢惊澜顿了顿，道，"我托沈问行找了很久，三年前有人看见一个长得很像他的人出了边关，那之后便再没得到关于他的消息。"

风静静地吹过来，池面上涟漪一圈圈地散开，阳光洒在上面像点点碎金。

夏侯潋看了一会儿，道："没事儿。我哥说我们终有相见之期，他从来不食言，所以我等着。"

"嗯。"谢惊澜点点头。

"好了，"夏侯潋用力按了按谢惊澜的肩头，"大伙儿都有着落了，真好。"

谢惊澜不咸不淡地笑了一声，从袖子里抽出一张泛黄的薄纸："先别高兴，你的事儿还没完呢。前些日子你刚醒，我不找你麻烦，现在看你能跑能跳，生龙活虎，有些账，咱们是该清算清算了。"

夏侯潋心头咯噔一声，有种不祥的预感，试探着问道："怎么了？"

"你还记不记得在雪山的时候你把我迷倒送上马车，还给我一封遗书，说对不住我。"谢惊澜垂着眼眸，语气听不出喜怒，"我只想问你，你当时怎么想的？"

夏侯潋咽住了，三年前的事回忆起来，仿佛还在昨天似的。他望着远天，道："我就想让你别跟着我了，如果能让你恨上我，兴许你就不挂念我了。"他扭头看了看谢惊澜，谢惊澜没什么表情，但一定不大高兴。

他顿了顿，说："少爷，我知道你肯定很恨我那样做。不过我想，将来的事儿谁也说不准，可死了就真的什么都没了，活着，至少还有希望。"

那时的他已是无望之人，上天垂怜才给他一线生机，可谢惊澜，一定要有希望。

两个人沉默了很久，谢惊澜垂眸把遗书折好，收回袖子。夏侯潋看着，挠挠头道："还收着那玩意儿做什么，不如扔了？"

"扔了？"谢惊澜扬眉看他，"这是你的罪证，我为何要扔了？"

他撸起袖子，露出左手上的三道疤痕。疤已经淡了，却依稀看得出当初是如何鲜血淋漓。夏侯潋定睛看了看，问："祛疤膏不好使吗？我去问问明月娘子有没有法子。"

"我不祛，"谢惊澜冷笑，"这两样我都要留着。"

夏侯潋："行……你想留就留着。"

吃过午膳，谢惊澜继续去看着工人削木头，夏侯潋觉得头有点儿晕，在屋里睡午觉。夏侯潋没躺多久，浑身上下都不大对劲儿似的，一阵冷一阵热犯将上来。夏侯潋喝了几口水，没有好转，反而更觉得难受，喉咙像卡着什么东西，钝钝地难挨。

该不会又是极乐果吧，夏侯潋想。一摸脑门都是虚汗，勉强支起身来想要叫人，喉咙里什么东西涌上来，夏侯潋扑到床边上，哇哇吐了一地。

玉姐儿听见声响跑进来，一见夏侯潋脸色青白在那儿干呕，大喊大叫地跑出去："夏侯叔吐了！夏侯叔吐了！"

一听这话所有人都拥进屋来了，莲香看夏侯潋把午饭全吐出来了，急得团团转，忙让妙祯去把谢惊澜找回来。妙祯说不清什么症状，谢惊澜回来撩开帘子便看到夏侯潋躺在那儿脸色苍白的模样。

谢惊澜走上脚踏，搭脉细诊。这三年跟着明月观诊，再加上自己读医书，谢惊澜治病问诊也很有一套了，夏侯潋喝的补气养生的药方子有一半是他配的。

搭了一会儿脉，又看他浑身冒虚汗，一会儿冷一会儿热的，和极乐果没关系，是着凉了，谢惊澜松了一口气，抬头问莲香："他今儿干了什么？"

莲香道："小潋今早跑马回来冲了三桶井水。"

井水最是寒凉，这厮冲完还出来吹风。谢惊澜低头看夏侯潋，恨恨道："给你能耐的，不知道自己现在是什么样儿是不是？虚成这样还敢冲凉水。你体内的毒是我和明月一帖一帖药想方设法排出来的，前前后后换了五个方子。是药三分毒，毒是出来了，但还有旁的亏损。你当你还是从前吗？"他叫人拿纸笔开方子，又道："冲一遍也就罢了，你冲三遍做什么？"

"一天洗三遍澡……"夏侯潋哑着嗓子说。

"你洗澡就是冲凉？"谢惊澜惊讶地道，"搓泥儿呢？胰子也不打？"

"胰子晚上洗正经澡的时候会打，搓泥儿是什么？"夏侯潋困惑地道，"伽蓝没这洗澡的规矩。"

　　谢惊澜无语。

　　夏侯潋生着病，谢惊澜也不好冲他吼，硬憋着火，吩咐人帮他煎了药，看他喝了药闭上眼睡了，才退了出去。

番外二　幽梦落人间

夏侯潋苏醒的一个月后，沈问行送的贺礼终于渡过漫漫渠水到了金陵。小厮们排成长条儿把一抬抬人参、鹿茸搬进府，摆在天井底下等谢惊澜查看。夏侯潋随便掀开一箱打量，跟在边上凑热闹的玉姐儿和妙祯也凑过来扒着箱子往里看。夏侯潋忙拍开她俩的手，将箱笼盖回去，道："小孩儿走开，当心等会儿少爷来了问你们功课。"

这俩娃儿近日被谢惊澜布置的试帖诗愁得抓耳挠腮，一望见谢惊澜恨不得就地钻洞开溜。俩人一吐舌头，蹦蹦跳跳跑远了。

过了一会儿谢惊澜来了，小厮把长得直能拖到地面的礼单拿给他过目。夏侯潋站了半晌觉得没意思，提着鹦哥笼子出门遛鸟去了。他到追月楼寻人喝酒，又去水西门头看别人斗蛐蛐，一直磋磨到晚上才回府。

大清早就下了大雨，满世界淅淅沥沥，伴着行人慌乱躲闪的杂沓脚步，交织成一个热闹人间。夏侯潋马跑到一半被大雨逼了回来，到街边随便买了把油纸伞撑回家，缰绳交给长随，用干布擦着衣襟上的雨水进了门。

耳朵上的伤口不小心沾了水，微微地疼起来。那是他前日拜托明月帮他打的耳洞，回屋对镜取下琉璃耳瑱，仔细上了药，直棂窗外传来一叠脚步声："潋大爷，老爷喊您去前厅。"

"哦，就来。"他换了身衣裳，暨身出了门。

他穿过回廊，掀开画帘进到前厅。谢惊澜端坐在紫檀木靠背椅上，手里端着茶，热腾腾的雾气遮住他的脸，看不清喜怒。底下坐了个穿红戴绿的胖女人，腰上一圈圈肥肉，卷曲着褙子上的摘枝团花，像一条缠绕在身上的彩蛇。

夏侯溦甫一进来那女人就盯住了他，她的目光长了腿似的，把他全身溜了个遍。夏侯溦颇有些不自在，折身坐在圈椅里。小厮上来给他沏茶，茶汤注入青花瓷杯，蜷曲的茶叶子在热水里翻滚。

"溦哥儿，可认得我老婆子？"那女人笑呵呵地说话了，见夏侯溦一脸迷惑，又笑了笑道，"乡里乡亲都喊我一声张嫂。今日我老婆子拉下脸上门来是有桩亲事要说与你听，你若中意，谢老爷若首肯，咱们就趁早议一议。"

夏侯溦听得呆了："亲事？"

"可不是！"张嫂捏着帕子抿唇一笑，"溦大爷年轻力壮，又生得这般英武。你日日出去跑马，不知擒获了多少姑娘家的芳心。这几日我家的门槛都被踏破了，全是央我悄悄帮忙做媒的。我呀替你择了一个好人家，水西门大街上有家姓杨的，家里是贩金银首饰的，愿意你做上门女婿。就算你不入赘也不要紧，杨家就这么一个闺女儿，拿出点积蓄给你买个铺子，也够你们小两口过活的了。"

夏侯溦下意识去看谢惊澜，见他垂眸看着自己的茶杯，面无表情。

夏侯溦忙想推辞，那张嫂又扭过身对着谢惊澜率先开口："当然，溦哥儿毕竟是谢老爷的长随，这事儿还是得谢老爷首肯。杨家人说了，便是花点儿银子，把溦哥儿的卖身契赎回来也好，但求您点个头。"

"多谢大娘好意，"谢惊澜撂下茶杯，抬起头来道，"他的亲事本该我这个做主子的来张罗的，劳你们费心了。"

夏侯溦连连点头："我家老爷说得是，我的亲事他会做主的，大娘您请回吧。"

"这……"张嫂以为谢惊澜不肯放人，便赔着笑脸道，"谢老爷何必把话说死呢？便是多赔些银子，又或是再赔您个把小厮也罢。您这样拘着人家，传出去多不好听。"她掩了唇，咳嗽了几声道，"老爷不爱出门，您是不知道外面在传什么，我老婆子是懒得说，说出来烂嘴巴。"

"传什么？"谢惊澜问。

张嫂一笑，道："都是些荒唐话，我是不爱听的。说什么老爷您宫里出来的人儿，这溦哥儿就是您养在身边的。您说这是什么话？这些人都是要烂嘴巴烂舌根，阎王小鬼收了他去的！"

谢惊澜怒极反笑，道："照你这话说，我要是不放了他，便是坐实了这传言不成？"

夏侯溦在一旁帮腔："就是就是，大娘说话还是小心一些。"

张嫂一愣，讪讪道："老爷这说到哪儿去了？我也是跟您说道说道，并没有要挟的意思。"她站起来告辞:"也怪我老婆子多事,瞧潋哥儿年纪不小还没个媳妇儿,赶巧又有好姑娘相配,便想着撮合撮合。唉,罢了罢了。不过有句话老婆子我还是得说,男人迟早得娶妻生子,不孝有三,无后为大,谢老爷总得为他考量考量。"

这些混迹街坊的婆娘牙尖嘴利惯了,无心说出口的话,倒真进了谢惊澜的心里。张嫂转身要走,却见谢惊澜站起身来一拱手:"大娘留步,他虽是跟着我,可成亲到底是大事,此事我不插手,夏侯潋就在这儿,你直接和他谈吧。他若是愿意,我绝不会阻拦。"

夏侯潋头疼欲裂。

谁承想峰回路转,张嫂笑眯眯地看向夏侯潋:"潋哥儿,你可得好好谢谢我。"

谢你大爷!

夏侯潋腹诽,面上却还是一团和气,规规矩矩一拱手,忽悠道:"实不相瞒,你瞧我也没长胡子,不是刮了,而是不长,我是个阉人,所以日后别再上我家提亲了。请回吧。"

张嫂惊得目瞪口呆,浑浑噩噩出了府,一步三回头地走了。

谢惊澜坐在望青阁里,雨水沿着檐瓦挂下千丝万丝的白线,烟波池像沸腾了一般,涟漪此起彼伏,一圈一圈散开。人声掩在雨声底下听不分明,只听得满世界的雨,满世界的滂沱。

夏侯潋在他旁边坐下来,谢惊澜没有回头,只道:"你那样说,就不怕外头给你瞎编排吗?"

"反正已经编排上了,我再加点儿料也不算什么。"夏侯潋道。

谢惊澜压了压嘴角,道:"男人不能没有后。我有一个阉人的身份,不能娶妻,你没有道理要陪着我断子绝孙。"

夏侯潋手搭在他的肩膀上:"少爷,我忘记跟你说了,我还睡着的时候我娘托梦给我了,你猜她怎么说?"

"少卖关子,说!"

夏侯潋笑道:"我娘说,幺儿,留不留后的无所谓,能跟着小少爷才是你的福分。"

檐溜里的水哗啦啦地流,青石砖被打得噼里啪啦响,空气里有湿甜的味道。谢惊澜扭头望着他:"你当真想好了吗?"

夏侯潋凝视他的眼睛:"少爷,夏侯潋是你的书童,就这样也挺好。"

谢惊澜心里沉沉的。

"阿潋,我们出关去找你哥吧,那里没人认识我们,况且时局千变万化,咱们出去也更安全些。若你想故土了，等时过境迁，咱们再回来。"

"好。"夏侯潋笑道。

雨幕千重万重，人间在淅淅沥沥的雨声中沸腾。他们坐在檐下，隔着雨幕望过去，一切仿佛就那样凝固在了岁月深处。

番外三——月朝冰簟圆

出关的日子定了，打算明年开春再走。谢惊澜要先把戴先生书稿付梓的事儿忙完，早先说用活字，上个月在库房里挑拣了一番，发现好些字都锈了，压根儿用不了；最后敲定刻版印书，底版还能存着当纪念，等将来什么时候可以再印一遍。然而这玩意儿麻烦，最烦琐的一项是得找靠谱的刻工师傅刻字。师傅要是功夫不行字刻得不好看不说，还容易刻糊，到时候印出来墨水黏成一片。谢惊澜找人给推荐刻工师傅，刷掉了好几个人，忙得脚不沾地。

这事儿夏侯潋管不了，他懂刀懂剑，偏不懂这些文人墨客的书笔之事。他最多晚上帮谢惊澜端茶倒水，点香炉赶蚊子。

天渐凉，落叶铺满深巷，踩在脚下嘎吱嘎吱响。因为叶子落得多了，空气的味道也微微发了涩。抬眼远望，道路是黄金色的，天光迷离而幽远，雁影斜斜掠过青瓦屋檐。夏侯潋照例在巷口下了马，牵着马走在长满青苔的青石板路上。有的地方积了一洼水，映出他高挺的黑色的背影和棱角分明的下颌。

"大黑小子，又跑马呢！"巷口大爷坐在摇椅上，前几天穿汗衫，如今已经换上了长袖。

"在家闲着也是闲着，出来锻炼锻炼筋骨。"夏侯潋陪他唠嗑。

老大爷天天搁巷口卖豆花，每日清晨都能碰见。他老伴端来一碗咸豆花放在桌上，招呼夏侯潋道："来来来，吃豆花。"

"谢谢大婶。"夏侯潋笑。

"你家老爷待你真好啊，"老大爷道，"成日就见你城东城西地瞎溜达，我看谢老爷都比你忙。"

这大爷说话真不客气，夏侯潋尴尬地笑："是太闲了点儿，今儿我就找事儿做去。"

"昨儿我家大儿在桃叶渡送货，刚好瞧见谢老爷上画舫。嚯，甲板上头一水儿全是大红官服，都是天上的人儿啊，见着谢老爷只管嬉皮笑脸，屁都不敢放一个。"

"桃叶渡？"太久没回金陵，夏侯潋有些忘记这是哪儿了，"是秦淮河边上？"

"对、对，就是河边儿那个渡口嘛。"老大爷说，"我大儿说海绡姑娘上了你家老爷的船，在席面上又是唱曲儿又是行令，后面还跳起了水袖舞。海绡你听过吧，秦淮河的红倌儿，腰比杨柳条儿还细。"

夏侯潋觉得这大爷有些不正经，点头道："他们应酬吃席面，请些唱的来助助兴，常有的事儿。"

"昨儿半夜，我大儿搬完货，你家老爷的席面恰巧也散了。"老大爷神神秘秘地压低声音，"他看见海绡姑娘上了你老爷的马车。我儿子向人打听，听说以后那姑娘不挂牌咯。"

"哈？"夏侯潋愣了。因着刺客的活计，早年天天在勾栏瓦舍里打滚，他知道"不挂牌"是什么意思——海绡被少爷赎身了。

老大婶也在边上坐下，同他促膝长谈："潋哥儿，前几日我家小宝半夜犯绞肠痧，我们两个老的急得团团转，敲了一条巷子的门，谁都不搭理，只有你半夜爬起来骑马带小宝去找明月大夫。你对我们有恩，我们才多嘴说两句。"

夏侯潋忙摆手："救人的事儿都是应该的，二老不必放在心上。"

老大婶拉过夏侯潋的手，道："那小娘子我老婆子上秦淮河卖头花儿的时候见过，头黑面白，脸一掐就是一汪水。"她捏了捏夏侯潋的手腕子："咱得长点儿心，免得谢老爷被野花迷了眼。勾栏里出来的人，心肠不知道什么样儿，她若吹两句枕上歪风，你这个当弟弟的不好过。"

夏侯潋哭笑不得，他终于明白这对老夫妻拉着他说半天是什么意思了。少爷赎了个倌人回来，欢场里头的人不安分，常有闹得家宅不宁的例子。城东李家巷有一对兄弟，就是因为哥哥买了个倌人回家，结果弟弟也看上了那女人，原本亲密无间的两兄弟，最后为了一个女人闹得分家，老死不相往来。老夫妻怕那倌人勾引少爷走歪门邪道，要他当心。

他道了谢，牵着马回府。他把缰绳甩给长随，状似无意地问道："昨晚少爷带了人回家？"

"没啊。"长随应道。

老夫妻没道理撒谎，约莫是少爷赎了人，安排在外宅了。这着实不像是谢惊澜的作风。

他顺着抄手游廊去书房，远远就瞧见谢惊澜在月洞另一头低头看着什么东西。银杏黄了，片片飘落，满园子都是黄蝴蝶似的银杏叶。谢惊澜就在那片金黄小蝴蝶的另一头，像《游园惊梦》里在花叶深处逢见的郎君。

他桌上放着一摞雕版模子，还有一本《点灯集》。

戴先生号"点灯道人"，这集子约莫就是戴先生的书稿。谢惊澜说过这字号的含义——"点一豆青灯，不求照彻长夜，但求方寸光明"。

"疯够回来了？"谢惊澜头也不抬，他在审读印样。

"谁疯了？我这是锻炼筋骨。你有空也跟我一块儿跑马去，天天搁椅子上坐着对身体不好。"

他偷偷观察谢惊澜，神色如常，潋滟眸光里藏着揶揄的笑意，没半点儿虚心的劲儿。

谢惊澜把《点灯集》给夏侯潋看，道："这是试印的本了，你瞧瞧如何。"

夏侯潋翻了翻，道："不错，挺好的。"

谢惊澜点头："我也觉着不错。这次刻印的师傅手艺精湛，一个字一文钱，刻这一部花了三千五百两。果然贵有贵的道理，花得值当。做得不错，第二卷依旧找他刻，过几日请他吃个酒。"

他巴拉巴拉说了一大堆，夏侯潋探过脑袋觑他的神情，不放过一丝一毫的蛛丝马迹。

"少爷，"夏侯潋说，"你是不是有事儿瞒我？"

"瞒你？"谢惊澜疑惑。

瞥见夏侯潋满脸探究的样子，他挑了挑眉，好像明白了什么，执起茶盏吹了吹茶沫子，悠悠道："唔，好像是瞒了你一件事。"

夏侯潋翻进月洞窗，在谢惊澜对面坐下。这家伙翻窗的动作如行云流水，一看就是个惯犯。谢惊澜头疼地按了按额角："夏侯潋，你属猴子的是不是？有门你不进，偏翻窗。下回你再翻窗，我让人把你屋的房门拆了，门洞堵上，让你今后进屋只能翻窗。"

夏侯潋忙用衣袖擦窗屉子上的脚印子，赔笑道："唉，习惯了嘛，一时半会儿改不过来。说正事说正事。"夏侯潋凑近谢惊澜，问："少爷，你昨晚是不是去游河了？"

谢惊澜吹热茶的动作一顿："能耐了你，夏侯潋，你竟敢监视我。"

"我哪敢啊？"夏侯潋忙摆手，"有人看见了告诉我的，还说有个叫海什么的上了你的马车。"

"人家明明叫海绵。"谢惊澜懒懒地道:"不错,昨儿她一出《点绛唇》唱得甚得我心意,我为她赎了身,安排在外宅了。怎么,你想见她?"

"我见她干吗啊?我就是想提醒你,勾栏里的人心思活络,你别被人给骗了。我师弟书情,以前娶了个青楼里的,捧得跟心肝似的,结果那女人给他戴绿帽。虽然最后她也挺惨的吧,但是……"夏侯潋挠挠头,"少爷你还是当心一点儿。咱俩是结拜兄弟,我肯定得替你着想啊。你要是跟我师弟似的,那可怎么好?"

"只要你安安分分,我就没有烦心事。出去出去,我还没审完书稿。"

"哦。"

天光迷蒙,园子里起了雾,一切都朦朦胧胧的,依稀看见花砖上似乎落了几只灰眼睛的小麻雀。夏侯潋刚睡醒,打着哈欠出门用早膳。今儿不知怎的,身子恹恹的,他一面披衣裳一面进花厅,刚进门槛,便见谢惊澜搂了个唇红齿白的小娘子坐在八仙桌旁。

谢惊澜掉过眼,瞧见夏侯潋,笑眯眯道:"阿潋,我想过了,你虽然跟着我遭过许多难,咱们是尸山血海里闯出来的情谊,然而如今哥哥成家,同一个屋檐底下到底多有不便。不若咱们还是分家过吧,你今晚之前就搬出去。"

夏侯潋猛地睁开眼,一下从床上坐起来。原来是个梦!他推开轩窗往外瞧,天光已然大亮,没有起雾,几株殷红的木槿活泼泼怒放着,四下的颜色都鲜艳明亮。

他伸长脖子往外瞧,隔壁谢惊澜的主屋关着窗,不知道起来没有。

他梳洗完毕,戴上耳瑱穿好衣裳去吃早膳。谢惊澜已经在花厅了,手里捏了卷书一边看一边等他。夏侯潋在谢惊澜边上落座。

"阿潋,今晚我要在家里摆个席面。"谢惊澜夹了一筷子葱油饼在他碗里。

"好啊,我回避。"夏侯潋吃得腮帮子鼓鼓的。

谢惊澜应酬的事儿他向来不参与,主要是因为他往日的身份不太好见光,万一有人认出他就不好了。

"今日不必回避,你一起。"谢惊澜撑着下巴看他,"海绵会来,正好你见见她。"

夏侯潋嘴里的饼渣子喷了出来,不小心呛着了喉咙,偏过头咳得满面通红。

谢惊澜轻轻拍他的脊背:"怎么呛着了?听见要见海绵高兴吗?"谢惊澜举起洒金黑底折扇掩住半边脸:"阿潋,你身为我的义弟,要同人家好好相处。"

"晚上我没空,要不你们吃吧。"

"不行。"谢惊澜的语气很硬,不容反驳,"你必须来。"

"少爷，我非得见吗？"

夏侯潋怀疑这人是故意的，转身就走。

"你上哪儿去？"谢惊澜在后头问。

"遛弯儿去！"

想不明白谢惊澜这人，往日当司礼监掌印的时候尚且洁身自好，八大胡同的门槛他踏都不踏，那些个油头粉面他连余光都不愿意给，现下却变了个人似的，一口一个海绵，叫得比蜜还甜。夏侯潋觉得他可能疯魔了，要么就是现在这人压根不是谢惊澜，是别人戴上了人皮面具扮的！

夏侯潋一路漫无目的地往前走，车马潮水一样从他身侧过。反正他早想好了，哪天谢惊澜要是纳妾娶媳妇儿了，他就同谢惊澜分家过。人家阖家团圆，他凑个什么劲儿呢？

他在外头野狗似的晃荡了一整天，太阳落山的时候才回家。这会儿估计谢惊澜和海什么的已经吃上了。

席面摆在前院，夏侯潋回屋必定要路过那儿。他目不斜视，打抄手游廊那儿过。他走到一半领子被人拎住，回头看，正见谢惊澜含着薄怒的脸。夏侯潋一看他生气心里就发虚，本来想要强硬点儿，一下子气势就矮了半截，偏过脸闷闷地问："干吗？"

"让你早点回来，怎么现在才回？"谢惊澜硬拽着他的手腕往院里走。

"都说了不吃了。"夏侯潋撇嘴。

"白痴。"谢惊澜把他往院里一推，"跟人打招呼。"

厅子里坐了俩人，一个脸庞黧黑，蓄着淡淡的胡须，还有个白嫩脸蛋的娘子，个子不高，眼神倒活泼，一看就是风月场里头出来的人儿。两人见了夏侯潋，一同向他作揖："小的们见过二爷。"

谢惊澜为夏侯潋引荐："这是为咱们刻书的白师傅，这位是海绵，也是白师傅失散多年的亲妹妹。前头我得知白师傅有个妹妹流落在外，特地托了人去寻，前日他们兄妹才相认。"

白师傅和海绵都掉眼泪，托着袖子擦眼睛。白师傅哽咽道："若非大人您，我这苦命的小妹脱不了那王八窝。大人的恩惠，我们兄妹二人万死千难都报答不了。只求勤勤恳恳帮大人将戴先生的书稿刻好，小人分文不取。"

"给你钱就收下，我不差你这点儿。"谢惊澜对白师傅说话。

敢情是这么回事儿。

见席面上的菜都没动，夏侯潋问："你们怎么不吃？"

白师傅搓手笑道："大人让我们先吃，他要等二爷您回来才动筷。可大人不动筷，我们兄妹俩哪敢逾矩？这不，二爷回来了，咱们一块儿吃，人多才热闹！"

海绡虽是风尘里出来的人，却十分规矩，并不怎么说话，侍立在侧默默给大家斟酒。谢惊澜同白师傅商讨《点灯集》第二卷怎么刻。白师傅承诺过几天写个样儿交过来，谢惊澜若觉得行他就开始刻。工序有条不紊地进行，冬天这集子就能刊行。

谢惊澜很满意，一顿饭吃完，着人送白家兄妹回家。

谢惊澜转身进了跨院，天已经全黑，抬眼望星河，亮晶晶一片，像碗上的乌金釉。夏侯潋抱着酒壶坐在大理石栏杆上，晚风柔软，吹动他漆黑的发丝。刺客当太久了，他身上有洗不尽的杀伐气，眼角眉梢的锐利藏不住，多年的磨难又给他添了几分落拓，种种韵味加在一起，就是独一无二的夏侯潋。

谢惊澜站在他身后。

"白师傅的写样过几日才交过来，这几日我得空，咱们去郊外打猎。"

"我梦见你娶了媳妇儿，咱俩分家过了。"夏侯潋低头抠酒壶的边缘。

谢惊澜嗤了一声，满脸不屑："就因为娶了媳妇儿就要分家？"

夏侯潋："对啊。"

谢惊澜揉了揉夏侯潋的脑袋瓜，他道："白痴，盼了十几年才盼来的太平日子，你舍得扔，我可不舍得。"

"我也不舍得。"夏侯潋说。

谢惊澜眼波温柔，灯火照耀他的眉目。

他说："所以，我们会一直平平安安，岁岁团圆。"

（全文完）

图书在版编目（CIP）数据

横波渡 / 杨溯著. — 成都：天地出版社, 2022.4
ISBN 978-7-5455-6878-3

Ⅰ.①横… Ⅱ.①杨… Ⅲ.①侠义小说—中国—当代 Ⅳ.①I247.5

中国版本图书馆CIP数据核字(2021)第266422号

HENG BO DU

横波渡

出 品 人	杨　政
作　　者	杨　溯
责任编辑	杨　露
特约编辑	马春雪　夏君仪
封面设计	卷帙设计
责任印制	白　雪

出版发行	天地出版社
	（成都市槐树街2号　邮政编码：610014）
	（北京市方庄芳群园3区3号　邮政编码：100078）
网　　址	http://www.tiandiph.com
电子邮箱	tianditg@163.com
经　　销	新华文轩出版传媒股份有限公司

印　　刷	天津鑫旭阳印刷有限公司
版　　次	2022年4月第1版
印　　次	2022年4月第1次印刷
开　　本	680mm×970mm　1/16
印　　张	45.75
字　　数	896千字
定　　价	78.00元（全二册）
书　　号	ISBN 978-7-5455-6878-3

版权所有◆违者必究

咨询电话：(028) 87734639（总编室）
购书热线：(010) 67693207（营销中心）

如有印装错误，请与本社联系调换。